CB000341

CONTOS REUNIDOS

JOSÉ J. VEIGA

Contos reunidos

COMPANHIA DAS LETRAS

Grafia atualizada segundo o Acordo Ortográfico da Língua Portuguesa de 1990, que entrou em vigor no Brasil em 2009.

Capa
Kiko Farkas/ Máquina Estúdio

Ilustração de capa
Deco Farkas

Foto do autor
Marcos André Pinto/ Infoglobo

Cronologia
Érico Melo

Preparação
Lígia Azevedo

Revisão
Camila Saraiva
Marise Leal

Os personagens e as situações desta obra são reais apenas no universo da ficção; não se referem a pessoas e fatos concretos, e não emitem opinião sobre eles.

Dados Internacionais de Catalogação na Publicação (CIP)
(Câmara Brasileira do Livro, SP, Brasil)

Veiga, José J.
Contos reunidos / José J. Veiga; posfácio de Socorro Acioli. — 1ª ed. — São Paulo: Companhia das Letras, 2021.

ISBN 978-65-5921-081-7

1. Contos brasileiros I. Acioli, Socorro. II. Título.

21-61730 CDD-B869.3

Índice para catálogo sistemático:
1. Contos: Literatura brasileira B869.3

Cibele Maria Dias – Bibliotecária – CRB-8/9427

[2021]
Todos os direitos desta edição reservados à
EDITORA SCHWARCZ S.A.
Rua Bandeira Paulista, 702, cj. 32
04532-002 — São Paulo — SP
Telefone: (11) 3707-3500
www.companhiadasletras.com.br
www.blogdacompanhia.com.br
facebook.com/companhiadasletras
instagram.com/companhiadasletras
twitter.com/cialetras

Sumário

OS CAVALINHOS DE PLATIPLANTO (1959)

A Ilha dos Gatos Pingados

Já sei o que vou fazer. Se Cedil não voltar até o fim do ano, vou-me embora para o sítio de minha avó. Lá eu vou ter uma bezerra pra tirar cria, um cavalinho pra montar e muitas coisas pra fazer o dia inteiro. É melhor do que ficar aqui feito bobo, pensando toda a vida na ilha, nos brinquedos que a gente brincava, nas coisas que Cedil e Tenisão diziam, e até nos sustos que passávamos, como no dia que a jangada quase afundou com nós três.

Camilinho ainda anda atrás de mim; mas não sei se é influência de Tenisão, eu não gosto muito de brincar com ele. Ele tem umas ideias bobas, chora por qualquer coisa, e tudo que a gente faz de meio estouvado ele acha de linguarar. Agora eu compreendo mais por que Tenisão implicava com ele: ele sempre foi chorão e enredeiro.

Toda vez que a gente queria ir em algum lugar precisava combinar escondido, sair sem Camilinho ver, e às vezes nem assim adiantava. Quando a gente ia longe, lá vinha Camilinho correndo atrás, chorando e pedindo pra esperar. Tenisão xingava, jogava pedra, mas ele não desistia. Era preciso parar e esperar. Aí o brinquedo perdia a maior parte da graça porque ele era pequeno e não dava conta de acompanhar, não sabia pisar em espinho sem espetar o pé, à toa à toa chorava. Era bobinho que só vendo, tinha medo de tudo. Não engolia semente de jenipapo para não virar barata na barriga, não comia rolinha assada pra não dar fome canina, não jogava pedra na casa de João Benedito porque ele furava um ovo com agulha e a gente ficava cego (eu só joguei uma vez e de longe, porque todo mundo dizia que ele era feiticeiro infalível). De entoado um de nós, ou nós três, estava apanhando por causa de Camilinho.

De maio a agosto, os meses sem R ninguém podia tomar banho no rio, dava febre. A gente ia escondido, Camilinho seguia, o tempo todo aconselhando, fazendo medo. Tenisão dava coque nele, mandava parar com a ladainha, mas era mesmo que nada: ele continuava choramingando, dizia que a gente todos ia morrer. Eu ficava com dó de ver aquele porqueirinha chorando por causa da morte inventada da gente, dizia que isso de morrer era invenção, prometia armar arapuca pra ele. Tenisão ficava enfezado, dizia que não tinha de armar arapuca nenhuma, se ele contasse em casa apanhava de corrião. Uma vez ele chorou tanto com uma guaspada de Tenisão que eu tive de prometer jogar burro com ele e deixar ele ganhar. Com isso ele calou do choro, mas não deixou de enredar. Quando chegou em casa ficou rodeando a mãe por todo canto, ela mandava ele brincar, ele arremanchava e não saía de perto. Ela perguntou o que ele queria, ele disse que era preciso fazer um chá bem forte pra Tenisão porque ele tinha nadado no rio. Dona Zipa ficou nervosa, chamou Tenisão, fez o coitado beber o chá, mas primeiro deu uma surra nele e depois foi avisar lá em casa. A minha valença foi que eu estava na casa de vovó e lá eu não apanhava.

A ideia de brincar na ilha começou um dia que Cedil andou fugido de casa por causa do namorado da irmã. Ele sofria muito, todo rapaz que namorava Milila achava de mandar nele, ele nem podia brincar direito, vivia vigiado.

Quando Milila começou a namorar Zoaldo a vida de Cedil piorou. Zoaldo era muito bruto, só falava gritando. Nem Pedro Arcanjo, que já tinha brigado com soldado, tirava farinha com ele. Uma vez brigaram no botequim do Cândido, Pedro Arcanjo puxou a garrucha, o povo todo saiu de perto, menos Zoaldo. Pedro gritou que corresse, Zoaldo nem nada, e ainda ficou caçoando da garrucha, dizendo que era arma alcaide, arma de queijeiro, que hoje em dia em cidade só se usava revólver chimite ou parabelo.

Pedro Arcanjo chorava e repetia que corresse, senão ele virava assassino. O Cândido entrou no meio, pediu a Zoaldo que saísse um pouquinho só pra não contrariar, Zoaldo disse que favor só fazia pra quem merecia, e assim mesmo quando tinha vontade. Quando Pedro Arcanjo já tinha chorado bastante, e olhava a garrucha na mão sem saber o que fazer dela, e todo mundo em volta já ria sem medo nenhum, Zoaldo chegou perto. Falou manso como amigo, Pedro, você já brincou bastante, agora me dá pra guardar, e sem esperar foi tomando a garrucha e tocando Pedro pra fora a empurrões, e se ele não corresse teria apanhado muito. Quando Pedro já ia longe Zoaldo voltou pra dentro do botequim dizendo que ia fazer uma rifa da garrucha a um mil-réis o número, com o dinheiro ia comprar uma botina de cano de casimira. Pediu papel ao Cândido, escreveu os números, muita gente foi assinando e botando pg. ali mesmo.

Nos primeiros dias do namoro Zoaldo deu uma surra em Cedil por causa de uma malcriação que ele fez pra Milila. Cedil estava brincando com outros meninos no barranco perto da casa. Milila chegou na janela e chamou. Ele disse que já ia e ficou brincando. Ela chamou de novo, ele disse pra não amolar. Zoaldo desceu a calçada da casa e veio vindo, parecia que ia embora.

Mas quando passou perto de Cedil deu um bote e agarrou o coitado pelo cangote, levou pra dentro debaixo de tapa e lá ainda bateu com o cinturão.

Quando Cedil contou isso Tenisão escachou com ele, disse que ele era um pamonha, mais apanhasse pra deixar de ser bobo.

— Se fosse comigo — disse — eu sentava um trem na cara daquele trelente.

— Você fala assim porque tem pai que pune por você — respondeu Cedil.

— E sua mãe, por que que não pune?

Aí Cedil contou com muita tristeza que a mãe dele estava na cozinha moendo café quando ouviu a zoeira; veio ver, ficou olhando e não fez nada, só dizia meu filho, meu filho, coitadinho de meu filho. Depois que Zoaldo bebeu o café e foi embora ela veio agradar, pôs arnica nos lanhos, fez beiju pra ele comer com leite antes de deitar, mas ele disse que de pirraça não quis. No outro dia cedo ela foi na loja e comprou um canivete Corneta pra dar de surpresa a Cedil, era o brinquedo que ele mais queria.

Cedil ficou meio envergonhado com o que Tenisão disse, mas explicou que a mãe dele era muito boa, só que era nervosa e não gostava de questão.

Depois disso Zoaldo não deixou mais Cedil ter descanso. Vivia mandando o coitado na rua fazer isso e aquilo, levar e buscar cavalo no pasto, e volta e meia enfiava o couro nele. Dizia que era para desasnar.

No dia que o cavalo fugiu, Cedil apanhou demais mesmo. Ele tinha ido cedinho no pasto e só voltou depois do almoço — e de mão abanando. Contou que o cavalo tinha se amadrinhado com a égua de um tropeiro e destampado com ela pelo morro acima, não deixava chegar perto. Zoaldo sapateou de raiva, disse que era má vontade de Cedil pra atrapalhar o ganhame que ele ia ter na viagem com o agrimensor. Tomou o cabresto da mão de

Cedil e com ele mesmo foi batendo sem olhar lugar. Cedil correu pedindo o socorro da mãe, Zoaldo atrás dando cabrestada. A mãe de Cedil correu para o quarto, fechou a porta e ficou rezando tão alto que de fora se ouvia.

Quando eu vinha da escola encontrei Cedil sentado no parapeito atrás da igreja com as pernas todas lanhadas, chorando e riscando a pedra com um carvão. Não estava pintando nem escrevendo nada, era só rabisco. Perguntei por que não tinha ido à escola, respondeu que não ia mais, nunca mais, e me contou a história do cavalo. Disse que não adiantava ir à escola porque estava resolvido a fugir. Não sabia pra onde, mas ia fugir de qualquer jeito, estava esperando um caminhão pra pular em cima. Eu disse que então ele ia passar apertado com os índios.

— Ques índios? — perguntou ele.

Eu disse que todo caminhão que passava ali ia para o norte, e que meu pai tinha falado que no norte dava muito índio feroz. Ele ficou tristinho, pensando, depois perguntou uma coisa boba, de gente que está mesmo muito desacorçoado: perguntou se afogar doía, se a gente ficava desesperado como quando está mergulhando em poço fundo e o fôlego acaba. Eu disse que afogar era horrível, que no sítio de minha vó morreu um menino afogado, o Zuzezinho, ficou de olhos estufados como sapo, eu passei muitas noites sem dormir, com medo dele. Era horrível. Cedil pensou, e perguntou se se ele fosse viver no mato eu mais Tenisão ia todo dia brincar com ele depois da escola. Eu disse que a gente levava facão, cortava pau pra fazer casa, levava mantimento, fazia caçada com espingarda de cano de guarda-sol, Tenisão estava trabalhando uma, só faltava colocar o tufo quando achasse jeito de derreter chumbo sem a mãe dele ver.

— E a gente escala sentinela, inventa senha, ninguém passa sem dar a senha — disse ele animado, parece que já esquecido da surra.

Eu disse que não carecia de senha nem de sentinela, isso era mais pra de noite, como no tempo dos revoltosos, e de noite eu não podia ir, e achava que Tenisão também não. Ele perguntou se minha mãe ficasse ruim pra mim e desse de me bater se eu não resolvia fugir também; eu disse que aí podia ser, mas era preciso pensar.

Nessa hora apareceu Tenisão rodando um cubertão velho, brecou o bicho com o pé bem diante de nós. Falamos com ele e ele achou que o melhor lugar era a ilha. Lá ninguém ia, o mato era fechado na beira da água, mas varando o mato o resto era limpo, dava muito cará e sangue-de-cristo. Não tinha era canoa, a que costumava ter tinham tirado, com certeza justamente pra menino não atravessar. O jeito era fazer uma jangada de toro de bananeira.

Fazer a jangada foi fácil, manejar a bicha é que deu panca. Não fizemos direito, pusemos os toros com a ponta mais grossa para um lado só, era tão fácil ver que não dava certo, mas ninguém reparou, acho que foi a pressa de botar na água. Dentro da água ela teimava em afundar na parte de trás, chegamos pra frente e ela afundou a frente pra igualar. Chegamos na ilha escandalosamente molhados da cintura para baixo.

No primeiro dia fincamos as estacas da casa, amarramos as traves e cortamos uma braçada de varas para trançar as paredes. Cedil queria fazer uma parede de qualquer jeito, com ramo de assa-peixe mesmo, só pra poder dormir a primeira noite. Enquanto ele varria o chão da casa muito entusiasmado eu saí com Tenisão e combinamos que era preciso desistir Cedil de fugir improvisado; a gente primeiro fazia uma casinha caprichada, com jirau e tudo pra dormir, depois ele mudava pra ela se ainda tivesse inclinação.

Cedil tinha esquecido a contrariedade, tinha brincado e dado risada, tinha até corrido atrás de Tenisão com uma cobra na ponta de um pau, ameaçando jogar nele; mas quando falamos que era hora de voltar, que de jeito nenhum ele devia de ficar, ele caiu na tristeza de novo, fazia tudo com moleza, até caminhava sem vontade, como a gente faz quando tem de recitar em festa de escola.

Depois que a casa ficou pronta o nosso brinquedo era só na ilha. Eu nem queria mais almoçar quando voltava da escola, preparava merenda escondido, mamãe não sabia e ralhava para eu comer, meu pai era que não ligava, dizia que quando barriga está cheia goiaba tem bicho. Mamãe dizia que assim eu acabava doente, que ele devia comprar um xarope pra abrir o meu apetite; ele respondia que o xarope que eu precisava não se vende em farmácia, é comprido e cheira a couro; daí a pouco estavam discutindo, eu aproveitava e saía.

Eu gostava bem da ilha, mas acho que gostava mais era por causa de Cedil. Ele tinha deixado de falar em afogar ou fugir, decerto porque Zoaldo estava viajando, ajudando seu Zaco no serviço de guarda-fio. Diziam que Milila não ia mais ser namorada dele, não sei se era certo, mamãe zangou quando perguntei. Mas Cedil não parecia o mesmo, todo dia inventava um brinquedo novo. Fizemos monjolinho de gameleira, é fácil de torar e furar, pilava à toa o dia inteiro, quando a gente ia embora escorava ele levantado como monjolo de verdade. Fizemos usina de luz com represa, casa de turbina, poste subindo e descendo morro, copinho de isolador, fio e tudo, gastamos acho que dois carretéis de linha.

A ilha não tinha nome, era tratada só de ilha. Tenisão disse que carecia de dar um nome, mas não achamos nenhum que prestasse. Eu disse um, Tenisão disse que era bobo; Cedil disse outro, já tinha. Um dia pegamos a falar de bicho, eu disse que pra meu gosto o bichinho mais perfeito que tem é o preá, até dá vontade de criar em quintal, aquele corpinho peludo chamuscado, os olhinhos balançando de nervoso, o bigodinho tremendo quando vê gente. Eu só não pelejava pra pegar um porque tinha medo que ele morresse de susto. Tenisão disse que o bichinho mais bonito do mundo inteiro, até nacional, e o mais custoso de achar, era o gato pingado; tinha uns até pingados de ouro, e esses então nem se fala. Eu não sabia que tinha esse bicho, Cedil também não, mas mostrou logo influência. Disse que se a gente juntasse dinheiro vendendo banana do quintal de cada um, quem sabe se não podia comprar um casal e tirar cria na ilha? Aí ficava sendo a Ilha dos Gatos Pingados. Tenisão disse que para comprar era baixo que não achava, nem um quanto mais dois.

O nome ficava bom, mas só se tivesse os gatos. Mas, como nenhum de nós arranjou outro, ficamos com esse mesmo por enquanto.

Camilinho vivia desconfiado que a gente devia ter um lugar escondido, só nosso, e andava sempre atrás adulando, oferecendo brinquedo, me deu uma lente de óculo, tão forte que até acendia papel no sol. Às vezes me dava remorso de ver o bestinha brincando sozinho uns brinquedos sem graça de botar besouro pra carrear caixa de fósforo, fazer zorra que nunca zoava, ajuntar folha de folhinha; mas quando falei pra Tenisão que a gente devia levar Camilinho ao menos uma vez pra ver os brinquedos da ilha, Tenisão deu na mala, disse que nem por um óculo, que ele era muito chorão, parecia moenda.

Acho que um dia Camilinho pombeou nós três e viu quando tiramos a jangada da moita e atravessamos para a ilha. Quando foi de noite na porta da igreja ele me perguntou onde a gente tinha ido na jangada, e outro dia na escola um tal Estogildo, menino muito entojado que vivia passando rasteira nos outros, disse que ele também ia fazer uma jangada pra passear longe no rio. Depois eu vi Camilinho muito entretido com uma garrucha de taquara, dessas que jogam bucha de papel, uma mesma que eu tinha visto na mão de Estogildo. Eu não contei pra Tenisão pra ele não bater em Camilinho, porque de nós três ele era o que mais não gostava de Estogildo; mas aí eu principiei a desconfiar que o brinquedo da ilha ia acabar acabando.

E nem demorou muito, parece até que eles estavam só esperando uma vaza. Passamos uns dias sem ir lá porque Tenisão andou de dedo inchado com panariz, doía muito, foi preciso lancetar, e brinquedo sem ele desanimava. Nesses dias a gente ia pra beira do rio e ficava olhando a ilha. De longe ela parecia mais bonita, mais importante. Quando vimos o fumaceiro, corremos lá eu e Cedil, Tenisão ainda não podia.

Estava tudo espandongado, a casa, a usina, os postes arrancados, o monjolinho revirado. Cedil chorava de soluço, corria pra cima e pra baixo mostrando os estragos, clamando da ruindade. Eu quase chorei também só de ver a tristeza dele. Para nós a ilha era brinquedo, pra ele era consolo.

Tenisão parece que não ligou muito, disse que ia arranjar outro lugar melhor e mais escondido, mas nunca tinha animação pra procurar; quando Cedil perguntava, ou eu, ele dizia que tinha tempo. Assim foi indo até que d. Zipa mandou Tenisão para o colégio dos padres em Bonfim. Mais ou menos nesse tempo Zoaldo voltou de viagem e pegou de novo em namoro com Milila, batia mais ainda em Cedil, acho que pra descontar o tempo que não bateu. Nós todos lá de casa fomos para o sítio de vovó esperar a folia. Eu quis levar Cedil, mas Zoaldo disse que podíamos tirar o cavalo da chuva.

Quando voltamos, acho que um mês depois, todo mundo falava em Cedil — tinha fugido de madrugada ninguém sabia pra onde. Deixou o canivete Corneta pra mim, sabia que eu ia gostar de possuir. Sei que ele quis me agradar, mas foi pior, porque eu passava o dia inteiro pensando nele. Mamãe ralhava, dizia que era melhor eu ir tratando de esquecer. Ouvindo todo dia sempre a mesma coisa eu ficava mais triste ainda. Qual era a vantagem de esquecer? Pois eu até tinha medo de acordar um dia e descobrir que tinha esquecido Cedil completamente, ele tão menino e já sofrendo longe no mundo. Acho que tem certas coisas que a gente não deve esquecer, é como uma obrigação. Se depender de mim, nunca eu hei de esquecer a Ilha dos Gatos Pingados.

A usina atrás do morro

Lembro-me quando eles chegaram. Vieram no caminhão de Geraldo Magela, trouxeram uma infinidade de caixotes, malas, instrumentos, fogareiros e lampiões, e se hospedaram na pensão de d. Elisa. Os volumes ficaram muito tempo no corredor, cobertos com uma lona verde, empatando a passagem.

De manhãzinha saíam os dois, ela de culote e botas e camisa com abotoadura nos punhos, só se via que era mulher por causa do cabelo comprido aparecendo por debaixo do chapéu; ele também de botas e blusa cáqui de soldado, levava uma carabina e uma caixa de madeira com alça, que revezavam no transporte. Passavam o dia inteiro fora e voltavam à tardinha, às vezes já com o escuro. Na pensão, depois do jantar, mandavam buscar cerveja e trancavam-se no quarto até altas horas. Dona Elisa olhou pelo buraco da fechadura e disse que eles ficavam bebendo, rabiscando papel e discutindo numa língua que ninguém entendia.

Todo mundo na cidade andava animado com a presença deles, dizia-se que eram mineralogistas e que tinham vindo fazer estudos para montar uma fábrica e dar trabalho para muita gente, houve até quem fizesse planos para o dinheiro que iria ganhar na fábrica; mas o tempo passava e nada de fábrica, eram só aqueles passeios todos os dias pelos campos, pelos morros, pela beira do rio. Que queriam eles, que faziam afinal?

Encontrando-os um dia debruçados na grade da ponte, apontando qualquer coisa na pedreira lá embaixo, meu pai cumprimentou-os e puxou conversa; eles olharam-no desconfiados, viraram as costas e foram embora. Meu pai achou que talvez eles não entendessem a língua, mas depois vimos que a explicação não servia: quando encontraram o preto Demoste de volta do pasto com a mula do padre eles conversaram com ele e perguntaram se lobeira era fruta de comer. E como poderiam viver na pensão se não conhecessem um pouco da língua? Por menos que falassem, tinham que falar alguma coisa.

O que me preocupou desde o início foi eles nunca rirem. Entravam e saíam da pensão de cara amarrada, e o máximo que concediam a d. Elisa, só a ela, era um cumprimento mudo, batendo a cabeça como lagartixas. Aprendi com minha vó que gente que ri demais, e gente que nunca ri, dos primeiros queira paz, dos segundos desconfie; assim, eu tinha uma boa razão para ficar desconfiado.

Com o tempo, e vendo que a tal fábrica não aparecia — e não sendo possível indagar diretamente, porque eles não aceitavam conversa com ninguém —, cada um foi se acostumando com aquela gente esquisita e voltando a suas obrigações, mas sem perdê-los de vista. Não sabendo o que faziam ou tramavam no sigilo de seu quarto ou no mistério de suas excursões, tínhamos medo que o resultado, quando viesse, pudesse não ser bom. Vivíamos em permanente sobressalto. Meu pai pensou em formar uma comissão de vigilância, consultou uns e outros, chegaram a fazer uma reunião na chácara de seu Aurélio Gomes, do outro lado do rio, mas padre Santana pediu que não continuassem. Achava ele que a vigilância ativa seria um erro perigoso; supondo-se que os tais descobrissem que estava havendo articulações contra eles, o que seria de nós que nada sabíamos de seus planos? Era melhor esperar. Naquele dia mesmo ele ia iniciar uma novena particular, para não chamar atenção, e esperava que o maior número possível de pessoas participasse das preces. Na sua opinião, essa era a providência mais acertada no momento.

Estêvão Carapina achou que um bom passo seria interceptar as cartas deles e lê-las antes de serem entregues, mas isso só podia ser feito com a ajuda do agente André Góis. Consultado, André ficou cheio de escrúpulos, disse que o sigilo da correspondência estava garantido na Constituição, e que um agente do correio seria a última pessoa a violar esse sigilo; e para matar de vez a sugestão, falou em duas dificuldades em que ninguém havia pensado: a primeira era que, nos dias de correio, só um dos dois saía em excursão, o outro ficava de sobreaviso para ir correndo à agência quando o carro do correio passasse; a segunda dificuldade era que as cartas com toda certeza vinham em língua que ninguém na cidade entenderia. Que adiantava portanto abrir as cartas? Era mais um plano que ia por água abaixo.

Sem dúvida o perigo que receávamos nesses primeiros tempos era mais imaginário do que real. Não conhecendo os planos daquela gente, e não podendo estabelecer relações com eles, era natural que desconfiássemos de suas intenções e víssemos em sua simples presença uma ameaça à nossa tranquilidade. Às vezes eu mesmo procurava explicar a conduta deles como esquisitice de estrangeiros, e lembrava-me de um alemão que apareceu na fazenda de meu avô de mochila às costas, chapéu de palha e botina cravejada. Pediu pouso e foi ficando, passava o tempo apanhando borboletas para espetar num livro, perguntava nomes de plantas e fazia desenhos delas num caderno. Um dia despediu-se e sumiu. Muito tempo depois meu avô recebeu carta dele e ficou sabendo que era um sábio famoso. Não podiam esses de agora ser sábios também? Talvez estivéssemos fantasiando e vendo perigo onde só havia inocência.

Imaginem portanto o meu susto e a minha indignação com o que me aconteceu uma tarde. Eu tinha ido à pensão receber o dinheiro de uns leitões que minha mãe havia fornecido a d. Elisa, e na saída aproveitei a ocasião para dar uma olhada nos caixotes empilhados no corredor. Levantei uma beirada da lona e vi que eram todos do mesmo tamanho e com os mesmos letreiros que não entendi. Ia puxando novamente a lona quando notei uma fenda em um deles, e como não passava ninguém no momento resolvi levar mais longe a minha inspeção. Abri o canivete e estava tentando alargar a fenda quando senti o corredor escurecer. Pensei que fosse a passagem de alguma nuvem, como às vezes acontece, e esperei que a claridade voltasse. Voltou, mas foi uma mão pesada agarrando-me pelo pescoço e jogando-me contra a parede. O puxão foi tão forte que bati com a cabeça na parede e senti minar água na boca e nos olhos. Antes que a vista clareasse, um tapa na cabeça do lado esquerdo, apanhando o pescoço e a orelha, mandou-me de esguelha pelo corredor até quase a porta da rua. Apoiei-me na parede para me levantar, e um pontapé nas costelas jogou-me esparramado na calçada. Erguendo a cabeça ralada do raspão na laje, vi o homem de culote e blusa cáqui em pé na porta, com as mãos na cintura, olhando-me mais vermelho do que de natural. Com a cabeça tonta, o ouvido zumbindo e o corpo doendo em vários lugares, e o canivete perdido não sei onde, não me senti com disposição para reagir. Apanhei umas coisas caídas dos bolsos, bati o sujo da roupa e desci a rua mancando o menos que pude.

Felizmente não passava ninguém por perto. Se alguém soubesse da agressão haveria de querer saber o motivo, e como poderia eu contar tudo e ainda esperar que me dessem razão?

Para não chegar em casa com sinais de desordem no corpo e na roupa desci até o rio, lavei o sangue dos ralões do punho e da testa e o sujo do paletó e dos joelhos da calça, enquanto pensava um plano eficiente de vingança. Uma pedrada bem acertada na cabeça, ou uma porretada de surpresa, resolveria o meu caso. Ele não perderia por esperar.

Mas eu estava enganado quando supunha que ninguém tinha visto. Em casa encontrei mamãe aflita. Meu pai tinha saído à minha procura, armado com a bengala de estoque. Fiquei sabendo então que d. Lorena costureira tinha visto tudo de sua janela do outro lado da rua e fora correndo contar à vizinha dos fundos — e a notícia espalhou-se como fogo em capim seco. Foi por isso que meu pai, ao dobrar a primeira esquina, foi cercado por um grupo de amigos que não o deixaram prosseguir. Achavam todos, e com razão, que ele não devia agir enquanto não me ouvisse. Tive então que contar tudo, mas achei bom não dizer que tinha sido apanhado escarafunchando o caixote; disse apenas que tinha dado uma palmada nele por cima da lona.

Isso trouxe uma longa discussão sobre o possível conteúdo dos caixotes, e concordamos que devia ser qualquer coisa muito preciosa, ou muito delicada, a ponto de uma palmada por fora deixar o dono alarmado. Mas que coisa poderia ser que preenchesse essa ampla hipótese?

Meu pai achou que estávamos perdendo tempo em aceitar a situação passivamente, enquanto em algum lugar, sabe-se lá onde, gente desconhecida podia estar trabalhando contra nós; era evidente que aqueles dois não agiam sozinhos. As cartas que recebiam e os relatórios que mandavam eram provas de que eles tinham aliados. O que devíamos fazer sem demora, propôs meu pai, era procurar o delegado ou o juiz e pedir que mandasse abrir os caixotes, devia haver alguma lei que permitisse isso. Se não fosse tomada uma providência, as coisas iriam passando de mal a pior, e um dia, quando acordássemos, nada mais haveria a fazer.

O delegado, como sempre, estava fora caçando. O juiz foi compreensivo, mas disse que dentro da lei nada se podia fazer, e acrescentou, mais aconselhando que perguntando:

— Naturalmente não vamos querer sair fora da lei, não é verdade?

Quanto à agressão, se meu pai quisesse fazer uma queixa, o delegado teria que abrir inquérito — desde que houvesse testemunhas.

Como a única pessoa que tinha visto parte do incidente era d. Lorena, meu pai foi o primeiro a reconhecer que contar com ela seria perder tempo. Dona Lorena era dessas pessoas que têm medo até de enxotar galinha. No inquérito, na presença do agressor, ela cairia em pânico e juraria nada ter visto. Assim, a despeito de toda atividade, continuávamos sem um ponto de partida.

De repente a situação começou a evoluir com rapidez, e fomos percebendo para onde éramos levados. O primeiro a se passar para o outro lado foi o carpinteiro Estêvão. Estêvão tinha uma chácara do outro lado do rio, atrás do morro de Santa Bárbara. Quando os filhos chegaram à idade de escola ele alugou a chácara a seu Marcos Vieira, escrivão aposentado, e veio morar na cidade. Seu Marcos vinha insistindo com Estêvão para vender-lhe a chácara, mas Estêvão recusava, dizia que quando os filhos estivessem mais crescidos deixaria o ofício e voltaria para a lavoura.

Pois não é que Estêvão achou de vender a chácara para aqueles dois, num negócio feito em surdina? Meu pai disse que o procedimento dele não tinha explicação, nem pela lógica nem pela moral. Houve mistério na transação, isso era fora de dúvida. Apertado um dia por meu pai, Estêvão respondeu com estupidez, disse que fez o negócio porque a chácara era dele e ele não tinha tutor; depois, vendo o espanto de meu pai, seu amigo de tanto tempo, caiu em si e disse:

— Vendi porque não tive outro caminho, Maneco. Não tive outro caminho.

Quando meu pai insistiu por uma explicação mais positiva, ele abriu a boca para falar, mas apenas suspirou, virou as costas e foi-se embora.

Seu Marcos teve que se mudar a bem dizer a toque de caixa. Quem fez a exigência foi o próprio Estêvão, que já estava servindo como uma espécie de procurador dos compradores. Seu Marcos pediu um mês de prazo, queria colher o milho e o feijão e precisava de calma para arranjar uma casa em condições na cidade. Estêvão respondeu que não estava autorizado a conceder tanto tempo, que uma semana era o máximo que podia dar. Quanto às plantações, seu Marcos não se incomodasse, os compradores indenizariam o que ele pedisse; e se seu Marcos tivesse dificuldade em encontrar casa, poderia mudar provisoriamente para a do próprio Estêvão, que ia para a chácara ajudar os compradores nas obras.

Todo mundo reprovou o procedimento dos compradores, e mais ainda o de Estêvão, que na qualidade de antigo proprietário e amigo poderia ter dito uma palavra em favor do velho Marcos; mas Estêvão era agora todo do outro lado, e nada mais se poderia esperar dele. Meu pai achou que não se devia dizer mais nada na frente de Estêvão, pois não seria de admirar que ele estivesse contratado para espião. Se quiséssemos nos organizar para a resistência, convinha não esquecer essa hipótese.

No mesmo dia que seu Marcos, triste e ressentido, arriou seus pertences na casa desocupada por Estêvão, o caminhão de Geraldo Magela roncou na subida da ponte levando os estrangeiros na boleia e o carpinteiro Estêvão atrás, em cima da carga. Ao vê-los passar em nossa porta, meu pai virou o rosto, enojado; disse que nunca vira um espetáculo mais triste, um homem de bem como Estêvão, competente no seu ofício, largar tudo para acompanhar aquela gente como menino recadeiro.

Mas não deixou de ser um alívio vê-los fora da cidade. Agora podíamos novamente frequentar a pensão de d. Elisa, conversar com os hóspedes, saber quem chegava e quem saía, sem necessidade de falar baixo nem de nos esconder.

Durante muitos dias, quase um mês, não vimos aqueles dois nem tivemos notícias deles. Estêvão de vez em quando vinha à cidade, mas não sei se por influência dos patrões, ou se por vergonha, ou remorso, não conversava com ninguém; fazia o que tinha de fazer, ia ao correio apanhar a correspondência, sempre uns envelopes muito grandes, e voltava no mesmo dia. Nem passava mais por nossa porta, que seria o caminho natural; dava uma volta grande, passando pela rua de cima.

Outro que também sumiu foi Geraldo Magela, parece que agora estava trabalhando só para os estrangeiros. Quando íamos pescar bem em cima no rio, ou apanhar cajus no morro, podíamos ouvir o ronco do caminhão trabalhando do outro lado. Uma vez eu e Demoste saímos escondidos para apurar o que estava se passando na chácara, mas quando chegamos na crista do morro achamos melhor não continuar. Haviam levantado uma cerca de arame em volta da chácara, muito mais alta do que as cercas comuns, e de fios mais unidos, e vimos sentinelas armadas rondando. Ficamos de voltar outro dia levando a marmota do padre, mas nem isso chegamos a fazer porque soubemos que o André gaguinho, que andara apanhando lenha do outro lado, fora alvejado com um tiro de sal na popa.

Um dia correu a notícia de que o casal não estava mais na chácara, havia subido o rio à noite num barco a motor. Devia ser verdade, porque Geraldo Magela voltou a aparecer na cidade. Achamos que agora, com ele ali à disposição, íamos afinal saber o que se passava na chácara de Estêvão. Geraldo sempre fora amigo de todos, deixava a meninada subir no caminhão, trazia encomendas para todo mundo e, quando o padre organizava passeios para os alunos de catecismo, fazia questão de contratar Geraldo, não aceitava oferecimento de nenhum outro, nem que tivéssemos de esperar dias quando calhava de Geraldo estar viajando.

Mas não levamos muito tempo para descobrir que Geraldo também era agora do outro lado. Ele que fora trabalhador e prestativo, sempre preocupado em poupar a mãe — desde que comprara o caminhão exigiu que d. Ritinha deixasse de lavar roupa para fora —, agora ficava horas no bilhar jogando ou bebendo cerveja e zombando dos pexotes. Quanto às obras que estavam sendo feitas na chácara, ele não dizia coisa com coisa. A meu pai ele disse que estavam apenas armando um pari, a outro disse que estavam instalando uma olaria. Quando seu Marcos o interpelou com energia, ele deu uma resposta malcriada:

— Vocês esperem. Vocês esperem que não demora.

E ficou olhando para seu Marcos e assobiando, uma coisa que se d. Ritinha visse haveria de chorar de desgosto.

Vendo-o ali bebendo, fazendo gracinhas, faltando ao respeito com os mais velhos e dando cada hora uma resposta, achei que ele estava apenas querendo fazer-se de importante, de sabedor de coisas misteriosas, talvez pelo desejo de imitar os patrões. Foi essa também a opinião de padre Santana quando soube da resposta de Geraldo a seu Marcos.

Foi mais ou menos nessa época que d. Ritinha apareceu lá em casa para desabafar com mamãe. Começou rodeando, falando nas mudanças que estava havendo em toda parte, e entrou no capítulo do procedimento dos filhos quando crescem.

— Para muita gente, ter filhos resulta num castigo, d. Teresa — disse ela. — Os desgostos acabam sendo maiores do que as alegrias.

Vi que mamãe ficou embaraçada, com medo de dizer alguma coisa que pudesse magoar d. Ritinha. Por fim, disse vagamente:

— Os antigos diziam que filho criado, trabalho dobrado.

— Muito certo, d. Teresa. Veja o meu Geraldo. Um rapaz bem-criado, inveja de muitas mães; de repente, esquece tudo o que eu e o pai lhe ensinamos.

Mamãe procurou consolá-la dizendo que o procedimento de Geraldo devia ser resultado de uma influência passageira. A culpa era daqueles dois, que deviam estar enfiando coisas na cabeça dele; quando ela menos esperasse, ele mesmo ia abrir os olhos e arrepender-se. Dona Ritinha tivesse paciência e confiasse em Deus. Aí d. Ritinha caiu no choro, disse que a culpa era dela, que o aconselhara a ir trabalhar para aquela gente. Ele não queria, mas ela insistira porque o ordenado era bom, até falara áspero com ele. Agora estava aí o resultado. De que adiantava o dinheiro sem a consideração do filho?

Quando mamãe começou a chorar também, fiquei meio encabulado e saí sem destino.

Ao passar pelo chafariz encontrei Geraldo divertindo-se com um gato que havia jogado dentro do tanque. O bichinho esgoelava e pelejava para sair, e cada vez que ia chegando à beirada Geraldo cercava e dava-lhe um papilote na orelha. Fiquei olhando, com medo de salvar o pobrezinho e ter de brigar com Geraldo. Mas, quando o pobrezinho veio subindo no ponto onde eu estava e Geraldo gritou para eu cercar, eu estendi o braço e apanhei-o pela nuca, como fazem as gatas. Pensei que Geraldo ia querer tomá-lo, mas ele apenas olhou e foi-se embora dando gargalhadas e imitando o miado do gato, parecia coisa de louco.

Geraldo sabia o que estava dizendo quando mandou seu Marcos esperar, porque um belo dia chegaram os caminhões. Chegaram de madrugada, e eram tantos que nem pudemos contá-los. A nossa lavadeira, que morava no alto do cemitério, disse que desde as três da madrugada eles começaram a descer um atrás do outro de faróis acesos. Atravessaram a cidade sem parar, descendo cautelosamente as ladeiras, sacudindo as paredes das casas nas ruas estreitas, passaram a ponte e tomaram o caminho da chácara como uma enorme procissão de vaga-lumes.

Daí por diante não tivemos mais sossego. Desde que amanhecia até que anoitecia eram aqueles estrondos atrás do morro, tão fortes que chegavam a chacoalhar as panelas nas cozinhas apesar da distância, nas paredes não ficou um espelho inteiro. Mamãe vivia rezando e tomando calmante, não queria mais que eu fosse além da ponte em meus passeios. Achei que fosse receio exagerado dela, mas verifiquei depois que a proibição era geral, de todas as mães.

Geraldo andava ocupado novamente lá do outro lado, e quando aparecia na cidade era guiando uns caminhões enormes, de um tipo que ainda não tínhamos visto, e sempre com uns sujeitos esquisitos na boleia, uns homens muito altos e vermelhos, os braços muito cabeludos aparecendo por fora da manga curta da camisa. Ficavam olhando para tudo com olhos espantados, entortavam o pescoço até o último grau para olhar a gente quando o caminhão já ia lá adiante. Paravam no botequim ou no armazém e metiam caixas e mais caixas de cerveja para dentro do caminhão, latas grandes de bolachas, caixotes de cigarros. Uma vez levaram todo o sortimento de cigarros da praça, e os fumantes tiveram que picar fumo e enrolar palha durante quase um mês.

Quando os caminhões paravam em alguma casa de comércio e nós fazíamos grupos de longe para olhar, Geraldo ficava na frente fazendo palhaçadas para nos provocar. Seu Marcos disse que ele havia perdido toda a compostura e se não fosse por causa de d. Ritinha, era o caso de se dar uma surra nele.

E toda noite agora era aquele ruído tremido que vinha detrás do morro, parecia o ronronar de muitos gatos. Não dava para incomodar porque não era forte, mas assustava pela novidade. De dia não o ouvíamos, talvez por causa dos barulhos da cidade, mas quando batiam as ave-marias, e todo mundo cessava o trabalho, lá vinha ele. Então a gente olhava para os lados da chácara e via um enorme clarão no céu, como o de uma queimada vista de longe, só que não tinha fumaça.

Mas a grande surpresa foi quando Geraldo veio à cidade montado numa motocicleta vermelha. Não vinha mais de roupa cáqui de trabalho e botina de vaqueta, mas de parelho de casimira azul-marinho, sapatos de verniz e gravata. Parou no bilhar, cumprimentou todo mundo e convidou para tomarem cerveja. Uns aceitaram, outros ficaram de longe, ressabiados. Ele disse que não havia motivo para malquerenças, reconhecia que havia se excedido nas brincadeiras, mas não fizera nada com intenção de ofender. Os tempos agora eram outros, acabaram-se as brincadeiras. Ele estava ali como amigo para dar uma notícia que devia contar a todos. Aí os mais desconfiados foram se chegando também, Geraldo mandou uns dois ou três saírem na porta e convidarem quem mais encontrassem por perto. Num instante o salão estava cheio, quem estava jogando parou, havia gente até do lado de fora debruçada nas janelas.

Quando viu que não cabia mais ninguém, Geraldo subiu numa das mesas e comunicou que fora nomeado gerente da Companhia, e que estava ali para contratar funcionários. Os ordenados eram muito bons, havia casa para todos, motocicletas para os homens, bicicletas para as crianças e máquinas de costura para as mulheres. Quem estivesse interessado aparecesse no dia seguinte ali mesmo para assinar a lista.

Como ninguém estava preparado para aquilo, ficaram todos ali apalermados, se entreolhando calados. Quando alguém se lembrou de pedir explicações sobre as atividades da Companhia, Geraldo já ia longe na motocicleta vermelha.

Após muita confabulação ali mesmo no bilhar, depois nas muitas rodas formadas nos pontos de conversa da cidade, e inicialmente nas casas de cada um, muitos se apresentaram no dia seguinte, acredito que a maioria apenas para ter uma oportunidade de saber o que se passava na chácara. Já no segundo dia os caminhões vieram buscá-los, e foi a última vez que os vimos como amigos: quando começaram a aparecer novamente na cidade, ninguém os reconhecia mais. Entravam e saíam como foguetes, montados em suas motocicletas vermelhas, não paravam para falar com ninguém.

Essas máquinas eram uma verdadeira praga. Ninguém podia mais sair à rua sem a precaução de levar uma vara bem forte com um ferrão na ponta para se defender dos motociclistas, que pareciam se divertir atropelando pessoas distraídas. Nem os cachorros andavam mais em sossego, quase todos os dias a Intendência recolhia corpos de cachorros estraçalhados. E quanta gente morreu embaixo de roda de motocicleta! O caso que mais me impressionou foi o de d. Aurora. Um dia eu ia atravessando o largo com ela, carregando um cesto de ovos que ela havia comprado lá em casa para a festa do aniversário do padre, quando vimos dois motociclistas que vinham descendo emparelhados. Já sabendo como eles eram, d. Aurora atrapalhou-se, correu para a frente, depois quis recuar, e um deles separou-se do outro e veio direto em cima dela, jogando-a no chão, e trilhando-a pelo meio. Quando me abaixava para socorrê-la, ouvi as gargalhadas dos dois e o comentário do criminoso:

— Você viu? Estourou como papo-de-anjo.

Dona Aurora morreu ali mesmo, e eu tive de voltar com o cesto de ovos para casa.

A impressão que se tinha era a de haver pessoas ocupadas unicamente em perturbar o nosso sossego, com que fim não sei. Ainda bem não havíamos tomado fôlego de um susto, outro artifício era aplicado contra nós. Mas, não havendo motivo para tanta perseguição, também podia ser que os responsáveis pelas nossas aflições nem estivessem pensando em nós, mas apenas cuidando de seu trabalho; nós é que estávamos atrapalhando, como formigueiro que brota num caminho onde alguém tem que passar e não pode se desviar. Depois do estrago é que vinha a curiosidade de ver como é que estávamos resistindo.

Foi o que verificamos quando as nossas casas deram para pegar fogo sem nenhum motivo aparente. Primeiro era um aquecimento repentino, os moradores começavam a suar, todos os objetos de metal queimavam quem os tocasse, e do chão ia minando um fumaceiro com um chiado tão forte que até assobiava. Pessoas e bichos saíam desesperados para a rua, engasgados com a fumaça, sem saberem exatamente o que estava acontecendo. Ouvia-se um estouro abafado, e num instante a casa era uma fogueira. Tudo acontecia tão depressa que em muitos casos os moradores não tinham tempo de fugir.

Depois de cada incêndio aparecia na cidade uma comissão de funcionários da Companhia, remexia nas cinzas, cheirava uma coisa e outra, tomava notas, recolhia fragmentos de material sapecado, com certeza para examiná-los em microscópios. Pelo destino dos moradores não mostravam o menor interesse. Para não perder tempo em casos de emergência, passamos a dormir vestidos e calçados.

Embora sem muita esperança, meu pai foi procurar o delegado para ver se conseguia dele uma providência contra a Companhia. O delegado estava assustado como coelho, piscava nervoso e repetia como falando sozinho:

— Uma providência. É preciso uma providência.

Meu pai quis saber que espécie de providência ele pensava tomar, e ele não saía daquilo:

— É, uma providência. É preciso uma providência.

Meu pai sacudiu-o para ver se o acordava, ele agarrou meu pai pelo braço e disse desesperado, quase chorando:

— Eu estou de pés e mãos amarrados, Maneco. De pés e mãos amarrados. Que vida! Quanta coisa!

Os espiões eram outra grande maçada. Não sei com que astúcia a Companhia conseguiu contratar gente do nosso meio para informá-la de nossos passos e de nossas conversas. O número de espiões cresceu tanto que não podíamos mais saber com quem estávamos falando, e o resultado foi que ficamos vivendo numa cidade de mudos, só falávamos de noite em nossas casas, com as portas e janelas bem fechadas, e assim mesmo em voz baixa.

Eu estava quase perdendo a esperança de voltarmos à vida antiga, e já não me lembrava mais com facilidade do sossego em que vivíamos, da cordialidade com que tratávamos nossos semelhantes, conhecidos e desconhecidos. Quando eu pensava no passado, que afinal não estava assim tão distante, tinha a impressão de haver avançado anos e anos, sentia-me velho e deslocado. Para onde nos estariam levando? Qual seria o nosso fim? Morreríamos todos queimados, como tantos parentes e conhecidos?

Passávamos os dias com o coração apertado, e as noites em sobressalto. Ninguém queria fazer mais nada, não valia a pena. As casas andavam cheias de goteiras, o mato invadia os quintais, entrava pelas janelas das cozinhas. Nos vãos do calçamento, que cada qual antigamente fazia questão de manter sempre limpo em frente à sua casa, arrancando a grama com um toco de faca e despejando cal nas fendas, agora cresciam tufos de capim. O muro do pombal desmoronou numa noite de chuva, ficaram os adobes na rua fazendo lama, quem queria passar rodeava ou pisava por cima, arregaçando as calças. Não valia a pena consertar nada, tudo já estava no fim.

Mas a esperança, por menor que seja, é uma grande força. Basta um fiapinho de nada para dar alma nova à gente. Eu estava remexendo um dia na tulha de feijão, à procura de uma medalha que caíra do meu pescoço, e encontrei umas caixas de papelão quadradinhas, escondidas bem no fundo. Abri uma e vi que estava cheia de cartuchos de dinamite. Guardei tudo depressa e não disse nada a ninguém nem deixei meu pai saber, porque não queria colocá-lo na triste situação de ter de prevenir-se contra mim. Tudo era possível naqueles dias.

Agora que nada mais há a fazer, arrependo-me de não ter falado abertamente e entrado na intimidade dos planos, se é que havia algum. Hoje é que imagino a aflição que minha mãe deve ter passado na noite em que em vão esperamos meu pai para a ceia. Com uma indiferença que não me perdoo, tomei a minha tigela de leite com beiju e fui dormir. Mamãe ficou acordada fiando, e quando tomei-lhe a bênção no dia seguinte notei que ela estava pálida e com os olhos vermelhos de quem não havia dormido. Não tenho muito jeito para consolar, fiquei remanchando em volta dela, bulindo numa coisa e noutra, irritando-a com meu nervosismo inarticulado. Ela mandava-me sair, passear, fazer alguma coisa fora, mas eu tinha medo de deixá-la sozinha estando tão deprimida.

Não me lembro de outro dia tão triste. Uma neblina cinzenta tinha baixado sobre a cidade, cobrindo tudo com aquele orvalho de cal. As galinhas empoleiradas nos muros, nos galhos baixos dos cafezeiros, ou encolhidas debaixo da escada do quintal, pareciam aguardar tristes notícias, ou lamentar por nós algum acontecimento que só elas sabiam por enquanto. Em frente à nossa janela de vez em quando passava uma pessoa, as mãos roxas de frio segurando o guarda-chuva, ou um menino em serviço de recado, protegendo-se com um saco de estopa na cabeça. E nos quintais molhados os sabiás não paravam de cantar.

Em dias de sol nós ainda podíamos resistir, podíamos olhar para os lados da usina e apertar os dentes com ódio, e assim mostrar que ainda não havíamos nos entregado; mas, num dia molhado como aquele, só nos restavam o medo e o desânimo.

A notícia chegou antes do almoço. Uns roceiros que tinham vindo vender mantimentos na cidade encontraram o corpo na estrada, a barriga selada no meio pelas rodas de uma motocicleta.

Depois do enterro mamãe mandou-me esconder as caixas de dinamite num buraco bem fundo no quintal, vendeu tudo o que tínhamos, todas as galinhas, pelo preço de duas passagens de caminhão, e no mesmo dia embarcamos sem dizer adeus a ninguém, levando só a roupa do corpo e um saquinho de matula, como dois mendigos.

Os cavalinhos de Platiplanto

O meu primeiro contato com essas simpáticas criaturinhas deu-se quando eu era muito criança. O meu avô Rubém havia me prometido um cavalinho de sua fazenda do Chove-Chuva se eu deixasse lancetarem o meu pé, arruinado com uma estrepada no brinquedo de pique. Por duas vezes o farmacêutico Osmúsio estivera lá em casa com sua caixa de ferrinhos para o serviço, mas eu fiz tamanho escarcéu que ele não chegou a passar da porta do quarto. Da segunda vez meu pai pediu a seu Osmúsio que esperasse na varanda enquanto ele ia ter uma conversa comigo. Eu sabia bem que espécie de conversa seria; e aproveitando a vantagem da doença, mal ele caminhou para a cama eu comecei novamente a chorar e gritar, esperando atrair a simpatia de minha mãe e, se possível, também a de algum vizinho para reforçar. Por sorte vovô Rubém ia chegando justamente naquela hora. Quando vi a barba dele apontar na porta, compreendi que estava salvo pelo menos por aquela vez; era uma regra assentada lá em casa que ninguém devia contrariar vovô Rubém. Em todo caso chorei um pouco mais para consolidar minha vitória, e só sosseguei quando ele intimou meu pai a sair do quarto.

Vovô sentou-se na beira da cama, pôs o chapéu e a bengala ao meu lado e perguntou por que era que meu pai estava judiando comigo. Para impressioná-lo melhor eu disse que era porque eu não queria deixar seu Osmúsio cortar o meu pé.

— Cortar fora?

Não era exatamente isso o que eu tinha querido dizer, mas achei eficaz confirmar; e por prudência não falei, apenas bati a cabeça.

— Mas que malvados! Então isso se faz? Deixe eu ver.

Vovô tirou os óculos, assentou-os no nariz e começou a fazer um exame demorado de meu pé. Olhou-o por cima, por baixo, de lado, apalpou-o e perguntou se doía. Naturalmente eu não ia dizer que não, e até ainda dei uns gemidos calculados. Ele tirou os óculos, fez uma cara muito séria e disse:

— É exagero deles. Não é preciso cortar nada. Basta lancetar.

Ele deve ter notado o meu desapontamento, porque explicou depressa, fazendo cócega na sola do meu pé:

— Mas nessas coisas, mesmo sendo preciso, quem resolve é o dono da doença. Se você não disser que pode, eu não deixo ninguém mexer, nem o rei. Você não é mais desses menininhos de cueiro, que não têm querer. Na festa do Divino você já vai vestir um parelhinho de calça comprida que eu vou comprar, e vou lhe dar também um cavalinho pra você acompanhar a folia.

— Com arreio mexicano?

— Com arreio mexicano. Já encomendei ao Felipe. Mas tem uma coisa. Se você não ficar bom desse pé, não vai poder montar. Eu acho que o jeito é você mandar lancetar logo.

— E se doer?

— Doer? É capaz de doer um pouco, mas não chega aos pés da dor de cortar. Essa, sim, é uma dor mantena. Uma vez no

Chove-Chuva tivemos de cortar um dedo — só um dedo — de um vaqueiro que tinha apanhado panariz, e ele urinou de dor. E era um homem forçoso, acostumado a derrubar boi pelo rabo.

Meu avô era um homem que sabia explicar tudo com clareza, sem ralhar e sem tirar a razão da gente. Foi ele mesmo que chamou seu Osmúsio, mas deixou que eu desse a ordem. Naturalmente eu chorei um pouco, não de dor, porque antes ele jogou bastante de lança-perfume, mas de conveniência, porque se eu mostrasse que não estava sentindo nada eles podiam rir de mim depois.

Enquanto mamãe fazia os curativos eu só pensava no cavalinho que eu ia ganhar. Todos os dias quando acordava, a primeira coisa que eu fazia era olhar se o pé estava desinchando. Seria uma maçada se vovô chegasse com o cavalinho e eu ainda não pudesse montar. Mamãe dizia que eu não precisava ficar impaciente, a folia ainda estava longe, assim eu podia até atrasar a cura, mas eu queria tudo depressa.

Mas quando a gente é menino parece que as coisas nunca saem como a gente quer. Por isso é que acho que a gente nunca devia querer as coisas de frente por mais que quisesse, e fazer de conta que só queria mais ou menos. Foi de tanto querer o cavalinho, e querer com força, que eu nunca cheguei a tê-lo.

Meu avô adoeceu e teve que ser levado para longe para se tratar, quem levou foi tio Amâncio. Outro tio, o Torim, que sempre foi muito antipático, ficou tomando conta do Chove-Chuva. Tio Torim disse que, enquanto ele mandasse, de lá não saía cavalo nenhum pra mim. Eu quis escrever uma carta a vovô dando conta da ruindade, cheguei a rascunhar uma no caderno, mas mamãe disse que de jeito nenhum eu devia fazer isso; vovô estava muito doente e podia piorar com a notícia; quando ele voltasse bom, ele mesmo me daria o cavalo sem precisar eu contar nada.

Quando eu voltava da escola e mamãe não precisava de mim, eu ficava sentado debaixo de uma mangueira no quintal e pensava no cavalinho, nos passeios que ia fazer com ele, e era tão bom que parecia que eu já era dono. Só faltava um nome bem assentado, mas era difícil arranjar, eu só lembrava nomes muito batidos, Rex, Corta-Vento, Penacho. Padre Horácio quis ajudar, mas só vinha com nomes bonitos demais, tirados de livro, um que me lembro foi Pegaso. Isso deu discussão, porque Osmúsio, que também lia muito, disse que certo era Pégaso. Para não me envolver eu disse que não queria nome difícil.

Um dia fui no Jurupensém com meu pai e vi lá um menino alegrinho, com o cabelo caído na testa, direitinho como o de um poldro. Perguntei o nome dele, ele disse que era Zibisco. Estipulei logo que o meu cavalinho ia se chamar Zibisco.

O tempo passava e vovô Rubém nada de voltar. De vez em quando chegava uma carta de tio Amâncio, papai e mamãe ficavam tristes, conversavam coisas de doença que eu não entendia, mamãe suspirava muito o dia inteiro. Um dia tio Torim foi visitar vovô e voltou dizendo que tinha comprado o Chove-Chuva. Papai ficou indignado, discutiu com ele, disse que era maroteira, vovô Rubém não estava em condições de assinar papel, que ele ia contar o caso ao juiz. Desde esse dia tio Torim nunca mais foi lá em casa, quando vinha à cidade passava por longe.

Depois chegou outra carta, e eu vi mamãe chorando no quarto. Quando entrei lá com desculpa de procurar um brinquedo, ela me chamou e disse que eu não ficasse triste, mas vovô não ia mais voltar. Perguntei se ele tinha morrido, ela disse que não, mas era como se tivesse. Perguntei se então a gente não ia poder vê-lo nunca mais, ela disse que podia, mas não convinha.

— Seu avô está muito mudado, meu filho. Nem parece o mesmo homem — e caiu no choro de novo.

Eu não entendia por que uma pessoa como meu avô Rubém podia mudar, mas fiquei com medo de perguntar mais; mas uma coisa eu entendi: o meu cavalinho, nunca mais. Foi a única vez que chorei por causa dele, não havia consolo que me distraísse.

Não sei se foi nesse dia mesmo, ou poucos dias depois, eu fui sozinho numa fazenda nova e muito imponente, de um senhor que tratavam de major. A gente chegava lá indo por uma ponte, mas não era ponte de atravessar, era de subir. Tinha uns homens trabalhando nela, miudinhos lá no alto, no meio de uma porçoeira de vigas de tábuas soltas. Eu subi até uma certa altura, mas desanimei quando olhei para cima e vi o tantão que faltava. Comecei a descer devagarinho para não falsear o pé, mas um dos homens me viu e pediu-me que o ajudasse. Era um serviço que eles precisavam acabar antes que o sol entrasse, porque se os buracos ficassem abertos de noite muita gente ia chorar lágrimas de sangue, não sei por que era assim, mas foi o que ele disse.

Fiquei com medo que isso acontecesse, mas não vi jeito nenhum de ajudar. Eu era muito pequeno, e só de olhar para cima perdia o fôlego. Eu disse isso ao homem, mas ele riu e respondeu que eu não estava com medo nenhum, eu estava era imitando os outros. E antes que eu falasse qualquer coisa, ele pegou um balde cheio de pedrinhas e jogou para mim.

— Vai colocando essas pedrinhas nos lugares, uma depois da outra, sem olhar para cima nem para baixo, de repente você vê que acabou.

Fiz como ele mandou, só para mostrar que não era fácil como ele dizia — e era verdade! Antes que eu começasse a me cansar, o serviço estava acabado.

Quando desci pelo outro lado e olhei a ponte enorme e firme, resistindo ao vento e à chuva, senti uma alegria que até me arrepiou. Meu desejo foi voltar para casa e contar a todo mundo e trazê-los para verem o que eu tinha feito; mas logo achei que seria perder tempo, eles acabariam sabendo sem ser preciso eu dizer. Olhei a ponte mais uma vez e segui o meu caminho, sentindo-me capaz de fazer tudo o que eu bem quisesse.

Parece que eu estava com sorte naquele dia, senão eu não teria encontrado o menino que tinha medo de tocar bandolim. Ele estava tristinho encostado numa lobeira olhando o bandolim, parecia querer tocar, mas nunca que começava.

— Por que você não toca? — perguntei.

— Eu queria, mas tenho medo.

— Medo do quê?

— Dos bichos-feras.

— Que bichos-feras?

— Aqueles que a gente vê quando toca. Eles vêm correndo, sopram um bafo quente na gente, ninguém aguenta.

— E se você tocasse de olhos fechados? Via também?

Ele prometeu experimentar, mas só se eu ficasse vigiando; eu disse que vigiava, mas ele disse que só começava depois que eu jurasse. Não vi mal nenhum, jurei. Ele fechou os olhinhos e começou a tocar uma toada tão bonita que parecia uma porção de estrelas caindo dentro da água e tingindo a água de todas as cores.

Por minha vontade eu ficava ouvindo aquele menino a vida inteira; mas estava ficando tarde e eu tinha ainda muito que andar. Expliquei isso a ele, disse adeus e fui andando.

— Não vai a pé não — disse ele. — Eu vou tocar uma toada pra levar você.

Colocou novamente o bandolim em posição, agora sem medo nenhum, e tirou uma música diferente, vivazinha, que me ergueu do chão e num instante me levou para o outro lado do morro. Quando a música parou eu baixei diante de uma cancela novinha, ainda cheirando a oficina de carpinteiro.

— Estão esperando você — disse um moço fardado que abriu a cancela. — O major já está nervoso.

O major — um senhor corado, de botas e chapéu grande — estava andando para lá e para cá na varanda. Quando me viu chegando, jogou o cigarro fora e correu para receber-me.

— Graças a Deus! — disse ele. — Como foi que você escapuliu deles? Vamos entrar.

— Ninguém estava me segurando — respondi.

— É o que você pensa. Então não sabe que os homens de Nestor Gurgel estão com ordem de pegar você vivo ou morto?

— Meu tio Torim? O que é que ele quer comigo?

— É por causa dos cavalos que seu avô encomendou para você. São animais raros, como não existe lá fora. Seu tio quer tomá-los.

Se meu tio queria tomar os cavalos, era capaz de tomar mesmo. Meu pai dizia que tio Torim era treteiro desde menino. Pensei nisso e comecei a chorar.

O major riu e disse que não havia motivo para choro, os cavalos não podiam sair dali, ninguém tinha poder para tirá-los. Se alguém algum dia conseguisse levar um para outro lugar, ele virava mosquito e voltava voando.

Sendo assim eu quis logo ver esses cavalos fora do comum, experimentar se eram bons de sela. O major disse que eu não precisava me preocupar, eles faziam tudo o que o dono quisesse, disso não havia dúvida.

— Aliás — disse olhando o relógio — está na hora do banho deles. Venha pra você ver.

Descemos uma calçadinha de pedra-sabão muito escorreguenta e chegamos a um portãozinho enleado de trepadeiras. O major abriu o trinco e abaixou-se bem para passar. Eu achei que ele devia fazer um portão mais alto, mas não disse nada, só pensei, porque estava com pressa de ver os cavalos.

Passamos o portão e entramos num pátio parecido com largo de cavalhada, até arquibancadas tinha, só que no meio, em vez do gramado, tinha era uma piscina de ladrilhos e de água muito limpa. Quando chegamos o pátio estava deserto, não se via cavalo nem gente. Escolhemos um lugar nas arquibancadas; o major olhou novamente o relógio e disse:

— Agora escute o sinal.

Um clarim tocou não sei onde e logo começou a aparecer gente saída de detrás de umas árvores baixinhas que cercavam todo o pátio. Num instante as arquibancadas estavam tomadas de mulheres com crianças no colo, damas de chapéus de pluma, senhores de cartolas e botina de pelica, meninos de golinhas de revirão, meninas de fita no cabelo e vestidinhos engomados.

Quando cessaram os gritos, empurrões, choros de meninos e todos se aquietaram em seus lugares, ouviu-se novo toque de clarim. A princípio nada aconteceu, e todo mundo ficou olhando para todos os lados, fazendo gestos de quem não sabe, levantando-se para ver melhor.

De repente a assistência inteira soltou uma exclamação de surpresa, como se tivesse ensaiado antes. Meninos pulavam e gritavam, puxavam os braços de quem estivesse perto, as meninas levantavam-se e sentavam batendo palminhas. Do meio das árvores iam aparecendo cavalinhos de todas as cores, pouco maiores do que um bezerro pequeno, vinham empinadinhos marchando, de vez em quando olhavam uns para os outros como para comentar a bonita figura que estavam fazendo. Quando chegaram à beira da piscina estacaram todos ao mesmo tempo como soldados na parada. Depois um deles, um vermelhinho, empinou-se, rinchou e começou um trote dançado, que os outros imitaram, parando de vez em quando para fazer mesuras à assistência. O trote foi aumentando de velocidade, aumentando, aumentando, e daí a pouco a gente só via um risco colorido e ouvia um zumbido como de zorra. Isso durou algum tempo, eu até pensei que os cavalinhos tinham se sumido no ar para sempre, quando então o zumbido foi morrendo, as cores foram se separando, até os bichinhos aparecerem de novo.

O banho foi outro espetáculo que ninguém enjoava de ver. Os cavalinhos pulavam na água de ponta, de costas, davam cambalhotas, mergulhavam, deitavam-se de costas e esguichavam água pelas ventas fazendo repuxo.

Todo mundo ficou triste quando o clarim tocou mais uma vez, e os cavalinhos cessaram as brincadeiras. O vermelhinho novamente tomou a frente e subiu para o lajeado da beira da piscina, seguido pelos outros, todos sacudiram os corpinhos para escorrer a água e ficaram brincando no sol para acabar de se enxugar.

Depois de tudo o que eu tinha visto, achei que seria maldade escolher um deles só para mim. Como é que ele ia viver separado dos outros? Com quem ia brincar aquelas brincadeiras tão animadas? Eu disse isso ao major, e ele respondeu que eu não tinha que escolher, todos eram meus.

— Todos eles? — perguntei incrédulo.

— Todos. São ordens de seu avô.

Meu avô Rubém, sempre bom e amigo! Mesmo doente, fazendo tudo para me agradar.

Mas depois fiquei meio triste, porque me lembrei do que o major tinha dito — que ninguém podia tirá-los dali.

— É verdade — disse ele em confirmação, parece que adivinhando o meu pensamento. — Levar não pode. Eles só existem aqui em Platiplanto.

Devo ter caído no sono em algum lugar e não vi quando me levaram para casa. Só sei que de manhã acordei já na minha cama, não acreditei logo porque o meu pensamento ainda estava longe, mas aos poucos fui chegando. Era mesmo o meu quarto — a roupa da escola no prego atrás da porta, o quadro da santa na parede, os livros na estante de caixote que eu mesmo fiz, aliás precisava de pintura.

Pensei muito se devia contar aos outros, e acabei achando que não. Podiam não acreditar, e ainda rir de mim; e eu queria guardar aquele lugar perfeitinho como vi, para poder voltar lá quando quisesse, nem que fosse em pensamento.

Era só brincadeira

Vi quando o escrivão Valtrudes voltava daquela pescaria. Ele cumprimentou-me na janela, eu perguntei se ele tinha deixado algum peixe no rio; ele respondeu que tinha perdido o tempo e a paciência, só apanhara uma meia dúzia de miuçalhas e um cano de garrucha.

— Hoje em dia até os peixes são treteiros — disse ele. — Comem a isca e vão-se embora palitando os dentes.

Ri porque Valtrudes era bom companheiro, sempre pronto a dar a mão a quem precisasse, eu mesmo lhe devia muitos favores.

— Agora você faz uma garrucha do cano e vira caçador — disse eu, apenas para continuar a conversa.

— Não serve para nada — disse ele mostrando o cano comido de ferrugem. — Muito velho. Vou dar para os meninos, talvez sirva para brinquedo.

Não pensei mais no assunto, tão banal era ele, e acho que Valtrudes também não pensou. Disse-me ele mais tarde que ao chegar em casa atirou o cano velho entre os brinquedos dos meninos — uma confusão de parafusos, porcas, carretéis, vidros, caixinhas de vários tamanhos — e esqueceu-o por completo, como qualquer pessoa esqueceria.

Lembro-me que alguns dias mais tarde, quando fui em casa de Valtrudes apressá-lo a respeito de uma escritura, vi um dos meninos aparelhando uma tábua em forma de coronha. Isso me fez pensar novamente no cano pescado no rio, mas foi um pensamento ligeiro. Valtrudes mandou fazer café e não falou na escritura, sinal de que ainda não havia cuidado dela. Conversamos sobre política e sobre o último escândalo de Bem-João, homem muito valente, que ameaçara entrar na igreja montado a cavalo. Os cidadãos válidos haviam formado uma guarda para impedir o desrespeito, mas o padre estava contra a ideia, receava que a presença de homens armados e a possibilidade de conflito espantassem as mulheres da igreja; em consequência, os defensores da igreja tinham agora de lutar contra Bem-João e contra a oposição do vigário. O juiz fora chamado como mediador, mas, em vez de propor uma saída honrosa, deitou mais lenha na fogueira, pedindo a substituição do padre "por não mostrar o interesse que era de esperar dele na defesa das coisas sagradas".

Era preciso uma saída honrosa, mas ninguém queria tomar a iniciativa, estando as coisas no pé em que estavam. Sendo Valtrudes uma pessoa apreciada por todos, sugeri que ele fizesse alguma coisa pela concórdia geral; mas a mulher dele, que pensei estivesse cuidando de suas obrigações lá para dentro, estava escutando atrás da porta. Quando sugeri a intervenção de Valtrudes, ela entrou na sala de olhos fuzilando e proibiu-o de fazer fosse o que fosse contra os desejos do padre. Não sendo religioso, ele não tinha nada que meter a colher de pau no angu, disse ela; e quanto a mim, eu devia entrar para a irmandade e tratar de salvar a minha alma, em vez de andar contando anedotas sacrílegas.

Eu sempre gostara de d. Genuh, e nunca deixara de elogiá-la quando havia oportunidade, e pensava que ela também tivesse alguma simpatia por mim; agora que ela revelava com todas as letras — e em sua casa — quais eram os seus verdadeiros sentimentos a meu respeito, fiquei realmente sem graça. Tentei dizer alguma coisa em minha defesa, mas vendo que Valtrudes não estava em condições de me apoiar, e que d. Genuh não estava interessada em ouvir, simplesmente apanhei o chapéu e saí. Valtrudes veio trazer-me à porta, e tão desolado e amedrontado estava que eu o desculpei intimamente por não ter podido dizer nada em nome de nossa amizade. Mas fiquei tão contrariado com o incidente que cheguei em casa com muita dor de cabeça e resolvi não sair mais naquele dia.

Tarde da noite fui incomodado por um cavalheiro do norte, que dizia ter um assunto urgente a tratar comigo. Mandei dizer-lhe para vir no dia seguinte, considerando que já era tarde e eu não estava passando bem. Eu não tinha acabado de dar a ordem à empregada quando o homem entrou pelo quarto, segurando o chapéu em cima de uma pasta que trazia na frente do corpo.

— Vejo que o senhor já está recolhido — disse ele — mas a precisão faz o ladrão. Eu não me atreveria a incomodá-lo se o assunto não fosse de capital importância. O senhor está me entendendo?

Para dispensar explicações eu disse que sim; e animado pela minha resposta, embora monossilábica e soltada de má vontade, o homem perdeu a timidez inicial e chegou até a encarar a minha empregada, como se quisesse que ela saísse imediatamente; mas, altiva como era, ela não sairia sem o meu consentimento — que aliás eu dei para evitar retardamento na exposição que ele ia fazer.

— Assunto da mais alta gravidade traz-me a este simpático lugarejo — começou ele, procurando um lugar para sentar-se e sentando numa cadeira ao lado da cama, sem nenhuma consideração pelas roupas que estavam em cima.

— Faça o favor de sentar-se naquela banqueta ali no canto — disse eu, disposto a não deixá-lo fazer o que entendesse.

— Peço perdão, peço perdão — disse ele. — O lar de um homem é o seu castelo, e no castelo manda o castelão.

Vendo-o sentado na banqueta, com os joelhos quase à altura dos ombros, senti-me de certo modo vingado pela sua intrusão e pelo seu falar pedante. Como pode um homem tratar de assunto sério encolhido nessa posição ridícula? — pensei.

— O assunto que me traz aqui afeta o seu velho amigo Valtrudes Assunção. Os senhores são amigos, verdade?

— Unha e carne — disse eu, para afastar a possibilidade de alguma referência desagradável a Valtrudes.

— Exato. Isso facilita bastante o meu trabalho. Tenho aqui umas perguntas a lhe fazer, e conto com a sua cooperação para o bem de todos — e remexeu na pasta até encontrar uma folha de papel escrito à mão e muito borrada.

Notando que o questionário era extenso, sentei-me na cama de um impulso e disse-lhe sem rodeios:

— Olhe aqui, capitão…

— Major. Major Beviláqua.

— Olhe aqui, meu caro major. Se o senhor pensa que eu vou falar contra o meu amigo Valtrudes, será melhor encerrarmos esta entrevista antes mesmo de começada. Assim pouparemos o seu tempo e o meu.

Ele mordeu os lábios, de olhos baixados para o papel, como se procurasse ali alguma sugestão. Da cama eu podia ver os músculos do rosto dele mexendo como se fosse o pensamento pulsando. Percebi que ele estava em dificuldade para argumentar, mas fiquei calado, pois não tinha nenhuma intenção de facilitar-lhe o trabalho.

— Muito justo… muito justo — disse ele afinal. — Mas eu não vim pedir-lhe que traia o seu amigo, Deus me livre. Os esclarecimentos que o senhor prestasse podiam até contribuir para salvá-lo, quem sabe?

— Salvá-lo? O que é que o ameaça?

— Não sei, meu caro senhor, não sei. Eu vim aqui justamente para investigar, e o meu maior desejo é que tudo se esclareça satisfatoriamente. Não me agrada o papel de acusador. Mas acredite-me: se eu encontrar base para uma acusação, não descanso enquanto não for feita justiça.

Quando ele disse isso seus olhos brilharam de um jeito que desmentia o que ele dissera antes sobre o desagrado que lhe causava o papel de acusador. Esse homem é um acusador nato, pensei. E quando ele perguntou se eu ia ajudá-lo ou se ele devia procurar outros caminhos, achei que talvez fosse melhor preparar-me para as perguntas. Se o bom Valtrudes estava enredado em alguma complicação, era melhor que eu tentasse fazer alguma coisa por ele, em vez de deixar que a minha antipatia pelo investigador o prejudicasse.

— Muito bem. Vamos às perguntas — disse eu.

— Então vamos ver — disse ele, voltando a consultar o papel. — Primeira pergunta: se são amigos; resposta: de carne e unha. Esta já matamos. Agora a segunda: é verdade que este sr. Valtrudes — o seu amigo Valtrudes — é bom pescador?

Pensei em dizer que não era tanto assim, mas achei melhor confirmar; isso não poderia prejudicá-lo de nenhum modo.

— Pesca de linha ou de arpão?

— Só de linha.

— Tem certeza que ele não experimenta o arpão de vez em quando?

— Que eu saiba, não; pelo menos nunca vi.

O investigador olhou-me firme e insistiu:

— Faça um esforço, cavalheiro. Este ponto é muito importante.

— Bem, há anos que pescamos juntos, e nunca o vi usar arpão. Sempre frequentei a casa dele, e nunca vi arpão lá. Por que haveria ele de esconder o arpão, ou de fazer segredos?

— Isso, meu caro senhor, eu não estou em condições de esclarecer. Então o senhor afirma que esse sr. Valtrudes não pesca de arpão.

— O meu amigo Valtrudes não pesca de arpão — respondi secamente.

Ele fitou-me, coçou a barba, olhou o papel, como se a firmeza de minha resposta o tivesse desorientado.

— Vamos fazer o seguinte — disse ele. — Eu vou deixar essa resposta em branco, depois voltaremos a ela.

Eu disse que não havia motivo para tanta prudência, uma vez que eu estava dizendo a verdade; e que nada no mundo me faria alterá-la para conformar a resposta com um questionário preparado sabe-se lá onde e para que fim; se ele não aceitava a minha palavra, não havia objetivo em continuar com o interrogatório.

Ele pôs o papel de lado e explicou-me com exagerada paciência que a prudência era o requisito número um de sua profissão, que ele não podia ser apressado na condução de um interrogatório, principalmente um da espécie daquele; que estava muito acostumado a tomar resposta de pessoas que falavam sem pensar e depois queriam alterar tudo a pretexto de retificação; por isso, e para evitar rasuras, quando determinada resposta parecia não jogar com certos fatos por ele já conhecidos, ele adotara o sistema de deixar o espaço em branco para consideração posterior.

— Não pense o senhor que eu estou duvidando de sua palavra — concluiu ele. — Eu posso estar duvidando é da sua memória, e isso não é ofensa.

Evidentemente o homem sabia explicar-se. Depois de ouvi-lo, tive de concordar com o acerto de seu método, embora ele não se aplicasse ao meu caso. A minha memória era excelente, disso eu não tinha dúvida.

— Podemos continuar agora, sem mais mal-entendidos? — perguntou ele depois de alguns momentos de silêncio.

— Às suas ordens.

— Quando foi que os senhores pescaram da última vez — ou melhor, quando foi que ele pescou da última vez?

— Coisa de uns dois ou três dias.

— Precisamente?

— Deixe-me ver... hoje é sexta... deve ter sido... na terça.

— E fez boa pescaria?

— Nada, coitado. Pegou uma meia dúzia de lambaris mirrados.

— Só? Não é pouco demais para um pescador experimentado?

— Ele não estava com sorte naquele dia. Nós até comentamos isso quando ele passou de volta, ele disse que hoje em dia os peixes comem a isca e vão-se embora palitando os dentes.

— Uma piada. Ele faz muitas piadas?

— Não mais do que a média dos homens.

— E por que não estava ele com sorte? Alguma preocupação?

— Que eu saiba, não. Valtrudes não é homem para viver preocupado.

— O senhor disse seis lambaris. O senhor os contou? Tem certeza que não havia nada mais no embornal?

— Contar não contei; foi o que ele me disse.

— Então o senhor não olhou dentro do embornal? Não pode dizer se havia mais alguma coisa?

— Acho que não havia... a menos que o senhor esteja interessado no cano de garrucha.

— Um cano de garrucha? — perguntou ele interessadíssimo. — Que negócio é esse?

— Um cano enferrujado que Valtrudes pescou no rio.

— Ah, sim. Interessante. O senhor viu o cano? Pegou nele?

— Vi, mas não peguei. Foi ele mesmo quem o tirou do embornal e mostrou.

— Pode dizer como era esse cano?

— Era um cano assim de um palmo, tinha a bolinha da mira e aquele rabo com buracos de parafuso para pregar na coronha.

O investigador anotou a minha descrição e continuou.

— Sabe dizer se o sr. Valtrudes ficou muito contente com o achado?

— Nem um pouco. O cano não tem nenhuma serventia, tanto que ele o deu para os meninos brincarem.

Ele ficou pensando, coçando a cabeça com a ponta do lápis, depois disse:

— Para os meninos brincarem, o senhor disse? Posso escrever isso, ou prefere deixar a resposta em branco? O senhor não é obrigado a responder o que não sabe.

Positivamente ele queria me dar outra oportunidade de reconsiderar, porque molhou o lápis na língua com toda a pachorra e levou muito tempo para encontrar a linha onde devia escrever. Procurei não mostrar nenhum interesse, e mesmo evitei olhá-lo para que ele não interpretasse o meu olhar como desejo de aceitar a sugestão. Tendo afinal anotado a resposta, ele passou os olhos pela folha e disse:

— Bem, esta história do cano anula a minha pergunta a respeito do arpão. Eu vou riscá-la aqui do meu questionário e o senhor me faz o favor de esquecê-la. E acho que não preciso mais do senhor, pelo menos por enquanto. Já tenho aqui bastante material para ir mastigando devagarinho.

Com isso ele levantou-se e espreguiçou-se sem nenhuma cerimônia, estalando várias juntas do corpo, o que era bem compreensível considerando-se a posição forçada em que estivera sentado. Eu quis levantar-me também, mas ele prendeu-me na cama com a mão no peito, e com tanta força que nem pude erguer a cabeça.

— Não se incomode por minha causa — disse. — Eu sei voltar por onde vim — e num instante desapareceu na sombra da porta entreaberta.

Depois que ele se foi, eu refleti na maneira pouco civil do seu aparecimento, na sua insolência em submeter-me a interrogatório, como se eu fosse réu de algum crime, e fiquei tão furioso com ele, e mais ainda com a minha passividade, que pensei em alcançá-lo na rua, tomar-lhe o papel e rasgá-lo; mas pensei no escândalo, e achei melhor não dizer nada a ninguém. Também aquilo estava tão misterioso que até podia tratar-se de alguma brincadeira, se não de um mal-entendido. No dia seguinte eu conversaria com Valtrudes e juntos combinaríamos as providências a tomar.

Quando cheguei à janela ainda de pijama — eu ainda nem tinha tomado café — vi uma porção de gente andando apressada no rumo da velha Casa da Pólvora. Como a venda de Bem-João ficava por aquele lado, pensei tratar-se de algum choque entre ele e os defensores da igreja; e lembrando-me do incidente com d. Genuh, resolvi não me interessar pela rixa. Fosse qual fosse o pretexto, Bem-João merecia um corretivo pelas arruaças que armava.

Sentei-me para o café, e não havia ainda tomado a primeira colherada de leite com farinha quando d. Genuh entrou-me pela varanda, de chinelas e roupas de casa e com o filho mais novo enganchado na cintura.

— Tenha pena de mim, Luís! Levaram o meu Valtrudes! — exclamou ela, o rosto apoiado na cabeça do menino e as lágrimas caindo.

O aparecimento de d. Genuh em hora tão inconveniente, e a sua maneira ridícula de chorar sacudindo o corpo, longe de me comoverem deixaram-me numa espécie de alheamento irritado. Para mostrar que o seu desespero não me havia contagiado, indaguei com estudada complacência:

— Quem levou, para onde e para quê?

— Aqueles homens antipáticos! Algemaram o meu Valtrudes! E ele tão manso, tão conformado... Foi isso que me cortou o coração!

Não pude deixar de rir ao pensar no pobre Valtrudes algemado e levado para a frente por desconhecidos — e ainda por cima antipáticos! Mas aos primeiros arrancos de riso eu mesmo fiquei espantado com a minha falta de consideração. Como podia eu proceder assim com um amigo, e ainda por cima diante de sua mulher? Ela ficou tão indignada, e com razão, que escorregou o menino da cintura, soltando-o no chão sem muito cuidado, e avançou para mim de punho erguido; mas, contendo-se em tempo, olhou-me com um olhar de fazer pena, e explicou:

— Você! O nosso melhor amigo! O que não estará sofrendo o meu pobre Valtrudes nas unhas daqueles desconhecidos, se os próprios amigos têm coragem de rir numa hora dessas? Ai, meu Deus, o que vai ser de mim, com quatro filhos para criar?

Para mostrar o quanto eu estava envergonhado, empurrei a tigela de leite para longe e comecei a chorar também; mas isso, em vez de consolá-la, irritou-a ainda mais. Dona Genuh olhou-me com desprezo e disse com o canto da boca:

— É só isso que você sabe fazer? Deixe isso para mim, que sou mulher. Lágrimas de homem não salvam o meu marido. Vista uma roupa decente e vá ver o que estão fazendo com ele, pelo menos para lhe dar conforto moral! Ah, a moleza de certos homens!

Valtrudes estava ajoelhado no meio da sala empalhando uma cadeira, serviço que gostava de fazer quando não estava pescando nem tirando certidões. Se ele realmente se metera em alguma complicação, isso não o preocupava em nada, podia-se ver pelo seu jeito que ele estava absolutamente tranquilo e esquecido da vida. Estava ajoelhado no chão, com os braços apoiados no assento da cadeira como em um banco de rezar, e a seu lado no chão viam-se os instrumentos que ele ia usando alternadamente — uma verruma, sovela, um canivete bem afiado e grande quantidade de tiras de palhinha. Aproximei-me e fiquei em pé ao lado dele, mas ele não me viu, tão entretido estava. Quando precisou de uma nova tira de palhinha e notou que alguém estava pisando numa ponta dela, nem viu que era eu; apenas bateu com a verruma no bico de minha botina e disse sem olhar:

— Vamos daí?

Tirei o pé e ele continuou trabalhando, e só depois que apanhei um pedaço rejeitado de palhinha e fiz-lhe cócegas no ouvido com ele foi que Valtrudes sacudiu vigorosamente a cabeça e olhou para trás.

— Ah, é você, bichão? — disse ele coçando o ouvido. — Os empalhadores de ofício têm muito a aprender comigo, hein? Não têm a minha paciência. Querem acabar logo para pegar outro serviço. Veja se eles fazem um trabalho como este — e empurrou a cadeira um pouco para longe para podermos ver melhor o trabalho.

Por mais que eu deteste o papel de desmancha-prazeres, tive de dizer-lhe que a sua competência como empalhador, pescador e tudo o mais era bem conhecida, eu seria a última pessoa a fazer pouco dela, mas — e a acusação? Como pretendia ele conduzir a sua defesa? Tinha ele pensado no assunto por acaso?

Valtrudes olhou-me espantado, como se eu tivesse dito alguma coisa completamente fora de propósito. Depois sorriu e disse:

— Ah, aquilo? — e apontou uns homens que estavam reunidos em volta de uma mesa num canto do salão. — Deixe os boiotas se divertirem, coitados. São todos tantãs. Já estive falando com eles, e acho que o melhor a fazer é não contrariá-los.

Vendo os homens discutirem o caso, consultarem leis, folhearem os autos, não tive a impressão de serem boiotas, nem me pareceu que o melhor a fazer fosse cruzar os braços e dizer amém a tudo o que dissessem.

— Acho que você está se descuidando, Valtrudes — eu disse. — Eles estão fazendo a sua cama. Ainda ontem esteve lá em casa um cavalheiro com um papel...

— O major? Coitado, tem a mania de investigador. Você deu trela a ele?

— Ele fez-me umas perguntas a seu respeito.

— Não estou dizendo? O que foi que você respondeu?

— Respondi o que sabia, procurando não lhe comprometer.

Valtrudes deu uma boa gargalhada e disse:

— Fez mal, bichão. Você devia ter inventado uma porção de coisas horrorosas. Ele teria ficado radiante.

— Mas Valtrudes... Não estou entendendo nada. Por que então trouxeram você para cá algemado? Por que então todo aquele choro de d. Genuh?

Ele disse que tudo isso era para dar realismo à peça.

Essa revelação naturalmente mudou a minha perspectiva, e passei a me divertir com a encenação, até ajudei aqui e ali como figurante.

— Antes assim — disse eu. — Mas palavra que vocês me assustaram. Agora você me dá licença que eu vou acabar de tomar o meu café.

— Venha para assistir à execução da sentença — disse ele. — Vai ser muito divertido. Veja se traz Genuh e os meninos.

Pensei em aproveitar o resto da manhã limpando a minha espingarda, que andara emprestada uns dias e voltara em petição de miséria, pior do que arma de quartel; eu estava ainda com ela desmontada em cima da mesa quando chegou um recado de Valtrudes: se eu quisesse ver o ato final devia ir depressa, e ele me aconselhava a não faltar.

Enrolei a espingarda como estava e fui para a Casa da Pólvora, mas desta vez não pude entrar, estava tudo cheio, havia gente até no corredor. Para poder espiar um pouco da sessão tive que arrastar uma pedra grande e encostá-la na parede embaixo de uma das janelas. Trepado na pedra eu podia ver as pessoas apenas dos ombros para cima, devido a ser o parapeito muito largo e me tirar grande parte da vista.

Valtrudes estava diante dos juízes dizendo qualquer coisa, mas eu não podia ouvi-lo direito; enquanto olhava e procurava escutar, eu tinha também que defender a minha posição em cima da pedra contra um bando de pessoas que queriam tomar-me o lugar. Mesmo assim ainda fiquei impressionado com as qualidades de ator mostradas por Valtrudes. Vendo-o ali discutir, arrazoar e implorar, eu seria capaz de jurar que ele estava lutando com todos os seus recursos para salvar a vida!

De repente houve um zum-zum na sala, quem estava sentado levantou-se, todos falavam ao mesmo tempo. Esticando-me ao máximo, pude ver Valtrudes sendo conduzido para o fundo do salão, o povo abrindo caminho. Pelo que pude depreender, iam executar a sentença num local previamente preparado no pátio dos fundos, vedado por uma cerca de mandacarus. Escorreguei pela pedra abaixo e corri para a cerca, chamando as outras pessoas; mas como não podíamos atravessar a cerca — as guaspas eram muito pontudas e unidas — o jeito foi deitar no chão entre os pés de mandacaru, deitamos uns por cima dos outros para aproveitar o espaço.

Valtrudes desceu a escadinha dos fundos carregando uma cadeira, a mesma que ele havia empalhado, seguido por dois soldados armados. Os juízes e funcionários vinham mais atrás, e colocaram-se debaixo de uma jaqueira, talvez para aproveitar a sombra, pois o sol estava castigando. Não pude compreender o que Bem-João estava fazendo no meio deles, o único particular a assistir de perto à execução — até que um dos funcionários mandou que ele amarrasse Valtrudes à cadeira, o que ele fez com uma embira fornecida por um dos soldados. Depois o mesmo funcionário anotou qualquer coisa em um livro que segurava apoiado no peito, e perguntou pela garrucha. Outro soldado adiantou-se e entregou uma garrucha a Bem-João. (De onde eu estava pude ver que era uma garrucha de cano enferrujado e coronha feita de tábua de caixote.) Bem-João exibiu a garrucha ao funcionário para nova anotação e afastou-se dez passos de Valtrudes. Um dos juízes levantou o dedo e pediu verificação. Bem-João deixou uma pedrinha no lugar onde havia contado o décimo passo e voltou para fazer nova medição: estava certo. O funcionário anotou. Depois houve uma algazarra perto de mim, alguém queria entrar à força no vão à minha direita, os que estavam lá protestavam, não havia mais lugar, gritei para sossegarem, e quando olhei de novo Bem-João estava apontando a garrucha para Valtrudes.

O estampido assustou uns periquitos que estavam na jaqueira, e ao mesmo tempo vi um caco da cabeça de Valtrudes voar alto, como coco quebrado a machado, e ir cair perto de um barril velho, enquanto a cadeira tombava para trás com ele ainda sentado.

Voltei para casa intrigado com o que tinha acabado de ver. Por mais que pensasse, eu não podia atinar como iriam eles soldar novamente a cabeça de Valtrudes, quando a brincadeira acabasse.

Os do outro lado

A casa era grande e alta, de tijolos vermelhos, talvez a mais alta do lugar. Ficava atrás de uma cerca de taquara coberta de melões-de-são-caetano. Mas sendo tão grande, tão alta e de cor tão viva, e a cerca não tendo mais que a altura de um homem médio, nunca pude compreender por que não era vista da rua. Desde que me entendo, eu passava por lá todos os dias, para cima e para baixo, lembro-me bem da cerca inclinada aqui e ali ao peso da folhagem, a rua de largura exagerada, o capim crescendo nas fendas da calçada, e no meio da rua os riscos paralelos das rodas dos carros, cortados fundo na terra vermelha.

Lembro-me do barranco alto que havia do outro lado, as casinhas equilibradas lá em cima entre mangueiras e abacateiros, as frutas que caíam na rua e que ninguém apanhava, até olhava com certo receio; a roupa estendida na cerca de arame, as pancadas permanentes que vinham de lá, como se a única ocupação daquela gente fosse remendar panelas e tachos, num serviço que nunca acabava. De vez em quando um cachorro latia sem muito entusiasmo e logo se calava, como se estivesse apenas cumprindo uma obrigação, ou avisando que não o esquecessem, que ele também queria entrar na paisagem. Lembro-me de tudo isso, mas não me lembro da casa vermelha anteriormente aos acontecimentos que vou relatar.

Também não me lembro de ter andado do outro lado, não sei quem morava lá, aquela parte não estava no meu caminho nem na minha curiosidade; só me recordo, como coisa normal e aceita, que os entes que moravam lá não eram para ser vistos, muito menos frequentados ou recebidos. Se acontecia-nos encontrar um deles, virávamos o rosto para o outro lado, ou corríamos caso ele viesse nos falar.

Por causa deles fiquei preso várias horas em casa de uns amigos, onde tinha ido levar um prato de jabuticabas. Vejo-me transportando o prato com muito cuidado porque estava cheio de derramar, a caminhada era difícil por causa das falhas do calçamento, das ladeiras a subir e descer e eu não podia deixar cair uma jabuticaba que fosse. Não que alguém as fosse contar uma a uma e responsabilizar-me pelas que faltassem; eu até comi boa quantidade delas pelo caminho, apanhando-as com a boca por ter as mãos ocupadas com o prato. Mas eu sabia que, se deixasse uma só escorregar do prato, no momento que ela batesse no chão uma coisa irreparável aconteceria. A minha responsabilidade era imensa, era como se eu estivesse aguentando nas mãos a mola que impede o mundo de desmanchar-se.

Quem me advertira? Quem me ameaçara? Não me lembro de advertência nem de ameaça, eu tinha uma ciência conformada, eu o sabia desde sempre, talvez mesmo antes de ter nascido. Era qualquer coisa a que o pessoal do outro lado não estava alheio.

Cheguei suando e cansado, com os braços doloridos de câimbra, ansioso por passar o prato a outras mãos — mas encontrei a casa fechada. Gritei até mais não poder, dei pontapés na porta, com muito cuidado para não balançar o prato. Tudo inútil, ninguém veio atender. Olhei em volta e notei que todas as casas da rua estavam sendo fechadas apressadamente, janelas e portas se batiam, ferrolhos rangiam, crianças eram arrastadas para dentro aos solavancos, iam chorando, de mãozinhas estendidas para os brinquedos que deixavam atrás. Não compreendi a razão de tanto nervosismo, a rua estava aparentemente calma.

Resignei-me a enfrentar as mesmas dificuldades na volta, cheguei a andar alguns passos, quando vi alguém olhando de meia cara por uma das janelas laterais. Gritei de novo, pedi que abrissem, e fizeram-me sinal para que desse a volta e entrasse pelos fundos.

Para dar a volta era preciso passar uma cerca de arame farpado entre o quintal e a rua. Passei rasgando a roupa e as pernas, mas não havia outro jeito, porque as mãos estavam ainda ocupadas. Na cozinha cheia de gente ninguém quis tomar-me o prato. Não houve recusa direta, foram até muito gentis, apenas quando eu me dirigia a um, esperando que me socorresse, ele disfarçava, fingia uma ocupação ou iniciava uma conversa animada com outro. Procurei um canto protegido, onde pudesse deixar o prato sem perigo de que o pisassem, mas não tive melhor sorte: num canto havia um jabuti encolhido em sua casca, em outro um formigueiro em atividade, em outro uma arara roía um gomo de cana em cima de um tamborete, e o último canto era ocupado por um enorme forno de tijolos. Afastei com o prato a tábua que tampava o forno, enxotei uma galinha que fizera ninho lá dentro e escondi lá o prato de jabuticabas.

Nessa altura eu me sentia tão cansado que a minha única preocupação era sentar-me em algum lugar. Sentei-me no chão mesmo, sem que ninguém notasse a esquisitice do meu ato, fiquei ali emburrado, frustrado, desejando que alguém acendesse o forno sem ver as jabuticabas, seria uma boa lição.

Quando a minha zanga esfriou fui prestando atenção à conversa e fiquei sabendo que era o dia da saída do pessoal do outro lado. Eles saíam uma vez por mês, ou por ano, e era preciso evitá-los a todo custo. Não passava pela cabeça de ninguém a ideia de desafiar a proibição, de acabar com o inconveniente de se esconder. Era assim e tinha de ser assim, ninguém perguntava por quê.

Também ninguém perguntava por que a casa vermelha, sendo tão diferente das outras, não sobressaía, não atraía gente para admirá-la, nem mesmo era vista por quem passasse na rua. Quanto a mim, eu a vi por acaso.

Todas as tardes, na hora do sol mais quente, eu levava o nosso cavalo a beber água no rio. Muitas vezes, enquanto ele fincava o focinho na água e engrossava o pescoço para facilitar a passagem dos goles, levantando a cabeça de vez em quando para tomar fôlego, eu ficava olhando um enxame de borboletas amarelas que fazia ponto na grama do barranco, onde as lavadeiras jogavam espuma de sabão. Nesse dia uma delas se destacou das outras e veio esvoaçar em volta de mim. Não dei importância; esperei que o cavalo se saciasse, instiguei-o com o calcanhar e tomei o caminho de volta. Já na estrada reparei que a borboleta seguia à minha frente, pousando ora na crina ora na testa do cavalo, ora circulando em volta de mim.

Não me interessava a borboleta, eu tinha a minha obrigação, meu pai esperava o cavalo e não gostava que eu demorasse. Mas de repente compreendi que aquele adejar insistente não era um mero capricho. A borboleta tinha uma mensagem para mim, estava escrita em suas asas, cheguei a ver uma ou outra palavra, que no entanto não consegui entender. Passei então a persegui-la com todo o empenho, e ela sempre se esquivando. Matá-la com uma chicotada seria fácil, mas morrendo a borboleta a mensagem se apagaria automaticamente antes que eu tivesse tempo de conhecê-la. Talvez meu pai me ajudasse a pegar a borboleta, eu precisava ler a mensagem, que era importantíssima.

Infelizmente não pude contar com a ajuda do velho, ele também tinha as suas dificuldades, em nada menores do que a minha. Parece que ele andara consertando a estaca de amarrar animais que havia em frente à nossa porta e que ultimamente andava bamba; mas não sei que jeito deu que conseguiu prender o pé entre a estaca e o buraco, e ficou ali grudado. Com o esforço que deve ter feito para soltar-se, a estaca que era fina engrossou e cresceu, ficou mais alta do que a casa e mais grossa do que uma palmeira bojuda. Era evidente que eu não podia contar com ele. Então entreguei-lhe o cabresto do cavalo e saí correndo atrás da borboleta, que positivamente me chamava.

Alcancei-a quando ela pousou na cerca e estendi a mão para apanhá-la; mas num salto gracioso ela passou para o outro lado. Havia uma abertura na cerca, ao que parece feita justamente para servir de passagem. Abaixei-me para passar... e foi então que vi aquela construção enorme, vermelha, imponente. Como fizeram isso aqui sem que eu soubesse? — pensei. Um senhor idoso que tomava sol em um banco em frente à casa prontificou-se a esclarecer-me.

Aquela casa fora construída pelo cônsul de Belgartúlia, homem muito sábio e muito viajado. Os mais velhos ainda se lembravam daquele estrangeiro alto, corado, de bonita barba branca sempre muito bem aparada. Só se vestia de branco e nunca se separava de uma bengala, não para apoiar-se nela, mas para tê-la debaixo do braço. Apesar de muito rico, tinha a mania de procurar tesouros enterrados, passava semanas inteiras em excursões pelos morros, dizem que não sem algum proveito.

Então a casa devia guardar uma fortuna imensa, não havia outra explicação para uma casa daquele tamanho. Perguntei ao velhinho se ele a conhecia por dentro, ele respondeu que não, nunca tinha entrado lá, e essa era a sua grande tristeza. O senhor cônsul havia-lhe prometido essa graça, mas o deixara ali esperando. Não se sabia por onde andava, havia suspeita que tivesse se passado para o outro lado, mas pela conversa do velho percebi que eram rumores sem base, talvez nascidos do receio de que isso viesse a acontecer.

E o manso velhinho continuava esperando, talvez já só pelo hábito, ou pela falta de ânimo de levantar-se para cuidar de outra coisa. Observei-lhe que muito ele devia ter perdido enquanto esteve sentado naquele banco esperando, aliás já bastante puído pelo roçar de seus braços e de suas costas; ele respondeu que exatamente por isso não tinha mais interesse em sair.

— Perdi a promessa e perdi a festa — disse ele suspirando.

O que isso queria dizer não fiquei sabendo, mas aquelas palavras, ditas com grande desconsolo, ficaram em meus ouvidos como expressão de total desilusionamento.

Pensando dar-lhe uma compensação tardia, convidei-o a acompanhar-me numa visita à casa, uma vez que as portas pareciam abertas e não havia nenhum vigia à vista. Ele olhou-me com total indiferença e disse:

— É melhor não. O ouro tem muita tara.

Essa me bastou. Então o homem esperava anos pela oportunidade de visitar a casa, eu lhe dava essa oportunidade e ele se desinteressava? Desisti de entendê-lo e fui dar uma volta pela casa. Subi os degraus, amplos como escadaria de igreja, entrei pela porta do centro e achei-me num saguão já esse muito exíguo, apenas uma nesga entre a porta e um tabique de madeira, coisa própria de construção em andamento. No tabique havia uma portinha estreita fechada com arame.

Não tive tempo de abrir a porta. Uma algazarra de meter medo chamou-me a atenção para a rua. Corri para o buraco da cerca e vi grande número de soldados e civis, todos armados, correndo pela rua, saltando por cima da cerca, derrubando-a e invadindo o jardim. Iam apressados ao encontro de bandos inimigos que avançavam por um matinho ao fundo.

Para não ser atropelado pelo grosso da tropa que vinha atrás, juntei-me a eles e corri também, saltando buracos, troncos de árvores derrubadas, um rego de água turva, mas me atrasei porque um investigador de polícia, vindo não sei de onde, encostou-se comigo e queria a todo custo vender-me uma caneta. Eu o empurrava, sacudia a cabeça significando que não queria, mas ele não me largava, sempre mostrando a caneta, segura pelas pontas com os dedos indicadores. Para me livrar dele o jeito era mesmo ficar com a caneta. Tomei-a depressa para pagar depois, mas ele absolutamente não concordou.

— Pagamento à vista — disse ele. — Não estou para sofrer mais prejuízo. Compram-me canetas fiado, passam-se para o outro lado e eu fico de que jeito?

Procurei nos bolsos, mas não achei dinheiro nenhum.

— Guarde a caneta para outra ocasião — disse eu, já armando o passo para sair correndo.

O homem agarrou-me pela aba do paletó e fincou os calcanhares no chão, puxando-me desesperadamente, quem visse pensaria que eu era a sua última esperança. Dei um safanão forte e joguei-o de costas no chão, mas ele começou a chorar como criança, dizendo que era sempre assim, ninguém queria nem tocar em suas canetas, parecia até castigo.

— E ela escreve tão bem, quer ver, experimenta — disse ele, oferecendo-me a caneta do chão mesmo, e já pronta para escrever.

Peguei a caneta e ia escrever qualquer coisa numa caixa de fósforos quando apareceu meu irmão Domício, e com um tapa jogou-a longe.

— Você está doido? Não escreva com esta caneta!

E explicou-me que aquilo era uma cilada muito antiga, admirava-se de eu não conhecê-la. O investigador era gente do outro lado, e estava procurando comprometer-me. Se eu chegasse a escrever com aquela caneta, estaria perdido.

— Você espere aí que eu vou dar uma lição nele — disse Domício e saiu correndo atrás do investigador.

Eu não podia ficar ali parado, com tantos tiros estralando em volta. Corri para um matinho de goiabeira, que ficava à direita do ponto onde os guerreiros tinham se sumido, e achei o lugar tão calmo e fresco que resolvi descansar um pouco e pôr as ideias em ordem. Olhei em volta, mas não encontrei um lugar onde pudesse me deitar nem sentar, o chão era um imenso lamaçal coberto de goiabas podres. A solução que encontrei foi pendurar-me no galho de uma goiabeira pela curva das pernas, a posição não era incômoda, e fiquei me balançando, vendo o mato em posição invertida, como em máquina de fotógrafo de jardim.

Eu estava quase fechando os olhos para dormir quando ouvi o chloc-chloc de lama pisada. Era um homem com todo o aspecto de mendigo, os sapatos rachados e forrados por dentro com jornal, o chapéu furado, o paletó muito maltratado, rasgado no peito e nos cotovelos. O homem tossia de perder o fôlego, e no intervalo dos acessos cuspia pedaços de uma substância esponjosa parecendo estopa suja. Vendo o meu espanto, ele apressou-se em acalmar-me, dizendo com a mão no peito:

— Quanto ao resto, ótima saúde.

Para não contrariá-lo eu disse:

— Claro, basta olhar.

Mas por prudência desci da árvore e pedi licença para me retirar, o que fiz sem perda de tempo, atolando os pés na lama do brejo, e só parei quando achei que já havia posto boa distância entre nós dois.

Caminhei muito tempo descendo e subindo vales, até dar em uma casa que reconheci imediatamente ser a casa do cônsul, mas vista do fundo. Era ocupada pela família de um Benigninho, meu companheiro de escola. A única pessoa que estava em casa era a irmã de Benigno, preparava o jantar para ele, que devia chegar a qualquer momento.

— Ah, foi bom você aparecer — disse ela. — Estou incomodada com o Benigno. Você sabe onde ele anda?

Como é que eu ia saber? Havia anos que eu não via o Benigno nem tinha notícias dele. Mas achei melhor não dizer isso à moça. Disse apenas que certamente ele não demoraria.

— Estou com medo que ele não venha. Tenho um pressentimento — disse ela. — Nem quero pensar.

Quando ela acabou de dizer isso um clarão muito forte, branco como luz de magnésio, iluminou todo o céu atravessando as paredes e o telhado da casa. Corremos para fora e vimos uma quantidade de objetos como enormes bolhas de sabão cruzando lentamente o céu no rumo do barranco do outro lado.

— Vai gente lá dentro! — gritou a irmã de Benigno, cutucando-me e mostrando.

Era verdade. Dentro de cada bolha fui distinguindo a figura de pessoas conhecidas, gente que eu não via há muito tempo. Reconheci o escrivão Teotônio, meu tio Zacarias, mestra Júlia, padre Leôncio coçando o ouvido com um palito — e um homem barbudo, que só podia ser o cônsul — a roupa branca, a barba, a bengala enfiada debaixo do braço.

Deu-me pena vê-los prisioneiros daquelas bolhas, sendo levados para um lugar onde ninguém queria ir. Mas por que não iam tristes? Por que não reclamavam? Por que esfregavam as mãos, como se tivessem pressa de chegar? Até Benigninho, que na escola reclamava de tudo, ia risonho e contente. Quando o viu, a irmã deu um grito e apertou-me o braço com tanta força que eu tive de empurrá-la. Pode ser impressão, mas acho que Benigno percebeu o susto da irmã, pois olhou-nos, com um sorriso tão convincente que ela mudou logo a fisionomia.

— Você viu? Você viu? Não dói! — exclamou ela.

Olhamos um para o outro como se tivéssemos acabado de fazer uma descoberta de enorme significação para o mundo, e falamos quase ao mesmo tempo:

— Quanto medo sem motivo! Quanto medo sem motivo!

Fronteira

Eu era ainda muito criança, mas sabia uma infinidade de coisas que os adultos ignoravam. Sabia que não se deve responder aos cumprimentos dos glimerinos, aquela raça de anões que a gente encontra quando menos espera e que fazem tudo para nos distrair de nossa missão; sabia que nos lugares onde a mãe do ouro aparece à flor da terra não se deve abaixar nem para apertar os cordões dos sapatos, a cobiça está em toda parte e morde manso; sabia que ao ouvir passos atrás ninguém deve parar nem correr, mas manter a marcha normal, quem mostrar sinais de medo estará perdido na estrada.

A estrada é cheia de armadilhas, de alçapões, de mundéus perigosos, para não falar em desvios tentadores, mas eu podia percorrê-la na ida e na volta de olhos fechados sem cometer o mais leve deslize. Era por isso que eu não gostava de viajar acompanhado, a preocupação de salvar outros do desastre tirava-me o prazer da caminhada, mas desde criança eu era perseguido pela insistência dos que precisavam viajar e tinham medo do caminho, parecia que ninguém sabia dar um passo sem ser orientado por mim, chegavam a fazer romaria lá em casa, aborreciam minha mãe com pedidos de interferência; e como eu não podia negar nada a minha mãe, eu estava sempre na estrada acompanhando uns e outros. Mal chegava de uma viagem era informado de que fulano, ou sicrano, ou a viúva de detrás da igreja, ou o ancião que perdera a filha afogada estava à minha espera para nova caminhada. E sempre tinham urgência, negócios inadiáveis a tratar em outros lugares, se eu não lhes fizesse esse favor estariam perdidos, desgraçados, ou desmoralizados. Como poderia eu recusar e dar-lhes as costas, como se não tivesse nada a ver com os problemas deles? A responsabilidade seria muito grande para meus ombros infantis. Minha mãe preparava a minha matula, dizia "Coitado de meu filho, não tem descanso", beijava-me na testa e lá ia eu a percorrer de novo a mesma estrada, como se fosse um burro cativo, levando às vezes gente que eu nem conhecia, e cujos negócios me eram remotos ou estranhos.

Minha única esperança de liberdade era crescer depressa para ser como os adultos, completamente incapazes de irem sozinhos daqui ali; mas quando eu baixava os olhos para olhar o meu corpo de menino, e via o quanto eu ainda estava perto do chão, vinha-me um desânimo, um desejo maligno de adoecer e morrer e deixar os adultos entregues ao seu destino. Eu nunca soube há quanto tempo estava naquela vida, nem tinha lembrança de haver conhecido outra. Teria eu nascido com alpercatas nos pés e trouxinha às costas? Era difícil dizer que não, embora a hipótese parecesse inconcebível.

Se eu me queixava a outras pessoas, faziam um ar compungido, engrolavam qualquer coisa para dizer que cada um tem que aceitar o seu destino, e eu compreendia que elas também estavam me reservando para quando precisassem de mim; outras presenteavam-me com garruchinhas de espoleta, automoveizinhos de corda, quando não um par de botinas novas. Tudo o que queriam de mim era resignação e presteza. Naturalmente eu podia acabar com aquilo a qualquer hora, mas — e a responsabilidade?

Mas não se pense que as minhas caminhadas para lá e para cá fossem uma rotina desinteressante; nada disso. Raro era o dia em que eu não aprendia alguma coisa nova, e embora a descoberta só tivesse utilidade na estrada, eu a recolhia para utilização futura, ou para ampliação de meus conhecimentos. Foi ao abaixar-me num córrego para beber água que fiz uma descoberta a meu ver muito importante: descobri que, quando se derruba uma moeda em água corrente, não se deve pensar em recuperá-la. Quem tentar fazê-lo poderá ficar o resto da vida à beira da água retirando moedas. É como se a pessoa "sangrasse" a areia do fundo da água e depois não conseguisse estancar o jorro de moedas.

Talvez eu não devesse ter contado isso a meu pai, pois não era difícil prever o que aconteceria. Ele riu em minha cara, e chamou-me fantasista. Como eu insistisse, ofendido, ele reptou-me a prová-lo. Ainda aí eu poderia ter desconversado, mas não: aceitei o desafio, como se tratasse de um ponto de honra. Levei-o à beira de um córrego, mandei-o soltar uma moeda na água — e só à força conseguimos tirá-lo de lá dias depois; e para impedi-lo de voltar, tivemos de interná-lo. Disseram que a culpa foi minha, mas não consigo sentir-me culpado.

Depois disso notei que as pessoas passaram a me evitar. A princípio pensei que estivessem sendo gentis, tivessem decidido dar-me afinal um descanso, depois de tantos anos de trabalho pesado; mas depois verifiquei que a situação era mais séria, nem na rua conversavam comigo, os poucos que eu conseguia deter estavam sempre apressados, davam uma desculpa e se afastavam sem nem olhar para trás.

De repente ocorreu-me um pensamento medonho: será que minha mãe também pensava e sentia como os outros? Nesse caso, que martírio não seria a sua vida, preocupada todo o tempo em esconder de mim os seus sentimentos! Alarmado com essa possibilidade, observei-a durante dias, escutei-a no sono, tentando surpreender uma palavra, um gesto, qualquer coisa que me denunciasse o seu estado de espírito. Às vezes me parecia que o meu medo estava confirmado, mas no minuto seguinte eu estava novamente em dúvida. A única maneira de esclarecer tudo era naturalmente abrir-me com ela. Mas, logo que comecei a expor-lhe o meu caso, percebi o erro que havia cometido. Estava eu certo de querer a verdade, e não a compaixão de minha mãe? Qual seria nesse caso o papel de uma boa mãe — dar-me o que eu queria ou o que eu temia? Que direito tinha eu de forçá-la a uma decisão dessa ordem?

Quando acabei de falar, ela abraçou-me chorando e só conseguia dizer: "Meu filho, meu filho tão infeliz!".

Qual seria o sentido dessa frase aparentemente tão clara? Seria pena pela minha sorte de guia forçado, pela minha capacidade de amedrontar os outros — ou estaria ela pensando na minha sina de amedrontador da própria mãe? Chorei também, mas depois percebi que eu não tinha motivo nenhum para chorar, eu estava chorando mais por formalidade, porque o que havia eu feito para estar naquela situação? Que culpa tinha eu da minha vida?

Enxuguei as lágrimas e senti-me como se tivesse acabado de subir ao alto de uma grande montanha, de onde podia ver embaixo o menino de calça curta que eu havia deixado de ser, emaranhado em seus ridículos problemas infantis, pelos quais eu não sentia mais o menor interesse. Voltei-lhe as costas sem nenhum pesar e desci pelo outro lado, assobiando e esfregando as mãos de contente.

Tia Zi rezando

O frio que eu sentia no peito e nos pés deixava-me confuso e apreensivo. Sabia que estava deitado, mas não sabia onde. Tanta coisa havia acontecido nas últimas horas, e eu ainda não estava preparado para tomar meu rumo. Só uma coisa eu sabia: não podia voltar para casa. Tinha havido um incêndio, vi a casa pegar fogo, ouvi os gritos medonhos de Lázio, com certeza preso nas ripas do telhado desabado. Corri para lá, mas quando passei o portão o calor era tão forte que não pude chegar mais perto. Gritei por Lázio, mas só um gemido rascante como ronco de porco sangrado vinha da casa. Rodeei pelos fundos para ver se havia alguma possibilidade de salvá-lo, e vi meu tio Firmino correndo e tossindo e tapando a boca e o nariz com a ponta do cachecol. Chamei-o forte e ele continuou correndo até sumir-se atrás de uma moita de bananeiras. Corri atrás dele, ainda chamando-o, e ouvi um tiro disparado na minha direção. Gritei que não atirasse, que era eu, e ele deu mais um tiro. Ele deve estar louco, pensei, e virei para trás disparado, saltei a cerca de taquara em frente à casa, sem perder tempo em procurar o portão, e notei que alguém corria atrás de mim, ainda atirando. A noite estava escura, o clarão do incêndio tinha ficado para trás. Continuei correndo e saltando buracos, ou as manchas escuras do terreno que eu tomava por buracos. Ouvi um último tiro, um beliscão quente na orelha, e caí de bruços.

Agora aquele frio no corpo e o medo de descobrir que estava em alguma situação sem remédio. Fiquei quieto por um instante, para me certificar de que estava sozinho, pois seria desesperador abrir os olhos e ver-me cercado por um grupo de inimigos mal-encarados. Primeiro tomei conhecimento dos grilos tinindo em volta de mim, e tiniam tão alto que tive vontade de gritar para ver se os silenciava. Uma coisa é a gente debruçar-se à noite no parapeito de uma ponte, não longe das luzes da cidade, e escutar os grilos crilando embaixo; mas estar no nível deles, em lugar que não se sabe que ponto ocupa no mapa, e sem saber o que é que vai acontecer no minuto seguinte, é coisa bem diferente. Só não gritei porque tive medo das consequências. Apertei o rosto no chão com força e descobri que estava chorando, não alto, mas baixinho, como criança doente.

Não sei quanto tempo estive nessa posição, mas quando pude novamente assuntar em volta ouvi um cachorro latindo longe, os latidos vinham amaciados pela distância. Contra o que estaria ele protestando? Quem lhe faria justiça neste mundo escuro? Agradeci àquele cachorro desconhecido por estar vivo naquele momento, e voltei a pensar em mim mesmo, talvez por alguma secreta associação de ideias.

Firmei-me nas mãos para ver se conseguia levantar o corpo, pelo menos o tronco, e notei que estava deitado sobre lama. A lama, que imaginei preta e lodosa, espirrou fria entre os meus dedos. Limpei o rosto no ombro, de um lado e do outro, e senti os grãos de terra riscando-me a pele. A orelha ainda doía uma dor fina, mas não a palpei, com medo de não encontrá-la no lugar e também de contaminar o ferimento.

Levantei-me com dificuldade, primeiro ajoelhando na lama barrenta, depois erguendo-me nas pernas, o que fiz em várias tentativas porque o chão embaixo escorregava, devia haver uma inclinação no terreno e não encontrei nada perto para segurar, umas canas de capim que agarrei arrebentaram-se em minha mão. Eu não sabia para que lado caminhar, tudo parecia dar no mesmo, resolvi seguir no rumo de onde tinha vindo o latido do cachorro agora calado, com certeza coçando pulga ou dormindo em alguma cozinha de terra batida. Mas supondo que eu chegasse a esse rancho isolado, de onde não vinha mais nenhuma luz, que iria eu dizer ao morador? Não obstante, continuei caminhando no escuro.

Eu não podia entender a hostilidade de meu tio, sabendo embora que ele não era de rir à toa para mim. Por que estaria tão raivoso? Que estaria fazendo na casa de Lázio àquela hora da noite? E o incêndio? Era certo que ele não gostava de Lázio, estava sempre o criticando, ou mostrando má vontade com ele, como se não bastasse ao pobre homem o fardo de sua manqueira; mas tocar fogo na casa sabendo que ele não poderia correr era uma maldade muito grande, mesmo para meu tio Firmino.

Veio-me uma aflição repentina de ir para casa discutir o assunto com tia Zi. Embora reservada e comedida no falar, ela devia ter alguma coisa a dizer, e manejando-a como aprendi eu poderia tomar uma frase aqui, uma palavra ali e assim ter alguma ideia do que se passava com meu tio. Lembrei-me que alguns dias antes, estando eu deitado e fingindo dormir, ouvi-os discutindo no quarto, mas falavam baixo e a porta estava fechada. Parece que tia Zi disse que era cedo ainda para contarem a verdade, tio Firmino falou em idade para malcriação e idade não sei para mais o quê. Eu sabia que o assunto era comigo, mas não pude ouvir mais, tia Zi suspirou, tio Firmino deu corda no relógio com um jeito de quem está com raiva, apagaram a luz e as correias da cama rangeram. No dia seguinte provoquei minha tia de todo jeito, volta e meia eu falava em idade, mas a julgar pelo alheamento que ela manteve podia-se jurar que ela não estava escondendo nada de mim.

Havia uma porção de coisas que eu não entendia, por mais que as revirasse na cabeça. A reviravolta de meu tio na minha amizade com ele era uma delas. Quando eu era menor, e Lázio sofria de fraqueza do juízo, e passava o dia resmungando sozinho, ou brigando com uns e com outros, e só era calmo e alegre comigo, tio Firmino nunca censurou minha amizade com ele; mas quando Lázio voltou da temporada que passou fora e não quis mais brigar com ninguém, até conversava concatenado, e montou a oficina de latoeiro no largo numa casa que era de meu tio, e eu passava as tardes conversando com ele e ajudando-o a polir os bules e pichorras que fazia para vender aos roceiros, aí tio Firmino deu para censurar, jogar indiretas e por fim proibir que eu passasse tanto tempo com Lázio. Como eu gostava de Lázio e conversava com ele com mais desembaraço do que com meu tio e até minha tia, nem pensei em acatar a proibição. Se meu tio estava em casa eu pegava um livro ou a lousa para fingir que ia estudar, ou pegava a vassoura e o carrinho para dizer que ia limpar o quintal; mas logo que desconfiava que meu tio tinha saído — ele não era homem de ficar muito tempo em casa — eu disfarçava, apanhava o boné e me escapulia. Nisso eu contava com a cumplicidade pelo menos passiva de minha tia. Tenho certeza que ela percebia tudo, mas nunca disse uma palavra de advertência a mim nem de denúncia a meu tio. Ela era fraca de vontade, mas enredeira não era. Uma vez, quando eu ia saindo quase correndo para a oficina de Lázio, nem tinha ainda posto o boné, estava com ele diante dos olhos, esbarrei em tio Firmino que vinha entrando inesperado. Ele segurou-me pelos braços, sacudiu-me e disse:

— Já vai para a ajudância? É só eu virar as costas, hein?

Fiquei tão assustado que não me lembrei de nada para dizer. Mas felizmente tia Zi vinha atrás e salvou-me dizendo que eu ia comprar um carretel de linha para ela; e para evitar qualquer confusão de minha parte, acrescentou como se fosse verdade:

— Não esqueça: é numero quarenta. Diz a seu Zeca que eu pago depois.

Tio Firmino deu-me o dinheiro de má vontade, censurou tia Zi por comprar fiado e gritou para mim:

— Um pé lá e outro cá, hein? Vou ficar esperando o senhor.

Outra coisa difícil de calcular eram as variações de meu tio. Eu nunca sabia quando ele ia ser bom para mim ou ia me bater. Era tão esquisito comigo que desisti de entendê-lo, aceitava seus agrados repentinos com desconfiança e procurava ficar longe dele o mais que podia. Tia Zi disse que eu não devia fugir dele nem pensar nele com raiva, mas ser paciente com ele porque ele tinha uma vida muito atribulada. Mas como poderia eu descansar perto de tio Firmino, se pelo menor motivo ele mudava de gênio e gritava comigo? Até hoje não sei por que ele avançou para me bater, brigou com tia Zi quando ela não deixou, esbandalhou a cadeira no chão e saiu sem acabar de jantar, só porque tia Zi disse que eu parecia com ele. Quando ela disse isso numa conversa à toa, ele soltou o garfo no prato, pôs as duas mãos na mesa e perguntou, já com o nariz arreganhado:

— Como foi que você disse? Que ele parece comigo?

Tia Zi ficou tão passada que até perdeu a fala, vi o pescoço dela inchar e a boca amolecer. E quando ela quis se desculpar, apenas confirmou o que tinha dito:

— Então não parece, Firmino? Não é só eu que acho; todo mundo acha.

— É? Pois eu vou ensinar esse maroto a parecer comigo — gritou ele, levantando e já esticando a mão para me agarrar.

No dia seguinte ele veio com um brinquedo que sabia que eu queria, um daqueles cineminhas que a gente enfia um cartão por baixo de um vidro cheio de riscos e vê uma porção de figuras se mexendo. Aceitei o presente mas não achei jeito de sorrir quando agradeci.

Eu gostava de conversar com Lázio porque ele contava histórias de meu pai, disse que trabalhou para ele muito tempo. Perguntei quando foi, porque não me lembrava, ele disse que foi quando eu estava ainda no calcanhar de meu pai, querendo dizer que eu ainda não era nascido. Perguntei por que ele tinha deixado de trabalhar para meu pai, ele suspirou e respondeu:

— Enredo. Muito enredo.

Eu quis saber que enredo, e de quem, mas do jeito que ele pegou a bater uma chapa de folha na banca, vi que ele não queria falar mais no assunto. Depois, quando eu estava catando feijão com tia Zi, e ela estava muito alegre e conversadeira, puxei a conversa para esse assunto de Lázio com meu pai. Ela me olhou muito assustada, apurou o ouvido para ver se tio Firmino não vinha chegando, e disse em voz baixa:

— Pelo amor de Deus, não deixe seu tio saber que você conversou esse assunto com Lázio.

Daí por diante ela ficou pensativa e triste e não quis mais conversar, e eu compreendia que seria inútil querer saber mais.

Com essas coisas, a vida estava ficando muito complicada para mim. Eu sabia que devia ser agradecido a meus tios pelo que eles faziam por mim, criaram-me como filho desde pequeno e eu não queria ser ingrato nem dar desgosto; mas era difícil saber o que devia fazer, quando pensava que ia agradar desagradava.

Uma vez Lázio pediu-me para levar um amarrilho de bules e chocolateiras para a venda de seu Bailão, era um manojo enorme, e eu não queria ir pela rua com aquela lataria sacudindo e batendo. Disse que levava, mas acabei não levando, na esperança de que ele mesmo levasse ou arranjasse outra pessoa. Quando nos encontramos depois disso ele estava muito zangado, começou a me criticar e maltratar. Fui ficando envergonhado, da vergonha passei à raiva e não tendo razão respondi bruto. Ele disse que eu era imprestável, que de amizade assim ele não precisava, e eu saí pela porta afora.

Quando tia Zi soube que eu não estava indo à oficina de Lázio, quis saber por que era. Contei a briga e ela ficou tão mortificada que parecia que era com ela. Depois começou a falar rodeado, como quem quer dizer uma coisa e não acha jeito, falava e repisava, e de tudo o que disse só pude entender foi que eu não devia brigar com Lázio de jeito nenhum, mesmo que ele zangasse comigo. Queria que eu fosse ver Lázio e pedir desculpa. Achei isso muito esquisito, porque tio Firmino era o primeiro a implicar com Lázio, e do jeito que ele falava na mesa quase todo dia parecia que não queria que eu fosse amigo de Lázio. Foi justamente por implicância com Lázio, e acho que também para eu não ir tanto à oficina, que meu tio ficou de picuinha com ele até ele se mudar da casa do largo. Perguntei a tia Zi por que ela achava tão importante eu não brigar com Lázio e ela respondeu que um dia eu ia saber.

— Se eu vou saber um dia, por que a senhora não me diz logo?

— Por enquanto ainda é cedo. Quando chegar o dia, espero não estar mais neste mundo.

A vida para mim era rodeada de complicações.

Lázio não gostava de falar em meu tio Firmino. Toda vez que eu contava alguma coisa em que entrava o nome de meu tio, ele ficava calado ou falava em outra coisa, isso era sempre. Mas um dia ele disse abertamente que, se meu tio algum dia falasse alguma coisa contra a memória de minha mãe, eu não devia acreditar, era tudo mentira. Foi só o que ele disse, por mais que eu insistisse por uma explicação. E isso devia ser importante também, porque ele disse que há muito tempo queria me avisar, e tinha medo que morresse antes.

Depois que Lázio se mudou para o rancho eu passava dias sem vê-lo, o rancho era longe e eu não podia estar arranjando desculpa para passar tanto tempo fora de casa todo dia, principalmente quando meu tio parecia estar me vigiando mais do que nunca. Só quando eu sabia que ele tinha saído para demorar é que dava uma escapulida ligeira. Tia Zi estava vendo tudo, mas eu sabia que ela não ia contar.

Quando soube que os dois tinham brigado no mercado, e que tio Firmino tinha dado uma cabrestada em Lázio, mesmo sabendo que ele era fraco e doente, nem podia se firmar direito numa das pernas, e que Lázio apenas disse que um dia perdia a cabeça e contava tudo — o que aumentou ainda mais a fúria de meu tio, sendo preciso várias pessoas o agarrarem para ele não machucar Lázio — fiquei aflito para ir ao rancho conversar com Lázio. Mas com meu tio em casa, resmungando e batendo com as coisas, quem disse que eu tinha coragem? Só depois de escurecer, quando meu tio disse que ia jogar sete e meio para se distrair, foi que eu pude sair também. Tia Zi queria que eu deixasse para o outro dia, mas eu disse que não podia esperar. Ela então recomendou que eu tivesse muito cuidado e não demorasse.

Agora ela devia estar diante do oratório rezando, se não estivesse sendo apertada por tio Firmino para dar conta de mim, embora ele já soubesse muito bem. Eu queria estar lá para defendê-la — afinal ela sempre me defendeu, embora escondido —, mas por enquanto ela vai ter que contar apenas com suas orações. Vou ter que passar algum tempo fora de casa até ver em que pé ficaram as coisas. Até lá eu já cresci e então posso olhar tio Firmino de frente, sem medo nem desorientação, e conversar qualquer assunto sem baixar os olhos nem tremer a voz.

Professor Pulquério

Quando eu era menino e morava numa vila do interior, assisti a um episódio bastante estranho, envolvendo um professor e sua família. Embora sejam passados muitos anos, tenho ainda vivos na memória os detalhes do acontecimento, ou pelo menos aqueles que mais me impressionaram; e como ninguém mais que viveu ali naquele período parece se lembrar, muitos chegando mesmo a duvidar que tais coisas tenham acontecido — a própria filha do professor, que vi aflita correndo de um lado para o outro chorando e pedindo socorro, quando lhe falei no assunto há uns dois ou três anos olhou-me espantada e jurou que não se lembrava de nada —, resolvi pôr por escrito tudo o que ainda me lembro, antes que a minha memória também comece a falhar. Se o meu testemunho cair um dia nas mãos de algum investigador pachorrento, é possível que aquela ocorrência já tão antiga e, pelo que vejo, também completamente esquecida, exceto por mim, seja afinal desenterrada, debatida e esclarecida.

Naturalmente minhas esperanças são muito precárias; conto apenas com a colaboração do acaso e, como sabemos, se a história é rica de triunfos devidos unicamente ao acaso, também está cheia de derrotas só explicáveis pela interferência desse fator imprevisível. Assim, vou fazer como o viajante que encontra um pássaro ferido na estrada, coloca-o em cima de um toco e segue o seu caminho. Se o pássaro aprumar e voar de novo, estará salvo — embora o viajante não esteja ali para ver: se morrer, já estava de qualquer forma condenado.

Esse professor de quem falo era um homem magro e triste, morava em uma casa de arrabalde de chão batido. Fora professor em outros tempos, antes da criação do grupo escolar servido por normalistas. Para sustentar a mulher e os vários filhos ele não apalpava serviços: vendia frangos e ovos, trançava rédeas de sedenho, cobrava contas encruadas, procurava animais desaparecidos, e vez por outra matava um porco ou retalhava uma vaca. Vendo-o desdobrar-se em tantas e tão variadas atividades, era difícil compreender como ainda conseguia tempo para escrever artigos históricos para o jornalzinho de Pouso de Serra Acima, localidade a doze léguas de nossa vila para o sul. A bem da verdade devo dizer que seus artigos nunca davam o que falar. Sabia-se vagamente que ele escrevia, mas pouca gente se dava ao trabalho de ver o que era. Também nunca se incomodou com a indiferença do público, nem nunca deixou de mandar a sua colaboração sempre que um assunto o entusiasmava. Pulquério se chamava esse homem esforçado.

De vez em quando eu encontrava um número do jornalzinho de Serra Acima rolando lá por casa, mas confesso que nunca li um artigo do professor Pulquério até o fim; achava-os maçantes, cheios de datas e nomes de padres, parece que a fonte principal de sua erudição eram as monografias de um frei Santiago de Alarcón, dominicano que estudara a história de nosso estado e publicara seus trabalhos numa tipografia de Toledo. Meu pai guardava alguns desses folhetos, que me lembro de ter manuseado sem grande interesse.

Não obstante a falta de interesse por seus artigos, professor Pulquério ficou sendo o consultor histórico da vila. Sempre que alguém queria saber a origem de um prédio, de uma estrada velha, de uma família, era só consultá-lo que dificilmente ficaria na ignorância. Eu mesmo, que nunca me interessei por esses assuntos, sentia-me descansado ao pensar que sempre o teria ali à mão caso houvesse necessidade. E sem lhe dar muita atenção, por causa de sua prolixidade e de sua lentidão no falar, eu o tratava com deferência para não correr o risco de ser repelido quando precisasse dele. Quando o encontrava na rua, ou no armazém do meu tio Lucílio, eu perguntava pela família, ou pelos negócios, e evitava falar em história, porque se cometesse a imprudência de falar em seu assunto favorito teria que perder muito tempo ouvindo uma longa explicação naquela voz preguiçosa.

Um dia ele estragou o meu truque perguntando-me de chofre, logo após os cumprimentos habituais, se eu conhecia a história do tesouro do austríaco. Era preciso muita tática para responder. Se eu dissesse que conhecia, pensando abreviar a conversa, o tiro poderia sair pela culatra; ele haveria de querer comparar os meus dados com os dele, e a minha ignorância denunciaria a minha intenção; se dissesse que não conhecia, teria que ouvi-la do princípio ao fim, com todos os afluentes.

— Vejo que não sabe — disse ele. — Aliás não é de admirar, porque a mocidade de hoje não perde tempo com o passado. Mas não pense que estou censurando. É um fenômeno facilmente constatável, aqui e em toda parte. As causas são inúmeras. Em primeiro lugar...

Nesse ponto ele deve ter notado algum sinal de impaciência em mim, porque deteve-se e desculpou-se:

— Desculpe a minha divagação. Eu queria falar do tesouro do austríaco, e já ia me enfiando por outro caminho. Se você quiser ouvir a história, vamos ali ao armazém de seu tio. É assunto fascinante para um jovem. Quem sabe você não se anima a ir buscar o tesouro? Ficaria rico para o resto da vida!

Sentado num saco de feijão no fundo do armazém, o professor Pulquério falou-me de um tesouro incalculável que estaria enterrado na crista de um dos nossos morros. Eram sacos e mais sacos de ouro enterrados na própria mina por um engenheiro austríaco que a explorava secretamente. O filão era tão rico que ele mandara chamar um filho na Áustria para ajudá-lo. Quando o rapaz chegou, anos depois devido às dificuldades de comunicação, e surgiu de repente em cima do barranco, o pai matou-o com um tiro julgando tratar-se de algum assaltante. Verificado o engano, o engenheiro resolveu dar ao filho o túmulo mais rico do mundo: enterrou-o na mina com todo o ouro já extraído e deixou um roteiro propositalmente complicado. O professor conseguira o roteiro e agora procurava localizar a mina. Impressionava-o a frase final do roteiro, depois de muitos circunlóquios e pistas falsas: "Chegando nessas alturas, procure da cinta para a cabeça que encontrará ouro grosso e riqueza nunca vista".

Mas ninguém deve supor que o professor Pulquério fosse homem ambicioso. Ele não queria ficar com todo o tesouro, estava pronto a dividi-lo com quantos quisessem participar da busca, e até achava que quanto mais gente melhor.

Existiria mesmo o tal tesouro? Parece que o povo não estava acreditando muito. A nossa febre do ouro havia passado, deixando todos com a sensação de logro. Quase não havia na vila e imediações um curral velho, um pedaço de alicerce, um moirão de aroeira no meio de um pátio, que não tivesse sido tomado como apelo mudo de um tesouro. Cavoucado o lugar e revolvida a terra, o único resultado positivo eram os calos nas mãos do cavouqueiro. O povo andava muito desinteressado de tesouros quando o professor apareceu com o seu roteiro.

A mania do tesouro poderia ter passado com o tempo, sem gerar transtorno, se a linguagem enigmática do roteiro não tivesse fascinado o professor. Ele passava tardes ou manhãs inteiras no armazém de meu tio, atrapalhando o serviço e os fregueses, revolvendo mentalmente o roteiro, procurando penetrar no sentido oculto das frases, descuidando de suas obrigações. Muitas vezes a mulher precisava mandar um dos meninos buscá-lo para atender a algum negócio que não podia esperar, ou pedir dinheiro para alguma despesa urgente. Mas devo dizer que o professor era muito delicado com os filhos, nunca se irritava quando era interrompido em suas meditações, e até pedia a meu tio que fornecesse umas balas ao garoto para pagar depois.

Enquanto ele se limitou a falar no roteiro e nas investigações que estava fazendo para localizar a mina, não tínhamos motivo de queixa. Era uma nova mania inofensiva, até servia para desviar-lhe a cabeça de seus problemas domésticos. Gostávamos de vê-lo fazer cálculos sobre o número de sacos de ouro que devia haver na mina, tomando por base o tempo que o austríaco trabalhou sozinho, a quantidade de cascalho que um homem pode batear em um dia, e o teor de ouro que devia haver em cada bateada. Depois vinham os cálculos do número de pessoas que seria necessário para desenterrar o tesouro no menor prazo possível, a quantidade e o tipo de ferramenta, por fim o número de burros para transportar a carga morro abaixo. O professor tinha tudo muito bem calculado.

Ele queria que todos os habitantes da vila, ou o maior número possível, contribuíssem para as despesas, e o tesouro seria repartido proporcionalmente às contribuições, depois de deduzida uma porcentagem para ele como organizador dos trabalhos. Embora todos achassem o esquema razoável, as contribuições nunca se materializaram. Uns diziam que esperasse mais para diante, outros que estavam aguardando um pagamento, outros que iam pensar. Seria por descrença no êxito da expedição, ou dúvida quanto à honestidade do professor? Parece que ele optou pela segunda hipótese, e naturalmente sentiu-se muito ofendido. E como já estávamos cansados de ouvi-lo, sempre arranjávamos uma desculpa para fugir dele, muitos nem iam mais ao armazém para não encontrá-lo.

Depois de inúmeras tentativas de explicar a um e outro a lisura de seu projeto, o professor resolveu fazê-lo por escrito com um memorial em quatro folhas abertas de papel almaço — "Aos cidadãos honestos desta vila" — pregadas na porta da cadeia.

Não creio que muitas pessoas tenham lido o memorial. Tentei lê-lo por mera curiosidade, e também por uma espécie de reparação ao professor; mas quando cheguei ao fim da primeira banda e vi que faltavam sete, numa letra fina e sem parágrafos, resolvi fazer uma cruz a lápis no ponto onde havia parado e deixar o resto para ler depois. Mas esse dia nunca chegou, porque a meninada estragou o memorial, fazendo garatujas a carvão por cima do escrito e mesmo rasgando o papel em vários pontos. Foi outro golpe para o professor, que cismou que o vandalismo infantil tinha sido dirigido pelos pais.

Não obtendo atenção entre os particulares, o professor tentou interessar a Intendência — mas também aí não foi feliz. Parece que uma praga muito forte condenava o tesouro a jamais sair da crista do morro. Sendo homem sem delicadeza, mais afeito a lidar com animais do que com gente — uma vez entortou com um murro o pescoço de uma égua que o mordera na hora de apertar a barrigueira —, o intendente nem quis ouvir a proposta, e riu na cara do professor na frente de outras pessoas. Dizem que o professor saiu da Intendência com lágrimas nos olhos, o que não seria de estranhar em um homem do seu temperamento.

Dava pena vê-lo nas ruas, cada vez mais magro, trancado em si mesmo, sem ter com quem conversar. Achei que estávamos sendo maldosos demais com ele, e pensei em fazer alguma coisa, se não para ajudá-lo ao menos para distraí-lo. Foi então que vi o quanto a nossa indiferença o havia afetado. Quando tentei falar com ele na rua, ele lançou-me um olhar ressentido e continuou o seu caminho. Não me sentindo isento de culpa, resolvi engolir o orgulho e procurá-lo em sua casa à noite. Atendeu-me a mulher, d. Venira, com as mãos sujas de massa do bolo de arroz que estava fazendo para ser vendido em tabuleiro de manhã bem cedo, a tempo de alcançar o café da vila. Pelo embaraço de d. Venira percebi que o meu nome fora referido naquela casa, e não favoravelmente.

— Pupu está escrevendo — disse ela por fim. — Não sei se ele...

Ouvi o professor chamá-la da varanda, de onde o lampião lançava sombras desproporcionadas no corredor. Teria ele ouvido a minha voz, ou fora coincidência? Da porta eu via a sombra de d. Venira argumentando, agitando os braços, e até mexendo o queixo: mas falavam baixo, e nada pude ouvir.

Dona Venira voltou encabulada e pediu mil desculpas em nome do marido, disse que ele não podia ver-me aquela noite. Estava escrevendo uma exposição ao presidente do estado. (Quando ela mencionou a exposição ao presidente, notei uma entonação diferente em sua voz, mas fiquei sem saber se ela estava zombando da ingenuidade do marido ou querendo impressionar-me, como se dissesse "Agora espere o resultado".)

Após esse tratamento eu podia abrir a boca contra o professor sem ser acusado de injusto, mas preferi não contar a ninguém a novidade da exposição ao presidente; eu ainda tinha uma certa simpatia pelo pobre homem e não queria vê-lo em ridículo.

Para despachar a exposição o professor teve a cautela de pretextar uma viagem à vila vizinha, com certeza receando alguma molecagem do nosso agente postal. Foi por isso que ninguém soube explicar o motivo do nervosismo que tomou conta dele naquela época. Não se demorava mais em parte alguma, nem no armazém. Entrava, cheirava a ponta do rolo de fumo em cima do balcão, esfregava na mão um punhado de cereal de algum saco que estivesse perto, jogava uns grãos na boca, sem notar o que estava fazendo, pedia para ver uma coisa ou outra, e antes que meu tio o atendesse ele cancelava o pedido e saía apressado. No mercado era a mesma coisa, e em casa deu para descarregar a impaciência nos meninos. Onde ele se demorava era na agência do correio, com certeza para vigiar a abertura das malas.

Evidentemente o professor nada sabia dos caminhos da burocracia. Com certeza imaginava que a sua exposição seria recebida pessoalmente pelo presidente, lida no mesmo dia, ou o mais tardar no dia seguinte, e uma resposta redigida imediatamente em papel oficial, intimando-o a tocar para a frente com a expedição, com poderes para entrar na Coletoria e requisitar a verba necessária, enquanto nós, os descrentes, ficaríamos olhando admirados e envergonhados, doidos para ser incluídos na expedição, nem que fosse como cargueiros.

Em vez de enfraquecer-lhe a esperança, parece que a demora deu ao professor mais disposição para agir. Depois de alguns dias de espera ele passou um longo telegrama ao presidente, chamando-lhe respeitosamente a atenção para a exposição e pedindo resposta urgente.

Quando a resposta chegou, o telegrafista foi levá-la pessoalmente, mas não encontrou o professor em casa. A mulher também tinha ido entregar costura em casa de uma freguesa. O telegrafista voltou à cidade, nessa altura acompanhado por um bando de curiosos. Passaram no mercado, no armazém, na farmácia, mas ninguém tinha visto o professor. Por fim um menino que passava puxando um cargueiro de lenha informou que ele estava na beira do rio pelando um porco. Corremos para lá, aquele bando de gente entupindo as ruas, pisando os pés uns dos outros, atraindo mulheres às janelas.

O professor estava de chapéu de palha de roceiro e roupa velha remendada, atiçando fogo debaixo de uma lata de água. Um dos meninos mais velhos saía de um matinho com uma braçada de gravetos. Ao ver o telegrafista o professor largou o fogo, saltou por cima do porco já morto no chão e avançou limpando as mãos na calça.

Mas a resposta estava longe de ser a que ele esperava (naturalmente já sabíamos, só queríamos ver como ele recebia o telegrama). A mensagem, assinada por um secretário, dizia apenas que Sua Excelência ainda não tinha estudado a exposição, mas prometia uma decisão logo que ela lhe chegasse às mãos acompanhada dos indispensáveis pareceres.

Deixando cair o papel no capim sujo de sangue, o professor sentou-se em cima do porco e começou a chorar, como se de repente tivesse percebido a realidade. Desconcertados com essa reação que não esperávamos, afastamo-nos em pequenos grupos e voltamos calados para a cidade, ninguém teve coragem de falar no choro do professor. Não sei se estávamos envergonhados por ele ou por nós mesmos.

A situação agora havia se invertido. Todos procuravam conversar com o professor, distraí-lo de sua mágoa, mas ele não queria falar com ninguém. Pelo hábito ainda frequentava o armazém, mas ficava sentado olhando para o chão e coçando os ouvidos com paviozinhos de papel que torcia meticulosamente, como se fosse um trabalho de muita importância.

Mas, se nós o conhecêssemos de verdade, teríamos sabido que ele ainda esperava. Ele havia apenas dado um prazo às autoridades, e estava aguardando que o prazo se esgotasse para tomar nova providência. Tanto que, numa segunda-feira de manhã, entrou de cabeça erguida na agência do telégrafo e mandou nova mensagem ao presidente, comunicando que às dez horas iniciaria um protesto público contra o descaso oficial. A notícia espalhou-se depressa, e toda a vila passou a vigiá-lo de longe. Do telégrafo ele foi ao armazém e comprou rapadura, farinha, carne-seca, fumo, palha, um maço de fósforos, um rolo de corda grossa. Se a corda sugeria desatino, os outros itens nos tranquilizavam. Vimos quando ele saiu do armazém, atravessou o largo, entrou no beco do sapateiro e tomou o rumo de casa. Nesse ponto praticamente toda a população o acompanhava à distância. Meninos iam e vinham correndo, em busca de informação para as mães que haviam ficado com panelas no fogo em casa.

O professor entrou em casa com o saco das compras e logo apareceu à janela, onde ficou debruçado fumando tranquilamente, enquanto na rua a multidão crescia de minuto a minuto. O povo já estava ficando impaciente, mas o professor parecia o homem mais calmo do mundo. Tinha o seu plano e não ia apressá-lo para agradar a assistência.

Quando o relógio da cadeia bateu as dez horas, ele veio à porta e convidou o povo a entrar para o quintal, haveria espaço para todos, só pedia que não estragassem as plantas de d. Venira. Como o corredor era estreito, e todos queriam entrar ao mesmo tempo, houve empurrões, pés pisados, palavrões, tumulto. Gente entrava pelas janelas, estragando a parede com o bico das botinas, outros pulavam o muro, cortando-se nos cacos de vidro. Num instante escangalharam a porta do corredor de tanto se espremerem contra ela.

No quintal havia uma cisterna seca tapada com uma porta velha, com enorme bloco de pedra em cima. O professor pediu que o ajudassem a afastar a pedra, retirou a porta para um lado e amarrou uma ponta da corda na pedra. Até aí nenhuma suspeita do que ele pretendia fazer. Depois de verificar se o nó estava firme ele despediu-se da mulher e dos filhos, todos de roupa nova e cabelo penteado com brilhantina, e sem mais aquela escorregou pela corda até o fundo da cisterna. De lá ia gritando para a mulher:

— Rapadura.

— Farinha.

— Palha e fumo.

— Carne.

Dona Venira ainda lhe jogou a mais um cachecol e um guarda-chuva, recomendando-lhe que se agasalhasse bem à noite. O povo correu para a beira do poço, e o primeiro que chegou, com a pressa com que ia, teve que saltar por cima para não cair no buraco. Tive vontade de ver se o professor estava em pé, sentado ou agachado no fundo do poço, mas não consegui uma brecha para olhar.

Todas as manhãs d. Venira escrevia numa lousa escolar, pendurada numa estaca ao lado do poço, o número de dias que o marido havia cumprido lá dentro. O quintal ficava permanentemente cheio de gente, como se aquilo fosse um piquenique ou um pouso de folia. Até cestos de comida levavam, à noite acendiam fogueira, assavam batatas, duas meninas filhas do professor cantavam para distrair o povo, d. Venira aproveitou para armar uma barraquinha para vender refrescos e bolos.

Essa romaria já durava mais de uma semana quando o delegado achou que já chegava e intimou o professor a subir. O professor respondeu que estava exercendo o direito de protesto, e que continuaria protestando até alcançar o seu objetivo. O delegado respondeu que aquilo não era protesto, era uma palhaçada, e deu uma hora de prazo para ser atendido por bem. A única resposta do professor foi uma gargalhada confiante.

A curiosidade agora era saber de que maneira o delegado ia retirar o professor de dentro do poço caso ele teimasse em não sair. De todos os lados partiam sugestões, uns achavam que a melhor solução seria despejar baldes de água na cisterna — alguém falou em água quente —, outros que o mais indicado nesses casos seriam tochas embebidas em querosene; e um camarada baixinho, de olhinhos vivos de coelho, recomendou que se tapasse a cisterna com a porta e se metesse fumaça para dentro, como se faz para tirar tatu da toca. Ouvindo isso uma das filhas do professor, menina de seus doze a quatorze anos, começou a correr de um lado para outro, chorando e pedindo piedade, mas ninguém se comovia; todos estavam ali para ver alguma coisa fora do comum, e não haviam de querer estragar o desfecho com um gesto de piedade fora de hora.

Mas o delegado já tinha o seu plano e não precisava de sugestão de ninguém; ele apenas esperava que o prazo se esgotasse para tomar suas providências — e talvez até desejasse no íntimo que a ordem fosse desobedecida, para ter uma ocasião de impor dramaticamente a sua autoridade. Quando consultou o relógio e disse que os sessenta minutos já haviam passado, a multidão automaticamente abriu um corredor entre ele e o poço, com certeza esperando que ele fosse descer pela corda e trazer o professor nas costas. Mas em vez de caminhar na direção do poço ele caminhou na direção da casa! Ninguém entendia mais nada. Então ele estava apenas brincando quando fez a intimação? E claro que o desapontamento do povo não vinha de nenhum desejo de preservar a autoridade, mas do receio de perder algum espetáculo, sensacional ou engraçado.

Quando o delegado voltou de sua caleche trazendo uma enorme casa de marimbondos na ponta de um galho de abacateiro, o povo criou alma nova. Era a prova de que uma autoridade experiente pensa melhor do que cem curiosos. Andando devagarinho para não balançar o galho, o delegado chegou à beira do poço e sem mais nenhum aviso soltou lá dentro o galho com os marimbondos.

Naturalmente todos esperavam que o professor subisse do poço como um foguete e saísse desatinado pelo quintal, pulando e dando tapas por todos os lados — mas nada aconteceu, nem um grito se ouviu. Olhávamos uns para os outros espantados, como se na cara dos conhecidos pudéssemos encontrar a explicação. Por fim aqueles de mais iniciativa foram na ponta dos pés espiar dentro do poço — e quando contaram o que viram ninguém acreditou, foi preciso que a multidão inteira fizesse fila para ver com os próprios olhos.

Dentro do poço só se via o galho de abacateiro engarranchado numa pedra e umas cascas de queijo que os marimbondos atacavam.

Fomos todos para casa de cabeça baixa, sentindo-nos vilmente logrados.

A Invernada do Sossego

Fazia dias que o Balão não aparecia na porteira do curral, e já estávamos ficando apreensivos, menos meu pai, que sempre tinha uma explicação otimista para tudo o que saía fora do costume. Quando eu quis dar uma batida nas vizinhanças para ver se encontrava o nosso cavalinho, ele disse que não valia a pena, que o Balão certamente estava amadrinhado com a égua de seu Boanerges, ou pastando na várzea do major Acácio, onde havia brotado capim novo depois das chuvas; quando sentisse fome de sal ou milho, procuraria o caminho de casa. E acrescentou:

— Pode ser também que ele esteja cansado de sela...

Isso tinha a intenção de uma branda censura a mim e a meu irmão Benício, que passávamos praticamente o dia inteiro em cima do Balão, às vezes até um na sela e o outro na garupa.

Meu pai falou tão confiante que resolvemos esquecer nossas preocupações. Também estávamos na quadra da moagem da mandioca, e passávamos o dia inteiro na casa da farinha, ajudando a tocar a roda, mergulhando as mãos até os cotovelos nas masseiras, ou apostando quem fazia beijus maiores. Depois do banho na bica do monjolo e do jantar na mesa grande da varanda, meu avô à cabeceira provando cada prato antes de passá-lo aos demais, é que chegava a hora de pensar no Balão; mas aí já estava entardecendo, em pouco tempo escurecia e não podíamos mais sair para procurá-lo.

Não posso dizer com certeza, mas acho que mamãe não estava aborrecida com a falta do Balão. Eu a ouvi dizendo à cozinheira que havia males que vinham para bem, e quando me viram disfarçaram, e desconfiei que falavam dele. Mamãe estava sempre com receio que acontecesse alguma coisa a mim ou Benício em nossos passeios no Balão, e um dia até quis proibir que o montássemos. Papai foi que interveio em nosso favor, disse que menino de fazenda não pode ser criado na barra da saia, e que o Balão era um cavalo manso até demais, quando crescêssemos mais ele ia pôr nós dois pra amansar burro brabo. Mamãe disse que se ele quisesse vê-la morrer do coração era fazer essa loucura; papai respondeu que se isso acontecesse ele não ia ficar viúvo por muito tempo, ela riu quando percebeu que ele estava brincando, e nós continuamos montando o Balão.

Assim eram as coisas lá em casa. Quando se tratava de fazer a nossa vontade, papai sempre vencia; e quando se tratava de defender a falta de algum camarada, papai resistia e ameaçava, mas quem acabava vencendo era mamãe. Papai dizia que, se ela pensava que tocar uma fazenda era fazer caridade a todo mundo, era melhor nós irmos para a cidade dirigir o Asilo de São Vicente.

Quando a farinha já estava torrada e ensacada, e o Balão nada de aparecer, perguntei a papai se não seria bom mandar o Calisto dar uma olhada nas fazendas de perto, no Bate-Bate, na Samurum, no Vaivém, mas ele disse que precisava do Calisto para receber uma conta nos Alverga; para esse serviço não havia outro; e se demorasse, seu Rudino Alverga não seria mais encontrado, estava de saída para a ponta dos trilhos. Benício queria que saíssemos escondidos nós dois mesmos, mas isso eu não tinha coragem de fazer: cada vez que se assustava por nossa causa mamãe ia para a cama com palpitação, e a alegria que a gente podia ter com a brincadeira não pagava o remorso.

De manhã a primeira coisa que fazíamos era olhar se o Balão estava na porteira; e à noite acordávamos cismando ter ouvido o rincho dele, ou o galope dele no descampado. Não podendo verificar no escuro, ficávamos acordados até de manhã, contando as horas no relógio da varanda; mas era imaginação, ou desejo forte.

Jula, a cozinheira, disse que se fizéssemos promessa a são Nunguinho, se Balão estivesse vivo apareceria num triz; fizemos, e foi pior porque ele não apareceu e concluímos que então ele não estava vivo.

Não podíamos imaginar o Balão morto. Aquelas ancas roliças, próprias para a gente montar de garupa, aquela crina repartida no meio e caída para cada lado do pescoço, a estrela branca na testa, os olhos inocentes refletindo a gente quando a gente olhava de perto, como é que tudo isso podia cessar de existir, sumir para onde? Essas coisas aconteciam a outros cavalos, ao Balão não podia.

Mas estávamos crescendo, e era preciso aprender — foi isso o que meu pai disse quando o Abel chegou com a notícia. A água estava minguando na bica do quintal, e papai tinha mandado o Abel inspecionar o rego até o açude, podia ser um barranco caído, ou algum galho podre retendo a água. Estávamos ajudando bater feijão no terreiro quando Abel chegou com o enxadão no ombro e disse que havia encontrado o Balão. Largamos as varas e corremos para ele, queríamos saber por que não trouxe, se era longe ou perto; e quando ele disse que para trazer só se fosse arrastando, porque o cavalo estava morto, ficamos os dois abobalhados, sem saber se chorávamos ou se xingávamos Abel, julgando-o de algum modo culpado, não da morte do Balão, mas da maldade de encontrá-lo morto.

Só depois que vimos acreditamos. O Balão estava morto, morto para sempre. Tombado no açude, com o corpo dentro da água, o rabo boiando como ninho desmanchado, o pescoço entortado no barranco, decerto num último esforço para preservar a respiração, a barriga esticada como bolha que vai estourar, nem parecia o nosso cavalo. Olhei para Benício bem no momento em que ele também me olhava, e desconfiei que estávamos pensando a mesma coisa. Precisava a morte tê-lo mudado daquele jeito? Não podia ele ter morrido como era, bonito e limpo?

Quando Abel chegou com outros homens, trazendo dois laços para arrastarem o cadáver, e um dos homens pisou com brutalidade na barriga do Balão, e uma gosma amarela esguichou da boca dele, nem eu nem Benício não quisemos olhar mais. Voltamos calados para casa, cada um pensando suas lembranças, com medo de dizê-las ao outro e ouvir alguma coisa que confirmasse a morte do Balão. Por isso gostei quando lá muito adiante Benício chutou uma lobeira podre, fazendo espirrar semente para todo lado, e perguntou se eu não achava que aquele cavalo que estava no açude podia não ser o Balão. Eu estava justamente pensando como seria bom que fosse outro, e que o nosso Balão estivesse andando por bem longe, trocando pernas em galopes arrojados pelos campos, como gostava de fazer quando sentia cheiro de chuva. Não fazia mal que não voltasse nunca mais; quando chegasse lá em casa um viajante de longe, podia contar que tinha visto um brabeza castanho de estrela branca na testa galopando pelo cerrado; eu saberia que era o Balão, mas não diria nada.

Não dissemos nada a nossos pais, porque há certas coisas que eles não devem saber, mas combinamos fazer tudo como se o Balão ainda estivesse vivo, até escondemos o cabresto dele no paiol de milho para não ser posto em nenhum outro animal.

Para nos consolar, papai lembrou que ficássemos com o rosilho de vovô, disse que o vovô não ia montar mais por causa do reumatismo; não mostramos nenhum entusiasmo, papai compreendeu e não falou mais no assunto. Mamãe queria que fôssemos passar tempo na fazenda de tio Orêncio, a Farturosa, ele estava sempre convidando, mas pai disse que a ocasião não era boa, eles estavam de engenho aceso e era perigoso ter menino perto, principalmente meninos como eu e Benício. Eu não gostava da Farturosa, achava lá um lugar frio e tristonho. Todos os meninos de lá eram empalamados e meio boiotas, tinha um que passava horas escondido no oitão da casa roendo caco de telha, como se fosse coisa de comer, e outro chamado Bonsolhos, mastigava fumo e andava de facão na cintura, um porqueirinha menor do que eu.

Uma noite acordei cuidando ter ouvido o bater de cascos em galopes, e fiquei de ouvido atento. Devia ser muito tarde, não havia sinal de vida na casa, só o compasso do relógio na varanda, o tremido da bica despejando água no quintal, o estalar de um caibro no teto, ruídos que a calma da noite ampliava e tornava mais nítidos, como acontece quando a gente limpa o mato em volta de uma roseira e as flores que estavam lá estouram de repente como novas. Abri a janela devagarinho para não acordar mamãe no outro quarto — e não compreendi logo o que estava vendo. O luar clareava tudo com uma luz que deixava ver até a nervura das folhas dos arbustos distantes, os caminhozinhos subindo os morros, as fibras e os chanfros de machado nos barrotes do curral.

Benício passou de roupa nova e um cabresto na mão debaixo da janela, e gritou para cima:

— Anda, moleza! Quer perder a cavalhada?

De jeito nenhum eu queria perder a cavalhada, todo ano nós íamos, papai já tinha até comprado roupa nova e botinas para nós dois.

— Tem cavalo pra nós? — perguntei.

— Nós vamos no Balão.

Eu ainda estava pensando como se o Balão ainda não tivesse voltado, mas isso era compreensível considerando o tempo que ele levou sumido.

Corri ao armário, enfiei a roupa às pressas, Benício era bem capaz de sair sem me esperar, xinguei a botina que não queria entrar, nem penteei o cabelo porque o tempo era pouco e eu ainda precisava tomar alguma coisa, não convinha sair em jejum, podia dar tonteira.

Na cozinha encontrei o fogo apagado e as panelas emborcadas no jirau, sinal de que a cozinheira já tinha se ido. O jeito era tomar um gole de água quente do caldeirão que estava na pedra. Pensei que ia achar ruim, mas não, até gostei, e se Benício não estivesse esgoelando por mim eu teria bebido um coité cheio.

Como estava bom de sela o Balão, e como andava depressa! Mal passamos o arame na porteira e descemos a baixada do córrego, já íamos longe, em terras muito diferentes das nossas, uma várzea de buritis a perder de vista. De vez em quando o Balão entortava o pescoço para trás, acho que para verificar se estávamos contentes, depois resfolegava feliz, empinava a crina e seguia em passo ganjento. Que terras seriam aquelas? Era fora de dúvida que não podiam ser de nenhuma fazenda conhecida. Quem sabe se não estávamos perdidos, sem jeito nenhum de voltar?

Veio-me à lembrança uma conversa com Abel, nós dois sentados na porteira do curral uma tarde. Eu só queria falar no Balão, mas Abel não parecia interessado. Quando senti uma coisa redonda na garganta e ele viu que era a vontade de chorar chegando, disse que eu não devia ficar triste por causa do Balão. Perguntei por quê, ele disse que numa hora dessa o Balão devia estar muito feliz na Invernada do Sossego. Eu nunca tinha ouvido falar nessa invernada, pensei que fosse invenção. Ele garantiu que existia, era do outro lado do morro, aliás muito longe, todos os animais desaparecidos acabavam batendo lá. Era um lugar onde não havia cobra nem erva nem mutuca, a vida deles era só pastar e comer quando tinham vontade, quando dava sono caíam e dormiam onde estivessem, nem a chuva os incomodava, se duvidar até nem chovia. Como podia haver capim sempre verde sem chuva, ele não explicou nem me lembrei de perguntar.

Agora, vendo aqueles cavalinhos gordos e lustrosos lambendo-se uns aos outros, rinchando à toa, perseguindo-se em volta das árvores, fazendo todo o barulho que queriam sem medo de serem espantados, compreendi que Abel não havia inventado nada, a Invernada do Sossego existia, qualquer pessoa podia ir lá se não ficasse aflita para chegar.

O Balão devia ter estado ali muito tempo, porque fizera muitos amigos. De entoado éramos saudados pelo rincho alegre de algum cavalo que pastava à beira do caminho, outros deixavam suas brincadeiras e vinham correndo cheirar o Balão no focinho, até pessoas apareciam para alisá-lo no pescoço, e do jeito que faziam via-se que não era a primeira vez. Quando passamos na altura de um angico que ficava a certa distância da estrada, alguém chamou Benício da porta de uma barraca. Benício explicou que devia ser o Zeno, menino de uns ciganos que haviam acampado debaixo da gameleira da fazenda, e que lhe dera uma tartaruguinha de presente.

Fizemos sinal para Zeno e ele veio correndo ao nosso encontro, ainda guardando o canivete com que lavrava uma tala de madeira. Mas parece que não queria conversar com nenhum de nós, o que ele queria era brincar com o nosso cavalo, pois quando chegou perto pendurou-se no pescoço do Balão, que se divertia em levantá-lo e balançá-lo no ar, parece que já esquecido de mim e Benício. Cutuquei Benício e ele perguntou:

— Você não tem cavalo não, Zeno?

Zeno empurrou a cabeça de Balão para um lado e respondeu:

— Não pense que eu estou querendo tomar o seu cavalo. Aqui é assim. Os cavalos daqui não têm dono porque são de todos.

— E não sai briga? — perguntei.

— Com gente daqui, não. Quem briga são os capadócios, que aparecem de repente armados de garrucha e fazem um estrago medonho.

— Eles não gostam de cavalo? — perguntou Benício.

— Gostam muito, mas é pra matar.

— E vocês que vivem aqui, por que que deixam?

— Vontade de correr com eles não falta, mas ninguém aguenta. Não se pode nem chegar perto, fedem muito.

— Nem tapando o nariz?

— Que esperança!

— Então não se pode fazer nada?

— Nada. Só recolher as ossadinhas. O outro dia...

Zeno parou de falar e ficou farejando o ar com a cabeça levantada.

— Vocês não estão sentindo? — perguntou.

Eu e Benício farejamos também para ajudar, mas nada sentimos, não tínhamos prática. Mas o povo todo da invernada já havia sentido e corria em confusão, puxando cavalos, recolhendo-os para dentro das barracas, deitando-os à força no fundo de valados.

— São eles! — gritou Zeno. — Precisamos esconder o Balão.

Mas onde? A barraca era muito pequena, o angico era muito alto e difícil de subir.

— Vamos enterrá-lo! Me ajudem! — gritou Zeno, já de cócoras e furando a terra com as mãozinhas.

Ajoelhamos ao lado dele e começamos a furar também, mas o trabalho não rendia porque o Balão escolheu justamente aquele momento para brincar, dava cabeçadas e nos derrubava, às vezes de lado, às vezes de costas, até dava raiva.

Balas zuinchavam perto de nós, cavalos passavam desembestados rinchando, coiceando e caindo, e sempre aquela catinga de tontear, a gente não sabia se cavava ou se tapava o nariz. Quando afinal conseguimos abrir um buraco de bom tamanho, já não encontramos o Balão ao nosso lado. Zeno culpou Benício, Benício caiu no choro, eu tive raiva dos dois por armarem discussão naquela hora.

— Vamos campeá-lo antes que seja tarde, seus pamonhas! — gritei, puxando-os para fora do buraco.

Empurrei os dois cada um para um lado e corri pelo centro atrás de um bando de cavalos que passavam de rabo esticado, mas vi logo que era perder tempo, naquela confusão de tantas patas, crinas e ancas nunca que eu acharia o Balão. Corri muito, levei muitos tropeções e devo ter perdido a direção porque de repente me vi caído dentro do mesmo buraco que tínhamos acabado de cavar.

Meti a cabeça de fora para ver o que estava acontecendo, mas a fumaça era tanta que eu mal podia abrir os olhos. Eu tinha medo era que um dos capadócios levasse um tiro e caísse em cima de mim, vi vários deles tombarem de seus cavalos e serem arrastados pelo campo, largando chumaços de cabelo no chão. Era preciso sair dali depressa, não importava o perigo das balas.

Fiz o pelo-sinal e armei o pulo para sair, mas quem diz que eu conseguia levantar o corpo? Um peso impossível segurava-me no fundo do buraco. Que poderia ser? Algum cavalo morto? Fechando os olhos para não ver, fui apalpando devagar aquele corpo quente que pesava em cima de mim, e concluí que não podia ser cavalo. Cheirei a mão com medo — e compreendi. Os capadócios pesam mais do que chumbo, era inútil tentar escapulir.

Com dificuldade afastei um braço que me cobria os olhos e fiquei olhando as nuvens passarem no céu alto, tão livres e tão remotas, os pássaros cumprindo o seu dever de voar, sem se importarem que no fundo de um buraco um menino morria de morte humilhante, morria como barata, esmagado como barata. O ar não alcançava mais o fundo do meu peito, meus olhos doíam para fora, os ouvidos chiavam, e ninguém perto para me dar a mão. Eu estava sozinho no escuro, sozinho, sozinho.

Roupa no coradouro

Fui com meu pai até depois da ponte e ajudei-o a tocar os dois cargueiros ladeira acima. Todo o tempo ele ficou falando no que eu devia fazer enquanto ele estivesse fora, obedecer minha mãe em tudo, não deixá-la carregar vasilhas pesadas de água, rachar a lenha que fosse necessária, mas ter muito cuidado para não bater o machado no pé; não demorar na rua quando ela mandasse dar algum recado ou fazer compra, e principalmente não andar de farrancho na beira do rio com outros meninos maiores, porque isso assustava muito minha mãe e ela não podia passar sustos. Eu não dizia nada, só ouvia e batia com a cabeça, no fundo eu não estava triste com a viagem de meu pai, era a primeira vez que ele ia ficar longe de nós por algum tempo e eu estava ansioso por ver como seria a vida em casa sem ele para fiscalizar tudo. Quando passamos a ladeira depois da ponte e os cargueiros tomaram a estrada carreira, pedi a bênção a meu pai, ele pôs a mão na minha cabeça e disse que Deus me abençoasse, e voltei quase correndo.

Mamãe estava sentada no banco da varanda ralando cidra com o ralo e a travessa no colo, ela disfarçou mas vi que ela andara chorando. Sentei perto para conversar um pouco e esperei que ela começasse mas ela não dizia nada, ficava muito atenta ralando os pedaços de cidra, de vez em quando passava o dedo grande na testa para afastar o cabelo e suspirava. Perguntei quando era que meu pai ia voltar, ela disse que logo que vendesse toda a mercadoria. Perguntei por que era que ele tinha deixado o ofício para ser mascate, ela zangou-se e respondeu que eu não devia chamá-lo de mascate, com certeza isso já era caçoada de outras pessoas, mas eu devia repelir quando ouvisse; ele ia apenas tentar a sorte no comércio, o ofício não estava dando, ninguém queria mais fazer nem reformar casa, era só remendo, e meu pai não podia ficar parado. Quando ele voltasse com a mercadoria toda vendida, haveria dinheiro para as despesas até que a situação melhorasse.

Eu não estava muito interessado na volta de meu pai por enquanto, só queria que chegasse de noite para poder brincar na rua até tarde sem ficar com medo de ser repreendido, ou mesmo de apanhar; por isso, quando ela perguntou se eu estava com fome eu disse que sim, e fui logo para a cozinha, e já que eu estava remexendo nas panelas, para não perder o trabalho fui comendo o que havia — mandioca frita, carne assada e arroz sobrado do almoço, e no armário uma tigela com doce de batata. Quando acabei, minha mãe perguntou se eu era capaz de ir em casa de d. Bita ver se ela podia mandar o dinheiro dos frangos que levara fiado desde o mês passado, não me mandou ir como fazia meu pai, perguntou apenas se eu era capaz de ir. Eu disse que ia quando acabasse de consertar a minha arraia, que perdera o rabo embaraçado em um coqueiro; e com aquilo de preparar grude, cortar papel e fazer as argolas, passei o resto do dia e me esqueci do dinheiro. No dia seguinte ela falou de novo no assunto, mas aí eu tinha combinado uma pescaria, precisava tirar minhoca e trocar a vara do anzol, e acabei também não indo. Não sei se foi castigo, mas o certo é que passei a tarde inteira com o anzol na água e só peguei uns dois ou três lambarizinhos barrelas, que achei melhor dar para o Ciríaco juntar com os dele, que eram mais. Também não me importei, porque assim minha mãe não precisava saber que eu estive pescando.

Quando eu chegava em casa à noite, cansado de correr, lutar ou simplesmente ficar sentado no patamar da igreja ouvindo histórias, encontrava a porta encostada, com uma pedra pesada escorando. Minha mãe estava ou no quarto rezando ou na varanda remendando minhas roupas, e o máximo que dizia é que eu não devia abusar da ausência de meu pai, porque se eu acostumasse ficaria difícil desacostumar quando ele voltasse. E acho que para não parecer que estivesse implicando, mudava logo de assunto; dizia que tinha leite morno para mim na pedra do fogão, mas que não esquecesse de lavar os pés primeiro. Eu ia à cozinha, lavava os pés mais ou menos, às vezes nem lavava, passava um pano; tomava o leite com farinha e ia dormir. Deitado na cama, ouvindo minha mãe fazendo ainda uma coisa e outra pela casa, catando feijão, moendo café para de manhã, eu achava que não estava ajudando muito, como meu pai recomendara, e prometia a mim mesmo mudar de vida. Mas resolver uma coisa deitado é fácil, não dá nenhum trabalho, praticar depois é que é difícil, a gente vai deixando para depois e nunca resolve começar.

Quando o circo chegou, aí é que eu não tinha mesmo tempo para nada, nem para conversar direito com minha mãe. De manhã cedo era aquela correria de lavar o rosto, tomar café e sair depressa para a escola, quando voltava era só engolir a comida e ir ajudar a dar água aos animais e depois sair com os outros meninos carregando o quadro-negro pelas ruas, tocando buzina e gritando para chamar a atenção do povo. A gente trabalhava para ganhar entrada todas as noites, mas mesmo que não ganhasse eu acho que a gente trabalhava assim mesmo, só para poder ver o circo por dentro. Com isso eu não tinha tempo nem para encher as vasilhas de água lá de casa, e muitas vezes quando passava com o quadro-negro pelo largo via minha mãe carregando um balde cheio em cada mão, ou parada com outras mulheres no chafariz esperando a vez. Da primeira vez fiquei com vergonha e procurei me esconder atrás do quadro, mas depois me acostumei e não sentia mais nada. Um dia, quando eu estava deitado relembrando tudo o que tinha visto no circo, tive pena de minha mãe estar perdendo tudo aquilo e achei que ela devia ir nem que fosse uma vez, ao menos para ver o palhaço e o salto da morte, o palhaço tinha uma cachorrinha chamada Violeta que ele vivia puxando para aqui e para ali, e bastava ele gritar Violeta, para todo mundo cair na risada. No dia seguinte convidei minha mãe, mas ela disse que era melhor não gastar o pouco dinheiro que meu pai tinha deixado para as despesas. Eu disse que eu podia vender minha galinha para ela não ter que tocar no dinheiro das despesas, ela pensou um pouco, vi que estava satisfeita com o convite, mas depois sacudiu a cabeça e disse que, se ela fosse, ia ficar o tempo todo pensando em meu pai, e quanto mais estivesse gostando, mais ia desejar que ele também estivesse lá, e assim era melhor não ir.

Pensei que quando o circo fosse embora eu ia ter mais tempo para ajudar em casa, mas aí inventamos de imitar os trapezistas, assentamos trapézio no quintal de Ciríaco, lá tinha muita corda e laço por causa das vacas que eles criavam para vender leite, e passávamos o tempo todo exercitando, destronquei o pé e andei muitos dias mancando, mas o Marquim foi pior, porque quebrou o braço e entortou o pescoço, do braço ficou bom, mas do pescoço dizem que não fica. Também ele foi o mais afoito, foi o único que teve coragem de tentar o salto da morte.

Foi logo depois disso que minha mãe adoeceu. Ela estava na cozinha fazendo o almoço, mas teve que parar e deitar na rede para descansar, disse que estava com um pouco de febre e tontura, quando pisava não sentia o chão. Perguntou se eu podia ir na farmácia comprar umas cápsulas e voltar já, me mandou apanhar o dinheiro no potinho embaixo da santa, eu fui, mas no caminho encontrei uns meninos brincando de pião, por sorte eu estava com o meu no bolso, entrei no meio deles e me esqueci da hora. Cheguei em casa arrependido de ter demorado, mas felizmente d. Ana Bessa estava lá, tinha acabado de fazer o almoço para mim e estava dando um chá para mamãe no quarto. Pensei que ela gostava de mim, ela estava sempre lá em casa ou mamãe na casa dela, uma vez ela até me deu uma botinha de abotoar no dia dos meus anos; mas quando acabou de dar o chá para mamãe, ela veio à cozinha onde eu estava fazendo o meu prato, ficou me olhando da porta e sem mais nem menos disse que eu tinha feito um papel muito feio, que minha mãe estava muito doente e ela ia me vigiar, se eu não deixasse a vadiação ia contar tudo a meu pai quando ele chegasse. Fiquei passado, era a primeira vez que ela falava assim comigo, e se a fome não fosse muita eu teria até perdido a vontade de comer.

Depois de almoçar achei que devia lavar o prato eu mesmo para d. Ana não ter o que falar, arrumei as panelas no fogão e fui ao quarto ver minha mãe. Ela estava dormindo, mas não parava de virar a cabeça de um lado para o outro no travesseiro. Fiquei lá um pouco, mas como o quarto estava escuro e quente resolvi ir brincar no quintal, subi na mangueira grande e fiquei lá em cima enganchado numa forquilha descansando e olhando os outros quintais. Seu Amâncio estava roçando o matinho perto da horta, e quando chegou junto da cerca pegou uma caçamba velha do chão e jogou para o quintal do seu Aprígio. Achei aquilo engraçado porque dias antes eu tinha visto seu Aprígio jogar aquela mesma caçamba para o quintal de seu Amâncio; no entanto, quem os visse conversando de tarde em suas janelas não saberia que tinham essa picuinha por cima da cerca. Dona Ana Bessa ia voltando da horta com um manojo de ervas na mão, parou debaixo de um limoeiro, olhou para os lados, ergueu um pouco a saia na frente fazendo roda, afastou as pernas e ficou lá quieta olhando para o tempo. Imagine se ela soubesse que eu estava vendo.

Pensei em minha mãe sozinha no quarto e resolvi descer para ver se ela queria alguma coisa. Ela estava acordada, brincando com a ponta das tranças. Quando me viu entrar no quarto começou a sorrir, mas fechou os olhos e gemeu baixinho; e quando abriu os olhos de novo, ficou me olhando demorado, ainda querendo sorrir, depois perguntou se eu já tinha jantado. Achei esquisito porque fazia pouco mais de uma hora que eu tinha almoçado, e também a voz dela saiu diferente. Ela me pediu para sentar na beira da cama, eu sentei, ela pegou a minha mão e ficou alisando. Depois virou o rosto para a parede, a mão dela muito quente na minha, até fazia a minha suar, quando vi ela estava chorando. Fiquei tão assustado que tive vontade de sair correndo para chamar d. Ana, procurei soltar minha mão devagarinho, mas não tive coragem, ela me segurava com força. Eu queria dizer muitas coisas para ela, coisas bonitas e carinhosas, mas não achei o que dizer e acabei chorando também.

Dona Ana entrou sem fazer barulho, e do jeito que me olhou vi que ela era de novo minha amiga. Ela sentou na beira da cama de frente para mim, debruçou em cima de minha mãe e pôs a mão na testa dela, depois debaixo do queixo.

— Muita febre, coitadinha — disse ela. — Matei um frango pra fazer um caldinho pra ela. Acho bom você chamar o dr. Vergílio. Eu fico com ela enquanto você vai. Diz a ele pra fazer o favor de vir logo.

Se eu não tivesse parado na porta da venda para ver o mico comer amendoim, teria alcançado o dr. Vergílio ainda em casa. Tinha muita gente em volta olhando e rindo, eu quis ver também, o dono jogava um amendoim, o mico pegava, descascava e comia e punha as cascas na cabeça e ficava balançando o corpo como se dançasse. Enquanto eu estava rindo como todo mundo, alguém tirou o meu boné e jogou para o mico. Primeiro ele examinou o boné de todo jeito, virou do avesso, esfregou no corpo como se fosse sabão, depois botou na cabeça com o bico para trás. Eu quis tomar o boné mas o mico não deixava, eu esticava a mão, ele gritava e ameaçava morder, e isso foi o que o povo achou mais engraçado, só eu é que não ria, eu queria o meu boné para ir chamar o dr. Vergílio, minha mãe estava doente e não podia esperar, comecei a chorar e as risadas não paravam, apanhei uma pedra pra jogar no mico, muitas mãos me seguraram, o dono do mico apanhou o boné e jogou para mim.

Faltavam umas duas casas para chegar na farmácia, quando vi o dr. Vergílio montar o cavalo e sair com a espingarda cruzada nas costas. Eu podia ter corrido e gritado, ele não ia depressa, mas o susto de não alcançá-lo foi tão grande que na hora não me lembrei, só depois que ele dobrou a esquina da rua que desce para o rio foi que pensei nisso, mas aí não adiantava mais correr.

Cheguei em casa chorando e disse a d. Ana que o doutor tinha ido para a espera. Ela pôs as duas mãos no rosto e disse "Valha-nos Deus!", depois xingou muito o dr. Vergílio, e quando se acalmou alisou a minha cabeça e disse que eu não devia chorar, que a culpa não era minha, mas daquele homem imprestável. Parei de chorar e sentei na canastra onde minha mãe guardava a nossa roupa, mas, de cada vez que eu lembrava da minha parada na venda, chorava mais. Dona Ana pensou que era por eu não ter encontrado o doutor, mas era porque eu sabia que o imprestável era eu, como meu pai às vezes dizia.

Depois que d. Ana trouxe o caldo para mamãe eu disse que achava bom eu voltar à farmácia para ver se o doutor já tinha voltado. Ela disse que eu ia perder a caminhada, se ele tinha ido esperar só voltaria muito tarde da noite ou de madrugada. Eu quis ir assim mesmo, podia ser que ele tinha esquecido alguma coisa e voltado para apanhar; e antes que ela fizesse qualquer reparo, fui saindo depressa. Dessa vez não parei em parte nenhuma, e quando cheguei na farmácia fiz de conta que não sabia de nada. Dona Rute estava sentada atrás do balcão dando de mamar ao filho menor. Perguntei pelo dr. Vergílio, ela disse que ele tinha ido do outro lado do morro ver um doente. Perguntei se depois de ver o doente será que ele não ia fazer espera, ela disse que não; ele tinha levado a espingarda mas era só por costume, e para o caso de encontrar alguma perdiz no caminho. Então eu disse que era para ele fazer o favor de ir lá em casa logo que chegasse, porque mamãe estava muito doente. Ela quis saber qual era a doença, eu disse que era febre; ela perguntou se eu não queria levar umas cápsulas para ir tentando, eu disse que já tinha levado, mas que não adiantou.

Eu não saí mais de casa naquele dia nem no outro. Aos poucos a casa foi enchendo de gente, mulheres mais, umas com filhos pequenos, outras com meninos já grandinhos, que ficavam me amolando para brincar. Mulheres que eu só conhecia de vista e achava antipáticas mexiam em nossa cozinha, faziam mingau para os filhos nas vasilhas de mamãe, ou café para as visitas.

Passou a noite inteira e o dr. Vergílio não apareceu. Dona Ana já estava desesperada, e no dia seguinte logo cedo ela mesma foi à farmácia indagar. Dona Rute não sabia de nada, achava que de onde estava ele devia ter tido algum outro chamado. Dona Ana deixou recado e passamos mais um dia inteiro na mesma aflição. Tarde da noite ele chegou, pôs todas as mulheres para fora do quarto, eu quis ficar ele não deixou.

Mais tarde ele chamou d. Ana e tornaram a fechar a porta; e quando finalmente saíram do quarto, vi que ela estava chorando, muito disfarçado, mas estava. O doutor aceitou uma xícara de café que lhe ofereceram, e enquanto bebia soprando disse que era bom mandarem chamar meu pai, mas ninguém sabia onde ele estava. Já na porta o doutor disse que precisava de alguém para trazer uns remédios que ele ia preparar na farmácia, eu disse que eu ia, d. Ana não deixou e uma das mulheres se ofereceu. Eu queria ficar sozinho num canto mas havia gente por toda parte, só na rede da varanda tinha três meninas se balançando e rindo espremido, d. Ana teve de ralhar com elas por causa do barulho que faziam.

Eu estava sentado na canastra no quarto de minha mãe, o único lugar que achei para sentar, quando o padre chegou. Que susto eu levei ao vê-lo entrar com o livrinho de rezas na mão e já murmurando orações, tive vontade de mandá-lo embora, mas faltou coragem, eu estava acostumado a ser muito obediente perto dele, e até de pedir a bênção, mas desta vez não pedi. Ele fez sinal para eu sair do quarto, eu não liguei, tiveram que levar-me à força, fui chorando alto, sem nenhum acanhamento. Uma vizinha quis me levar para dormir na casa dela, eu gritei que não ia, sabia que minha mãe estava morrendo e não queria ficar longe dela. Levaram-me para a cozinha e me deram uma xícara com calmante, mas eu só parei de chorar quando vi que muita gente estava chorando também, principalmente as meninas.

Depois que o padre saiu, d. Ana sentou comigo na rede, puxou minha cabeça para o ombro dela e ficou alisando o meu cabelo sem dizer nada, e foi bom porque eu não queria que falassem comigo. Quando acordei, estava sozinho na rede, meu pai ajoelhado na minha frente, com as mãos nos meus joelhos. Abracei o pescoço dele, ele levantou abraçado comigo e ficamos os dois chorando. Depois ele me soltou no chão e disse que devíamos ir ao quarto despedir de mamãe e pedir perdão a ela. Ela estava com os cabelos soltos no travesseiro, e tão corada e bonita que pensei que não estava mais doente e que ia se levantar quando nos visse; mas chegamos bem perto da cama e parece que ela não nos viu, porque continuou alisando a bainha do lençol e falando palavras que não entendi. Chamei-a duas vezes e ela nem me olhou, e quando segurei a mão dela para beijar ela disse:

— Não, não! Meu filho! Chamem meu filho! Coitado de meu filho, vai ficar sozinho...

Meu pai ajoelhou-se no chão e encostou a testa no cabelo de minha mãe, eu ajoelhei também e ficamos lá chorando. Alguém quis nos tirar de lá, d. Ana não deixou e mandou que as outras pessoas saíssem do quarto. Quando dei fé, meu pai tocava o meu braço e dizia:

— Sua mãe faleceu. Reze por ela.

No dia seguinte depois do enterro nós estávamos na varanda conversando, d. Ana tinha trazido uma bandeja de café com bolo, meu pai só tomou o café e fumava sem parar, suspirando a todo instante. Meu tio Lourenço estava lá, tinha vindo para o enterro, e não parava de falar em sua lavoura, no trabalho que estava tendo com os camaradas, na casa nova que começou a fazer mas teve de parar por falta de um bom carapina, o que arranjou bebia muito e não ligava ao serviço. Aí ele convidou meu pai para passar uns tempos no sítio e ajudar nas obras, seria bom para mim também; meu pai parece que não ouviu, e tio Lourenço teve que repetir o convite. Meu pai fez como quem acorda e disse que ia pensar; mas eu sabia que ele não ia aceitar, eles já tinham brigado uma vez e meu pai disse que nunca mais trabalhava para tio Lourenço.

Enquanto tio Lourenço falava, e os outros ficavam olhando para o chão ou assobiando baixinho entre os dentes, eu ia pensando como era que ia ser a nossa vida sem mamãe. Sabia que ela estava morta, eu tinha visto levarem o caixão com ela dentro, mas não queria acreditar que nunca mais eu ia vê-la. Nunca mais. Nunca mais. Nunca mais. Repeti as palavras em pensamento, elas doíam dentro de mim, mas eu queria sofrer, era só o que eu podia fazer por minha mãe agora. Tio Lourenço deve ter notado que eu estava chorando, porque levantou e começou a falar comigo, perguntou como eu ia na escola, se eu já sabia o que era que ia ser quando crescesse. Baixei a cabeça para não responder, sabia que se respondesse a voz não saía direito. Aí ele disse para meu pai que eu não devia ficar o tempo todo pelos cantos pensando em coisas tristes, que era preciso sacudir o corpo; e para mostrar como era que meu pai devia fazer comigo, ele me mandou soltar o cavalo dele que estava amarrado no pátio e tocá-lo para o quintal.

O cavalo estava amarrado numa argola no pé da escada da cozinha. Levei-o pelo cabresto até o portão do quintal, abri o portão, tirei o cabresto e toquei o cavalo com uma palmada na anca para ele saltar o degrauzinho. Fechei o portão com a tranca, enrolei o cabresto e voltei.

Foi aí que vi as roupas estendidas na grama, vestidos, blusas e saias de minha mãe, que ela mesma deixara ali para corar. O luar batia nas roupas e as clareava com estranha nitidez. A blusa de bordado que minha mãe usava em dias de calor, a saia de rosas que d. Ana achava bonita. Foi como se eu a visse pela casa varrendo e limpando, ou na cozinha mexendo as panelas, sempre empurrando os cabelos para trás com o dedo grande para não tocá-los com a mão engordurada.

Não pude me demorar mais porque meu pai me chamava da janela e eu não quis contrariá-lo logo nesse dia tão triste. Mas, quando cheguei no alto da escada, olhei mais uma vez a roupa estendida e fechei a porta bem devagar, para demorar mais tempo olhando.

Entre irmãos

O menino sentado à minha frente é meu irmão, assim me disseram; e bem pode ser verdade, ele regula pelos dezessete anos, justamente o tempo que estive solto no mundo, sem contato nem notícia. Quanta coisa muda em dezessete anos, até os nossos sentimentos, e quanta coisa acontece — um menino nasce, cresce e fica quase homem e de repente nos olha na cara e temos que abrir lugar para ele em nosso mundo, e com urgência porque ele não pode mais ficar de fora.

A princípio quero tratá-lo como intruso, mostrar-lhe a minha hostilidade, não abertamente para não chocá-lo, mas de maneira a não lhe deixar dúvida, como se lhe perguntasse com todas as letras: que direito tem você de estar aqui na intimidade de minha família, entrando nos nossos segredos mais íntimos, dormindo na cama onde eu dormi, lendo meus velhos livros, talvez sorrindo das minhas anotações à margem, tratando meu pai com intimidade, talvez discutindo a minha conduta, talvez até criticando-a? Mas depois vou notando que ele não é totalmente estranho, as orelhas muito afastadas da cabeça não são diferentes das minhas, o seu sorriso tem um traço de sarcasmo que conheço muito bem de olhar-me ao espelho, o seu jeito de sentar-se de lado e cruzar as pernas tem impressionante semelhança com o do meu pai. De repente fere-me a ideia de que o intruso talvez seja eu, que ele tenha mais direito de hostilizar-me do que eu a ele, que vive nesta casa há dezessete anos, sem a ter pedido ele a aceitou e fez dela o seu lar, estabeleceu intimidade com o espaço e com os objetos, amansou o ambiente a seu modo, criou as suas preferências e as suas antipatias, e agora eu caio aí de repente, desarticulando tudo com minhas vibrações de onda diferente. O intruso sou eu, não ele.

Ao pensar nisso vem-me o desejo urgente de entendê-lo e de ficar amigo, de derrubar todas as barreiras, de abrir-lhe o meu mundo e de entrar no dele. Faço-lhe perguntas e noto a sua avidez em respondê-las, mas logo vejo a inutilidade de prosseguir nesse caminho, as perguntas parecem-me formais e as respostas forçadas e complacentes. Há um silêncio incômodo, eu olho os pés dele, noto os sapatos bastante usados, os solados revirando-se nas beiradas, as rachaduras do couro como mapa de rios em miniatura, a poeira acumulada nas fendas. Se não fosse o receio de parecer inútil eu perguntaria se ele tem outro sapato mais conservado, se gostaria que lhe oferecesse um novo, e uma roupa nova para combinar. Mas seria esse o caminho para chegar a ele? Não seria um caminho simples demais, e por conseguinte inadequado?

Tenho tanta coisa a dizer, mas não sei como começar, até a minha voz parece ter perdido a naturalidade, sinto que não a governo, eu mesmo me aborreço ao ouvi-la. Ele me olha, e vejo que está me examinando, procurando decidir se devo ser tratado como irmão ou como estranho, e imagino que as suas dificuldades não devem ser menores do que as minhas. Ele me pergunta se eu moro numa casa grande, com muitos quartos, e antes de responder procuro descobrir o motivo da pergunta. Por que falar em casa? E qual a importância de muitos quartos? Causarei inveja nele se responder que sim? Não, não tenho casa, há muito tempo que tenho morado em hotel. Ele me olha parece que fascinado, diz que deve ser bom viver em hotel, e conta que toda vez que faz reparos à comida mamãe diz que ele deve ir para um hotel, onde pode reclamar e exigir. De repente o fascínio se transforma em alarme, e ele observa que se eu vivo em hotel não posso ter um cão em minha companhia, o jornal disse uma vez que um homem foi processado por ter um cão em um quarto de hotel. Não me sinto atingido pela proibição, se é que existe, nunca pensei em ter um cão, não resistiria separar-me dele quando tivesse que arrumar as malas, como estou sempre fazendo; mas devo dizer-lhe isso e provocar nele uma pena que eu mesmo não sinto? Confirmo a proibição e exagero a vigilância nos hotéis. Ele suspira e diz que então não viveria num hotel nem de graça.

Ficamos novamente calados, e eu procuro imaginar como será ele quando está com seus amigos, quais os seus assuntos favoritos, o timbre de sua risada quando ele está feliz e despreocupado, a fluência de sua voz quando ele pode falar sem ter que vigiar as palavras. O telefone toca lá dentro e eu fico desejando que o chamado seja para um de nós, assim teremos um bom pretexto para interromper a conversa sem ter que inventar uma desculpa; mas passa-se muito tempo e perco a esperança, o telefone já deve até ter sido desligado. Ele também parece interessado no telefone, mas disfarça muito bem a impaciência.

Agora ele está olhando pela janela, com certeza desejando que passe algum amigo ou conhecido que o salve do martírio, mas o sol está muito quente e ninguém quer sair à rua a essa hora do dia. Embaixo na esquina um homem afia facas, escuto o gemido fino da lâmina no rebolo e sinto mais calor ainda. Quando eu era menino tive uma faca que troquei por um projetor de cinema feito por mim mesmo — uma caixa de sapato dividida ao meio, um buraquinho quadrado, uma lente de óculo — e passava horas à beira do rego afiando a faca, servia para descascar cana e laranja. Vale a pena dizer-lhe isso ou será muita infantilidade, considerando que ele está com dezessete anos e eu tinha uns dez naquele tempo? É melhor não dizer, só o que é espontâneo interessa, e a simples hesitação já estraga a espontaneidade.

Uma mulher entra na sala, reconheço nela uma de nossas vizinhas, entra com o ar de quem vem pedir alguma coisa urgente. Levanto-me de um pulo para me oferecer; ela diz que não sabia que estávamos conversando, promete não nos interromper, pede desculpa e desaparece. Não sei se consegui disfarçar um suspiro, detesto aquela consideração fora de hora, e sou capaz de jurar que meu irmão também pensa assim. Olhamo-nos novamente já em franco desespero, compreendemos que somos prisioneiros um do outro, mas compreendemos também que nada podemos fazer para nos libertar. Ele diz qualquer coisa a respeito do tempo, eu acho a observação tão desnecessária — e idiota — que nem me dou ao trabalho de responder.

Francamente já não sei o que fazer, a minha experiência não me socorre, não sei como fugir daquela sala, dos retratos da parede, do velho espelho embaciado que reflete uma estampa do Sagrado Coração, do assoalho de tábuas empenadas formando ondas. Esforço-me com tanta veemência que a consciência do esforço me amarra cada vez mais àquelas quatro paredes. Só uma catástrofe nos salvaria, e desejo intensamente um terremoto ou um incêndio, mas infelizmente essas coisas não acontecem por encomenda. Sinto o suor escorrendo frio por dentro da camisa e tenho vontade de sair dali correndo, mas como poderei fazê-lo sem perder para sempre alguma coisa muito importante, e como explicar depois a minha conduta quando eu puder examiná-la de longe e ver o quanto fui inepto? Não, basta de fugas, preciso ficar aqui sentado e purgar o meu erro.

A porta abre-se abruptamente e a vizinha entra de novo apertando as mãos no peito, olha alternadamente para um e outro de nós e diz, numa voz que mal escuto:

— Sua mãe está pedindo um padre.

Levantamos os dois de um pulo, dando graças a Deus — que ele nos perdoe — pela oportunidade de escaparmos daquela câmara de suplício.

A espingarda do rei da Síria

A vida não estava tratando bem o Juventino Andas desde que ele perdera a espingarda numa espera. Para um caçador de fama e rama, perder a espingarda numa espera pode parecer um feito desonroso — mas é preciso atentar para as circunstâncias. Ninguém esperava chuva aquela noite, e choveu; a lanterna, que ele havia experimentado antes de sair de casa, falhou no mato; e o cavalo, assustado por alguma onça, arrebentou o cabresto e fugiu. Foi quando procurava o cavalo na noite escura que Juventino rolou numa grota, perdeu a espingarda e ainda destroncou um braço. No outro dia o cavalo apareceu na porteira de seu Ângelo Furnas com a sela quase na barriga e a crina cheia de carrapicho. Seu Ângelo reconheceu-o e o recolheu e mandou recado para Juventino.

Sendo homem sem malícia, apesar de caçador, Juventino achou que devia agradecer a gentileza contando candidamente como se apartara do cavalo. Ângelo ouviu com simpatia, fez uma pergunta aqui outra ali, não mostrou ter achado graça, e nada disse que pudesse ferir a reputação do amigo; mas, depois de uma visita que fez à cidade um ou dois dias mais tarde, todo mundo estava gozando o lado cômico do episódio. Juventino não percebeu de logo o que era que lhe estava acontecendo, e até contribuiu para o riso geral acrescentando uma ou outra informação que havia omitido na conversa com seu Ângelo; mas quando desconfiou que o assunto estava rendendo mais do que a sua importância justificava, já era tarde para recolocar as coisas na sua exata perspectiva. Aos olhos dos amigos ele era agora como um soldado que perdeu a arma na guerra. Tudo o que ele dissesse agora teria que ser pesado contra esse único e singelo episódio. Juventino achou que o mais acertado naquelas circunstâncias era viver mais para si e evitar locais como a farmácia de seu Castiço, que era uma espécie de bolsa de comentários sobre caçadas.

Mas a perda do prestígio de caçador não foi o único aborrecimento de Juventino; havia outro igualmente grande: a privação de caçar, por falta de espingarda. Enquanto aos sábados os outros preparavam seus cartuchos, arreavam seus cavalos e saíam para o Ouro-Fino, os Peludos ou a Mandaquinha, ele ficava em sua janela fumando cigarros de palha, cuspindo nas pedras da calçada e olhando as beatas passarem para o terço. Uma vez, quando a coceira que dizem dar na nuca dos caçadores ficou muito forte, Juventino venceu o escrúpulo e foi pedir a espingarda de Manuel Davém, que ele sabia estar de cama com a ciática. Manuel arregalou os olhos e rebateu quase desesperado:

— Emprestar a minha espingarda? Não, seu Juventino. O senhor me desobrigue, isso eu não posso. Empresto o cavalo, os arreios, se o senhor quiser. A espingarda não.

Havia também os que se fingiam de inocentes, passavam e perguntavam como se não soubessem de nada:

— Uai, seu Juventino, o senhor brigou com as pacas?

Mas isso só acontecia porque ele não gostava de criar questão. Se ele fosse como o tenente Aurélio, daria uma resposta arrepiada, e quem não gostasse que corresse dentro. Alguém ia querer briga com tenente Aurélio? Se Aurélio tivesse perdido a espingarda, que teria acontecido? Nada. Nada. Teria comprado outra, se não ganhasse de presente. Foi esperar, choveu, a lanterna zangou, a onça espantou o cavalo, o caçador rolou numa grota, perdeu a espingarda. Não pode acontecer? Alguém ia rir? Ia!

Mas uma coisa dessas só é natural quando acontece a quem pode comprar outra arma no dia seguinte; a graça está justamente quando o caçador não tem recurso e fica impossibilitado de praticar o seu divertimento, isso é que é engraçado e dá assunto. Se Juventino não fosse como era, não haveria problema nenhum. Ele iria ao dr. Amoedo e mandaria suspender o trabalho da dentadura porque precisava do dinheiro para comprar uma espingarda; mas, com o trabalho já começado, era preciso coragem para fazer isso.

De sorte que naquela ocasião a vida de Juventino girava em volta de uma espingarda, ou da falta de uma espingarda. Por caminhos ocultos o seu pensamento voltava sempre ao mesmo assunto. As pessoas que conheciam o seu problema — eram quase todos na vila — podiam acompanhar os seus silêncios, os seus suspiros, os seus sorrisos secretos e ver na frente uma espingarda.

Como daquela vez que ele entrou na loja de seu Gontijinho para comprar um par de ligas e estava lá um cometa. Seu Gontijinho era homem muito delicado, um dos poucos que não caçoavam de Juventino pela perda da espingarda. Era pequenino, usava óculos sem aro e piscava avidamente.

Seu Gontijinho pediu a opinião de Juventino sobre determinado artigo que o cometa estava oferecendo, Juventino gostou da consideração e demorou-se mais do que de costume. O cometa também era simpático, chamava as pessoas pelo nome e tinha sempre coisas engraçadas para dizer. Quando chegou aos mostruários dos cachimbos ele escolheu o mais bonito e deu-o a Juventino para admirar, e aproveitou a ocasião para contar que os colonizadores ingleses na África arranjaram uma maneira muito prática de curtir cachimbo novo: retiram o canudo e dão o cachimbo para um preto fumar; quando o cachimbo está bem curtido, tomam-no de volta e colocam novamente o canudo novo.

Juventino ouviu a história e ficou muito tempo com o cachimbo na mão, os olhos parados longe. Depois, sem perceber que era observado, ergueu o cachimbo à altura do rosto, segurando-o pelo bojo, fechou um olho em pontaria e deu um estalo com a boca.

O cometa olhou desconfiado e tratou de recuperar o cachimbo para o mostruário. Seu Gontijinho olhou, piscou e perguntou a Juventino o que ele achava de uns borzeguins de bico fino que o cometa havia oferecido antes a preço de saldo. Juventino pensou e disse que era capaz de encalhar, todo mundo agora estava querendo era sapato bico de pato, era a moda. Seu Gontijinho concordou e encomendou só meia dúzia de pares para atender os fregueses mais velhos.

Juventino estava sentado em sua mesa no cartório fumando um cachimbo, e apesar de ser pela primeira vez ele não tossia, nem engasgava, nem sentia nada do que dizem sentir o cachimbeiro principiante, achava até bom; e como o cachimbo não era dele, ele já sentia pena de ter de devolvê-lo mais cedo ou mais tarde. Provavelmente por isso queria aproveitar ao máximo o cachimbo, chupando-o sem parar nem mesmo para descansar, e enchendo-o de cada vez que ele começava a chiar e pipocar e que o ar quente que saía pelo canudo ameaçava queimar-lhe a língua.

Tão calmante era o efeito do cachimbo que Juventino sentia-se leve e otimista, e até um tanto importante. O problema que o vinha preocupando nos últimos tempos, e que lhe pesara tanto na cabeça ainda no dia anterior, agora parecia primário e distante. De pernas esticadas, pés cruzados na mesa, as costas no descanso da cadeira, ele olhava pela janela e via o largo muito verde pendendo em brando declive até quase tocar os telhados da rua lá embaixo, animais pastando peados entre os pés de vassourinha. Era engraçado vê-los de longe movendo-se aos saltos, como se brincassem de pular de pés juntos. Se não fosse maldade, nem desse processo, ele podia derrubá-los todos um a um sem se levantar do lugar; bastava esticar a mão e apanhar a espingarda que descansava no estojo de couro no chão ao pé da mesa. Mas naturalmente ele não ia fazer isso, era preciso fazer bom uso da espingarda, como dissera Sua Majestade na carta.

Juventino abriu a gaveta, tirou a carta e leu-a mais uma vez, apesar de já sabê-la de cor. Cada vez que ouvia o eco daquelas palavras e pensava na espingarda brilhando em seu estojo, ele gostava porque sentia estar vivendo. Antes, mesmo quando ainda tinha a velha espingarda, estava sempre adiando o momento de viver; mas agora era diferente, agora o presente era mais importante do que o futuro.

Mas é claro que nenhum homem pode viver por muito tempo contente apenas com as ofertas do presente; o futuro é tão tentador que acaba sempre metendo a cabeça aqui e ali. Juventino encheu o cachimbo mais uma vez, e enquanto soprava levemente a fumaça — não soprava forte porque queria ver o redemunho iluminado pela fresta de um olho de boi no telhado — pensava nas pessoas que logo o estariam visitando para ver a espingarda e elogiar a qualidade dela, evidente a qualquer que conhecesse pelo menos um pouco de arma de fogo.

O primeiro que ele gostaria de ver era Manuel Davém. Pagaria a pena ver a cara dele quando o estojo fosse aberto e a espingarda exibida. Com certeza Manuel ia querer manejá-la, examinar o cano por dentro, e até pedir para dar uns tiros, mas isso Juventino não consentiria, uma espingarda para ser sempre boa não deve andar de mão em mão, como pertence de grêmio.

Juventino não havia ainda terminado com Manuel Davém quando o coronel Bernardo Campeio gritou ó-de-casa no corredor, e foi entrando sem esperar resposta. Usava chapéu de copa redonda — não amassava para não estragar —, paletó de peito fechado, como blusa de soldado, chinelos de couro de anta e bengala de guatambu. Entrou e foi descansando a bengala e o chapéu em cima da mesa e procurando o lenço para enxugar a testa e a carneira do chapéu, suor estraga muito o couro.

A visita do coronel deixou Juventino incomodado porque as relações entre eles não andavam muito boas desde que o coronel cessara de convidar Juventino para o jogo de truco. E da maneira que as coisas aconteceram dava mesmo para desconfiar. Juventino era parceiro certo todos os sábados, e nos intervalos cantava modinha com a filha do coronel, a menina Andira. Diziam que havia namoro entre os dois, mas nessas coisas o povo conversa muito. Um dia Andira não apareceu na sala, e quando alguém perguntou por ela — não Juventino, ele era muito discreto — a mãe informou que se deitara cedo com dor de cabeça. Da vez seguinte também não apareceu, tinha ido visitar umas amigas. E antes do terceiro sábado o coronel Bernardo mandara dizer que o jogo estava suspenso por enquanto, quando recomeçasse avisaria. Depois Juventino soube que estavam jogando sempre, só não haviam jogado uma vez. A gente bate na cangalha para o burro entender, pensou Juventino — e guardou a mágoa.

O coronel Bernardo estava agora na frente de Juventino enxugando o suor da testa. Juventino levantou sem dizer nada, não queria comprometer-se nem por um lado nem por outro. Se a visita fosse de paz, o gesto de levantar-se podia ser tomado como uma deferência; se fosse de guerra, seria um movimento estratégico.

O coronel guardou o lenço no bolso traseiro da calça, com certa dificuldade porque a blusa era comprida e justa, e disse em sua voz grossa descansada:

— O senhor ganhou na loteria, seu Juventino?

— Que me conste, não... Mas não atino.

— Pensei, não é? Deixou de procurar os pobres...

Juventino pensou para ver se entendia, depois disse:

— Coronel, eu só gosto de ir onde sou esperado.

— Pois lá em casa todos estamos te esperando. Andira sempre pergunta, Anica também vive clamando a sua falta. Pensam que você está estremecido com a gente. Eu disse que com certeza você ficou rico.

— Ora essa, coronel...

— Fale franco comigo, seu Juventino. Onde entra a franqueza não entra a vileza.

Essa era boa, pensou Juventino. Agora a culpa era dele!

— Eu cuidei que estava estorvando, coronel...

— Com efeito, seu Juventino! A sua falta é que estorva.

Quem entende uma coisa dessas?, pensou Juventino. Quando a gente pensa que está rostindo, está tinindo, quando pensa que está chegando, está zarpando. Erra quem confia, erra quem desconfia. Quem desiste acerta?

Ficou combinado que à noite Juventino compareceria para um truco extraordinário, e o coronel pediu licença para ir chegando, precisava encomendar os perus e os leitões e ver se o Tomé tinha foguetes prontos.

Juventino não quis olhar mais longe porque já adivinhava que antes do Ano-Novo ele e Andira estariam casados.

Ele estava ainda sorrindo sozinho quando a porta abriu-se novamente com um chiado tímido, e uma figura magra e baixota apareceu na sala. Vestia roupa preta, colarinho duro e chapéu felpudo debruado. Era o dr. Góis — Deodato Góis Félix —, proprietário da empresa de força e luz, de quase todas as casas da rua Direita, do único automóvel da vila, e o homem a ser adulado pelos candidatos a intendente. Não era um homem com quem Juventino normalmente conversasse, o dr. Góis tinha inclinações aristocráticas, só falava com proprietários, assim mesmo nem todos, e não tomava a iniciativa de cumprimentar ninguém, quem quisesse ouvir-lhe a voz teria que falar primeiro. Sabendo disso, Juventino não perdia tempo com ele, tinha um emprego vitalício e não precisava sabucar ninguém.

Vendo-o entrar em seu gabinete, Juventino não se levantou, como manda a cortesia; mas o dr. Góis não se mostrou ofendido. Cumprimentou Juventino, e até muito alegre. Juventino respondeu sem entusiasmo, e nada fez para encadear a conversa, se é que o dr. Góis queria conversar. Uma pessoa sem traquejo ficaria embaraçada com essa frieza, mas não o dr. Góis. Ele sabia o que fazer em qualquer ocasião, e fazia-o com naturalidade. Enfiando a mão no bolso esquerdo do paletó, tirou uma penca de bananas-ouro bem madurinhas, podia-se ver o chamuscado da casca e sentir o cheiro. O dr. Góis quebrou duas gêmeas para ele e passou a penca a Juventino.

— O senhor é servido? São muito macias, e não pesam no estômago. Meu pai dizia: das frutas, a banana; das bananas, a ouro.

Juventino tomou as bananas e foi comendo-as calado, não se sentia obrigado a dizer nada. A felicidade tem mais essa vantagem de deixar a pessoa ser ela mesma, não mudar diante de estranhos. Juventino foi comendo as bananas como gostava de fazer quando era criança, não as descascava, chupava-as por uma ponta, apertando a casca entre os dedos. As cascas espremidas ele ia jogando nas ripas do teto, umas caíam, outras ficavam presas. Parece que o dr. Góis achou o divertimento interessante, porque meteu a mão no outro bolso e tirou mais bananas para jogar as cascas nas ripas. De cada vez que conseguia encaixar uma, ria grosso na clave do ó, dava pulos e batia palmas.

Pareceu a Juventino que o doutor estava levando vantagem porque jogava as cascas abertas e de pé. Estabeleceram-se regras para o jogo, e como a maior parte das cascas acabaram presas no teto, mandaram buscar mais um cacho de bananas para continuarem a brincadeira. Com o rumor que faziam, as pessoas que passavam na rua iam parando e chegando-se para olhar, chamavam outras, e logo as janelas do cartório estavam duras de gente.

Quando, horas depois, Juventino declarou que ia parar, o dr. Góis insistiu que continuassem, estava tão bom o brinquedo. Juventino respondeu que tinha muito o que fazer, precisava escrever uma carta caprichada ao rei da Síria. O doutor perguntou se não podia deixar para depois, seria uma pena terem que parar só por isso, mas Juventino disse que precisava comunicar ao rei o recebimento da espingarda, era uma questão de gentileza com Sua Majestade.

— Ora, uma espingarda! — disse o doutor fazendo pouco. — Vamos brincar. Eu interesso você em minha empresa.

Juventino respondeu que a proposta vinha tarde, agora ele estava comprometido com o rei da Síria. O doutor agarrou-o pela manga e disse, instante:

— A eleição vem aí. Eu faço você intendente.

— Grande! Grande! Viva o intendente! — gritou a multidão do lado de fora, alguns imitando com a boca o chiado e o estouro de foguetes.

Juventino chegou à janela e a gritaria aumentou. Era preciso fazer um discurso, seria bobagem esperar a formalidade de eleição, já estavam todos aplaudindo. Apoiou as mãos no batente, os dedos para dentro e os cotovelos para fora, pendeu o corpo para a frente e começou:

— Povo de Manarairema!

Antes que ele pudesse ordenar as ideias para a primeira frase um cavaleiro entrou afobado no meio da multidão, empinando o cavalo e espandongando gente. Era o tenente Aurélio, com crepe no chapéu e no braço.

— Morreu! Morreu! — gritava ele. — Morreu o rei da Síria!

Os sinos começaram a tocar, dos lados do Campo da Força ouvia-se um toque triste de corneta, um foguete soltado do fundo de algum quintal, com certeza para festejar a proclamação do futuro intendente, voltou sem explodir, deixando no ar dois riscos de fumaça quase paralelos. A multidão foi se dispersando acabrunhada, muito provavelmente pensando na roupa que precisaria desencravar para a missa de sétimo dia.

Juventino virou as costas para a rua, sorrindo triste mas sorrindo. A espingarda estava ainda em seu estojo no chão ao pé da mesa. Ele ergueu o estojo, abriu-o em cima da mesa e tirou a espingarda. Era um belo trabalho de armeiro, com certeza feita por encomenda, e provavelmente não haveria duas iguais no mundo. Quanto teria custado? Quanto valeria? Juventino correu a mão pela arma, do cano à coronha, sentindo a frieza do aço e a lisura pegajosa do verniz novo.

Não era preciso apagar o brasão. Ficava para valorizar.

A ESTRANHA MÁQUINA EXTRAVIADA (1967)

Acidente em Sumaúma

O mascate escolheu um mau dia para bater em Sumaúma... Também, se ele adivinhasse não estaria naquela vida. Ele já tinha estado ali algumas vezes, e da última jurara nunca mais voltar. Descer o vale para vender um ou dois cortes de chita da mais barata, alguns pentes, uns metrinhos de fita, não pagava o trabalho. Mas naquele dia, com o contratempo do Ururu — os homens ferrando o gado, as mulheres na correria de preparar comida para muita gente, ninguém com tempo nem mão limpa para vir pegar, apalpar, alisar a mercadoria — ele achou que atrasado por atrasado não custava tentar a sorte em Sumaúma.

Chegou no começo da tarde, ainda em tempo de seguir viagem para o Batepaca antes de escurecer.

Sumaúma estava em grande alvoroço, muitos camaradas no curral, mulheres nas janelas da varanda falando, rindo, apontando. O mascate chegou sem ser notado nem pelos cachorros, muito ativos também no meio dos homens. Depois de aguardar um pouco na porteira ele entrou, deixou o burro na sombra e foi ver o trabalho que estava ocupando tanta gente no curral.

Subindo alto na cerca, conseguiu ver parte do corpo de um bicho parecendo cachorro amarrado no mourão, os homens em volta cutucando e espancando com varas e porretes. O bicho não latia nem rosnava, mas soltava uivos compridos entremeados de bufos secos. Um homem ao lado do mascate informou de má vontade que o bicho era um lobo. Vendo que o bicho já estava muito machucado de pancadas e chuçadas e dos dentes dos cachorros, o mascate perguntou por que não o matavam logo com um tiro.

— Pra ele morrer depressa? Que graça tinha? — o homem respondeu perguntando.

O mascate não teve resposta, desceu da cerca e foi afrouxar o arreio do burro, descarregou os alforjes, pendurou-os numa ponta do cocho e ficou inspecionando o pátio para se distrair dos gritos do lobo.

Um lobo amarrado numa estaca, atacado por dez, doze homens armados de porrete e vara de ferrão, e mais uns quatro cachorros de costas quentes, lembra uma criança entre feras longe da mãe. Amarrado com corda curta ele só podia defender-se rodando em volta da estaca — defesa ilusória porque as pancadas e ferroadas vinham de todos os lados. Quando parava, os cachorros aproveitavam para mordê-lo nas entrepernas, onde a carne é solta e mole, os dentes perversos trincando, sacudindo e puxando; o lobo desistia do descanso e voltava a girar.

O chão em volta da estaca estava limpo e riscado como varrido com vassoura de graveto, e a madeira da estaca estava lustrosa do sovar da corda. Por fim o lobo deitou-se de lado, a cabeça meio erguida por causa da corda, os olhos avermelhados, a língua estirada, pingando suor, e conseguiu ir aguentando as bordoadas e ferroadas sem se levantar. Alguém veio com um balde d'água e despejou nele, ele fechou os olhos e relaxou um pouco os músculos, sinal de que tinha gostado, mas não jogaram mais água, a ideia não era refrescá-lo. A água escorreu e foi logo chupada pelo chão seco. Ele quis lamber o chão, não alcançou, só conseguiu lamber as patas, levantando-as. Embaixo, nas covas das virilhas, devia ter ficado um pouco de água, mas não havia jeito de levar a língua até lá. Felizmente os cachorros já tinham se desinteressado dele e andavam farejando longe, ou descansando na sombra. Os homens também se cansaram de bater e cutucar e foram saindo para enrolar cigarros, enxugar suor, comer pedaços de rapadura que guardavam no bolso enrolados em palha de milho.

Deitado no chão molhado mas morno de tanto sofrimento, o lobo era a imagem da derrota. Bastava vê-lo de língua de fora, puxando ar com urgência, a cabeça inchada de bordoadas, o corpo sangrando, o sangue endurecendo no pelo, para se compreender que ele estava nas últimas. Um homem chegou a tocá-lo com o pé (conservando o outro bem atrás, naturalmente) e ele nem teve ânimo de rosnar; o inimigo agora era o cansaço, que ia apagando as últimas resistências do corpo. Finalmente ele deixou a cabeça cair, sem se importar mais com o repuxo da corda. Um cachorro que ia passando cheirou-o no pescoço, no focinho, desinteressou-se: achou mais divertido dar susto numa galinha que ciscava perto.

O lobo ainda respirava, mas o pelo ia perdendo o lustro e começava a mostrar o sujo escondido entre os fios. Um pouco mais, e até as pulgas estariam desembarcando dele, e então ele ficaria sozinho.

O mascate estava apertando a barrigueira da sela para continuar viagem — Sumaúma não rendia nada, não adiantava insistir — quando um capiauzinho veio dizer que seu Viriates estava chamando. Ele afagou a orelha do burro, como pedindo licença, e acompanhou o emissário.

Seu Viriates recebeu-o na rede. Não tinha ainda tirado as botas nem o chapéu.

— Sim senhor. Sente aí nesse tamborete. Menino, vai ver um café para nós. Bem quente. Se trouxer frio, leva ele na cara.

O menino saiu chispado, o mascate localizou o tamborete encostado na parede, sentou-se.

— O senhor custou, hein? Estava brigado com a gente?

O mascate assustou-se. Não sabia que tinha feito falta.

— Realmente... — começou ele, procurando uma desculpa que não ofendesse.

Seu Viriates repetiu:

— O senhor demorou muito.

— Eu tenho meus passos traçados, as paradas certas...

— Então por que quebrou caminho hoje?

— Eu trago aí umas coisas novas bonitas, queria mostrar.

Seu Viriates não se interessou pela explicação, ficou olhando pela janela em frente, pensando, ou simplesmente matando tempo, até que veio o café, já nas xícaras. Beberam calados, e quando acabaram seu Viriates limpou a boca com a manga da camisa, tomando cuidado para não desarrumar a barba. De repente falou:

— Perdeu o seu tempo. Minha mulher não precisa de nada, meus empregados já estão me devendo muito e eu não solto mais cobre.

O mascate sentiu-se aliviado com a informação, já estava mesmo querendo uma desculpa para ir embora.

— Então com a sua licença...

Mas o velho já cochilava com a cabeça caída para trás, os braços cruzados no peito.

O mascate levantou-se cautelosamente, saiu pisando leve. Quando punha o pé no estribo para montar, o menino gritou da porta:

— Ei, moço! Não é pra sair agora não. Meu padrinho quer que o senhor jante primeiro.

Ele agradeceu o convite, explicou que pretendia pousar no Batepaca e não queria chegar muito de noite. De mais, não estava com fome; almoçara tarde no Ururu.

— Adianta não. Ele quer que o senhor jante.

— Agradeço mas não posso. Tenho quatro léguas para engolir. Fica para outra vez.

— Convém sair não. Padrinho disse que é pra jantar primeiro.

O mascate resolveu sair de qualquer maneira, e antes que alguém viesse ajudar o menino na insistência, montou, firmou-se na sela e disse:

— Na outra viagem eu janto. Diz a seu padrinho que fico devendo.

O menino deu de ombros, encostou-se no portal, com um pé descansando em cima do outro e ficou olhando o mascate sair. O burro obedeceu ao puxão da rédea com presteza, parecia que ele também tinha pressa de deixar aquele lugar tão tristonho, e esquipou para a porteira; e com a prática de ajudar o dono a abri-las, encostou-se paralelo às tábuas, com a cabeça para o lado do batente.

Quando inclinou o corpo para puxar o trinco, o mascate viu que a porteira estava fechada com corrente e cadeado. Olhou para a porta, o menino continuava na mesma posição, fingindo indiferença.

— Ei, a chave daqui. Traz a chave.

— Posso não. Padrinho guardou.

O mascate pensou um pouco, concluiu que não adiantava insistir com o menino; aquele ali não ia mover uma palha. De repente ocorreu-lhe que o menino podia estar brincando, fazendo maldade por conta própria.

— Eu vou falar com ele — disse o mascate, não com a intenção de ir; queria apenas ver se o menino se assustava e produzia a chave.

— Então precisa esperar.

— Espero nada. É agora.

— Agora não pode. Ele está dormindo.

O mascate achou que, tendo lançado um desafio, não convinha parar no meio. Também, um homem de sua idade, com dois filhos estudando em colégio, não podia ser manejado por um menino de roça.

Seu Viriates estava na mesma posição, como se alguém de muita autoridade lhe tivesse dado ordem de não se mexer. Os únicos movimentos eram o leve balanço natural da rede e a vibração dos fios da barba em volta da boca, ao compasso da respiração. O mascate ficou olhando indeciso, já arrependido do rompante. Se ele não fizesse qualquer coisa o menino ia pensar que ele era um maria-mingau, o menino já estava parado na porta, olhando malicioso, aguardando. O mascate avançou para a rede, estendeu a mão para tocar o joelho do velho, hesitou, desistiu; rodou uma, duas vezes, saiu pisando duro, derrotado. Ao passar pelo portal, fez um gesto impreciso na direção do menino, o menino encolheu-se, ninguém sabe do que é capaz um homem que acaba de fazer papel de bobo.

De uma janela da varanda seu Viriates viu o mascate no meio dos camaradas que esperavam o jantar no pátio dos fundos, mandou chamar.

— O senhor come com a gente aqui na mesa. Faço questão. O senhor é meu hóspede, ora essa.

Felizmente não se conversou muito à mesa, apenas seu Viriates fez uma pergunta a respeito do Ururu, se eles lá tinham comprado muito; o mascate explicou o desajeito da visita por causa da ferra, e nada mais foi dito. No meio do jantar chegaram os dois filhos mais velhos do seu Viriates, chegaram suados e barulhentos e foram sentando à mesa sem nem lavar as mãos.

— Vão mudar essa roupa suada — disse a mãe fazendo menção de se levantar. — Eu vou ver roupa limpa pra vocês.

— Carece não. A fome é muita — disse o que se sentou ao lado do mascate. E ao olhar para ele, perguntou: — Burro lá fora é seu? Quer negociar?

Antes que o mascate desocupasse a boca para responder, o outro irmão intrometeu-se:

— Olhe o exibido! Vai comprar burro com quê, siô?

— Olhe o boiota metendo a colher. Ninguém pediu a sua opinião.

— Boiota é você, que não sabe fazer conta de diminuir. Quem de quinze tira seis, quanto é que fica? Diz depressa.

— Não amola, sanhaço. Eu quero comer.

— Não diz porque não sabe. E quem de trinta tira treze? Depressa.

— Mãe, dá jeito nele senão eu dou.

— Mãe-dá-jeito-nele-senão-eu-dou — fez o outro, imitando voz de criança, e mal acabou recebeu uma colherada de farinha no rosto.

Tentativa de agressão por cima da mesa, e na confusão a moringa d'água tombou no prato do mascate, encharcando a comida.

— Olhe aí o que você fez, meu filho — disse a mãe sem nenhuma ênfase, mais para dar uma satisfação ao hóspede do que para censurar o filho.

O mascate estranhou que o pai não se manifestasse, um homem aparentemente tão severo; olhou para a cabeceira da mesa e viu que ele dormia, a cabeça descansando no ombro, a mão esquerda apoiada na beirada do prato, em tempo de virá-lo. Um dos rapazes deu um pontapé num cachorro debaixo da mesa, o bicho ganiu, o velho acordou assustado, quase entornou o prato, deu um murro na mesa e gritou:

— Pega! Pega!

Os dois rapazes se olharam e caíram na risada. O mascate discretamente fingiu que catava um cisco na toalha, não queria participar da zombaria. O velho mastigou em seco, resmungou, fechou os olhos. De repente soltou outro brado:

— Pega! Pega pra capar!

— É com você, Tiago — disse um dos irmãos.

— Comigo os coletes. Você é que está precisando.

— É? Olhe que eu conto o caso da bezerra.

— Olhe mãe aí. Respeite.

— Então não mexa comigo. Se mexer eu conto.

O tal Tiago calou-se, murcho, piscando muito para compensar a falta de ação. De repente levantou-se e disse:

— Você é muito é entojado.

O outro sorriu vitorioso. Quando Tiago deixou a mesa, ele disse para o mascate:

— Ele corta um doze comigo.

O mascate sorriu comedido. Não queria envolver-se em pendenga de irmãos, muito menos daqueles.

— Acredita não? — disse o rapaz, insistente.

— O senhor está dizendo, deve ser.

Não satisfeito, o rapaz pediu o testemunho da mãe, cutucando-a com o cotovelo:

— Diz se não é, mãe.

Ela encolheu-se, esfregando o lugar com a mão.

— Você me machucou — disse. — Parece um cavalo.

O rapaz achou isso muito engraçado e soltou uma gargalhada relinchante. O velho acordou, limpou um fio de baba com as costas da mão, piscou muito, perguntou:

— Morreu? Quem morreu, Zita?

— Ninguém não, cruz-credo. Você sonhou.

Seu Viriates ficou olhando a toalha com um olhar parado, fazendo força para não dormir de novo. Duas garrichas entraram emboladas na varanda, rasparam as asas nas paredes, uma achou logo o rumo da janela, desapareceu por cima das árvores do pátio; a outra pousou na tampa do pote, tomou fôlego, soltou uma borradinha esverdeada, flechou para a janela. O cachorro bocejou debaixo da mesa, um bocejo comprido, chorado. Compreendendo que nada mais tinha a fazer ali, o mascate pediu licença, ninguém tomou conhecimento, ele levantou-se e saiu.

Mas o burro não estava no pátio — nem no curral — nem à vista no cerrado. O mascate rodava por todo lado, esticando o pescoço por cima do muro, das cercas, procurando alguém para pedir notícia. O menino apareceu na porta comendo uma goiaba.

— Cadê seu burro, moço?

— Pois é. Cadê meu burro?

O menino deu outra dentada na goiaba, respondeu mastigando:

— Se bem andou, longe vai.

— Foi pra onde? Quem deu licença?

— Tio Tiago não precisa de licença.

— Mas eu preciso do meu burro. Quero ir embora.

— Vai poder não.

— Só faltava mais essa. Aonde ele foi?

— Sei dizer não senhor. Quer uma manga?

O menino tirou uma manga do bolso, com certa dificuldade porque o bolso era apertado. O mascate nem tomou conhecimento, passava a mão na testa, sacudia a cabeça, aflito, sem ideias.

— Quer não? — perguntou o menino estendendo a manga. — Chupa. É docinha, boa.

O mascate continuou alheio, embrulhado no seu problema.

— Não quer, eu chupo. Só tenho esta — e começou uma preparação meticulosa, demorada.

Primeiro bateu a manga no portal, de leve, girando-a aos poucos para amassá-la toda por igual; depois amassou o bico, depois a parte do talo, essa com mais cuidado porque é aí que a casca costuma rachar; completou o trabalho com os dedos, delicadamente, técnica de entendido. Quando se deu por satisfeito ficou acariciando a manga, retardando o momento de comê-la; e como quem detesta destruir uma obra bem-feita, fechou os olhos e mordeu-a rápido no bico, inclinando o corpo para a frente para defender a roupa — precaução acertada porque um pouco do caldo escorreu pelos dedos e pingou no chão.

A tarde ia acabando depressa. Um ventinho picante de vale vinha dos matos e grotas de perto, preparando caminho para a noite. Os homens chegavam-se para a frente da casa com as mãos nos bolsos, os ombros encolhidos, sentavam-se nos cepos, nos degraus da calçada. Conversa de curral, de roça, de campo não induzia o mascate; ele estava pensando no burro, na maçada de ter de pousar ali — e muita sorte se fosse uma noite só —, no atraso dos negócios, no azar de ter descido em Sumaúma — e o burro, coitado do burro, bom mas cheio de manias, agora servindo a um estranho, vai ver que pessoa sem paciência, capaz de fazer alguma maldade.

Os homens conversaram, tocaram viola, cantaram, até que seu Viriates mandou dizer que era hora de dormir; cada um foi tomando o seu rumo, alguns dormiam na casa dos arreios ali mesmo no pátio, era só forrar o chão com esteiras, baixeiros. O mascate aderiu a esses, não queria incomodar os donos da casa. Cederam-lhe uma caroça para deitar em cima, uma caroça para servir de cobertor, uma sela para travesseiro, não reparasse, ali faltavam comodidades.

Alguém riscou fósforo, acendeu um rolo de cera, grudou-o na ponta de um banco. A chama cuspiu, vacilou, firmou-se numa luzinha fraca, de fumaça rançosa. O pátio ficou mais escuro, em represália. Os homens foram armando suas redes, estendendo suas camas para enfrentar a noite e tudo que vem com ela. O mascate esperou para ver o que sobrava para ele, não queria desacomodar ninguém; teve que se arranjar no vão entre duas cangalhas, ficando as beiradas da carona levantadas em telha.

Um cheiro de couro mal curtido, baixeiros azedos, roupa suja e suor enchia o quarto. Poderia ele dormir ali no meio daquelas sombras desinquietas de arreios e ferramentas, criadas pela trêmula luz do rolo? Os homens já roncavam ou ressonavam, alheios às preocupações do estranho que não devia estar ali, não pertencia. Para conjurar as sombras incômodas ele fechou os olhos e procurou situar-se longe, em algum quarto decente, uma cama com colchão e roupas limpas, lavatório no canto, a baciinha branca, o jarro com água, podendo ter uma poeirinha em cima pousada durante a noite, o sabão, a toalha, o cheiro bom de asseio. Que estaria acontecendo no mundo certo de lá de fora? Dizem que quando é noite aqui, em outras partes do mundo é dia claro, de sol a pino. Ele veria ainda o sol?

Quando abriu os olhos, estranhou o tamanho do quarto. Deviam ter retirado os bancos, os arreios, os apetrechos todos, e isso dava a impressão de que as paredes estavam mais longe. Pessoas caminhavam nas pontas dos pés, cochichavam, deviam estar falando dele. Ele estava muito doente, não podia se mexer nem falar. Uns tipos sisudos chegaram-se bem perto, os rostos prejudicados pela sombra de uma luz vinda de cima, um ajoelhou-se, apalpou-o na testa — mão áspera, indiferente, logo retirada.

— Tem jeito? — perguntou outro.

— O coração ainda bate. Vocês sabem quem é?

Os outros balançaram a cabeça.

— Identidade desconhecida então.

Ele quis explicar antes que o homem escrevesse, fez força, retesou-se — a voz não saía, nem um grito pelo menos.

— Escutem. Não foi ele?

— Foi, mas não foi pra nós.

— Então já está mandando mensagem.

— É. Já se entregou.

Ficaram os três desconhecidos ali parados, sem ação, só olhando. Por fim um sacudiu a cabeça e disse:

— Coitado. Vir de tão longe...

— É assim mesmo — disse outro. — Eles zanzam, zanzam, um dia param em qualquer lugar.

Os três abanaram novamente a cabeça, como se isso fosse tudo o que pudessem fazer, e foram saindo na ponta dos pés, confundindo-se com as próprias sombras. Quando já iam longe, perderam a cerimônia e pisaram forte, os passos ressoando como marteladas.

Era verdade. Ele tinha vindo de longe, andado, zanzado e afinal chegado. Couro velho, paredes sujas, uma esteira no chão frio.

Domingo de festa

Aritakê tinha uns quinze anos quando foi ao Posto pela primeira vez. O pai ainda hesitava em mandá-lo, os rapazes índios que iam ao Posto voltavam entusiasmados e sem cabeça para qualquer trabalho na aldeia, muitos fugiam e sumiam de vez, ou apareciam anos depois, tristes e calados; mas desta vez o velho Ipinauí não teve outro remédio, precisava de sal, machado, rapaduras, e ele mesmo não estava podendo andar por causa daquela dor nas cadeiras, sinal de que a terra já começava a puxá-lo para ela.

Quando Aritakê chegou ao Posto estava lá um homem branco não exatamente branco mas vermelho, como se tivesse passado tinta de tucum na cara, no pescoço, nas mãos. O homem manejava uma caixa preta aberta no meio, punha uma chapa redonda numa banda da caixa, mexia lá numas coisas e a caixa começava a soltar música. O brinquedo era tão bom que não só os índios mas os brancos também se juntaram para ver e escutar, os índios um pouco mais atrás, por desconfiança.

Aritakê ficou no Posto até que o homem branco fechou a caixa e pegou na alça para levar. Aí Aritakê se lembrou das encomendas do pai, mas o empregado do armazém disse que não podia mais atender ninguém, estava na hora de fechar, agora só amanhã. Aritakê rodou pela vila, um espalhado de casas na beira do rio, encantou-se com o viver dos brancos, que aparentemente se resumia em beber cachaça, tocar viola ou sanfona e dar tiros a esmo ou em galinhas que ciscavam nos barrancos; aprendeu mais algumas palavras da língua dos brancos, deviam ser palavras engraçadas, todos riam de se quebrar quando ele as repetia; aceitou cachaça de uns e de outros, embriagou-se, caiu largado num capinzal, onde foi encontrado por outro índio mais experiente que o levou para o rancho do Posto. No dia seguinte ele voltou para a aldeia com o machado, o sal e meia rapadura, a outra meia ele comeu aos poucos pelo caminho. Ipinauí achou que ele tinha se saído muito bem para uma primeira missão, e não o repreendeu nem pela demora nem pela falta da meia rapadura. Aritakê voltou outras vezes ao Posto e acabou fazendo amizade com o homem da caixa de música, que frequentemente aparecia lá comprando e vendendo.

Um dia esse branco, seu Santonis, perguntou a Aritakê se ele não queria ir para a cidade frequentar escola, aprender ofício e viver como branco. Aritakê queria, muito, ia agora mesmo, sabia que seu Santonis já estava de viagem armada para o dia seguinte. Seu Santonis explicou que não podia ser assim de repente, primeiro era preciso falar com o pai de Aritakê. Aritakê ficou desapontado mas se conformou.

Ipinauí ouviu o pedido do filho sem dizer nada, parece que já estava esperando uma coisa assim; desde que instalaram o Posto ali perto, os índios novos estavam perdendo o gosto pela vida na aldeia; muito triste, muito ruim; mas como é que se ia evitar? Ipinauí levantou-se ainda calado, preparou fumo, encheu o cachimbo e não deu resposta, não falou com Aritakê o resto do dia. No dia seguinte cedo ele chamou o filho e disse que fosse. Queria ir, fosse. Ipinauí ia ficar triste, mas não fazia mal. Queria ir, fosse. Aritakê foi.

Seu Santonis ficou feliz de ter um índio em casa, chamava Aritakê para mostrar aos amigos, queria que eles vissem que índio não é nada do que o povo pensa — gente porca, estouvada, sem preceitos; era gente sadia e limpa, capaz de aprender tudo o que os brancos aprendem.

Seu Santonis mandou fazer roupas para Aritakê iguais às dos rapazes da cidade, e contratou um mestre particular para ele. A mulher de seu Santonis fechava a cara e dizia que ele estava perdendo tempo e facilitando muito, índio não pode ser tratado como filho de família.

— Veja você — dizia ela às amigas —, depois de tantos anos de casada, arranjei um filho que não sabe comer com garfo nem dormir em cama. E nem sei se ele é batizado.

Quando ouviu isso do batismo pela primeira vez, seu Santonis explicou que Aritakê tinha sido batizado pelo bispo no Posto e recebera o nome de Ari para aproveitar o nome antigo. Isso deixou a mulher engasgada porque para ela batismo de bispo devia ser mais forte do que batismo de padre.

Mas seu Santonis viajava muito, e a mulher aproveitava as ausências dele para cortar as asas do índio, como ela dizia. Numa dessas viagens seu Santonis ficou, comido de piranhas no afundamento de uma canoa carregada de peles. Quando a mulher de seu Santonis deu a notícia a Aritakê ele não chorou, o que para ela provava que índio é mesmo gente sem sentimento.

Com a morte de seu Santonis a vida de Aritakê mudou muito. Para começar, a viúva achou que era muito desaforo pagar uma pessoa para carregar água do chafariz, quando tinha ali um índio sacudido, que podia fazer o serviço em paga da casa e da comida. E por que não emprestá-lo também a outras famílias? Índio parado em casa fica reinando maldade.

Quando o par de botinas dado por seu Santonis se gastou, Aritakê teve de andar descalço; e quando as roupas foram se acabando a viúva lhe dava roupas velhas do marido, elas ficavam engraçadas em Aritakê porque o morto era mais alto e muito mais gordo; e quando essas também se estragaram, Aritakê só vestia molambos, que a viúva só remendava quando o rasgão era em lugar inconveniente. Um dia, vendo-o entrar na cozinha para encher uma vasilha d'água com a roupa muito rasgada, ela achou que não ficava bem ter um índio seminu trançando pela casa, e mandou fazer um cubículo de tábuas de caixotes para ele morar e dormir no quintal. A única parte da casa onde ele entrava agora era na cozinha, assim mesmo só para despejar água.

De noite, sentado num caixote na porta do cubículo, Aritakê enchia o cachimbo com o fumo que as famílias lhe davam em gratificação pelo carreto de água e ficava como dormindo, daquele jeito que os índios gostam de ficar. Que ele não estava dormindo via-se pela atenção que dava ao cachimbo para conservá-lo aceso. Quando o cachimbo afinal chiava e parava de dar fumaça, Aritakê batia-o no caixote para despejar a cinza e recolhia-se ao cubículo. É possível que no colchão de capim, furado e cheio de percevejos, com o pescoço duro do peso das latas e potes, Aritakê sonhasse com a aldeia; não havia meio de saber porque ele não tinha com quem conversar, as crianças fugiam dele, ouviam dizer que índio come gente, e os homens não tinham tempo para perder com um índio maltrapilho e morrinhento.

Quantos anos ele passou nessa vida seria difícil dizer. As pessoas que o viram chegar foram morrendo ou se mudando, os meninos cresceram e sumiram, a viúva Santonis morreu, outra família foi morar na casa, Aritakê continuou lá porque era necessário. Até o dia que ele fez aquela bobagem com o paletó de pijama.

Era um paletó de listras vivas, estendido com outras roupas numa corda. Aritakê passou, viu o paletó, achou bonito. Olhou a camisa do corpo, rasgada, sem cor: decidiu-se. Ninguém viu Aritakê apanhar o paletó, mas muitos o viram andar pelas ruas com ele, parando de vez em quando para levantar uma aba até a altura dos olhos (não podia baixar a cabeça por causa da vasilha de água).

O dono do paletó, homem correto e respeitador das leis, fez o que achou que devia fazer: levou o caso ao delegado; mas fez questão de explicar que não era pelo valor da peça, era pelo princípio; o paletó ele nem queria mais, não ia vestir roupa que andou em corpo de índio.

Achando que o assunto era de importância secundária, o delegado entregou-o ao cabo do destacamento e partiu num caminhão cheio de cachorros para uma caçada que ia durar dias. O cabo gostou, havia muito tempo que não funcionava como autoridade.

Aritakê enchia um pote no chafariz quando o cabo chegou com dois soldados armados de sabre, chegou e deu ordem para agarrar e algemar; Aritakê deve ter pensado que eles o estavam presenteando com alguma coisa, ficou olhando as duas pulseiras niqueladas e sorrindo. Mas quando os soldados o puseram para diante a empurrões, aí ele não entendeu e apontou o pote com as duas mãos. O cabo, homem experiente, não ia se atrapalhar; resolveu o problema quebrando o pote com uma botinada, a água se espalhando entre os cacos pela laje do chafariz.

De empurrão em empurrão, o cabo atrás com os polegares no cinto explicando aos curiosos o motivo da prisão, Aritakê foi jogado no calabouço, lugar reservado a presos perigosos. A porta foi fechada com a chave enorme, Aritakê ficou no escuro.

Afora os empurrões, que ele não entendeu, parece que Aritakê não se importou com a prisão. Sentado no parapeito da janela, atrás dos barrotes de quase um palmo de largura reforçados com chapas de ferro, ele passava o tempo entretido em olhar as listras do paletó, prova do pouco caso que fazia da justiça.

Lá um dia o queixoso procurou o delegado para saber em que pé andava o processo, o delegado disse que não andava em pé nenhum, processo de índio é complicado, segue legislação especial, ele não ia mexer em casa de marimbondo por um assunto tão trivial; bastava o criminoso gramar uns tempos na cadeia para deixar o vício; depois, as famílias todas estavam pedindo a liberdade de Aritakê, precisavam muito dele para baldeação de água.

Os dias passavam iguais e sem sentido mesmo para um índio, a comida chegando com atraso porque os meninos escalados para levá-la não tinham pressa, o soldado que a recebia também não ia interromper a história que estivesse contando ou ouvindo, e Aritakê curtindo fome calado. De tempos em tempos um soldado chegava com uma lata d'água e despejava no pote por cima do lodo antigo. Aos domingos os soldados levavam os presos para despejarem o barril dos detritos e tomarem banho se quisessem. O povo ficava olhando de longe, quem estivesse na janela se retirava por causa do mau cheiro, ninguém aproveitava a ocasião para dar aos presos um pedaço de fumo, uma peça de roupa, dinheiro; achavam que preso tem de tudo na cadeia.

Uma tarde de festa — procissão, foguetes, banda de música — os soldados se descuidaram na vigilância, Aritakê notou a porta do calabouço mal fechada, subiu os degraus de pedra como quem não quer nada, empurrou a porta e foi saindo. Os soldados discutiam sobre armas de fogo em uma sala, do corredor se ouvia a conversa.

Aritakê não levou nada, não tinha o que levar, nem sabia para onde ia. Desceu o largo, parou um pouco na porta da igreja, não se interessou pela barulheira, continuou andando, passou a ponte e foi acompanhando o rio. Já na estrada, passada a máquina de arroz e a cerca do matadouro, ouviu tropel e gritos atrás.

— Pega o preso! Vai fugindo!

Aritakê olhou para trás, viu os soldados, entendeu que era com ele. O jeito agora era correr.

— Pega! É preso fugido! Pega!

Sentado na porta de sua casinhola com uma criança nos braços, um homem ouviu o apelo. Depressa ele entregou a criança a alguém lá dentro e tentou cercar o fugitivo. Aritakê quebrou cangalha fácil e passou.

— Pega! Não deixa fugir!

Tranquilamente o homem levou a mão à cintura, puxou uma arma, atirou. No baque do tiro Aritakê perdeu o passo, focinhou de lado e caiu de ombro na beira da estrada, uma perna adiante da outra ainda na posição de correr.

Os soldados já vinham chegando, elogiaram a pontaria.

— Vai atirar bem assim na praia — disse um.

O homem e os soldados foram ver o efeito da bala, o homem ainda com a arma na mão — a queda podia ser truque de índio treteiro.

Um soldado virou o cadáver com o pé. A bala tinha entrado nas costas e saído no peito.

— Conheceu, tapuio safado! — disse o soldado.

O outro estava interessado era na arma.

— É ximite, não é? Dá licença? — Examinou e completou, entendido: — Logo vi. Bicho que não faz vergonha. Quer negociar?

A viagem de dez léguas

Como a viagem ia ser longa, umas dez léguas de mão aberta, precisavam levantar cedo. Sabendo que não seria fácil tirar o menino da cama, o pai teve que empregar o velho truque de puxar o cobertor, o que fez muito contra a vontade porque havia tomado a decisão de não maltratar o menino naquele dia.

O menino tentou ficar um pouco mais na cama, mas sem o cobertor suas perninhas nuas não podiam encontrar conforto no colchão de palha, e ele pulou da cama tremendo e soltando fumaça pela boca e nariz.

Estava ainda muito escuro, o pai havia acendido uma vela na varanda, a vela ficou fincada na boca de uma garrafa em cima da mesa, a chama comendo a cera mais de um lado por causa do ventinho da madrugada, que entrava pelas janelas. O menino ficou parado na porta, coçando-se e olhando o quintal escuro.

— Não fique aí parado que é pior — disse o pai, não ralhando mas aconselhando. — Vá lavar o rosto na bica que é bom para a saúde. Eu já lavei o meu.

O menino achou estranha a preocupação com a sua saúde

naquela hora, mas sendo obediente aceitou o conselho sem dizer nada. Quando sentiu a água fria mas mãos, pensou na possibilidade de apanhar uma pneumonia e morrer depressa, naquele dia mesmo; podia ser uma boa lição. E continuou com as mãos na água, sentindo-a ora morna, ora muito fria, como se ela fosse feita de pedaços soltos, que iam caindo da bica e quebrando na laje do tanque. Seria bom se a gente pudesse morrer quando quisesse, só com a força do pensamento, sem fazer nada que doesse. No sítio um camarada fincou um ferrão de carreiro na barriga de propósito para morrer, gemeu e chorou a noite inteira, pedindo a benzedora para salvá-lo.

Quando ele voltou, o pai estava na cozinha pelejando para acender o fogo e só conseguindo fazer fumaça.

— Diacho de lenha ruim — dizia entre acessos de tosse. — Hoje em dia só querem é ganhar dinheiro de qualquer jeito. Isso é lenha que se corte?

O menino lembrou-se da mãe acendendo o fogo sem xingar nem reclamar. Primeiro ela acendia uma pelota de trapos, espalhava um punhado de cavacos por cima, quando a chama subia ela ia jogando gravetos e cascas. Num instante as duas achas grossas, uma de cada lado, iam pegando fogo.

— Deixa que eu acendo — disse o menino.

— É, você tem mais jeito. Depois põe a água pra ferver e vai moendo o café. Enquanto isso eu pego os cavalos.

Os cavalos tinham ficado no quintal para facilitar o trabalho. Eram um rosilho alto e um castanho menor, presentes de casamento. Depois que ficou sozinho o pai andou querendo vendê-los, mas os interessados que apareciam achavam os bichos muito velhos, ofereciam preços ofensivos e ainda davam a entender que estavam fazendo favor. O dono agradecia o incômodo de terem ido olhar e dizia que ia ficando com eles enquanto não encontrasse preço melhor.

O pai amarrou os cavalos na frente da casa e voltou para apanhar os arreios pendurados num canto da varanda. O menino avisou da cozinha que o café estava pronto.

— Bem que senti o cheiro — disse o pai, forçando cordialidade.

O menino já havia preparado as tigelas e desembrulhado o prato de biscoitos dados pela vizinha. O pai puxou um tamborete para perto da mesinha de caixote e ficou observando os movimentos do menino, o jeito certo que ele tinha para os serviços de cozinha, e considerou que talvez estivesse sendo apressado demais em resolver uma dificuldade que podia ser passageira. Não poderiam os dois ir tocando a vida sozinhos, o menino cozinhando e ele cuidando de ganhar o sustento? Não estaria ele querendo se ver livre do filho, a pretexto de resolver dificuldades mais temidas do que sentidas? Esse pensamento o entristeceu, ele realmente não sabia o que fazer.

— Você quer ir mesmo? — perguntou quando o menino lhe passou a tigela fumegante, como se a decisão tivesse sido do menino.

— O senhor não já combinou? — respondeu o menino perguntando, sem perceber que poderia ter mudado tudo com outra resposta.

Beberam o café em silêncio, o pai soprando o seu mais do que seria necessário. Um tição resvalou no fogo, espantando para cima uma chuva de fagulhas.

— Você não gostou do sítio das vezes que esteve lá? — perguntou o pai, ainda querendo empurrar a responsabilidade para o filho.

O filho não respondeu, estava mastigando um biscoito, a mãe o ensinara a não falar com a boca cheia. Ele gostara sim, mas a mãe tinha ido também, e sem ela não seria a mesma coisa.

O pai começou a picar fumo para um cigarro (não estava muito com vontade de fumar, estava era esperando a ocorrência de alguma ideia). O menino ia recolhendo as vasilhas para lavar, o pai interveio:

— Deixe isso que d. Ana lava. Ela vem aí para limpar e cuidar das galinhas. Em vez disso, apague o fogo.

O resto dos biscoitos foi guardado numa lata, a lata num embornal de lona, onde já havia uma palha com paçoca de carne-seca; a chave da casa foi deixada na janela de d. Ana, conforme combinação; o pai ergueu o filho do chão para a sela; perguntou se estava direito, montou também, saíram.

Quando desciam a ladeira perto da ponte o menino lembrou-se da caixinha de lápis de cor que ficara na gaveta da varanda. Não convinha pedir ao pai para voltarem, ele podia ralhar. Também podia ser que não tivesse tempo de desenhar no sítio, e nesse caso era melhor não ter os lápis perto tentando.

Ao passarem pela última casa antes da ponte, onde morava um amigo, o menino olhou as janelas fechadas, o quintal escuro atrás do muro e achou bom estar saindo de madrugada, assim não precisava se despedir, nem explicar. O pai tentou puxar conversa, os assuntos não rendiam, eles não tinham o hábito de conversar, a cada tentativa o menino respondia é sim senhor, não sei não senhor, parece — e ficavam nisso.

Quando pegaram a estrada real o menino experimentou distrair-se contando os vultos dos postes telegráficos, mas eram tantos e tão longe um do outro que ele perdeu a conta e o interesse. Uma ocasião ele julgou ouvir os fios zunindo, e enquanto pensava se perguntava a razão do zunido, o pai parece que adivinhou e explicou que deviam estar passando telegrama.

Telegrama era com mestre Belmiro, sentado em sua salinha no largo, os suspensórios caídos para os lados, a mão direita apalpando aquela espécie de carimbo em cima da mesa, ou desenrolando entre os dedos aquela fita comprida e escrevendo o resultado numa folha de bloco, as folhas seguindo para aqui e para ali, alegrando ou assustando gente.

Às vezes em dia de festa mestre Belmiro estava muito bem tocando clarineta na banda, de repente olhava o relógio, tampava a clarineta com o copinho e saía apressado para atender o telégrafo. Mestre Belmiro parece que fazia parte daquela máquina, de longe ele sentia o chamado dela.

Na paisagem sem morro o dia clareou depressa, o sol apontou vermelho e quente. Com o sol vieram as moscas, os mosquitos, os besourinhos, os muitos bichos que voam ou boiam no ar acompanhando o viajante, zumbindo nos ouvidos dele, fazendo cócega nas orelhas do cavalo. O menino matou um bichinho — abelha ou mosquito — que teimava em rodear a cabeça dele, causando um ruído incômodo nos ouvidos, e logo pensou se não teria feito um grande mal no caso de mosquito ter pai e mãe. Se aquele mosquito que ele tinha acabado de matar fosse mãe de outros menores, não ia fazer falta? Também se a gente vai pensar toda hora em tudo o que tem de fazer, acaba não fazendo nada.

O pai disse qualquer coisa, e não tendo percebido o que era, o menino fingiu estar ocupado em espantar outros bichos, deu um tapa raspado na orelha, deu outro na frente do rosto, isso justificava a falta de resposta caso a fala do pai requeresse resposta; mas o pai já estava com a atenção num cigarro que não queria pegar, sinal de que não esperava resposta.

O calor ia aumentando, o sol já queimava o pescoço e uma perna do menino, o suor que se formava do lado de dentro fazia gosma no couro velho da sela, ele sentiu o visgo escorrendo até o pé, incomodando sem remédio. Um carro cantou longe na frente, o pai disse que devia ser cana para o engenho dos Cruvinel.

— Podemos parar lá para tomar uma garapa, se você quiser...

— O senhor é quem sabe...

* * *

Agora uns morros discretos, cerca de arame, estrada carreira.

— Daquele morro chanfrado em diante é terra de seu padrinho — disse o pai apontando.

O menino olhou e não disse nada, não por falta de vontade mas por não ter o que dizer.

— É a mania de comprar terra sem necessidade — continuou o pai. — Herdou isso do velho Deodato. Em vez de melhorar o que já tem, agarra a comprar mais. Morre deixa tudo, pra quem não sei. Mas é um bom homem, tem me ajudado bastante. Não faz mais porque eu mesmo tenho acanhamento de estar procurando. Ele e comadre Mercedes gostam muito de você. Se você se der bem com eles, e tiver embocadura, pode chegar a ser um grande fazendeiro.

O menino olhou os bois pastando esparsos nos campos em volta, os mais perto da estrada levantando a cabeça para olhar atrevidos os dois viajantes, pensou em uma boiada com as suas iniciais marcadas a fogo no pelo, e sentiu um tremor de satisfação; devia ser importante ter o nome espalhado por lugares longes.

— Está vendo aquele boieco sarapantado? — perguntou o pai mostrando um bezerrão preto e branco de cupim já prosa, olhando do pé de uma elevação. — Parece um que eu tive no Bom-Tempinho. Cruza de guzerá. Presente de meu sogro, seu avô. Puxou para roceiro e me deu muita dor de cabeça. Perdi ele matado por um vizinho muito perverso. Foi por causa desse vizinho que acabamos largando a roça. Sua mãe não aguentava mais as ameaças.

De repente o menino teve uma vontade forte de conversar com o pai, de entendê-lo, de ajudá-lo nas suas dificuldades, que deviam ser muitas. Ele não se lembrava do sítio, mas pelas conversas que tinha ouvido entre o pai e a mãe a vida lá devia ter sido boa. O sítio para ele era apenas um rancho de pau a pique, um rego e muitos patos borrando por toda a parte, até dentro de casa, e aquele porco que mataram a facada, os gritos do porco o comoveram por muito tempo. Mas havia festa também, no São João levantaram um mastro, uma moça que ele não sabe quem é ergueu-o no colo para ele beijar a bandeira.

— Pai... E o Bom-Tempinho ainda existe?

— Acabou. Devolvi pra seu avô, as terras eram dele. Ele vendeu para uns estrangeiros, acharam cristal lá, esburacaram tudo. Quando o cristal caiu de moda eles largaram as terras e foram embora.

O número de animais ia aumentando, agora eram muitos, mais unidos. Vacas com bezerros, éguas com cria, uns poldrinhos de cabelo na testa espertos e brincalhões, provocando as mães para correrias.

— Daqui a pouco esses poldros vão precisar de ser amansados — disse o pai. — Você querendo, já pode ajudar.

O menino lembrou-se do medo que a mãe tinha de vê-lo montar em cavalo, das mil recomendações que fazia quando o padrinho chegava na cidade e ele se oferecia para levar o cavalo ao pasto.

— E não é perigoso amansar poldro?

— Não deixa de ser. Mas você não vai montar assim de saída, antes de apanhar prática. Primeiro vai só olhando para aprender, os peões vão ensinando.

A estrada começou a descer no rumo da mata que escondia o córrego, já se sentia o cheiro de folhas podres e de terra molhada. Os cavalos bufaram e apressaram o passo por conta própria. Um tatu atravessou a estrada com seu passinho apavorado e desapareceu numa moita de gravatás.

— Pai... Eu vou ficar aí até crescer?

— Deus quem sabe. Por enquanto você vai é experimentar.

Em silêncio entraram no túnel da mata, e o mundo ficou escuro como se fosse chover, impressão reforçada pela triagem que vinha do chão. O menino ficou tão deprimido que teve vontade de pedir ao pai para não deixá-lo, para dizer aos padrinhos que estavam apenas passeando; ele prometia fazer tudo para ajudar o pai na sua vida de viúvo, até cozinhava para os dois, e não se incomodava mais de ficar sozinho à noite quando o pai quisesse conversar ou jogar em casa de amigos. Mas já estava tudo combinado, o pai não ia voltar atrás.

Chegaram com o sol ainda de fora. D. Mercedes veio recebê-los com muita festa, mandou-os apear e entrar, disse que o marido tinha ido ao canavial e não tardava. Abraçou o afilhado, espantou-se de vê-lo tão crescido.

— É a cara da mãe, o senhor não acha? — Arrependeu-se da lembrança inoportuna, consertou: — Vou fazer tudo para você não sentir muito a falta dela — e abraçou o menino de novo.

Quando se acomodaram na varanda, d. Mercedes chamou um empregado, mandou-o desarrear os cavalos, o compadre avisou que desarreasse só o do menino.

— Não diga que ainda quer voltar hoje, compadre!

— É preciso. Deixei muito serviço esperando. A senhora sabe como é vida de escravo.

— Ora essa! Não falhar nem um dia! Lourenço não vai deixar.

— É sério, comadre. Estou pintando a casa do juiz, se eu não acabar esta semana ele fica meu inimigo.

Enquanto a conversa se animava, o menino deitou-se na rede e dormiu. Quando o dono da casa chegou o pai quis acordar o menino para tomar a bênção, os padrinhos não deixaram, ele devia estar cansado da viagem. Nova tentativa foi feita para que o pai pelo menos pernoitasse, agora com reforço do compadre, mas a resistência foi decidida.

— E acho que nem posso esperar a janta.

— Isso não consinto — declarou o dono da casa.

O pai explicou que era melhor ele sair enquanto o filho estivesse dormindo.

— Ele anda triste desde ontem e é capaz de não querer ficar. Se ele chorar muito eu amoleço. Deus sabe o que eu tenho sofrido.

Os padrinhos acataram a decisão. Seria uma pena que tivessem de abrir mão do menino, depois de tudo preparado para acolhê-lo.

— Então eu vou ver alguma coisa para o senhor comer no caminho — disse d. Mercedes.

— Isso eu aceito. E tem uma coisa. Se não gostarem dele, ou se ele ficar muito malcriado, não tenham acanhamento; mandem recado que eu venho buscar.

Veio a merenda em dois embrulhos de palha de milho. D. Mercedes pediu que não reparasse porque fora feito às pressas.

O pai agradeceu, guardou os embrulhos no embornal, levantou-se e ficou parado ao lado da rede olhando o filho.

— Tenha paciência com ele, comadre. Mas não deixe de castigar quando for preciso.

Os donos da casa foram levá-lo à porteira, despediram-se e ficaram olhando até ele sumir na descida.

— Coitado de compadre Olímpio. Tem roído da banda podre — disse o marido.

— Tão boa pessoa e tão sem sorte — disse a mulher quase chorando. — Deve ser triste separar do filho assim. Ele está se fazendo de duro mas está sofrendo.

— É a cruz de cada um — disse o marido abraçando-a pela cintura e levando-a para casa.

As vacas de cria nova já vinham se chegando para o curral.

Os bezerrinhos berravam e se atropelavam para arranjar um bom lugar nos vãos da porteira. As mães chegavam aflitas e procuravam lamber os filhos por entre as tábuas, como para ajudá-los a terem calma.

Uma pedrinha na ponte

O soldado tem pernas tortas, gasta as botinas pela banda de fora, dispensando o solado; tem mãos de dedos cabeludos, como se andasse sempre brincando com água que lavou coador de café; e tem uma brecha grande na testa, acento agudo gravado a pedrada, paulada ou golpe de facão; mas Geny gosta dele. Eu passo de manhã para o colégio, o soldado está encostado no gradil da ponte olhando para a casa de Geny; volto para o almoço, é a mesma coisa; passo de tarde, lá está ele vigiando. Sei que ele está lá por minha causa, Geny já me disse. Como foi mesmo que a cínica falou? Assim, mais ou menos:

— A gente precisa ter cuidado, bem. Constantino já matou um. Ele desconfia de nós.

Meu coração disparou, disfarcei mas minha vontade era me vestir e sair correndo. Ela deu uma daquelas risadinhas chiadas, coisa de rato com frio, fez uma letra com o dedo no meu peito e falou:

— Se ele te matar eu nem posso pôr luto. Você tem medo, bem?

Tinha certas horas que Geny ficava muito antipática. Naturalmente eu disse que não tinha medo, mas Geny não se convenceu, nem podia.

— Mas não tem, hein? Você está tremendo!

Estava mesmo, e por isso fiquei com raiva. Bom pretexto para eu arranjar uma briga e ir embora. Mas Geny era safada, gostava dessa brincadeira de assustar e acalmar.

— Tem perigo não, bobo. Hoje ele está de serviço.

Aí ela me puxou, me deu um beijo de corpo inteiro. Quando enjoou me empurrou.

— Ih, bem! Você está suando! Quer que eu abro a janela?

Se tinha cabimento, nós dois deitados de janela aberta. Geny às vezes parecia que não regulava.

— O que é que tem? Essa hora não passa ninguém.

— Mas eu não quero.

— Você está enjoado hoje. Gosto de homem assim não.

E para mostrar desinteresse por mim ela dobrou um joelho, cruzou a outra perna em cima e ficou fingindo que limpava as unhas.

— Então eu vou embora.

Ela não disse nada, nem para ir nem para não ir. Eu me vesti de costas para ela, penteei o cabelo, destranquei a porta.

— Já vou.

— É assim? Vem cá que eu te ensino.

Caminhei para a cama, como um cachorrinho obediente.
— Senta aí.

Sentei. Ela sentou-se atrás de mim, me abraçou pelas costas, me deu um beijo chupado no pescoço.

— Vocês meninos de família têm muito que aprender.

Achei que devia me sentir ofendido, me levantei de arranco e saí. Parei de meia cara na porta da rua, olhei para cima, para baixo, não vi ninguém. Subi o beco depressa pensando no soldado (ele podia fugir do serviço) e só tomei fôlego quando alcancei o caminho da beira do rio. Enquanto olhava as mulheres batendo roupa nas pedras lá embaixo, com os vestidos presos nas pernas fingindo calça de homem, resolvi nunca mais nem olhar para Geny, era muito perigoso criar questão com um soldado que tem uma brecha na testa e morte nas costas.

No outro dia cedo, quando ia para o colégio pensando nas lições que eu não tinha estudado de noite, de repente vejo o soldado vindo na minha direção. Senti um arrepio do pescoço à ponta dos dedos. De um lado o barranco do rio, do outro o bambuzal fechado subindo o morro. Voltar ficava feio, dava na vista. O jeito era morrer ali na poeira do chão, mas que fosse com um tiro para acabar logo... A cidade inteira iria no enterro, como foi no de Horacinho, que morreu de tétano no ano passado; professor Benjamim fazendo um discurso bonito, as moças chorando e cochichando, coitado, morreu por causa de uma mulher à toa. O meu retrato no quadro de formatura — homenagem póstuma. Encarei o soldado de cabeça erguida, ele levou a mão ao quepe — fez continência! Continência molenga, mas fez. Parei com a desculpa de amarrar a botina, me agachei e olhei disfarçado: lá ia ele pisando de lado, o quepe quase na nuca, deixando ver uma mancha escura no meio da copa, resultado de passar muita brilhantina no cabelo.

Quando eu ia passando na ponte, Geny me chamou do beco, vinha abraçada com uma lata de cozinha. Eu disse que não podia parar, que ia atrasado para a aula, mas estava era pensando no soldado, ele podia voltar do caminho e vir nos fiscalizar. Ela deu uma carreirinha e me alcançou.

— Está fugindo de mim, bem?

Eu disse que se ela não era bicho eu não podia fugir dela; eu estava era com pressa, só isso.

— Já sei. Você está com medo de Constantino.

Ela falar no soldado foi como uma ferroada que me fez andar mais depressa. Ela apressou o passo também, segurou meu braço.

— Sabe, bem? Eu gosto é de você. Eu vou com Constantino porque ele me ajuda, mas eu gosto mesmo é de você.

Eu não estava gostando nada daquela mão dela no meu braço, alguém podia ver e contar lá em casa.

— Ih, bem! — disse ela parando com a mão na boca. — Sou uma tonta.

Não mostrei interesse, ela falou claro:

— Você tem dinheiro aí, bem? Eu ia comprar açúcar, me esqueci do dinheiro.

Eu tinha apanhado uns cobres de minha mãe para jogar bilhar depois da aula, mas agora o que mais interessava era me ver livre de Geny. Pus o dinheiro na mão dela com pena, pensando nas tacadas que eu não ia dar. Ela prendeu meu pescoço com um braço e me beijou na boca. Olhei em volta apavorado, d. Maria Rocha estava estendendo um pano na janela do sobrado, não sei se ela viu.

— Quando puder eu aviso você, viu, bem? Vamos combinar um aviso.

Ela pensou um pouco, com um dedinho na boca, eu não pude ajudar, queria era ir embora.

— Depois a gente combina.

— Não, agora. Ó: eu deixo uma pedrinha no parapeito da ponte. Você vendo, já sabe que pode ir.

Por mim a tal pedrinha podia ficar lá até criar raiz. Agora eu ia dar a volta pela outra ponte, e quando encontrasse Geny na rua ou em qualquer lugar fingia que não via. Ela que ficasse lá com o seu soldado e fizesse bom proveito.

Na volta da aula cumpri a palavra e passei pela outra ponte, mas de noitinha, quando fui à cidade sapear o bilhar, achei que estava sendo bobo em andar tanto só para manter capricho por causa de uma mulher como Geny. E já que eu estava no meio da ponte, não custava olhar se ela tinha deixado a pedrinha no lugar combinado. Disfarcei, me debrucei no parapeito, olhei no canto rente ao esteio de entrada. Daquele lado não tinha pedra nenhuma. Mudei de lado, olhei: também não. Na outra ponta? Nada. Quem sabe se alguém esteve aí antes, e não sabendo do segredo empurrou a pedra para ver a queda dela na água? Para tirar a dúvida resolvi ficar um pouco mais, se Geny tinha posto a pedra no parapeito devia estar me esperando, e vendo a minha demora acabaria aparecendo na janela. Esperei uma meia hora, de cinco em cinco minutos, e a cretina não apareceu. Vai se confiar em promessa de mulher.

Quando virei a esquina para entrar na rua, quase dei uma peitada no soldado, ele vinha assobiando o esbelto infante e dessa vez não fez continência, devia ser porque eu não estava com a farda do colégio.

De noite, na volta para casa, parei novamente na ponte só para tirar a prova de que Geny era mesmo uma tratante. Não tinha pedra nenhuma no parapeito, nem podia: por uma fresta da janela eu via a luz acesa no quarto.

No dia seguinte passei pela outra ponte na ida e na volta do colégio, e à noite não saí porque apareceram umas visitas e minha mãe disse que eles podiam reparar na minha falta. Se Geny deixou a pedra no parapeito de tarde ela cansou de esperar, e foi bom; assim ela não ficava pensando que eu estava sempre à disposição dela. Isso eu pensei de noite na cama, mas de manhã o parapeito da ponte estava limpo.

Na volta do colégio encontrei Geny na beira do rio, não liguei. Ela veio atrás, me puxou pelo braço.

— Não me conhece mais não, bocó?

— Conheço não. Quem é você?

— Sai, azar. Está com ciúme?

— Vê lá se me passo.

— Então mudou. Antes você passava.

— Isso foi antes.

Ela apertou meu braço e disse:

— Fica assim não, bem. Ó, vai lá hoje. Mas não vai muito cedo não.

— Que hora?

— Sete.

Depois de um dia difícil de passar, contado de hora em hora, perto das seis horas eu achei que não precisava esperar até às sete, e me preparei para estar ali pela ponte às seis e meia. Devo ter andado depressa sem sentir, quando entrei na ponte ainda não tinha escurecido completamente. Caminhei para a esquina, de onde se via o relógio da igreja, e antes de chegar ouvi bater um quarto de hora. Calculei que se eu atravessasse a rua e acompanhasse o cais até a rua seguinte, dobrasse à esquerda, andasse até a primeira esquina, dobrasse novamente à esquerda e viesse em linha reta, depois novamente à esquerda até o ponto de partida, levaria outros quinze minutos. Mas mesmo com a preocupação de não andar depressa, fiz a caminhada em menos de dez minutos. Também, se eu ia bater na porta de Geny às seis e meia, que mal fazia bater alguns minutos antes?

Agora já estava escuro, entre as folhagens dos quintais da beira do rio eu via luzes passando, gente com candeia recolhendo galinhas, fechando portões.

Passei a ponte, entrei na ruazinha furada de enxurrada, vi a luz acesa no quarto fugindo pela fresta da janela. Cheguei bem perto da janela, escutei. Notei movimento lá dentro, vulto fazendo sombra na janela. Bati de leve com as unhas na janela, não era preciso mais, Geny me esperava. Mas parece que não ouviu, bati mais forte. Com certeza ela tinha ido à cozinha. Esperei um pouco, e quando senti que ela estava novamente no quarto chamei baixinho, com a boca na fenda entre duas tábuas. Silêncio esquisito. Chamei de novo. Ouvi resmungos, uma banda da janela abriu-se, Geny pôs a cabeça de fora, quase encostando na minha, e falou para dentro:

— Tem ninguém não, bem. É cisma sua.

Antes que eu entendesse, ela fechou a janela com uma batida forte, eu fiquei ali parado com cara de bobo. Apagaram a luz lá dentro, entendi e saí correndo, só parei a carreira na esquina.

Bem feito, para eu não me meter com mulher de bate-pau.

Diálogo da relativa grandeza

Sentado no monte de lenha, as pernas abertas, os cotovelos nos joelhos, Doril examinava um louva-a-deus, pousado nas costas da mão. Ele queria que o bichinho voasse, ou pulasse, mas o bichinho estava muito à vontade, vai ver que dormindo — ou pensando? Doril tocava-o com a unha do dedo menor e ele nem nada, não dava confiança, parece que nem sentia; se Doril não visse o leve pulsar de fole do pescoço — e só olhando bem é que se via — era capaz de dizer que o pobrezinho estava morto, ou então que era um grilo de brinquedo, desses que as moças pregam no vestido para enfeitar.

Entretido com o louva-a-deus, Doril não viu Diana chegar comendo um marmelo, fruta azeda enjoada que só serve para ranger os dentes. Ela parou perto do monte de lenha e ficou descascando o marmelo com os dentes, mas sem jogar a casca fora, não queria perder nada. Quando ela já tinha comido um bom pedaço da parte de cima e nada de Doril ligar, cuspiu fora um pedaço de miolo com semente e falou:

— Está direitinho um macaco em galho de pau.

Doril olhou só com os olhos e revidou:

— Macaco é quem fala. Está até comendo banana.

— Marmelo é banana, besta?

— Não é mais serve.

Ficaram calados, cada um pensando por seu lado. Diana cuspiu mais um caroço.

— Sabe aquele livro de história que o Mirto ganhou?

— Que Mirto, seu. É Millllton. Mania!

— Mas sabe? Eu vou ganhar um igual. Tia Jura vai mindar.

— Não é mindar. É me dar. Mas não é vantagem.

— Não é vantagem? É muita vantagem.

— Você já não leu o de Milton?

— Li mas quero ter. Pra guardar e ler de novo.

— Vantagem é ganhar outro. Diferente.

— Deferente eu não quero. Pode não ser bom.

— Como foi que você disse? Diz de novo?

— Já disse uma vez, chega.

— Você disse deferente.

— Foi não.

— Foi. Eu ouvi.

— Foi não.

— Foi.

— Foi não.

— Fooooi.

Continuariam até um se cansar e tapar os ouvidos para ficar com a última palavra, se Diana não tivesse tido a habilidade de se retirar logo que percebeu a dízima. Com o pedacinho final do marmelo entre os dedos ela chegou-se mais perto do irmão e disse:

— Gi! Matando louva-a-deus! Olhe o castigo!

— Eu estou matando, estou?

— Está judiando. Ele morre.

— Eu estou judiando?

— Amolar um bicho tão pequenininho é o mesmo que judiar.

Doril não disse mais nada, qualquer coisa que ele dissesse ela aproveitaria para outra acusação. Era difícil tapar a boca de Diana, ô menina renitente. Ele preferiu continuar olhando o louva-a-deus. Soprou-o de leve, ele encolheu-se e vergou o corpo para o lado do sopro, como faz uma pessoa na ventania. O louva-a-deus estava no meio de uma tempestade de vento, dessas que derrubam árvores e arrancam telhados e podem até levantar uma pessoa do chão. Doril era a força que mandava a tempestade e que podia pará-la quando quisesse. Então ele era Deus? Será que as nossas tempestades também são brincadeira? Será que quem manda elas olha para nós como Doril estava olhando para o louva-a-deus? Será que somos pequenos para ele como um gafanhoto é pequeno para nós, ou menores ainda? De que tamanho, comparando — do de formiga? De piolho de galinha? Qual será o nosso tamanho mesmo, verdadeiro?

Doril pensou, comparando as coisas em volta. Seria engraçado se as pessoas fossem criaturinhas miudinhas, vivendo num mundo miudinho, alumiado por um sol do tamanho de uma rodela de confete...

Diana lambendo os dedos e enxugando no vestido. Qual seria o tamanho certo dela? Um palmo de cabeça, um palmo de peito, palmo e meio de barriga, palmo e meio até o joelho, palmo e meio até o pé... uns seis palmos e meio. Palmo de quem? Gafanhoto pode ter seis palmos e meio também — mas de gafanhoto. Formiga pode ter seis palmos e meio — de formiga. E os bichinhos que existem mas a gente não vê, de tão pequenos? Se tem bichos que a gente não vê, não pode ter bichos que esses que a gente não vê não veem? Onde é que o tamanho dos bichos começa, e onde acaba? Qual é o maior, e qual o menor? Bonito se nós também somos invisíveis para outros bichos muito grandes, tão grandes que os nossos olhos não abarcam? E se a Terra é um bicho grandegrandegrandegrande e nós somos pulgas dele? Mas não pode! Como é que vamos ser invisíveis, se qualquer pessoa tem mais de um metro de tamanho?

Doril olhou o muro, os cafezeiros, as bananeiras, tudo bem maior do que ele, uma bananeira deve ter mais de dois metros...

Aí ele notou que o louva-a-deus não estava mais na mão. Procurou por perto e achou-o pousado num pau de lenha, numa ponta coberta de musgo. Doril levantou o pau devagarinho, olhou-o de perto e achou que a camada de musgo lembrava um matinho fechado, com certeza cheio de...

— Quando é que você vai deixar esse bichinho sossegado? Tamanho homem!

Doril largou o pau devagarinho no monte, limpou as mãos na roupa.

— Você não sabe qual é o meu tamanho.

Ela olhou-o desconfiada, com medo de dizer uma coisa e cair em alguma armadilha, Doril estava sempre arranjando novidades para atrapalhá-la.

— Você nem sabe qual é o seu tamanho — insistiu ele.

— Então não sei? Já medi e marquei com um carvão atrás da porta da sala. Pode olhar lá, se quiser.

Ele sorriu da esperada ingenuidade.

— Isso não quer dizer nada. Você não sabe o tamanho da marca.

— Sei. Mamãe mediu com a fita de costura. Diz que tem um metro e vinte e tantos.

— Em metro de anão. Ou metro invisível.

Ela olhou-o assustada, desconfiada; e não achando o que responder, desconversou:

— Ih, Doril! Você está bobo hoje!

— Boba é você, que não sabe de nada.

Ela esperou, ele explicou:

— Você não sabe que nós somos invisíveis, de tão pequenos?

— Sei disso não. Invisível é micuim, que a gente sente mas não vê.

— Pois é. Nós somos como micuins.

Diana olhou depressa para ela mesma, depois para Doril.

— Como é que eu vejo eu, vejo você, vejo minha mãe?

— E você pensa que micuim não vê micuim?

Diana franziu a testa, pensando. Doril tinha cada ideia. Como daquela vez que andou querendo mandar recado por pensamento, punha Diana sentada num baú no porão e ele ficava na rede da varanda pensando o recado, depois gritava da janela perguntando se ela tinha pegado; ela tinha vontade de pegar mas não pegava, e não podia mentir porque não sabia mesmo em que era que ele tinha pensado! Doril disse que ela estava negando só para desmenti-lo. Agora essa invenção de que a gente é bicho pequeno invisível.

— Não pode, Doril. A gente é grande. Olhe aí, você é quase da altura desse monte de lenha.

— Está vendo como você não sabe nada? Isso não é monte de lenha. É um monte de pauzinhos menores do que pau de fósforo.

— Ora sebo, Doril. Pau de fósforo é deste tamanho — ela mostrou dois dedinhos separados, dando o tamanho que ela imaginava.

— Isso que você está mostrando não é tamanho de pau de fósforo. Pau de fósforo é quase do seu tamanho.

Diana ficou pensativa, triste por ter diminuído de tamanho de repente. Doril aproveitou para ensinar mais.

— Como você é tapada, Diana. Tudo no mundo é muito pequeno. O mundo é muito pequeno. — Olhou em volta procurando uma ilustração. — Está vendo aquela jaca? Sabe o tamanho dela?

— Sei sim. Regula com uma melancia.

— Pronto. Não sabe. É do tamanho de cajá.

Diana olhou a jaca já madura, em ponto de cair, qualquer dia caía.

— Ah, não pode, Doril. Comparar jaca com cajá?

— Mas é porque você não sabe que cajá não é cajá.

— O que é então?

— É bago de arroz.

Diana olhou em volta aflita, procurando uma prova de que Doril estava errado.

— E coqueiro o que é?

— Coqueiro é pé de salsa.

— E eu?

— Você é formiga de dois pés.

— Se eu sou formiga, como é que eu pulo rego d'água?

— Que rego d'água?

— Esse nosso aí.

Doril sacudiu a cabeça, sorrindo.

— Aquilo não é rego d'água. É um risquinho no chão, da grossura de um fio de linha.

— E... E aquele morro lá longe?

— Não é morro. Você pensa que é morro porque você é formiga. Aquilo é um montinho de terra que cabe num carrinho de mão.

Diana olhou-se de alto a baixo, achou-se grande para ser formiga.

— Onde você aprendeu isso?

Ela precisava da garantia de uma autoridade para aceitar a nova ideia.

— Em parte nenhuma. Eu descobri.

Diana deu um riso de zombaria, como quem começa a entender. Tudo aquilo era invenção dele, coisa sem pés nem cabeça, como a história de recado por pensamento.

A mãe chamou da janela. Doril desceu do monte de lenha, um pau resvalou e feriu-o no tornozelo. Ele ia xingar, mas lembrou que pau de fósforo não machuca. A mãe chamou de novo, ele saiu correndo e gritou para trás:

— Quem chegar por último é filho de lesma.

Diana correu também, mais para não ficar sozinha do que para competir. Pularam uma bacia velha, simples tampa de cerveja emborcada no chão. Pularam o fio de linha que Diana tinha pensado que era um rego d'água. Doril tropeçou num balde furado (isto é, um dedal com alça), subiu de um fôlego os dentes do pente que servia de escada para a varanda e entrou no caixotinho de giz onde eles moravam. A mãe, uma formiguinha severa de pano amarrado na cabeça, estava esperando na porta com uma colher e um vidro de xarope nas mãos, a colher uma simples casquinha de arroz. Doril abriu a boca, fechou os olhos e engoliu, o borrifo de xarope desceu queimando a garganta de formiga.

Onde andam os didangos?

A noite era feia perigosa no rancho, muitos bichos lá fora, alguns conhecidos, outros inventados, deduzidos dos barulhos que vinham da mata; mas encostado no corpo sadio da mãe ele não tinha medo de nada, os bichos ficavam mansos, distantes, incapazes de fazer mal.

Mas não deixavam de existir. Como aquele que ele inventou quando a candeia estava apagada, os pais dormindo roncando e ele de olhos fechados pensava na claridade do sol, porque na claridade não há bicho perigoso. Mas o medo puxa, e ele acabava compondo o autor dos ruídos de origem desconhecida que vinham do mato. Era um bicho sem pés nem cabeça, só um corpo comprido em forma de canudo, um canudo grosso e mole, às vezes liso, às vezes cabeludo (essa parte ainda não estava esclarecida), largo nas pontas, fino no meio. As pontas eram os pés e também as bocas, o bicho andava firmando uma ponta no chão, levantando a outra, esticando o corpo e jogando a ponta levantada para diante, no caminho apanhando as frutas e folhas que interessassem, depois buscava para a frente a ponta que tinha ficado para trás, isso depressa, sem parar nem perder tempo. Ele custou achar nome para esse bicho, acabou chamando de didango.

Sendo o bicho mais esquisito de toda a mata, e vai ver que de todo o mundo, o didango tinha que ser também o bicho mais perigoso. Ele nunca viu um didango de verdade, mas sabia que eles rondavam o rancho de noite; e de manhã, quando ia com a mãe apanhar água na grota, ou com o pai tirar varas na beirada do mato para algum serviço no rancho, via rastos deles por toda parte, meio apagados porque a chapa dos pés deles é macia. Mas em sonho eles apareciam bem visíveis, às vezes perto, às vezes longe, jogando o canudo do corpo por cima do rancho, estremecendo as panelas no jirau, ou subindo morros, saltando grotas, medindo o mundo a compasso.

Engraçados eram os filhotes, umas miuçalhas que faziam tudo o que os grandes faziam mas às vezes ficavam retidos na beira de uma grota, correndo para lá e para cá, guinchando como leitõezinhos, com medo de pular, até que um dos grandes voltava e do outro lado mesmo os suspendia com um pé, como quem carrega cobra enganchada num pau. Uma vez ele viu um didango matar uma onça jogando um pé por cima do lombo dela, mergulhando por baixo, saindo por cima novamente, dando nó, e puxando dos dois lados. A cintura da onça foi afinando, afinando, a língua derramou para fora da boca, as tripas estufaram pelo buraco que todo animal tem debaixo do rabo, e quando o didango afrouxou o nó ela caiu molenga no chão. Imagine se eles fizessem isso com uma pessoa. Árvores eles derrubavam com a maior facilidade, enlaçavam a árvore com o canudo do corpo, puxavam e arrancavam com raiz e tudo.

Com esses e outros bichos, e mais outras coisas que aconteciam, a vida no rancho era cheia de sustos. Um dos grandes foi quando o Venâncio apareceu. O pai estava na roça limpando o feijão e o milho, a mãe tinha ido na grota lavar roupa, o menino ficou sozinho brincando com um besouro, queria fazer o besouro arrastar uma caixa de fósforos cheia de pedrinhas, estava entretido nisso quando a porta do rancho escureceu. Ele levantou os olhos e não viu ninguém, mas teve a impressão de que um vulto tinha acabado de passar. Didango não era porque eles são muito altos e fazem um barulho fofo quando chapam o pé no chão. Seria tapuio? O pai disse que naquela mata viveram tapuios antigamente; estariam voltando? Ele esperou com o coração batendo alto, sem coragem de se levantar do chão para olhar, capaz de ser mesmo um tapuio, ou pior. Gritar era perigoso, eles podiam vir correndo boleando as bordunas; e se a mãe ouvisse o grito e viesse correndo, na certa morria também. O jeito era ficar quieto, mesmo tremendo e suando, e pensar numa reza que puxasse o pai para o rancho, às vezes ele vinha fora de hora buscar um pedaço de fumo, tomar um gole de café; e sendo homem valente corajoso, e andando sempre com a espingarda, nem tapuio podia com ele.

Sem querer ele levantou os olhos para o lugar onde a parede tinha um buraco, viu dois olhos olhando para dentro do rancho. Não vendo nenhuma saída, começou a chorar baixinho, tomou gosto e acabou chorando alto. O choro espantou os dois olhos, mas ele continuou chorando, sabia que os índios não tinham ido embora, deviam estar combinando o ataque.

Quando a porta escureceu de novo, ele não levantou os olhos para não ver a cara do índio — mas quem entrou foi a mãe com a gamela de roupa enxaguada e torcida.

— Que vergonha! Tamanho homem chorando. Será que não pode ficar sozinho um instante? Ou está sentindo alguma coisa?

Ele ficou tão contente de vê-la que chorou mais alto ainda.

— Mas o que é isso, menino! Algum bicho te mordeu?

— Os índios, mãe! Um índio!

— Que índio? Está sonhando com índio.

— Tem um aí fora. Eu vi.

— Eu quero ver esse índio.

— Vai não, mãe! É perigoso!

Ela descansou a gamela no chão e saiu enxugando as mãos na saia. Ele ouviu os passos dela em volta do rancho, teve vontade de ir atrás para fazer companhia, as pernas não ajudaram. Quando os passos pararam ele sentiu um frio na espinha, esperou os gritos dela, o barulho das pancadas. Felizmente os passos recomeçaram, e logo ela apareceu na porta do rancho. Estava cansada, devia ser do trabalho com a roupa, de subir a ladeira com a gamela.

— Eu não disse? Vi índio nenhum.

Mas em vez de ir estender a roupa ela andou pelo rancho como procurando alguma coisa, fez um pelo-sinal disfarçado, atiçou o fogo, de vez em quando olhando para fora desconfiada.

— Sabe o quê? Vamos chamar seu pai para tomar um café.

Pegou a buzina que ficava pendurada atrás da porta, apontou-a para fora e tocou.

Quando o pai chegou, assustado e irritado, a mãe foi dizendo antes que ele perguntasse o motivo do chamado:

— Ele está dizendo que viu um índio. Diz a ele que é cisma.

— É inzona. Falta do que fazer. Aqui não tem mais índio. Foi para isso que me chamou?

— Foi o que eu disse. Até olhei em volta pra tirar a cisma. Vem ver comigo.

Ela puxou o marido para fora e mostrou os rastos que tinha visto na primeira inspeção. O marido mandou-a voltar e foi seguindo os rastos. Ela abraçou o menino, chamou-o de bobinho medroso e ficou rezando mentalmente, até que ouviram o grito do pai:

— Venham ver o índio!

A mãe correu para a porta, o menino atrás agarrado nela. Ao lado do pai estava um rapazinho de seus catorze, quinze anos, magro e esmolambado, com cara de medo e doença; tinha um pé machucado que não pisava completo no chão. Com muito custo disse que se chamava Venâncio, vinha de longe, passara mais de um mês no mato curtindo fome e frio, comendo passarinho assado, marmelada-de-cachorro, semente de jatobá, o que achasse. Falava baixo e tremia muito.

— Você fica aqui com a gente — disse o pai. — Preciso mesmo de um ajudante. Mas primeiro você vai descansar, matar a fome, tratar desse pé.

Foi a primeira vez que o menino viu uma pessoa com fome ter medo de comer. Quando a mãe deu o prato, umas coisas arranjadas às pressas (não era hora de comida), ele entortou o corpo para um lado, não querendo.

— Come, bobo. Tem veneno não — disse a mãe, e pôs o prato no colo dele.

Ele olhou para ela desconfiado, parece que não acreditando, pegou o prato com as duas mãos e chorou só com os olhos. A mãe fez sinal ao menino para sair de perto, mas de vez em quando olhavam. Venâncio enxugou os olhos com uma manga, com a outra, começou comendo com a colher, depois largou e comeu com a mão, comeu tudo sem tomar fôlego. Limpou o prato completamente e ainda mandou umas três bananas e um pedação de rapadura. Depois bebeu um coité de água, arrotou e dormiu sentado.

Venâncio passou uns dias tratando do pé com banho de erva-moura e gordura de capivara, de noite dormia numa esteira num canto do rancho, falava muito no sono e acordava assustado. Toda vez que ouvia barulho perto do rancho corria para se esconder nas bananeiras do quintal.

Quando a inchação do pé já estava murchando e secando, o pai passou o primeiro trabalho: tirar varas e embira para fazer um puxado no rancho. Venâncio saiu alegre com o facão, logo voltou com um feixe de varas na cabeça e dois arrastados por um cipó; encostou esses no oitão do rancho e voltou para buscar mais. Depois do almoço o pai explicou como é que se faz uma parede de varas, e quando voltou de tarde duas paredes estavam prontas, faltava a da porta, que é mais complicada. De noite mesmo o pai ensinou o segredo e no dia seguinte o puxado ficou pronto, com o chão socado, a cobertura assentada.

— Você é caprichoso — o pai disse satisfeito. — Agora vamos ver na enxada.

Além de ajudar na roça, Venâncio estava sempre inventando novidades para fazer, principalmente brinquedos para o menino. Fez uma tropa de cavalinhos de pau lavrados a canivete, com fiapos de pena de galinha para imitar rabo e crina, escolhendo madeiras diferentes para não saírem todos de uma cor só; fez uma gangorra para ele e o menino brincarem aos domingos, com uma pedra grande encaixada numa ponta para compensar a diferença de peso; fez máscaras de cabaça com pavio dentro para pendurar nas árvores e acender de noite, muito boas para espantar bichos; fazia corda de embira, fortes e muito bem trançadas.

Venâncio não tinha preguiça de fazer nenhum serviço, até cozinhar e lavar roupa ele cozinhava e lavava quando a mãe estava muito ocupada em outro serviço, ou amanhecia perrengue. O pai disse que Venâncio tinha caído do céu.

Quem não caiu do céu foi aquele homem feioso mal-encarado que chegou no rancho perguntando pelo dono. A mãe e o menino se assustaram, visita de fora ali não ia, só um caçador de ano em ano, esses chegavam pedindo muita licença, aceitavam um café ou um almoço, descansavam e iam embora deixando dinheiro para comprar alguma coisa para o menino, diziam. Mas aquele homem chegou com rompante, como se fosse dono da mata e dos bichos. A mãe explicou que o marido estava na roça.

— Eu espero. Manda chamar não — disse o homem tirando a carabina do ombro, pegando um tamborete e sentando sem pedir licença.

Olhava tudo e não dizia nada, fiscalizando e guardando.

O menino grudou-se à mãe e não quis mais saber de nenhum brinquedo. Depois de muito hesitar, a mãe disfarçou, pegou a buzina — mas o homem estava atento: deu um pulo do tamborete, tirou a buzina da mão dela.

— Toca não, dona. Não tenho pressa. Deixe ele vir sem aviso.

O menino teve vontade de ter uma faca pontuda para enfiar na barriga do homem; a da cozinha não servia, era pequena e sem ponta; pensou também em sair escondido para chamar o pai, mas desistiu porque achou arriscado deixar a mãe sozinha com aquele homem antipático.

O tempo não passava, e a nervosia da mãe, andando pelo rancho querendo fazer muita coisa e não fazendo nada, aumentava o medo do menino. Ele pediu a Deus que mandasse uma cobra venenosa morder o homem, chegou a ir para detrás de uma mamoneira esperar o resultado, não apareceu cobra nenhuma. Por que é que existe gente ruim no mundo? Por que não pode todo mundo ser como Venâncio?

Ele pensava que a chegada do pai ia pôr tudo nos eixos, mas quando viu o pai chegando com Venâncio, cada um trazendo inocentemente uma bandeira de feijão na cabeça, sentiu um aperto no coração. Carabina dá tiro mais forte do que espingarda, o pai podia morrer na briga e o homem mal-encarado ficar morando no rancho, mandando nele e em Venâncio e dormindo no jirau com a mãe dele.

O pai chegou e jogou a bandeira de feijão no terreiro com um entortar de cabeça, o menino correu e abraçou-se nas pernas dele.

— Pai, um homem! Aí no oitão! Com uma carabina!

Venâncio também já tinha jogado o feijão no chão, olhou assustado, quis correr, o homem já estava perto com a carabina na mão.

— É você mesmo que eu quero, maroto. Corre não que eu atiro.

O homem mandou o pai largar a espingarda no chão e puxou-a com o pé para perto dele.

— Agora amarre as mãos dele para trás com esta corda.

Tirou uma corda da patrona, jogou para o pai e ficou fiscalizando a amarragem, sempre com a carabina preparada. Quando o pai acabou de amarrar as mãos de Venâncio, o homem tirou um lacinho de laçar bezerro que levava pendurado na cintura, escondido debaixo do paletó, e mandou o pai passar a parte da argola por baixo dos braços de Venâncio, ficando a argola nas costas.

— Agora passe a iapa pela argola com duas voltas.

O pai obedeceu, não tinha outro jeito. O homem mudou a carabina para a mão esquerda, com a direita segurou o laço e deu um safanão para experimentar. Venâncio quase caiu para trás, não estava esperando aquela brutalidade.

— Vamos embora. Seu tio está esperando — disse o homem, e cutucou Venâncio com o cano da carabina.

Venâncio olhou para trás como que se despedindo das pessoas, do rancho, da gangorra, de tudo. O homem deu outro cutucão, Venâncio baixou a cabeça e foi andando, o homem atrás levando também a espingarda. Quando já iam entrando no mato o homem gritou:

— Vou levar sua espingardinha fubeca não. Vou deixar ela pendurada num pau. Depois você vem buscar.

O pai, a mãe, o menino ficaram olhando até que os dois se sumiram no mato, mas desde antes já não viam direito por causa das lágrimas. Quando iam entrando no rancho, o pai tropeçou num pote de sebo que estavam juntando para fazer sabão, voltou e mandou o pote longe com um pontapé, espalhando sebo pelo terreiro. A mãe jogou-se de bruços no jirau, chorando como quem acaba de perder um filho. O pai passou o resto do dia e a noite sentado na porra do rancho, enrolando e acendendo cigarro um atrás do outro. O menino também só pensava em Venâncio, não sabia como ia ser a vida sem ele.

Venâncio levado no laço, e os grilos cantando no mato, e a água correndo na grota, e os vaga-lumes trançando na noite, tudo como antes, e tão diferente... E os didangos, onde estavam que não tinham vindo?

Os noivos

Todo dia depois da escola ela passa na loja para ver o noivo. Chega cansada, os braços marcados dos cadernos da classe e da bolsa de costura. Ela está sempre costurando, bordando, consertando, não ainda para o enxoval, mas por hábito, para ter sua roupa em ordem, escola come roupa, diz ela.

Um irmão dela ajuda na loja e já está entendendo tudo, o que é um bom descanso para o dono. Na lojinha acanhada mas bem sortida, principalmente de artigos que podem ser levados no bolso — pentes, botões, fitas, linhas, grampos de cabelo —, tudo tem seu lugar certo em gavetas, vitrines, prateleiras com divisões, caixas de tamanho uniforme, com um exemplar do artigo pregado na parte de fora que fica à vista, e o rapaz sabe encontrar o que o freguês procura a bem dizer de olhos fechados.

O dono mora nos fundos da loja, aí faz café numa cafeteira a álcool, come um almoço de marmita e raramente sai à rua. Para ter um lugar onde receber a noiva sem causar escândalo, ele mandou fazer uma salinha numa extremidade da loja, sacrificando um pedaço do balcão. Passam boa parte da tarde na sala, sentados em poltronas de vime separadas por uma mesinha de centro, ideia da noiva, e muito bem pensada: a mesinha serve para ela descansar a costura, para ele apoiar os braços e serve também de barreira entre eles, para evitar comentários.

De calça caseira, paletó de pijama e chinelos, os braços apoiados na mesa ou na poltrona, ele fica olhando para um ponto vago no chão, ou para os pés cruzados sobre os chinelos, uma ameaça de sorriso nos cantos da boca; outras vezes se distrai com um cordão apanhado na loja, enrola-o apertado num dedo para sentir o latejar do sangue represado, desenrola-o, dá-lhe nós pelo prazer de desatá-los, quanto mais apertados melhor; mas nunca esquece o sorriso. Ninguém saberia se o sorriso é indício de algum pensamento maroto ou defesa permanente contra possíveis interpelações da noiva, caso ela o julgasse preocupado, ou aborrecido.

Ela já está habituada com o temperamento calado do noivo, mas de vez em quando ainda reclama. — Muda de assunto, Vicente.

Ele olha para ela, acentua um pouco mais o sorriso, e para mostrar que não está ausente, nem morto, muda a posição dos pés nos chinelos, o que estava embaixo passa para cima; mas não diz nada, apenas solta um "huuum?" esticado.

— Muda de assunto. Esse já está batido.

— Você também não diz nada...

— Dizer o quê, se você não fala.

Como ela fala sem tirar os olhos da costura, ele não se julga obrigado a replicar; e mesmo que encontrasse o que dizer, talvez não fosse oportuno mais, ela já está mordendo os lábios para o pano estendido diante dos olhos, com certeza se repreendendo por algum ponto mal dado. Para não atrapalhá-la, ele fica calado. Pode ser que, sendo o noivado já antigo, eles tenham esgotado os assuntos correspondentes a essa fase; se é isso, só o casamento os poderá salvar, abrindo novas perspectivas.

Frequentemente entram fregueses indiscretos na loja, e esses sempre vão para o canto perto da sala; e enquanto fingem examinar o artigo pedido, ficam de ouvido atento para a porta, os de ouvido fraco chegam a pender a cabeça, mas em pura perda. Imaginando que o silêncio pode ter significado mais forte do que qualquer conversa, os mais afoitos põem o escrúpulo de lado e chegam-se de supetão na frente da porta — e dão com os noivos separados pela mesa, ele encolhido em seu silêncio, ela distraída com a costura. Desapontados, os curiosos se vingam na primeira oportunidade. É só ouvirem alguém comentar a eternidade do noivado e lá vem um sorriso torto, um ar de quem conhece segredos que a discrição não deixa revelar, e a insinuação calhorda:

— Casar pra quê? Como está, está tão bom...

Quando a claridade vai fugindo da salinha a noiva para a costura, dobra os panos direitinho, junta-os, estica o corpo para trás, discretamente para não destacar o volume dos seios.

— Está na hora, Vicente.

Ele rateia o chão com os pés à procura dos chinelos, levanta-se e vai se vestir para o jantar na casa da noiva. A família já está esperando, menos o irmão mais novo, que janta na loja de um prato que lhe mandam.

Ao jantar, cada um fala do que viu ou fez durante o dia. O noivo só escuta. Ninguém se preocupa mais com ele, ninguém lhe pede opinião nem espera que ele abra a boca a não ser para comer, só a noiva o observa disfarçadamente, há nele certos hábitos que ela desaprova e que pretende corrigir — quando chegar a ocasião. Onde teria ele aprendido esse sistema de cortar a carne prendendo-a com o garfo verticalmente, polegar para cima, como se estivesse briquitando com o boi vivo?

Depois do jantar a família novamente se espalha, uns vão sentar-se à porta, outros saem a passeio. A empregada retira a mesa, mas os noivos continuam em seus lugares, ela corrigindo exercícios, ele olhando as mãos pousadas na toalha, ou traçando figuras imaginárias no tecido, ou brincando com uma tesoura, um lápis, um objeto qualquer. Ela se contém ao máximo, por fim ordena:

— Sossega com isso, Vicente.

Ele sorri, empurra o objeto tentador para longe e volta a concentrar-se nas mãos, sempre novas para ele, sempre merecedoras de minuciosa atenção.

No verão, quando rolos de mariposas vêm rodar em volta da lâmpada e caem sobre a mesa, os cadernos, os cabelos dos noivos, ela põe uma vasilha d'água na mesa embaixo da lâmpada. Isso é ótimo para o noivo, assim ele pode passar o tempo entretido, acompanhando o esforço que as mariposas fazem para sair da água, torcendo por elas ou mesmo ajudando-as com o dedo ou com um lápis.

Antes de se recolher, a empregada vem saber se precisam de alguma coisa. Se há sobra de café os noivos aceitam. Vicente recebe a sua xícara e vai metendo o açúcar sem pressa, aparentemente esquecido da vida, mas na verdade muito atento ao que faz; quer dissolver o açúcar até o último vestígio.

— Quer derreter a colher, Vicente? Que coisa!

Ele encerra a operação açúcar e começa a operação espuma. É preciso catar toda a espuma, sem deixar uma bolha que seja.

— Quando você beber já está frio, Vicente.

Vicente descansa a colher no pires, não de qualquer jeito, mas estudadamente: não convém que ela resvale para o centro do pires quando a xícara for levantada. Agora já se pode beber, e ele bebe a sério, sem atropelo, como se estivesse provando pela primeira vez uma bebida desconhecida chamada café.

Corrigido o último caderno, a professora os empilha pela ordem de colocação dos alunos na classe para facilitar a distribuição, não se deve dar pretexto para desordem na aula. E por hoje é só.

— Vamos dormir, não é, Vicente?

Vicente ainda se acanha de ouvir isso, a frase tem para ele uma ressonância que não parece muito correta. Será que ela diz isso de propósito? Não pode ser. Um dia ele cria coragem e mostra a impropriedade do convite. O assunto é delicado, exige tato.

Levantam-se ao mesmo tempo. Ele arruma a cadeira direitinho no alinhamento com as outras, ela alisa o vestido atrás e acompanha o noivo até à porta. A essa hora as cadeiras já foram recolhidas e não há mais ninguém na calçada, por isso não convém que eles se demorem sozinhos, é preciso cuidado com as más línguas.

— Até amanhã, não é?

— Até amanhã, Vicente.

Ele desce a rua em passos miúdos, e só depois que passa a área de luz do primeiro poste é que se autoriza a olhar para trás e acenar timidamente com a mão, isso se não está passando ninguém.

Ela entra, escora a porta com o peso de ferro, pensando no irmão que chega mais tarde, escova os dentes e vai dormir. Pode haver estrelas, vento, risos e ruídos na noite, mas tudo isso pertence a outro mundo. Cada um em sua cama, é possível até que os noivos sonhem, mas isso ainda não foi comprovado.

O Largo do Mestrevinte

Já fazia bem umas duas horas que eu andava no sol quente da tarde, subindo e descendo, indo e voltando, sem nunca chegar. Se as indicações eram certas, o largo que eu procurava devia estar naquelas imediações, no fim de uma daquelas ruazinhas de casas novas — não tem o que errar, me disseram. Mas toda rua que eu seguia ia dar num terreno vazio ou em uma praça outra, de nome diferente, os nomes estavam lá nas placas para não deixar dúvida. Cheguei a pensar que o largo não existisse, mas antes de desistir resolvi perguntar ao menino.

O quartinho dele dava para a rua, e pelo jeito era também sala de estudo e de brinquedo: mapas e gravuras nas paredes, livros em cima da mesa e uma prateleirinha de caixote com a tinta ainda cheirando fresca, e no centro do quarto uma bancazinha de carpinteiro com serra, torno, furadeira, cepilhos, tudo arrumadinho certo. O menino estava cortando papel para fazer papagaio, o grude já pronto em uma lata em cima da mesa, com uma lasca de tábua dentro.

Encostei-me na janela e fiquei esperando que ele levantasse

os olhos para mim, não queria assustá-lo com minha voz, assustando-se ele podia cortar o dedo com a tesoura, ou estragar o papel com um pique indesejável. Imaginei que bastaria eu ficar ali espiando para ele tomar conhecimento de mim antes de me ver; a redução da claridade, uma vibração diferente no ar, a minha respiração mesmo teriam que denunciar a presença de um estranho na janela.

Mas aquele menino ou estava muito distraído ou não se incomodava de ser observado. Com a armação de talas em cima do papel ele ia cortando meticulosamente, dando a folga para a dobra das margens, entortando o corpinho para acompanhar os ângulos e ajudando com a língua, que passava de um canto a outro da boca conforme a direção do corte.

Eu já ia ficando meio sem jeito de continuar ali, o menino não olhava e eu não tinha nada que estar metendo o nariz em janela alheia. E se ele levantasse os olhos de repente e perguntasse o que era que eu estava cheirando ali, a minha resposta talvez não saísse convincente; tendo eu perdido muito tempo esperando, em vez de ter falado logo, ele ficava com o direito de duvidar de minha intenção, de atribuir propósitos que eu não tinha. Eu não devia deixar que ele falasse primeiro, era preciso que a iniciativa partisse de mim.

Tossi discretamente, mas numa altura capaz de chamar a atenção dele. Pois nem assim ele olhou. Pensei em ir saindo disfarçado, mas tive medo de tropeçar nos próprios pés e me ver na situação de uma pessoa que corre da goteira para cair na chuva. Criei coragem, tossi mais uma vez e falei alto:

— Desculpe interromper, nego. Você sabe onde fica o Largo do Mestrevinte?

Ele levantou os olhos tranquilamente, como se já estivesse esperando que eu falasse, e ficou me olhando distraído, parece que pensando em outra coisa, cálculos lá dele, de equilíbrio do papagaio, as pontas da tesoura voltadas para cima, a mão esquerda segurando o papel na mesa. Repeti a pergunta, ele piscou como acordando, fixou os olhos em minhas mãos no peitoril da janela.

— Deixe eu ver as suas unhas.

A princípio pareceu-me que a resposta dele estivesse condicionada a esse pedido; que ele só podia dar a informação depois de ver as minhas unhas. Que relação podia haver? Não, o mais provável é que ele estivesse fazendo outra pergunta, independente da minha. Mas então ele estava me tratando com pouco caso?

Depressa escondi as mãos nos bolsos, e compreendendo que estava perdendo tempo ali virei-me para sair. No virar notei que o menino pulava a janela e avançava para mim com a tesoura erguida. Recuei uns passos e levei a mão ao bolso de trás, como tinha visto um homem fazer numa briga no mercado, só que o homem completou o gesto puxando uma garrucha, e eu queria apenas assustar o menino. O truque deu certo. O menino parou desapontado, abaixou a tesoura para eu ver que o perigo tinha passado e voltou de cabeça baixa para a sala, pulando a janela sem tocá-la com os pés, só apoiado nas mãos e jogando o corpo de lado. Arrependi-me de tê-lo assustado tanto, o menino era até simpático, mas o feito estava feito e eu não ia consertar nada.

E fiz bem, porque quando virei a esquina percebi que ele já se comunicava com outros por meio de assobios, como eles fazem quando querem convocar uma reunião de emergência.

Entrei numa rua comprida, de casinhas recuadas entre árvores, eu só via muros e cercas e partes de telhados nos vãos da folhagem. Nem que eu tivesse asas não poderia alcançar o fim da rua antes que eles aparecessem organizados. Lembrei-me que os meninos daquela zona eram conhecidos pela ferocidade, não fazia muito tempo tinham enforcado um afiador de facas só porque ele não quis tocar "Escravos de Jó" com uma lâmina no esmeril, o homem ficou pendurado em um poste dias seguidos, os moradores da rua proibidos de tocar nele, até que numa noite de tempestade o corpo caiu e foi levado pela enxurrada.

Encontrei um portão aberto e entrei. Felizmente o jardinzinho era muito maltratado, cheio de capim alto dentro e em volta dos canteiros. Agachei-me numa moita e fiquei esperando que os meninos passassem.

A frente da casa estava fechada, mas havia movimento nos fundos. Panelas chiavam no fogo, fumaça, cheiro de gordura, de alho fritando. Alguém estendia roupa numa corda, a corda balançava com umas peças já penduradas. No capim perto da corda estava uma bacia com espuma de sabão. Uma galinha catava qualquer coisa no capim, contando o que engolia: depois de cada bicada soltava um estalo — coc, coc, coc.

Notei tudo isso de relance, o meu sentido estava era nos meninos, eles já vinham subindo a rua montados em bicicletas, os pneus mordendo o chão, pedrinhas estalando no metal dos para-lamas. Um baleava um laço, que zunia no ar por cima do muro. Esperei até não ouvir mais nenhum sinal deles, e saí do esconderijo. O sol batia forte e claro desse lado da rua, eu precisava apertar os olhos para poder enxergar.

Voltei pelo mesmo caminho, decidido a não procurar mais. E pensar que eu podia ter passado inúmeras vezes a pouca distância do bendito largo, ele estava ali naquelas imediações, outros o tinham achado, lá morava gente, lá chegavam cartas, encomendas, notícias. Eu só é que estava impedido de pisar o seu chão.

Os cascamorros

O que chamava atenção não era tanto a frase, mas a posição que o pintor deu às letras. Umas ficavam deitadas, outras de cabeça para baixo, outras eram vistas meio de lado, só umas duas ou três apareciam na posição certa, e o S vinha sempre de costas. E o mais curioso era que as letras nem estavam na ordem certa, e muito menos no alinhamento. Verdade que ninguém precisava forçar a cabeça para decifrar o que diziam, a frase saltava aos olhos quase que instantaneamente: COMPRA-SE TROCA-SE PROBLEMAS. Eu passava ali frequentemente sem atentar para o significado do letreiro — até que um dia a curiosidade feriu-me de repente e resolvi entrar para ver que espécie de negócio se contratava naquela loja.

Eu não sabia que lá dentro era tão escuro, nem que havia uns degraus de tábuas para descer. Se não me agarrasse a umas coisas que estavam penduradas nos portais, teria caído de cara no chão. Equilibrei-me mas derrubei tudo — vassouras, espanadores, chocolateiras — em cima de um gato que devia estar dormindo ao pé dos degraus e que saltou bufando para cima do balcão e daí para a sobreloja.

Eu estava ainda atrapalhado com os objetos embaraçantes e barulhentos quando um senhor miúdo, de colete xadrez, veio lá de dentro piscando muito e ajeitando os óculos.

— O senhor me desculpe. Eu não sabia dos degraus e...

— Não vem ao caso. Não vem ao caso — assegurou ele com certo mau humor. — O senhor deseja?...

A frase ficou suspensa numa interrogação antipática, enquanto eu pensava se queria realmente conversar com ele ou se não faria melhor virando as costas e saindo. Ele deve ter notado a minha inclinação à desistência, porque logo mudou de tática:

— Não se incomode com essas tralhas. Ainda não tive tempo de arranjar lugar melhor para elas. Em todo caso, antes caiam as vassouras do que os clientes — e sorriu como para mostrar que o bem-estar dos clientes vinha primeiro.

Não sabendo o que ele queria dizer por cliente, não me senti lisonjeado. Empurrei as coisas para um lado com o pé, mais para ter o que fazer do que para limpar o caminho, e avancei até o balcão. Mesmo notando que ele me estudava com seus olhinhos aguçados, olhei em volta para ver se deduzia alguma coisa pelo que estivesse à mostra na loja. Em cima do balcão só havia um rolo de fumo montado numa carretilha; e nas prateleiras, que iam quase até o teto, umas caixas enormes de madeira numeradas. O que ele tivesse ali estava bem escondido.

— É melhor o senhor perguntar logo onde é que os guardo — disse ele com um sorriso paciente. — Essa é a pergunta que todos fazem.

Tive de confessar que realmente isso era uma coisa que eu gostaria de saber. Ele sacudiu a cabeça e disse que era mau sinal; se eu tinha vagar para essa curiosidade, o meu interesse era apenas acadêmico.

— O senhor me desculpe — completou ele — mas eu estou aqui para ajudar, não para distrair.

Achei a observação meio fora de propósito, mas pensando na idade do homem resolvi deixá-la passar. Também para ser justo eu devia admitir que ele tinha razão: imagine-se o pobre homem talvez reumático, talvez cardíaco, com a vista falhando, preso atrás do balcão na loja escura, explicando tudo direitinho a cada curioso que entrasse — e sem o direito de irritar-se uma vez ou outra! Tive pena dele por ter escolhido um ramo tão excêntrico, se é que não se viu metido nele contra a vontade. Senti uma necessidade urgente de ser gentil com ele, de não lhe agravar as atribulações. Disse-lhe que embora fosse verdade que eu havia entrado ali por simples curiosidade, isso não queria dizer que eu não pudesse ser cliente um dia, qualidade que ele mesmo me atribuíra momentos antes.

— Quando eu tiver o que vender ou trocar — prometi — pode ficar certo que lhe darei preferência.

— Quando tiver? Tem certeza de poder falar assim? No futuro? Pense bem.

A sem-cerimônia da observação desconcertou-me, e devo mesmo ter corado; felizmente ele não pôde notar essa minha vulnerabilidade devido à escuridão da loja.

— Bom... que eu saiba... — gaguejei por fim.

— É sempre assim. Eles nunca sabem de nada! — exclamou o velhinho com uma desolação que me pareceu exagerada. — Por que não podem ser sinceros ao menos uma vez na vida? Entram aqui como quem não quer nada, rodeiam, disfarçam, perguntam, e acabam eles mesmos tomando o metro ou a balança e tocam a medir e pesar, e ainda infestam na medida!

Vendo que ele se irritava com as próprias palavras — as últimas saíram quase berradas — procurei acalmá-lo, mas ele não me dava atenção. Bufando e tossindo, abaixou-se atrás do balcão e apanhou uma balança, que empurrou bruscamente para perto de mim.

— Está aí. Pese. Quero ver quanto valem.

Pensei que ele esperasse de mim alguma espécie de representação, e apesar de não ter muito jeito para representar senti-me inclinado a atender. A dificuldade era que não sabia como começar, que gestos fazer nem de onde devia tirar a mercadoria — se dos ombros, dos bolsos ou da cabeça. E o velhinho observando, esperando. Olhei a balança, uma dessas de pratos, ponteiro e mostrador. Experimentei-a com a mão, não para ver se estava funcionando mas para me dar tempo de pensar. Infelizmente ele interpretou mal esse gesto e explicou, ofendido:

— Foi aferida, sim senhor. Não tenha receio que aqui não se lesa ninguém.

Eu estava mesmo com pouca sorte. Se tivesse me oferecido um metro em vez de uma balança, eu poderia fazer os gestos que ele esperava de mim sem denunciar a minha atrapalhação. Porque só há um jeito de medir com metro, que é juntar e separar repetidamente os polegares, tocando com eles as extremidades do metro.

Quando já me parecia que a única saída seria expor francamente a minha atrapalhação, ele virou o mostrador da balança para o lado dele, tirou um caderninho com lápis do bolso do colete, consultou o mostrador e disse:

— É. Mais ou menos o que eu calculei. Errei por pouco. — Assentou qualquer coisa no caderno, disse olhando-me por cima dos óculos: — É só o que podemos fazer por enquanto. Só trabalhamos em consignação.

Como eu continuasse sem entender, era natural que mostrasse espanto.

— Essa tem sido a nossa norma — disse ele defensivamente. — Foi traçada pelos fundadores, e eu não vejo vantagem em modificá-la. Se o senhor não está de acordo... — Fez um gesto que tomei como significando que eu poderia levar a mercadoria de volta.

Antes que eu tivesse tempo de dizer o que penso da conveniência das normas para qualquer negócio bem organizado, um homem alto, de braços compridos e avental de couro entrou na loja, curvando-se para passar na porta.

— A carga está aí — disse ele ao velhinho, coçando a cabeça meio inclinada e olhando qualquer coisa entre as unhas.

— Quanto hoje? — perguntou o velho não muito interessado.

— Vinte sacos.

— Descarrega — disse o velho suspirando, como se a descarga não fosse de seu agrado e ele nada pudesse fazer em outro sentido. — O senhor vê — disse para mim. — O mercado hoje é vendedor. Ninguém quer comprar. Se ainda estamos abertos é por honra da firma. Já não tenho onde empilhar tanto saco.

Perguntei o que ele fazia em caso de deterioração, ele assegurou-me que praticamente não havia perda; a deterioração era mínima, não tinha peso estatístico. Felicitei-o por essa vantagem, ele respondeu que o caso era mais para lamentar do que para exultar.

— Se houvesse deterioração, poderíamos nos livrar de alguns sacos de vez em quando atirando-os em alguma vala. Mas assim... não sei onde iremos parar.

O homem de avental já estava descarregando os sacos, passando com eles por dentro da lojinha acanhada, derrubando caixas das prateleiras, empacando com eles nas portas estreitas. Umas duas ou três vezes tive de ajudá-lo a desembaraçar um saco mais bojudo, forçando-o a socos e aproveitando o pretexto para sentir a consistência da mercadoria. (Não cheguei a uma conclusão, os sacos pareciam levar farinha ou areia fina.)

Perguntei o que aconteceria se um daqueles sacos se rasgasse e derramasse a mercadoria. O velhinho olhou-me apavorado, bateu três vezes com os nós dos dedos no balcão.

— Brinca não. Seria um desastre. Todo mundo teria que fugir com a roupa do corpo.

— Sério assim?

— Então! O meu amigo parece que ainda não entendeu. Isso espalha como jiquitaia, entra pelos poros, inutiliza a pessoa. Só escapam os que têm couraça natural invisível, os chamados cascamorros. Fale em derramar isso não, nem brincando. Que horror! Não ganhei para o susto.

E sentou-se arrasado num tamborete, sacudindo a cabeça e abanando-se ofegante.

O galo impertinente

Todo mundo sabia que se andava construindo uma estrada naquela região, pessoas que se aventuravam por lá viam trabalhadores empurrando carrinhos, manobrando máquinas ou sentados à sombra, cochilando com o chapéu no joelho ou comendo de umas latas que a empresa fornecia, diziam que eram rações feitas em laboratórios, calculadas para dar o máximo de rendimento com o mínimo de enchimento. Quem viajava de automóvel conseguia interromper a atividade dos engenheiros, eles vinham solícitos com o capacete na mão dar explicações, mostrar o projeto no papel, esclarecer o significado de certos sinais que só eles entendiam. Mas a obra estava demorando tanto que nos habituamos a não esperar o fim dela, se um dia a boca da estrada amanhecesse com uma tabuleta novinha convidando o povo a passar, acho que ninguém acreditaria, imaginando tratar-se de brincadeira.

Com o passar do tempo os engenheiros foram ficando nervosos e mal-humorados, dizia-se que eles desmanchavam e refaziam trechos enormes da estrada por não considerá-los à altura de sua reputação. Não estavam ali construindo uma simples estrada; estavam mostrando a que ponto havia chegado a técnica rodoviária. Houve protestos, denúncias, pedidos de informação, mas como as autoridades não sabiam mais de que estrada se tratava, nenhuma resposta era dada; e mesmo que respondessem, seria em linguagem tão técnica que ninguém entenderia, nem os mais afamados professores, todos por essa altura já desatualizados com a linguagem nova.

Quem tinha de atravessar a região ia abrindo picadas pelo mato, passando rios com água pelo peito, subindo e descendo morros cobertos de malícia e unha-de-gato. Quando se perguntava a um engenheiro mais acessível quando era que a estrada ia ficar pronta, ele fechava a cara e dizia secamente que a estrada ficaria pronta quando ficasse.

Um dia — as preocupações eram outras, ninguém pensava mais no assunto — anunciaram que a estrada afinal estava pronta e ia ser inaugurada. Depois de uma inspeção preliminar feita altas horas da noite à luz de archotes (com certeza para evitar entusiasmos prematuros), marcou-se o dia da inauguração com a passagem de uma caravana oficial.

O povo não pôde ver a estrada de perto nesse dia, tivemos que ficar nas colinas das imediações, havia guardas por toda parte com ordem de não deixar ninguém pisar nem apalpar. Muita gente levou binóculos e telescópios, os telescópios eram difíceis de armar devido à irregularidade do terreno, mas os donos acabaram dando um jeito e conseguiram focalizar a estrada. Quem não tinha aparelhos óticos arranjou-se da melhor maneira, fazendo óculos com as mãos ou simplesmente levando a mão à testa para vedar um pouco a claridade do sol que o asfalto refletia com violência.

Mesmo de longe via-se que a estrada era uma obra magnífica. Havia espaço arborizado entre as pistas, as árvores ainda pequenas mas prometendo crescer com vigor; trilhas para ciclistas, caminhos para pedestres. As pontes eram um espetáculo, e tantas que se podia pensar que tinham sido feitas mais para mostrar competência do que para resolver problemas de comunicação; em todo caso lá estavam bonitas e sólidas, pelo menos de longe.

Diante da imponência da estrada, com suas pontes, túneis e trevos, o povo esqueceu a longa espera, herança de pais a filhos, esqueceu os parentes e amigos que haviam morrido sem ver aquele dia, esqueceu as voltas que teve de dar, e agora só cuidava de elogiar o trabalho dos engenheiros, o escrúpulo de não entregarem uma obra feita a três pancadas. Alguém sugeriu a colocação de uma placa na estrada, com os nomes de todos os que haviam trabalhado nela, mas quando se descobriu que não havia oficina capaz de fazer uma placa do tamanho necessário, não se falando na massa de pesquisa que seria preciso para um levantamento completo, as buscas em documentos antigos, a ideia foi abandonada por inviável.

É triste dizer, mas a euforia durou pouco. Logo depois da inauguração, certas coisas começaram a acontecer, parece mesmo que já no dia seguinte. Pessoas que iam experimentar a excelência da estrada voltavam assustadas, jurando nunca mais passar lá — quando não caíam num mutismo de fazer dó, como se tivessem sofrido um abalo muito grande por dentro. E não podia ser invenção, todos os informes coincidiam.

Os viajantes contavam que iam indo muito bem pela estrada, embalados pela lisura do asfalto, quando de repente, saído não se sabe de onde, um galo enorme aparecia diante do carro. Não adiantava tocar buzina, ele não se desviava; nem adiantava aumentar a velocidade, ele não se deixava apanhar. Era como se ele fosse puxando o carro para um embasamento de ponte, uma árvore, um marco quilométrico. Quando o motorista conseguia manobrar e escapar do desastre, o galo aplicava outro expediente: saltava para cima do carro e martelava a capota com o bico, e com tanta força que perfurava o aço, deixando o carro como se um malfeitor o tivesse atacado a golpes de picareta.

Nunca se chegou a acordo quanto ao tamanho do galo, as descrições feitas pelos viajantes emocionados iam de pinto a jumento. Talvez cada um tivesse sua razão: quem poderia afirmar que ele não escolhesse um tamanho para cada ocasião? As muitas expedições formadas para apanhá-lo acabaram em completo fracasso. Chegaram a levar redes de pesca manejadas por pescadores exímios, mas sempre o galo escapava pelos vãos da malha. Depois dos pescadores foi a vez dos caçadores, equipados com armas do último tipo; chegavam, tomavam posição, apontavam — erravam; quando acertavam, em vez de verem o espalhar de penas, ouviam um guincho de ricochete, mais nada.

Como último recurso apelou-se para o Ministério da Guerra. Primeiro mandaram um canhão pesado, que só serviu para abrir rombos no leito da estrada. Depois recolheram o canhão e mandaram um tanque com ordem de destruir o galo de qualquer maneira.

Quando o galo apareceu, o tanque perseguiu-o por uma certa distância, como querendo dar-lhe uma oportunidade de fugir inteiro e não voltar. Parece que o galo não entendeu, e continuou fagueiro pensando que estava arrastando o tanque para algum abismo. Os soldados perderam a paciência e abriram fogo, vários disparos a curta distância. O galo não foi atingido, mas o tanque começou a soltar fumaça pelas juntas, rolos cada vez mais escuros, de repente deu um estouro abafado, como de jaca caindo, e pegou fogo de uma vez. Quando as labaredas cessaram, no chão só ficou um monte de metal fundido.

Ninguém quis mais usar a estrada, ela foi ficando esquecida e hoje é como se nunca tivesse existido. Se um dia uma raça de homens novos derrubar a mata que lá existir, certamente notará aquela trilha larga coberta de capim e plantas rasteiras; e investigando mais para baixo, descobrirá a capa de asfalto, os túneis, as pontes, os trevos e tudo o mais, e não deixará de admirar a perfeição com que se construíam estradas neste nosso tempo. Naturalmente tomarão fotografias, escreverão relatórios, armarão teorias para explicar o abandono de uma estrada tão bem acabada. O monte de metal fundido será um enigma, mas algum sábio o explicará como pedaço de planeta caído do alto espaço; talvez o levem para um museu e incrustem uma placa nele para informação aos visitantes.

Quanto ao galo impertinente, se ainda existir, seria interessante saber que explicações os descobridores encontrarão para ele e que fim lhe destinarão — mas isso, reconheço, é uma indagação que está muito além do alcance atual da nossa imaginação.

O cachorro canibal

Percebia-se que era um cachorro por causa do rabo metido rente entre as pernas, quase colado na barriga, e também um pouco por causa dos olhos, de uma tristeza tão funda que só podiam ser olhos de cachorro escorraçado. As patas não se firmavam no chão como as de qualquer cachorro razoavelmente seguro de si; pisavam a medo, apalpando, experimentando. (Depois se soube que ele tinha perdido os cascos pelos caminhos, ficando as plantas em carne viva.) De onde estaria vindo, ninguém se interessou em saber; ele apenas parou ali, lamentável e infeliz, muito cansado para continuar andando. Apareceu de manhã, e quem o viu deitado numa nesga de grama debaixo do jasmineiro pensou em um cão errante, igual a tantos que cruzam o mundo em todas as direções, parando e farejando mas sempre em marcha, como se incumbidos de alguma missão urgente, cujo endereço e propósito só eles sabem; nem valia a pena providenciar comida, provavelmente ele não estaria mais lá quando a comida chegasse.

Mas aquele parecia não ter pressa ou intenção de seguir, e lá ficou deitado de lado, não propriamente descansando porque as moscas não deixavam, mas fazendo o possível por conseguir algum sossego.

Via-se que estava faminto, mas o cansaço impressionava mais, talvez devido a seu litígio incessante com as moscas. Às vezes ele parecia pensar que pudesse acomodar a cabeça entre as patas e deixar ao resto do corpo o trabalho de repelir os inimigos. O rabo não parava de açoitar o ar, e todo o pelo tremia repuxado pelas contrações dos músculos; mas essa estratégia era logo descoberta e as moscas concentravam o ataque na cabeça e nas orelhas. Eram tantas e tão insistentes que ele não podia ignorá-las por muito tempo: bocava o ar indignado e às vezes até se levantava de um pulo para poder persegui-las melhor — mas a dor causada pelos talos de grama nas plantas desprotegidas advertia-o de que ele não estava em condições de ser muito enérgico.

Uma criança da casa viu-o ainda no mesmo lugar lá pelo meio da tarde e levou-lhe uns restos de comida. Ele estudou o menino com olhos desconfiados e concluiu que não havia perigo daquele lado. Comeu, lambeu o prato, balançou o rabo para mostrar que apreciara a gentileza. Deve ter passado a noite no mesmo lugar, mas ninguém ouviu latidos nem uivos. De manhãzinha chamaram-no para dentro e o menino deu-lhe um banho na torneira do pátio. Ele não resistiu nem criou dificuldades, era o primeiro a reconhecer a necessidade de limpeza, sabia que um cachorro limpo leva vantagem por onde anda.

Com o banho ele começou a levantar o rabo, primeiro por ter recuperado um pouco da dignidade, segundo por suspeitar que dentro de pouco tempo haveria mais comida. Quando um cachorro errante é levado para dentro de uma casa e recebe o luxo de um banho, a sequência lógica é um prato de comida.

Mas aí começa também a fase difícil das relações entre cão e gente. Como esperava, ele recebeu o seu almoço; e não tendo sido enxotado, interpretou a situação como significando que seria tolerado. Mas pode um cão contentar-se com a simples tolerância? Quando se sente apenas tolerado, um cão de respeito tem dois caminhos a seguir: ou exige atenção, ou vai embora para outro lugar onde possa se impor. A retirada é sempre humilhante, ele sabe que no momento em que vira as costas começou o esquecimento — isso se não acontece o pior: nem percebem que ele se foi; muito tempo depois é que alguém indaga distraidamente "é verdade, que fim levou aquele cachorro que andava por aí?". Farejando o ambiente ele percebeu que podia escolher o primeiro caminho com grande probabilidade de êxito.

Para começar, era preciso não exagerar na gratidão. Se um cachorro mostra muita gratidão, as pessoas podem pensar que ele não está habituado com bom trato e acabam relaxando nas atenções; nesse caso não há mais esperança para ele naquela casa. A melhor maneira de impor-lhes respeito é fazê-las pensar. Quando alguém pensa "o que é que esse miserável julga que é? O Rei do Mundo?", o cachorro pode ficar descansado que o seu lugar está garantido. Em vez de se atirar aos pés da primeira pessoa que lhe estala os dedos, o cachorro ajuizado deve mostrar uma certa frieza. Só depois que a pessoa insistir é que ele deve atender, assim mesmo sem pressa. Se não houver insistência o cachorro nada terá a perder; pelo contrário, convém sempre desconfiar das que não insistem.

Aplicando todas as suas habilidades na fase difícil dos primeiros contatos, ele conseguiu fazer-se notado e respeitado. Em pouco tempo já estava dormindo onde bem quisesse sem receio de que o pisassem ou enxotassem. Esta é a grande prova do prestígio canino: não ser tocado do lugar que escolheu para deitar-se.

E gostaram tanto dele na casa que estragaram tudo com a solicitude de amaciar-lhe a vida. Vendo-o brincar sozinho no jardim, alguém lembrou-se de arranjar-lhe um companheiro menor. Pensaram que assim ele ficaria mais feliz, e de fato ficou

— por algum tempo. Passava horas rolando com o menorzinho na grama, ensinando-o a viver e a ser respeitado, e quem os via embolados no chão pensava: Que graça! Até parecem irmãos! E como aprendia depressa aquele ladrãozinho malhado! Em pouco tempo já estava passeando de colo, aliás uma lição que o maior não ensinou. Aproveitando-se da inocência do cãozinho, as pessoas da casa conquistaram-no completamente, numa inversão ridícula de papéis. Dava engulhos ver a sofreguidão dele atendendo os chamados mais absurdos, a humildade na aceitação de censuras e castigos. Aquele estado de coisas não podia acabar bem. Mais dia menos dia...

A situação agravou-se quando começaram a tomar liberdades com o cão maior, decerto inspirados pela intimidade excessiva que mantinham com o outro. Já não o deixavam dormir onde quisesse, e não escondiam o desgosto de vê-lo dentro de casa. Ele ia suportando tudo com paciência, esperando que a loucura passasse.

Mas não há paciência que resista a abusos.

Ele estava dormindo de patas para cima no canto de uma varanda ladrilhada, nem era no meio ou na passagem, mas no canto, ninguém podia dizer que estivesse obstruindo. Mesmo assim, alguém achou de encher a boca de água e vir de mansinho esguichá-la nele. Ora, isso assusta e aborrece. Num rápido movimento rolado ele ergueu-se e ficou parado sem compreender; mas a água escorrendo pelas pernas e a pessoa enxugando a boca e olhando com olhos maldosos diziam tudo. Foi uma traição mesquinha, mas mesmo assim ele achou melhor não perder a compostura, não latiu nem fez escândalo. Retirou-se com relativa dignidade para a sombra do jasmineiro.

A ideia veio de repente, já como decisão. O ladrãozinho malhado tinha acabado de tomar banho e espojava-se ao sol a poucos metros de distância. O outro levantou-se da sombra, esticou as patas dianteiras ao comprido do corpo, como se fosse deitar-se noutra posição, mas era apenas para se espreguiçar; abriu a boca num bocejo enorme e caminhou para o pequenino. Quando esse, que estava deitado de costas dando coices para o ar, sentiu aquela pata pesada no peito, julgou tratar-se de alguma brincadeira e ainda rosnou de brinquedo. A primeira dentada feriu-o na carne mole do ventre. Achando a brincadeira muito bruta, ele decidiu retirar-se, rosnando e mordendo o outro no pescoço, mas o queixinho novo não tinha força para fazer mal, e o outro prosseguiu com o seu projeto, começando pelas partes tenras, com certeza já de cálculo para não sair perdendo caso se fartasse antes ou tivesse que fugir por motivo de força maior. Mas ninguém veio acudir, aqueles dois viviam brigando e fazendo as pazes. Quando ele começou a enjoar, só restavam os ossos mais duros e uma mancha de sangue na grama. Os ossos ele carregou para longe, escondeu, enterrou; o sangue ficou como enigma para as pessoas da casa.

Se ele pensava que ia ser feliz daí por diante, deve ter omitido em seus cálculos algum elemento muito importante; porque desde esse dia ele mudou completamente, a ponto de parecer outro cachorro. É claro que as pessoas da casa interpretavam a mudança como consequência da perda do companheiro (o que não deixava de ser) e combinaram ter paciência com ele.

Dava pena vê-lo de cabeça baixa, num ir e vir incessante, sem encontrar sossego em parte alguma. Mesmo quando parecia descansar deitado de lado em um tapete, o bojo das costelas arfando compassado, o brilho do pelo ondulando com a respiração, podia-se ver que o repouso era aparente. Olhando bem, via-se que os músculos nunca estavam em completo descanso, havia neles uma constante trepidação, um zumbir de alta voltagem. Bastava um ruído distante, um leve toque, mesmo de uma penugem pousando, para ele saltar nas quatro patas, as orelhas armadas, os olhos furando o tempo — o que acontecia também sem nenhuma razão aparente.

Por uma misteriosa repulsão as pessoas passaram a evitá-lo, não lhe afagavam mais a cabeça, não lhe alisavam o pelo, ninguém lhe amarrotava as orelhas para ouvi-lo ganir, o que é também uma forma de mostrar a um cão que se gosta dele. Agora era só respeito, um respeito apreensivo. Às vezes ele se instalava numa passagem, parece que desejando que o maltratassem, que o enxotassem, que o humilhassem; mas o que se via era as pessoas tomarem trabalho para não incomodá-lo, se afastarem para lhe dar passagem. Não sabendo chorar, ele procurava gastar a angústia caminhando sem parar, talvez na esperança de se cansar e cair de vez. E quanto mais se movimentava, mais dava a impressão de estar contido entre barras de uma jaula.

A máquina extraviada

Você sempre pergunta pelas novidades daqui deste sertão, e finalmente posso lhe contar uma importante. Fique o compadre sabendo que agora temos aqui uma máquina imponente, que está entusiasmando todo o mundo. Desde que ela chegou, não me lembro quando, não sou muito bom em lembrar datas, quase não temos falado em outra coisa; e da maneira que o povo aqui se apaixona até pelos assuntos mais infantis, é de admirar que ninguém tenha brigado ainda por causa dela, a não ser os políticos.

A máquina chegou uma tarde, quando as famílias estavam jantando ou acabando de jantar, e foi descarregada na frente da Prefeitura. Com os gritos dos choferes e seus ajudantes (a máquina veio em dois ou três caminhões), muita gente cancelou a sobremesa ou o café e foi ver que algazarra era aquela. Como geralmente acontece nessas ocasiões, os homens estavam mal-humorados e não quiseram dar explicações, esbarravam propositalmente nos curiosos, pisavam-lhes os pés e não pediam desculpa, jogavam pontas de cordas sujas de graxa por cima deles, quem não quisesse se sujar ou se machucar que saísse do caminho.

Descarregadas as várias partes da máquina, foram elas cobertas com encerados e os homens entraram num botequim do largo para comer e beber. Muita gente se amontoou na porta, mas ninguém teve coragem de se aproximar dos estranhos porque um deles, percebendo essa intenção dos curiosos, de vez em quando enchia a boca de cerveja e esguichava na direção da porta. Atribuímos essa esquiva ao cansaço e à fome deles, e deixamos as tentativas de aproximação para o dia seguinte; mas quando os procuramos de manhã cedo na pensão, soubemos que eles tinham montado mais ou menos a máquina durante a noite e viajado de madrugada.

A máquina ficou ao relento, sem que ninguém soubesse quem a encomendara nem para que servia. É claro que cada qual dava o seu palpite, e cada palpite era tão bom quanto outro.

As crianças, que não são de respeitar mistério, como você sabe, trataram de aproveitar a novidade. Sem pedir licença a ninguém (e a quem iam pedir?), retiraram a lona e foram subindo em bando pela máquina acima, até hoje ainda sobem, brincam de esconder entre os cilindros e colunas, embaraçam-se nos dentes das engrenagens e fazem um berreiro dos diabos até que apareça alguém para soltá-las; não adiantam ralhos, castigos, pancadas; as crianças simplesmente se apaixonaram pela tal máquina.

Contrariando a opinião de certas pessoas que não quiseram se entusiasmar, e garantiram que em poucos dias a novidade passaria e a ferrugem tomaria conta do metal, o interesse do povo ainda não diminuiu. Ninguém passa pelo largo sem ainda parar diante da máquina, e de cada vez há um detalhe novo a notar. Até as velhinhas de igreja, que passam de madrugada e de noitinha, tossindo e rezando, viram o rosto para o lado da máquina e fazem uma curvatura discreta, só faltam se benzer. Homens abrutalhados, como aquele Clodoaldo seu conhecido, que se exibe derrubando boi pelos chifres no pátio do mercado, tratam a máquina com respeito; se um ou outro agarra uma alavanca e sacode com força, ou larga um pontapé numa das colunas, vê-se logo que são bravatas feitas por honra da firma, para manter fama de corajoso.

Ninguém sabe mesmo quem encomendou a máquina. O prefeito jura que não foi ele, e diz que consultou o arquivo e nele não encontrou nenhum documento autorizando a transação. Mesmo assim não quis lavar as mãos, e de certa forma encampou a compra quando designou um funcionário para zelar pela máquina.

Devemos reconhecer — aliás todos reconhecem — que esse funcionário tem dado boa conta do recado. A qualquer hora do dia, e às vezes também de noite, podemos vê-lo trepado lá por cima espanando cada vão, cada engrenagem, desaparecendo aqui para reaparecer ali, assoviando ou cantando, ativo e incansável. Duas vezes por semana ele aplica caol nas partes de metal dourado, esfrega, esfrega, sua; descansa, esfrega de novo — e a máquina fica faiscando como joia.

Estamos tão habituados com a presença da máquina ali no largo que, se um dia ela desabasse, ou se alguém de outra cidade viesse buscá-la, provando com documentos que tinha direito, eu nem sei o que aconteceria, nem quero pensar. Ela é o nosso orgulho, e não pense que exagero. Ainda não sabemos para que ela serve, mas isso já não tem maior importância. Fique sabendo que temos recebido delegações de outras cidades, do estado e de fora, que vêm aqui para ver se conseguem comprá-la. Chegam como quem não quer nada, visitam o prefeito, elogiam a cidade, rodeiam, negaceiam, abrem o jogo: por quanto cederíamos a máquina. Felizmente o prefeito é de confiança e é esperto, não cai na conversa macia.

Em todas as datas cívicas a máquina é agora uma parte importante das festividades. Você se lembra que antigamente os feriados eram comemorados no coreto ou no campo de futebol, mas hoje tudo se passa ao pé da máquina. Em tempo de eleição todos os candidatos querem fazer seus comícios à sombra dela, e como isso não é possível, alguém tem de sobrar; nem todos se conformam e sempre surgem conflitos. Mas felizmente a máquina ainda não foi danificada nesses esparramos, e espero que não seja.

A única pessoa que ainda não rendeu homenagem à máquina é o vigário, mas você sabe como ele é ranzinza, e hoje mais ainda, com a idade. Em todo caso, ainda não tentou nada contra ela, e ai dele. Enquanto ficar nas censuras veladas, vamos tolerando; é um direito que ele tem. Sei que ele andou falando em castigo, mas ninguém se impressionou.

Até agora o único acidente de certa gravidade que tivemos foi quando um caixeiro da loja do velho Adudes (aquele velhinho espigado que passa brilhantina no bigode, se lembra?) prendeu a perna numa engrenagem da máquina, isso por culpa dele mesmo. O rapaz andou bebendo em uma serenata, e em vez de ir para casa achou de dormir em cima da máquina. Não se sabe como, subiu à plataforma mais alta, de madrugada rolou de lá, caiu em cima de uma engrenagem e com o peso acionou as rodas. Os gritos acordaram a cidade, correu gente para verificar a causa, foi preciso arranjar uns barrotes e labancas para desandar as rodas que estavam mordendo a perna do rapaz. Também dessa vez a máquina nada sofreu, felizmente. Sem a perna e sem o emprego, o imprudente rapaz ajuda na conservação da máquina, cuidando das partes mais baixas.

Já existe aqui um movimento para declarar a máquina monumento municipal — por enquanto. O vigário, como sempre, está contra; quer saber a que seria dedicado o monumento. Você já viu que homem mais azedo?

Dizem que a máquina já tem feito até milagre, mas isso — aqui para nós — acho que é exagero de gente supersticiosa, e prefiro não ficar falando no assunto. Eu — e creio que também a grande maioria dos munícipes — não espero dela nada em particular; para mim basta que ela fique onde está, nos alegrando, nos inspirando, nos consolando.

O meu receio é que, quando menos esperarmos, desembarque aqui um moço de fora, desses despachados, que entendem de tudo, olhe a máquina por fora, por dentro, pense um pouco e comece a explicar a finalidade dela, e para mostrar que é habilidoso (eles são sempre muito habilidosos) peça na garagem um jogo de ferramentas, e sem ligar a nossos protestos se meta por baixo da máquina e desande a apertar, martelar, engatar, e a máquina comece a trabalhar. Se isso acontecer, estará quebrado o encanto e não existirá mais máquina.

Tarde de sábado, manhã de domingo

O erro começou quando aceitamos o convite de Josias. Mas também pode ser que aceitar era o papel estipulado para nós naquele dia. Quem diz que tudo o que vai acontecendo na vida das pessoas não já aconteceu para elas muito tempo antes, e elas só têm que ir cumprindo as passagens marcadas, sem poderem desobedecer? Pode ser que seja como no cinema: a fita já foi feita, não adianta torcer por um lado nem por outro; a torcida não altera o fim. Mesmo assim, penso que o erro começou quando aceitamos o convite de Josias.

Depois do almoço preparei a vara de anzol e a latinha das minhocas e fiquei atento. Quando ouvi o assovio combinado, avisei minha mãe e fui encontrar Rosendo e Dorico na esquina. Dessa vez a gente ia experimentar o Poço da Manjerona, lugar fundo perigoso mas muito carregado de peixe. Merenda não era preciso, lá não faltava juá, veludinho, amora; mesmo assim passei na venda de Horacinho Conde e comprei seis garrafinhas de cacau com licor dentro, duas para cada um, porque na certa Rosendo e Dorico iam levar doces, biscoitos, e eu não queria ficar só no venha-a-nós.

A areia fina do caminho parece que tinha acabado de sair do forno, era a gente erguer um pé e o outro já estava ardendo pedindo socorro, íamos pulando e catando os poucos tufos de capim que apareciam aqui e ali. Mas foi bom porque ninguém parou para olhar passarinho, jogar pedra em calango, pegar borboleta, essas bobagens que só servem para atrasar pescaria.

A água funda parada, fresca na sombra das folhagens, não era para ser desperdiçada naquele calor. Eu dei a ideia de uma caída, Dorico aprovou e foi tirando a roupa; Rosendo falou em perigo de congestão, mas ele estava era com medo do poço que já tinha matado a Manjerona, isso eu percebi e fiquei meio com medo também. Olhei Dorico marcando pulo e pulando, acabei de tirar a roupa e pulei atrás sem pensar. Por ter medo de doença, quarto escuro e outras coisas, Rosendo até era chamado de Rosinha, e eu não queria que mudassem o meu nome, que era fácil de amulherar.

Demos só uma caída para não espantar os peixes, pulamos um pouco para ajudar o corpo a secar e vestimos a roupa, cada um iscou o seu anzol e começamos a pescaria. A bandeja formada na água pela queda do meu anzol ainda não tinha se desmanchado e um peixe já mordia a isca. Fisguei depressa, puxei um lambari; mas tão pequeno que soltei de novo.

— Jogou fora? Tudo serve — disse Rosendo penalizado.

Eu disse que se aquele lambarizinho fosse pegado no meio da pescaria eu não me incomodava de ficar com ele, mas para o primeiro só servia um grande.

Daí a pouco a linha de Rosendo esticou, ele fez força, a vara amolgou. Seria matrinxã?

— Dá um arranco! Está esperando o quê? — disse Dorico nervoso.

Rosendo obedeceu, a vara quase quebrou. Ele pegou pela linha, puxou, saiu uma bainha de facão fisgada pela alça. Eu e Dorico rimos, Rosendo fechou a cara, jogou a bainha no mato atrás dele.

Ficamos ali tirando e jogando o anzol, nenhum peixe mordia. Rosendo disse que a culpa era minha e de Dorico, com a nossa mania de tomar banho tínhamos espantado os peixes. Dorico resmungou que pescaria é assim mesmo, quem não tem paciência não deve se aventurar; pescar não é apanhar jabuticaba.

Eu já estava com vontade de mudar de lugar, mas com essa crítica de Dorico resolvi aguentar um pouco mais. Mudei a minhoca, que já estava branquela de tanto ficar n'água, esperei. De repente a linha de Dorico retesou, ele fez força, e pelo jeito que a linha ia e vinha quando ele puxava e afrouxava, vi que aquilo não era peixe. Dorico puxou devagar e seguido, com tato para não arrebentar a linha, e tirou uma maçaroca de gravetos.

— É. Os peixes estão ariscos mesmo. Vamos ver noutro lugar — disse ele.

Recolhemos os anzóis, enrolamos a linha e fomos procurar outro poço. Para não entrar no mato fechado da beira do rio voltamos à estrada, me atrasei apanhando uns veludinhos, estava limpando um para comer quando ouvi trote de animal atrás. Dei caminho sem olhar, levei uma chicotada no ombro. Me virei, era Josias montado na besta de sela deles.

— Aí, peba! — disse ele rindo, antes que eu xingasse. — Pensou que era o quê?

— Pensei nada. Me assustei.

— Se doeu me desculpe. Pescando? Pegou muito?

Expliquei a falta de sorte, a mudança de lugar. Pedi garupa para alcançar os outros. Dei a vara para ele segurar, e quando ia montando Dorico e Rosendo apareceram voltando.

— Ih, rapaz! Você subiu aí sozinho? Não vai poder descer — disse Dorico.

Rosendo caiu na risada, ele achava graça em tudo. Josias vingou-se perguntando se eu e Dorico tínhamos agora um bobo para carregar nosso peixe. Rosendo desmanchou o riso de repente, ele era meio lerdo para arranjar resposta na hora. Josias derrubou uma abelha com uma chicotada e propôs:

— Sabem o quê? Vamos comigo no sítio. Vou dar uma olhada ligeira lá e volto logo. É légua e meia só.

Rosendo disse que não podia, não saía para longe sem licença da mãe.

— Então vamos só nós três — disse Dorico.

Vendo que Rosendo estava na dúvida, manobrei:

— É mesmo. Rosendo fica aí pescando.

Pois sim que Rosendo tinha coragem de ficar sozinho na beira do rio, e muito menos perto do Poço da Manjerona. Ele olhava para um, para outro, consultando, acuado. Por fim, entregou-se:

— Vamos. Mas nada de inventar dormir lá.

— Nem se quisesse — disse Josias. — A casa está vazia, não tem ninguém lá.

— Quem é que vai a pé e quem é que vai montado? — Dorico quis saber.

— Vamos revezando — disse Josias. — Um na garupa, outro na sela.

Escondemos as varas numa moita, marcamos o lugar quebrando um pé de caité. Josias encostou a mula num barranco, Dorico subiu para a garupa, Josias picou a mula.

Quando chegou a minha vez de montar com Rosendo, vi que ele era ainda mais mole do que a gente pensava. Para ele subir na garupa foi um custo, fazia menção de subir, ficava com medo, não ia. A mula percebeu e se mexia quando ele ia montando, até parecia brincadeira. Propus que ele montasse na sela e me desse a garupa, Josias proibiu, disse que a mula podia disparar quando sentisse mão mole na rédea. Finalmente Josias segurou a mula pelo freio, Dorico ajudou Rosendo, só assim ele montou.

Se pra montar Rosendo foi mole, montado piorou. Ele não se firmava na garupa, parecia uma abóbora solta, estava sempre escorregando para um lado ou para o outro, com isso me puxava também, duas vezes quase caímos os dois, outra vez eu tive que catar ele já quase no vazio da mula.

No córrego perto do sítio a mula parou para beber água, afundou o queixo no remanso e parecia que não ia tirar mais. Vendo o gosto dela em chupar a água pelo pescoço acima, fazendo dois pilõezinhos no lugar onde batia o vento da respiração, eu também deitei na beira do córrego e bebi como animal. Os outros fizeram o mesmo, depois molhamos a cabeça para refrescar e deitamos na sombra. Com tanta água balançando na barriga quando a gente mexia o corpo na grama, ninguém tinha vontade de andar nem de conversar. O assovio do rabo da mula espantando mosquito dava vontade de dormir, eu pelo menos cheguei a cochilar. De repente Josias deu aquele grito:

— Uma cobra! Me mordeu! Bem aqui no pescoço!

Me levantei de um pulo, eu tinha tanto medo de cobra como de assombração. Olhei e ainda vi o resto de uma cobrinha parda sumindo atrás de uma pedra. Procurei um pau para matá-la, Josias falou gemendo:

— Deixe a cobra e me acode que ela me pegou feio.

Cheguei perto, olhei o lugar que ele mostrava no pescoço, vi os buraquinhos, dois vermelhos em cima, dois mais apagados embaixo. Rosendo e Dorico vieram correndo afivelando o cinto, cada um saindo de detrás de uma moita.

— Se vocês chuparem o lugar depressa, o veneno sai — disse Josias gemendo. — Mas tem que ser depressa, senão não adianta mais.

Olhei para Dorico, para Rosendo, esperando que um deles chupasse. Ouvi dizer que para chupar veneno de cobra é preciso forrar a boca com fumo, ninguém ali tinha fumo. Josias rolava para um lado e para o outro no capim, chorando, pedindo:

— Façam essa caridade, senão eu morro! Camilo! Dorico! Chupem o sangue, pelo amor de Deus! Eu não quero morrer! Não me deixem morrer!

— Quem sabe se espremendo o lugar… — disse Dorico.

Me abaixei para espremer, Josias gritou que deixasse, estava doendo demais e não ia adiantar. O pescoço dele estava vermelho, o avermelhado se espalhando, para cima já tomava a orelha.

— Não estou enxergando direito. Parece que tem uma peneira na minha frente. Quero beber água — disse Josias com dificuldade, como se tivesse o queixo preso.

Dorico apanhou uma folha grande de inhame, fez cumbuca, trouxe pingando. Josias quis beber, a água escorreu pelo queixo, molhou todo o peito. Apanhei uma folha menor, a cumbuca chegou com um tiquinho de nada, nem isso ele bebeu. A testa, o queixo, o lugar do bigode nele porejavam de suor, e notei que os olhos estavam vidrados. Lembrei dos índios, que dizem que conhecem ervas milagrosas; eu não conhecia nenhuma, peguei uma qualquer desejando que fosse milagrosa, esfreguei na palma da mão para tirar o sumo, não saiu sumo nenhum; mastiguei para fazer papa, fiquei com a língua queimando, parecia que eu tinha chupado brasa. Ajoelhei perto de Josias, perguntei se ele podia continuar viagem, ele não respondeu, só gemia.

Perguntei a Dorico o que era que a gente podia fazer, não adiantava consultar Rosendo, ele estava fincado no chão como estaca desde o princípio, os olhos arregalados, olhando para um e para outro.

— Temos que levar para o sítio. Aqui não adianta ficar — disse Dorico. — Um de nós dois monta e leva ele na frente da sela.

Passei a rédea por cima do pescoço da mula, montei. Dorico ergueu Josias e me ajudou a enganchar ele na cabeceira da sela, ele estava molengo como menino dormindo.

Deitamos Josias na mesa da sala, foi mais fácil porque os colchões das camas estavam enrolados e amarrados. Com muito custo encontramos uma caixa de fósforo debaixo de uma panela na prateleira da cozinha, gastamos quase todos os paus e não conseguimos acender fogo. Dorico achou melhor desistir, íamos precisar de fósforo para acender luz de noite. Josias não gemia mais, só roncava, de vez em quando engrolava umas palavras que ninguém entendia.

Dorico desarreou a mula e mandou Rosendo arranjar milho, Rosendo rodou, rodou e não achou; fui ao paiol, tinha milho para uma tropa, descasquei umas espigas e pus no cocho. Rosendo era mesmo um dois de paus.

Ficamos sentados no banco da sala vigiando Josias, espantando os mosquitos que queriam pousar na cara dele. Dorico já estava ficando nervoso, disse que era melhor um de nós ir na cidade chamar o pai de Josias com remédio. Rosendo apoiou e pediu que eu fosse, entendi que era porque ele não queria ficar sozinho no sítio comigo, Dorico tinha mais paciência com ele.

Arreei a mula, montei — e quem disse que ela saía? Fiz tudo o que eu sabia para forçar um animal a andar, ela levantava a cabeça, dava uns passos de lado, como se aquilo fosse hora de dançar, fungava mas não atendia. Dorico rodou em volta da casa, achou uma vara pontuda, cutucou a mula com ela na anca, nas virilhas, na barriga, ela encolhia o corpo, dava coice de lado, andava para trás, para diante não ia.

— Você bate e eu puxo — disse Dorico.

Ele agarrou as duas bandas da rédea por baixo do queixo da mula, ela fincou as duas mãos no chão e esticava o queixo para diante ao máximo, como quem diz leva-o-queixo-se-quiser, e não dava um passo.

Dorico deu um safanão forte para baixo, largou a rédea, coçou a cabeça.

— Vai não. A desgramada empacou mesmo. Pode descer.

Já estava escurecendo e Josias não melhorava, cada vez que eu olhava ele parecia pior, mais largado. Acendemos o candeeiro com os últimos paus de fósforo e ficamos sentados no banco sem saber o que fazer. A nossa esperança era que alguém sentisse a nossa falta, a de Josias principalmente, e se lembrasse de procurar no sítio.

Nas conversas que conversamos, mais eu e Dorico porque Rosendo não abria a boca, descobri que nós dois estávamos ficando com raiva de Josias por ele ter metido na nossa cabeça a ideia daquele passeio. A gente podia estar em casa, ou brincando no largo da igreja, e estava ali naquela situação.

Uma hora eu olhei para Josias e achei ele diferente, assim muito parado, como um boneco de massa que vi uma vez jogado num monte de cisco. Senti um arrepio por dentro mas não disse nada, eu não queria ser o primeiro a descobrir.

Dorico levantou para beber água, encheu o copo no pote, enquanto bebia olhou para Josias, parou no meio. Chegou perto da mesa, com a mão esquerda apalpou a testa de Josias. Largou o copo, escutou Josias no peito. Olhou para mim com medo e disse:

— Será que ele morreu? Eu acho que ele morreu.

Não me assustei muito porque mais ou menos já sabia, mas Rosendo soltou um grito e pulou do banco, olhou para mim, para Dorico, segurou o braço de Josias, falou baixo:

— Josia. Josia. Não, Josia. Não. Morre não, Josia.

Vendo que Josias não ouvia mais, ele largou o braço de repente e recuou soluçando. O braço caiu largado, a mão bateu na mesa com as costas e fez um barulho fofo. Esse barulho vindo do corpo de Josias como que me acordou, eu sabia que ele estava morto mas ainda não tinha compreendido, ouvindo o barulho compreendi. Olhei para Dorico já sentado no banco, ele chorava baixinho diferente de Rosendo que estava de bueiro aberto. Sentei perto dele, Rosendo sentou também depressa, com medo de ficar em pé.

O vento batendo no candeeiro não deixava a sombra da mesa ficar quieta, e com ela balançando para lá e para cá no chão não era possível pensar firme. Minha vontade era sair dali correndo, para longe, toda a vida, sem parar. De repente Dorico falou alto, zangado:

— A culpa foi dele. Quem mandou ele inventar de trazer a gente?

Rosendo olhou espantado para ele, falou pedindo:

— Diz isso não! Coitado! Ele morreu!

— Quem mandou? A gente estava tão bem pescando...

Foi ele dizer isso e um vento forte deitou a chama do candeeiro, deitou, eu corri para defendê-la com a mão, foi tarde. A escuridão foi como um mergulho em poço fundo, quando falta o fôlego. Ouvi Rosendo falando baixo:

— Camilo... Dorico... Fiquem perto de mim!

Senti uma mão me pegando, gelei de susto. Era Dorico.

— Vamos pra fora — disse Dorico.

Saímos agarrados um no outro, tateando pelo encosto do banco, pela parede, encontramos o corredor, avistamos o escuro mais claro da porta.

Sentados no cepo da frente, mais garantidos pela companhia da mula, que coçava as costelas com os dentes ali perto, ficamos esperando a noite passar, falando pouco para não falar muito em Josias, mas não pensar nele era impossível. Me lembrei das brigas que tivemos, uma vez chegamos a nos atracar e rolar no chão por causa de uma bobagem de uma lapiseira rachada que ele achou e não quis deixar eu ver; o pior foi que quando ele já estava caído por baixo de mim eu ainda dei um murro no nariz dele e tirei sangue, sem necessidade nenhuma. Depois voltamos a ser amigos, mas será que agora morto ele continuava me perdoando? Para garantia pedi perdão em pensamento e prometi rezar por ele na missa.

Aí eu me lembrei que já era quase domingo! A mãe de Josias esperando para a missa e ele não chegando, depois chegando morto... Pensei nisso, na nossa cara na hora de entregar Josias em casa... Criei coragem, dei uma ideia.

— E se a gente deixasse ele aqui e fosse embora? Ninguém sabe que viemos com ele...

No escuro não vi a cara que os outros fizeram; mas ouvi a voz de Rosendo, agora falando alto:

— Deixar ele aqui? Sozinho?

Não respondi, esperando Dorico. Ele demorou um pouco, falou.

— A gente podia era enterrar ele aqui mesmo e não dizer nada. Deve ter ferramenta aí, quando clarear a gente procura.

— Enterrar aqui? Sem caixão, sem reza? — disse Rosendo, sempre puxando para trás.

— O que é que tem? Já morreu mesmo, e não foi culpa nossa — disse Dorico.

— Isso não. Ele é nosso amigo, não podemos fazer isso. E pode também ser pecado. Temos que levar, de qualquer jeito.

Rosendo falou em pecado, vi logo que não adiantava insistir. Se a gente deixasse o corpo no sítio, ou enterrasse, Rosendo na certa ia contar.

Eu estava muito cansado, recostei na parede e não falei mais, o que eles dois resolvessem eu acompanhava. Pensei na minha cama limpa e arrumadinha, sábado era dia de minha mãe trocar o lençol e a fronha, e só de pensar senti cheiro de pano limpo e da paina do travesseiro. Fiz força para não dormir porque achei que era nossa obrigação ficarmos acordados a noite inteira. Me distraí prestando atenção no cantar dos galos, no berro das vacas, no pio dos curiangos na cerca do curral. De vez em quando eu dava um cochilo e acordava assustado, cuidando ter ouvido a voz de Josias. Como seria bom se Josias acordasse, assim como quem volta de um desmaio, pulasse da mesa e viesse conversar com a gente, rindo do nosso susto e contando tudo o que tinha passado... Depois nós quatro entrando na cidade como se nada tivesse acontecido...

Finalmente apareceram umas nuvens lanhadas de vermelho por cima do vulto escuro dos morros, sinal de que o dia estava perto. Não demorou muito e a mula levantou-se, abriu as pernas, rolou o corpo entre elas, sacudiu o rabo, estava nova. Levantamos também, esticamos o corpo, esvaziamos a bexiga ali mesmo na frente da casa e entramos na ponta dos pés, evitando de olhar para a mesa. Dorico descobriu um cacho de bananas pendurado de um caibro na despensa, não estavam bem maduras mas comemos algumas, bebemos água por cima.

— Será que a mula desempaca? — disse Dorico.

Arreei a mula sem muita esperança, Dorico montou para experimentar, fizemos de novo tudo aquilo de bater, puxar, cutucar, nada adiantou.

— Tem que ser no pé mesmo — disse Dorico.

Eu disse que a gente podia cortar dois paus grossinhos e arranjar um cobertor ou um lençol para fazer um banguê, Dorico foi contra:

— Vamos cortar pau não. Fica tarde. Se tivesse uma rede aí...

Procuramos, não tinha ou estava numa canastra trancada com chave. Na despensa tinha um saco grande com um resto de café. Dorico achou que podia servir; despejamos o café num canto, sacudimos o saco para tirar o cisco, criamos coragem e fomos experimentar se servia.

Enfiamos o saco pelos pés de Josias e fomos puxando pelo corpo acima, ele estava duro como tábua. A cabeça ficou um pouco de fora, tivemos que forçá-la para dentro. Amarramos a boca com uma embira, Dorico pegou pela boca, eu peguei pelas orelhas do fundo, encarregamos Rosendo de dar um jeito de fechar a porta e saímos.

Mas o pano do saco era grosso demais, logo começou a castigar nossas mãos. Eu mudava de mão toda hora, acabei carregando com as duas, e quando fiquei muito cansado chamei Rosendo para ajudar, ele ia atrás sem fazer nada.

Rosendo carregou um pouquinho só, disse que ia largar, largou. Dorico também já não aguentava, mostrou as mãos, estavam mais vermelhas do que as minhas, ele tinha ficado com o lado mais pesado. Descansamos o saco e sentamos na beira da estrada, cada um pensando numa ideia que desse mais certo.

Quem deu solução foi Rosendo, uma solução tão boa que fiquei desapontado por ter feito pouco caso dele. Ele apontou um pau comprido no cerrado, guatambu devia ser, e disse que se a gente conseguisse quebrar aquele pau podia prender o saco nele com nossos cintos e carregar no ombro. Dorico olhou o pau, olhou o saco no chão, experimentando a ideia. Depois riu — a primeira vez que um de nós ria depois da chegada no córrego.

— Você até que não é burro não, Rosendo. Vamos ver se quebramos o pau — disse Dorico.

Custou, mas quebramos — pendurando, pisando, torcendo, esfolando as mãos. Depois quebramos a copa, que foi mais fácil, e um ou outro galhinho fino. Prendemos o saco nele com os cintos, como Rosendo disse, amarramos as calças com cipó, fizemos acolchoados de folhas para os ombros e seguimos, nem foi preciso parar para descansar, quando cansava um ombro a gente mudava para o outro.

O nosso medo era encontrar alguém pelo caminho, mas felizmente ninguém achou de andar por aquela estrada naquela hora. Quando íamos chegando na ponte, Dorico virou a cabeça para trás e disse:

— Vamos combinar. Se alguém perguntar a gente diz que é porco.

Achei que não ficava bem, porco sendo um bicho tão sujo. Procurei outro para trocar, vi que nenhum mais servia por causa das pernas.

Quando entramos na cidade fui ficando aflito porque nenhum de nós tinha pensado no que dizer na hora de entregar o saco. A minha vontade era largar o saco no corredor da casa de Josias e sair correndo, não dei a ideia porque sabia que Rosendo não ia concordar.

De longe avistamos d. Ritinha na porta olhando para um lado e para o outro. Foi ela nos ver e vir correndo para nós. Se eu pudesse sumir, ficar invisível, virar passarinho...

— Vocês viram o meu Josias? Vocês não estavam juntos?

Paramos diante dela, a vara arqueou com a parada. Ninguém teve coragem de responder.

— Ele foi ao sítio para voltar ontem mesmo, e até agora. Pensei que vocês estavam juntos, vocês também sumiram. Estou aflita porque lá não tem ninguém para fazer um chá se ele tiver uma dor. Belmiro quis ir atrás mas não achou animal, e não podia ir a pé por causa do reumatismo.

Rosendo caiu no choro, Dorico caiu no choro. Eu chorei mais forte porque vi a cara de d. Ritinha adivinhando e não querendo acreditar. Como se fosse uma combinação nossa, baixamos a vara com o saco perto dela e saímos correndo, perseguidos pelo grito dela, até hoje.

Na estrada do Amanhece

Tubi não acreditava que no mundo tivesse um lugar melhor do que o Amanhece. Lá ele nasceu, e se dava por feliz. Podiam falar nas bondades do Massaranduba, da Salve-Rainha, da Paciência, da Rosa Maria, ele não se interessava. Quando o levavam em passeio nesses outros sítios ele ia triste, reclamando, lamentando o tempo que ia perder, sentindo não existir um jeito de cortar o tempo com tesoura, como se corta cordão, jogar fora o pedaço que não presta e emendar de novo mais adiante. Até os animais, as criações, as serventias do Amanhece eram mais simpáticos, mais amigos. Um sonho que ele não gostava, e que vinha de entoado, era que o pai tinha vendido o Amanhece e comprado outro sítio; felizmente era sonho, senão seria a tristeza maior do mundo.

O Amanhece era bom sem comparação — apesar de certos aborrecimentos que bem podia não ter. Um: ninguém acreditava muito nas coisas fora do comum que Tubi estava sempre descobrindo, ou vendo; diziam que não podia ser, era absurdo, ele tinha sonhado, onde já se viu; tanto que ele não estava mais contando nada, a não ser à mãe — assim mesmo só conforme a disposição dela.

O que fez ele tomar essa precaução foi o caso dos vaga-lumes. Ele tinha andado correndo atrás de vaga-lumes no vassoural em frente à casa, lanhou as pernas muito mas conseguiu pegar um e prender numa caixa de fósforo. Na cama de noite ele olhava a caixa e via quando o vaga-lume estava de luz ligada. Quando viu que ia dormir, pôs a caixa no chão para não rolar por cima dela e esbandalhar o vaga-lume, mas perto da mão para poder apanhar caso acordasse no meio da noite. Sem mais nem menos ele achou que um só era pouco e saiu para apanhar mais, agora era fácil, bastava fechar a mão a esmo para pegar uma porção de cada vez, num instante encheu uma gamela meãzinha.

Ele ia levar a gamela para dentro de casa com a ideia de arranjar bastante linha e pendurar todos eles nos caibros da varanda, depois acordar a mãe para ela ver a casa iluminada com aquelas lanterninhas, invenção dele; mas caiu na asneira de deixar a gamela do lado de fora enquanto procurava a linha, e quando voltou um bezerro tinha comido todos os vaga-lumes e ainda lambia os beiços, com certeza esperando mais. Tubi procurou uma vara, um ferrão, qualquer coisa para castigar o bezerro, rodou, não achou; e quando olhou de novo quase não acreditou. Com a barriga inchada de vaga-lumes, o bezerro parecia um balão cheio de luzinhas que acendiam e apagavam desencontrado, até se via o sombreado dos ossos das costelas no couro esticado. Tubi tocou a barriga do bezerro para ver se estava quente ou fria, o bezerro não gostou e saiu de perto, levando aquele clarão azulado pelo chão, como se fosse uma sombra clara, saltou o rego, prateando a água na passagem, e sumiu numas moitas de cana; mas mesmo escondido o clarão bojudo estava lá nas moitas, denunciando.

De manhã Tubi correu ao curral na frente de todo mundo para ver se tinha acontecido alguma coisa ao bezerro, se ele tinha morrido, ou vomitado, ou adoecido. Que nada, o ladrisco já estava encostado na porteira, lambendo a mãe pelo vão de duas tábuas e berrando, doido para chegar a hora de mamar, parecia que não tinha feito travessura nenhuma durante a noite.

Mas Tubi ficou preocupado, vigiou muito o bezerro, olhou se ele mamava direito, e quando viu ele se deitar perto da mãe no esterco do curral com os olhos meio fechados, cansado das cabeçadas que dava no úbere para puxar o resto de leite deixado pelo vaqueiro, Tubi achou que podia ser já o sinal do adoecimento, e correu para dizer ao pai na mesa do café que convinha dar um purgante ou qualquer remédio àquele bezerro branquinho filho da Mandinga.

— Purgante pro bezerro? Por que agora?

— Ele... vai ficar doente. Acho que já ficou.

O pai olhou para ele desconfiando, investigando.

— O que foi que o senhor já andou fazendo com o bezerro?

— Nada não, pai. Foi ele mesmo. Comeu uma gamela cheiinha de vaga-lume.

Os pais se entreolharam e compreenderam que o bezerro não estava em perigo.

— Vai fazer mal. Ele já está deitado, de olhos fechados — disse Tubi.

— Onde foi que ele achou tanto vaga-lume? — perguntou a mãe.

Tubi baixou os olhos, confessou:

— Eu peguei ontem de noite.

— Você pegou e deu pra ele? — perguntou a mãe.

Tubi explicou o acontecido, deixando claro que não tivera culpa; falou do brilho na barriga do bezerro, do clarão na moita de cana, dos ossos das costelas aparecendo com o pisca-pisca dos vaga-lumes — de repente parou: não adiantava continuar, ninguém estava acreditando. Nunca mais ele contaria nada a ninguém.

Mas de noite, na hora de lavar os pés para dormir, a mãe puxou o assunto e ele reconsiderou. Estavam sozinhos na cozinha, ela mornando leite para ele tomar com beiju.

— Como foi mesmo a história dos vaga-lumes? — ela perguntou.

Sentado na banqueta, com os pés na bacia, ele contou tudo de novo; e vendo que ela escutava com interesse ele revelou detalhes que não tinha lembrado antes, como quando o bezerro parou do outro lado do rego para mijar e o mijo saiu como uma fita de luz azulada, prateou o chão e se espalhou como um derrame de vidrilhos até que a terra chupou tudo, mas mesmo assim ficou meio faiscando naquele pedaço.

— Por que você não me chamou? Eu queria tanto ver.

Ele ficou com pena de não ter chamado, e justificou-se dizendo que era muito tarde e que também tinha sido muito ligeiro, se ele tivesse saído para chamar, quando voltasse já teria acabado.

— Que pena. Devia ter sido bonito.

Será que ela estava acreditando mesmo, ou fingindo para compensar a descrença do pai? Com mãe a gente nunca sabe, e deve desconfiar do que ela diz. E haveria mesmo alguma coisa para acreditar? Relembrando o caso na claridade familiar da cozinha, no meio daqueles utensílios de finalidade exata — o moinho de café na beirada da mesa, o pilão encostado na parede, as panelas emborcadas na prateleira, o caldeirão de água quente no fogo, soltando uma fumacinha preguiçosa, a lamparina na pedra do fogão, a réstia de alho num prego — ele mesmo já pensava que talvez estivesse misturando coisas diferentes, vaga-lume com bezerro. De agora em diante ele só contaria coisas que não deixassem dúvida, e assim mesmo só contaria à mãe; ela sabia compreender e não fazia perguntas que atrapalham.

Quando a mãe estava muito ocupada, como no forno torrando farinha — serviço que pede muita atenção — ou tratando de doente em algum rancho, ele preferia falar sozinho com seus brinquedos. É bom conversar com brinquedo, eles não falam e a gente tem que responder por eles, às vezes sai cada resposta que até assusta. Como quando ele estava sentado no chão tocando uma boiadinha de mangas verdes, avançando uma rês aqui, atrasando outra ali, desviando outra para um atalho, a boiada preguiçosa não rompia, ele meteu o ferrão num boizinho de barriga amarela.

— Vamos, pateta! Não atrasa a boiada.

— Eu faço o que me mandam. Você não me mandou atrasar?

Era verdade. Ele tinha empurrado o boi para um desvio e se esquecido. Como é que ele podia ralhar com o boi e castigá-lo com o ferrão, depois de ter mandado ele se atrasar? Só Deus pode fazer isso, deixar as pessoas se desviarem de um caminho e depois dar o castigo. Será que está certo isso, ou Deus é diferente do que dizem? Se tudo o que acontece, acontece por ordem dele, castigo é injustiça. Conversar sozinho é perigoso, atrapalha muito as ideias. O melhor é fazer como a maioria das pessoas, que não perde tempo com essas bobagens e por isso não vive com medo — de castigo, de inferno, de pecado. Mas se a pessoa não conversa sozinha, pensando, como é que vai descobrir as explicações? Estudando em livro, em escola? Não parece ser caso de estudo. Aquele rapaz que apareceu no sítio pedindo trabalho, o Belmiro, não teve estudo nenhum, e sabia explicar tudo com clareza.

Belmiro sabia explicar tudo, não de uma vez, como quem fala de cor, mas devagar, ponderado, puxando a razão das coisas, ajudando a gente a compreender. O pai de Tubi antipatizou com Belmiro por ele andar de botina o dia inteiro, como se estivesse sempre de saída para uma festa, mas reconhecia que ele era bom no cabo do guatambu.

— Seu Jucá, não olhe para a minha cara nem para as minhas botinas. Olhe para o meu trabalho — disse Belmiro logo no primeiro dia.

Seu Jucá entendeu, mas de vez em quando ainda chamava Belmiro de filósofo, chamava zombando, mas quando Belmiro foi embora bem que seu Jucá sentiu; disse à mulher que se tivesse dois ou três homens como Belmiro podia dispensar os outros todos e ainda tocava o sítio com os pés nas costas. A mulher defendeu, disse que Belmiro era muito bom trabalhador, ninguém dizia o contrário, mas que o serviço dos outros não rendia era porque eles não tinham boa compreensão das coisas.

— É porque são tapados, Zilza.

— Tapados não, Jucá. São gente nascida e criada aqui, como nós.

— Que nada. Você está é querendo me contrariar.

Belmiro também pensava como d. Zilza, por isso não se enfezava com as caçoadas dos outros. Uma vez Tubi perguntou por que ele não reagia quando os outros caçoavam da botina dele, Belmiro respondeu:

— Deixe eles, coitados. Pensam que botina é só para patrão, ou para enfeitar os pés em dia de festa. Não sabem que é para proteger.

— Por que o senhor não ensina?

Belmiro estava aparelhando um cabo de foice, parou e disse:

— Se eles aprendessem, onde é que iam arranjar dinheiro para comprar botina? Um par de seis em seis meses? Eu trabalho por empreitada, acabo um serviço, recebo, compro o que preciso.

— Meu pai dava. Meu pai não é o patrão deles?

— Então era preciso ensinar seu pai também. Uma coisa puxa outra.

— O senhor ensinava.

— Eu ensinava? Deus te conserve, Tubi — disse Belmiro, e voltou a trabalhar com o facão na madeira roliça, tirando os nós e raspando.

Belmiro foi a única pessoa que soube consolar Tubi quando o Mangarito morreu. Tubi chorava desesperado, o pai ralhou, mandou fechar o bueiro.

— Chorando por causa de um cavalo? Morreu, enterra. Te dou outro. Tem tanto poldro aí, é só escolher.

Foi na hora do almoço que o Dito chegou com a notícia. O Mangarito estava caído no pé de uma lobeira, se contorcendo, com falta de fôlego, não podia se levantar. Ou foi mordido de cobra ou comeu erva, parecia mais erva.

Belmiro pediu licença para ir também, levou uma vasilha de leite.

Quando chegaram, o Mangarito já estava nas últimas. Deitado de banda, as pernas tesas como se fossem postiças, o pescoço esticado para trás, ele resfolegava forte e tremia compassado. O pelo todo estava molhado, Belmiro disse que era de suor, e os olhos antes tão vivos pareciam sujos de cinza.

— Eu abro a boca e você dá o leite — disse Belmiro. — Devagarinho pra ele não engasgar.

Os dentes estavam travados, não houve força que abrisse.

— Despeje por dentro dos beiços, vamos ver se ele engole.

Tubi fez como Belmiro indicou, o leite ficou retido na bolsa entre a gengiva e a bochecha, não escorria para dentro. Até a língua parecia paralisada.

— Não vamos judiar com o bicho. Deixe ele descansar sossegado — disse Belmiro.

Tubi descansou a vasilha de leite no chão e ajoelhou ao lado da cabeça do Mangarito, ficou conversando manso com ele, alisando, espantando mosquitos que teimavam em incomodá-lo. Os estremeções foram ficando mais espaçados, os olhos mais mortiços, a respiração mais curta e mais lenta, só notada na barriga dura, esticada.

— Foi erva. Viemos tarde — disse Belmiro.

Com as mãos acariciando a testa, o focinho, o pescoço do Mangarito, Tubi percebeu quando ele parou de respirar.

— Morreu, seu Belmiro. Olhe aí. Morreu.

Belmiro ajoelhou-se também e apalpou o corpo imóvel.

— É. Não tinha jeito. Mas morreu perto de um amigo. Foi sorte.

— E agora, seu Belmiro? O que é que eu faço?

— Agora você me ajuda a enterrar ele. Aliás, eu ajudo você.

Belmiro foi dando a ideia do que deviam fazer, mas como se estivesse concordando com Tubi:

— É, você não vai querer enterrar aqui mesmo. Ficava mais fácil, ficava, mas é muito descampado, não tem marcas, lobeira não dura, amanhã morre. A gente podia fincar uma estaca, mas o mato cobre, não se vê de longe. — Olhou em volta, procurando. — Ali debaixo daquele angico fica melhor. Tem sombra, o angico fica sendo a marca. Você pode olhar todo dia, da janela da varanda você vê.

Mas era preciso arranjar um laço, ou melhor, dois, e chamar uns homens para ajudar. Nesse ponto seu Jucá deu o contra, enterro naquela hora atrapalhava o serviço, deixassem para mais de tardinha; mas não pôde impedir que Tubi passasse o resto do dia vigiando o cavalo morto, guardando de formigas, moscas, urubus; bem que ele tentou, mas a mãe socorreu, deixasse, menino é assim mesmo, sofre por tudo, ia ficar muito triste se não pudesse vigiar.

Muitos dias depois Tubi ainda chorava a morte de Mangarito, e mais ainda quando se lembrava dele sendo arrastado para debaixo do angico, os homens puxando com força, gritando uns com os outros e rindo sem respeito, como se estivessem arrastando uma pedra ou um pedaço de pau, e o pobre do Mangarito raspando o pelo nas pedras e gravetos, largando chumaços de cabelos pelo caminho e se sujando de terra.

Uma tarde, já quase de noitinha, Belmiro chamou Tubi para visitar o Mangarito debaixo do angico. A mãe não gostou, o menino ainda estava tão choroso; Belmiro percebeu a desaprovação e fez sinal pedindo que deixasse.

Quando pisou distraído a terra fofa do lugar onde estava o Mangarito, Tubi caiu no choro.

— Se eu fosse você não chorava — disse Belmiro alisando a terra com o pé.

— Eu gostava dele.

— Eu sei. Por isso mesmo é que você não deve chorar.

— Eu choro porque sinto falta dele. Nunca mais vou ver ele.

— Aí é que está. Você chora porque está pensando mais é em você. Ele também não vai ver você, e aposto que não está chorando.

— Mas ele morreu. Como é que ia chorar?

— Você tem certeza de que ele morreu? Quem é que garante?

— Então não morreu? Não foi enterrado? — disse Tubi quase indignado.

— Aí é que está. Pare de chorar e enxugue esses olhos que eu vou explicar como é que entendo a situação. Para todo mundo ele morreu. Parou de respirar, de mexer, foi enterrado. Isso é o que todo mundo diz. Mas eu acho é que ninguém morre. Quando dizemos que uma pessoa, ou um bicho, morreu, o que aconteceu foi que mudou de morada. É assim, ó — e riscou uma linha no chão com um graveto. — Esta linha é a divisa. De um lado os que a gente diz que morreram, de outro os que estão vivos. Quando a pessoa, ou o bicho, passa de um lado para o outro, dizemos que morreu. Mas quem é que sabe qual é o lado dos vivos, e qual o dos mortos? Para nós, que estamos do lado de cá, é o lado de lá; mas para eles deve ser o lado de cá. Quando uma pessoa atravessa a linha, morre de um lado mas nasce de outro. Você entendendo isso vai ver que quando Mangarito morria de cá, nascia de lá. E você vai chorar só porque o seu cavalo mudou de morada? Tem cabimento isso?

Tubi pensou, quis se entusiasmar mas ficou na dúvida, perguntou se o Mangarito quando nasceu do outro lado nasceu pequenininho, se precisava mamar de novo, se nasceu sabendo marchar ou se tinha esquecido, se ia ter saudade do Amanhece e dele, Tubi. Belmiro ia ouvindo e respondendo de maneira a sossegar o menino e fazê-lo esquecer o choro.

— Então quer dizer que de verdade ninguém morre — disse Tubi afinal.

— É isso mesmo. Vejo que você já entendeu.

Tubi não estava no sítio quando seu Jucá matou o gavião, estava visitando vizinhos com a mãe. Seu Jucá mandou empalhar o gavião na cidade, um cabo de polícia fazia esse serviço muito bem. Tempos depois o gavião voltou, pousado num pedestal de pedra-sabão.

Gavião é um bicho feio-bonito, sisudo, respeitável. Pousados nos galhos altos das casuarinas, ou nas pontas de pedras dos morros, eles vigiam o mundo, esticando a cabeça para cima, para baixo, para os lados, não querem perder o que se passa lá embaixo. Os olhos agudos não piscam, nunca piscam. O bico é uma picareta afiada, as garras são torqueses que destroncam e aleijam. Planejam o ataque com calma, e se falham mesmo assim não se afobam, completam o movimento iniciado e voltam à base para organizar novo ataque.

O meio da tarde é a melhor hora. O céu é claro e sem nuvem, o sol esquenta as pedras, os ferros, as telhas. Se pessoa fica na sombra e olha o chão, principalmente o chão calçado, vê um tremor no ar, como se o chão fervesse. Galinhas procuram sombras e ficam de olhos fechados e bico aberto, para o ar entrar e sair à vontade, os cachorros deitam de lado ou de costas com as peruas abertas encolhidas na barriga. O gato desaparece em alguma moita fresca e ninguém o verá antes da hora do jantar. No campo os animais dormitam, os olhos semifechados, uma perna encolhida, só o rabo fica de plantão espantando moscas. É quando os gaviões atacam.

Primeiro foi um pinto levantado do chão por uma sombra que baixou nítida e esmaeceu novamente levando o grito entre as penas. Alarme geral entre as galinhas, cacarejos nas touceiras, a sesta estragada. A cozinheira veio correndo com a vassoura, ainda viu a sombra riscando a cerca do curral. Foi um filho da Sarapinta, o mais gordinho, gavião miserável. Os frangos e galinhas saíram para campo aberto, comentando, se expondo, outras sombras vieram precisas, cada uma na presa marcada. Seu Jucá estava na varanda pondo cabo num ferro de marcar rês, ouviu o primeiro grito e se preparou, já sabia o que era.

O tiro apanhou o gavião em cima do curral, a presa caiu para um lado, o gavião para outro, os chumbos pegaram numa asa bem na junta.

— Esse não furta mais — disse seu Jucá, prosa com a precisão da pontaria.

A franga morreu da queda, foi aproveitada para o jantar, o gavião seu Jucá quis salvar para pôr numa gaiola, exemplo para os outros. Enquanto faziam a gaiola ele ficou num quartinho da casa da farinha, no meio de rodas quebradas, potes, tachos, restos de cangalhas, a asa caída, muito sangue nas penas, mas o olhar altivo, atrevido. Não aceitou as tiras de carne que seu Jucá jogou perto dele, e no dia seguinte amanheceu morto — de raiva? De vergonha? Do tiro?

Agora ele estava em cima da mesa da sala, impressionando as visitas com seu olhar duro de conta. Mesmo empalhado, o gavião impõe respeito, como uma arma de fogo ou um punhal que já matou gente. Tubi tinha medo de olhar o gavião, mas volta e meia estava olhando, imaginando quantas galinhas, preás, coelhos, até cobras, aquele bico e aquelas unhas já tinham esbandalhado.

Depois veio a arrumação do sítio para o pouso de folia, gente da Massaranduba, de Paciência, da Rosa Maria ajudando a esfregar, a lavar, a caiar, a fazer doces, biscoitos e bolos, gente dormindo em toda parte, em esteiras e colchões até na varanda. Mau tempo para as criações de quintal, todos os dias morriam bandos de galinhas, patos, leitões, os leitões gritavam de pavor na beira do rego, dava raiva ver aqueles homens brutos, de facas enormes pontudas procurando o melhor lugar para enfiar, os bichinhos esperneando e gritando, os homens rindo e sangrando, o sangue esguichando e molhando as mãos, os braços deles, tanta ruindade. Tubi fugia para longe, tapava os ouvidos mas não conseguia esquecer aqueles bichinhos roliços tão limpinhos esperneando sem esperança, ninguém pensava em acudir, vai ver que nem prestavam atenção. Tubi queria ser mágico ou milagroso para ressuscitar os leitões, soldar o furo da faca e mandar eles embora para bem longe, deixando os homens amedrontados. Mas como? Que palavras dizer, que gestos fazer? Sentindo-se incapaz, procurava pensar em outras coisas, a sela nova que o pai prometera encomendar e estava demorando, o passarinho

— dragona — que ele estava pelejando para pegar no mandiocal, chegou a ver um bem de perto, as penas pretas azuladas tão lustrosas que pareciam tratadas com brilhantina, e nas pontas, olhando bem, pareciam douradas... Mas os danados dos leitõezinhos parecia que se vingavam, volta e meia tomavam conta do pensamento dele, fossando nas touceiras, resmungando crum-crum-crum, os narizinhos chatos experimentando tudo, os rabinhos se torcendo como parafusos, a gente ficava pensando que iam desatarraxar e cair a qualquer momento.

Tubi rodava triste pela casa, não achava interesse em nada, e quando ia na cozinha comer ou beber alguma coisa Conceição ainda mexia, dizia que o leitãozinho tal já tinha ido, agora estavam afiando a faca para sangrar aquele outro assim-assado, e vendo que ele não estava gostando, aconselhava:

— Fica assim não, bobo. Leitão vem ao mundo é pra isso mesmo. É tão gostoso.

Seria? Então por que gritavam tanto?

Estava tudo pronto para a festa, potes e mais potes de doces, panelões de carne e almôndegas boiando em gordura, gamelas de biscoitos, foi armado um rancho para danças no terreiro, o chão socado com macete para não levantar muita poeira, e outro rancho para as redes dos homens, as mulheres dormiriam dentro de casa, como pudessem, só faltava a folia chegar com a bandeira e a salva, já estava na Rosa Maria. Seu Jucá saiu com um bando de amigos para encontrá-la no caminho, levavam foguetes e muitas caixas de balas. No Amanhece as roqueiras estavam prontas em fila diante da casa para quando a bandeira aparecesse descendo o morro.

Mas as roqueiras não dispararam, nem houve festa. Chegou um cavaleiro na frente avisando para suspenderem as salvas, seu Jucá vinha carregado numa rede, tinha levado um tiro de garrucha nas costas. D. Zilza saiu correndo a pé pela estrada, foram atrás e seguraram, aconselharam a esperar.

Seu Jucá chegou ensanguentado gemendo, passaram ele para a cama com muito jeito, seu Belarmino da Paciência sempre ao lado se culpando e pedindo perdão, quando viu d. Zilza se abraçou com ela e chorou mais alto. Pessoas que tinham assistido explicaram que ninguém teve culpa, foi o cavalo de seu Jucá que empinou com as salvas e passou na frente da garrucha bem na hora do disparo, uma fatalidade. Seu Belarmino não se conformava, queria ser o culpado, jurava que se seu Jucá morresse ele ia fazer uma loucura com a mesma garrucha, mas a garrucha não estava mais com ele, estava na cintura de outra pessoa.

E aquelas iguarias todas com certeza iam sobrar, os foliões parece que tinham perdido o apetite, os poucos que pensavam em comer faziam um prato no rancho e se afastavam para longe, como se fosse feio, ou vergonhoso, comer na vista de todos. As sanfonas e violas ficaram largadas nos cantos, os tocadores nem passavam perto, e quando uma sanfona caiu da forquilha onde estava pendurada no rancho, e soltou um gemido comprido ao se fechar no chão, as pessoas que estavam perto fingiram não ter visto nem ouvido.

A bandeira ficou na sala com a salva quase vazia, ninguém se lembrava de ir lá deixar uma esmola, as pessoas faziam grupos no pátio da frente, no terreiro, na varanda, falando baixo, uns diziam que o tiro tinha pegado na espinha e que seu Jucá era capaz de ficar aleijado, a espinha é que comanda os movimentos do corpo; não, deve ter sido no pulmão, não vê como a voz dele está ficando cada vez mais fraca?; quem deu o tiro não foi seu Belarmino, ele ainda estava carregando a garrucha, o tiro veio mais de trás; e o doutor quando chega? Parece que só chega amanhã, assim mesmo se estiver na cidade quando o chamado chegar. Que festa, hein? Quanta comida perdida, vão ter que jogar para os porcos. Muita gente já está falando em ir embora. E as bebidas? Parece que se esqueceram de servir.

Cansado de andar de um lado para outro, de entrar no quarto e ser posto para fora, Tubi deitou-se num banco da varanda e ficou pensando como seria a vida no Amanhece se o pai morresse, quando há sangue demais há morte, e ele vira muito sangue nas roupas quando a mãe saiu com elas do quarto. Seria ruim demais não ter pai, como dizem que é? De repente ele se lembrou do catecismo, pecado, inferno, fez o nome do pai disfarçado, virou-se para a parede e dormiu.

Seu Jucá escapou, mas quando levantou da cama parecia outra pessoa. Perdeu o desempeno antigo, andava meio encolhido e muito pensativo. Ele e d. Zilza deram para cochichar de noite, e quando Tubi tossia ou se mexia na cama no quarto ao lado eles se calavam ou baixavam ainda mais a voz. Cochichava-se muito no Amanhece naquele tempo, até com desconhecidos que chegavam, eram recebidos na sala e ficavam conversando com seu Jucá de porta fechada. Tubi achava esquisito, uma vez sondou d. Zilza, ela disse que era assunto de gente grande, em que menino não deve se meter.

Uma tarde Tubi estava brincando de subir no coqueiro do pátio quando chegou aquele homem de um olho só — tinha os dois mas um ficava sempre fechado — e cabelo vermelho enrolado, parecendo maçarocas de corda de viola.

— Viva, neném. Você é filho de seu Manuel Jucá? — disse o homem ainda montado.

— Sou sim senhor.

— Diz que é Ernesto Sotero.

Tubi escorregou do coqueiro e entrou em casa. O nome era conhecido no Amanhece, os camaradas sempre falavam nele quando contavam casos de valentia. Agora o homem estava ali, feio e perigoso, com certeza para tomar alguma satisfação, puxar briga.

Seu Jucá estava na rede, não se assustou com o anúncio; em vez disso levantou-se muito calmo, e antes de atender mandou d. Zilza providenciar um café com mistura. Tubi acompanhou o pai meio com medo, mas quando viu a cordialidade dos cumprimentos se acalmou, o assunto era de paz.

— Vamos entrar, seu Ernesto. Não repare, que a casa é de pobre. Tubi, despeje uma boa cuia de milho no cocho para a mula de seu Ernesto. Primeiro tira o freio. Ela é mansa, seu Ernesto?

— Mais mansa do que jabuti de cozinha.

Do jeito que seu Jucá riu, via-se que ele estava interessado em agradar o visitante. Depois de um ligeiro rapapé na porta os dois entraram para a sala. Tubi executou depressa a ordem do pai e voltou a brincar no coqueiro na esperança de pescar o assunto da conversa, mas seu Jucá muito espertamente chegou à janela e mandou-o para dentro. Na hora de servir o café ele se ofereceu para o serviço, a mãe vetou.

— Não vai lá não. Conceição leva.

Tendo o seu plano frustrado, Tubi foi ver se a mula já tinha comido o milho, se precisava de mais, seria uma boa desculpa para passar no corredor e esticar o ouvido para a porta. Mas a mula não estava interessada em mais milho, até tinha deixado um bom punhado no fundo do cocho e agora cochilava em pé, uma perna ligeiramente encolhida, decerto para descansar os músculos desse lado. Tubi então se interessou pelo arreio e demais apetrechos.

O arreio de duas barrigueiras — melhor porque dispensa o peitoral — estava coberto com um pelego cor de fogo, com a marca do assento do dono bem visível no amassado do pelo fofo. Por baixo da aba do arreio do lado esquerdo aparecia o coice de uma carabina. Dizem que fazendo uma cruz com faca na cabeça da bala — estanho é mole, fácil de cortar — ela fica mais perigosa, quando encontra um osso abre em quatro lascas, cada uma vai para um lado fazer seus estragos. Deve ser por isso que carabina faz tanto medo. Carabina leva doze balas, que a pessoa vai empurrando por uma janelinha do lado direito (ou será do esquerdo?), uma atrás da outra até encher a caixa que fica dentro da coronha. Carabina mata boi com um tiro só, quanto mais gente.

Tendo terminado o exame, Tubi perdeu o interesse na mula e tentou ainda olhar para dentro da sala subindo na porteira, mesmo sabendo que se o pai visse não ia gostar, primeiro porque já tinha mandado ele brincar longe, segundo porque porteira não é para subir, o peso desconjunta o esquadro e descasa o trinco com a fenda de fechar, isso seu Jucá estava cansado de dizer.

Enganchado na última tábua da porteira ele conseguiu ver a cabeça de Ernesto Sotero mexendo, aprovando, discordando, de vez em quando a mão alisando o cabelo, trabalho inútil porque o cabelo era desses duros que não se despenteiam.

Quando Ernesto Sotero levantou, mostrando até a metade do peito, Tubi escorregou depressa da porteira, e só teve tempo de endireitar a roupa sungada com o raspão nas tábuas, e já o pai aparecia na porta, acompanhando a visita.

— Então estamos entendidos, não é, seu Manuel?

Seu Jucá aprovou com a cabeça. Seu Ernesto olhou em volta, elogiou o capricho do sítio, avaliado pela limpeza do pátio, a conservação do muro, as boas cercas dos currais. Seu Jucá se abaixou para apanhar um engaço de bananeira que comprometia a limpeza da calçada e jogou-o para cair além do muro, mas a força não deu.

— Que idade tem o curumim? — perguntou Ernesto Sotero pondo a mão na cabeça de Tubi e caminhando com ele para a mula.

— Oito para nove — disse seu Jucá acompanhando-os.

— Oito para nove. Da idade do meu que eu perdi. É duro, seu Manuel. A mãe não se conforma até hoje.

Seu Jucá instintivamente abraçou Tubi pelo ombro, procurou palavras de consolo, não achou, não tinha jeito. Ernesto Sotero arrochou um pouco mais as barrigueiras, pôs o freio na mula, montou. Seu Jucá foi abrir a porteira.

— Então até mais ver, seu Manuel.

— Se Deus quiser, seu Ernesto.

Seu Jucá fechou a porteira e olhou o tempo, enquanto esperava que a visita se distanciasse. Tubi criou coragem e perguntou:

— Pai, o que é que ele queria?

— Chouriço para fazer feitiço — disse o pai, completando com um tapa carinhoso na nuca do menino.

— É verdade que ele mata gente?

— O que eu sei é que ele capa menino. Menino especula.

D. Zilza devia saber o motivo daquela visita, mas era duvidoso que ela contasse. Em todo caso ele ia puxar por ela, com jeito, devagarinho.

Um dia depois do outro, formando semanas, com domingos no fim, dias de descanso no sítio, de visitas aos vizinhos, de reza no oratório. Seu Jucá foi à cidade pagar o médico, Tubi aproveitou para fazer das suas e se arrependeu. Disseram muitas vezes que ele não teve culpa, que o que tem de acontecer está traçado, mas ele preferia não ter chamado o Guinácio para o passeio no rio, logo onde, o lugar mais proibido de todos. Também a mania de Guinácio de querer fazer coisas arriscadas para mostrar que era bicharedo. Precisava ele mergulhar do lugar mais fundo do poço, e mergulhar de ponta, pulando do alto? O resultado foi que ele engarranchou a cabeça numa forquilha que ninguém sabia que existia ali, com certeza trazida de longe nalguma enchente, e não teve força nem fôlego para desengarranchar. Quando Tubi viu que ele estava demorando a aparecer ainda pensou que fosse de propósito, brincadeira para assustar o companheiro ou mostrar que ninguém batia ele em comprimento de fôlego. Mas qualquer fôlego, por mais comprido, tem hora de acabar, e se a pessoa esperar até o último minuto não aguenta chegar em cima. Teria Guinácio nadado por baixo da água e aparecido em alguma moita mais embaixo, para deixar Tubi pensando que ele ainda estava no fundo? O medo de passar por bobo, ou assustado, fez Tubi esperar um pouco mais. Por fim resolveu gritar. Começou experimentando, fingindo despreocupação, Guinácio podia estar escondido esperando. Vendo que ele não aparecia, abriu a boca com vontade, gritou até ficar rouco, correndo para cima e para baixo. De repente se lembrou que se Guinácio ainda estivesse no fundo do poço não poderia ouvir, e saiu correndo pelo mato, pela estrada, até chegar em casa.

Encontrar Guinácio foi fácil, mas soltá-lo da forquilha é que foi elas. Vários homens mergulharam juntos, experimentaram, puxaram, sacudiram, não havia meio, se fizessem muita força iam arrancá-lo sem a cabeça. Por fim arranjaram um pau, mergulharam com ele, abriram a forquilha, fazendo alavanca, só assim tiraram. O coitado tinha o corpo e a cara da cor de cinza e a barriga esticada de tanta água engolida, e quando deitaram ele no capim, e a cabeça dele pendeu para um lado, a água escorreu em bica fina, como de garrafa tombada. Levaram ele nas costas para o rancho, e logo começou a chegar gente, mulheres mais, todos muito se impressionando com o esbugalhado dos olhos.

A mãe de Guinácio, uma mulher calada, meio boba, puxou um tamborete para junto do jirau onde deixaram o corpo, sentou e não arredou mais, os olhos fixos no rosto do morto, como se esperasse que uma explicação, uma justificação, fosse aparecer nele a qualquer momento. O carapina veio tomar as medidas para fazer o caixão, ela não quis deixar, abria os braços sobre o filho, protegendo. Veio gente tirá-la, ela se agarrou aos pés do jirau, tiveram que desistir, se puxassem derrubavam o corpo. Procuraram o pai para tomar uma providência, não o acharam em parte nenhuma. O carapina fez o caixão mesmo sem as medidas, fez grande para garantia de não sair pequeno. Na hora de pôr o corpo dentro foi mais triste ainda. Experimentaram de novo tirar a mãe de perto, pedindo, aconselhando, ela não atendia, perguntavam pelo pai para ajudar, ninguém sabia.

— Assim também não. É preciso tirar o defuntinho para enterrar — disse alguém no rancho cheio de gente.

Vários homens seguraram os braços da mulher, sujigaram a coitada aos trancos, à moda de soldados prendendo criminoso, ela gritava, mordia, dava pontapés, se embolaram por cima do jirau, os homens estavam tão enfezados que já xingavam, o jirau despencou de um lado e o corpinho escorregou mas não caiu de todo, ficou com um pé no chão e o outro preso nas varas espandongadas, a calcinha de riscado repuxada para cima mostrando a perna escalavrada das travessuras.

— Para, gente! O menino caiu! — gritou alguém.

— Deixa cair, que do chão não passa — respondeu outra voz no bolo que rodava pelo cômodo pequeno derrubando panelas no fogão, esbarrando os pés numa gamela que rolou de um canto, tropeçando nos paus de lenha de uma pilha que se desmanchou.

De repente, ninguém viu como, ela passou a mão num tição e boleou-o para cima dos homens, num instante eles limparam o rancho, passando aos dois e aos três pela porta estreita, aluindo as paredes de pau a pique, com perigo de derrubar tudo.

— Ora vá pro... vá pro... — disse um homem indignado lá fora, esfregando as costas da mão alcançada por uma fagulha, e só não completando a frase por respeito ao morto. — Fique com o defunto, durma abraçada com ele. Eu cá não me envolvo mais.

Os outros ficaram de longe, debaixo do mamoeiro, em volta do jacá de liquada, olhando e pensando.

De tarde encontraram o pai do menino dormindo debaixo de uma árvore no mato, com uma garrafa de pinga vazia do lado. Quem achou deu aviso, muitos foram buscar, levaram para o Amanhece, que ficava mais perto, jogaram uma cuia de água no rosto dele. D. Zilza mandou fazer um café forte, deu para ele, foi conversando, se conformasse, Deus sabe o que faz, era preciso enterrar o menino, estava ficando tarde, desse exemplo à mãe, falasse calmo com ela.

Depois que bebeu o café sem açúcar, sentado no banco da cozinha, sem tirar os olhos do chão, ele foi parando de chorar, suspirou, pediu muito desculpa pelo papel que tinha feito, beijou a mão de d. Zilza e foi para o rancho, com aquela gente toda atrás, parece que mais interessada em ver o que pudesse acontecer do que em ajudar.

O pai entrou sozinho no rancho e desapareceu na escuridão sem janela. Ninguém ficou sabendo o que ele disse ou fez lá dentro, quem é que quer graça com tição aceso? Não demorou muito, os dois apareceram na porta, ele com o braço no ombro dela, ela mansa, olhando para o chão; saíram e foram andando sem olhar para ninguém, sozinhos no mundo. Os outros também não diziam nada, só olhavam, desapontados, respeitosos. Os dois sentaram no tronco de uma árvore caída e ficaram lá calados, de cabeça baixa. Não quiseram tomar parte no enterro, que foi feito às carreiras, todos queriam ficar livres depressa, já tinham perdido muito tempo.

Quando seu Jucá chegou, dois ou três dias depois, Tubi cortou voltas para não ficar perto dele; tomou a bênção depressa e desapareceu. Na hora do jantar alegou enjoo de estômago e escondeu-se na casa da farinha até que tirassem a mesa, mais tarde defendeu-se com Conceição. No dia seguinte aplicou a mesma desculpa da doença para não levantar cedo, mas na hora do almoço seu Jucá foi buscá-lo dentro da tulha de arroz na casa dos mantimentos.

— Acabe com isso e vem comer. Já sei de tudo, sua mãe me contou. Que te sirva de lição para não ser desobediente.

Tubi saiu da tulha desapontado e levou muito tempo espanando os grãos de arroz da roupa e do cabelo; e entrou em casa satisfeito por ter se livrado daquela preocupação.

Durante o almoço seu Jucá conversou muito, quebrando a sua própria norma de não falar na hora da comida. Contou as novidades da cidade, deu notícias de pessoas conhecidas de d. Zilza, comunicou o convite que fizera ao dr. Eugênio para passar uns tempos no sítio logo que pudesse montar a cavalo — ele esteve quase à morte, você soube? — e d. Zilza teve dificuldade em saber quem era o dr. Eugênio, só se lembrou quando seu Jucá disse que era o Eugênio filho de d. Joana Loureiro. Então d. Zilza recordou uma surra que o Eugeninho levou da mãe ali mesmo no Amanhece, por ter quebrado a mão de um Sagrado Coração quando brincava de esconder atrás das dobras da toalha de mesa do oratório. Seu Jucá não se lembrava, já fazia muito tempo, há quantos anos que d. Joana tinha morrido. Por fim seu Jucá deu a notícia que deixou Tubi alvoroçado.

— Estou nos casos de comprar o automóvel do major Boanerges.

Mas d. Zilza ficou alarmada.

— Não é perigoso não, Jucá? Automóvel corre muito, bate em barranco; desembesta ladeira abaixo.

— Perigoso nada, mãe. Cavalo é muito mais. Espanta com qualquer coisa, pula, arrebenta a barrigueira, derruba quem está montado. Henricão não quebrou a perna numa queda de cavalo? E ele é peão, estava acostumado.

Para evitar discussão seu Jucá disse que era apenas uma ideia, ainda não tinha decidido, dependia de muitas coisas. Tubi murchou imediatamente, mas de noite sonhou com o automóvel levantando poeira pelas estradas do Amanhece, ele na direção.

A notícia chegou num dia escuro de chuva miúda, dia próprio para acontecimentos tristes. Quem a levou, de longe parecia um bicho esquisito, de perto era um homem embrulhado numa caroça. Vinha da Paciência avisar que seu Belarmino tinha morrido. Quem ouviu primeiro foi d. Zilza, não acreditou.

— Morreu de quê, homem de Deus? Uma pessoa tão forte, tão sadia!

— Morreu matado, sim senhora.

— Valha-me Nossa Senhora! Quem matou? Por quê?

— Ninguém sabe não senhora. Foi achado na beira da estrada já duro, formigas passeando na boca.

D. Zilza nem teve cabeça para mandar o homem apear. Correu lá dentro e mandou chamar seu Jucá para ajudá-la a receber a notícia. Ele estava no canavialzinho consertando uma cerca com o Firmino de Rita, veio reclamando.

O homem repetiu a notícia, não esclareceu mais do que já tinha falado, só sabia aquilo.

— É. Tenho que ir dizer adeus ao Belarmino — disse seu Jucá.

D. Zilza queria ir também para consolar a viúva, ajudar nas rezas, no que fosse preciso, seu Jucá desaconselhou; não convinha ir com chuva, podia adoecer, ela já não estava se queixando de dor na perna, como é que queria sair com aquela friagem?

Pessoas diligentes já tinham preparado o corpo e levado para a sala. Deitado entre velas, vestido de preto, um lenço envolvendo a nuca e a boca para disfarçar o estrago das formigas, seu Belarmino não convencia como morto; parecia que estava brincando de assustar os amigos, e a qualquer momento podia sentar na mesa, pular para o chão e dar uma de suas gargalhadas sadias. As pessoas chegavam pisando leve, paravam ao lado da mesa e ficavam olhando seu Belarmino com todo o respeito, e quando achavam que já tinham se demorado bastante saíam de cabeça baixa, torcendo o corpo de lado para abrir passagem e dar lugar a outros. Cumprida essa obrigação, ficavam livres para acender cigarros e conversar sobre o acontecido, indagar como foi mesmo, por que teria sido, aventurar hipóteses.

As mulheres, mais práticas em assuntos de tristeza, chegavam de rosário na mão, persignavam-se, rezavam um pouco, com os olhos presos a uma marca qualquer da toalha da mesa, suspiravam, persignavam-se de novo e saíam chorosas para conversar lá dentro. Ninguém deixava de notar os vaivéns do cachorro Balisco em sua inquietação pela casa, entrando e saindo da sala, farejando em volta da mesa, deitando-se em um canto, levantando-se em seguida para sair e logo reaparecer na busca de uma pista que o ajudasse a entender. As visitas achavam aquilo extraordinário, imaginem, o cachorro sente que o dono morreu, está procurando; depois dizem que bicho não tem alma.

Seu Belarmino e Balisco. Descobriram que no dia e na hora provável da morte o cachorro acordou de repente e começou a uivar, depois deitou-se debaixo da cama de seu Belarmino e ficou gemendo baixinho. Não adiantou chamarem, ele não saía. Quiseram tocar com um pau, ele ameaçou morder. Faculdades fantásticas eram atribuídas aos cachorros, aos bichos em geral, e ouvindo todos aqueles depoimentos Tubi lamentava ser apenas gente, uma espécie aparentemente inferior. Cachorro, por exemplo, vê o que gente não vê, ouve o que gente não ouve. Aí alguém tomou a defesa do homem, disse que eles também adivinham quando a morte vai chegar. O próprio seu Belarmino devia ter pressentido que ia morrer. Dias antes ele desistira de comprar as terras de seu Tonico Vaz, depois de levar anos insistindo pelo negócio; disse que o compromisso era grande e que ninguém sabe o dia de amanhã. E de repente todos os presentes que tiveram contato com ele nos últimos tempos foram se lembrando de passagens então consideradas triviais ou obscuras, e que agora se iluminavam e se explicavam. A velha pendenga com Osmínio Coelho, que ameaçava acabar em pescoções ou mesmo tiros, foi resolvida pacificamente num encontro casual na estrada. "Olhe aqui, Osmínio. Vamos acabar com essa desavença boba entre vizinhos. Você diz que gente minha matou sua vaca. Se mataram, eu arco com o prejuízo. Quanto é a vaca?" Seu Osmínio disse que caiu das nuvens, não esperava aquilo, não quis cobrar. "Então você vai lá no sítio e escolhe outra a seu gosto." Para encerrar o assunto seu Osmínio prometeu ir, mas ainda não tinha ido. Teve também o caso da viúva que foi pagar uma dívida antiga ainda deixada pelo marido. Seu Belarmino nem deixou que ela desembrulhasse o dinheiro do lenço, disse que guardasse para os meninos. Ela protestou, fazia questão, era pedido do marido. "Dívida é dívida, seu Belarmino. Me deixe pagar, que eu ainda fico agradecida pela sua paciência." Ele pensou e propôs: "Então pague em reza". A mulher chorou e beijou a mão dele, sem saber que estava se despedindo para sempre. Contaram ainda uma discussão com um empregado, todo mundo pensou que ele ia pôr o homem para fora do sítio com a família e os badulaques, como fizera de outras vezes que fora desrespeitado. Seu Belarmino virou as costas e foi para dentro, o homem ficou esperando as contas. Mais tarde seu Belarmino chamou e propôs: "Vamos pôr uma pedra nisso, Dito. Você sempre foi bom empregado. Se quiser ficar, o seu serviço está aí". Agora Dito era um dos que choravam na sala.

E os passeios que ele deu de fazer. De repente, sem mais nem menos, arreava o cavalo e saía sem destino, quando voltava era falando em coisas insignificantes, que nunca o tinham interessado antes — um ninho de beija-flor que tinha visto, uma paineira carregada, um joão-de-barro fazendo casa; parecia que ele estava tomando posse do sítio com anos e anos de atraso, mas agora viam que ele estava era se despedindo. Um dia ele teve vontade de comer requeijão quente, não estavam fazendo requeijão, d. Elisa teve que apanhar um da despensa e desmanchar no fogo, não ficou igual mas ele disse que servia, dava uma ideia. Seu Belarmino estava vivendo com pressa, queria abarcar muito em pouco tempo.

Tudo isso se contava, se juntava e inteirava. Ele viera dando as deixas aqueles dias todos e ninguém percebeu — nem a mulher, que teve um aviso muito claro quando lembrou a ele a necessidade de fazer roupas novas para a festa do Barro Preto e ele respondeu que desconfiava muito que esse ano não ia ter Barro Preto para eles.

Por que então ele não falou claro: minha gente, eu vou morrer por esses dias, uma coisa me diz? Uns achavam que ele não tinha certeza, apenas desconfiava e não queria passar por fiteiro caso nada acontecesse; outros que ele recebeu o aviso mas com a proibição de falar, por isso só pôde fazer sinais que ninguém entendeu. Agora ele estava ali deitado entre velas, não precisava mais falar cifrado. Só ele sabia quem o matou, e por quê. Deitado na mesa, os pés meio abertos com o peso da botina, seu Belarmino era um enigma.

Na volta para o Amanhece, Tubi ia preocupado com uma pergunta que tencionava fazer ao pai mas não achava jeito. Por várias vezes esteve a ponto de abrir a boca, mas se conteve receando que a voz não saísse no tom certo. Era preciso muita cautela para não revelar o motivo da pergunta, imagine se o pai desconfiasse da cisma dele. Tubi ensaiou várias maneiras de perguntar, e quando achou que tinha achado a maneira certa, faltou a coragem. Então ele foi marcando prazos improrrogáveis. Quando chegarmos naquele cupim eu pergunto. Chegavam ao cupim, ele ficava na dúvida se era aquele ou outro mais adiante. Marcava outro cupim, ou uma árvore, ou um boi pastando, e na hora o pai estava acendendo um cigarro, ou se desviava muito para um lado da estrada, ou tossia, e Tubi perdia a oportunidade. Estaria ele sendo injusto com o pai? Pecando contra o mandamento de honrar pai e mãe?

Os cavalos pisavam surdo na terra mole da chuva da véspera. Uma tartaruguinha morta na estrada, a barriguinha cor-de-rosa virada para cima, murchando ao sol frouxo. Tubi parou o cavalo e se inclinou para olhar. Formiga não perde tempo. Lá estavam elas ativas, atacando. Aí ele pensou nos muitos bichos que morrem na estrada e são comidos por outros bichos. A estrada é perigosa para todos, até para formigas. Quantas formigas aqueles dois cavalos não tinham matado naquele dia? Numa pisada só, quantas não morrem? Não é só bala que mata. Bala de carabina 44, a ponta rachada em cruz pra fazer maior estrago.

Tubi olhou o pai que seguia na frente, o chapéu já meio puído na quina do amassado, um chapéu que seria reconhecido mesmo separado do dono (o chapéu de seu Belarmino estava pendurado num cabide na varanda da Paciência, quem olhasse para ele via em continuação a cabeça e o rosto de seu Belarmino, engraçado esse casamento do chapéu com o dono), o paletó esticado nas costas por causa da curvatura que seu Jucá apanhara depois do tiro. Seu Jucá também podia ter morrido; e se tivesse, eles não estariam ali juntos, de volta da despedida ao cadáver de seu Belarmino. Tubi teve uma saudade repentina do pai, uma vontade de ser amigo dele, de nunca desobedecê-lo nem lhe dar trabalho; cutucou o cavalo com os calcanhares, alcançou o pai.

— Pai, o senhor vai mesmo comprar o automóvel?

O pai deu uma chupada demorada no cigarro, jogou-o fora, soprou fumaça pelo nariz, depois pela boca; respondeu como se falasse com gente grande:

— Vou, filho. Estou resolvido. Bobagem a gente viver poupando dinheiro. De repente cai morto e não fez o que teve vontade. Não viu seu Belarmino?

Tubi esqueceu o morto, as tristezas da noite, tudo o que tinha pensado e sofrido. Mas surgiu uma dúvida.

— E quem vai guiar?

— O Jorgito de Amélia vai me ensinar. Depois eu ensino você.

É. Com um automóvel o Amanhece ia ser melhor ainda.

OBJETOS TURBULENTOS
(1997)

Que assim, assim e assim quiteis, velhos papéis, a incômoda presença do inacabado.

Alvaro Delduque Alvares

Espelho

Quando uma casa desmorona por velhice mais abandono, parece que alguma coisa da essência das pessoas que viveram nela e foram felizes — pelo menos por algum tempo ou alternadamente, já que ninguém é feliz sempre — fica pairando sobre os escombros e sobre utensílios abandonados ou esquecidos pela última família que morou nela; tanto que o poeta Pessoa escreveu num poema: "O que eu sou hoje é terem vendido a casa\ É terem morrido todos\ [...] Desejo físico da alma de se encontrar ali outra vez". Aquela casa deve ter sido vendida várias vezes, depois envelheceu e por fim caiu.

O entulho ficou lá enfeando a rua e servindo de abrigo a mendigos e outros desses que têm a mania de pensar que são rebeldes, contestadores, não querem trato com o que chamam de sistema, mas não levam esse pensamento às últimas consequências: não abrem mão de um bom churrasco de gato nem do ato mais visceral de descarregar seus detritos quando se sentem pesados por dentro. Em todo caso, uma vez aliviados lembram-se de que fizeram uma concessão aos costumes e pensam que se redimem deixando de se limpar. Cada qual com a sua filosofia, como disse o general de granadeiros Contumácio Coribantes, vencedor da Batalha de Filigranas, que, como se sabe, mudou o rumo da história dos países do lado de baixo do Equador.

Então o entulho do desabamento ficou lá poluindo a rua e atraindo moscas, lagartixas, ratos, baratas e outros entes obnóxios, até que saqueadores tomaram conhecimento e começaram seu trabalho sistemático de extrair e carregar tudo em que vissem algum valor. Durante dias, talvez semanas, caminhões, kombis e até burros-sem-rabo, que ainda existem para quem sabe onde achá-los, transportaram ladrilhos, azulejos, grades, pias, torneiras, painéis de vidraças milagrosamente inteiros, portas, portais, caixilhos e esquadrias de janelas, fechaduras antigas ainda perfeitas, algumas sem as chaves; dois ou três armários enormes de madeira maciça para guardar louça ou roupa de cama e mesa e que os últimos moradores não quiseram carregar, certamente devido ao tamanho e ao peso. Esses foram desmontados a duras penas e transportados em um caminhão novo com placa de Vassouras, RJ, que alguém anotou por curiosidade.

Havia também um guarda-roupa, esse não tão antigo nem de boa madeira, tanto que não resistiu ao esboroo da casa, ficou todo quebrado e desconjuntado e não interessou a nenhum dos primeiros predadores. Mas quando chegou o segundo escalão, o chamado pente-fino, formado pelos que se contentam com sobras e rebotalhos, alguém deu uma olhada no guarda-roupa arrebentado, talvez esperando ou desejando que em alguma das muitas gavetas, quem sabe, tivesse ficado algum objeto de valor, ou mesmo dinheiro, é impressionante o que existe de gente distraída no mundo, e muitas vezes o prejuízo de um distraído acaba sendo o lucro de um porfioso.

Dada a vista nas gavetas, quase todas ocadas por cupins, e nada encontrando, a pessoa notou que uma porta estava inteira e sã e poderia ser aproveitada, há sempre colocação para uma boa peça de madeira já curtida pelo tempo e vacinada contra cupins, podia servir para tampo de mesa, para um banco, para prateleiras de estante, era só esperar o encontro dela com quem a estivesse procurando, se esses encontros nunca acontecessem não haveria necessidade de belchiores, que sempre existiram e sempre existirão.

Depois de muito esforço, solavancos e engenho porque o puxador, também de madeira, estava quebrado e não dava pega, o pente-fino conseguiu abrir a porta — e teve nova surpresa. Do lado de dentro havia um espelho biselado de metro e meio de altura por sessenta e cinco centímetros de largura em perfeitíssimo estado, só que por cima da grossa camada de poeira podia se escrever nele com um dedo uma frase completa, como "Todo governo é delinquente".

Razoável conhecedor de coisas antigas, o vasculhador de ruínas imaginou ou percebeu que o espelho tinha sido reaproveitado naquele armário: a moldura era diferente da madeira da porta, indicando que o espelho devia ter estado numa parede, talvez num salão, acima de um bufê ou de um sofá; ou num quarto de vestir, ou em uma loja de roupa ou calçado. E era importado, provavelmente da França, cujos artesãos inventaram este tipo de corte chanfrado para evitar arestas nas margens de placas de vidro ou de madeira.

Mas — e o aço? Estaria ainda bom depois de tanta vivência e de tantos sacolejos?

Como saber, com tanta poeira encrostada em cima? Olhou em volta, viu umas folhas de jornal jogadas nas ruínas pelo vento. Pegou duas folhas, fez uma pelota, experimentou. A seco não adiantava, apenas espalhava a poeira. Só molhando o papel, mas onde achar água? O homem tinha expediente, não ia empacar por tão pouco. Procurou um lugar protegido da vista de quem passava na rua e urinou na pelota de jornal. Com o papel molhado limpou duas pequenas áreas do espelho e por elas deduziu que o aço devia estar bom de ponta a ponta.

Satisfeito com o achado, nosso homem tornou a fechar a porta do armário, esperando encontrá-lo intato quando voltasse com uma kombi de aluguel para levar o espelho; se ninguém o vira antes, certamente ninguém ia vê-lo naquele dia. Mas antes era preciso agradecer ao santo fumando um bom charuto ali mesmo, com calma; para que pressa, se o dia estava ganho? Depois de limpado e exposto no belchior, o espelho não demoraria a encontrar comprador.

Não errou na previsão. Logo no primeiro dia um decorador se interessou, indagou o preço. Achou caro, fez uma contraproposta. Experiente, o belchior não quis vender ao primeiro interessado, mas anotou nome e telefone. Horas depois entrou um casal jovem procurando uma mesa de jantar extensível. Não gostaram das únicas duas que havia, ambas precisando de conserto, o que encareceria o preço final. Quando saíam, viram o espelho. Ouviram o preço, confabularam em voz baixa, compraram sem regatear.

Depois de muito debate e experimentação concluíram juntos que o espelho ficaria bem na sala de visitas, instalado horizontalmente atrás do sofá de três lugares. Oposto a ele, separando a sala de visitas da de jantar, ficava uma marquesa de jacarandá trabalhado, também comprada em belchior e restaurada por empalhador recomendado pelo próprio vendedor. De cada lado do sofá havia uma poltrona Luís XV estofada de veludo caramelo pelo artista Mário Cotas, mas para isso tiveram de esperar seis meses, a lista de encomendas dele era enorme. Valeu a espera. A sala ficou coisa de revista, diziam os amigos.

E o casal ficou feliz com a sala. Quando saíam para algum compromisso social sentiam-se como exilados, e arranjavam pretextos para se retirarem mais cedo e voltarem depressa para a sala acolhedora. Logo perceberam que a alma do ambiente era o espelho, tudo mais eram acessórios que sozinhos não encheriam os olhos de ninguém. Sem o espelho ficaria uma sala plebeia, com móveis de sentar, tapetes, alguns quadros indiferentes, riquefifes vários — igual a um sem-número de outras.

Por causa do espelho, e parece que sem perceber, o casal ficou passando a maior parte do tempo na sala, e às vezes até dormiam nela, um no sofá, outro na marquesa. Por que faziam isso? Se perguntados, possivelmente não saberiam o que responder. Sentiam-se felizes na sala, seria a resposta singela. Mas não precisavam dar essa explicação a ninguém, primeiro porque eram sozinhos e a senhora que cuidava da casa e da cozinha dormia fora; segundo, porque achavam aquilo natural, e o que é natural carece de explicação. Quanto mais olhavam para o espelho e viam a sala e eles mesmos refletidos no vidro impecável mas quase etéreo, mais gostavam dele; e já estavam achando que o encontro deles com o espelho, ou o contrário — o que talvez não fosse a mesma coisa, pensando bem — podia ser alguma arrumação do destino; e se consideravam escolhidos. Imagine se o espelho tivesse ido para um novo-rico qualquer, um capadócio, um bicheiro, um fala-gritado?

Mas, como disse um cantador, a felicidade é um trono de nuvem, quem se senta nele deve estar prevenido porque se desmancha à toa, basta um ventinho, uma palavra impensada.

Foi o que aconteceu, ao que parece, porque quando voltaram o filme e o repassaram para ver se entendiam, ficaram achando que a mudança começara numa tarde esplêndida de domingo, o sol iluminando a varanda da frente, crianças brincando, gritando e rindo embaixo na praça, o casal na sala gozando a companhia do espelho. De repente a mulher, serena, alegre, reflexiva, deitada na marquesa, olhando pela porta da varanda e torcendo um chumaço de cabelo com o polegar e o indicador da mão direita, disse em voz calma, mais como se fosse um pensamento que tivesse lhe escapado pela boca:

— Não acha que estamos parecendo dois bobocas atrelados a este espelho?

O homem, sempre atencioso, deitado no sofá, os pés descalços sobre uma almofada, os joelhos dobrados, lendo o segundo volume do *Corpo de baile* de Guimarães Rosa, pousou-o aberto sobre o peito e olhou intrigado para a mulher.

— Como é mesmo, filha?

— Eu disse alguma coisa? — indagou a mulher, olhando-o intrigada.

— Disse que estamos parecendo dois bobocas atrelados a este espelho. Aliás, não disse; perguntou se eu não achava.

— Foi, é? Ora essa! — Voltou a torcer a mecha de cabelo por um instante, calada. — Bem, se eu disse, então é porque estava pensando.

Ele pegou novamente o livro, mudou de ideia antes de localizar o ponto onde havia parado. Pousou-o de novo no peito. A observação da mulher ficou interessando mais.

— Esse pensamento é novo ou já lhe ocorreu antes? — perguntou.

Como não tinham segredos um para o outro, ela admitiu que dias antes no trabalho, ao ouvir uma colega falar do fim de semana altamente relaxante que passara com o marido e amigos em um hotel-fazenda no Vale do Paraíba, fizera uma comparação e ficara em dúvida se eles dois estariam certos fechando-se tanto em casa e em si mesmos por causa do espelho, como se o mundo lá fora não existisse; e se indagara se isso não acabaria prejudicando-os de alguma maneira.

— Bem, já que o assunto pulou a cerca, é porque chegou a hora. Então não vamos continuar fazendo de conta que ele não existe. Eu também tenho me preocupado com o espelho de uns dias para cá.

— É mesmo? Como assim? — disse ela, ao mesmo tempo em que passava da posição de semideitada para a de semissentada.

— Um dia, quando você estava na cozinha fazendo café e eu aqui conversando com Emer e Zenaide, os dois sentados no sofá, olhei para eles para dizer qualquer coisa, tive uma sensação esquisita. Emer me perguntara sobre meninos de rua, a matança da Candelária. Quando dei minha opinião, aconteceu. Os que estavam no sofá eram Emer e Zenaide. Os que eu via no espelho, só do ombro para cima, eram outros. Esses aprovavam a matança. Não diziam isso em palavras, as palavras deles eram as de Emer e Zenaide, diziam que tinha sido um horror, uma vergonha, uma desumanidade; mas tudo soava falso. A opinião verdadeira estava nas imagens refletidas. Fiquei horrorizado. Disfarcei, levantei, fui à varanda pretextando ter ouvido qualquer coisa lá fora. Felizmente você apareceu logo com o café.

— Me lembro que quando entrei com a bandeja você vinha da varanda. Só isso.

— Então eles também não devem ter notado. Ainda bem. Mas fiquei transtornado. Naquele instante o espelho mostrou-me a verdadeira alma deles.

Ela olhou demoradamente para o espelho e disse: — Gostaria muito de pensar... pensar não, ter certeza... que você tivesse imaginado isso.

— Eu também. Mas não dá para fraudar. Foi real.

Não falaram mais no assunto, mas pensaram muito, cada um por si. De tardinha fizeram um lanche na sala de jantar, esforçando-se os dois para não falarem no espelho nem olharem para ele. Depois ligaram a televisão, nada de interessante. Que tal um cinema à noite? Consultaram o jornal, optaram por uma comédia inglesa, *O garçom venturoso*, de Peter Ustinov. Os ingleses são bons em comédia, e Ustinov melhor ainda, lembra-se de *Vice-versa*?

O filme é a história de um garçom de Charlotte Street que encontra a seu lado num banco do metrô uma bolsinha minúscula. Guarda-a no bolso para ver depois se contém algum valor. Quando a abre em casa, vê que tem um diamante do tamanho de ovo de codorna, com nota de venda de uma loja de Amsterdã. O preço, uma fortuna. O filme todo é o desespero do garçom para encontrar um lugar seguro onde esconder o diamante até poder dispor dele sem risco. Não tem experiência em atividades clandestinas e não pode consultar ninguém para não levantar suspeita. Não pode dividir o problema com a mulher porque ela tem coceira na língua. Todo esconderijo que imagina logo lhe parece escancarado. Levanta-se no meio da noite para mudar o diamante de lugar. Pensa engoli-lo para recuperá-lo no dia seguinte, e assim ir fazendo dia após dia, mas na primeira tentativa quase morre engasgado, o raio do diamante bem podia ser um pouco menor.

O homem vive sonolento, cochila no trabalho, o chefe o adverte. Finalmente o pobre garçom conclui que não existe em toda Londres um lugar seguro para quem não tem diamantes esconder um diamante do tamaninho de um ovo de codorna. E resolve entregá-lo à polícia.

Em vez de distraí-los, o filme agravou as preocupações inconfessáveis do casal. Na mesma noite retiraram o espelho da parede, o que não foi difícil: bastou retirar com torquês as três escápulas do alto, içar o espelho das três escápulas que o sustentavam embaixo, depois virá-lo de frente para a parede e pousá-lo no chão atrás do sofá.

No dia seguinte telefonaram para o belchior e fecharam negócio pela primeira proposta, como tinham feito quando da compra. Mas continuaram usando espelhos, ele para fazer a barba, ela para se pintar e pentear.

Cachimbo

Chamava-se Oduvaldo, trabalhava na Bolsa, parece que de operador de pregão; de qualquer forma, um daqueles rapazes vestidos de colete de cor viva que ficam no salão gritando e gesticulando como doidos. Era sério e aplicado e morava em Santo Cristo, exatamente na rua Vidal de Negreiros, o que era motivo de brincadeiras maldosas, sem graça e repetitivas dos companheiros de trabalho por ser ele negro. Mas Oduvaldo não ligava; se ligava, esforçava-se por mostrar que não — e convencia.

Não se pode dizer que os chefes de Oduvaldo na corretora estivessem tranquilos com o trabalho dele. Contentes estavam, mas tranquilos... Se ele não fosse negro, quem sabe a imagem da corretora seria melhor, e consequentemente também o volume de negócios? Oduvaldo trabalhava mal, fazia traficâncias, gerava reclamações? Isso não. Os clientes confiavam nele e o elogiavam em conversas por telefone e por memorandos. Então o quê? Pois é, o quê?

Dizer que Oduvaldo não farejava o clima seria menosprezar a inteligência e a sensibilidade dele. Ele bem que percebia, mas comportava-se como operador competente e confiável, com naturalidade, sem preocupação de se destacar. Sabia que todos os olhares convergiam para ele, esperando o menor deslize.

Por isso também ele tinha o maior cuidado no vestir. Nada de roupas espalhafatosas nem elegantes demais. A mãe, viúva e pensionista da Marinha, achava que ele devia usar roupas coloridas, condizentes com a idade, em vez de se apresentar em toda parte como doutor advogado.

— Vão acabar chamando você de preto pernóstico — disse ela um dia, quando tomavam o café da manhã. Ele sorriu e continuou passando manteiga numa torrada, para depois passar geleia por cima. Parecia não ter dado importância à observação da mãe. Preparada a torrada meticulosamente, como era o jeito dele, sem lambuzar os dedos, Oduvaldo falou:

— D. Gercina, parece que a senhora pensa que roupa de negro tem que ser diferente de roupa de branco. Eu me vestindo discretamente de cinza ou azul, sapato preto engraxado mas não lustroso para não chamar atenção, corro o risco de ser preto pernóstico. Se me vestisse como esses jovens brancos e negros também, calça jeans apertadinha caindo sobre aqueles horrorosos tênis importados, que mais parecem sapatas de robô, camiseta de universidade americana feita em Vilar dos Teles, e respectivo bonezinho, seria fichado como preto exibido.

— Também não é assim, meu filho — disse a mãe querendo se justificar. — Nem tanto ao mar, nem tanto à terra, como dizia o sargento seu pai que Deus o tenha.

— Que Deus o tenha. E quanto à comida? Esta comida aqui é tipicamente de branco, como se vê até no cinema. Olhe só: presunto com ovos, cereais, ou *síarial*, como dizem os americanos; torrada, geleia ou mel. Qual deve ser então a comida de negro?

— Ah, Valdo, eu falo numa coisa, você vem com outra. Passa de alhos a bugalhos, como dizia o sargento seu pai.

— Que Deus o tenha. Falar nisso, estou puxando.

— Puxando o quê, meu?

— Maneira de dizer. Puxando o corpo para o trabalho. É coisa de americano, negros e brancos.

— Ah, entendi. Americano.

— Então, até de noite. Mas comporte-se, heim, d. Gercina. Não faça nada que eu não fizesse.

— Ah, vai, vai, negrinho pernóstico.

Oduvaldo era fumante. Fumava Hollywood desde meados do curso no colégio militar, ou naval, mas nunca chegara a queimar um maço por dia. Até pensara em parar, mas sempre foi adiando a decisão. Afinal fumava pouco e o cigarro o ajudava a pensar nos momentos de tensão, que são muitos na vida de um operador de pregão. Uma tarde, depois de um pregão excepcionalmente nervoso, ele aceitou convite de uns companheiros para tomarem um drinque relaxante num bar da praça Quinze. Não estava muito a fim, mas se recusasse — olha aí o negrinho pernóstico pensando que é o tal. Aceitou, e telefonou para a mãe avisando que ia se atrasar.

O bar era frequentado por grandes investidores, desses que ganham ou perdem fortunas num pregão. A maioria fumando, uns fumavam cigarros importados, outros charutos idem, e um fumava cachimbo. Esse foi reconhecido e apontado como o incrível Osmar das Quantas, grande operador das bolsas do Rio e São Paulo, fumava cachimbo com uma naturalidade que dizem ser característica de lorde inglês, exceto os antitabagistas. E o fumo! Que aroma! Que fumaça tão leve!

O resultado foi que dias depois, ali mesmo na praça Quinze, Oduvaldo comprou um cachimbo inglês de raiz de torga, parecido com o do investidor, e um pacotinho de fumo também inglês recomendado pelo vendedor. No mesmo dia em casa, depois do jantar, ele iniciou o aprendizado por conta própria, devagar, apalpando. O segundo passo ele já sabia de observar o Osmar. Por exemplo, quando Osmar voltou a encher o cachimbo depois de mantê-lo apagado e emborcado no cinzeiro por algum tempo, e apalpou os bolsos à procura dos fósforos, alguém na mesa ofereceu-lhe um isqueiro. Ele recusou, disse que cachimbo se acende com fósforo, e só depois que a parte química se queimou e a chama passou para a madeira; a chama do petróleo afeta o gosto do fumo.

Da primeira vez Oduvaldo não conseguiu tirar fumaça do cachimbo por mais que chupasse, até descobrir o motivo: havia comprimido demais o fumo no fornilho, dificultando a passagem do ar. Tirou um pouco do fumo, afofou o restante com a ponta de uma tesourinha, acendeu. Agora sim, dá boa fumaça. Mas ainda não podia se considerar fumante de cachimbo porque o danado teimava em se apagar. O aprendiz gastou quase metade de uma caixa de fósforos para fumar uma carga até o fim. E ficou com a língua ardendo, apesar de o fumo ser "suave", segundo dizia o fabricante, Messrs Ogden's de Liverpool. Achando que por enquanto chegava, deixou a segunda lição para a noite seguinte. Mas uma decisão ele já havia tomado: mesmo depois que amansasse o cachimbo, que dominasse a técnica, jamais fumaria em público. Cachimbo só em casa.

Ao fim de um mês se tanto, se ele ainda não fumava como o grande Osmar, chegara tão perto que ninguém notaria qualquer diferença. Aprendeu a limpar o cachimbo, comprou limpadores e um canivetinho de lâmina serrilhada para raspar a crosta de carvão que se forma no fornilho. E aprendeu também que um cachimbo só não basta; é preciso vários, para se fazer rodízio.

Uma noite, quando ele e a mãe viam televisão, ele experimentando um fumo novo indicado por outro cachimbeiro da Bolsa, a mãe disse em tom casual:

— É bom pitar isso, Valdo?
— Eu gosto. Incomoda a senhora?
— Não, não. É muito cheiroso. Cheira a imburana.
— É um fumo novo que o Davite indicou. Gostei.
— Sabe, quando você começou com essa novidade de fumar cachimbo, tive receio que você fizesse bobagem.
— Bobagem?
— É. Saísse por aí pitando cachimbo. Já pensou?
— Tanto pensei que tomei a decisão de só fumar em casa.
— Ainda bem — disse a mãe aliviada.

E ficou assim. Oduvaldo fumando seus cachimbos depois do jantar e durante o dia nos fins de semana. Já tinha quatro, entre eles um Dunhill e um francês de tubo curvo em forma de interrogação se fosse posto de pé com o fornilho para cima. Comprara também um umedecedor de latão patinado com forro interno de cortiça, e na tampa um mineral irradiador de umidade para impedir o ressecamento do fumo. Era já um cachimbista consumado. Podia ler recostado no sofá com o cachimbo na boca sem que ele se apagasse e sem que a saliva escorresse para fazer chororó no fundo. Mas ainda não tinha coragem de cachimbar em público, como fazem os brancos e os negros que não se incomodam de parecer pernósticos.

Mas uma decisão de comportamento é como uma ordem que a pessoa dá a si mesma. E quem dá uma ordem pode revogá-la ou suspendê-la temporariamente. E Oduvaldo cometeu a imprudência de suspender por uma hora ou duas a decisão de não fumar cachimbo em público. Tinha motivo, reconheça-se. Depois de um almoço de sábado, de mocotó com arroz branco, que d. Gercina preparava muito bem, acompanhado com um molho de hortelã com malagueta, Oduvaldo deitou-se um pouco para ajudar a digestão, como era seu hábito no fim de semana. Quando acordou, o radinho que tinha ficado ao lado do travesseiro tocava uma música que ele achava linda, e até aprendera a cantar, uma de Gilberto Gil, "Se eu quiser falar com Deus". Ouviu-a até o fim, cantando também.

Levantou-se, tomou um café que a mãe esquentou no micro-ondas, e achou que estava na hora de dar umas boas cachimbadas. Enquanto enchia o cachimbo chegou à janela da sala, que dava para um patiozinho florido por artes de d. Gercina. Uma tarde linda lá fora, o sol dando uma festa de claridade, vida e alegria nas árvores, nas paredes, no céu. Oduvaldo sentiu-se convidado. Por que não fumar o cachimbo na praça ali tão perto, frequentada por gente conhecida, que os tratava bem, a ele e à mãe? Não estaria ele sendo radical demais na decisão de não fumar em público? Estou com vontade vou, pensou.

Vestiu uma calça jeans, que só usava nos fins de semana, calçou uma sandália de calcanhar fechado, própria para sair no verão, pôs uma camiseta amarela de meia manga sem nenhum desenho nem inscrição. Para não ficar sentado num banco da praça só fumando e olhando o tempo, pegou o número recém-chegado da revista *Exame*, que assinava.

— Mãe!

— Estou aqui, filho. No tanque. Quer alguma coisa?

— Não, mãe. Vou dar uma volta na praça.

— Vá, filho. É bom pra espantar o mofo. Ah, se lembrar, passa no japonês e traz massa de tomate.

Valdo despejou o fumo do cachimbo no pacotinho, já que não ia acendê-lo por enquanto, e saiu.

No caminho encontrou várias pessoas brancas e negras que o cumprimentaram cordialmente, algumas até com deferência; outras, principalmente mulheres, perguntaram por d. Gercina. Um senhor muito sorridente, negro, dono de um botequim quase na esquina da rua da América com a praça, perguntou se afinal ele tinha saído da toca.

— Seria um pecado se não saísse numa tarde linda como esta, heim, seu Frutuoso?

— Falou e disse, menino. Como vai d. Gercina? Qualquer dia vou lá de supetão filar aquele mocotó.

— Devia ter ido hoje, seu Frutuoso.

— Não perde por esperar. Levo as cervejas.

— Serão bem recebidas.

— Falou e disse.

Gente boa. Por isso gosto do Santo Cristo. Mudar daqui só para — não. Mudar de casa, pode ser. De bairro nunca.

A praça estava quase deserta, a não ser por umas três ou quatro crianças que tentavam andar de patins no pavimento esburacado. Os homens deviam estar em casa ainda jiboiando o almoço ou já nos botequins, biritando e falando mal dos patrões e dos políticos. Oduvaldo sentou-se num banco à sombra precária de um coqueiro-anão. Encheu o cachimbo, acendeu-o e abriu a revista.

Estava ainda folheando-a para avaliar antes de decidir que matéria ler primeiro, quando apareceram três jovens negros, que ficaram andando para lá e para cá na frente dele. Oduvaldo notou-os, mas não prestou atenção, estava mesmo interessado na revista. Só os olhou focalizando quando dois se sentaram um de cada lado dele no banco, e o terceiro ficou em pé na frente. Todos usavam jeans e tênis sem amarrar e camisetas de meia manga com figuras de cantores negros que Oduvaldo não identificou. Os que estavam dos lados dele no banco tinham cabelo rastafári. O outro usava boné do Flamengo. Pensando que os rapazes quisessem conversar, ele fechou a revista para não parecer desdenhoso ou posudo.

Os rapazes nada diziam, só olhavam, agora com ar provocador. E essa agora. Que será que eles querem? Oduvaldo pensou em levantar-se e deixá-los, mas achou que seria dar mostra de fraco ou de culpado, fosse lá do quê. Finalmente um dos que estavam ao lado inclinou-se para olhá-lo de frente e disse aos outros:

— Estão vendo, irmãos? O broder aí se trata. Sandalinha de pleibói, cachimbinho no bico, fuminho cheiroso. Pinta de lorde.

— É. Nem parece negro.

— Vai ver não é mesmo. É pintado — disse o terceiro.

— Primeiro vamos admirar o cachimbinho. Deve ser estrangeiro — falou o primeiro, e puxou o cachimbo da boca de Oduvaldo.

— Espere aí, seu. Que negócio é esse? — reclamou Oduvaldo, levantando-se e tentando recuperar o cachimbo, o que o outro evitou com um movimento de ombro.

— Espere aí você. Você me chamou de seu. Seu o quê?

— Isso mesmo, Zezão. Pede explicação ao mocinho bem-vestido.

— Maneira de dizer — Oduvaldo tentou amenizar.

— Vamos deixar isso pra lá. Por enquanto — disse o outro rastafári. — Xeu ver o cachimbo dele. Parece coisa fina. — Pegou o cachimbo que o outro lhe passou, e examinou-o como entendido. — Hum. Não falei? Coisa lorde, broder. Será resistente? — pegou o cachimbo pelo tubo, bateu-o com força no encosto do banco. O tubo quebrou rente ao encaixe com o fornilho, que voou longe. — Não é resistente — disse, e jogou fora o tubo.

— Agora o nosso chapa aí ficou sem cachimbo. Tadinho. Será que vai chorar?

— Vai não, ara. Perdeu o cachimbo mas ainda tem o fumo — disse um rastafári, e piscou para os outros. Como se tivessem ensaiado, os três caminharam para Oduvaldo, o agarraram e o sentaram à força no banco.

Nessa altura Oduvaldo, que não era de briga, estava amedrontado e suava forte. Olhou em volta. As crianças haviam desaparecido. Um mendigo esmolambado catava coisas no chão, pontas de cigarro talvez, sem tomar conhecimento dos rapazes. Um senhor gordo, de calção e camiseta sem mangas, passou à distância com um bassê pela coleira. Um vendedor de algodão-doce passou na beira da praça com a sua carga colorida, e não vendo crianças não parou. Oduvaldo estava sozinho. A tarde optara pela neutralidade.

Parecia uma conversa de amigos, Oduvaldo sentado entre os dois rastas, cada um com a mão num ombro dele, o de boné em pé na frente.

— O fumo — disse o de boné. — Vamo vê se é bão mesmo ou se é mata-rato.

Como autômato, Oduvaldo tirou com dificuldade de um bolso traseiro da calça o pacote de fumo, que um rasta pegou com safada delicadeza.

— Hum, coisa fina, gente. Olhe só. — Leu a marca. — *Plaieres Navi Cut Mild*. O nosso chapa só consome coisa boa.

O pacotinho passou de mão em mão, cada um elogiando debochadamente.

— Se ele não tem mais cachimbo, pra que vai querer fumo? — disse um.

— Pois é. Não precisa mais. Também é pecado jogar no lixo um fumo tão cheiroso — falou outro, cheirando novamente o fumo e se fingindo de inebriado. — Alguém tem alguma ideia?

— Xeu vê, xeu vê. Peraí — disse o de boné. — Acho que tenho. Minha vó mascava fumo.

— A minha também — retrucou outro. — Lá em Carangola.

— Então? Ele pode mascar pra gente vê. Faz de conta que é uma vovozinha. Assim a gente mata a saudade de nossas vó.

Com as pontas de duas facas, uma de cada lado das costelas, Oduvaldo foi obrigado não só a mascar mas a engolir boa parte do fumo restante. Quando viram que ele mudava de cor e começava a vomitar, guardaram as facas e saíram enojados mas rindo. Oduvaldo arrastou-se como pôde para casa, parando a todo instante para vomitar e ouvir censuras de pessoas que o tomavam por bêbado. Quando chegou em casa vomitou antes de entrar para não assustar a mãe; mas logo que entrou não deu conta de alcançar o banheiro e vomitou na sala, aos olhos da mãe que descansava na cadeira de balanço.

— Com efeito, Valdo! Nunca esperei ver isso de você.

Ele jogou-se no sofá sem nem tirar as sandálias, e chorou como criança. A mãe foi aos poucos perdendo a zanga, e logo estava ajoelhada ao lado do sofá acariciando e consolando o filho, mas pensando ainda que se tratava de bebedeira. De repente lembrou-se que no quintal tinha losna. Pegou umas folhas e fez um chá forte.

— Bebe tudo que faz bem. Não é motivo para choro.

Ele bebeu obedientemente a xícara toda, mas fazendo caretas. Quando o choro passou e as ânsias também, respirou fundo e contou o que havia acontecido. A mãe escutou tudo calada, receava dizer alguma coisa, mesmo contra os malfeitores, que pudesse agravar o abatimento do filho.

Quando acabou de contar, Valdo também ficou calado, a mãe acariciando-o como se ele ainda fosse pequeno. Finalmente ele falou:

— Eram todos negros, mãe. Todos negros. Por que fizeram isso comigo?

A mãe demorou a responder. Quando falou, foi para dizer que não tinha resposta.

Cadeira

Sempre que ia à casa do médico, de quem ficara amigo depois de uma cirurgia de hérnia, Delduque gostava de sentar-se numa cadeira que ficava ao lado do sofá e de frente para a varanda. Cadeira mais para feia, muito velha, estofamento surrado, madeirame pedindo lixa, toda a peça pedindo reforma ou substituição. Parece que ninguém na casa gostava dessa cadeira. D. Margarise, mulher do médico, não se cansava de renegá-la, dizia que era monstrenga, destoava dos outros móveis, desequilibrava a harmonia da sala. Por que então estava ali há tanto tempo, se quem decide sobre decoração geralmente são as mulheres?

É. Mas dr. Valério tinha grande apego àquela cadeira. Pertencera a seu grande amigo, protetor e conselheiro d. Sereno Argenta, que foi bispo de Cantagalo durante muitos anos, por volta de meados do século. D. Sereno ganhara a cadeira de seus admiradores após um episódio que tem o seu lado anedótico, segundo dr. Valério. Os móveis da casa episcopal eram muito velhos e malconservados. Um dia, ao receber um grupo de cidadãos de boa vontade para discutirem certo projeto de ação social no bispado, d. Sereno levantou-se para cumprimentar um retardatário importante. Ao sentar-se novamente, a cadeira que ele usava para trabalhar na escrivaninha simplesmente desmanchou-se, e ele viu-se sentado no chão. Passado o susto (felizmente Sua Excelência Reverendíssima não se machucou) e passados os risos respeitosos, alguém arrastou outra cadeira para o lugar da peça irreverente. Uma ou duas semanas depois d. Sereno recebia uma cadeira nova, confortável e muito sólida, estofada de gobelino de fundo verde-claro com desenhos em verde-garrafa, para combinar com a secretária de madeira castanha. Na parte posterior da madeira do encosto tinha pequena placa de metal dourado com os dizeres: "A d. Sereno Argenta, seus amigos e admiradores. Cantagalo, 7.7.42. *Per non cadere*".

D. Sereno usou essa cadeira por cerca de vinte anos. No princípio mostrava-a a todos os visitantes que achava pudessem apreciá-la e à anedota que lhe dera origem. Quando ele morreu, no começo dos anos de 80, dr. Valério, já instalado no Rio, foi informado no mesmo dia e fez questão de assistir ao enterro. Antes de voltar para o Rio ficou sabendo que d. Sereno, que não era rico, havia legado seus objetos de uso pessoal aos amigos, a Valério tocando a cadeira. Por sorte o médico havia viajado numa caminhonete espaçosa, por isso não teve dificuldade de transportar o excelente legado.

Claro que a cadeira não estava mais como no primeiro dia. A beleza do estofado, as rosaças da parte superior do encosto e o lustro discreto da madeira tinham sofrido o desgaste do uso e a ação do tempo. Logo que a viu, transportada para a sala pelo motorista e um empregado da casa — era uma poltrona ampla e pesada — d. Margarise levou a mão direita à boca.

— Isso vai ficar aqui na sala, Valério? — ela perguntou alarmada.

O marido esperou que os empregados saíssem e explicou que se tratava de um gesto muito gentil, mais do que isso, uma deferência, de d. Sereno. Contou mais uma vez o episódio da cadeira quebrada, mostrou a placa atrás do encosto, já quase ilegível devido à pátina. Seria muita ingratidão relegar a cadeira a algum recanto obscuro da casa. E terminou com um apelo.

— Gostaria muito, Ise, que a cadeira ficasse aqui na sala como homenagem ao boníssimo d. Sereno, a quem tanto devo. Não fosse ele, eu não seria quem sou.

D. Margarise suspirou e concedeu. — Se é assim, tudo bem de minha parte.

Dr. Valério só sentou na cadeira do bispo uma única vez. Foi no mesmo dia em que a trouxera de Cantagalo. Sentou-se para fumar um charuto depois do jantar. Mas antes de terminar, achou que não devia. Sentiu-se um profanador, e levantou-se.

Mas não se importava que outras pessoas sentassem. Essas não conheceram d. Sereno pessoalmente, não tiveram conhecimento direto de seus incontáveis atos de bondade, não sentiram a espiritualidade que o envolvia. Quem sabe até ele não se sentiria feliz se soubesse que o conforto de sua cadeira estava servindo a desconhecidos, filhos de Deus como ele? Bondade de Margarise também de concordar que a cadeira ficasse na sala. Vou dar um presente a ela em agradecimento. Sem dizer o motivo, claro. Vale a pena manter a mulher da gente feliz. Aquela aquarela de Scliar que ela viu na Bonino e gostou?

Quem gostou da cadeira desde que a viu foi o poeta e cenarista Delduque. Ele tinha ganho uns queijos estrangeiros, e sabendo que em casa do dr. Valério se tomava vinho de bom pedigree, levou-os para serem consumidos com o casal amigo numa tarde de domingo. Chegou com a sacolinha da Station du Fromage, Paris 4me, e quando procurava onde sentar-se, viu a cadeira do bispo. Deu um balanço geral nela, nem registrou as observações depreciativas da dona da casa. Dr. Valério fingia não prestar atenção no interesse do cenarista, não queria acordar nenhuma brasinha dormida na mente de d. Margarise. Quando acabou o balanço geral, o cenarista afastou-se para olhar a cadeira mais de longe e finalmente disse:

— Sim, senhores. Belíssima peça. Cadeira de cardeal.

— Quase isso. De bispo — acentuou o dr. Valério. Não contou a história, deixou para outra ocasião, quando estivessem os dois sozinhos.

— Posso sentar nela? — perguntou Delduque.

— À vontade. Não está aí só para ser vista.

Delduque não só sentou, também se refestelou. E enquanto gozava o conforto, tomou nota mental de incluir a cadeira no primeiro cenário sofisticado que lhe encomendassem. Caso os donos concordassem em emprestá-la. Ela ficaria uma beleza numa peça de Wilde, de Coward, de Priestley.

E ficou assim. Sempre que ia à casa do médico, o cenarista se instalava sem nenhuma cerimônia na cadeira do bispo, como se atraído por ela. Com o passar do tempo, e cansado de perceber o esforço da mulher para não demonstrar insatisfação com a cadeira, dr. Valério começou a pensar em se desfazer do móvel desarmônico. Não de qualquer maneira, mas como se faz com um animal de estimação quando se precisa separar dele por motivo de doença ou viagem prolongada: procura-se uma casa boa para ele, de gente que goste de bichos. Aplicando a mesma norma à cadeira, quem melhor do que Delduque, que tinha se enamorado dela à primeira vista? Quem sabe se esse encontro não tinha mesmo sido providenciado pelo espírito de d. Sereno quando percebeu o mal-estar que o seu inocente legado causara?

Um sábado em que Margarise saíra para comprar uns presentes de casamento, o que significava razoável demora, dr. Valério telefonou para Delduque oferecendo-lhe a cadeira. O cenarista não acreditou logo, podia ser brincadeira. Não era. Mas a cadeira precisava ser retirada imediatamente. Por que a pressa? Era uma surpresa que dr. Valério queria fazer a Margarise quando ela chegasse das compras. O cenarista entendeu, e em menos de duas horas a cadeira já estava na residência-ateliê dele em Laranjeiras.

A pretendida surpresa não teve o efeito imaginado por Valério. Margarise chegou suada, descansou as compras numa poltrona e atirou-se bufando de cansaço no sofá. Ergueu o cabelo da nuca e do rosto para o alto da cabeça, abanou-se com a mão e chamou a empregada para pedir um copo d'água. Queixou-se da multidão no shopping, da má educação das crianças correndo e gritando para todos os lados atropelando as pessoas, e as mães nem aí. Depois de breve descanso levantou-se, pegou as compras para levar para o quarto — depois lhe mostro, tá? — e disse ao marido que ia tomar um banho demorado. Não deu por falta da cadeira do bispo.

Uma meia hora depois voltou à sala vestida com o roupão de banho e ainda enxugando o cabelo. Ainda não deu por falta da cadeira.

— Que tal um drinque para reforçar o relaxamento? — perguntou o marido.

— Só se for aquele *sherry* que Delduque nos trouxe.

— Pois eu vou de uísque.

Valério foi ao bar na sala de jantar, pegou garrafas e copos e pôs tudo na mesinha de centro. Chamou a empregada e pediu gelo. Sentou-se no sofá, onde de propósito havia deixado uns dois ou três livros pesados de cirurgia enquanto Margarise estava no banho, e sugeriu que ela se sentasse na marquesa.

— Não fique em pé, que o cabelo não enxuga.

— É mesmo? De onde tirou essa simpatia?

— Não é simpatia, é sabedoria.

Quando ela procurava lugar para largar a toalha, notou a mudança.

— Ué! Cadê a cadeira?

— Emprestei para Delduque usar num cenário.

— Ah. Espero que ele não tenha pressa de devolver. Tomara que a peça fique anos em cartaz.

— Vai ficar — disse Valério. Passou o copo de *sherry* a Margarise, ergueu o dele. — À cadeira.

— À peça — disse ela.

Delduque vibrou com a cadeira, se fosse gato ronronaria sentado nela. Pensou em dar um coquetelzinho para mostrá-la, mas só a artistas. Não já, porém. Primeiro ele mesmo ia lixá-la, encerá-la, dar uma boa aspirada no estofo para recuperar pelo menos parte da beleza do gobelino. Como trabalhavam bem os artesãos de antigamente! Depois era preciso encontrar o melhor lugar do ateliê para ela. Móvel é um pouco como gente, cada um tem o seu lugar de força, onde se sente dono de si. Para encontrar o lugar próprio da cadeira teria que experimentar muito. Só então cuidaria da festa.

Enquanto isso nada impedia que ele fosse sentando nela, quem sabe o usuário completa o móvel, e essa união ajuda a encontrar o lugar apropriado? Delduque tinha lido e relido um livro que fala de entidades invisíveis mas atuantes no mundo físico, os devas, sempre dispostos a ajudar as pessoas desde que as pessoas se abram a eles. Os devas "moram" em objetos, em lugares, em plantas que eles mesmos escolhem e que lhes dão força. Se isso é verdade, um deva já devia estar morando naquela cadeira há muito tempo, tão convidativa, tão calmante, tão favorável ao fluir do pensamento.

Logo Delduque percebeu que não podia mais passar sem a cadeira. Quando saía para resolver algum assunto, cumprir um compromisso, ficava aflito por voltar para o ateliê, tivesse ou não um projeto em andamento. Sentia saudade da cadeira, ou captava algum chamado dela. Esse agarramento não prejudicou o trabalho do cenarista, antes o beneficiou. Ele ganhou prêmios importantes, o prestígio aumentou.

Mas o relacionamento com os amigos foi afetado. No princípio Delduque não se importava que os amigos se sentassem na cadeira, até os convidava a experimentá-la, a sentirem o conforto e a serenidade que ela oferecia. Mas logo mudou, ficou enciumado. Bastava alguém sentar nela para ele ficar inquieto, mal-humorado, o que não era normal nele. Depois, quando alguém tocava a campainha, antes de abrir a porta ele enchia a cadeira de tralhas variadas, livros de arte, coleções de revistas, ferramentas, roupas, para desanimar qualquer atrevido. Os amigos perceberam a manobra, conformaram-se. E a cadeira ficou sendo só dele. Mas a exclusividade teve um preço.

Quando ficava sozinho de noite Delduque sentava-se na cadeira para comer um patê ou um queijo com vinho, a comida e a garrafa numa mesinha ao lado e sempre uma toalha no colo para evitar acidentes que pudessem molhar ou sujar a cadeira; ou então sentava-se para ler ou pensar. Aos poucos foi acontecendo de os pensamentos tomarem um rumo inquietante. Em vez de pensar poesia ou ideias para o seu trabalho, Delduque pensava em cenas que tinha visto nas ruas, nos parques, cenas de sofrimento, miséria, degradação, pessoas procurando comida em latas de lixo, crianças tremendo de fome sentadas em degraus, dois mendigos brigando por um pedaço de pão mofado, bêbados imundos caídos nas calçadas e sendo escorraçados brutalmente por policiais. Essas cenas o incomodavam e tiravam-lhe o sono, e às vezes até a vontade de comer. Que estaria acontecendo com ele? Ele sempre vira essas imagens chocantes, e conforme a disposição do momento socorria a um ou outro infeliz com dinheiro e sentia-se apaziguado, não carregava nenhum remorso para casa, nem mesmo mal-estar. Agora esse sentimento de responsabilidade pelas dores do mundo, a perda de sono, ele que sempre fora dorminhoco, a perda de apetite, ele que sempre fora apreciador de boa comida, embora parcimonioso, tanto que era esgalgo, como assenta num poeta.

Claro que os amigos notaram a mudança de humor de Delduque, e se preocupavam. Seria a constatação de alguma doença? Crise existencial decorrente da solidão? Afinal ele já passara dos quarenta e não se interessara por nenhuma mulher em particular, apesar de viver cercado de atrizes, estilistas, diretoras, teatrólogas. Homossexualismo reprimido? Nada indicava. Falta de dinheiro? Também não. Amigos o sondaram habilmente com a intenção de ajudar. Delduque não se abria. Não por orgulho ou recato exagerado, mas porque não sabia. O que ele poderia dizer honestamente era que nos últimos tempos vinha se sentindo muito responsável pela miséria circundante; mas revelar isso poderia parecer frescura demais, ou sinal de paranoia, mania de grandeza, pois ninguém é responsável sozinho pelos sofrimentos da humanidade.

O mal-estar foi crescendo até que Delduque, que não era nenhum bojota, achou que estava na hora de consultar um daqueles especialistas que os americanos em seu pragmatismo chamam de médico de cabeça. Mas antes de dar o primeiro passo — se informar, buscar recomendações — teve um sonho. Sonhou que estava em Cantagalo com uma atriz amiga, que no sonho era natural de lá e admiradora de d. Sereno, para cujas obras contribuía. A moça levou Delduque numa visita ao bispo. Na conversa que tiveram, o bispo contou que passava noites acordado sentado nesta cadeira — bateu com a mão num encosto de braço — pensando no que mais fazer para socorrer tantos necessitados. E disse umas palavras que atravessaram o nevoeiro do sonho e chegaram à mente de Delduque na manhã seguinte, quando ele se ensaboava no chuveiro: "Espero que a pessoa que se sentar nesta cadeira depois de mim não passe pelo que estou passando. Ninguém é responsável sozinho pelas misérias do mundo. Não contribuir para agravá-las já é boa ajuda".

Foi como se Delduque visse as feições de d. Sereno enquanto falava. Seria umas e outras verdadeiras? Só podia. Delduque quis assobiar, o assobio não saiu por causa do sabão no rosto e nos lábios. Então cantou. O quê? O que lhe veio à cabeça. Saiu do banheiro se enxugando e gritando para os móveis, as cortinas, os desenhos nas paredes, os livros, a prancheta: D. Sereno me absolveu! D. Sereno me absolveu! Deus lhe pague, d. Sereno!

Preparou o café com grande alegria e apetite, verdadeira refeição. Depois que comeu e arrotou, pegou o telefone e convocou os amigos e amigas para um *happening* a partir de quando quisessem depois do pôr do sol, e sem hora para acabar.

Quem quis sentar na cadeira, sentou-se à vontade.

Manuscrito perdido

Parece que o ser humano nasce para perder objetos mal aprende a pegá-los. Daí a popularidade de são Longuinho, achador de coisas perdidas. E não só objetos as pessoas se dedicam a perder. Em 1920 o filho de um magnata boliviano do estanho perdeu um Rolls-Royce novinho em Epsom Downs, onde tinha ido assistir ao Derby do ano. Meses depois foi informado de que o carro estava em Auckland, na Nova Zelândia, levado por engano por um apicultor também aficionado de corridas; mas achou muito longe para ir buscá-lo, e deixou pra lá — já tinha comprado outro. E a milionária americana Gloria Berringbaugham, numa viagem no *Queen Mary* I em 1927, perdeu o marido, um lorde inglês, entre Southampton e Vancouver, e nunca mais soube dele.

Não é de admirar portanto que um escritor sofra a perda de um manuscrito no qual trabalhou afincadamente durante meses ou anos e no qual pôs o melhor de sua capacidade e também o pior de suas angústias e de sua inquietação criadora. O romancista e contista Narciso Sincorá, autor de pelo menos dois livros de sucesso, *Não Convide Fantasma para Jantar* e *O Elefante que não Sabia Voar*, elogiados até por J. L. Borges no volume de ensaios *Livros que eu nunca escreveria*, não acreditava que um escritor perdesse originais de um livro. Quando alguém divulgava ter sofrido tal perda, ele balançava a cabeça e dizia sorrindo: "Pura fantasia. O original de um livro é como filho recém-nascido de pai amoroso. Ninguém o larga por aí para acabar perdido. Vigia-o dia e noite. Eu às vezes me levanto de madrugada para ver se o original que acabei de escrever está bem guardadinho onde deixei, em lugar afastado de tomadas, de aparelhos elétricos, de encanamentos que podem vazar, e fora do alcance de crianças e animais domésticos. E longe também de janelas e portas, porque uma chuva de vento pode arrebentar o trinco e alagar tudo. Todo escritor tem esses cuidados. A menos que seja mero passatempista".

Como para castigá-lo de tanta certeza, um dia aconteceu de Narciso perder um manuscrito. Não foi por incêndio, nem por ação de chuva de vento, nem por vandalismo do pinscher que ele tinha em casa. Foi assim. Ele tinha acabado a última versão de um conto longo para completar volume programado para uma Bienal do Livro. Antes de tirar cópias precisou viajar a Salvador para ver a mãe gravemente ferida num acidente de automóvel. Para não se separar do precioso original, ou para dar uma última olhada e ver se o conto não estaria precisando de algum retoque, Narciso levou o original numa pasta de papelão com elástico nos cantos da direita. Para não pôr a pasta na mala que ia ser despachada — mala despachada pode extraviar — resolveu levá-la na mão junto com um blusão de couro.

Uma semana depois, a mãe já de alta e em espantosa recuperação, Narciso voltou para casa da mesma maneira, a mala despachada, o blusão e a pasta na mão. Quando chega em casa, cadê a bendita pasta? Teria ficado no táxi, no avião, no balcão da empresa quando ele trocou a passagem pelo cartão de embarque? Narciso não se lembrava de quando tinha se separado da pasta com o conto. Os papéis tinham nome e endereço do autor? Narciso não se lembrava. O mais certo era não terem, afinal ele não era principiante que põe nome e endereço no que escreve para os editores saberem com quem tratar no caso de aceitação ou a quem devolver no caso de recusa. E agora? Fazer o quê? Cair no desespero. E foi o que fez Narciso.

E os rascunhos? As versões anteriores rabiscadas, reescritas, refundidas? *Hélas!* Narciso não era de guardar rascunhos. Uma vez reescrita uma versão, ele a rasgava e jogava fora. Reconstituir o conto? Impossível. A memória não era nenhuma maravilha, e o conto tinha muitas sutilezas, muitas sinalizações disfarçadas, variações de ritmo, por isso gostara dele, talvez fosse o melhor de toda a coleção, o mais trabalhado para parecer espontâneo na leitura. Reescrevê-lo todo? Nem pensar. Como recuperar o momento, o clima interior, o entusiasmo com que fora escrito? Esse momento passou e não volta mais, nunca mais, não para aquela história. É como dinheiro perdido na rua ou em viagem. Melhor esquecer e não se consumir pensando nele.

Só havia uma possibilidade, e muitíssimo remota, coisa de pensamento positivo: o conto ser achado por um leitor sagaz e consciencioso, sagaz para reconhecer o estilo e consciencioso para mandá-lo à editora, porque certamente não saberia o endereço do autor, que não tinha telefone em seu nome mas no da mulher para evitar chateações, e só os amigos e as pessoas certas sabiam como entrar em contato com ele.

Cada pessoa tem o seu jeito de conviver com um desastre como esse. Narciso não sabia qual era o dele, nunca tinha passado por golpe comparável. Tentou escrever outro conto, mas o assunto e a história daquele interferiam, e ele teve que desistir. O conto perdido não o largava. Nem de dia nem de noite. A mulher, professora de antropologia, que nada ou muito pouco tem a ver com literatura, quis ajudar o marido a sair do emaranhado e sugeriu que ele aproveitasse o acontecido e escrevesse um conto sobre um escritor que perdeu os originais de uma obra, e o que isso significou para ele como escritor e como pessoa.

— Estás me gozando? — foi a única reação dele.

Ela se encolheu e foi para o seu gabinete continuar o exame de umas pontas de lanças dos morivenes, colhidas por ela no vale do Içana, no Amazonas. Como quem lava as mãos.

Não estando em condições de escrever, Narciso desistiu do volume de contos para a Bienal. Estava acontecendo o que ele vez ou outra receava desde que publicara o primeiro livro: sentia-se estancado. E quando isso acontece, não adianta insistir. Quando é assim, o que sai, se sai alguma coisa, vem tão massacrado que não vale a pena publicar. Aquela história de *nulla dies sine linea* dos latinos é só uma frase. O que importa não é a linha, mas o que ela contém, o que ela diz.

Sendo assim, Narciso tentou refúgio e consolo na leitura. Não adiantou, porque todo livro que pegava achava maldosamente um jeito de encaminhar o pensamento dele para o conto perdido. Se Guimarães Rosa tivesse perdido os originais do *Grande sertão* eu não o estaria relendo agora. Se Clarice tivesse perdido os originais deste *A maçã no escuro*, o que estaria eu lendo? Se Graciliano tivesse perdido as *Memórias do cárcere*? Se Machado tivesse perdido o *Dom Casmurro*, teria ele conseguido escrever outro igual? Quer dizer então que nem ler consigo mais? — pensou ele um dia, empurrando os livros para um lado. E agora, vou fazer o quê? Me interessar por futebol, a pretensa paixão nacional? Jogar videogames? Optou pela ioga porque perto da casa dele havia uma academia. Empenhou-se fundo para ser um iogue. Não conseguiu, mas pelo menos deu para ir passando o tempo.

Como não há mal que nunca se acabe, Narciso foi salvo por acaso. Não exatamente como queria, mas de qualquer maneira salvo. Um dia, quase três anos depois da viagem à Bahia, ele tomava um uísque de tarde, ainda com o olhar perdido na distância invisível (ficara assim desde a perda do conto). O telefone tocou, uma voz muito segura falou:

— Sr. Narciso Sincorá?

— Ele.

— Até que enfim.

— Como?

— Até que enfim consigo alcançá-lo. Seguinte. O senhor é autor de um negócio chamado "Coelhos não jantam fora aos sábados"?

Narciso levou um choque duplo. Primeiro o "negócio", depois o título do conto, que só ele e a mulher conheciam.

— Está aí?

— Ahn? Estou.

— Pois é. Veio parar na minha mão faz uns três anos. Peguei no balcão da Vasp em Salvador, junto com jornais e revistas que eu trazia. Só vi quando já estava no avião. Trouxe para casa, e tempos depois dei uma olhada quando limpava a mesa de papéis velhos. Quase foi pro lixo. No meio das folhas achei um envelope aberto, com convite para lançamento de um livro. Procurei Sincorá na lista de telefone, não tem nenhum Narciso, só firmas. Fui deixando novas diligências para depois e aquilo ali na mesa me incomodando. Um dia desses eu ia jogar fora mesmo, minha mulher não deixou, disse coitado do rapaz, não faça isso, deve estar fazendo falta a ele. Ela é muito diligente, pediu informação com base no endereço. Andei muito ocupado esses dias, só agora achei um tempinho. Então é seu mesmo?

— É meu, sim.

— Ainda quer?

— Se quero! É o que mais quero esse tempo todo. Como faço para pegar?

— Não faça nada. Mando o motorista entregar aí na sua portaria. Ponho num envelope com seu nome.

— Muito obrigado, senhor...

— Veridiano.

— O senhor me presta um grande serviço, sr. Veridiano. Nem imagina o tamanho.

— Quer dizer então que o que é do homem lobos não comem? — E deu uma gargalhada gostosa.

— A propósito, leu a história?

— Li. E não entendi nada. O senhor escreve complicado. Prefiro... bom, hoje mesmo estará em suas mãos. Prazer em ouvi-lo, sr. Narciso.

— Prazer dobrado, sr. Veridiano.

Mal o Veridiano desligou, Narciso tocou para a portaria pedindo que mandassem alguém subir com o envelope assim que chegasse. Sorte a dele o convite para o tal lançamento ter se imiscuído entre as laudas sem que ele notasse. Tivesse notado, certamente o teria tirado. Pela primeira vez Narciso sentiu em plenitude a pertinência de um lugar-comum, cuja entrada em seus escritos ele vedava neuroticamente. Com o telefonema do Veridiano ele literalmente ganhou alma nova. Tomou o resto do uísque com outro espírito, isto é, com alma nova.

Muito impaciente para ficar sentado, bebia andando pela sala, sorrindo e cantarolando. Pegou a garrafa para servir-se outra dose, cancelou; estava precisando das duas mãos para esfregar uma na outra, atividade que a impaciência reclamava. Foi à varanda, debruçou-se na grade, olhou para baixo. Frustrou-se: as árvores não deixavam ver os carros que parassem na portaria. O jeito era ficar mesmo esfregando as mãos e andando pela sala. Tocaram na porta, ele correu para atender. Decepção. Era a mulher que chegava da universidade. Ela carregava a chave na bolsa mas nunca a usava, achava mais fácil tocar a campainha.

— Pelo jeito, está esperando visita importante — disse ela descansando bolsa e livros no móvel comprido do corredor.

— Acertou, filha. Olhe como estou nervoso. Olhe como estou feliz.

— Enfim. Deus seja louvado.

— Louvadíssimo seja. — Narciso contou atropeladamente o telefonema, sem omitir a maneira depreciativa de o sr. Veridiano referir-se ao conto como um "negócio". E até riu, com pena da insensibilidade. — Negócio, imagine. Negócio!

— Foi são Longuinho. Pedi tanto a ele. Agora você precisa agradecer dando três pulos e três gritos e dizer a ele que achou.

— Até sou capaz. Mas primeiro preciso ver se é mesmo o meu conto, se está inteiro, se está legível. Vamos fazer um brinde antecipado. Uísque?

— Topo. Mas antes vou ao banheiro lavar as mãos e o rosto.

Estavam tomando o drinque sentados lado a lado no sofá quando a campainha soou.

— Deixe que eu atendo. Você está nervoso — disse a mulher.

Era um faxineiro do prédio. Ela recebeu o envelope, mandou esperar. Abriu a bolsa, pegou dez reais, deu ao homem, que arregalou os olhos e só se lembrou de agradecer quando a porta já estava fechada. Ela fizera questão de atender porque sabia que o marido, apesar de generoso, não ia se lembrar de gratificar o entregador, estava muito alvoroçado para pensar nessas miudezas.

— Eis a sua preciosidade — disse ela passando o envelope ao marido.

Narciso o pegou com mão e lábios trêmulos, o olhar parado. Parecia um perfeito mentecapto.

— Abra, homem!

Ele continuava com o envelope nas mãos, revirando-o, apalpando. Parecia nunca ter aberto um envelope grande, ou esquecido como se abre. A mulher cassou-lhe esse privilégio tomando o envelope e rasgando uma extremidade de ponta a ponta e retirando a pasta de papelão.

— A pasta. É ela. A pasta — falou Narciso aparvalhado.

Enjoada de tanta inépcia, a mulher resolveu deixá-lo sozinho por um tempo.

— Enquanto você verifica tudo, vou providenciar um cafezinho para nós. Cuidado para não babar nos papéis.

Quando ela voltou com o café, Narciso estava com os originais no colo, parece que com medo de olhar as páginas, de ler.

— Então? É mesmo a obra-prima? Não me diga que já leu tudo.

— Não. Vou ler agora não. Depois, na mesa do escritório.

— Em vez de café eu devia ter feito um chá de cidreira ou um refresco de maracujá.

Tendo dado ao marido o apoio psicológico e emocional de que ele precisava, a mulher considerou-se liberada para cuidar de seu trabalho, e recolheu-se ao estúdio. Com a ajuda de colegas tinha feito um programa de leituras para um artigo sobre a cosmovisão dos morivenes, encomendado pela *Revista de Antropologia Cultural* da Universidade de Chattanooga, Tennessee.

Narciso foi para o escritório e fez várias tentativas de ler o conto cuja perda o deixara desarrumado durante três anos, finalmente recuperado por milagre de são Longuinho, só podia ser. Mas não conseguiu ir além de um exame minucioso da pasta e de um folhear nervoso das laudas, o que pelo menos serviu para ele ajuizar o sr. Veridiano como pessoa cuidadosa — a capa estava limpa e íntegra exceto na parte que roça nas superfícies em que se apoia, e as laudas limpíssimas, como se não tivessem recebido manuseio esse tempo todo. Nenhuma mancha de café ou de qualquer outro líquido, nem marcas de cinza de cigarro. Nota dez para o sr. Veridiano como depositário de coisas alheias.

O que nem o próprio Narciso saberia explicar era a tardança em enfrentar a leitura do conto. Receio de alguma traquinice do coração caso se emocionasse além da conta não podia ser; ele não era cardíaco, e segundo dizia o médico que visitava periodicamente só para tranquilizar a mulher tinha pressão de menino sadio. Então o quê? Vai-se saber. Talvez algum castigo autoimposto inconscientemente por ter perdido os originais. Não leu o conto aquele dia nem no seguinte, a mulher perguntando. Era como se não o tivesse recuperado.

No terceiro dia criou coragem, mas esperou ficar sozinho em casa. Depois que a mulher saiu para a universidade ele deixou passar um tempo para o caso de ela voltar por ter esquecido alguma coisa, isso acontecia com frequência. Transcorrido um tempo razoável, Narciso levou uísque e gelo para o escritório, mas não os pôs na mesa; pôs num banquinho ao lado. E levou também um guardanapo para ir enxugando o fundo do copo, não queria pingar suor de copo nos originais. Abriu a pasta. Ia finalmente começar a leitura. Começou.

Quando a mulher chegou para o jantar, muito atrasada — reunião de última hora na reitoria, trânsito entupido na avenida Brasil, no cais do porto, na Rio Branco — encontrou Narciso debruçado sobre os papéis na mesa, meio bêbado, chorando.

— Quequeisso, Narce? Pirou? Olhe aí! Molhando os preciosos originais! Com efeito, homem!

— Preciosos usculetes — disse ele com voz pegajosa, sem erguer a cabeça.

— Não é o seu conto?

— Desgraçadamente.

— Então? Está mutilado? Adulterado? Molecagem do Veridiano?

— Agora você falou. Molecagem do Veridiano.

— Então tire a cara desses benditos papéis e me explique.

Ele obedeceu como criança comportada. Ergueu a cabeça, fungou, limpou a boca e o nariz com o guardanapo mesmo que estava em cima da mesa. A mulher tomou nota mental para jogar o guardanapo na lixeira.

— O salafrário do Veridiano. Por que ele fez isso comigo?

— Fez o quê, homem de Deus? Está parecendo um debiloide. Não diz coisa com coisa.

— A maldade que ele me fez.

— Ele rabiscou o conto? Escreveu pornografia nele? Fez gozação?

— Aí é que está. Não fez nada. Ah, se eu o pego. Pena que não pedi o endereço dele, o nome completo. Sujeito perverso.

— Pare de divagar, ou eu deixo você sozinho e vou tomar meu banho. Tive um dia de moura. Você quer se vingar do Veridiano por que, se ele foi tão gentil?

— Pois vou lhe dizer, por mais que me custe. Por ter me devolvido esta porcaria.

— Porcaria? Fale mais pra eu ver se entendo.

— Porcaria ao quadrado, Zuzu. Não sei o que se passou comigo para eu escrever isto e achar que prestava. Foi o último texto que escrevi, e parece que vai ser o derradeiro. Minha fonte secou. Não me conformo com a crueldade do Veridiano. Ai dele se eu o encontro um dia. Por que o maldito não jogou fora? Aí, sim, teria me prestado imenso favor.

A mulher olhou para ele como quem olha para criança que ficou sem um brinquedo de que gostava, ou sem um bichinho de estimação que morreu atropelado. Abraçou-o, pôs a cabeça dele no peito como faz uma mãe amorosa, acariciou.

— Vamos tomar um banho juntos, brincando debaixo do chuveiro. Depois vamos jantar com aquele vinho que você ganhou do Ênio, se lembra, e que ficou reservado para grandes ocasiões? Mas antes você mesmo pega a porcaria do seu conto, aquele negócio, como disse o Veridiano, rasga e joga na lixeira. Fica como se nunca tivesse sido escrito. Ou pensa que tudo o que Maupassant escreveu era cinco estrelas? O que não era não existe, porque ele jogou fora. Faça como ele, e agradeça ao Veridiano por ter lhe chamado à realidade. Vamos ao banho.

Vestido de fustão

Os dois elevadores entraram em pane ao mesmo tempo e todo mundo precisou usar a escada. Por sorte dos moradores e visitantes, o prédio, antigo, só tinha seis andares, e ninguém se estafava em demasia para subir ao seu andar. Tinha os idosos, claro, mas esses, não precisando sair todos os dias obrigatoriamente, podiam muito bem esperar o conserto sem inconvenientes insuportáveis. Talvez até que ficarem retidos em casa por um ou dois dias resultasse em benefício para eles, por mantê-los afastados dos perigos das ruas, mesmo sendo contra a vontade.

Com o enguiço simultâneo dos elevadores a administração acordou para a necessidade de limpar a escada. Na madrugada para o segundo dia fez-se bela faxina, e quando os moradores começaram a descer de manhã ficaram literalmente encantados. Só os mais antigos se lembravam de que os degraus eram de mármore, e agora reapareciam como que renascidos. E na curva de cada meio andar havia um vitral que os curiosos ficavam sabendo que fora feito no ateliê de lustres e vitrais de Luiz Giongi, avenida Augusto Severo, 48. Todos os cinco vitrais, uns representando flores e folhagens, outros figuras femininas com vestes gregas, foram lavados a jatos de água e sabão nas duas faces, e depois enxugados, mas isso aparentemente só na face interna; a externa foi deixada para se enxugar por si mesma.

A escada não era muito larga, e como os degraus na parte oposta à parede se estreitavam para acompanhar a curvatura, a ponto de não poderem ser usados sem risco, quando acontecia de quem ia subindo encontrar pessoas que vinham descendo, quem subia precisava se espremer contra a parede para dar passagem aos descentes. Mas isso não chegava a ser nenhum transtorno; na maioria eram gente conhecida, que se cumprimentava nesses encontros e trocava comentários sobre a maçada de terem de usar a escada.

Foi nessa escada que um senhor de meia-idade chamado Xisto teve um encontro que o sacudiu por demais. Ele trabalhava numa loja de tapetes e cortinas, e uma viúva moradora do terceiro andar telefonara por indicação de uma amiga pedindo alguém para levar mostruário de cortinas e fazer um orçamento. Vendedor competente, o sr. Xisto levava também um mostruário de tapetes; quando se muda ou se instala cortinas numa casa, geralmente cabe a sugestão de se mudar os tapetes para harmonizar o ambiente. Na escada ele cruza com uma moça. Aliás nem moça completa ainda; pouco mais do que menina. Encontraram-se bem na curva do primeiro para o segundo andar, e naturalmente o sr. Xisto se chegou bem para o lado da parede, à direita. Por um instante a menina recebeu a claridade do vitral no rosto, nos cabelos e no busto. Tinha cabelo castanho cheio, cortado na altura da nuca. Era esbelta e usava vestido de fustão amarelo-claro com cinto também de fustão e fivela revestida de couro. Os olhares deles se encontraram, o dele embevecido. Ela sorriu e agradeceu apenas inclinando a cabeça. O sr. Xisto reconheceu imediatamente que acabara de ser contemplado com a visão mais linda e pura de seus quarenta e um anos de vida. Mesmo que não vendesse cortinas e tapetes, já estava com o dia ganho. Com muitos dias ganhos. Sentiu-se leve, flutuante, invulnerável a decepções.

A viúva — gorda, alegre, desinibida, limpa, cheirando a banho de ervas — resolvia palavras cruzadas quando o sr. Xisto tocou. Ela mesma atendeu porque a empregada de muitos anos, Ignácia-com-gê, não se esqueça, estava lavando a cozinha.

— Sr. Xisto? — disse a viúva escancarando a porta. — Vá entrando. Não fique me olhando de longe. Sei que sou feia, mas não horrorosa.

É que o sr. Xisto tinha o hábito de tocar a campainha e se afastar da porta para não assustar quem abrisse, gesto positivo que aprendera em um curso dado por famoso vendedor americano no hotel Glória, isso quando o Brasil ganhou a terceira Copa do Mundo.

— Obrigado, d. Carolina.

— Coralina. Não sei por que todo mundo cisma de mudar o meu nome. Parece que querem corrigir meus pais.

Falha imperdoável. Estropiar o nome de um cliente. E por cima, de um cliente ainda em perspectiva. O sr. Xisto desculpou-se, porém não exageradamente. Não se deve ser subserviente num trabalho de venda, o subserviente não inspira confiança, dá a impressão de querer ser simpático para vender de qualquer maneira.

— Muito bem, sr. Xisto. Agora que o senhor se desculpou e eu aceitei suas desculpas, e nem era preciso se desculpar porque o assunto é irrelevante, vamos ao trabalho. Quando a minha Ignácia-com-gê acabar de lavar a cozinha eu mesma vou providenciar um café para nós dois. Ou o senhor é café-abstêmio?

O sr. Xisto disse que, muito pelo contrário, era mais para café-adepto. Abriu a pasta e foi tirando as amostras, primeiro as de cortinas. Eram fotografias grandes a cores, de muito boa qualidade, tendo ao pé retalhos dos tecidos empregados. A sra. Coralina foi separando as que lhe agradaram para novo exame e possível escolha. A partir de certo momento ela notou que o sr. Xisto como que viajava, não estava ali inteiro. D. Coralina fez umas duas perguntas pertinentes que não o alcançaram. Resolveu sacudi-lo.

— Hora de acordar, sr. Xisto. O galo já cantou. O sol já raiou.

Ele baixou à terra. Piscou. Situou-se.

— Oh, d. Coralina. Me perdoe. Me distraí.

— Distraiu-se ou abstraiu-se? Tem diferença, sabia? Ou comeu muito no almoço? Ou tem pressão baixa?

Ignácia salvou-os, aparecendo para avisar que a cozinha estava liberada. Ao ver o sr. Xisto, encabulou-se.

— Este é o sr. Xisto. Formado em cortinas — disse a dona da casa.

— E em tapetes — informou ele, voltando a vendedor.

— Ignácia-com-gê, sua criada. Se me dão licença, agora vou repousar. Caso d. Coralina não precise de mim.

D. Coralina disse que não precisava, e desejou bom repouso.

Depois do café, não de coador, mas um cappuccino de envelope para dissolver no leite, que o sr. Xisto adorou (pelo menos assim disse) e tomou nota da marca, fecharam negócio das cortinas, uma grande para o quarto, duas não tão grandes para as salas. Tapete ele não conseguiu vender porque o quarto tinha carpete de fora a fora, que d. Coralina achou que não destoava da cortina e ele não teve argumento honesto para discordar; e os tapetes das salas eram quase novos e d. Coralina escolhera as cortinas já pensando neles.

Dias depois, o sr. Xisto voltou ao prédio, não para visitar a viúva, conferir medidas, sugerir nova escolha por ter faltado algum tecido; voltou na hora da primeira visita com a esperança de reencontrar a menina vestida de fustão amarelo-claro. Não teve sorte, voltou outras vezes.

Quando voltou com um auxiliar para instalar as cortinas, ele para acompanhar o trabalho, d. Coralina falava ao telefone na sala de estar. Fez sinal aos dois para sentarem e esperarem. Conversa demorada, misturada com risadas, às vezes com censuras e recomendações. Depois de algum tempo tapou o fone e chamou Ignácia para servir um cappuccino aos cavalheiros; e retomou a conversa. Servido o café, o ajudante pediu em cochicho a sr. Xisto que perguntasse se podia fumar. À vontade, foi a resposta. Os dois acenderam cigarros.

Finalmente d. Coralina desligou e veio cumprimentá-los. E se justificou.

— Estava falando com a menina que criei. É modelo. Foi para Nova York no começo do mês, contratada por uma agência de lá. Gasta um dinheirão com telefone, fala comigo quase todos os dias.

É modelo. Viajou no começo do mês. Está batendo. Quem sabe?

— Deve ser bonita — arriscou o sr. Xisto.

— Bonita? Põe boniteza nisso, sr. Xisto. Ignácia! Traz o álbum da Ide pra eu mostrar ao sr. Xisto. Chama-se Eurídice, mas aqui em casa sempre foi Ide.

O sr. Xisto se iluminou. Só podia ser. Mas lá longe agora... voltaria um dia?

Chegou o álbum que o sr. Xisto literalmente arrebatou de Ignácia, mas abriu com indisfarçável reverência, depois de respirar fundo para se segurar. Eurídice em várias poses, em vários instantâneos, naturais ou fingidos de naturais. Linda. Mas não era a menina vestida de fustão amarelo-claro, vista na curva da escada, na claridade do vitral. Eurídice tinha cabelos negros, olhos verdes, era mais alta, pernilonga, feições completamente diferentes. Que pena! Ou ainda bem?

Devolveu desapontado o álbum, mas felicitou d. Coralina por ter uma filha de criação tão bonita, e desejou tudo de bom a Eurídice.

Instaladas as cortinas, o sr. Xisto voltou umas duas vezes à casa da viúva a espaços razoáveis a pretexto de saber se ela estava contente com as cortinas, se tinha alguma reclamação, se precisava de alguma coisa a mais; porém o que ele queria mesmo era subir a escada. Os elevadores já estavam funcionando há muito tempo, mas ele queria reviver o momento encantado do encontro. Numa dessas visitas, d. Coralina disse a ele no seu jeito despachado:

— Sr. Xisto, o senhor é um vendedor muito *sui generis*. Depois de vender sua mercadoria, fica vindo para saber se o comprador está satisfeito ou se está arrependido. Ou anda querendo me fazer a corte? Se for, fique sabendo que estou fora dessas batalhas há muito tempo. Tive marido, fomos felizes, hoje sou uma viúva feliz.

— Que isso, d. Coralina, não me julgue mal. É que o lema da nossa firma é: cliente contente é cliente reincidente.

— Folgo em saber. Um cappuccino?

— Hoje, não, obrigado. Vou ver outro cliente.

Uma tarde, tomando drinques no Eldorado Joint com uma amiga de colégio, agora psicóloga que escrevia sobre comportamento numa revista feminina, Xisto se abriu. Contou o encontro na escada com a menina vestida de fustão amarelo-claro, descreveu com detalhes a imagem dela, os esforços que fizera para reencontrá-la.

A amiga escutou tudo atentamente, sem interromper. Quando Xisto parou de falar, ela ficou pensando, girando o gelo no copo com o dedo. Por fim falou.

— Sabe o que aconteceu com você? Vou tentar lhe explicar. Antes um prefácio. Pelo que sei, você é um sujeito feliz. Inteligente, simpático, boa conversa. Pequeno empresário bem-sucedido. Parece feliz. É?

— Bem, sou feliz na medida em que se pode ser feliz numa terra de tanta miséria, tantas frustrações.

— Pois é. É o desassossego de todos nós que conseguimos um grau razoável de independência. Mas como eu dizia, você é bem-sucedido. Ficou viúvo cedo. Amava sua mulher, e vice-versa, acompanhei essa fase de sua vida, se lembra? Você tem carro importado, casa na serra para fins de semana, sempre cheia de amigos. E amigas. Falar nisso, quando é que vai dar outra festa como aquela do seu aniversário em setembro? Voltando atrás. Sabe o que lhe aconteceu naquela escada?

— Estou ávido por saber. Para isso lhe arrastei para cá, a você que nunca foi muito de beber.

— E eu vim docemente arrastada. Sabe o que aconteceu na escada? Você não viu nenhuma menina vestida de fustão amarelo. Aliás viu, mas não havia menina lá. Foi um encontrou seu com sua *anima*. Sabe o que é isso?

— Estou ignaro. — Lembrou-se de Ignácia-com-gê e sorriu.

— É o lado feminino de sua psique. Esses encontros acontecem quando os dois lados, a *anima* e o *animus*, o masculino, estão em harmonia perfeita ou em conflito. Nesse caso, harmonia.

— É mesmo? E o que é que eu faço para me livrar disso?

Ela sacudiu o copo, sorveu o resto da bebida e disse, empurrando o copo.

— Pra mim chega. Detesto uísque. Mas livrar-se por quê? Você deve é cultivar, melhor, cultuar esse momento feliz de harmonia interior, guarde-o na memória, e volte a ele sempre. Principalmente quando se sentir caído, se é que isso lhe acontece. E mais: vestido amarelo. O amarelo não entrou por acaso. Faz parte. Amarelo é sol nascente, isto é, novo dia, renascer. E é também a cor da gema do ovo. Tudo o que vive veio do ovo, se lembra das aulas de história natural? É a cor do ouro, que representa nobreza, valor. Também a cor do amaranto, que não murcha. Tudo em cima, meu caro. Você não tem que se livrar de nada, tem mais é que abrir os braços para receber mais. Solte foguetes, homem, em vez de ficar preocupado. — Consultou o relógio. — Me dá uma carona? Meu carro está na revisão.

Caderno de endereços

Nem tudo o que acontece com uma pessoa tem explicação lógica; e quando não tem, em vez de se ficar quebrando cabeça para entender o porquê, o melhor expediente é dizer que estava nas estrelas, e ponto-final. Mas esse ponto-final dificilmente será definido. O mais certo é ficar sendo uma pausa enquanto a mente se reorganiza em surdina para nova investida quando o assunto voltar à lembrança.

Veja-se o caso de Ramos, por exemplo. Ramos Oliveira Jardim, o nome completo. Desde menino em Catalão, onde nasceu, Ramos fez um projeto de vida: conhecer a Alemanha, e se possível viver lá. Não era um projeto secreto de criança sonhadora. Ele o divulgou para a família, para os amigos da família e para os colegas de escola.

— Por que Alemanha, filho? Tão longe, tão diferente de nós, gente guerreira — disse a mãe quando ele falou no assunto a primeira vez.

— Gosto.

A mãe não insistiu contra, não zombou. Simplesmente não

levou a sério. Coisa de criança. Amanhã a fantasia será outra. Reinações naturais. Logo Ramos ficou conhecido em Catalão como o Tedesquinho. No fundo não era um apelido depreciativo; era mais uma brincadeira carinhosa, porque o menino era respeitado e elogiado por sua seriedade, pelo gosto de estudar e pelo espírito de solidariedade. Era um bom menino, não gostava de briga e era comedido nas travessuras próprias da idade. E não se negava a prestar pequenos serviços aos vizinhos. Todo mundo gostava dele.

Quando Ramos estava perto de completar catorze anos, dr. Theobaldo, médico e amigo da família, lembrou aos pais de Ramos que era tempo de mandá-lo fazer o curso secundário na capital.

— De que jeito? — perguntou o pai com um sorriso triste. O pai era alfaiate de modesta clientela.

— Estive pensando nisto — disse o médico. — O menino é inteligente e estudioso. Seria pena não ir adiante, parar no primário. Tenho um amigo e compadre que é farmacêutico lá. Vive se queixando da dificuldade de conseguir um bom auxiliar. Se vocês me autorizam, escrevo a ele indagando sobre a possibilidade de experimentar o Ramos.

— O que é que você acha, Deo? — perguntou o pai à mulher.

— Uai... eu acho bom demais. Tomara que o compadre do doutor lá convenha.

— É. Também não me oponho — conveio o pai.

— Então só falta consultar o maior interessado, o nosso Tedesquinho — disse o médico.

— É baixo ele não aceitar — comentou a mãe.

Ramos não custou a acreditar porque já vinha sonhando com qualquer coisa assim, apenas não sabia como poderia acontecer. Consultado no mesmo dia — chegou em casa quando dr. Theobaldo ainda estava lá tomando um café com mistura —, aceitou logo, como se já estivesse esperando. Também a resposta do compadre farmacêutico veio logo, e positiva. Pessoa encaminhada por compadre Theobaldo só podia ser gente boa. Recomendações a comadre Nenzica e à afilhada Suzana.

O pai fez duas roupinhas novas já de calças compridas para Ramos e comprou um par de botinas de bom cabedal, um número à frente para serem aproveitadas por mais tempo, comprou na loja de Rafael Metran para pagar com serviço. A mãe fez duas camisas de tricoline listrada, que estava em moda, e lá se foi o Ramos para a capital no Ford que transportava o correio, com passagem oferecida por dr. Theobaldo.

A viagem foi cansativa e muito incômoda, estradas de terra cheias de costelas e corcovas e mata-burros de bica, o carro parou três vezes para retirar pneu, remendar câmara de ar, encher com bomba de mão, Ramos já meio arrependido de ter se metido naquilo, antes tivesse ficado em Catalão; mas logo reconhecendo que era preciso ir, reagindo e se oferecendo para ajudar e ficando na oferta por falta de prática. Mesmo assim Ramos chegou na capital na tarde do dia seguinte, mas em outro carro, porque a linha do primeiro acabava em Bonfim, onde pernoitaram.

Desapeou na porta da farmácia por gentileza do chofer. Seu Ildefonso, olha aqui uma encomenda que eu trouxe pro senhor lá de Bonfim, mas ele diz que veio é de Catalão. Está entregue, não é? Agora vou entregar as malas.

Foi caso de simpatia instantânea, mas ainda não recíproca porque Ramos achou o sr. Ildefonso sisudo e muito bigodudo, bigode imenso já embranquecendo.

— Então você é o Ramos Oliveira Jardim, filho do sr. Ascendino e da d. Deolinda, natural de Catalão. Seja bem-vindo, Ramos — disse o farmacêutico estendendo-lhe a mão, depois abraçando-o. Perguntou se tinha feito boa viagem, se estava cansado, se queria comer alguma coisa, tomar um Sissy.

O menino não queria nada não senhor. Ainda ouvia o barulho do motor e sentia as bacadas verticais e horizontais do carro, queria mais era estar em casa, era hora de catar o arroz do jantar para a mãe, ou descascar mandioca para ela fritar, o pai gosta de mandioca frita, ele também, agora ele ali tão longe, que besteira, como fazer pra voltar logo sem ofender?

O sr. Ildefonso, pessoa sensível e compreensiva, entendeu o que se passava no espírito do Ramos e achou melhor não se esforçar muito por deixá-lo à vontade. Sabia que o excesso de atenção com uma pessoa preocupada só serve para fazê-la mais preocupada. Lembrou-se de que havia chegado um número novo da *Careta*. Pegou-o e passou ao menino.

— Vá olhando esta revista para se distrair até o Zeno chegar pra levar você pra casa. Ele está aí perto no rio lavando uns vidros, não deve demorar. Me põe a mala e o saco aqui atrás do balcão, para não estorvar a freguesia.

Zeno era um garoto mais novo do que Ramos, alegre e falador. E muito ajudativo também. Quando o sr. Ildefonso lhe apresentou o Ramos, ele disse desembaraçado, hei, Ramos, meu nome é Zeno, e estendeu-lhe a mão, como via os adultos fazerem. E quando recebeu a missão de levar o recém-chegado à casa do sr. Ildefonso, perguntou onde estavam os trens dele. O sr. Ildefonso indicou, ele passou para o outro lado do balcão e pegou a mala. Só não a levou porque o sr. Ildefonso interferiu:

— O menor leva o volume mais leve.

A caminhada, de um quarto de hora se tanto, foi ajudada pela tagarelice de Zeno, interrompida de vez em quando para ele responder ao cumprimento de alguém ou ele mesmo cumprimentar alguém. Falou na bondade de seu Ildefonso, de d. Jurema, mulher dele, falou nos filhos do casal, Inah e João Batista, e na mania de limpeza do sr. Ildefonso, pra trabalhar com ele na farmácia era preciso estar sempre de mãos e unhas limpas, roupa limpa e cabelo penteado; e nada de ficar escarafunchando o nariz quando está parado. Por isso é que ninguém ficava muito tempo naquele emprego.

— Xavê suas mãos. — Ramos mostrou primeiro a que estava livre; mudou a mala, mostrou a outra mão. — Acho que passa — disse Zeno. — A roupa nem tanto, mas também você está chegando de viagem.

Aí Ramos entendeu por que o sr. Ildefonso olhou tanto pras mãos dele — disfarçando — enquanto ele folheava a revista. Ainda bem que em casa ele tinha que mostrar as mãos para a mãe antes de sair para a escola, e às vezes voltar à pia pra lavá-las.

— Gosta de cinema? — perguntou Zeno. Resposta afirmativa. — Fita de cobói ou de amor? — De cobói. E também comédia. De Carlito. Ben Turpin. Harold Lloyd. — Eu cá também. Se você quiser, a gente pode ir junto.

D. Jurema e a filha Inah o receberam com grande curiosidade, e logo também com ternura. João Batista não estava em casa, passava as tardes na oficina do polonês Konrad Korzeniowski, aprendendo a consertar rádios, a grande novidade da época. D. Jurema perguntou se Ramos queria fazer uma merenda — não senhora, muito obrigado — então tomar um refresco de tamarindo — isso aceito, se não for trabalho. Não era. Inah, faz um refresco para ele enquanto ele me conta a viagem.

Ramos sentou-se num canapezinho de dois lugares, de assento de talas separadas, e encabulado ainda ficou brincando de enfiar o indicador direito no vão das talas enquanto respondia sucintamente as perguntas de d. Jurema, grande imprudência, como logo se viu. Quando Inah veio com o refresco — em um porta-copos, como manda a boa educação — Ramos descobriu alarmado que não podia pegar o copo com a mão direita porque o indicador estava preso entre duas talas. Vergonha! Pânico! Puxa vida, não sai! Torce, dói, não sai.

— Coitado, ele prendeu o dedo! — exclama d. Jurema. — Força não, torce não, pode quebrar. Pode destroncar. Tá doendo, meu filho? Tenha calma.

Inah descansou o porta-copos na mesa e foi olhar de perto o que se podia fazer. Quantas vezes eu já falei, mãe, que este sofá não pode ficar assim, sem uma tábua ou uma almofada. É incômodo pra sentar, e agora isso. Peraí, Ramos, fique mexendo com o dedo não, pode inchar e dificulta mais. Quem sabe espuma de sabão? Quando o anel prende —

— É, minha filha, faça isso.

Por sorte de Ramos, chegou João Batista assobiando. — Tô com fome, mãe. — Viu o menino sentado. — Ah, é o catalano que tem sobrenome no lugar do nome? Toque aqui. João Batista. — Estendeu a mão, viu o drama.

— Este sofá. Por que ainda não jogaram ele fora? Peraí, Ramos. Vamos resolver isso num traco. — Olhou em volta. O cesto de costuras de d. Jurema estava em cima da mesa. Ao lado uma tesoura. Pegou a tesoura, Inah já ao lado olhando, com uma mão cheia de espuma. Enfiou a tesoura entre as duas talas carcereiras, deu uma torção. As talas cederam ao ferro, o dedo ficou livre. Mas um tanto inchado e meio roxo. Inah teve de substituir a espuma por uma tigela com salmoura para Ramos mergulhar o dedo. Que alívio, mas que vergonha.

Ramos logo se inseriu na família, sentia-se já como um deles, e como um deles era tratado. Disse isso em carta aos pais. Que ficaram felicíssimos, claro, e pediram ao dr. Theobaldo para agradecer em nome deles, porque não tinham familiaridade com caneta e papel e podiam dizer batatadas que comprometessem a imagem do filho. Mas a mãe, d. Deolinda, mandou para d. Jurema uma toalha de croché para mesa, feita por ela com muito capricho. Toalha essa que d. Jurema ficou com pena de usar no diário e guardou para ocasiões especiais. Mas mostrava às visitas.

Enquanto isso Ramos ia tomando pé no mecanismo da farmácia, a mais procurada da cidade. Os remédios anunciados em almanaques, revistas e jornais estavam nas prateleiras, mas as receitas dos médicos eram aviadas pelo próprio sr. Ildefonso no laboratório lá nos fundos. Naquele tempo os comerciantes seguiam a praxe de marcar o preço das mercadorias em código e em forma de fração, sendo o nominador o custo mais o carreto, e o denominador o preço de venda. Cada loja tinha seu código, uma palavra de dez letras não repetidas, cada letra correspondendo a um algarismo, de um a zero. Ramos logo absorveu o código da farmácia, e adotou as letras como algarismos para fazer contas, achou aquilo uma invenção interessantíssima.

Ajudado por Inah e João Batista, e por um livro chamado *Meus exames*, no fim do ano ele fez as provas de admissão ao ginásio. Não se classificou entre os primeiros, nem esperava isso, tivera pouco tempo para se preparar. Quando as aulas estavam para começar, surgiu um problema no qual não tinha pensado. Os alunos do ginásio precisavam usar uniforme, os futuros primeiranistas já estavam tratando disso. Será que dava tempo pra escrever ao pai e ele fazer pelo menos um uniforme? E o modelo? Problema nada.

— Uai, mãe, cadê os uniformes de João Batista que a senhora guardou? Quem sabe servem para Ramos? — lembrou Inah.

— Uai, é mesmo. A questão é achar. Faz tanto tempo. João Batista já passou para o quinto ano.

Remexe aqui remexe ali, encontraram os uniformes numa canastra no quarto de badulaques onde raramente entravam. Estavam inteiros, só que cheirando a mofo. Mas levando ao sol para espantar o mofo e depois lavando, ficavam como novos; mas antes convinha que Ramos os experimentasse para não perderem o trabalho e também para verem se não precisavam de apertos ou alargamentos.

Pois não é que, mesmo amarrotados como estavam, deu para ver que pareciam feitos para o Ramos? Agora só faltava o boné — tinha boné também.

— Isso é o de menos — disse João Batista. — A gente compra um no Zabulom. Vou com você para não lhe empurrarem um boné bolo-de-arroz. O primeiro que tive foi desses. É horrível. Parece boné de militar paraguaio. Os colegas riam de mim. Dei logo um jeito de me livrar dele. Joguei no rio e disse em casa que foi o vento. Se lembra, mãe?

Quando passou para o segundo ano, Ramos criou um caso danado. No segundo ano iniciava-se o estudo de dois idiomas estrangeiros, um obrigatório, o francês; o segundo o aluno podia escolher entre inglês e alemão. Acontece que o ginásio não tinha professor de alemão, simplesmente porque nenhum aluno tinha ainda optado por esse idioma.

Ao ler o requerimento de Ramos optando pelo alemão, o diretor sorriu. Leu de novo, coçou a cabeça. Preciso ter uma conversa com esse menino. Imagine, alemão. Pra quê? A conversa foi inútil. Ramos fincou pé, com todo o respeito. Queria estudar alemão.

O diretor achou que ainda restava um recurso: reunir a congregação. Quem sabe se diante de vários professores sisudos o menino teimoso não mudaria de ideia? Mudou não. Com todo o respeito reafirmou a escolha do idioma alemão. Para que isso, meu filho? Quero ir para a Alemanha. Viver lá. Definitivo? Pode ser que sim, pode ser que não. Primeiro quero ir lá, conhecer. Sempre quis. Os professores se entreolharam. Ah, se ainda vigorasse a palmatória.

O jeito era mesmo contratar um professor de alemão só para um aluno. Era da lei. Mas contratar quem? Havia muitos alemães nas redondezas, porém trabalhadores manuais de vários ofícios, emigrados após a Primeira Guerra, pessoas obviamente sem qualificações para ensinar em ginásio. Pensam daqui, pensam dali, atinaram com o dr. Rodolfo Wascheck, sócio da empresa de força e luz e também cônsul honorário da Alemanha, que às vezes fazia palestras sobre literatura alemã no Gabinete Literário. Mas é ele! Por que não pensaram logo?

Na primeira sondagem o dr. Rodolfo não ficou entusiasmado. Tinha o seu trabalho na administração da empresa, os problemas dos emigrados, que não eram poucos, e nos fins de semana a caça a borboletas no campo, era autor de um livro publicado na Alemanha sobre borboletas do Brasil. À noite pensou melhor e achou que devia aceitar, seria um serviço a sua pátria de origem, ensinar a língua a um jovem brasileiro entusiasta da cultura alemã, por que não? Dava-se um jeito, uma ou duas horas de aula por semana. Será que o aluno passaria das declinações, do *da*, do *das* e do *der*? Vamos ver.

Teve uma surpresa. O aluno era ávido, aprendia depressa e queria sempre mais. Ficaram amigos, dr. Rodolfo levava o aluno para almoçar em sua casa aos domingos, introduziu-o à comida alemã feita por d. Ursula, Ramos ficou vidrado nas tortas, d. Ursula lamentando não poder fazer um *Apfelstrudel* porque maçã ali era fruta inexistente.

— Mas tem outras que lá não tem — dizia o marido. — Aqui tem goiaba, banana, jabuticaba, que é uma delícia. Tem pêssego, ananás, mangaba. Quer mais?

D. Ursula dava de ombros e suspirava pelas maçãs.

Mas Ramos não se contentava só com as aulas. Sempre que aparecia na farmácia um alemão da colônia para comprar remédio para tosse, comprimidos pra dor de cabeça, de que devia sofrer muito, iodo para ferimentos, pomadas secativas, Ramos fazia questão de conversar com eles em alemão. O que foi bom para os negócios do sr. Ildefonso porque a germanada toda — e não eram poucos — passou a comprar lá.

— Me caiu do céu esse Ramos — disse um dia o farmacêutico à família quando o Ramos estava na farmácia. — Não sei o que vai ser quando ele terminar o curso. Só faltam dois anos. Encasquetou com a ideia de ir para a Alemanha.

— Capaz de acabar desistindo — falou João Batista briquitando com o circuito de um rádio Philips capelinha que o sr. Konrad confiara a ele para consertar porque o problema era simples. — É só ele parar um pouco pra pensar na quantidade de alemão que está vindo pra cá e pra outros países. À toa não deve ser.

— Por que não fica cada um em sua terra é coisa que não entendo — contribuiu d. Jurema.

Inah não disse nada porque estava concentrada em pintar as unhas com o esmalte novo que a farmácia tinha recebido e que estava muito anunciado no *Cruzeiro*, "a revista contemporânea dos arranha-céus".

Completado o curso secundário, com direito a fotografia no quadro de formatura, missa na matriz e baile no salão nobre do ginásio, Ramos foi ficando desinquieto. Não tendo mais aulas de manhã, passava o dia inteiro na farmácia, vendendo lá os xaropinhos, os comprimidos, os vermífugos, os reconstituintes, os pós de arroz, as loções para cabelo, nas horas vagas lendo a *Illustriecht Allgemeines Zeitung* que o dr. Rodolfo lhe passava. Estava com dezoito anos completos, não bebia, não fumava, não tinha namorada — não porque fosse infenso, mas por achar as mocinhas de sua idade umas boborocas que só se preocupavam com vestidos novos, bailes e romancinhos de M. Delly; e quando se juntavam era para ficarem cochichando e dando risadinhas espremidas. E parece que só conheciam um único adjetivo para gabar coisas. O filme de Gloria Swanson que passou domingo? Esplêndido. O sabonete Aglay? Esplêndido. As meias de seda com baguete? Esplêndidas. *O rei dos Andes* de Delly? Esplêndido. Umas paulinas.

A família e as pessoas se preocupavam com o desassossego do Ramos. Por que não arranja uma namorada? Está na idade, e tanta mocinha bonita por aí. É, mas parece que elas acham ele muito chato, não tem palestra, só fala em Alemanha. Então arranja uma alemãzinha, uai. A colônia está cheia delas, tem sempre festa lá. Deve ser a rotina da farmácia que está enervando ele. Ele devia pleitear um emprego público, tem preparo. Isso tem, sempre foi estudioso. Mas não é fácil. Tem preparo mas não tem pistolão, coitado.

E o pobre Ramos cada vez mais ensimesmado. Apanhou um tique de encolher um lado do rosto. Quando percebeu se alarmou, e se empenhou em desobedecer ao comando interior, não conseguia, era automático. Passou a sofrer de insônia. Acordava de manhã indormido, o olhar apagado. O sr. Ildefonso intimou-o a ir ao dr. Olegário, médico de mão cheia, que só passava remédio em último caso, e mesmo assim curava todo mundo, mais na base da conversa, de sugestões para mudar de hábitos, de alimentação, de atitude perante a vida. Tinha sido assistente do dr. Chapot Prevost na Santa Casa do Rio de Janeiro.

Ramos foi, e gostou do médico, que só conhecia de cumprimentos na farmácia e nas ruas. Depois de uma série de conversas demoradas no consultório, dr. Olegário deu o diagnóstico. O rapaz estava sofrendo de angústia causada por cerceamento. Não é doença, é uma síndrome. O remédio?

Mudar de ambiente, isto é, sair dali. Procurar em outra parte uma atividade mais condizente com sua capacidade e com seus ideais. E fazer o quê, enquanto ainda estivesse ali?

Bom, pra começar, ligar-se mais a pessoas da idade dele, rapazes e moças. Tomar cerveja de vez em quando com amigos — não sozinho — no bar do Oliva no jardim. Conversar futilidades, ouvir e contar anedotas. Faz bem, viu, meu filho. Você espera muito das pessoas. Sabe que meu mestre Miguel Couto gosta de ouvir e contar anedotas? Verdade que as dele não têm muita graça.

Quando soube pelo dr. Olegário do que se passava com Ramos — afinal não se tratava de quebra da ética profissional, a rigor ele não dera consultas ao rapaz, apenas conversara com ele, conversas de um homem experiente com um jovem imaturo — o sr. Ildefonso entendeu tudo imediatamente. Talvez já tivesse entendido, mas vinha adiando o reconhecimento. E tomou suas providências.

Da mesma forma que se pode conspirar para prejudicar uma pessoa, há quem conspire também para beneficiar. Quando o sr. Ildefonso se convenceu de que Ramos era a pessoa que ele vinha procurando para ajudá-lo na farmácia, estabeleceu um salário para ele. Todo dinheiro que o Ramos precisava — para as taxas do ginásio, para livros, para roupas, para cinema — era escriturado em um caderno comprado para esse fim. Na coluna do deve eram lançadas as despesas, e o salário mensal na coluna do haver. Puxadas as contas, Ramos tinha dois contos e trezentos de haver.

O sr. Ildefonso chamou Ramos ao laboratório numa hora em que não estava aviando. Mandou-o sentar-se num tamboretinho redondo. Explicou-lhe o assunto do salário mensal. Mostrou-lhe o caderninho de cinco anos, pediu que conferisse. Ora essa, sr. Ildefonso. Não tenho que conferir nada. O senhor está sendo muito generoso. Nunca imaginei que um dia pudesse ser dono de tanto dinheiro. Só me cabe agradecer.

— Não posso lhe dar esse dinheiro agora porque ele está com o dr. Napoleão. Ele tem um cofre grande em casa, onde guarda o dinheiro de várias pessoas. Mas está viajando. Volta semana que vem.

— Ora, sr. Ildefonso, quem é que está com pressa?

Ramos pegou o dinheiro, conversou com o dr. Rodolfo Weischenk, com o sr. Ildefonso e com o dr. Olegário, e todos concordaram que ele devia ir para o Rio de Janeiro. Despediu-se da família que o acolhera tão bem — todos chorando sinceramente, ele também. Não deixe a gente sem notícias, viu, meu filho. Vamos sentir muita saudade. Foi bom ter conhecido você. Não se esqueça de nós.

Pegou de novo o carro do correio para Catalão. Passou uns dias com os pais, tomou outro carro e foi para a ponta dos trilhos. Pernoitou, embarcou no trem para Araguari. Pernoitou, pegou outro para São Paulo. Chegou de manhãzinha, pediu informações, embarcou com a mala num bonde para outra estação, esperou o dia inteiro comendo sanduíches, tomou o noturno para o Rio.

Um pretinho muito simpático que agenciava hóspedes para pensões e hotéis das imediações da Central levou-o a pé para uma pensão na rua Vinte de Abril. E mais uma vez o Ramos teve sorte. A dona da pensão, uma portuguesa gorda e muito simpática, d. Madalena, achou-o muito assustado e desamparado, e resolveu protegê-lo. Deu-lhe o melhor quarto vago, conversou com ele, perguntou se estava com fome — um pouquinho sim senhora. Alimentou-o. Deu-lhe conselhos: cuidado com o dinheiro, não dê conversas a desconhecidos. Mas todo mundo aqui é desconhecido, d. Madalena. Então não dê conversa a ninguém. Não compre bilhete de loteria premiado, não existe. Não aceite pacote de dinheiro pra entregar na Santa Casa a troco de uma ajuda pro sujeito voltar pra terra dele, é tudo vigarista.

Depois de uns dias descansando, dando umas voltas curtas, lendo jornais expostos nas bancas, Ramos disse a d. Madalena que precisava arrumar um emprego.

— Compra o *Jornal do Brasil*, meu filho. Só dá anúncio. De emprego que oferecem, de gente que quer se empregar, de casas pra alugar, vender ou comprar. Mas vá devagar, não pegue o primeiro não. Vá lá, converse, deixe o nome. Procure outro, até achar um que pareça melhor. Quem é apressado come cru, como dizia meu pai.

Parece que o Ramos pisou no Rio com o pé direito. O primeiro dia que ele comprou o jornal, uma oferta de emprego chamou-lhe atenção. "Herm, Stoltz & Cia, firma importadora alemã, procura auxiliar de escritório com conhecimento de alemão para classificador de correspondência. Falar com sr. Stübing na av. Rio Branco, esquina da São Pedro, 2º andar."

A sopa no mel. Mas como é que se vai lá? D. Madalena não sabia bem, pouco saía de casa. Mas um hóspede ensinou, não era longe. Fosse à Central, pegasse o bonde que descia a São Pedro, apeasse na esquina da Rio Branco. Cuidado ao atravessar, o trânsito era perigoso.

Já havia uns três ou quatro candidatos esperando. Tanta gente assim? Será que vou ser escolhido? Que Deus me ajude. Olha para os outros, olha para o lustre no teto, para os próprios sapatos. Para os móveis de boa qualidade. Para a secretária alemã, enérgica e eficiente, sentada em sua mesa, trabalhando — ou fingindo — com uns papéis, olhando disfarçadamente para os candidatos, talvez tomando notas para um relatório sobre cada um. A maneira de vestir, a maneira de sentar. Ainda bem que d. Ursula o ensinara a sentar-se, nada de cruzar as pernas, é feio. Os pés têm que ficar juntos no chão. Pode-se cruzar os pés, as pernas nunca, é jeca.

O sr. Stübing era um alemão baixinho, corado, sorridente, bons dentes. Vestido de preto, camisa branca, colarinho duro. Sente-se, meu rapaz. Sente-se. Podemos falar alemão? *Gut, gut.* É melhor pra mim, ao invés de eu ficar aqui me esforçando por produzir meu horrível português. Hum, hum. *Gut, gut.* Aprendeu alemão aonde? Hum. Com o cônsul. Como é o nome dele? Hum. Rudolph Weischenck. Deve ser da Turíngia. Lá é a terra dos Weischenck. *Wunderbar.* Por que quis aprender alemão? Hum. *Wunderbar.* Hum. Olhe aqui, meu rapaz, vou ficar com você. Mas a experiência me diz para admiti-lo condicionalmente, entendeu? Vou observar você por um tempo. Se corresponder, fica. Certo? Muito justo, sr. Stübing. Começo quando? Amanhã. Nosso horário é de oito às cinco. Duas horas pra almoço. Parabéns — estendeu-lhe a mão. — Você vai trabalhar numa firma importante. Espero nos darmos bem. Até amanhã às oito. Apresente-se a mim.

Pronto. Já estava o Ramos empregado numa firma alemã importante. Voltou saltitante para a pensão, achando o mundo maravilhoso. Deu a boa notícia a d. Madalena, que se mostrou convincentemente feliz e lamentou estar a cozinha ocupada com o preparo do almoço, se não ela faria um bolo para festejar. Em todo caso pediu licença para abraçá-lo — antes do abraço ajeitou o avental e empurrou o cabelo do rosto para trás, esse peste de cabelo fica me incomodando — e desejou-lhe boa sorte no emprego.

Ramos quis escrever imediatamente para os pais e para o sr. Ildefonso e família, lembrou que não tinha papel e envelopes, e deixou para depois do almoço. Estava tão alvoroçado que achou melhor ir para o quarto, deitar-se, respirar fundo e pensar, em vez de ficar exibindo a sua alegria pela casa. E agradecer — a quem? A alguma força invisível que com toda a certeza o vinha protegendo e orientando desde o começo.

A carreira de Ramos na firma alemã foi uma excursão por estrada macia. Antes de cumprido o tempo de experiência, o sr. Stübing chamou-o em sua sala. Convidou-o a sentar-se, não em uma cadeira em frente à mesa, mas ao lado dele no sofá. Ofereceu-lhe charuto. Não fuma. Ótimo. *Schmutzig Laster*, vício imundo. Que está achando de nossa firma? Do trabalho? Está satisfeito aqui? Ótimo. Muito bom. É recíproco. Chamei você aqui para lhe dizer que está aprovado. E a diretoria aprovou também um aumentozinho.

Daí para ficarem amigos foi um passo. Um dia, no fim do expediente, o sr. Stübing foi à sala de Ramos, conversam isso conversam aquilo, o gerente pergunta ao rapaz como ele passava os fins de semana. Bom, me levanto mais tarde, leio o jornal que d. Madalena manda comprar pra mim. Escrevo pra meus pais, não toda semana. Pra meu amigo Ildefonso. Depois do almoço vou ao Campo de Santana ver as cotias. Depois vou ao cinema ou tomar chope com amigos na praça Onze.

— Que tal passar esse domingo lá em casa? Comer comida alemã. Beber cerveja. Ouvir Beethoven. Wagner. Falar alemão. Não precisa ir de gravata. Vá de esporte. *Entspannung*.

Era em Niterói. O sr. Stübing fez um mapinha desde as barcas. Ramos foi, adorou. Mais gente boa na vida dele. Obrigado, força invisível. Ficou habitual. *Regelmässig*. Todo domingo cedo lá ia ele na barca para a casa dos Stübing ou para o Iate Clube no castelinho de Jurujuba, conforme combinassem.

Aos poucos o sr. Stübing foi achando que o Ramos merecia um prêmio de viagem à Alemanha, quanto mais não fosse para recompensá-lo da admiração pelo país. Mas o pretexto seria conhecer a matriz da firma e aperfeiçoar-se em qualquer coisa, administração, por exemplo. O projeto foi competentemente pilotado, e Ramos embarcou em meados de 1934 num vapor do Nordeustch Lloyd para Bremerhaven. O projeto era ficar três meses por lá, viajando e conhecendo o país. Nada mau para um primeiro contato.

Um tanto por fora em assuntos de política, Ramos não estava sabendo que naquela altura a Alemanha já era dominada pelo Partido dos Camisas Pardas, que faziam grandes concentrações e passeatas por toda parte carregando estandartes, erguendo o braço direito e gritando "*Heil Hitler*". No começo ele até achou bonito, vigoroso, festivo. Queria dizer que alemão também podia ser alegre. Mas aquilo não estaria passando da conta? Manifestações todos os dias — quando seria que trabalhavam? Ou seriam todos soldados, e as passeatas eram o trabalho deles para alegrar o povo?

Um dia, viajando de trem do centro de Berlim para o subúrbio de Spandau, onde funcionava o arquivo central da firma, olhando aqueles rostos alemães, alguns de camisa parda com braçadeira, Ramos se lembrou de Catalão, de Goiás, do Brasil. E sentiu saudade. Como será saudade em alemão? Se esquecera de aprender. Ou achara que não iria precisar. Como será que ouvidos alemães reagem ao som dessa palavra? Fechou os olhos e disse alto: saudade. Parece que ninguém ouviu. Ele repetiu, mais alto. Quando abriu os olhos viu vários alemães olhando para ele, inclusive dois camisas pardas. Sorriu para eles, não retribuíram. Mas conversaram em voz baixa entre eles. Desapontado, Ramos desistiu da experiência. Mas notou que estava sendo observado. Quando o trem parou em Spandau os dois sujeitos o emolduraram ainda no vagão, desceram com ele, e na plataforma o convidaram a acompanhá-los.

— Aonde? Para quê?

— *Polizei*. Esclarecer.

Ramos não entendeu nem se assustou muito. Mas ficou aborrecido porque era esperado no arquivo central, onde devia passar o dia vendo como funcionava a engrenagem.

— Posso telefonar? — perguntou ele já na polícia a um jovem camisa parda de cabelo à escovinha e óculos de aros dourados muito finos, que puseram para vigiá-lo numa salinha acanhada. O rapaz brincava de jogar na mesa uma penca de chaves presas numa corrente, parece que para ver que figuras formavam quando caíam.

— Telefonar? Ham-ham. *Später*. Mais tarde.

Depois de um bom chá de cadeira sob o olhar do escovinha, uma porta se abriu e o levaram lá para dentro. Sentaram-no na frente de uma mesa comprida que mais parecia balcão, mandaram que tirasse tudo dos bolsos e pusesse na mesa. Do outro lado da mesa dois sujeitos sentados em cadeiras giratórias para facilitar a movimentação. Na parede ao fundo um retrato do *Führer* de olhos caprichadamente coruscantes. O homem que estava à esquerda de Ramos pegava cada documento ou objeto, examinava demoradamente e passava ao outro sem dizer palavra. Foi assim com o passaporte, com o cartão de identificação dado pela firma com a fotografia de Ramos, carimbo e assinatura de um chefe lá. Examinaram também uma caneta-tinteiro, um bloquinho da firma dado a ele para anotações do que observasse e das explicações que recebia para se enfronhar de tudo o que lhe interessasse como bom funcionário; e um canivetinho francês que ele tinha ganho de brinde dos fabricantes da Eurythmine Déthan ainda na farmácia do sr. Ildefonso e que passara a carregar no bolso sem saber para quê.

E chegaram ao item que arregalou os olhos primeiro do investigador da esquerda, depois os do outro. Era um caderninho de endereços e telefones que ele percebeu que precisava ter depois que se mudara para o Rio de Janeiro. Mas tinha uma particularidade: o número da casa e o do telefone vinham no código da farmácia, os algarismos substituídos por letras. Por que fazia isso? Mania apanhada na adolescência, ou talvez artifício para poupar os amigos de trotes caso ele perdesse o caderno. Mas agora ele ia ter de suar muito para explicar isso convincentemente à *Geheime Staatspolizei*, que até então ele nem sabia que existisse.

Depois de o acocharem durante alguns dias, os dois agentes suburbanos se convenceram de que tinham em mãos perigosíssimo e treinadíssimo agente estrangeiro, duro de abrir. Falando alemão quase que como um deles. Assim, mandaram-no para outro duro, o famoso inspetor Krauss em Berlim, que só cuidava de inimigos duríssimos.

O resto nem é história, porque Ramos era apenas um brasileiro pouco mais do que simplório, nascido em Goiás e que contraíra desde a infância inexplicável admiração pela Alemanha. Nunca mais se soube dele. Nem nos arquivos apreendidos depois da guerra, que não registravam incidentes corriqueiros nem enganos grosseiros.

Quem ficou sabendo então? Amigos deles, brasileiros e alemães da Herm Stoltz, assoprados, quem sabe, pelas forças do mundo invisível, que não puderam salvá-lo do fanático inspetor Krauss.

O código ingênuo, que não conseguiram furar, era a palavra "A-g-u-l-h-e-i-r-o-s", adotada por sr. Ildefonso quando abriu a farmácia.

Cantilever

Era um garoto muito curioso, sempre ligado a novidades — e não só: gostava também de explorar palavras. Sempre que via ou ouvia uma palavra desconhecida, antes de ir ao dicionário a revolvia na cabeça se estava no meio de outras pessoas, como um gatinho que pegou um inseto e passa longo tempo esquecido do mundo revirando-o, jogando-o para cima, deitando-se sobre ele, até ele parar de se mexer; se estava sozinho, repetia a palavra em vários compassos, conversava com ela, como se provocando para ver se ela se abria e se revelava. Conforme as respostas, as sugestões que julgava receber, atribuía à palavra um ou mais sentidos; e só então ia conferir no dicionário, como quem confere um bilhete de loteria. E frequentemente se decepcionava também. Brinquedos que deixavam vidrados meninos da idade dele, a ponto de preocupar os pais, dele não conseguiam mais do que um breve olhar e um sorriso de indulgência.

Esse menino também se divertia inventando palavras que logo empregava em conversa em casa ou com amigos com a naturalidade de quem fala de coisas corriqueiras, do dia a dia.

Parabonzio ele inventou para qualificar ferramentas, objetos grandes ou superfícies planas ligeiramente arredondadas nas margens. Tábua de passar, por exemplo era um utensílio parabonzio. Mas como substantivo designava pessoa de ideias planas, sem arestas, do tipo maria vai com as outras. Futelário era qualquer objeto esguio que se usa em posição vertical, como poste, abajur de pé, suporte para plantas suspensas. E também pessoas magras, altas e de cabeça grande. Bembástico era tudo o que é escancaradamente bom, fosse comida, roupa, professora, música, livro, filme.

Era um bom menino, não dava trabalho aos pais e os divertia, mas não quando houvesse visitas e ele percebesse intenção de o exibirem como supranormal. Aí se comportava como deficiente. O irmão, se pudesse escolher, teria optado por nascer em outra família, e vivia soltando piadas contra ele. Mas não sendo supranormal, as piadas caíam estalando como panquecas, e os pais piedosamente fingiam que eram surdos. Paciência. Não se pode ter dois supranormais numa mesma família.

Mas o menino não era movido só a palavras. Gostava de jogar bola, de caminhar, de correr, e pretendia inscrever-se na Maratona de São Silvestre quando tivesse mais idade. E — claro — gostava de ler. Não esses livrinhos de historinhas para crianças escritos por pessoas que acham que toda criança é um ser irremediavelmente retardado. Lia os livros do pai, que era advogado mas também não se limitava à leitura de tratados de direito, códigos, jurisprudência e acórdãos. Na biblioteca dele tinha Camilo, Eça, Machado, Vieira, Gregório de Matos, o *Gil Blás* de Lesage na caprichada tradução de Júlio César Machado; clássicos franceses, ingleses e russos. Tudo isso o menino lia quando não estava estudando nem brincando, e nada indicava que o fizesse para impressionar as pessoas. Quando leu o *Gil Blás* pela primeira vez soltou gargalhadas alarmantes. Durante algum tempo se divertiu e divertiu a família com a figura do dr. Sangrado, médico e professor de medicina que tratava qualquer doença com sangria e potes e mais potes de água morna, por achar que o sangue não é necessário ao organismo. Como era inevitável, o doente morria. Mas Sangrado não se abalava, e explicava o motivo: a sangria foi pouca e a água morna também.

Um dia esse menino, que se chamava Tibério — não em homenagem ao execrável imperador romano, mas a um músico que os pais admiravam — amanheceu com a ressonância de uma palavra na mente. Aliás, a palavra não veio logo que ele acordou com o chamado da mãe para a escola. A mãe o acordou e ficou esperando que ele se levantasse, como era o costume. Ele pediu a bênção, sentou-se na cama. Bocejou, espreguiçou. Catou os chinelos no chão com os pés. Calçou-os, foi ao banheiro. Urinou, bocejou de novo. Chegou-se à pia, penteou os cabelos. Encheu de água as duas mãos formando cumbuca, enxaguou a boca. Cuspiu fora. Quando se olhou no espelho enxugando as mãos, a palavra atacou: Cantilever. Cantilever? Que é isso? Desceu ao térreo recitando a palavra mentalmente. O pai e Álvaro, o irmão debochado, já estavam na mesa. A mãe ainda na cozinha ultimando o café com ajuda de Vandila, a irmã. Por que Vandila e não Álvaro ou eu? — Tibério perguntou-se, e anotou para perguntar oficialmente quando todos estivessem reunidos. Mas quando a mãe e a irmã vieram da cozinha com o café cheiroso e os acompanhamentos, o tal Cantilever atacou de novo. Tibério revolveu a palavra na mente tentando deduzir ou adivinhar um sentido, se é que a palavra existia. Não conseguiu, desistiu, talvez porque estivesse com fome.

Quando já tinha comido as fatias de laranja e um ovo cozido, e pensava se valeria a pena descascar mais um ovo para comer com salpicos de sal em cada mordida, lembrou-se e perguntou:

— Pai, o senhor por acaso já cruzou com a palavra Cantilever em suas leituras ou conversas?

O pai parou com a xícara de café com leite que ia levando à boca. — Cante o quê?

— Can-ti-le-ver. Acho que é com *i* no meio. Pelo menos é assim que me soa.

— Lá vem ele com suas palavras inventadas — disse Álvaro com a boca cheia de pão com manteiga. — Muita gente começou assim, e foi parar naquele prédio que tem na Urca. Como é mesmo o nome? Pinel?

Ninguém prestou atenção, ele sorriu sozinho para se dar uma compensação, e ficou por isso.

— Cantilever. Acho que não. Não. Nunca vi nem ouvi. E não faço menor ideia do que seja — respondeu o pai.

— Vai ver é coisa de música. Cantilena. Cantochão. Cantata — arriscou Vandila.

— Por que não vê no dicionário? — sugeriu sensatamente a mãe.

— Tibério não trabalha assim. Primeiro ele quer deduzir. Descobrir. Depois é que vai conferir no dicionário pra ver se acertou — explicou o pai. — É o método indireto. Onde descobriu essa palavra?

— Não descobri. Foi ela que me descobriu. Brotou na minha cabeça hoje cedo, e grudou.

— Não estou dizendo? — insistiu Álvaro. — Ainda bem que o Pinel não é lá no Engenho de Dentro. Fica aqui perto. Facilita as visitas.

Vandila desfechou um olhar mortífero no Álvaro, depois voltou-se para Tibério. — Brotou na sua cabeça como? — Olhou a cabeça dele para ver se via.

Com essa os outros três riram, e a menina se encolheu meio emburrada. Tibério simpatizou e acariciou a mão dela na mesa.

Tibério era manhoso no bom sentido. Quando não podia penetrar uma incógnita nas primeiras tentativas, fazia de conta que se desinteressara, mas deixa estar que confiara o desafio a algum mecanismo interior que ele suspeitava que existisse, e ia tratar de outras coisas. Aí, de repente, um belo dia acordava com a explicação clara diante dele. Chamava isso de "entregar ao padre Ignácio".

No caso do Cantilever, seria fácil esclarecer o assunto indo logo no dicionário; mas justamente por ser fácil, esse caminho não interessava, e o caso foi entregue ao engenhoso padre Ignácio, que aparentemente é um tanto modorrento em seu trabalho, não fosse ele padre e muito idoso. Em tempo: ninguém precisa sair em defesa dos padres: se eles não têm pressa não é por serem preguiçosos, mas por estarem em contato quase que permanente com a eternidade.

O enigma Cantilever acabou contagiando a família. Raro o dia em que o pai, ou a mãe, ou um dos irmãos, ou todos não perguntassem a Tibério se ele já havia chegado a uma conclusão. Mas todos já haviam visitado o dicionário; o que eles queriam saber era a explicação de Tibério. E estando o padre Ignácio demorando, o menino resolveu cavucar ele mesmo. Pôs a palavra no moinho da mente e soltou a imaginação, isso às vezes dava certo. Fechou os olhos, e finalmente começou a ver.

Num ponto completamente virgem da floresta amazônica onde nunca bate sol devido à espessura da massa verde, ele viu surgir e abrir-se uma flor enorme na ponta de um talo único de vários metros de altura. Nada a ver com girassol, que comparado com ela não passa de triste cravo-de-defunto. Era bem maior, e em vez de imitar o sol, era um sol em si, que iluminou e aqueceu grande extensão da floresta. Logo Tibério ouviu tropel, rugidos, berros, gritos de animais que vinham ver a flor e aproveitar o calor dela, até cobras enormes apareceram. Formaram vários círculos concêntricos em volta. Todos os animais que tinham voz uivavam o mesmo uivo, que soava Cantilever. Depois de algum tempo a flor foi se fechando devagar, a escuridão voltando aos poucos. Quando se fechou completamente, o talo foi entrando de novo no chão até desaparecer. Os animais fizeram fila, e um a um chegavam ao lugar onde a flor havia se afundado, e urinavam. Isso era para ela poder reaparecer de novo passados mil anos, e os descendentes deles, se ainda existissem, se aquecerem por um instante ao sol que brotava do chão e cujos calor e visão os sustentariam enquanto vivessem.

Agora ele já podia ir ao dicionário. O mais completo pula a palavra, passa de *cantilena* a *cantimplora* sem explicar o que é, e manda ver outra palavra; mas pelo som só pode ser coisa feia. Foi a outro dicionário, esse em quatro volumes ilustrados, a mesma coisa: cantilena, cantimplora. No dia seguinte, quando voltava da escola, passou na biblioteca do bairro e olhou no Webster. Como da língua inglesa ele só conhecesse por enquanto alguns títulos de músicas, copiou a definição cuidadosamente para ver se o pai traduzia. E ficou sabendo que Cantilever significa simplesmente elemento projetado no espaço para sustentar o peso de sacadas ou cornijas, aquilo que na nossa língua se chama "cachorro". Ou, em construções maiores como catedrais, "arcobotante". E em pontes ou viadutos, "encontro".

Ah, é? Ora bolas.

Luneta

Desde pequeno Odemar tomou gosto pela fotografia. Isso aconteceu lá pelos seus doze anos, quando um tio que de vez em quando viajava para vender couro diretamente a curtumes, em vez de entregá-los a preços impostos por compradores itinerantes, voltou de uma dessas viagens com uma novidade: uma maquininha de tirar retrato, daquelas pretinhas de caixote, e alguns rolos de filme. A máquina era novidade em parte, porque várias pessoas na cidadezinha já a conheciam de anúncios em revistas e jornais, com um desenho ou fotografia dela na mão de um moço sorridente, o nome do fabricante e a frase "Você aperta o pino, nós fazemos o resto". Acontece que ali não tinha ninguém para fazer o resto — lamentável inadvertência do tio — e a máquina ficou inútil como caixa de fósforos vazia.

Foi aí que entrou o Odemar. Cansado de ver a máquina ora aqui, ora ali, e finalmente estacionada junto com outras tralhas no topo do guarda-louças na sala de jantar, um dia ele perguntou ao tio se podia levá-la.

— É um favor que me faz, Demar. Não sei onde estava com

a cabeça quando comprei essa bruzundanga. Ainda bem que foi a mais barata. Pode levar e sumir com ela.

Depois de muita procura encontraram a caixa da máquina com o folheto e instruções dentro; e no gavetão da mesa de refeições acharam quatro rolos de filme ainda na embalagem. Assim o problema de saber como tirar a máquina da ociosidade passava para Odemar. Só o não ver mais a bruzundanga ali em cima do guarda-louças, lembrando-o insistentemente da compra impensada, foi um alívio para o tio, igual ao de quem se livra definitivamente de um calo no dedo mindinho, daqueles que obrigam o infeliz hospedeiro a abrir um buraco na gáspea do sapato ou da botina para poder andar calçado.

Indaga daqui, indaga dali, Odemar ficou sabendo que o dr. Hastinfilo, advogado que também viajava com certa frequência, possuía uma máquina fotográfica da mesma marca, você aperta o pino, nós fazemos o resto. Odemar o conhecia de vista e de cumprimentos nas ruas, o advogado era pessoa simpática e gostava de cumprimentar todo mundo, sem excluir crianças. Odemar queria saber dele quem era o "nós" que fazia o resto. Foi procurá-lo levando a máquina e os filmes para dr. Hastinfilo dar uma olhada e orientar.

— Esta sua é das mais rudimentares, Odemar. É própria mesmo para criança se iniciar na fascinante arte da fotografia. Não tem os recursos da minha.

Abriu a gaveta da escrivaninha, tirou a máquina. Parecia um estojo fechado, assim de um palmo de comprimento e meio de largura. Passou-a a Odemar para ele pegar e sentir o peso. Pediu de volta, apertou lá qualquer coisa, o estojo se abriu na vertical, de cima para baixo. Puxou o olho, que era a lente, apareceu uma espécie de sanfona se esticando por um trilho de cada lado da tampa. Explicou a regulagem da luz e do tempo de exposição, que se fazia ali mesmo na moldura da lente.

— Quando você se diplomar nesta sua maquininha de caixote, pode passar para uma destas. Tira fotos bem melhores.

Nem quis pegar a máquina de Odemar, mas mostrou a ele um monte de fotografias, todas nítidas e bem enquadradas. E uma que o dr. Hastinfilo tirara dele mesmo com um breguete que se chamava disparador automático, e se encaixava na moldura da lente, que coisa, siô, só falta falar. Mas quem era que fazia o resto depois que a pessoa apertava o pino?

— Ah, esse é o nosso problema. Aqui não temos laboratório fotográfico, nem compensa instalar um. Contando eu e você, e mais uma ou duas pessoas, ninguém mais tem máquina fotográfica. Meus filmes eu mando revelar na capital. É complicado porque eles revelam e copiam, me escrevem dizendo quanto tenho que pagar. Mando um vale postal, eles me mandam as fotografias. Quando viajo, eu mesmo levo o filme e peço urgência. Vou lhe dar o endereço do laboratório. — Abriu uma gaveta, procurou, achou um papelzinho, que passou a Odemar. — Agora vamos ver a sua máquina. Tem filme? Os meus não servem para esta máquina, têm outro calibre. — Odemar passou-lhe os filmes. — Hum, este aqui já morreu, olhe aí a data. Este ainda serve. Este também. Este não. Pode jogar estes dois fora. Os outros você precisa gastar até o fim do mês que vem. Senão, fora também. Quer tirar umas fotos agora, para ir aprendendo? — O menino queria. — Então vamos lá fora, a luz aqui não dá, sai tudo escuro.

Saíram à rua, dr. Hastinfilo explicou pacientemente, tirou uma foto de Odemar, Odemar tirou uma dele seguindo as instruções quanto à distância e posição em relação ao sol.

— Agora escolha você. Rua é bom assunto.

Odemar foi escolher. Aquela moça que vem lá de sombrinha aberta, parece a Elza Rocha Loures. Boa escolha, Odemar, mas espere chegar mais perto, senão fica irreconhecível. Aquele cargueiro de lenha? Bom também. Tire duas, de esguelha, uma pouco antes de passar, outra logo depois, vire o filme depressa. Nunca tire contra o sol, o halo estraga. Só a favor, mas cuidado para sua sombra não estragar a foto. Não esqueça também a distância focal, para a imagem não sair borrada, e a abertura do diafragma, para não faltar nem sobrar luz.

Com estas instruções de campo, Odemar esqueceu o desânimo que sentira quando dr. Hastinfilo lhe mostrara o complicado mecanismo de mandar o filme para o laboratório, esperar a comunicação do preço, mandar o dinheiro, esperar as fotografias. Uma maçada, sem dúvida, mas suportável. Dr. Hastinfilo não se submetia? Então?

E não é que Odemar tomou gosto e não demorou muito para já estar tirando boas fotos, mandando os filmes pelo correio, recebendo as cópias, algumas com elogio de Suzana, filha do sr. Alencastro, que cuidava do laboratório.

Mas deixa estar que um dia baixou lá uma sra. Marie Landovska, polonesa muito simpática, e logo instalou um ateliê para ensinar corte e costura moderna a senhoras e moças, e uma confecção anexa. D. Maria, como ficou chamada, era também amadora de fotografia. Quando descobriu que ali não havia laboratório, não se desesperou. Mandou vir não se sabe como nem de onde os apetrechos e os ácidos necessários para processar suas fotos. Claro que não se negou a processar também os filmes dos outros amadores. D. Maria não virava as costas a nenhum dinheiro honesto, mesmo que fosse pouco; por isso conseguira certa independência financeira. E mais: a casa que ela alugou para residência e oficina de corte e costura ficava de costas para a da família de Odemar, de sorte que d. Maria e a mãe de Odemar não demoraram a estabelecer uma amizade de cerca de quintal. Por cima da cerca trocavam mudas de plantas, receitas e quitutes, e notícias. Quando o Odemar soube pela mãe que a vizinha dos fundos havia instalado um laboratório em casa, foi a soma caindo no mil.

Depois de um tempo, com autorização de d. Maria, Odemar não precisava mais dar a volta pelas ruas, fazendo o percurso em U para visitar o laboratório; bastava atravessar a cerca de arame que separava os quintais. Não demorou muito para que ele ficasse sabendo quase tudo sobre revelação, cópia, fixação, ampliação, correção de excessos de luz nas tomadas de fotos. Daí a processador substituto foi um passo, o que muito conveio a d. Maria, cujas alunas e clientes tinham aumentado, mal lhe dando tempo para cuidar do laboratório. Também o dr. Hastinfilo, depois de ver o trabalho de Odemar, deixou de mandar filmes para serem processados fora. E numa viagem que fez depois, encantou-se com uma novidade. Uma máquina recém-lançada, que permitia ver por uma janela que se abria em cima como ia ficar a fotografia que se estava tirando. Comprou-a na hora, com um estojo de filtros contra isso e aquilo para se colocar por cima da lente. E achando que não precisava de duas máquinas, deu a outra a Odemar, que assim subiu também mais um degrau em sua carreira de fotógrafo amador.

Mas sendo a vida um constante arruma-desarruma-rearruma, Odemar precisou deixar a cidade para continuar os estudos. Por sugestão de d. Maria, que vivera em São Paulo e lá deixara parentes, ele optou pelo já então "maior centro industrial da América do Sul", conforme dizia um letreiro de ponta a ponta no alto dos bondes "camarões", que passavam lotados para todos os lados. Os pais gostaram da escolha, porque para eles São Paulo era a cidade do trabalho, ao passo que a outra opção, o Rio de Janeiro, era a cidade da malandragem e da perdição.

Em São Paulo ele foi morar primeiro em Santa Cecília, na pensão de uma parenta de d. Maria. Aí conheceu um rapaz alemão muito divertido chamado Erwin Waldteuchel, mas tratado de Ervino Vaidetocha por todos os hóspedes, sem que ele ligasse a mínima. O Ervino era vendedor de material fotográfico para uma firma do largo de São Bento e tinha uma atividade paralela, que era compra e venda de aparelhos de óptica por conta própria. O quarto dele era uma confusão de binóculos, lunetas, lentes, projetores portáteis e uma ou outra máquina fotográfica. Por precaução, Ervino mesmo arrumava e limpava o quarto, que a dona da pensão chamava de "gabinete do dr. Caligari" por causa de um filme alemão que andou fazendo sucesso na época. Mas Odemar era convidado ao quarto de Ervino sempre que houvesse uma câmera diferente, de marca diferente. Aliás, foi por influência de Ervino que Odemar passou a chamar máquina fotográfica de câmera. Mas nessa altura ele já tinha achado conveniente dar uma moratória à fotografia para olhar em volta e avaliar as opções de estudo que a cidade oferecia.

Estava nisso quando Ervino chegou em casa com uma luneta que era um portento: um tubo telescópico quase da grossura de uma garrafa de guaraná, porém mais comprido. De um lado uma lente pequena, do outro uma maior. Esticando ou encolhendo o tubo, achava-se o foco do objeto que se queria ver. Lá dentro devia ter um mecanismo qualquer que lançava sobre o campo de visão duas linhas cruzadas, com marcações numeradas. Ervino explicou que isso servia para se calcular a distância do objeto focalizado. Quando se focalizava um objeto longe, nossa! A luneta o puxava para o alcance da mão de quem estivesse olhando. Ervino, que também fazia lá suas transações de banqueiro, tinha recebido a estupenda luneta em pagamento de empréstimo que o tomador não pôde saldar. Disse o Ervino que por enquanto não ia passar a luneta adiante, tinha muito a olhar com ela. Odemar gostou da decisão.

Os quartos deles davam para os fundos, de onde se avistava um prédio de apartamentos em construção, grande novidade, e perto desse um outro já habitado. De sua janela Odemar via com a luneta trabalhadores subindo e descendo por uma geringonça que parecia deslizar sozinha pelos andaimes, que coisa mais esquisita, e trabalhadores lá em cima assentando tijolos, chegava a ver gotas de suor nos rostos, e quando um parava para acender um cigarro, via-se a fumacinha que ele soltava pela boca ou pelo nariz. Viu até um tirando o birro e urinando para baixo, e o filete amarelado da urina, uma coisa impressionante.

No prédio habitado viam-se pessoas andando pelas salas da frente, a cor do cabelo, verrugas no rosto se tinham, quadros ou retratos na parede, plantas na varanda, insetos etc. E de noite, será que se via? Experimentou, via-se. Famílias sentadas tomando café ou coisas de garrafa, conversando, gesticulando. O estampado do assento dos móveis, até as manchas de sujo. E eles nem desconfiam que tem gente olhando de longe. Se me dissessem antes que existia uma luneta assim, eu não acreditaria.

Depois de algum tempo, Odemar se desinteressou dos trabalhadores e concentrou-se nos moradores à noite — quando Ervino emprestava a luneta. Assim ele ficou conhecendo de vista as pessoas dos andares situados no nível de visão de sua janela. (Dos mais acima só se via o teto, e dos mais abaixo só os tacos ou tapetes e pés pisando neles. Quem vai se interessar por pés de estranhos? É o mesmo que pés de defunto.)

Tinha um apartamento em que morava uma moça aparentemente sozinha. Não era muito nova, e de vez em quando recebia visitas. Conversavam, comiam, bebiam. Se Odemar soubesse ler lábios, tem gente que sabe, poderia entender o que conversavam. Às vezes dançavam, a música devia ser de disco, não se via a vitrola. Quase todas as noites a moça sentava-se a uma mesa com papéis e livros na frente, consultava e escrevia. Ou era trabalho que levava para fazer em casa, ou era estudo. Devia ser pessoa muito esforçada. Parabéns a ela.

Uma noite Odemar viu uma cena chocante nesse apartamento. A moça chegou por volta das sete horas, descansou a bolsa e o pacote na mesa. Foi à janela, ficou algum tempo olhando para fora. A luz da sala não deixava ver o rosto. Entrou, sentou-se numa poltrona. Tirou os sapatos, empurrando cada um com o pé, e ficou pensativa, enrolando o cabelo com dois dedos da mão direita. Via-se que estava preocupada ou aborrecida. Problema no trabalho? Notícia ruim da família? Desentendimento com o namorado? A luneta não enxergava o motivo.

Passado um tempo, a moça levanta-se e desaparece lá nos fundos. Odemar achou que alguma coisa podia acontecer, e continuou olhando, agora sem a luneta. Estava curioso, e era paciente. Passados uns dez minutos, viu movimento na sala, e voltou à luneta. A moça estava com um vestido preto comprido, penteada, pintada, de colar e pulseiras. As pulseiras brilhavam à luz da sala. Saiu do campo de visão, mas por breve instante. Reapareceu dançando sozinha em ritmo de valsa. Quando o disco acabou, só podia ser disco, ela some de novo e logo volta dançando tango, aquilo de dar um volteio, levantar uma perna com a cabeça atirada para trás, depois uns passos caminhados. Odemar achou que ela dançava bem o tango, dança que ele não tinha esperança de aprender.

Acabado o tango, a moça ficou parada no meio da sala. Abaixou a cabeça, estremeceu. Olhou em volta, foi à mesa, pegou qualquer coisa e jogou longe. Tirou um quadrinho ou fotografia de uma parede e jogou longe. Deitou-se de bruços no sofá, com sapatos, pulseiras e colar e chorou de estremecer.

Odemar fechou a luneta e retirou-se pé ante pé da janela, envergonhado e arrependido, jurando nunca mais pedir a luneta a Ervino.

Tapete florido

Fazia tempo que Sucena vinha buzinando nos ouvidos do marido a necessidade de comprarem um tapete novo para a sala. Ele resistia porque vivia de comissões — era vendedor de purificadores de água para residências, e a procura tinha caído muito com a recessão. E outra atividade que ele desempenhava, a leitura do tarô, também não vinha prosperando. Num primeiro momento pode parecer que purificador de água não rime com tarô, mas no caso de Altino, que era o nome do marido de Sucena, eles se conjugavam. É que, depois de fechar a venda de um purificador, se o comprador era mulher ele sempre achava um jeito de conduzir a conversa para a conveniência de sabermos o que o futuro nos reserva, e acabava tirando da pasta as cartas com as figuras. E geralmente o que elas diziam na interpretação de Altino agradava à pessoa, que geralmente também o recomendava a uma vizinha, uma amiga, uma parenta. Aí a ordem dos trabalhos se invertia: ele começava lendo o tarô; e quando a madame ou a senhorita já navegava em alegria, vinha a conveniência de se consumir água purificada, afinal a boa sorte entra mais fácil em sistema sadio.

Mas Sucena não desistia. Raro era o dia em que ela não se lembrava do assunto ou não arranjava um pretexto não forçado para falar na necessidade de um tapete novo para a sala. Paciente como toda pessoa treinada em vendas, Altino ia quebrando cangalhas e empurrando mais para diante a compra do tal tapete. Mais urgente para ele era trocar o carro, instrumento de trabalho já velhinho e dando muita despesa. Mas o carro não está andando? — perguntava Sucena. Andando está, mas de repente, qualquer dia, pode não andar mais; e como é que fico sem carro? Dependendo de ônibus para visitar clientes? Não dá, minha filha. Aí, em vez de ficarmos só sem tapete novo, vamos ficar também sem arroz, sem feijão, sem o pernil dos domingos e sem a cervejinha dos fins de semana.

A referência a pernil abalou Sucena, que gostava de pernil com molho ferrugem e batata bolinha. Ela suspirou, ele percebeu a fraqueza e fez um trato com a mulher. Primeiro ele trocaria o carro, e a prioridade seguinte ficaria sendo o bendito tapete.

O que aconteceu a seguir não foi lido no tarô, talvez porque Altino não o tivesse consultado. Ele avançou na poupança e trocou o carro. Nada de arregalar olhos. Passou de um fusquinha de oito anos para um Chevette de dois. Quando parou o novo carro na porta do prédio, o porteiro, sr. Haroldo, sempre atento a um palpite para o bicho, olhou e disse:

— Carro novo, sr. Altino? — Chegou-se à frente, olhou a placa — Hum... Bom palpite para o milhar. — Tirou a caneta, anotou o número na palma da mão.

Altino, que nunca tinha jogado no bicho, ou se tinha fazia tanto tempo que não se lembrava mais como se joga, resolveu ir nessa. Tirou uma nota de dez mil de uma moeda que não existe mais e disse ao Haroldo:

— Faz o seguinte, sr. Haroldo. Jogue isto pra nós. Cinco mil pra mim, cinco mil pro senhor — e subiu para convidar Sucena a darem uma volta no carro.

Mais tarde, sorteado o bicho e o carro já na garagem, tocam a campainha. Era o Haroldo.

— Então, sr. Haroldo. Faturamos?

— O senhor faturou, eu não — disse Haroldo desapontado.

— Como assim, homem!

— Sabe o quê, seu Altino? Não confiei no palpite, resolvi comprar café, açúcar, cinco quilos de arroz e outras coisinhas que estavam faltando em casa. É como diz o ditado, dinheiro e pé-rapado não caminham lado a lado. Mas o do senhor tá aqui — passou a Altino a bolada que tinha acabado de receber do bicheiro.

Para que o Haroldo não ficasse triste de todo, Altino deu-lhe razoável gratificação pelo palpite.

Estranhamente, Sucena, que de tudo ficara sabendo por ter ouvido a conversa, não disse uma palavra sobre o tapete. Conhecendo-a bem, Altino percebeu que estava sendo testado, e entrou no jogo. Sugeriu que ela comprasse roupas novas, comprasse um presente para a mãe dela, aposentasse o aspirador, que estava roncando demais, comprasse um vidro do Chanel Nº 5 que ela usara uma vez há muitos anos, depois nunca mais. Sobre o tapete, silêncio total. Só no dia seguinte, na mesa do café, ele parou com o jogo.

— Minha filha, hoje vamos comprar aquele senhor tapete. Aliás, você é quem vai comprar. A seu gosto. Pegue o dinheiro onde você sabe, e não faça economia. O carro está pago, o saldo devedor tirei da poupança pra evitar a praga das prestações. Se eu adivinhasse que ia ganhar no bicho teria comprado um Monza que vi na agência.

— Por que não consultou o tarô?

— Ah, minha filha, tarô não dá certo pra quem tira as cartas. E outra coisa. Estive pensando ontem de noite. Você não acha que um tapete novo perto de um velho fica esquisito? Ou o novo fica berrante, ou o velho estraga a vista do novo. Que tal comprar logo dois?

Ela arregalou os olhos. — Está falando sério, Tino? Eu também pensei assim, mas não tinha coragem de dizer. Se comprar um já estava difícil...

— Pois agora vais comprar os dois. A teu gosto.

Assim ela fez, e bem depressa. O tapete mais gasto foi enrolado e deixado no pátio interno para ser levado pela limpeza urbana, o melhorzinho o pessoal da faxina aproveitou para forrar o porão de cimento onde dormiam.

Um dos tapetes novos, que Sucena destinou à sala de estar, era de ramagens verde-musgo sobre fundo verde-alface, que Altino achou lindo e discreto. O outro tinha quadrados com flores-de-lis no centro, tudo em tom brique, e foi estendido na sala de jantar. Mas depois que acostumaram com os tapetes novos, o que mais caiu no gosto do casal foi o de ramagens. Veja você, Cena, ou veja você, Tino, como acertaram na combinação verde sobre verde.

— Pena não termos comprado antes, não acha? — disse ela um dia, olhando para o tapete.

— Hum... sei não. Se tivéssemos comprado há dois anos, digamos, quando você começou a campanha, hoje já estaríamos acostumados, eles gastos, o encanto perdido. E não estaríamos aqui maravilhados.

— É. Acho que você tem razão, como dizem a todo instante os personagens de novelas — ela concordou.

Sucena lançou a ideia de darem um almoço ou um jantar, ou mesmo uma reuniãozinha para alguns amigos, Altino não acompanhou.

— Qual seria o pretexto, Cena? O seu aniversário está longe, e para o meu nunca convidamos ninguém. Então fica evidente que os chamamos para verem os nossos tapetes novos. Seria no mínimo ridículo. Vão sair rindo de nós.

Ela pensou e concordou. — É. Mais uma vez, tenho de imitar os personagens de novelas.

Mas continuaram fascinados pelo tapete florido, a ponto de esquecerem o outro. Para limpá-lo Sucena comprou uma daquelas escovas de rolo e cabo comprido, por achar que o aspirador arranca as felpas da lã e em pouco tempo a peça fica careca. E para não criar ressentimento no tapete da sala de jantar — quem garante que objetos ditos inanimados são destituídos de sentimentos? — usava a escova de rolo nos dois.

Altino se desvencilhou logo do encantamento e voltou a dar atenção ao trabalho com maior empenho, porque a firma dos purificadores tinha lançado um modelo novo, de desenho mais moderno e melhor desempenho, que dava água com gosto de chuva ou de essência de hortelã, dependendo da torneirinha que se abrisse. Esse modelo estava vendendo tanto quanto livros de ocultismo. Já Sucena, que era assistente social do Corpo de Fuzileiros Navais, tinha mais tempo para ficar em casa ninando o tapete com os olhos.

Se ela tivesse parado por aí, avaliado a situação e recuado para posição mais protegida, como se diz em linguagem militar, teria evitado o pior. Mas não. Preferiu se entregar ao encantamento. Enquanto isso, empolgado com o sucesso do novo purificador de água, Altino não percebia o que se passava com a mulher. Chegava em casa cansado mas feliz, jantava e via o noticiário. Ia para o escritório, organizava as visitas do dia seguinte, espreguiçava e começava a bocejar. Voltava à sala com andar de marinheiro e da porta mesmo avisava a Sucena que já ia se "horizontalizar". Nem reparava que ela, mesmo com a televisão ligada, estava entretida era com o tapete.

A doença de Sucena era progressiva. Logo chegou uma fase em que ela acordava assustada no meio da noite, pulava da cama e ia olhar o tapete. Ou dormia um sono entrecortado, em dúvida se não teria se esquecido de fechar a janela para evitar que algum morcego ou pássaro noturno entrasse e fizesse sujeira no tapete; ou se ela mesma não teria deixado uma vasilha com resto de comida ou bebida mal colocada na mesinha de centro de modo a cair com alguma trepidação vinda de fora, produzida por veículo pesado ou avião. Ou sonhava que algum desastre, curto-circuito numa tomada, queda de um pedaço do teto, inundação causada por uma torneira deixada aberta na cozinha havia danificado o tapete.

Com esse pouco dormir e essa preocupação permanente, ela foi ficando de olhos fundos e olheiras empapuçadas e rosto acinzentado. Aí Altino teve de notar. E se preocupou.

— Você está bem, Cena? — perguntou ele um dia na mesa do café.

— Estou, uai. Por quê?

— Estou achando você abatida de uns tempos para cá. Cara de quem não dorme e amanhece cansada. Se abre comigo, filha. Quem sabe está na hora de consultar um médico?

— Que bobagem, Tino. Tenho nada, não. Todo ano faço exame médico na Marinha. É obrigatório.

— Bom. Se é assim, agora quem imita personagem de novela sou eu, e digo que perguntei por perguntar. Mas acho que você precisa se cuidar. Essas olheiras não lhe assentam.

— Você acha? Vou fazer um tratamento de pele.

— Faça mesmo. Dinheiro está entrando. O novo purificador...

— Ah, Tino, agora não, tá? Vou passar a escova no tapete.

Altino terminou o café, escovou os dentes. Pegou a pasta, deu um beijo de raspão em Sucena, que nem largou a escova;

afagou-a no rosto, disse "se cuide, menina", e foi batalhar pelo fomento do consumo da água saudável na cidade.

Nesse mesmo dia, ou no seguinte, quando chegou para o jantar, com a boca seca de tanto falar mas com mais dois ou três purificadores vendidos, Altino encontrou Sucena sentada na beira do sofá, o corpo inclinado sobre o tapete e como que hipnotizada. Ela não o viu entrar nem respondeu quando ele lhe falou. Altino descansou a pasta na mesinha de centro, chegou-se diante da mulher, olhou-a. Parecia uma estátua de madeira ou granito, os olhos parados, de estátua. Tocou-a de leve no ombro. Ombro sólido de estátua. Queixo rígido, de trilho ou dormente. E essa agora! Ouvira dizer que não se deve acordar um sonâmbulo sacudindo-o — seria o caso? Quem sabe se álcool para cheirar? Fumaça de cigarro? Acendeu um cigarro, soprou toda uma baforada no rosto dela. Ela nem piscou. Água fria no rosto? Pode assustar e complicar. Pelo menos está respirando. Ou não? Chegou as costas da mão perto do nariz dela: respirava. Chamar um médico? Ou seria caso para pai de santo? Sem saber o que fazer, Altino sentou-se numa poltrona ao lado do sofá e acabou de fumar o cigarro.

Enquanto fumava, pensava. Caso para psiquiatra? Dizem que psiquiatra cobra um notaço. Era sempre assim. Toda vez que iam se aprumando financeiramente, acontecia um transtorno que os levava à estaca zero. Primeiro o derrame no olho esquerdo dele quando ele era bancário, e passou dois meses encostado no INPS; se não fosse o dinheirinho micha que Sucena recebia na Marinha, teriam passado fome. Depois o incêndio na cozinha quando os dois estavam no trabalho, queimou fogão, armário, geladeira, tudo, e não havia seguro. Depois o carro escorregando para trás ladeira abaixo enquanto ele visitava um cliente, o carro só parou quando encontrou a frente de um Passat lá embaixo. O seguro não pagou nenhum dos consertos porque considerou o acidente consequência do mau estado do freio de mão do carro que deslizou, e Altino teve de pagar tudo. Agora isso. Tratamento psiquiátrico para Sucena. Será que nasceram para ficar sempre marcando passo? Tem gente assim. O Miécio, por exemplo, colega dele no banco. Vivia trombando com o desastre, mal se refazia de um entrava noutro. Chegou a viajar num voo direto Rio-Brasília preso no banheiro, entrou e não conseguiu abrir a porta para sair, só o soltaram depois que pousaram em Brasília e chamaram um serralheiro. Não comeu nem bebeu durante a viagem. E ainda por cima não conseguiu que a empresa lhe devolvesse o dinheiro da passagem, foram cozinhando até ele desistir.

Finalmente Sucena aterrissou. Aterrissagem tranquila, como quem chega de um sono bom. Pisca repetidamente, respira fundo. Esfrega as mãos nos olhos, depois pelo rosto abaixo. Ora essa, murmura. Só então vê Altino.

— Ué, você está aí?

— Velando por seu sono. Dorme que eu velo, sedutora imagem.

Ela senta-se direito, recosta-se no sofá. — É, acho que dormi.

— Como estátua.

— Falou comigo?

— Você não ouviria. Estava longe. Toquei em seu ombro, em seu rosto.

— Que vergonha. Dormir a essa hora.

— Vergonha é jantar e não poder arrotar. Mas só nos países árabes. É o que dizem, eu mesmo não sei.

— Lá vem você. Que horas são?

Ele olhou o pulso, informou:

— Dentro de dez minutos serão oito e meia.

— Nossa! Oito e meia! Me esqueci do jantar. E agora? Se contenta com uma omelete? Faço depressinha.

— Não esquente, Tina. Arrume-se e vamos jantar fora. Com vinho e tudo. Vendi mais três hoje.

Ela fez que ia se opor, mudou de ideia antes de falar. — Topo e acho bom. Com uma condição. Você me perdoar pelo relaxo.

Ele levantou-se, beijou-a na testa. — Adorei o relaxo. Não fosse ele, não teria pretexto para jantarmos fora. Vá se arrumar bem bonitinha. — Pegou a pasta e foi se arrumar também.

Foram jantar no Itabira, que apesar do nome era de um casal francês, e o vinho selecionado apesar de nacional. O tempo todo Altino observava a mulher para ver se ela se abria, porém ela fazia um esforço exagerado para se mostrar alegre e convencê-lo de que nada demais acontecera. Sinal claro de que havia acontecido. Lá pelo meio da segunda garrafa de Botticelli, a do tinto, Sucena cansou-se de fingir e falou. Altino ouvia atentamente, sem interromper, de vez em quando afagando a mão dela sobre a mesa para encorajá-la.

Quando ela acabou de falar, ficaram calados por um tempo, os dois fazendo desenhos com o dedo no suor dos copos.

— Sabe o que eu acho? — disse ela por fim. — Hoje mesmo enrolamos aquele tapete e amanhã nos livramos dele.

— Livramos como?

— Sei lá. Vendendo a um belchior por qualquer preço, ou dando para alguém.

— Ao Banco da Providência, por exemplo. Será que aceitam? Está novinho.

— A gente indaga. Para o lugar dele compramos um tapete liso.

Os dois belchiores chamados ofereceram tão pouco que eles tentaram o Banco da Providência e foram bem-sucedidos.

Com um tapete liso na sala, vermelho sangue-de-boi, quase marrom, Sucena nunca mais viu a história de sua vida passada nem as ameaças do futuro acontecendo diante dela nas ramagens do tapete verde-escuro sobre verde-claro.

Pasta de couro de búfalo

Possivelmente por força do nome (podia ser também por acaso, mas aí já seria casualidade demais) Hermes era pessoa atirada desde garoto. Nascido em Cruz Alta, no Rio Grande do Sul, filho de guarda-fios e professora primária, mal aprendeu a ler e fazer contas o Hermes foi à luta. Comprava frangos no mercado naqueles jacás estreitos e compridos chamados capoeiras, levava para casa e os prendia num quartinho desusado perto da cozinha. Punha lá uma vasilha com água, espalhava milho pelo chão. Pegava quatro dois a dois, pendurava nos ombros e ia vender de porta em porta. Logo fez grande freguesia e chegava a vender duas capoeiras de dez frangos por dia. Com o pai ganhando pouco e passando muito tempo fora de casa emendando fios telegráficos arrancados por ventanias, o famoso minuano, ou arrebentados por tiros de carabina por viajantes de boa pontaria e péssimo comportamento, Hermes ajudava a mãe nas despesas da casa; por isso ela deixou de reclamar contra a imundície que os frangos faziam no quartinho transformado em galinheiro; tanto mais quanto Hermes mesmo se encarregava da limpeza, apesar de só fazê-la quando a situação estava dando muito no olfato.

Mas Hermes não se acomodou no negócio dos frangos. Tendo as pessoas notado que ele era simpático, insinuante e bom vendedor, passaram a aproveitá-lo para vender coisas que estavam ocupando lugar em suas casas. Olhe, Hermes, tenho lá um par de botas número quarenta e dois em perfeito estado, que foi de meu pai e que, como você sabe, morreu de coice de mula na virilha. Hermes ia ver as botas, levava. Nem precisava dar lustro porque o dono já tinha feito isso. E logo vendia. Olhe, Hermes, tenho em casa um fardamento da brigada em estado de novo. Era de meu irmão, que fez concurso pra promotor. Quem sabe você vendia? São dois, um de serviço, outro de parada. Hermes vendia num triz. Hermes, vem cá. Tenho uma moenda de cana pra fazer garapa, está ocupando lugar lá no terreiro. Você seria capaz de vender essa moenda pra mim? É da marca Stamatto. Hermes vendia fácil.

Assim ele foi vendendo espelhos grandes emoldurados, pinturas de artistas gaúchos, coleção do Tesouro da Juventude, móveis variados, armas de fogo, enxovais de noivados desfeitos, carroças, espadas do tempo de Piratini — ou pelo menos diziam os proprietários —, relógios de bolso ou parede, aparelhos de porcelana ou de prata, Deus sabe lá o quê. Tudo que confiavam a ele para vender, ele vendia e capava a comissão.

Esse negócio de vender coisas de maior valor acabou suplantando o dos frangos. Uma noite, deitado na rede e folheando o caderninho em que anotava as comissões, ele disse à mãe, que corrigia exercícios de alunos:

— Mãe, a senhora está de parabéns.

— Por que agora, Hermes?

— Amanhã acaba o fedor de galinheiro nesta casa. Cedo não vou ao mercado comprar frangos, e vendo os que sobraram de ontem e de hoje. E ponto-final nesse negócio. De amanhã em diante, frango só entra aqui para a panela. E só depois que a gente esquecer esse fedor.

— É mesmo? Não acredito.

— Podes crer e escrever. Acabou.

— As santas almas ouviram as minhas preces. Eu mesma já estava fedendo a galinha. Sentia isso na escola. Esta noite vou rezar o rosário inteiro em vez do terço.

— Desculpe, mãe. Tão ocupado como andava, não percebia que tinha chegado a esse ponto.

— Se acabou, já passou.

Um ou dois dias depois o pai chegou de uma diligência, descarregou a rodilha de fios, a bolsa grande com as ferramentas e isoladores, e antes de mais nada farejou o ar.

— Ué, que foi que aconteceu? Cadê a morrinha de galinheiro? A saúde pública andou aqui?

Hermes pediu a bença beijando a mão do pai, e deixou que a mãe contasse. O pai gostou de poder dormir em casa algumas noites sem o cheiro azedo e o cacarejo de galinhas. Mas, homem orgulhoso, descendente de gente de além-fronteira, não gostou de saber explicado que a casa estava sendo sustentada pelo menino de doze anos. Não gostou de saber explicado porque, pelo que via quando voltava de suas diligências ao longo das linhas telegráficas, mais ou menos já havia percebido. Uma coisa é deduzir, outra é ouvir com todos os efes e erres, de maneira a não se poder alegar desconhecimento. Mas curioso era que, em conversas com vizinhos e conhecidos nos dias que passava em casa, não perdia oportunidade de causar inveja a outros pais elogiando a diligência do Hermes. Vá se entender como funciona a cabeça de certos pais.

Aos catorze anos Hermes fez sociedade informal com um amigo da família, o sr. Verlandis, proprietário de pequena loja de antiguidades no centro da cidade, que vinha morrinhando por falta de um bom vendedor. Logo se viu que Hermes era a peça que faltava. Depois de uns dias só olhando a arrumação da loja e observando as pessoas que entravam mariscando objetos, ele propôs ao sr. Verlandis a construção de um puxado nos fundos para os cacarecos que entupiam a loja e dificultavam a movimentação das pessoas e a visão das peças melhores. O sr. Verlandis coçou a cabeça, consultou as disponibilidades, topou. Achou que não convinha contrariar o sócio logo na primeira sugestão. Hermes projetou ele mesmo o puxado, não esquecendo um extintor de incêndio, aliás dois, porque a loja também não tinha extintor.

— Veja só. Eu não sabia que era tão desleixado — disse o bom homem quando separava o dinheiro para os extintores. — E esse tempo todo lidando com móveis. Quanto mais se vive mais se aprende. E você está apenas começando.

O puxado ficou pronto em coisa de um mês, paredes de tijolos nus com as junções calafetadas de cimento para evitar ninhos de insetos, e piso de lajes também calafetadas. O letreiro já desbotado e descascando foi substituído por outro, de madeira entalhada a fogo com letras mais de acordo com o gênero do comércio. Hermes não gostou do título, mas não quis discuti-lo, Verlandis Antiguezas; apenas perguntou se existia a palavra antigueza. O sr. Verlandis disse que não sabia, que a ideia fora da mulher dele quando abriram a loja.

— É. Pode marcar. Enquanto discutem se existe ou não existe, vão decorando o nome. Kodak não existia, até que um sr. Eastman o inventou, e olhe no que deu.

— Onde aprendeu isso, meu filho?

— Li num... acho que num almanaque quando eu era pequeno.

— Quando você era pequeno.

— É. Quando se amarrava cachorro com linguiça.

— Sabe de uma coisa, Hermes? Quem não existe é você.

Hermes sugeriu que fechassem a loja por uns dois ou três dias para retirarem os cacarecos e arrumarem a mercadoria. Fechariam numa quinta-feira, trabalhariam na arrumação até o sábado. No domingo sairia um anúncio grande na *Semana Cruz-Altense*. Enquanto isso o letreiro antigo ficaria na fachada até a manhã de segunda-feira. Ele mesmo iria à loja cedinho trocá-lo pelo novo.

— *Va bene?* — perguntou Hermes.

— *Benissimo* — respondeu sr. Verlandis. Esse menino pensa em tudo, raciocinou. Pena que vou perdê-lo logo, logo. Ele não vai se acomodar numa lojinha de antiguidades. Mas enquanto não chegar o dia da separação, aprendo com ele o máximo que puder.

A sociedade foi um sucesso desde o começo. Em pouco tempo pessoas que queriam se livrar de móveis antigos, geralmente gente moça que ficara órfã, e quem queria comprar móveis antigos, procurava a Verlandis Antiguezas na rua Pinheiro Machado. Pessoas de cidades vizinhas, Santa Clara do Ingaí, Pejuçara, Augusto Pestana, vendiam ou compravam móveis no antiquário de Cruz Alta. Até colecionadores de longe, Novo Hamburgo, Porto Alegre, Santa Maria, apareciam para dar uma olhada, graças a um impresso que Hermes mandou a assinantes do *Correio do Povo*, cujos endereços ninguém ficou sabendo como conseguiu.

Mas o sr. Verlandis estava certo. Enquanto trabalhava com móveis antigos e ganhava dinheiro para ele e o sócio — até já comprara um dos primeiros Ford V-8 chegados ao país, daqueles que traziam a novidade de se dar a partida apertando um botão na barra de direção, não mais com o pé no piso; comprara em nome do pai por causa da idade, mas quem dirigia era ele, e a polícia local fazia vista grossa —, Hermes ainda achava tempo para olhar em volta. Um dia leu no *Correio do Povo* artigo assinado por um A. J. Zenner prevendo que em pouco tempo a banha enlatada suplantaria o toucinho em todas as cozinhas do país, exceto nos lugares mais remotos. Será? Convém ficar atento, pensou. Recortou o artigo, releu-o algumas vezes. Conversou com pessoas esclarecidas.

Um sábado — naquele tempo as lojas abriam no sábado também — Hermes avisou ao sr. Verlandis que precisava fazer uma viagem por uns dois ou três dias na semana seguinte. Na segunda cedo pegou o trem para Porto Alegre. Chegando lá, e sabendo que não poderia se hospedar em hotel porque teria de preencher ficha, procurou uma pensão de estudantes. Logo que se instalou e tomou um banho, não perdeu tempo. Pegou a lista telefônica, ligou para o sr. Zenner. Atendeu uma secretária. Quem quer falar? Qual o assunto? Um momento. Passado um tempo: alô? Ah, olhe, o sr. Zenner pode lhe receber às sete da noite. Em ponto, sim? Tem o endereço? Então anote.

Antes das sete Hermes estava sentado na sala de espera folheando a revista da editora Globo, dirigida por um escritor chamado Erico Verissimo, de quem ele tinha lido um livro intitulado *Clarissa*, ou nome parecido, e gostado, porque a linguagem não era empolada, como a de outros que ele tentara ler. Era mais como a fala de uma pessoa contando uma história a uma roda de amigos. Vou assinar esta revista, ele pensou. Minha mãe vai gostar de ler.

Quando a secretária disse ao Hermes que ele podia entrar, e abriu-lhe a porta, houve um espanto recíproco. Hermes pensava que o sr. Zenner fosse um homem idoso, o sr. Zenner pensava que ia receber um adulto. Olharam-se por algum tempo. Ora essa, será? Mas o sr. Zenner era enérgico, simpático, entusiasta. Hermes também. O sr. Zenner se recuperou primeiro, e disse:

— Sente-se, Hermes. Ia chamar você de sr. Cazzi, mas a sua idade me inibe. Para equilibrar, me chame de A. J. O que posso fazer por você?

Hermes falou no artigo sobre a banha de porco, fez uma rápida exposição de sua curta biografia, o sr. Zenner escutando atentamente, com as mãos empalmadas, as pontas dos dedos se tocando, como era o seu costume sempre que ouvia alguém. Parecia estar longe, desligado; mas estava bem perto, avaliando. Quando Hermes acabou de falar, o sr. Zenner pôs as mãos sobre a mesa — elas quando juntas já haviam prestado seu serviço — e disse:

— Olhe, menino. Perdão, olhe, meu jovem. Se você tiver um capital, digamos de (disse um valor), invista em banha que vai se dar bem. Eu estou no ramo, mas não sou açambarcador, e tenho outros interesses, têxteis e confecções. Se quiser, dou-lhe nomes de enlatadores para você procurar e conversar.

Hermes anotou os nomes e endereços. Agradeceu e se despediu.

— Dê notícias, Hermes. Fico torcendo por você. Outra coisa. Anote o telefone de minha casa. Se precisar falar comigo fora de horas, telefone.

Assim, ali mesmo em Porto Alegre, Hermes pôs um pé no negócio da banha. Não era nada de se lambuzar porque a banha era acondicionada em latas de quinze centímetros de diâmetro por dez de altura, pesando um quilo de conteúdo. Voltou a Cruz Alta com dois ou três contratos de comercialização, contratos verbais porque não tinha idade para assinar papéis. Quando completou a maioridade e pôde registrar uma firma na Associação Comercial, já era o vice-rei da banha no Rio Grande (o rei era o sr. Zenner, sem rivalidade. Zenner gostava dele e o ajudava com sugestões, transferência de clientela e crédito quando necessário). A sociedade com o sr. Verlandis foi desfeita verbalmente, como havia começado. Mas continuaram amigos. Não podendo mais permanecer em Cruz Alta devido ao crescimento dos negócios, Hermes mudou-se para Porto Alegre, onde já tinha escritório.

Numa viagem que fez a Buenos Aires para se informar sobre uma concorrência para o fornecimento de banha para o Exército argentino, Hermes viu numa vitrine de artigos de couro um item que o encantou. Uma pasta de couro de búfalo trabalhado, com plaqueta de ouro no trinco e espaço para gravar as iniciais do comprador. A gravação era feita na hora. Hermes entrou e comprou a pasta. A gravação ficou uma beleza, trabalho de profissional competente. Vai na caixa ou na mão? — perguntou o vendedor. Na mão, claro. Hermes enfiou nela o regulamento da concorrência e outros papéis que levava num envelope grande e saiu ganjento com a pasta pela alça, agora sentindo-se mesmo como vice-rei da banha.

Hermes não ganhou a concorrência argentina. Perdeu para um grego que nada tinha a ver com banha, sim com fumo. Mas no fim foi como se tivesse ganho, porque o grego mandou secretamente um auxiliar a Porto Alegre com um contrato já pronto para Hermes fornecer quatro partidas trimestrais FOB Uruguaiana. Hermes ficou achando que essa derrota vitoriosa tinha sido arranjo da pasta de couro de búfalo, e se apegou mais a ela. Usava-a como mascote, mesmo quando não tinha papéis nenhuns a transportar; nesses casos enfiava nela um jornal ou dois só para fazer volume.

Tendo lançado Hermes no comércio de banha mais para provar o acerto de sua profecia, o sr. Zenner começou a se retrair para se concentrar em têxteis e confecções, ramo em que se iniciara como empresário. Com isso a coroa de "Rei da Banha" passou naturalmente a Hermes, que precisou se preparar para assumi-la na medida requerida. Ele já era dono do mercado do sul, e com os produtores o procurando e lhe oferecendo banha, surgiu a necessidade de criar novos mercados. Que tal o Distrito Federal e o estado do Rio para começar? Os cariocas e seus vizinhos fluminenses têm que ser convencidos a cozinhar com banha em vez de toucinho, que precisa ser fritado, e de uma banha de coco que importam da Bahia ainda em pequena quantidade. Imaginem. Coco é para doces, não para comida de sal. Coisa de baiano mesmo. É preciso mudar isso.

Hermes reuniu o seu estado-maior em Porto Alegre para discutirem o assunto e traçarem a estratégia. A pasta sobre a mesa, acariciada de vez em quando. Um rapaz também muito novo chamado Abujamar e apelidado de Buja, que trabalhava de noite na rádio Guayra, sugeriu que o ataque aos mercados carioca e fluminense devia incluir uma campanha de rádio. Rádio hoje em dia vende tudo. Está em todas as casas, do centro aos bairros e subúrbios mais distantes. Fala direto às donas de casa. Enquanto a dona está cozinhando, costurando ou descansando, o rádio fica ligado. Anunciar de dia, quando a tabela é mais barata. Quem faz as compras no armazém é a dona, por telefone. O dono não se envolve, só faz pagar no fim do mês, quando o vendeiro soma o caderno. Morei lá um tempo, quando estudava no Pedro II.

A proposta do Buja foi discutida e aprovada.

Dias depois Hermes viajou para o Rio num Focke-Wulfe da Viação Aérea Rio-Grandense, o que os auxiliares acharam uma temeridade. Mais seguro seria ir de trem, apesar de levar uns três ou quatro dias. O que eles não sabiam era que Hermes confiava na pasta de couro de búfalo.

No Rio ele fez questão de se hospedar numa pensão no Catete, mais precisamente na rua Andrade Pertence. Era para conferir a informação do Buja. Poderia ter se hospedado no Copacabana. Isso ele ia fazer regularmente depois, como rei da banha.

Depois de uns dias na pensão ele comprou uma mala nova e cara numa loja na rua da Quitanda, passou parte da bagagem para ela — a antiga não era nenhuma mala de pobre —, pegou um táxi e se transferiu para o Copacabana Palace. E disparou a telefonar para firmas atacadistas da rua Acre. Marcava encontros de preferência no hotel.

Um atacadista com quem ele simpatizou logo de cara era importador de charque e arroz do Rio Grande, feijão de Goiás, linguiça de Minas, rapadura de Pernambuco. Chamava-se João Adriano Rocha e tinha o apelido de Zito. Não estava interessado em banha, mas pôs Hermes em contato com vários atacadistas que estavam. Era religioso e muito correto nos negócios e em tudo mais. E se encarregou de arranjar um escritório no centro para Hermes instalar sua base no Rio.

Com os contatos que fez por intermédio de Zito, nome de muito prestígio na Associação Comercial, no Jóquei Clube e nos meios esportivos — tinha sido campeão de natação na mocidade —, Hermes não se apressou. Conversava com um, com outro, avaliava as possibilidades e a estrutura comercial de cada e — o que ele considerava importante — o entusiasmo que a pessoa mostrasse pelo novo negócio. Finalmente assinou um documento de intenções, não com a firma da rua Acre, mas com uma sociedade de espanhóis que geria uma rede de cerca de trinta mercearias espalhadas por bairros e subúrbios do Rio. Não podia ter começado melhor. Só então voltou-se para a campanha de publicidade, no que foi ajudado pelos espanhóis, que eram também grandes anunciantes. Todo mundo que ouvia rádio naquele tempo conhecia os armazéns Gallo Martos & Cia, tanto quanto conhecia o "Dragão da Rua Larga", a Casa Mathias, Agostinho, o Camiseiro, Rhum Creosotado de Ernesto Souza e a água inglesa Granado.

A banha de porco para cozinha pegou quase que instantaneamente no novo mercado. Vinha numa lata verde de um quilo, do tamanho de um queijo grande, e a dona de casa podia ir tirando com colher à medida que precisasse, sem fazer lambuzação, o que não acontecia com a gordura de porco, que vinha em tijolos envoltos em papel-manteiga, uma chatice na hora de usar.

Uns três ou quatro meses depois Hermes transferiu-se para o escritório do Rio, mas continuou freguês assíduo dos aviões da Viação Aérea Rio-Grandense. Precisava estar em contato com produtores e enlatadores, agradá-los, cultivá-los. A pasta de couro o acompanhava sempre, precisasse ele ou não. Nessas frequentes viagens ao sul Hermes sempre achava um tempo para visitar o sr. Verlandis na loja, saber como ele ia e os negócios, se precisava de alguma coisa — nunca precisava —, levar-lhe um presente, uma gravata, uma peça encontrada em antiquário no Rio. O sr. Verlandis ficava feliz de ver que o antigo sócio não o tinha esquecido, e quando a agenda permitia Hermes ia almoçar ou jantar em casa do amigo na Floresta. E reservava um tempo para dar um pulo em Cruz Alta para ver os pais e abastecê-los de dinheiro. A pasta sempre com ele. Dizer que Hermes estava rico não seria rigorosamente correto. Estava riquíssimo pelos padrões da época.

Como seria natural, Hermes passou a ser procurado por empreendedores vários com propostas de bons negócios. Achando já que estava no tempo de diversificar, ele os atendia no escritório, com a mão acariciando a pasta. Emprestava dinheiro a empresários, entrava em sociedade com outros — já tinha a sua equipe de analistas e de advogados. E farejava logo os verrumeiros, os espertalhões.

Não era exibicionista. Fazia boas roupas no Esposito, comprava chapéus na Londres da rua do Ouvidor. Tinha automóvel, mas não de luxo. Até que comprou um Lincoln Zephyr, não para se mostrar, mas para tirar do aperto um amigo que o comprara e logo se atrapalhara. Frequentava o Jockey, não o hipódromo mas a sede do centro por causa do restaurante. A pasta ia com ele.

Hermes tinha vinte e seis anos, e estava muito de bem com a vida, boa saúde, não sofria de insônia apesar das preocupações quanto ao bom emprego do dinheiro; quando se deitava, deixava essas preocupações no tapete. Até que se apaixonou. Levado pelo amigo Zito e família, Hermes foi assistir a uma ópera no Municipal. No elenco estava uma soprano de nome Adrianna Matutine. Que linda! Que voz! Que porte! Por sugestão de Zito foram cumprimentá-la no camarim após o espetáculo — e pronto. Aconteceu. Claro que Hermes não estava com a pasta, pegaria mal.

Naquela noite Hermes entrou numa dimensão outra da vida que ainda não tivera tempo de conhecer. E entrou com a avidez de todo pixote ante o que é novo e atraente. Como a experiência adquirida em uma atividade não se aplica necessariamente a outra, no relacionamento com Adrianna ele passou a se comportar como perfeito idiota. Acompanhava-a por toda parte como cachorrinho dedicado, dava-lhe presentes caros sem nenhum motivo. E não percebia certas coisas que aconteciam em volta. Não percebia, por exemplo, que os homens a olhavam com ar guloso, e que ela sorria de volta. Adrianna era uma estraçalhadora de corações, e ele a via só como uma mulher bonita que cantava óperas com voz maravilhosa e recebia aplausos demorados.

Um dia ela pediu a opinião dele sobre um sofá estofado de veludo que tinha visto na Laubisch-Hirt e queria comprar para o seu camarim no Municipal, cujo sofá ela achava um horror. Então ele a convidou para almoçarem primeiro. Levou-a ao Chez Rudolphe, de cozinha e vinhos franceses. Logo que se sentaram, o maître fez sinal a um garçom para recolher a bolsa de Adrianna e a pasta de Hermes e depositá-las numa cadeira ao lado. Ela esperou o maître e garçom se afastarem, e disse:

— Hermes, meu querido. Não estou mais aguentando você com essa bendita pasta. Parece que estou saindo com um vendedor de terrenos em Nova Iguaçu, Brás de Pina, Caixa-Pregos. Faça-me um favor. De hoje em diante, quando sair comigo deixe a pasta, sim? Senão, não.

O pobre Hermes deve ter corado até o céu da boca, a julgar pela cor do rosto. Não achou o que dizer, ou não achou voz para falar. Resvalou a mão em cima da mesa, como procurando apoio na pasta, se ela estivesse ali. Qual o passo seguinte a dar quando se recebe ultimato de uma mulher bonita e famosa por quem se está apaixonado aos vinte e seis anos?

Vendo o estado dele, Adrianna suavizou:

— Também não é para ficar assim, querido. Eu disse aquilo foi para... digamos... lhe educar. Você é muito jovem, precisa aprender certas coisas. Eu sendo mais experiente, devo lhe ensinar. Agora ponha a mão aí em cima da mesa pra eu pegar nela. Não fique emburrado como criança. Assim. Agora sorria, pra completar. Hum. Meio chocho, mas passa.

O almoço não foi o sucesso que Hermes desejou que fosse. Ele passou a maior parte do tempo pensativo e calado, só falava o necessário ou para responder a Adrianna. Um balão murcho e quase apagado. Adrianna cancelou a visita à casa de móveis, ficaria para outro dia, não havia essa pressa. Ele levou-a ao hotel, que ficava no Flamengo, ela detestava ser dona de casa, lidar com empregados. Ao se despedirem, ela disse:

— Querido, só me telefone depois que passar o burro. Fico torcendo para que seja logo. Gosto de sua companhia. — Deu-lhe um beijo de raspão e saiu do carro. Entrou no hotel sem olhar para trás.

Naquele momento Hermes sentiu que a intenção de pôr ponto-final no caso, considerada no restaurante, havia amadurecido. Quem Adrianna pensava que era? A rainha do alfenim? Só porque se esgoelava num palco cantando ópera, como galinha cacarejando palavras que ninguém entende porque vêm todas emendadas? E quem disser que entende está mentindo. Ela ia ver com quantas cartas de paus se faz uma canastra.

Passou o resto da tarde no escritório olhando as paredes, os móveis, a mesa, a mão sobre a pasta alisando-a. Imagine. Separar-se da pasta por ordem de Adrianna. Nem morto. Isto é, só morto. Foi cedo para o hotel. Leu dois vespertinos inteiros, pouco fixou. Anchluss na Áustria, sabe-se lá o que é isso. Continua o cerco ao Alcácer de Toledo. Violentos combates em Guadarrama. Integralistas atacam o Palácio Guanabara alta noite, quem não morre foge morro acima ou é preso. Pensavam o que os idiotas? Cansado dos jornais, Hermes tomou banho; enquanto se ensaboava se lembrou de Adrianna (ainda com raiva). Vestiu o pijama, ouviu rádio por algum tempo, anúncios inventados pela firma Gallo Martos, "Senhora dona de casa, para a sua cozinha só banha, o resto é manha". Sorriu. Como pode um anúncio tão boboca vender? Qualquer rimador de feira faz melhor. Mas deixe pra lá. Os Gallo Martos sabem, e estão vendendo bem. Pediu que mandassem um jantar simples, só uma canja com pãezinhos suíços.

Já na cama, ouvindo no rádio um recital de tangos de Amanda Ledesma, não se sentia tão seguro quanto ao ponto-final. *El día que me quieras. La rosa que engalana. No habrá más que armonía*. Não estaria ele sendo infantil? Quem sabe ela quis mesmo ajudá-lo por ser mais velha? Podia ter falado de outra maneira, claro. Mas falar com franqueza é uma qualidade. Que horas são? Nove e meia. Pegou o telefone, começou a discar, desistiu. Ficou no ligo-não-ligo até as dez. Ligou. Informaram que a sra. Matutine tinha saído. Sozinha? Não sabemos informar. Algum recado? Não, obrigado. De repente o apartamento do Copacabana se transformou em atoleiro. Hermes não era ligado a bebida, mas via no cinema personagens bebendo quando se aborreciam, e desde pequeno ouvia dizer que bebida afoga as mágoas. Então vamos experimentar. Ligou para o bar e pediu sugestão. A voz muito profissional indicou um negócio chamado Old Parr, e com sifão! Hermes aprovou. Mandaram uma garrafa, gelo e o sifão. O garçom ensinou a dosagem, duas pedras só para gelar, e o manejo do tal sifão, e saiu desejando boa-noite. Hermes provou, achou horrível; mas fez o sacrifício. Porém não com o denodo exigido: jogou a toalha mal iniciada a quarta dose. Tudo pesado e medido, achou melhor ficar com a dor de cotovelo. E como doía!

Dormiu um sono entrecortado, resmungado, suspirado. Amanheceu sentindo-se um trapo, mas com fome, o que segundo ouvira de entendidos era bom sinal — sinal de que o instinto de conservação prevalecia. Fez a barba (assustou-se com a cara estranha que viu no espelho), tomou um banho frio, pediu o café com uma jarra de laranjada. Atacava uma fatia de melão quando o telefone tocou. Adrianna. Voz de gata envolvente, rodeios muitos e pedido de desculpa por ter sido grosseira no almoço. Hermes escutando e não acreditando, por isso mais uma vez ficou sem fala.

— Querido, está me ouvindo? Diz alguma coisa, pra eu saber que não estou falando para as paredes. Está me ouvindo, querido?

— Estou, sim.

— Então diz que me perdoa pela grosseria de ontem. Passei a noite acordada sofrendo arrependimento e me censurando. Uma noite de castigo merecido.

— Bobagem, Adrianna. Não era caso para isso — ele conseguiu dizer.

— E você. Fez o quê?

— Jantei com amigos aqui mesmo no hotel.

— Foi divertido?

— Deu para passar boa parte da noite. Foram embora às duas.

— Ainda bem. Estive pensando sabe o quê, querido? A gente podia ir ao cinema à noite, sessão das dez no Palácio. Um musical, dizem que muito bom. Depois a gente janta no Assírio. Tem pista de dança. Se você não tiver compromisso outro, claro. Prometo não ser grosseira.

Assim Hermes voltou a se instalar nas nuvens. E como o encontro seria de noite, nem precisou se vigiar para não levar a pasta.

Mas dias depois ele teve um problema sério por causa da pasta. Foi quando Adrianna voltou ao assunto do sofá, e combinaram de vê-lo juntos uma tarde. Ao entrar no carro para apanhá-la no Flamengo, notou que descera com a pasta. Ia dá-la ao motorista para entregar à secretária, mudou de ideia; não convinha que tantas mãos estranhas a pegassem, isso podia comprometer o efeito benfazejo dela. Com essas coisas não se brinca. Ele mesmo levou a pasta para o escritório.

Quando seguiam pelo Russell, na curva ao lado do hotel Glória, um bonde saiu dos trilhos e pegou o automóvel de frente. O motorista morreu no ato, mas Hermes ainda pôde ser levado para o hospital. Ficou mais de um ano hospitalizado, sem poder se levantar. Adrianna visitou-o uma vez. Logo foi contratada com outros artistas para cantar no pavilhão brasileiro da Feira Internacional de Nova York, e por lá ficou. Despediu-se de Hermes por telefone porque detestava o ambiente e o cheiro de hospital.

Hermes morreu de infecção e desinteresse generalizados

num leito cheio de roldanas, cabos, contrapesos e manivelas na Beneficência Espanhola, na manhã de 3 de setembro de 1939, dia em que a Grã-Bretanha declarou guerra à Alemanha nazista. O escritório de várias salas que Zito instalara para ele na rua da Assembleia foi esvaziado e devolvido à imobiliária no fim do mesmo mês.

A pasta de couro de búfalo ninguém a achou e ninguém a procurou. Como se nunca tivesse existido. Ou se transformado em fumaça na sala deserta.

Cinzeiro

Entre os gaúchos que amarraram cavalos no obelisco da avenida Rio Branco no Rio de Janeiro em fins de outubro de 1930 estava um jovem alto, cabelo farto repartido ao meio, queixo quadrado, sorriso largo mostrando bons dentes. Numa das fotografias tiradas na ocasião ele aparece de meio-corpo num degrau do pedestal; não está vestido de gaúcho e não dá para saber se viera mesmo a cavalo ou se era alguém que subira ali oportunisticamente para aparecer na fotografia que o momento insinuava ter tudo para ficar sendo um documento histórico. Mas o moço, que se chamava Jorge Leitner Espeniche, quando mostrava uma cópia da foto que sempre levava no bolso, afirmava que um dos cavalos fora amarrado por ele; e mais não dizia, porém ria um riso mais de zombaria do que de orgulho.

Segundo Espeniche, os cavalos não tinham vindo do Sul; foram requisitados ou tomados de empréstimo ao Serviço de Remonta do Exército, e os poucos cavaleiros que aparecem na foto vestidos de gaúchos trouxeram o traje nas mochilas para ser usado na ocasião. No caso de Espeniche, ele só queria era desembarcar na estação D. Pedro II vestido de bombachas, chapéu grande, botas e lenço para assim aparecer nos jornais e revistas e logo dar fim à incongruente vestimenta. Com efeito, logo que se instalou em um hotelzinho na rua do Catete, mexeu-se da maneira certa e vendeu a fantasia completa para o guarda-roupa do teatro Recreio, que montava espetáculos improvisados sobre os acontecimentos do momento, e o comportamento dos gaúchos era material de alto rendimento.

Espeniche não era homem de ficar olhando a vida de fora, queria entrar nela e participar. Instalado no Catete, pertinho do poder, e sem saber ainda como iria pagar o hotel, pensou e traçou um plano que começou a executar já no dia seguinte. Tirou da mala a melhor roupa — paletó e calça de linho branco HJ irlandês, camisa azul-clara e gravata vermelha de revolucionário. Quando se olhou no espelho, já vestido para pentear o cabelo molhado e untado com Stacomb, que se usava para dar brilho e fixar, achou que alguma coisa gritava. Não demorou a descobrir que era a gravata. Procurou outras na mala, optou por uma marrom. O espírito revolucionário que tivesse paciência, mas gravata vermelha com camisa azul e roupa branca, nem pensar. Ele estava agora na capital da República, não em Livramento ou Erechim.

Convenientemente encadernado, saiu para a primeira visita programada. Podia ter ido de bonde até a Lapa e lá pegado outro, como lhe ensinou o porteiro do hotel; mas pensou melhor e resolveu ir de táxi para criar uma impressão favorável. Mandou o chofer tocar para a Chefatura de Polícia. Não sabia ainda com quem iria falar, quando estivesse lá dentro decidiria. Saltou do táxi na porta, subiu os poucos degraus sorridente mas de cabeça erguida, sem olhar para o porteiro, que até se afastou para ele passar. Da primeira vez tem que ser assim; depois pode-se cumprimentar, perguntar pela saúde, até talvez fazer uma piada.

Um elevador antigo de portas de grade esperava, já com umas duas ou três pessoas dentro. Espeniche ainda não tinha respondido à pergunta do cabineiro sobre qual o andar desejado, quando entrou um jovem moreno, cabelos pretos, porte elegante, a quem os que estavam no elevador reverenciaram como dr. Israel. Com isso a pergunta do cabineiro e a resposta esperada de Espeniche ficaram esquecidas. Dr. Israel devia ser pessoa importante: mal ele entrou, o cabineiro fechou as portas e subiu, apesar de ainda haver espaço para mais gente. No segundo andar desceram duas pessoas. Dr. Israel não se mexeu, nem Espeniche.

— Desce aqui ou sobe mais, dr. Israel? — perguntou o cabineiro quando chegaram ao terceiro.

— Desço aqui. Preciso ver uns assuntos em meu gabinete antes de falar com o chefe. Ele já veio?

— Ele? Parece que dormiu aí.

Dr. Israel sorriu, bateu de leve no ombro do cabineiro e desembarcou. Espeniche também. Saíram numa galeria tendo de um lado uma grade de ferro dando para um pátio interno, de outro uma sucessão de portas, umas abertas, outras fechadas. Quando dr. Israel se encaminhou para uma porta aberta, Espeniche atacou:

— Dr. Israel?

O homem olhou-o espantado, mas logo o espanto se transformou em receptividade, como acontece no cinema quando uma imagem vai se apagando gradualmente e gradualmente vem aparecendo outra para substituí-la.

— Posso tomar um minuto de seu tempo? — pediu Espeniche com seu sorriso desarmante.

Dr. Israel convidou-o a entrar e sentar-se, e perguntou à secretária se havia algum assunto urgente para ele. Não havia, informou a moça, e se retirou discretamente para a sua saleta.

— Trata-se do seguinte, dr. Israel. Vim do Sul com o Comando Revolucionário, a serviço do *Correio do Povo* de Porto Alegre. — A informação não era de todo fantasiosa; ele colaborava esporadicamente para a seção política desse jornal. — Agora que a situação serenou, disponho de tempo livre e gostaria de empregá-lo a serviço da nova ordem.

Dr. Israel avaliou-o mais uma vez, e deve ter tido a primeira impressão confirmada. Pensou um pouco, reclinado na cadeira, e disse:

— A minha delegacia não é das mais importantes. Cuidamos da censura a diversões públicas. Posso lhe oferecer um lugar de fiscal. Mas o ordenado é igualmente modesto. Fiquei sabendo há poucos dias que um fiscal vence quinhentos mil réis por mês.

— Vencimento não é o mais importante, dr. Israel. O que eu quero é uma oportunidade de colaborar.

— Ótimo. Então estás nomeado, senhor...?

— Espeniche. Jorge Leitner Espeniche.

— Muito prazer. Deixe seu nome e dados outros com a secretária, d. Dolores, para ela fazer a sua carteirinha e preparar a portaria de admissão, que levo hoje mesmo para o chefe assinar. Parece que ela precisa de uma foto três por quatro. Se o senhor não tiver, d. Dolores o encaminha ao laboratório fotográfico.

— E eu presto contas a quem, dr. Israel?

— A mim mesmo. Mas só quando tiver alguma dificuldade ou problema. D. Dolores vai lhe fornecer uma cópia da portaria que regula a fiscalização. E boa sorte, sr. Espeniche — disse o dr. Israel estendendo-lhe a mão.

Claro que Espeniche tinha uma fotografia na carteira. Precavidamente providenciara uma dúzia de cópias antes de embarcar para o Rio. Ele nunca fora escoteiro, detestava levantar cedo; mas gostara do lema deles, e o adotara. Sempre pronto. E o resultado estava aí mais uma vez. Com aquela simples visita, o hotel ficava garantido. O resto viria também naturalmente, e a carteirinha de agente de polícia, carimbada e assinada por dr. Israel Santo, ou Souto, iria ajudar muito. Espeniche voltou de bonde para o hotel, almoçou e tirou o resto do dia para descansar lendo romances policiais, havia comprado três no dia anterior numa livrariazinha da Galeria Cruzeiro. Começou por *Um Perfil na Sombra*, de Edgar Wallace, e vibrou. Quando chegou ao fim, já de noite, notou que havia consumido um maço inteiro de cigarros Odalisca, e que precisava de um cinzeiro maior, para não ter que estar se levantando para despejar cinzas e tocos.

Não sabendo ficar parado, no dia seguinte depois do café mandou um garoto do hotel comprar jornal. Qual? O mais grosso. Deu uma moeda de quatrocentos réis ao garoto, com a recomendação de guardar o troco. O menino arregalou os olhos. Posso mesmo? Pode, tchê. O menino voltou com o *Correio da Manhã*, gordo de notícias, artigos, tópicos sobre o governo recém-instalado, entrevistas e fotografias dos homens. O Brasil ia finalmente sair do buraco e ocupar o seu lugar no "concerto das nações", fosse lá o que fosse isso. Dr. Oswaldo Aranha está dizendo aqui umas coisas sobre reforma tributária, seja lá o que for isso também, e consolidação da dívida externa, puxa, esse alegretense entende de tudo, tchê. Que tal uma visita ao Ministério da Fazenda, assim como quem não quer nada? Aliás um tio meu, que era da Brigada Militar, serviu em Alegrete, é possível que tenham se conhecido. Bom pretexto para início de uma conversa, e daí quem sabe um relacionamento. Onde fica mesmo o Ministério da Fazenda? Descobriu que ficava espalhado por vários pontos da cidade, mas o gabinete do ministro era na antiga Caixa de Amortização, na avenida Rio Branco.

Tomou um banho demorado, para desespero de outros hóspedes do andar, que ficavam batendo na porta, perguntando se ia demorar, um chegou a perguntar se ele estava defecando pregos. Deixou a barba para fazer no barbeiro. Vestiu-se de azul-marinho, uma roupa caprichada de casimira Aurora, comprada no Capistrano de Porto Alegre a bom preço por ter sido refugada por um freguês que por sorte tinha o mesmo corpo que ele, Espeniche. Calçou sapatos pretos da marca Fox, e desta vez usou a gravata vermelha para lembrar o lenço dos revolucionários.

O porteiro do ministério quis mostrar rigor na vigilância, exigiu que ele mandasse um cartão ou um bilhete à pessoa com quem desejava falar, especificando o assunto. Espeniche não se aborreceu. Sorrindo seu sorriso derruba-muralhas, mostrou a carteirinha de agente de polícia.

— Meu cartão é este, tchê.

O homem explicou que estava cumprindo ordens. Pediu desculpa e indicou o caminho para o gabinete do ministro no terceiro andar, outro elevadorzinho de grades douradas luzindo devido ao trato permanente com caol. Localizado o gabinete, Espeniche foi entrando de cabeça erguida e sorriso no lugar. Recebeu-o um oficial de gabinete também gaúcho mas funcionário antigo do ministério, senhor alto, magro, sobrancelhudo e cabeleira farta, que ele ficava penteando para trás com os dedos da mão direita, e a cabeleira teimando em cair sobre o rosto. Por que não usa Stacomb, tchê, todo mundo está usando para evitar essa maçada de ficar empurrando o cabelo para trás, olhe o meu, não sai do lugar. O homem tinha voz ressoante mas roufenha, talvez de muito fumar, ele acendia um cigarro atrás do outro, uns cigarros ovais grossos de fumo preto marca Jockey Clube.

Logo fizeram boa camaradagem, dr. Paixão, sr. Espeniche. Sabe, Paixão, vou lhe dizer uma coisa... Olhe, Espeniche, vou lhe dizer uma coisa. Tenho muita saudade de nossa terra, o mate pelando, a polenta frita, o vinho de caneca, os CTGs. E não pode tomar o mate aqui, tchê? Ah, não, não seria a mesma coisa; falta o céu, o frio, o sanfoneio, as bombachas, o sapateado.

A conversa estava boa, mas — e o ministro? Dr. Oswaldo estava despachando com o presidente provisório, era dos poucos ministros que conversavam com o homem todos os dias antes de ir ao ministério. A palavra dele tinha muito peso no Catete. A melhor hora de pegá-lo era no fim da tarde. Mas para Espeniche não perder de todo a viagem, dr. Paixão se pôs às ordens dele, deu-lhe um cartão com o telefone de casa e do ministério. E como se lembrando de repente, abriu uma gaveta, tirou um livro, pegou a caneta e escreveu na primeira folha: "A J.L. Espeniche, gaúcho dos bons, com um abraço também gaúcho de O. Paixão".

O título, *História de uma chifrada*, não prometia muito, mas Espeniche garantiu que ia ler e opinar. Já era quase meio-dia, Espeniche começava a sentir fome. Tomou um ônibus ali mesmo em frente ao prédio para subir a avenida até a Galeria Cruzeiro com a intenção de almoçar num restaurante que devia ser bom por estar sempre cheio. Mal entrou e correu o olhar pelo salão, esperando um garçom para lhe arranjar um lugar sozinho, alguém o chamou de uma mesa grande. Era o jovem Benjamim Cabello, jornalista e agitador gaúcho que também viera com o Comando Revolucionário e ainda usava o lenço vermelho por baixo do paletó. Na mesa estavam o general Flores da Cunha, dois de seus filhos e um cidadão outro que não parava de coçar o ouvido direito com o dedo mínimo da mão correspondente.

Espeniche rumou para lá. Cabello levantou-se e o abraçou valentemente. — O general não preciso lhe apresentar, é figura de projeção nacional. Os dois moços são filhos dele, Luis... e José Antonio. O outro cavalheiro você deve conhecer pelo menos de nome, é o escritor ítalo-brasileiro, se posso dizer assim, Mario Mariani, o Garibaldi dos tempos modernos. Embarcou de corpo e alma em nosso movimento.

— Mas não fui aceito — disse o escritor coçando o ouvido. — Fiquei de fora, mas não alheio.

— Ah, Mario Mariani! Muito prazer! Jorge Leitner Espeniche. Li um livro do senhor, *A casa do homem*. Escrevi sobre ele no *Correio do Povo*, mas cortaram muito. A matéria saiu muito mutilada.

— Mesmo assim, agradeço — disse o escritor.

— Vai sentar ou comer em pé? — indagou o general. — Ou o senhor se senta, ou nos levantamos todos.

Todos riram. Espeniche mais do que os outros, e sentou-se.

— Onde aprendeste a rir assim, tchê? És de Erechim? — perguntou o general.

— Eu não sabia que os erechinenses riem muito — comentou Cabello.

— Nem eu — disse o general. Nova rodada de risos. — É que estou praticando para humorista. Esta revolução está muito sisuda. Converso com o Oswaldo, ele só fala de consolidação da dívida externa, reforma tributária, equilíbrio orçamentário. O mesmo falava o Bulhões, meu companheiro de república de estudante em São Paulo, que foi ministro da Fazenda duas vezes. Ninguém mais acha tempo para rir, para contar e ouvir uma boa anedota. Estou gostando nada desse clima. O único homem que ainda ri é o Getulio, mas o riso dele não me tranquiliza, não é espontâneo, parece que tem fundo nervoso, não se encaixa no contexto. O Getulio... Sei não. Ele vai nos dar trabalho, podem escrever.

— Por que o senhor diz isso, pai? — perguntou um dos filhos.

— Pelo hábito de observar os homens, aprendido com um tintureiro chinês em São Paulo quando eu lá estudava. Ele ia apanhar roupa na pensão toda semana, eu puxava conversa com ele. Ele me disse que se observarmos bem um homem, qualquer homem, verificamos que ele se parece com um bicho, de inseto a gavião. Observando o Getulio quando ele começou a se projetar politicamente, notei que ele se parece com carrapato, melhor dizendo, redoleiro, ou carrapato-estrela. Repare se não parece.

Ninguém confirmou nem contestou, talvez achando que fosse mais uma brincadeira do general, mais um ensaio para chegar a humorista. Pediram o almoço porque o general disse que tinha pressa, estava com audiência marcada com o ministro da Guerra. Não tendo ele pedido bebida, nem seus filhos, a não ser água mineral, nenhum dos outros quis destoar, e todos se conformaram em beber água também. Na hora de pagar, quando geralmente os componentes de uma mesa grande ficam uns olhando distraidamente para longe, outro sente uma coceira repentina nas costas, outro tem necessidade urgente de ir ao lavatório, o general, experiente em lidar com essas situações, resolveu o assunto à gaúcha:

— Antes que algum dos senhores se atreva a querer pagar tudo, informo que a minha parte e a de meus filhos pago eu. Garçom, separe estas três e junte numa só.

— E as outras três são minhas — disse o jovem Cabello. — O escritor e Espeniche são meus convidados.

O general e os filhos saíram, os outros ficaram, agora para tomar chope e conversar à vontade. A presença do general e dos filhos caladões os inibira.

O escritor estava deprimido, ainda não superara o sentimento de rejeição que sofrera meses antes no Sul, quando propusera aos líderes revolucionários a formação de uma Brigada Garibaldi, com refugiados italianos antifascistas, para lutar contra os governistas. Cabello e Espeniche tentaram consolá-lo com o argumento de que a brigada teria mais atrapalhado do que ajudado a revolução. Em que sentido? Ora, teria servido de pretexto para a intervenção de outros países ao lado do governo.

Mas fora um belo gesto romântico, próprio de um intelectual idealista. Por outro lado, não tendo praticamente havido luta no Sul, ficaria o problema de desmobilização e desarmamento dos brigadistas, para não falar nos estorvos que a brigada certamente criaria para as relações do novo governo com a Itália.

— Foi uma pena — disse o escritor, passando o dedo molhado na boca do copo de chope vazio para fazê-lo vibrar. — Eu já tinha recebido o uniforme feito pelo Capistrano e desenhado por mim. Ficou muito bonito.

— Mas o senhor pode usá-lo por aí — replicou Cabello. — Tem tanta gente andando de uniforme neste Rio de Janeiro sem que ninguém pergunte o significado.

— Ou vendê-lo para um teatro da praça Tiradentes, para as peças que estão montando sobre a Revolução — arriscou Espeniche.

O escritor olhou-o severo e disse em tom quase indignado: — Meu uniforme foi feito para guerrear, não para provocar risos em teatro de revista.

— *Veramente* — disse Cabello.

— *Veramente. Mi scusi* — falou Espeniche.

O escritor fez um gesto displicente com a mão, que os outros interpretaram como significando que deixassem para lá; consultou o relógio do restaurante e disse que tinha hora marcada ali perto em *O Globo*. Um rapaz chamado Edmundo Lys queria entrevistá-lo sobre sua vida e seus livros. Cabello e Espeniche o conheciam?

Cabello disse que conhecia de nome e de escritos, não pessoalmente. Espeniche não conhecia nem de nome, era mais leitor do *Correio da Manhã*.

— Por que não dá entrevista a Urbano Berquó para o *Correio*? Tem mais repercussão — sugeriu Espeniche.

— Porque ele não me pediu, e não sou de me oferecer — disse Mariani.

Cabello também alegou compromisso e saiu junto com o escritor. Sozinho e sem nada para fazer, Espeniche foi à livrariazinha ali mesmo no prédio da galeria para se reabastecer de romances policiais. Havia um balcão de livros em espanhol editados no Chile e vendidos a baixo preço porque as editoras chilenas não pagavam direitos a autores estrangeiros, o Chile não tinha aderido à Convenção de Berna. Nesse balcão encontrou vários livros de um autor que ainda não conhecia, criador de um detetive chamado Nero Wolfe. Folheou um, outro, mais outro, comprou todos. Muito bom esse Rex Stout. Sendo já quase duas da tarde, foi andando a pé até a Cinelândia para pegar a primeira sessão de um cinema. Optou por O Tenente Sedutor, com Jeanette MacDonald e Maurice Chevalier, e entrou com a carteirinha de fiscal de diversões.

Acordou com a atriz se esgoelando num trecho de opereta, e achou que melhor seria dormir no hotel. Dormiu o resto da tarde, e se assustou quando olhou o relógio: já ia passando das seis. Por sorte o banheiro estava desocupado. Tomou um banho rápido e desceu para jantar. Deu uma olhada nos lugares ainda vagos da mesa. Uma gente sorumbática, de ar preocupado, com quem não gostaria de engatar conversa. Que tal em frente àquele rapaz bem-vestido, bem penteado, de sorriso sereno, próprio de quem espera se dar bem na vida? Já o vira algumas vezes ao entrar ou sair do hotel, e trocaram cumprimentos; mas não sabia quem era nem o que fazia, e a recíproca devia ser verdadeira.

Pediu licença, sentou-se. E não sendo pessoa de ficar calada por muito tempo, lançou a sonda, não para especular, mas para conversar.

— Estás aqui há pouco tempo também? Vieste com os homens?

— Que homens? — respondeu o moço sorrindo.

— Os revolucionários.

— Não, não. Cheguei na mesma data, mas vim escoteiro. Foi coincidência. E o amigo?

— Vim com eles, mas estou me desligando. Não de todo, quero dizer. Preciso deles.

— Como assim?

— Quero viver no Rio. Aqui é que as coisas acontecem, e gosto de estar perto.

— Bem pensado. É mais ou menos o meu objetivo.

Quando terminaram o jantar, Espeniche já estava sabendo que o moço era paulista, chamava-se Odilon Azevedo e viera tentar carreira no teatro. E Odilon ficara sabendo que o outro era gaúcho, dizia-se jornalista mas não revelara claramente em que jornal trabalhava. Mas gostara dele, do sorriso largo, da gargalhada sadia, e não se opunha a fazer camaradagem com ele. Quem sabe não daria um bom coadjuvante? Voz, estampa e adequação de gestos ele tinha. E também todo bom ator deve estar sempre aberto à vida e às pessoas discrepantes do padrão comum. Esse Espeniche tem o corte de um aventureiro, e explorar a personalidade de um aventureiro pode ser útil a um ator.

Para que o relacionamento não ficasse limitado àquela conversa casual de mesa de jantar, o ator tomou a iniciativa de esticá-lo com uma gentileza. Pediu a Espeniche que aguardasse um instante. Subiu ao quarto e logo voltou com um livro na mão.

— Paralelamente estou tentando também a carreira de escritor. Acho que não colidem. Esta é a minha primeira tentativa — disse, e sentou-se numa cadeira que se vagara ao lado de Espeniche. Tirou do bolso uma caneta tão bonita que Espeniche não resistiu e pediu para vê-la. *Swan, made in England*. Quando a recuperou, Odilon escreveu uma dedicatória gentil e passou o livro a Espeniche, que agradeceu e prometeu ler. Era um livro de contos intitulado *Coivara*. Que coisa. Coivara, que ele sabia, era palavra roceira, nada a ver com teatro. Mais um livro para ler por obrigação. Felizes dos analfabetos, que estão livres dessas maçadas. Para agravar, Odilon era simpático e muito educado.

Com tanta coisa para ler, Espeniche subiu para o quarto, tirou o paletó e os sapatos, pegou o segundo travesseiro para deitar recostado, os cigarros, os fósforos e o cinzeiro na mesinha ao lado. Começou pelas leituras obrigatórias. Primeiro o livro do dr. Paixão. Logo nas primeiras páginas viu que não dava. Era um destampatório em linguagem sem brilho contra um jornalista que Espeniche não conhecia nem de nome. Soltou o livro no chão e pegou os contos de Odilon. Histórias caipiras paulistas com diálogos em grafia que ele não conseguia reconhecer. E dizer que o movimento modernista já estava para completar dez anos. Este também não dava para ler. Mandou o livro fazer companhia ao do dr. Paixão. Depois pensaria em alguma coisa comedidamente elogiosa para dizer aos dois autores ilegíveis.

Acendeu um cigarro para espantar a morrinha da má literatura e embarcou na nave de Rex Stout. Leu até quase as duas da madrugada, quando pegou o maço de cigarros e o sentiu leve. Tinha mais um só. Pinoia. Precisava sair para comprar cigarros. Saiu e foi andando até o Lamas, e se espantou de ver a casa cheia àquela hora. O garçom Castro Alves explicou que era assim mesmo todas as madrugadas, por causa das pessoas que saíam da última sessão do Politeama e passavam no Lamas ou no Marne para tomar uma média ou comer um bife com fritas ou a cavalo antes de irem para casa. Ao ouvir a palavra bife, Espeniche descobriu que tinha fome. Pediu um a cavalo. E para beber? Uma Cascatinha. Comeu e bebeu devagar, valorizando cada gole da cerveja e lamentando não ter levado o livro. Tivesse levado, nesta altura já saberia quem era o criminoso.

Quando saía com um pacote de Odalisca debaixo do braço, o caminhão do *Correio* entregava os amarrilhos da edição do dia na banca em frente. Esperou que o jornaleiro conferisse os volumes, assinasse a nota e desamarrasse o primeiro pacote. Comprou um exemplar ainda quentinho da rotativa e deu uma olhada na primeira página. A matéria da manchete era uma entrevista com o ministro da Guerra, com fotografia, dizendo que só passaria o ministério a outro depois que Getulio fosse empossado como chefe do governo provisório e a junta militar dissolvida. A entrevista vinha recheada daquelas frases que o general gostava de soltar, a imprensa gostava de destacar e os leitores partidários da Revolução gostavam de ler. "Agir niponicamente." "Fiquem tranquilos que os granadeiros estão dormindo." "Se me fizerem perder a calma, acordo os granadeiros."

De volta ao hotel, Espeniche tentou retomar a leitura do caso Nero Wolfe versus dr. Shmaltz, mas o sono impediu. O livro caiu-lhe das mãos e o cigarro acendido automaticamente ficou queimando sozinho no cinzeiro.

Eram quase dez horas quando ele acordou. Para alcançar o café, deixou a barba e o banho para depois. O copeiro, que já limpava as mesas, serviu-lhe café e leite mornos, que ele tomou sem reclamar para não pegar fama de chato. Mas deixou uma nota de mil-réis debaixo da xícara para não ter de tomar café frio da próxima vez que se atrasasse.

Quando subiu para completar a toalete, viu o jornal na poltrona de vime onde deixava também a roupa que tirava para dormir. Lembrou-se da entrevista com o general. Pôs o jornal na mesinha de escrever, jogou as roupas na cama e sentou-se na poltrona para ler a entrevista. Deu boas gargalhadas com as tiradas do general, nas quais viu um aviso claro aos membros da Junta Governativa, que pareciam estar manobrando para prolongar os seus mandatos. De repente, teve uma ideia. Uma visita ao general. Está claro que ele é quem dá as cartas no momento. Se conseguir me aproximar dele, estarei no centro. Nem vou precisar mais de carteirinha de polícia. Ou melhor, faço coleção de carteirinhas. Quantas mais, melhor.

Onde fica mesmo o Ministério da Guerra? Ele só sabia que era para os lados da Central. Pegou um táxi. Era longe do Catete, mas são despesas que compensam.

Não foi fácil entrar no ministério. Muitas sentinelas, muita vigilância, certo nervosismo. Mas o sorriso demolidor de resistências, a conversa agradável e por sorte o exemplar do *Correio* que levara para reler no táxi ajudaram. Inventou que havia colaborado na redação final da entrevista, e que prometera ao general manter contato para o caso de alguma reclamação ou retificação, sabem como é, o redator-chefe sempre mete a mão com a intenção de melhorar uma matéria importante e às vezes modifica o sentido.

Um capitão simpático que ouviu isso com atenção telefonou para o gabinete e falou com um major Pina, ajudante de ordens. Depois de fazer algumas perguntas, que o capitão respondeu com a ajuda de Espeniche, o major autorizou a entrada. Um cabo que viera pegar uns papéis com o capitão recebeu a incumbência de conduzir o "jornalista" ao gabinete do ministro. Recebeu-o o major Pina Machado, também gaúcho e também sorridente, que no momento fumava enorme charuto. Antes de começar a conversa, abriu a caixa que estava em cima da mesa e ofereceu um charuto ao visitante. Espeniche agradeceu, guardava péssima lembrança do primeiro e único charuto que tentara fumar. Pediu licença para fumar um cigarro. À vontade, tchê.

— Então, qual é a pendência, tchê?

Pendência? Nenhuma, tchê, queria dizer, major. Só queria cumprimentar o general, conversar sobre a entrevista, aliás oportuna, publicada no *Correio*, e saber se o general tinha alguma retificação a fazer.

O major respondeu que o general nunca fazia retificações, nem mesmo lia as entrevistas que dava. Apenas olhava a fotografia, e geralmente detestava. Achava que em todas saía com a cara do ator cômico Andy Devine. Mas como o ator não era feioso, ele se conformava. Imagine se fosse a cara de Jimmy Durante ou de Joe Boca-Larga! Agora, quando saía alguma coisa estapafúrdia, o que era raro, o general encarregava a ele, major, de retificar. Infelizmente o general não podia receber Espeniche porque naquele preciso momento conversava reservadamente com o ministro da Justiça, e dera ordem de não serem interrompidos. Depois almoçaria com o dr. Getulio no Guanabara e seguiriam juntos para despacharem assuntos do ministério no Catete. Espeniche deixasse o telefone dele no jornal, não para retificar qualquer passagem da entrevista, que ele Pina já lera e nada encontrara de destoante; mas era sempre bom ter contato direto com alguém de um jornal importante como o *Correio da Manhã* para soltar um balão de ensaio de vez em quando ou uma nota de interesse do governo.

Espeniche balançou, mas logo se recuperou. Deixaria o telefone do hotel, onde seria encontrado de manhã ou à noite, depois de fechado o jornal. Na redação os telefones estão sempre ocupados, e há muita algazarra e confusão.

Durante toda a conversa Espeniche não conseguia tirar os olhos por muito tempo do cinzeiro que o major usava para recolher a cinza do charuto. Era enorme e aparentemente pesado, em forma de granada ou bala de morteiro, a superfície externa imitando casca de abacaxi. Até que não resistiu e elogiou a originalidade.

O major explicou que era parte de uma granada que não explodira, e que seus comandados da unidade em que servira em Uruguaiana quando capitão limparam, transformaram em cinzeiro e lhe deram de presente por acharem que fumante de charuto precisa de cinzeiro grande, o que não é verdade.

— E para ser sincero — acrescentou — já estou enjoado dele. Se você gostou tanto, faça o favor de me livrar dele aceitando-o como presente meu. — Esvaziou o cinzeiro no cesto de lixo, pegou na gaveta um envelope pardo do ministério, enfiou nele o cinzeiro e o passou a Espeniche. — É teu. Faça bom proveito, já que gostastes.

Espeniche saiu entusiasmado com o presente, gostava de coisas fora do comum e sabia que dificilmente haveria outro cinzeiro igual no mundo; mas ao mesmo tempo preocupado com a quase promessa que fizera ao major Pina de publicar no *Correio* notas de interesse do governo. Como conseguir isso, se não conhecia ninguém lá?

Para não fazer nova despesa com táxi sem motivo relevante, decidiu ir de bonde até o centro e talvez almoçar novamente no restaurante da Brahma. Pediu informação a uma senhora que passava com uma menininha pela mão. Orientado por ela atravessou a praça e pegou um bonde Tiradentes. De lá seguiu pela rua da Carioca e chegou à Galeria Cruzeiro. Parou na entrada do restaurante e ficou procurando um lugar para sentar sozinho.

Mais uma vez Benjamim Cabello o chamou. Grande figura o Cabellito. Estava numa mesa de canto em companhia de um cidadão alto, corpulento e simpático.

— Venha cá, Jorge. Vou lhes apresentar porque vocês precisam se conhecer. Se é que ainda não se conhecem. Não? Pois então. Este aqui é o grande Mário Paulo Filho, diretor do *Correio da Manhã*. E este é meu amigo Jorge Leitner Espeniche, jornalista nas horas vagas e aventureiro de tempo integral. Com este sorriso que você está vendo, Paulo, e com a lábia que vai ver, não há porta de gabinete importante, por mais vigiada, que não se escancare. E ele sempre vai direto aos donos da mercadoria. E fica sabendo de coisas que nem Albert Londres descobriria.

O jornalista olhou Espeniche uma segunda vez, agora com outros olhos; prestou melhor atenção no sorriso, nos dentes sadios, no rosto de traços marcantes, na tez entre pálida e morena de mediterrâneo. Finalmente disse:

— Se é assim, preciso dele no *Correio*. Você trabalha em que jornal?

Espeniche pigarreou e explicou que era colaborador avulso do *Correio do Povo*.

— Ah, isso facilita as coisas. Me procure hoje no *Correio* depois das sete. Tenho lugar lá para uma pessoa como você. Isto é, se você for mesmo metade do que Cabello acabou de dizer.

Espeniche soltou o sorriso e sentiu necessidade de tomar um chope para comemorar. Os outros tomavam uísque, bebida que não o entusiasmava, achava que tinha gosto de iodo com casca de quina. Quando o garçom veio tomar os pedidos, Cabello e Paulo Filho votaram em frango ao molho pardo, ele em um churrasco a Basílio Bica bem passado, com boa franja de gordura numa beirada. Enquanto esperavam, ele mencionou de maneira que pretendia fosse casual a visita ao Ministério da Guerra, e inventou que o general tinha ficado satisfeito com a entrevista.

— Trabalho do Aderson — informou Paulo Filho. — Ele é muito bom para entrevistar figurões, fala com eles de igual para igual, não fica sentindo-se esmagado, como certos repórteres que conheço.

Continuando, Espeniche relatou a conversa com o ajudante de ordens, major Pina Machado, e o entendimento que tivera com ele para divulgar notas de interesse do governo na imprensa. Não falou no *Correio da Manhã*.

— Mas isso é muito bom — disse Paulo Filho. — Desde que a gente não esqueça que as notas "de interesse do governo" na verdade são de interesse do general. Aquele é um Richelieu nordestino. Vai dar as cartas neste país por muito tempo — e disparou uma gostosa gargalhada. — Se você tem fácil acesso a ele, convém cultivar.

Notando que Espeniche se preocupava o tempo todo com o volume envolto em papel pardo, para o qual parecia não encontrar lugar apropriado na mesa, mudava-o daqui para ali a todo momento, Cabello indagou:

— O que foi que você afanou da mesa do general? — E para Paulo Filho: — Este aí não pode ver um objeto fora do comum, ou simplesmente esquisito, na mesa de alguém; não sossega enquanto não arranja um jeito de sair com ele por autorização ou afanação. O que foi desta vez, Jorge?

— Ah, uma raridade. Querem ver? — desenrolou o envelope e retirou o cinzeiro, que nenhum dos outros dois reconheceu como tal.

Mais conhecedor de apetrechos militares do que o jornalista, Cabello achou que lembrava um pedaço de granada.

Ouvindo isso, Paulo Filho se assustou e recuou um pouco da mesa.

— Granada? E você anda com isso na mão? Tem perigo não? Olhe lá! Tenho pavor dessas coisas que explodem. Um tio meu perdeu a mão direita mexendo com dinamite.

— Perigo nenhum — disse Espeniche, sorrindo e girando o tal cinzeiro com a mão direita para mostrar as escamas em forma de quadradinhos que compõem a casca. — Foi cortada no meio, e a carga de explosivo retirada.

— Tem certeza que não ficou um restinho aí dentro? — perguntou Paulo Filho olhando receoso a peça.

— Ficou não. O major Pina vinha usando ele há anos como cinzeiro. Já está mais do que amansado.

Parece que a informação não convenceu Paulo Filho, que consultou o relógio e disse que precisava sair. — Quando for ao *Correio* faça-me o favor de não levar esse negócio. Com essas coisas não se brinca. Foram feitas para explodir. Se lembram do general Potiguara?

Espeniche despediu-se dos dois, confirmou a Paulo Filho que o procuraria no jornal à hora combinada — sem o cinzeiro — e tomou um bonde ali mesmo para o Catete. Agora tinha pressa de chegar ao hotel por dois motivos: começar a leitura de um novo Nero Wolfe e estrear o impressionante cinzeiro.

Logo que entrou no quarto retirou o cinzeiro do envelope e o pôs na mesinha ao lado da cama. Afastou-se um pouco e olhou. Não assentava. Era muito maior do que o que vinha usando, e ficava apertadinho entre duas pilhas de livros já lidos, aos quais ainda não dera fim. Aí teve uma ideia: não ia mais ler deitado; além de fazer mal à vista, como diziam, a cinza do cigarro cai no peito e no lençol, às vezes até brasa cai. De agora em diante só ia ler sentado na poltrona de vime, com o cinzeiro na mesa de escrever.

Experimentou, não dava certo. O quarto era pequeno, a poltrona grande, e não cabia no espaço entre a mesa e a cama. Se pusesse a poltrona ao pé da janela, a mesa ficaria longe; se arrastasse a mesa para a frente da janela não poderia abrir e fechá-la.

Deu outra olhada, encontrou a solução. Enquanto estivesse lendo na poltrona, o cinzeiro ficaria no parapeito da janela. Não era a posição ideal porque ele precisaria erguer o braço bem esticado para soltar cinza ou apagar o cigarro no cinzeiro, mas era o que de melhor se podia arranjar; pelo menos o lençol não ficaria sujo de cinza nem com furinhos de brasa.

Essa ficou sendo a posição para ele ler os seus Conan Doyles, Agatha Christies e agora também os seus Rex Stouts. Para lhe fazer justiça, deve-se dizer que de vez em quando ele incursionava por um Papini, um Malraux, Machado de Assis, Mário de Andrade, Ortega y Gasset, Thomas Mann — *Morte em Veneza* deixou-o impressionado por bom tempo —, mas esses ele só conheceu depois que entrou para o *Correio da Manhã* e lá fez amizade com o erudito Urbano Berquó, que assinava uma coluna diária sobre ideias, livros e autores e lia tudo que valesse a pena ser lido.

Um dia um hóspede do hotel ouviu uma gargalhada assustadora ao passar frente ao quarto de Espeniche. Outras portas do corredor se entreabriram, cabeças apareceram olhando de meia--cara. A gargalhada se repetiu na mesma intensidade. O homem endoidou, ou não será gargalhada? Quem sabe é cólica, algum ataque? O passante bateu na porta. Espeniche foi abrir ainda rindo, um livro na mão, um dedo marcando a página. O homem ficou aliviado — ou desapontado —, pediu desculpa. O motivo das gargalhadas foi a passagem de *O Triste fim de Policarpo Quaresma*, de Lima Barreto, em que Floriano Peixoto rasga estouvadamente uma página do memorial levado pelo patriota Policarpo Quaresma com sugestões para o fomento da agricultura; e ao ver o desconsolo de Quaresma, diz apenas: "Ora! Quaresma! rasguei o teu escrito".

Com a vida mais ou menos equilibrada graças ao trabalho no *Correio* e ao emprego na polícia, aonde só ia nos dias de pagamento, Espeniche se permitia algumas extravagâncias — usar camisas sob medida, pagar almoços ou jantares para amigos, fumar cigarros ingleses da marca Churchman's, que comprava no Portuguese Joe, fornecedor de embaixadas; cerveja Original importada de Ponta Grossa pela casa Vilarinho, e até jogar nos cavalos todo fim de semana com o general Flores da Cunha. Mas não abandonou o gosto pelos romances de detetive, que lia até alta noite por não precisar de muitas horas de sono.

Estava ele uma noite sentado na poltrona de vime lendo *O Assassinato de Roger Ackroyd*, de Agatha Christie, fumando Churchman's e erguendo a mão acima da cabeça a todo instante para soltar a cinza no cinzeiro que fora do major Pina Machado, sem tirar os olhos do livro. Quando vai apagar o toco de um cigarro no cinzeiro para não deixá-lo fumegando, eis que acontece qualquer coisa muito estranha que o deixa atarantado, sem nada entender. Jogaram uma bomba aí embaixo da janela? Ou foi aqui no quarto? O quarto está tampado de fumaça, cacos de coisas pelo chão, buracos na parede oposta à janela. Espeniche está surdo do ouvido direito, a não ser por um fino tinido metálico. Esmurram a porta com insistência, ele não ouve. Arrombam a porta, várias pessoas entram, uma delas o ator Odilon. O que foi, o que não foi, você está sangrando, olhe aí, é na mão, nossa quanto sangue no chão, estava mexendo com bomba? Deixe ver essa mão, nossa, cadê as pontas dos dedos? Precisamos levar ele ao pronto-socorro, enrole a mão dele nesta toalha, ele parece estuporado, perdeu a fala, vamos levá-lo para baixo e chamar um táxi, depressa, está perdendo muito sangue.

Odilon e um senhor barbudo que se apresentou como médico da Assistência Municipal deixaram Espeniche no saguão do hotel com outros hóspedes e foram até a esquina da Correia Dutra pegar um táxi no ponto.

Espeniche perdeu as primeiras falanges do polegar, do indicador e do médio da mão direita, e o médico do pronto-socorro disse que se tivessem levado as falanges se poderia tentar reimplantes; mas ninguém se lembrou de procurá-las na confusão em que estavam o quarto e as pessoas. Também era possível que elas tivessem voado para fora do quarto. Também ninguém sabia ainda o que havia mesmo acontecido.

Só depois que fizeram os curativos, e deram uma injeção antitetânica no acidentado, e boa dose de calmante, e o deitaram numa cama, ele começou a se recuperar do choque e se lembrou do cinzeiro. Antes de contar aos outros, deu uma de suas estrondosas gargalhadas — mas teve de interrompê-la devido à dor que sentiu nos dedos mutilados.

E ele achando que o sensato Paulo Filho não passava de um homenzarrão encagaçado.

CONTOS ESPARSOS
(1941-1989)

Nota dos editores

Os quinze contos aqui reunidos, compilados pelo pesquisador Érico Melo, foram publicados em jornais, revistas e coletâneas entre 1941 e 1989. Entre eles está "As plumas", provável estreia de José J. Veiga na ficção, as primeiras versões de alguns contos de *Os cavalinhos de Platiplanto* e *A estranha máquina extraviada*, além de uma rara crônica política acerca das eleições de 1989. Esta é a primeira vez que esses textos são publicados no mesmo volume.

As plumas

— Compre, avozinha! São tão lindas! Assim dizia, choramingando, agarrado à saia farfalhante de seda preta da vovó, o traquinas do Zezé, de faces rechonchudas e coradas, "olhos sonhadores, cor de turquesa" e cabelos louros, dourados.

A linda criança mais parecia "um anjo tombado do céu, por um descuido do Criador", que uma mortal criaturinha.

— São lindas, sim, meu netinho! Verdes como o teu periquitinho; como a esperança que em ti deposito, meu anjo querido! Brancas como a tua inocência! Roxas como as minhas saudades! Mas…

— Ora, vovozinha! Não seja má! Compre aquelas plumas para o Zezé!

— Não, meu neto! Não t'as compro.

Pede-me doces, frutas, brinquedos, tostões… Dar-te-ei tudo, tudo, mas nunca aquelas plumas! São belas, sim! Mas, se têm tão lindas cores, tornam-se negras dum momento para outro. Elas encerram uma história, e muito triste!

Vamos, meu amor; sentemo-nos no banco do jardim, e lá então te contarei a história das plumas.

E o irrequieto Zezé, preso à mão trêmula da boa velhinha, cabriolando, soltando gritinhos de satisfação, lá se foi a ouvir a história prometida.

Sentando-se vagarosamente no banco, com voz fraca e ritmada, alisando docemente a cabeleira de ouro do netinho, começou a paciente vovó a sua narração:

— Naquele tempo, os anjos como tu, meu querido, quando voavam para o céu, donde fugiram, eram levados festivamente ao cemitério sob uma chuva de pétalas despejadas das sacadas dos sobrados, enfeitadas de púrpuras, ao som alegre duma banda de música. Os sinos bimbalhavam, alegres, e em sua linguagem de bronze pareciam dizer: tá lá bem bom! tá lá bem bom! Assim interpretava a voz dos bronzes, a gente simples e boa da minha terra natal. Pelas pessoas que já não eram mais anjos, quando morriam, não se cobriam as casas e os parentes de luto como hoje se faz. Nem por isso a dor era menor. É que o povo era mais crente e depositava mais confiança em Deus. O luto estava na alma e não nas vestes, que hoje, muitas vezes, encobrem um falso sentimento. "Seja feita a vossa vontade, meu Pai", diziam todos, quando se despediam dos seus caros que para o Além partiam.

Naquele tempo, tua vovozinha era ainda muito moça. A neve ainda não lhe tinha branqueado os cabelos negros; nem o peso dos anos lhe tinha vergado o busto esbelto.

Seus olhos tinham mais vida, mais fulgor...

A sala da casa da tua vovó era toda adornada com as mais lindas e variadas plumas. Um dia, uma febre cruel levou-me ao leito. Disseram-me que teu vovozinho havia partido para longe, chamado com urgência. Uma noite, enquanto a minha enfermeira dormia, exausta das noites de vigílias passadas ao meu lado, eu, delirante, febril e cambaleante, assaltada por terríveis pressentimentos, corri a casa toda, em busca do teu vovozinho. Ao chegar à sala vi o Cristo ladeado de velas e de lindas plumas... Louca de dor, trêmula, compreendi tudo... Pela manhã, quando os primeiros raios de sol começaram a penetrar pelas frestas das janelas, a tua vovozinha foi encontrada desmaiada sobre o tapete, coberta de preto. As lindas plumas tornaram-se negras. Foi assim que apareceu o luto; foi assim que nasceu o crepe. A febre, que quase me matou, levou o teu vovozinho para o céu, donde nunca mais voltou!...

— Não chore, vovozinha!... Eu não quero mais as plumas!... São tão feias! Vou pedir ao papai que me arranje outro vovozinho!...

— Só tu, meu anjo, com tua graça e ingenuidade, poderias fazer rir assim a tua vovozinha!

Chegada e partida

Ao fim do meu primeiro dia na cidade eu já estava achando que talvez eu não devesse ter voltado. Não que tivesse havido grandes mudanças: tudo estava como eu havia deixado, só que as ruas pareciam mais estreitas e as casas menores, mas isso não me desagradava; eu até gostei de ver as casas baixinhas, tão baixas que mostram os telhados a quem passa na rua, com tudo o que as crianças atiram lá em cima — botinas velhas, pneu de bicicleta, umbigo de bananeira com o talo. A mudança que me preocupava era outra, não de ver, mas de sentir.

Antigamente, quando as pessoas se encontravam na rua, o costume aqui era parar para conversar, o assunto não vinha ao caso, tudo servia. Quantas vezes não virei uma esquina contra a vontade para não ter que aturar uma conversa sem objetivo. Agora tudo isso parece revogado, pelo menos para mim. Se ainda não posso dizer que me evitam — embora eu desconfie que isso é precisamente o que fazem — o certo é que ninguém mostra o menor interesse por mim. Ainda não consegui me aproximar de nenhum dos velhos companheiros, tenho visto muita gente conhecida, mas sempre de longe, por mais que me apresse não os consigo alcançar. Passo por uma rua onde tive muitos amigos, vejo-os conversando em grupos nas portas: mal pendo meus passos para eles, aflitos por cumprimentá-los e dizer quem sou, eles logo se espalham e desaparecem, dando a impressão de coisa ensaiada. Custa-me acreditar que o façam de propósito — afinal, qual seria o motivo? No entanto, por isso ou por aquilo, é o que tem acontecido sistematicamente, e só um ingênuo pensaria em coincidência. Nas poucas vezes que tenho manejado alcançar uma pessoa e falar-lhe, o resultado é o mesmo: ela fica olhando para mim ou para além de mim com um olhar parado, não sei se natural ou fingido, responde com expressões vagas, formais, e de repente se lembra que tem um relógio e o consulta, ou bate na testa para parecer que lembrou de um compromisso importante, pede licença e vira-me as costas, ou nem pede.

Sozinho no meu quarto de hotel, pensando no porquê desse tratamento, eu ainda procuro me convencer de que não há motivo para desânimo, deve ser algum mal-entendido, ou uma quadra de má sorte, que me leve a encontrar só pessoas muito esquecidas ou muito ocupadas; que a situação não pode continuar assim por mais tempo, amanhã talvez eu me cerque de amigos e me sinta novamente em casa.

Mas o dia seguinte nunca é diferente. Tenho feito o melhor que posso, mas não estou podendo vencer a resistência dessa boa gente que algum fato desconhecido, mas aparentemente grave, virou contra mim. Estou perdendo o meu tempo, penso. Por quê não arrumo a mala e não desapareço, e não risco para sempre esta cidade do meu mapa, e não procuro esquecer que já vivi aqui e que já fui um deles? O mundo não acaba entre essas serras, deve haver muitos lugares por aí afora onde eu possa me instalar e viver sem pagar tão caro. Era isso que a razão aconselhava, mas quem pode combinar razão e sentimento e sair intato? Não, preciso insistir — e continuo batendo as ruas.

Parei diante de um café, onde um grupo de rapazes jogava bilhar, rindo e falando alto. De fora eu ouvia o plac-a-lac das bolas na mesa verde. Nunca fui bom no taco, mas tive vontade de entrar no salão. Entraria com toda naturalidade, como vi muitos estranhos fazerem no meu tempo, e convidaria qualquer dos assistentes para uma partida. Depois que o encarregado tivesse trazido as bolas e o giz eu pediria uma cerveja com dois copos para quebrar qualquer possível reserva do meu parceiro; e antes de acabada a primeira garrafa já estaríamos conversando como velhos amigos, e até zombando mutuamente de nossas pexotadas. Como era fácil iniciar uma conversa e fazer camaradagem naquele tempo! Mas eu já estava curtido, e sabia que a minha entrada naquele salão seria como uma rajada de vento frio. Eles fingiriam estar muito entretidos jogando ou olhando, ninguém demonstraria ter ouvido o meu convite, os mais tímidos olhariam receosos para os mais fortes, procurando apoio contra mim, e se eu não saísse imediatamente eles usariam alguma linguagem cifrada, que devem ter para essas ocasiões, e combinariam encontro em outra parte. Assim tem sido desde que cheguei, para ser franco eu não tenho mais esperança de conquistá-los. Naturalmente eu poderia perguntar-lhes por que me evitam, mas isso é precisamente o que não devo fazer, eu quero ser aceito naturalmente, e não tolerado por piedade.

Assim, voltei para o hotel, onde pelo menos poderia exigir alguma atenção.

O gerente (ou proprietário) estava sentado a um canto da mesa grande de refeições, em mangas de camisa, escriturando contas. Quando ouviu passos no salão ele levantou os olhos, e vendo que era eu tornou a baixá-los depressa, fingindo mais atenção ao trabalho do que seria normal, até murmurando desnecessariamente os números, evidentemente para me desanimar de puxar conversa. Para não dar o braço a torcer, comecei a assobiar qualquer coisa enquanto apanhava a chave no quadro da parede e subia para o quarto.

Passei o resto da tarde deitado, de olhos pregados nos caibros do teto, procurando descobrir qual teria sido a minha falta.

Estariam eles me tomando por outra pessoa, alguém que tivesse se comportado mal na cidade em outra ocasião e agora recebia o tratamento merecido? Mas se era assim, então por que ninguém se queixava, ou alguém mais exaltado não vinha tomar satisfações? Eu não me incomodaria de ser insultado, talvez mesmo não me incomodasse de ser agredido; o que eu queria era que tomassem conhecimento de mim.

Ouvi vozes e risos animados na rua, e percebi que já havia anoitecido. Para não espantá-los cheguei sorrateiramente à janela sem acender a luz. Devia haver festa em algum lugar, passavam bandos de pessoas vestidas a capricho, do quarto eu sentia o perfume usado pelas mulheres e o cheiro de naftalina das roupas dos homens, com certeza guardadas cuidadosamente para as grandes ocasiões. Mocinhas de braços dados e fitinhas no cabelo cochichavam e riam seus risinhos chiados, rapazes de cabelos e sapatos lustrosos paravam de vez em quando para perguntar aos companheiros se a gravata estava bem ou se o hálito não estava safado. Havia música tocando em algum lugar, isso deduzi pelo tinido dos pratos e pelas batidas do bombo. Vesti minha roupa melhor e saí também, aquela podia ser a minha grande oportunidade.

Mas eles estavam fazendo tudo muito bem-feito. Não levei dez minutos para me arrumar, e já saí atrasado. Não se via mais ninguém na rua, todos já deviam ter chegado no local da festa, que eu não descobriria onde era nem que passasse o resto da noite investigando. A única pessoa que encontrei foi um mudo que carregava o quadro de anúncios do cinema em dias de espetáculo. Tentei arrancar dele alguma informação, mas esse também devia estar industriado: a única resposta que consegui foi um gesto obsceno e uma gargalhada. Tirei o cinto para surrá-lo, mas ele saltou um muro e desapareceu na escuridão de um quintal, acordando galinhas com suas gargalhadas.

No entanto, eu sabia que eles estavam se divertindo, talvez dançando em um amplo salão de janelas largas e assoalho encerado, talvez arrematando prendas em alguma quermesse — mas onde? Tentei acompanhar o rumo da música, mas fui parar em um terreno baldio que servia de depósito de lixo, engarranchei o pé em um urinol enferrujado e suei para retirá-lo. Era evidente que não me queriam naquela festa, nem como espectador.

O dia ainda não tinha amanhecido quando deixei a cidade em um caminhão. Tive que viajar em cima da carga porque ao lado do chofer ia um jacá de galinhas que ele não queria correr o risco de perder.

Era dos frifros

E de repente entramos na Era dos frifros. É verdade que isso não aconteceu da noite para o dia, houve avanços e recuos, uma sucessão de acontecimentos aparentemente isolados e sem significação maior, mas estávamos muito distraídos para ir prestando atenção dia a dia; e quando abrimos os olhos a nova moda estava aí instalada. Agora não há nada a fazer, a não ser ter paciência e esperar que a onda passe sem causar grandes danos. Como em tudo que não tem remédio, a atitude correta é aceitar o fato com resignação e não tentar resistir. Os frifros? Claro, uma grande invenção! Não sei como os nossos antepassados puderam viver sem eles.

Porque quem tentar resistir, em primeiro lugar não será ouvido, e em segundo lugar poderá ser apontado como uma raridade, um maníaco, pessoa de mentalidade superada, incapaz de compreender o espírito da época.

Quando os frifros começaram a aparecer, e ainda tínhamos coragem de ridicularizar os poucos que o usavam, a opinião geral era que se tratava de uma novidade passageira, a ser substituída por outra no ano seguinte; e quantos de nós, apesar de achá-los ridículos, vulgares, idiotas, não comprou um de vez em quando, para uso próprio ou para presente, por pura tolerância com um invento que não tinha a menor probabilidade de durar, ou para irritar um amigo, cuja desaprovação conhecíamos? Agora estamos vendo aonde essas concessões impensadas nos levaram. Hoje estamos literalmente afogados neles, não há uma saída à vista, nem fugindo para o estrangeiro: a exportação já começou, a princípio experimentalmente, mas com os métodos modernos de promoção e *marketing* não há dúvida que acabarão se espalhando pelo mundo.

De onde vem essa aceitação tão ampla e tão pronta? Dizem os sociólogos que o fato de não terem os frifros desaparecido depois de certo tempo, como acontece com a maioria das criações sujeitas à curva da moda, deve ter alguma significação profunda, que no entanto ainda não conseguiram alcançar; e sugerem que eles devem corresponder a alguma coisa que os homens vinham procurando há muito tempo, sem saber precisamente o que procuravam — talvez uma espécie de brinquedo absoluto.

Afinal, o que é o frifro? Brinquedo? Adorno? Passatempo? Essa pergunta vem sendo feita desde que eles fincaram pé entre nós, e apesar das resmas e resmas de papel gastas em tentativas de definição, não estamos hoje mais esclarecidos do que no começo. A melhor maneira de matar a questão é deixar de lado as considerações filosóficas, religiosas, sociológicas e dizer que o frifro é, ao mesmo tempo, brinquedo, adorno, passatempo, objeto de coleção e, ultimamente, até refúgio contra a inflação, pois há quem esteja estocando frifros na esperança de realizar lucros no futuro. Por outro lado a grande maioria do público, e, entre esses, muita gente sensata, está tratando os frifros com a maior displicência, achando, talvez, que o importante não é guardá-los, mas simplesmente comprá-los.

Comprar frifros não é nenhum problema. A pessoa entra numa loja — nem é preciso entrar, na porta mesmo se vende — ou passa numa barraca em qualquer rua ou praça, apanha a esmo um frifro, um par ou uma dúzia e leva para casa ou para o escritório. Mas, depois de mostrá-los aos amigos, comparar com os deles, manobrar para provocar elogios, no minuto seguinte já se está admirando outro, de modelo ligeiramente diferente visto em outras mãos — e aqueles que acabaram de ser comprados com tantas esperanças já estão automaticamente obsoletos e são logo relegados, escondidos, esquecidos.

E como se perdem frifros hoje em dia! Quem costuma sair cedo de casa deve estar cansado de ver aqueles montes de objetos coloridos que os garis vão empurrando com a vassoura para o meio-fio e recolhendo em suas carrocinhas. A quantidade é tão grande que eles nem interrompem mais o trabalho para escolher um ou outro de formato mais original, naturalmente achando que já viram tudo o que havia para ver em matéria de frifro. Antigamente era comum ver-se um varredor de rua deter a vassoura, olhar interessadamente alguma coisa em meio à massa de frifros, apanhá-la, limpá-la, admirá-la sem pressa de longe, de perto, de lado, de frente e guardá-la no bolso com o ar de quem havia ganhado o dia. Muitos varredores devem ter em casa uma caixa de sapatos ou uma lata de biscoitos cheia de frifros que imaginaram tivessem algum valor, mas que agora não são mais do que uma coleção de badulaques metida embaixo da cama ou em cima de algum armário empoeirado, e que eles mesmos um dia devolverão ao lixo.

Porque, a tendência agora parece ser para os frifros de grande porte, e aí o limite é a audácia do fabricante. O primeiro grande frifro que apareceu foi um escândalo, assustou gente, interrompeu o trânsito na avenida, provocou risos, vaias, protestos. Quando pensávamos que tínhamos visto tudo, apareceram os frifros-gigantes, fabricados de encomenda e montados em carretas para serem rebocadas por automóveis; depois vieram os frifros iluminados por dentro, os frifros aquáticos, os frifros aerotransportados, mas esses felizmente foram proibidos depois daquele acidente em que um deles partiu o cabo e caiu em cima de umas casas de subúrbio, deixando um cheiro de amônia que levou tempo para desaparecer.

Mesmo esforçando, é impossível esquecer a presença dos frifros, eles parecem estar em toda a parte e nos lugares mais inesperados. Mete-se a mão no bolso para apanhar uma chave ou uma caixa de fósforos, e sai-se com dois ou três frifros embaraçados nos dedos; abre-se uma gaveta, e quando se vai fechá-la o movimento emperra por causa de uns frifros que caíram no vão; cumprimenta-se um amigo, e quando se recolhe a mão nota-se que ele nos deixou distraidamente um frifro na palma; vira-se na cama de noite e sente-se alguma coisa nos machucando: passa-se a mão, é um frifro que foi parar debaixo do lençol não se sabe como. Parece até que a praga se reproduz espontaneamente!

Agora um pesquisador descobriu que o importante em matéria de frifros não é tê-los ou senti-los perto, mas aspirar o cheiro que eles emitem — e uma indústria química já está trabalhando na procura de uma fórmula de perfume ou gás que daria a quem o cheirasse a impressão de estar usando um frifro de alta classe. Não seria um mero perfume para usar no lenço ou na orelha, o que teria sentido, mas o frifro mesmo reduzido à sua forma olfativa. Os primeiros testes, feitos com cobaias humanas voluntárias, parece que não foram satisfatórios, falta algum elemento importante à fórmula, para alcançar a sensação desejada e o paciente ainda precisa aplicar a imaginação. Mas os pesquisadores esperam eliminar esse inconveniente, as pesquisas prosseguem com entusiasmo, e qualquer dia desses teremos notícias sensacionais.

Uma simples formalidade

Se aquele mascate não tivesse aparecido aqui com os tais espelhos candentes nós ainda estaríamos desfrutando a nossa vidinha sossegada, as conversas de noite na ponte, o sete-e-meio em casa de Epaminondas, com intervalos para os biscoitos de polvilho de Da. Antonina, as reuniões na venda de Ascânio para ouvir Monolito tocar violão e contar histórias de viagens, tão boas quanto as que tínhamos vontade de fazer. Aos sábados, depois que Aristides fechasse o cartório, quem gostasse de caçada sairia com ele e seu bando de cachorros para o alto Viamão ou para o Ararassara e voltaria tarde da noite com algumas pacas na garupa, um catingueiro ou dois, e um saco regular de pequi, sendo tempo, os cachorros latindo importância para os que só sabiam acuar vultos noturnos nos arrabaldes. Aos domingos ia-se à missa, não tanto para ouvir sermão mas para aproveitar a oportunidade de vestir camisa com abotoadura e gravata. Hoje não há mais conversa nem violão nem caçada, Manoelito ninguém sabe dele, Aristides também sumiu, os poucos companheiros que ainda restam evitam se encontrar, se às vezes se topam de imprevisto no dobrar de uma esquina, viram o rosto para outro lado como se fossem inimigos.

Nem podemos culpar o mascate pela nossa sorte. Ele não queria vender os espelhos; nós é que imploramos, insistimos, até ameaçamos. Ele relutou quanto pôde, alegou que os espelhos já tinham donos, estavam vendidos noutra cidade. Achamos que ele estava fazendo pouco de nós, julgando-nos atrasados demais para merecer tão grande novidade, e apelamos para a autoridade de Epaminondas. Lembro-me da cara espantada que ele fez quando Epaminondas se apresentou na pensão como delegado e intimou-o a abrir a mala.

— Posso abrir, doutor. Mas primeiro queria que o senhor me ouvisse em particular.

— Não gosto de conversas particulares — disse Epaminondas com a nossa aprovação. — Estou mandando o senhor abrir a mala e mostrar a mercadoria.

— Só mostrar? — disse o homem animado, querendo obter um compromisso. Epaminondas percebeu a manobra, cortou:

— O senhor mostra. O resto veremos depois.

O homem pôs a mala em cima da cama, tentou um novo recurso:

— Mas eu não tenho licença de comerciar aqui. Estou só de passagem…

— Eu dispenso a licença. Tenho poderes. Pode abrir a mala.

Ansiosos por ver os espelhos tão falados, nós todos apoiamos a energia de Epaminondas.

O homem deixou cair os braços, convencido de que nada mais havia a tentar. Lembro-me que ele levou muito tempo procurando a chave nos bolsos da calça, no paletó, na gaveta da mesinha, como se não soubesse onde ela estava, um esticar de tempo que nos irritou mas que agora compreendo ter sido uma manobra tentada em nosso benefício: ele ainda esperava que alguma coisa acontecesse na última hora para nos salvar. Nada acontecia, queríamos os espelhos, não adiantava esperar mais. Ele se aproximou da cama com a chave na mão e ainda ficou parado olhando a mala.

— Então? Abre ou não abre? — disse Epaminondas.

O homem hesitou, atarantou-se, voltou para ele e disse:

— Não. Abra o senhor. Não quero carregar esse peso. — Entregou a chave a Epaminondas e afastou-se para a janela.

Epaminondas recebeu a chave, puxou as mangas para cima, como se fosse lavar as mãos, abriu ligeiramente as pernas, levantou as alças com os cotovelos, abaixou-se e procurou a greta da fechadura. A mala era dessas de fechadura no centro e uma presilha em cada ponta. Epaminondas torceu a chave, o trinco da fechadura saltou com a força da mola, ele abriu as duas presilhas ao mesmo tempo e levantou a tampa.

Um cheiro de loja escapou da mala aberta. Nós todos chegamos perto para ver, menos o vendedor, que nem se mexeu da janela; todo o seu interesse no assunto tinha cessado desde que ele entregara a chave a outras mãos.

Por cima vinha uma espécie de bandeja de papelão, ou compensado, depois um forro de feltro. Epaminondas retirou a bandeja para um lado com um certo rompante, mas o feltro ele já afastou com mais respeito, afinal nenhum de nós sabia como eram os tais espelhos, só umas poucas pessoas tinham visto o mascate brincar com um deles na janela, lançando reflexos nas copas das árvores da rua; apenas sabíamos que eram diferentes dos espelhos comuns.

Pois lá estavam eles arrumadinhos numa camada, sugerindo outras camadas mais embaixo, mas por enquanto o que se via nos vãos era o verde de mais um pano de feltro.

Quando pegou um espelho Epaminondas hesitou em tirá-lo, e foi a sua primeira hesitação. Se alguém o tivesse socorrido com algum argumento naquele instante, é possível que ele tivesse repetido todos os movimentos ao contrário, até devolver a chave ao dono, e nós teríamos escapado por um triz; mas nada foi dito enquanto era tempo, agora não adianta lamentar o que não tem remédio. Só um homem naquele quarto sabia o que ia acontecer, e esse já estava derrotado e conformado. Uma flecha envenenada fora disparada contra nós, e ninguém mais poderia recolhê-la.

Epaminondas não podia ficar ali parado, com a mão no espelho. Ele o retirou e ficou intrigado com ele na mão, desconfiado de ter caído num logro, e eu também tive a mesma sensação. Como podia aquilo ser um espelho, se não tinha a forma usual de espelho, não tinha cabo, nem moldura, nem pé? Onde a frente, e onde o fundo? De perfil lembrava um ovo, mas de frente e de fundo parecia um funil visto de cima. Só por um artifício de imaginação aquilo poderia ser chamado de espelho.

Não conseguindo decifrar o objeto que estava na mão de Epaminondas, cada um de nós foi se abaixando sobre a mala, retirando um e se afastando com ele para o claro, sem saber se ria ou se censurava o mascate pela brincadeira. Por sorte ninguém disse nada, e pouco a pouco, ativado pelo calor de nossas mãos, aquele objeto estapafúrdio começou a se revelar. Nós olhávamos, olhávamos, e não conseguíamos desviar os olhos. Cansados de estar em pé, fomos nos sentando na cama, na cadeira, na outra mala que estava no chão, alguns ficaram de cócoras apoiados na parede, eu me encostei na janela sem ligar ao mascate, Epaminondas localizou a cama apalpando o espaço com a mão estendida para trás e foi sentando devagarzinho sem tirar os olhos do espelho. Ficamos ali calados, entretidos, crianças encantadas com um brinquedo novo. Não tomamos mais conhecimento do mascate, até que o vimos de chapéu na cabeça e pasta na mão, em pé diante de Epaminondas.

— Então paguem pelo menos — disse ele. — Eu já estou de saída.

Sem olhar para ele, Epaminondas esticou uma perna, enfiou a mão no bolso da calça, puxou todo o dinheiro, estendeu o bolo ao homem, não queria perder tempo com ninharias.

O homem catou umas notas com dois dedos, derrubou uma, devolveu-a, Epaminondas continuou com a mão estendida, distraído com o espelho. O homem correu o quarto fazendo a cobrança, quem tinha dinheiro pagou, quem não tinha pediu emprestado, não foi difícil porque ninguém tinha cabeça para inventar desculpa.

Não vimos o homem sair mas vimos quando entrou um carregador apanhou a mala dos espelhos e o resto da bagagem e saiu esbarrando em quem estava no caminho, não adiantava pedir licença, ninguém estava prestando atenção.

Mais tarde uma empregada da pensão nos empurrou para fora do quarto com o cabo de uma vassoura, eu devo ter levado uma cotucada forte, passei dias com um ponto roxo dolorido na costela, na hora não senti, do contrário teria reagido, aquilo era o mesmo que ser enxotado como cachorro sarnento.

Na rua já escura tivemos que guardar nossos espelhos no bolso, espelho só serve na claridade. Eu ainda experimentei olhar o meu debaixo de um poste mas a luz era fraca e as mariposas faziam sombra. A debandada foi rápida, quando vi eu estava sozinho na rua, o que foi bom porque eu estava com pressa de chegar em casa, fechar-me no quarto e continuar olhando o espelho. Desci a rua sem cumprimentar ninguém, apalpando o bolso a todo instante para ver se o espelho ainda estava comigo. Evitei passar pelo centro porque me sentiria tentado a olhar o espelho na luz mais forte da praça, na certa juntaria gente, todos haviam de querer dar uma olhada, e com esse passar de mão em mão eu acabaria ficando sem ele. (O pessoal aqui tinha a mania de arrebatar objetos da mão do dono e sair correndo; se o dono não dava confiança de correr atrás, por vingança o brincalhão o deixava em algum lugar longe; muitos chapéus novos foram perdidos assim e identificados tempos depois na cabeça de roceiros, que alegavam tê-los achado na ponta de uma estaca de amarrar cavalo, mas já tão sujos e maltratados que não valia a pena o dono reivindicá-los.)

Ao acordar de manhã, meu primeiro gesto foi meter a mão debaixo do travesseiro e apanhar o espelho. Deitado mesmo, ergui-o à altura dos olhos, olhei. A princípio julguei estar ainda meio dormindo. Para me certificar sentei-me na cama, olhei em volta, falei em voz alta. Olhei de novo, não entendi. Então devia haver alguma coisa embaciando meus olhos: pisquei forte, limpei os olhos numa ponta do lençol. Era difícil entender. O rosto que eu via era o meu — mas havia qualquer coisa, muita, que não me pertencia. Os traços isoladamente eram meus, mas quem me olhava de frente era outra pessoa em quem eu não confiava e de quem eu jamais poderia gostar. Onde estava a outra pessoa, a que eu conhecia e aprendera a tolerar? Ou essa nunca existira?

Larguei o espelho e rocostei-me na guarda da cama. Em que brincadeira infeliz eu me metera! Olhei minhas mãos com medo, elas também me pareceram alheias. Haveria alguma possibilidade de me habituar àquele estranho? Lembrei-me do espelho, joguei-o com força no chão: ele saltou com um baque oco e rolou para perto da porta. Apanhei-o, olhei-o de lado: apenas um leve amassado. Apanhei a pedra de escorar a porta, levei o espelho para o parapeito da janela, massetei-o forte com a pedra, e foi como querer quebrar um coco com o salto do sapato. Vesti-me de mal-e-mal, escondi o espelho no bolso da calça e fui ao quintal, onde sempre havia uma enxada para serviços ligeiros de capina.

Achei a enxada, fiz um buraco fundo debaixo de um cafezeiro, enterrei o espelho, disfarcei o lugar com folhas secas. Olhei em volta desconfiado, convenci-me de que ninguém estivera me observando.

Tendo me livrado do objeto indesejável, senti uma necessidade urgente de encontrar algum dos companheiros de ontem. Voltei ao quarto, vesti-me depressa, saí sem ser visto.

Na manhã ainda sem sol uma neblina leve pairava sobre o rio, onde meninos previdentes já lançavam anzóis para o almoço. Enfiei as mãos nos bolsos, encolhi o pescoço no paletó e fui beiradeando o rio, quase correndo.

De longe vi o vulto debruçado na ponte, e pelo branco da roupa reconheci Manoelito. Cheguei-me discreto, encostei-me ao lado dele. Quando pressentiu minha presença, talvez pelo reflexo na água, ele virou-se lentamente.

— É você. Madrugou também.

Ficamos os dois calados, cuspindo na água e acompanhando a espuminha. De repente, como tocados pela mesma ideia, olhamo-nos de frente, parece que cada um procurando uma confirmação ou um desmentido — impossível — no outro.

— O seu também? — disse ele.

— Também.

— Todos. Epaminondas está muito abatido. Se julga o culpado.

— E nós então, que o instigamos?

— Pois é. E nós.

— E os outros, como estão?

— Como todos. Aristides arreou a mula e saiu cedinho. Não disse para onde ia.

Ele pousou as duas mãos no parapeito da ponte e ficou balançando a cabeça. De repente falou sem me olhar, mais como quem experimenta uma ideia para ver se pega:

— Eu vou embora para o norte. Já mandei a mulher ir preparando os trens. Tenho parentes lá, posso começar vida nova. Mas primeiro vou enterrar aquilo num buraco bem fundo no quintal. — Agarrou meu braço, implorou: — Olhe bem pra mim. Diz se é verdade.

Não tive coragem, porque pensei em mim também. Desvencilhei-me com um safanão, virei as costas e voltei para casa, sem vontade nenhuma de chegar. Andei sem rumo pela beira do rio até a fábrica de cerveja, onde alemães inocentes rolavam barris aos gritos e risadas. Subi morro, atravessei pastos, apanhei carrapichos, rasguei a roupa em cercas de arame.

Quando cheguei em casa, suado e cheio de carrapatos, o assunto era a morte de Epaminondas. Fingi que não sabia para não desapontar.

Não velei o corpo, não fui ao enterro nem irei aos outros. Para mim já estamos todos mortos, só falta a formalidade de fechar os olhos.

In memoriam de Emanuel Valpinges

A morte de Emanuel Frederico de Souza Valpinges nas circunstâncias conhecidas — ou seria melhor dizer desconhecidas? — veio chamar a atenção do público para o desamparo em que vivem os homens de talento neste país. Tivesse ele recebido apoio e proteção oficial, provavelmente não estaríamos lamentando a tragédia da semana passada. O caráter excêntrico e rebelde de sua personalidade não deve servir de desculpa para o abandono em que ele viveu os seus últimos anos. Todo gênio é excêntrico e rebelde, e o país que não se esforça por entender seus gênios e conviver com eles está comprometendo seriamente o seu futuro, a menos que deseje viver eternamente na dependência da ciência importada. Mas não é hora de apontar culpados. Valpinges foi sacrificado. Se por um lado lamentamos o seu sacrifício, por outro o aceitamos na esperança de que a advertência seja entendida e seguida.

Conheci Emanuel Valpinges no ponto mais alto de sua carreira, quando ele recusou a direção do laboratório de psicofísica de Princeton por discordar do compromisso de apresentar relatórios trimestrais. Valpinges tinha horror a escrever fosse o que fosse. Mesmo suas anotações de trabalho continham menos que o essencial, porque ele confiava muito na memória. (É possível também que ele as fizesse propositalmente truncadas para evitar a pirataria comum nos locais de pesquisa.)

Do homem Valpinges só sei o que é do conhecimento geral: que nasceu em um subúrbio pobre de Campinas, aprendeu a ler em casa com a mãe doceira, vendeu doces nas ruas, brigou com outros garotos para defender a mercadoria; trabalhou como aprendiz de alfaiate, chegando a calceiro; foi enrolador de tapetes num circo, carregou malas na estação da antiga SPR — e depois da morte da mãe desapareceu da cidade. Ninguém notou a falta, porque ninguém tinha notado também a presença.

Passaram-se os anos, Campinas vivendo muito bem sem o jovem Emanuel Frederico. O café teve suas altas e baixas, o açúcar também. A nação continuou tomando empréstimos e consolidando empréstimos, a dívida externa crescendo; mas todo mundo continuava mais ou menos feliz, aplaudindo os gols de Friedenreich e Del Debbio. Até que o *Estado de São Paulo* — como outros jornais do país e do mundo — publicou um telegrama de agência dizendo que o cientista brasileiro Imanuel Fredrica Suza Valpinzhis, trabalhando no laboratório de física da Universidade Americana do Cairo, conseguira isolar a partícula Ipsx, que permitia calcular o tamanho real — não o tamanho relativo — do universo inteiro, incluindo a Terra e tudo o que se contém nela. Foi um choque para a vaidade dos homens, que se julgavam criaturas de um metro e muito de altura, de repente saberem que habitavam um planeta de tamanho real não maior do que uma semente de goiaba (pela medida antiga, naturalmente), o que logicamente reduzia as dimensões humanas a trilionésimos de milímetros.

Mas quem era afinal o "cientista brasileiro" de nome tão exótico? A nação só ficou sabendo quando o mesmo *Estado de São Paulo* mandou um repórter ao Cairo: era o antigo baleiro-tapeteiro-calceiro-carregador de Campinas. E o nome correto era Emanuel Frederico de Souza Valpinges. O resto é mais ou menos conhecido porque depois da primeira entrevista a imprensa não o largou mais, a não ser nestes últimos anos. Sua carreira foi acompanhada do Cairo a Utrecht, a Cambridge a Princeton. Entre Cambridge e Princeton houve um hiato de dois anos, preenchido por uma viagem ao Oriente. Herman Keyserling encontrou-o em Madura, na Índia, e relata esse encontro em seu "Diário de Viagem". Gurdjieff também fala dele em sua coletânea de ensaios "*Recontres avec des hommes remarquables*".

Mas um ponto nunca foi esclarecido: o caminho, ou caminhos, percorrido por Valpinges desde Campinas até ao Cairo. Fiz-lhe a pergunta uma vez — e com aquele seu jeito suave de afastar indiscrições ele apenas respondeu: "Fui muito ajudado por umas pessoas que gostaram de mim". A minha esperança — como a de todos os que se interessavam por esse grande brasileiro — era que um dia ele esclarecesse o mistério em uma autobiografia ou livro de memórias, apesar de sua aversão a escrever; mas essa esperança também se foi com ele.

Anos depois da primeira bomba, Valpinges soltou a segunda, essa já no Brasil: o processo hoje conhecido por PIMSE, ou Projeção de Imagens Mentais à Distância por Ondas Sub-Eletrônicas (MISEU em inglês — Long Range Emission of Mental Images Through Subelectronic Waves), imediatamente adotado por governos do mundo inteiro.

Chocado com os malefícios que o seu invento causou e está causando à humanidade (Valpinges era um puro, e não previu a possibilidade de deturpação, ou não acreditou que ocorresse), ele dedicou o resto de sua vida a criar um contra-Pimse que pudesse ser utilizado por qualquer pessoa sem necessidade de aparelhagem, talvez a ingestão de uma substância que, por meio de reações químico-psíquicas, criasse uma espécie de barreira nas paredes internas do crânio para vedar a passagem das ondas mentais. Tendo sem querer dado uma arma poderosa ao estado, ele agora procurava dar ao indivíduo um meio eficaz de defesa. E não só isso: queria restituir ao indivíduo — e consequentemente à humanidade — o exercício de sua função mais nobre, que entrou em declínio desde a institucionalização do Pimse e caminha aceleradamente para a extinção.

Dizem que os cadernos de Valpinges não foram destruídos no incêndio. Se é verdade, só nos cabe esperar que sejam preservados, e que um dia caiam em mãos de quem saiba decifrá-los e tenha coragem de continuar as experiências — se ainda houver tempo.

Uma joia de canhão

“Os portugueses fazem os melhores canhões do mundo”, costumava dizer o sr. Tenório quando a conversa era sobre armas, batalhas, matança. Ele tinha estado em Portugal na mocidade trabalhando em fundição e voltara com essa mania.

“E os canhões alemães?”, perguntava às vezes alguém influenciado por outras informações.

“Não chegam aos pés”, respondia o sr. Tenório soltando um bufo depreciativo.

Para não contrariar o sr. Tenório, que era simpático e mão-aberta apesar de umas outras manias, o pessoal acabou fingindo aceitar a superioridade dos canhões portugueses. Que mal fazia ceder nesse ponto sem importância, que ninguém ali teria jamais a oportunidade de pôr à prova?

O passo seguinte do sr. Tenório foi dizer que não descansaria enquanto não fosse a Portugal comprar um canhão.

“E pode?”, perguntavam os que achavam que só quem compra canhão é Governo.

“É claro que pode. É só conseguir a licença e ter o dinheiro.”

"Vai fazer o que com o canhão?"

"Dar tiro, ora essa."

"E é preciso ir na fábrica? Não pode fazer o pedido daqui mesmo? Estamos na era da comunicação, sr. Tenório."

"E canhão é coisa que se compra pelo correio? É preciso ir na fábrica sim, escolher, experimentar. Às vezes até encomendar."

De tanto falar nessa viagem, o sr. Tenório deve ter se sentido moralmente comprometido a fazê-la, e um dia embarcou mesmo. Mas ninguém acreditou; pensaram que ele tivesse ido a uma estação de águas, ou visitar uma filha casada que morava no Norte, como fazia de vez em quando. Qualquer dia estaria de volta com uma desculpa qualquer para o fato de não ter trazido o canhão.

Mas o sr. Tenório se demorou além da conta, e foi ficando esquecido. Um dia alguém notou a falta, e indagou:

"E o sr. Tenório? Por onde andará?"

Era mesmo. Onde andaria o sr. Tenório? Alguém insinuou que talvez estivesse em Portugal, escolhendo canhões, mas foi como piada. Quando o assunto não estava rendendo mais, e o sr. Tenório já estava esquecido, olhe ele reaparecendo. Vinha corado, bem-disposto, e tranquilo como sempre. A volta reavivou o assunto.

"E o canhão, sr. Tenório? Sempre comprou?"

"Então não? Fui lá pra isso."

"Trouxe?"

O sr. Tenório olhou piedosamente o interpelante e respondeu:

"Acha que eu ia desembarcar aí com um canhão debaixo do braço? Tem as formalidades, as licenças, a alfândega."

Estava claro que era desconversa, invenção de velho para se distrair às custas dos outros. Tanto que, quando apertado para esclarecer mais sobre o canhão, a marca, o calibre, principalmente o preço, o sr. Tenório tangenciava.

"Não foi barato. Vocês sabem, canhão não é revólver, não é espingarda. Mas vale o preço porque é uma joia de canhão. E tem uma particularidade: foi feito para um xeque, que cancelou a encomenda. Vou instalá-lo no jardim."

"E quando chega?"

"Breve, espero."

O canhão virou zombaria. Toda vez que alguém da roda divulgava a intenção de comprar alguma coisa rara e cara, outro insinuava uma comparação com o canhão do sr. Tenório, e a ideia absurda era novamente malhada. Imagine-se nos dias de hoje uma pessoa comprar um canhão e instalar no jardim, como se fosse escultura, ou repuxo. E o jardim do sr. Tenório já tinha duas esculturas, um leãozinho de bronze em pedestal de pedra e uma ninfa de mármore tocando lira. Faltava o repuxo, com certeza para não tomar o lugar do canhão.

Quem fala demais dá mesmo bom-dia a cachorro. Um dia parou um caminhão na porta do sr. Tenório e descarregou dois caixotes de tamanho regular. A notícia se espalhou, os vizinhos começaram a rondar.

"Sempre chegou, sr. Tenório?"

"Eu não disse que demorava um pouco? Passou quatro meses na alfândega."

"Muita burocracia?"

"Não imagina. Medieval."

"Mede o quê?"

"Medieval. Ranço da Idade Média."

"Ah. E quando é que vai desencaixotar?"

"Não sei ainda. Estou esperando um amigo do Arsenal para ajudar. É trabalho especializado, não quero fazer sozinho."

Mas o amigo do Arsenal nunca aparecia — andava muito ocupado na recuperação de uma canhoneira; estava fazendo uma perícia para o Tribunal Marítimo; convalescia de uma operação de hérnia; tinha viajado para o Japão a serviço — e com a demora o pessoal recaiu na desconfiança: os caixotes não continham nenhum canhão; deviam trazer bacalhau, ou azeite, ou porcelana; tanto que o sr. Tenório os recolhera lá para os fundos da casa e não deixava ninguém ver.

A desculpa do sr. Tenório era que estava cumprindo o compromisso assumido de não deixar o canhão cair em mãos de terceiros e só atirar com ele (tiros de festim, naturalmente) com autorização do Ministério da Artilharia, requerida em três vias indicando dia, hora e número de tiros programados; os cartuchos vazios seriam levados ao Ministério para comprovação e recarga.

"Quase que não vale a pena, não é sr. Tenório?"

"Bom. Canhão não é arma para andar por aí em mão de qualquer um. Eu sabia disso quando requeri a licença."

Parecia razoável, mas parecia também enrolação. Não era possível que só existisse no país uma pessoa capaz de montar o famoso canhão. E as piadas recomeçaram.

"Então, sr. Tenório, quando é que vamos ouvir aqueles estrondos? O São João está perto."

"Cuidado, sr. Tenório. Canhão também enferruja."

O sr. Tenório ouvia tudo e apenas sorria. A montagem do canhão estava mesmo demorando, era natural que ficassem impacientes. Por outro lado, sabia que quanto mais longa a espera, maior o sucesso. Quando o canhão fosse afinal montado, e disparasse, todos os que hoje zombavam iam ficar de cara no chão, e isso também diverte.

Enquanto isso, algumas coisas aconteceram. Um dia, a cidade amanheceu cheia de tropas e de tanques, correrias, bombas de gás, mudou o Governo. Houve prisões, expurgos, banimentos. O amigo que o sr. Tenório tinha no Arsenal foi aposentado compulsoriamente e ficou com medo de pôr a mão em arma de fogo, principalmente canhão. Mas indicou um colega.

"Pode confiar nele. Ele está muito bem com o novo Governo", disse o amigo.

Quando o homem se apresentou, Tenório também já estava apreensivo.

"Não convém esperar até passar essa onda? Não quero me envolver em complicações, sempre fui apolítico."

"Tem perigo não. Ajudei muito os homens lá no Arsenal", disse o técnico.

O sr. Tenório pediu tempo para pensar, e acabou concluindo que não tinha outra saída a não ser confiar. O homem já sabia que ele tinha um canhão em casa, e se quisesse denunciá-lo não precisaria esperar que o canhão estivesse armado.

Mas o homem foi correto. Não fez perguntas indiscretas montou o canhão direitinho, elogiou a canhoneria portuguesa, principalmente a naval, que conhecia bem, o que deixou o sr. Tenório lisonjeado; e apresentou a conta — um pouco alta mas não absurda; e ainda se ofereceu para "quebrar o galho", caso o sr. Tenório tivesse dificuldade em conseguir licença para os tiros.

Instalado no jardim entre o leão e a ninfa, o canhão ficou sendo uma atração do bairro e depois da cidade, por causa da reportagem que saiu em um jornal. De longe vinha gente para vê-lo e fotografá-lo, e isso acabou aborrecendo o sr. Tenório, porque as pessoas não se contentavam em olhar, queriam também pegar, manejar as cremalheiras, enganchar crianças em cima dele para serem fotografadas, como se canhão fosse cavalinho de brinquedo. A plaquinha com o aviso "É proibido tocar" só era respeitada pelos mais tímidos; com a maioria era preciso falar ríspido, às vezes até dar tapas nas mãos abusadas. Finalmente, muito a contragosto, o sr. Tenório transferiu o canhão para os fundos da casa, e no lugar dele mandou construir um repuxo para dar uma compensação aos turistas respeitadores.

Nas primeiras vezes que requereu licença para atirar — no aniversário da mulher morta, no dia de São Jorge, no rompimento do ano-novo — o despacho foi um burocrático "Nego a licença. Arquive-se". O técnico do Arsenal não era mais encontrado em parte alguma, parece que tinha sido expurgado também. Parecia que o canhão estava condenado a ficar como peça decorativa, pelo menos enquanto a mentalidade da burocracia não evoluísse. Felizmente canhão é engenho robusto, como dizia o manual, e não se estraga quando bem tratado. Um dia, quem sabe...

Enquanto esse dia não chegava, o sr. Tenório ia cuidando muito bem do seu canhão. De dia o espanador, de noite uma capa de lona para protegê-lo do orvalho, de vez em quando uma boa esfregada com uma pasta especial recomendada pelos fabricantes para dar lustro. Os obuses também — de festim, naturalmente — eram inspecionados periodicamente e recondicionados nas caixas metálicas que traziam na tampa o aviso em letras brancas: "Temer o calor e a umidade". Às vezes o sr. Tenório sofria a tentação de levantar de madrugada, quando os vizinhos estivessem dormindo, e disparar um tiro, um só, apenas para saber se os obuses ainda estavam bons, e também para ouvir o estrondo, afinal para que serve um canhão se não é para atirar? Mais de uma vez ele chegou a carregá-lo, e na penúltima hora alguma coisa o aconselhou a não apertar o disparador. O pensamento de vendê-lo ao Governo lhe ocorreu uma vez, mas foi logo repelido. Atirando ou não, o canhão ia ficar onde estava.

E foi bom que tivesse ficado, porque um dia a cidade amanheceu em festa. Desde cedo o rádio lançava proclamações com fundo de música marcial convidando o povo a sair para festejar. Carros passavam buzinando, com gente dentro agitando bandeiras, dando vivas, soltando foguetes, mulheres seminuas atirando beijos à esquerda e à direita. O sr. Tenório vestiu-se às pressas e saiu para investigar o motivo da comemoração, mas ficou na mesma: ninguém queria perder tempo explicando, ou a maioria talvez não soubesse mesmo. Puxando para fora de um bloco um rapaz que tocava reco-reco e gritava como possesso, o sr. Tenório perguntou o que estava acontecendo.

O rapaz desvencilhou-se com um safanão e respondeu:

"Estás por fora, hein vovô?"

"Por fora de quê?"

"De tudo. Ou estás contra? Hei, pessoal! Este cara aqui..."

Mas o bloco já ia longe, e o rapaz preferiu correr para alcançá-lo em vez de fazer a denúncia, se era uma denúncia o que ele pensara em fazer. Tenório voltou para casa frustrado, pegou o telefone e ligou para vários amigos, mas todos estavam na rua festejando.

E se ele aproveitasse para disparar o canhão? Ainda prudente, ele ligou para o Ministério da Artilharia. Lá também estavam na maior barulheira, e só com muito custo ele conseguiu alguém que o ouvisse.

"Atirar de canhão? Contra o quê?"

"Contra nada. Para o alto. Salvas de festim."

"Ah, pra festejar."

"É".

"Então o que é que está esperando, seu! Atire até rachar o cano!"

O sr. Tenório carregou o canhão, mas na hora de disparar ainda hesitou. Teria ele falado mesmo com o Ministério, ou a ligação caíra em algum botequim? Nesse atiro não atiro, ele passou o resto da tarde. Com o anoitecer, em vez de diminuir, a barulheira aumentou. Tenório pensou *alea jacta*, colocou os tampões nos ouvidos e disparou. Deu uma salva completa, 21 tiros a intervalos de poucos segundos, o tempo de apertar o disparador, abrir a culatra, esperar a cápsula vazia sair automaticamente, introduzir outra, disparar de novo.

Os tiros em si não causaram nenhum transtorno, apenas assustaram as pessoas que estavam mais perto, um susto momentâneo logo absorvido pela atmosfera de festa. Mas por fatalidade, ou por maldade do destino, justamente naquele momento uma grande manada de elefantes (a maior desde a grande revoada de 1790, informaram os jornais) cruzava o céu da cidade em sua migração periódica da África para os Andes.

Com o deslocamento de ar provocado pelos tiros, os elefantes perderam a sustentação e começaram a despencar como frutas sacudidas do pé por uma força invisível, na queda riscando o espaço com longos gemidos semelhantes a som de sirene, até caírem sobre telhados, árvores, muros, veículos, achatando tudo ou se esborrachando no chão com um baque fofo seguido do espirrar de vísceras para todos os lados.

Os gemidos e os baques duraram toda a noite, obrigando as pessoas a entupir os ouvidos com algodão ou a enfaixá-los por fora com tiras de pano grosso.

O sr. Tenório largou tudo e fugiu apavorado. É claro que ele tinha motivo para se cuidar, mas não precisava cair em pânico. Porque nos milhares de depoimentos colhidos pela comissão nomeada para investigar a ocorrência não apareceu a mais remota referência aos tiros de canhão. O relatório final, inconclusivo, atribuiu o desastre a uma "turbulência atmosférica de causa e origem ainda ignoradas".

Memórias de um espião

Tudo começou a bordo do cargueiro *Llandudno Glory*, que deixou o Rio numa tarde de fevereiro de 1945 rumo a Liverpool. Eu era o único passageiro, ia estudar economia em Londres com uma bolsa conseguida com muito empenho, e já estava me acostumando com as regalias da falta de concorrência quando na altura de Aracaju o comandante me comunicou que íamos tocar no Recife para embarcar outro passageiro que não estava previsto no plano inicial. A comunicação foi feita na cabine do comandante durante uma das sessões de gim que ele me oferecia todas as manhãs antes do almoço. Sentindo-me na obrigação de dizer alguma coisa, pelo menos para mostrar interesse, pensei rápido — e como sempre me acontece nessas ocasiões, acabei dizendo o que não devia: disse que o tal passageiro devia ser pessoa muito importante para conseguir alterar a rota de um navio, e ainda por cima em tempo de guerra. O comandante mostrou imediatamente que não tinha gostado. Olhou-me por um momento; fingiu consultar uns papéis em cima da mesa; chupou o resto de gim do copo; pousou o copo energicamente na bandeja, e finalmente disse:

— Bem, Sr.... Como é mesmo que disse que se chamava?

Ele sabia muito bem como era o meu nome, que estava escrito nos assentamentos de bordo, e até fizera uma piada com ele sugerida por famosa marca de uísque. Mesmo assim, dei-lhe o nome.

— Bem. Sr. *Vague* — disse ele deturpando propositalmente o meu nome — se me permite tenho trabalho a fazer — e levantou-se rápido.

Olhei com pena o meu copo ainda quase pela metade, levantei-me também e saí, intimamente dizendo adeus às amenas rodadas de gim-tônica; dali por diante eu teria que voltar à detestável cerveja preta do primeiro dia, entremeada com goles de um áspero rum da Jamaica; esse seria o preço de minha inepta observação.

Mas por que o aborrecimento do comandante? Seria o tal passageiro algum agente secreto? Já naquele tempo eu era maníaco por histórias de espionagem, e a guerra abria enorme campo à minha imaginação e também à aplicação do meu faro. Aquele homem que ia embarcar no Recife só podia ser um espião, ou um contra-espião. Observando-o de perto, e armando discretas ciladas, eu acabaria descobrindo a verdade.

Felizmente eu me enganara com o castigo que imaginei por minha insinuação desastrada. Na manhã seguinte o comandante convocou-me para o nosso drinque habitual; e talvez para me compensar da rispidez da véspera, com certeza causada por algum problema pessoal lá dele, que nada tinha a ver comigo nem com o outro passageiro, ele abriu misteriosamente um armário disfarçado em painel na parede e tirou uma garrafa de uísque, bebida que ainda não havia aparecido a bordo. Disse que ia abri-la confiando no espírito de previdência do novo passageiro, que sendo inglês devia saber que uísque era mercadoria rara em território de Sua Majestade britânica, e naturalmente não se esqueceria de incluir algumas garrafas na bagagem.

— E se ele for abstêmio? — perguntei.

— Pior para ele. Será recrutado para trabalho pesado no porão, sem direito a ver a luz do dia. Não temos lugar para abstêmios aqui em cima — disse o comandante rompendo com tradicional perícia o selo da garrafa.

Durante a conversa o comandante falou-me de seu plano de emigrar depois da guerra, não sabia ainda se para a Austrália, a África do Sul ou a Argentina, e pediu minha opinião. Perguntei por que não ficava na Inglaterra para ajudar na reconstrução, ele respondeu que estava cansado de ser inglês, e que também lá era muito difícil mudar de profissão na metade da vida; mas de uma coisa estava certo: não voltaria à vida do mar depois da guerra. E acrescentou, brincando:

— Ou será que você me arranja um lugar de capataz numa fazenda de café no Brasil? Para estalar o chicote eu sou bom.

Qualquer prevenção que eu ainda tivesse contra o simpático comandante Snewing desapareceu na cordialidade daquela manhã no litoral de Alagoas.

No Recife o comandante retificou sua confiança no espírito de previdência do passageiro e voltou de terra com uma caixa de uísque, que me mostrou em sua cabine dizendo que era "combustível para a travessia".

Foi uma ideia salvadora porque o novo passageiro aparentemente se desabituara de uísque e nos apareceu com algumas garrafas de gim e um saco cheio de coquinhos com cachaça, pensando que ia fazer o maior sucesso a bordo. Foi a previdência do comandante que evitou o nosso desapontamento.

Eu estava na amurada olhando o movimento do cais e cuspindo para os peixes na água embaixo quando vi o passageiro atravessar o pátio no rumo do navio, e imediatamente se esvaziou a imagem que eu tinha inventado para ele. Era um velhinho magro e franzino, de pernas compridas muito finas e cara miúda de passarinho, nem faltando o bico vermelho. Vestia roupa de um bege quase branco e sapatos de duas cores, e carregava na mão esquerda um chapéu de palha com certeza comprado à última hora por ali mesmo, e na mão direita uma mala pequena quase coberta por uma capa amarelada ou guarda-pó pendente do braço. No topo da escada ele virou-se e acenou para alguém no cais, com gestos difíceis de quem estivesse muito cansado ou tivesse o corpo dolorido. Bom será se esse velhinho não nos morrer a bordo, pensei.

Mais tarde fomos apresentados na cabine do comandante, e ele me pareceu muito simpático, apesar de ter repetido a mesma piada do comandante quando ouvia o meu nome (mais tarde fiquei sabendo que não se tratava de piada, mas do slogan de uma marca de uísque — "Don't be vague, ask for Haig"). Chamava-se Francis Jameson-Davies, era "liverpudliano" (explicou-me o sentido jocoso da palavra), estava voltando definitivamente para seu país depois de trinta anos no Brasil, primeiro como empregado de uma companhia de navegação, depois como exportador de couros e peles e ultimamente como exportador de algodão. Perguntei-lhe por que escolhera aquele momento para voltar, ele respondeu que a guerra havia desorganizado o comércio internacional, que a Bolsa de Algodão de Liverpool estava fechada e que para ficar o dia inteiro fumando cachimbo e se coçando ele preferia fumar e se coçar em sua terra, onde pelo menos poderia prestar serviço na vigilância contra incêndios. Ficamos amigos, trocamos confidências, ele me instruiu sobre a vida inglesa e deu-me seu endereço em Liverpool para que eu lhe escrevesse logo que me instalasse.

Do Recife em diante a viagem entrou numa rotina monótona — chá na cama de manhã, pequeno almoço com os oficiais no refeitório, jogos no convés, drinques com o comandante antes do almoço, sesta, drinques antes do jantar, conversa vadia à noite depois do noticiário pelo rádio (com mais drinques) — tudo isso misturado com exercícios de defesa antiaérea e treinamento de sobrevivência para o caso de torpedeamento.

No fim do segundo terço da viagem, uma novidade: tocaríamos nas Canárias para recompor o estoque de batata e farinha estragado numa tempestade.

Paramos em Las Palmas. O comandante avisou que a parada seria curta, mas permitiu que Francis e eu descêssemos para exercitar as pernas e fugir um pouco da comida de bordo. Almoçamos em um restaurante horrível chamado El Bachirel, que Francis devia conhecer de outras viagens porque pediu ao cocheiro explicitamente que nos levasse lá.

O passeio pela cidade ficou prejudicado porque Francis não quis arredar pé do restaurante, obrigando-me a acompanhá-lo em garrafa após garrafa de uma cerveja morna com gosto de sabão. Por várias vezes tentei tirá-lo da mesa, ele resistia alegando que estava indisposto e que também não havia muito o que ver em Las Palmas. Calouro em viagens, eu tinha medo que o navio partisse sem nós, o comandante só nos dera duas horas e já tínhamos gasto quase o dobro; quando finalmente apelei para esse argumento, Francis riu e disse que eu ficasse descansado e tomasse mais algumas cervejas porque o comandante não partiria sem ele, e logo emendou para “nós”.

Frequentemente entravam vendedores oferecendo artigos de artesanato e frutas da terra, e Francis os escorraçava, o que era bom porque nunca tive jeito para me livrar dessas importunações, e com ele perto eu me sentia protegido.

Por mais de uma vez tive vontade de chamar um dos vendedores e comprar alguma coisa só para fazê-lo feliz, mas faltava-me coragem de desautorar Francis. Mas quando apareceu na porta um senhor gordo e baixo, aleijado do braço esquerdo, lembrando a figura de um tio meu já falecido, sustentando uma pilha de caixas de charutos contra o corpo com o coto do braço, achei que dessa vez eu não poderia resistir. Estava pensando numa maneira de chamá-lo sem criar caso, e Francis parece que adivinhou o meu pensamento e se antecipou. Olhei-o admirado e agradecido, enquanto ele pedia uma caixa de charutos, já com o dinheiro na mão.

O vendedor pegou a nota com a mão direita, olhou-a dos dois lados, parece que receando que fosse falsa, e só depois do exame foi que retirou uma caixa da pilha e entregou a Francis. Pedi uma caixa também, e o meu dinheiro foi aceito sem nenhuma formalidade.

Tendo praticado minha boa ação eu quis experimentar um dos charutos ali mesmo, mas Francis deteve o meu gesto de abri-la e disse que já havíamos perdido muito tempo naquele lugar imundo e que era melhor voltarmos logo para bordo. Numa pressa repentina, ele até se irritou com a demora do garçom em trazer a conta.

Quando chegamos a bordo, cada um com sua caixa de charutos debaixo do braço, eu muito preocupado com o atraso fomos informados de que o comandante ainda estava em terra tratando de obter assinaturas em alguns papéis. Eu quis ir descansar na cabine, Francis desaconselhou mostrando que o sol batia em cheio nela àquela hora e sugeriu uma sesta no convés do lado da sombra. Armamos duas espreguiçadeiras lado a lado e nos instalamos, cada um com sua caixa de charutos no colo, entorpecidos pelo calor, pelo peso da cerveja no estômago e pelo balanço suave do navio.

Acordei com os apitos de um navio desatracando ao lado do nosso, situei-me na realidade do entardecer no porto e levantei-me de manso para não acordar Francis, que dormia de roncar. As duas caixas de charutos estavam caídas no vão das cadeiras, uma meio por cima da outra. Apanhei a que estava por cima, e esse gesto distraído mudou o rumo de minha vida, mas só mais tarde foi que tive consciência disso.

Na cabine já refrescada pela brisa do anoitecer tirei a camisa e os sapatos, lavei o rosto e me deitei para esperar o jantar. Aí me lembrei dos charutos e resolvi experimentar um.

A primeira baforada foi como se eu estivesse fumando esterco de boi ou pimenta moída. Um acesso violento de tosse arrancou-me da cama, rodei às tontas pela cabine, sufocado e engasgado, esbarrando nos móveis, tropeçando em coisas, até que o instinto me deu a ideia de subir na cama e enfiar a cabeça pela vigia em busca de ar. Quando me acalmei, peguei a pestilenta caixa de charutos e joguei-a inteira no mar. Para expulsar o forte cheiro ardido que ainda pairava no ar, liguei o ventilador e abri a porta.

Novamente deitado, com os olhos ainda aguando e o peito doendo, achei graça no episódio e planejei uma cilada igual para Francis. Depois, pensando na idade dele e na nossa boa camaradagem, achei que eu devia era preveni-lo, se ainda houvesse tempo.

Não demorou muito e ele entrou agitado na cabine, fechou a porta com um empurrão do calcanhar e perguntou:

— Por que você fez isso? Onde está?

Não entendi o que ele estava querendo dizer, e fiquei olhando espantado para ele.

— Os meus charutos. Passe logo.

Ainda sem entender, eu disse que a caixa estava na mão dele, como de fato estava.

— Esta é sua — disse ele jogando a caixa na minha cama. — Quero a minha. Já.

Vendo que ele falava sério, e cada vez mais nervoso, sentei me na cama e perguntei:

— Qual a diferença? Não eram iguais?

Ele passou a mão trêmula pelo cabelo, tentando se controlar, mas a voz saiu alterada:

— Você trocou as caixas. Devolva a minha.

Expliquei o que havia acontecido — as duas caixas caídas no chão, ele dormindo, eu apanhando a que estava mais ao alcance, já que eram idênticas. E quando disse que havia jogado a minha no mar, pareceu que ele ia ter uma síncope ou coisa parecida: queria falar, a voz não saía, a boca tremia, os olhos fuzilavam; e quando conseguiu falar, perguntou atropeladamente:

— Jogou *fora*? Por quê? Não podia! Tem certeza?

Foi a minha vez de perder a paciência — Porque são os piores charutos do mundo. Iam empestear o oceano. Quase morro sufocado. Por que não acende um para ver?

Ele parece que não ouviu minha explicação, e insistia:

— Está me dizendo que jogou fora? No mar? Tem certeza?

Eu não entendia aquele tanto barulho por uma caixa de charutos ordinários, igualzinha à que ele tinha jogado em minha cama.

— Se esta é minha, pode ficar com ela — eu disse apontando a outra caixa. — Qual é o problema?

Francis sentou-se na cama, sacudindo a cabeça inconformado.

— Jogou fora a caixa inteira? Com tudo o que estava dentro?

O jeito era levar o caso na troça. — Se eles são tão importantes, use o seu prestígio e mande o navio voltar. Talvez ainda esteja boiando perto do porto.

Francis olhou-me com raiva, inclinou o corpo para a frente com um impulso e pegou a caixa de charutos que ainda estava na minha cama, examinou-a por dentro, como procurando alguma coisa muito importante, depois jogou-a na mesa, quase quebrando o cinzeiro de porcelana com o emblema da Lamport e Holt Line; levantou-se e ficou andando pela cabine, a imagem do desespero e da derrota. "The stupidity of it!", dizia ele para si mesmo. "I cannot believe it! I simply cannot believe it!" Tive pena do bom Francis, e tentei consolá-lo.

— Francis, sinto muito. Não sabia que aqueles charutos eram tão importantes para você. Eu os joguei fora com raiva, porque um deles quase me matou. Como é que eu ia saber que você os queria assim mesmo? Só posso dizer que sinto muito.

A educação inglesa prevaleceu, afinal.

— Está bem, está bem. Não adianta chorar pelo leite derramado — disse ele sentado na cama com o queixo apoiado nas mãos, os cotovelos apoiados nos joelhos. — Espero que você não saiba mesmo o que fez.

— Como é?

Em vez de responder, ele ficou abanando a cabeça, desconsolado.

Velho é assim mesmo, pensei; quando menos se espera eles dão na veneta, e de um montinho de terra fazem uma montanha, como dizem os próprios ingleses. E nada mais podendo fazer para consolá-lo, calcei os sapatos, vesti a camisa e antes de sair parei na porta e disse mais uma vez que sentia muito. Ele não respondeu, nem me olhou.

Fui para o convés esperar o jantar. Debruçado na amurada, fumando e pensando no episódio idiota, decidi que pelo resto da viagem só haveria entre nós dois aquele mínimo de intercâmbio necessário à vida em comum num espaço limitado. Se uma simples caixa de charutos mata-rato deixara Francis naquele estado, imagine-se se amanhã ele verificasse que um de seus famosos coquinhos estava seco: na certa ia pensar que eu o havia chupado às escondidas.

Mas quem é que entende os ingleses? No jantar Francis era novamente a pessoa simpática de antes, tratou-me como se nada tivesse acontecido e até fingiu não perceber o meu constrangimento inicial. Ao fim do jantar eu já tinha revogado a decisão de esfriar com ele.

Tirando os alarmes (falsos) de submarinos, os exercícios de defesa e de sobrevivência, e o racionamento do uísque, o resto da viagem foi uma rotina monótona. Apenas notei que minha bagagem e até minha cama estavam sendo revistadas na minha ausência; mas não dando por falta de nada, fiz de conta que não percebia as revistas. E uma noite, depois de uma rodada mais violenta de drinques na cabine do comandante para comemorar não me lembro que vitória das forças aliadas, eu me apaguei de repente e fui carregado para a cama; quando me deitaram, percebi que meu corpo estava sendo revistado; mas o torpor era invencível e não reagi, eu só queria que me deixassem dormir. No dia seguinte acordei imprestável de dor de cabeça e mal-estar. Disseram-me que eu tinha me excedido na bebida e dado muito trabalho ao enfermeiro e preocupado a todos. Pedi desculpas pelo incômodo, agradeci os cuidados e não se falou mais no assunto.

Daí por diante o tratamento mudou radicalmente. Acabaram-se os drinques com o comandante, os oficiais me evitavam e até o bom Francis fechou-se em copas, respondia-me de má vontade, quando não fingia surdez, e quase que só aparecia na cabine na hora de dormir: passava o tempo todo em cochichos com os oficiais ou metido na cabine do comandante, como se fosse secretário dele. Logo que percebi o gelo, revidei na mesma moeda; e quando me acontecia de estar na cabine ao mesmo tempo que Francis, fingia estar dormindo para não ter que falar com ele. Se ele queria assim, assim seria. Desde quando um comerciante de couros tinha o direito de me esnobar?

Finalmente o quadro de avisos de bordo anunciou que chegaríamos no dia seguinte. Eufórico com o fim próximo do constrangimento, imediatamente preparei meus papéis e arrumei as malas, e fiquei contando as horas que faltavam para desembarque. Pelo roteiro que me mandaram, se tivesse sorte eu poderia tomar um trem à tarde em Liverpool e amanhecer o dia em Londres.

Entramos no porto pelo meio do dia mas só atracamos de noite por falta de espaço no cais. Francis e todo mundo que não tinha função a bordo desembarcou, menos eu porque o pessoal da imigração já havia encerrado o expediente.

Agora sei por que fui tratado daquela maneira pelos dois agentes da imigração. O interrogatório começou pelas nove da manhã e durou até quase as quatro da tarde, com um breve intervalo para almoço e rápidas interrupções para chás e sanduíches. Minha vida foi esmiuçada desde a primeira infância, eles queriam que eu me lembrasse de tudo, e achavam que meus lapsos naturais de memória fossem truques para esconder alguma coisa. Minhas respostas eram anotadas taquigraficamente em um caderno, que no fim ficou com as páginas desbeiçadas de tanto eles o folhearem para trás para confrontar fatos e datas, num repisar cansativo e irritante.

Minha bagagem também foi examinada meticulosamente, cada peça de roupa, inclusive meia e lenço, era apalpada centímetro a centímetro, não escapando nem a roupa que eu vestia no momento. Os sapatos, o cinto, a caneta, o aparelho de barba, o maço de cigarros foram praticamente virados ao avesso. Por várias vezes perguntei o motivo daquele tratamento, eles davam sempre a mesma resposta: mera rotina, o país estava em guerra, eles apenas cumpriam os regulamentos. Desisti de perguntar, e fiquei de lado olhando.

Acabado o meticuloso massacre eles ainda não ficaram satisfeitos: pediram-me que saísse e passaram mais uma boa hora na cabine fazendo não sei o quê, enquanto eu esperava no bar acompanhado de dois tripulantes que me olhavam calados e pouco conversavam entre eles. Era evidente que estavam ali para me vigiar.

Sentado no barzinho acanhado, tratado como prisioneiro com guarda à vista, eu me sentia ao mesmo tempo ofendido, decepcionado e revoltado, e só pensava em descobrir um meio de cancelar a bolsa e voltar para casa. Mas como? Como pagar a passagem? Como furar a escala de prioridade, mesmo que arranjasse o dinheiro por milagre? Até lá, como me manter? Aos poucos fui me voltando contra mim mesmo por ter revolvido céus e terra e quebrado tanta lança para fazer a malfadada viagem. Por que não desisti nas primeiras dificuldades?

Mas não tive muito tempo para autorrecriminação. Os dois homens apareceram no bar com cara de meninos desapontados, um deles disse que eu podia arrumar minhas coisas, e com a cara mais limpa do mundo pediu desculpa pelo "transtorno". Transtorno! Eu sempre tinha ouvido dizer que os ingleses eram mestres em minimizar a importância das coisas, e ali estava uma prova.

Depois que eles saíram, deixando o endereço de um lugar onde eu devia me registrar logo que chegasse a Londres, apareceu o imediato, que também pediu desculpa não sei bem de quê, eu não estava prestando atenção, e me aconselhou a passar a noite a bordo porque já havia perdido o trem e dificilmente encontraria condução para um hotel àquela hora e naquele lugar. Aceitei e ainda fiquei agradecido.

Passei grande parte da noite na amurada fumando e olhando os vultos do porto em black-out, de um lado Liverpool, de outro Birkenhead, ambos espetados de mastros e guindastes apontando para o céu, numa irritante indiferença pela minha sorte. Que estava eu fazendo ali? Não haveria um jeito de escapar, por mar ou pelo ar, como um Flash Gordon de verdade? Que estariam meus amigos fazendo no Rio de Janeiro àquela hora? De que lado ficava o Rio? Oh, burrice! Burrice sem tamanho!

Em Londres a sorte me sorriu. Logo ao descer do trem na estação de Euston, com quem dou de cara? Com meu amigo Roy Patelski, da *Associated Press*, meu ex-companheiro de praia e de pôquer. Quase duvidei, achando que não merecia tanto. Contou-me que chegara de manhã com um grupo de outros jornalistas em avião militar americano para ver os estragos das V-2, ia passar dois ou três dias e voltar no mesmo avião. Contei-lhe minha situação, a minha decisão de voltar a qualquer custo; ele entendeu e disse na hora:

— Está resolvido. Pule no meu vagão.

Não fiz cerimônia, e seguimos juntos para o American Press Club em um táxi conseguido depois de muita ginástica.

A companhia alegre de Roy me fez esquecer o problema de cancelar a bolsa, ele me arrastava para toda parte e me apresentava como correspondente de jornais imaginários de cidades possivelmente imaginárias também, a princípio eu me assustava, depois acostumei e representei com gosto o meu papel.

No terceiro dia embarcamos à noite para Nova York, apenas tive que me desvencilhar da mala-armário e me enfiar em uma farda que o bom Roy arranjou não sei onde para eu poder passar pela segurança militar. Na segunda semana em Nova York a sorte novamente me socorreu, agora na figura do comandante Irany Brandão, do Loide Brasileiro e meu antigo colega de ginásio.

O corre-corre da vida, os muitos problemas, a família que se formou, as alegrias, os sobressaltos empurraram para o fundo da memória esse episódio rocambolesco de minha mocidade. E esquecido ele teria ficado se não fosse a minha mania de ler histórias de espionagem. Há coisa de duas semanas comprei um lote de livros usados, e entre eles veio as memórias de um certo Coronel Vance, apresentado na contracapa como um ás da contraespionagem britânica. Fui lendo sem maior interesse, saltando páginas e até capítulos — o homem é duro de pena — até que cheguei ao capítulo "Fooled by an Outsider?" O nome *Llandudno Glory* captou minha atenção. Era o meu navio. E era a minha viagem! Tudo estava lá — o embarque de Francis no Recife, a parada em Las Paimas (para o Coronel Vance apanhar uma mensagem muito importante dando a organização de uma rede de espionagem alemã especializada em informar os movimentos de navios aliados no Atlântico noroeste), o restaurante El Bachiler, a caixa de charutos. Quem diria! Então o bom Francis era espião!

É claro que Francis/Vance fantasia um pouco. Ele diz, por exemplo, que não sabe explicar como as caixas foram trocadas; mas compreendo que não lhe ficaria bem dizer candidamente a verdade, sendo ele um ás da contraespionagem.

Francis/Vance faz um retrato razoavelmente fiel de minha personalidade, elogia o meu "sistema", diz que eu fazia o gênero "boboca-sabido" ("clever-simpleton"), diz que me deixaram desembarcar para poderem descobrir os meus contatos, que fui seguido até Londres mas perderam minha pista na multidão de Euston Station por causa de um alarme de bombardeio (outra fantasia), que eu fui caçado por todo o país durante meses pelo serviço de inteligência da marinha, pelo recém-criado MI-5, pelo habilíssimo Missenden Group, que só era chamado para casos muito especiais, e por outras organizações menores de contraespionagem; e que quando o livro estava sendo escrito (1968) a minha pasta ainda não tinha sido arquivada.

Francis/Vance termina o capítulo com estas palavras: "Quem era o hábil agente? Para quem exatamente trabalhava, já que os documentos secretos apreendidos na Alemanha não se referem a ele? Quais os seus contatos aqui? Essas perguntas ainda estão no ar, acho que só poderemos saber as respostas se o misterioso Mr. Vague resolver sair da sombra e publicar suas memórias. Seja ele quem for, tiro-lhe o meu chapéu. Ele está entre os melhores nessa difícil e arriscada profissão".

O que é que eu posso dizer? Apenas que sinto muito pelo "transtorno".

Os melões crescem de noite

As sementes chegaram pelo correio, descansaram algum tempo em cima do bufê, por precaução foram guardadas numa gaveta e lá ficaram esquecidas. Um dia, procurando uns recibos, o dono da casa deu com o envelope e se lembrou. "Ah, os melões. Vou plantá-los antes que me esqueça." A calça velha, o chapéu de palha, a enxada, uma boa desculpa para adiar compromissos mais urgentes. Lugar de sombra de tarde. Espaço, mínimo de meio metro entre as covas, dez centímetros de fundura, duas sementes em cada cova, cobrir sem apertar. Foi tão rápido que ele se acanhou de voltar logo para dentro e demorou-se examinando outras plantas que não via há tempos, a pimenteira de cheiro e a malagueta, o pé de hortelã, as cebolas de folha, o alho. Tudo viçando em ordem, ajudado pelas mãos de Belizária. Nada para ele fazer. Mas mesmo assim ele arrancou umas ervas aqui e ali, escorou um tomateiro, aprumou um pé de alface que estava crescendo torto e estragando a simetria do canteiro. Nada mais restando a fazer ele equilibrou a enxada no ombro, como bom horticultor, e marchou para dentro.

A rede o esperava, mas primeiro ele lavou as mãos, mudou a calça, tirou os sapatos sujos. Agora ele podia aproveitar a rede sem remorso, ele tinha acabado de chegar de uma viagem de avaliação e tão cedo não haveria outra. Os outros negócios — comprar e vender imóveis e semoventes — andavam por si, os interessados sabiam que ele estava ali, quando quisessem, ou precisassem, apareciam. Belizária ofereceu um café para esperar o jantar, ele aceitou, bebeu e dormiu.

Depois do jantar apareceram amigos para um joguinho, jogaram até tarde, Belizária serviu café com biscoitos de minuto, quem ganhou, ganhou, quem perdeu desforrou nos biscoitos, a vida prosseguindo mansa, nenhuma dificuldade, boas amizades, muita consideração.

Mais uma viagem de avaliação, outra para ver um sítio oferecido a bom preço, Belizária dando aulas de corte e costura para encher o tempo. Na volta ele a encontrou — bem, não nervosa porque não era caso para nervosismo, mas preocupada. Ele esperou que ela falasse, ela preferiu não aborrecê-lo, ou talvez não se expor ao ridículo. Depois do jantar falou ele:

— Fale o que é, Zara. Eu sei que você tem alguma coisa atravessada. Te conheço não é de hoje.

— É uma bobagem minha.

— Divide comigo.

— Aqueles melões, Aprígio. Tem certeza que eram melões?

— Ah, os melões! Era, uai. Está aí no envelope.

Aprígio guardava tudo, tinha guardado o envelope das sementes. A dificuldade era encontrá-lo assim de repente. Procurou na gaveta, nas vasilhas em cima do bufê, parou para pensar. Então teria ficado no bolso da calça velha. Mas a calça devia ter sido lavada.

— Tinha uns papéis no bolso, eu tirei antes de dar à lavadeira. Acho que pus na gaveta de cabeceira.

Estava lá o envelope, dobrado junto com o anúncio de uma enciclopédia a prestações, que ele já tinha procurado e desistido de achar. Ele desdobrou o envelope, leu: Melão Cantalupe. *Cucumis melo cantalupensis.*

— É melão sim. Qual é a dúvida?

— Sei lá. Eu estava esperando que desse flor, todo dia eu olhava; de um dia para o outro apareceu um melão já grandinho.

Mulher tem cada uma. Onde já se viu planta que dá fruta não dar flor? Em todo caso, quem sabe? Melão era novidade ali, ninguém plantava, contentavam-se com melancia. Se toda preocupação do mundo fosse como aquela!

— Deve ser a terra. Como diz o ditado, plantando tudo dá.

— É. A menos que não seja — disse ela só meio resignada.

Aprígio ficou sem saber se ela se referia à terra ou às sementes, mas não quis esticar a conversa. Os parceiros do sete-e-meio estavam para chegar, não convinha que encontrassem a mesa por limpar.

No dia seguinte foi Aprígio quem se preocupou. Logo depois do café, já vestido porque ia ao cartório assinar uma escritura, ele se lembrou do melão e foi dar uma olhada. Entrou assoviando na horta e levou um susto. Epa! Mas o que é isto? Por que Zara não me disse que era assim? Assustado com o tamanho do melão ele nem quis chegar perto, aquilo era um exagero e devia ser tratado com prudência, mais respeito e menos confiança. Só o talo que prendia o melão à rama já era da grossura de uma mão de pilão! Para colher o melão seria preciso cortar o talo com machado ou serrote, faca comum não romperia as fibras. Se aquilo crescesse mais ia acabar assustando os vizinhos.

Aprígio passou o dia pensando no melão, no trabalho que ia ser levá-lo para dentro de casa — e pô-lo onde? Para começar era preciso derrubar um bom pedaço da cerca, como estava ele já não passava no portãozinho da horta — a menos que fosse esquartejado lá mesmo e distribuído em grandes pedaços aos vizinhos.

Quando voltava para casa lá pelas onze horas, de longe viu gente aglomerada na porta. Então a notícia já estava circulando. Para entrar sem dar conversa ele se fez de desentendido. Não sabia o que havia na horta. De manhã não havia nada. Ia verificar, depois informava. Não, não estava fazendo experiência com balão. Empurra daqui, empurra dali, ele entrou e fechou a porta com a tranca.

Belizária estava a ponto de ter um desmaio.

— Até que enfim você veio. Precisamos tomar uma providência.

— Cresceu mais? — Perguntou Aprígio tirando o paletó e a gravata.

— Vai espiar.

Não foi preciso ele ir à horta. Quando ia descendo os degraus da varanda olhou distraidamente para o quintal e estacou. Não havia mais horta, não havia mais nada, só aquela enorme esfera verde rajada dominando tudo. Ele voltou bambo para dentro, sem voz, sem ação. Olhou para a mulher, ela olhou para ele, nenhuma ideia, impasse completo.

Os vizinhos tinham perdido toda cerimônia e já esmurravam a porta, queriam entrar, tinham o direito, afinal todos estavam ameaçados.

— E se a gente chamasse o padre para benzer? — Sugeriu Belizária.

— Nah, não é caso. Precisamos pensar noutra providência. Mas com essa gente aí batendo não é possível.

— Vai lá e fala com eles. Vê se consegue acalmá-los.

Aprígio abriu uma janela, e quando pôs a cabeça de fora uma moita de mãos quase o puxou para a rua, ele teve que se defender a tapas e socos, recuou para sala, apanhou o guarda-chuva para cutucá-los e impedir que pulassem a janela, todos falavam ao mesmo tempo, era impossível um diálogo. Com muito custo Aprígio conseguiu um pouco de silêncio para comunicar que os deixaria entrar de dois a dois para não causarem estragos na casa.

— Formem fila. Formem fila.

Todos correram para a porta, empurrando e puxando, rasgando roupa e xingando. Quando Aprígio abriu a porta para os dois primeiros não pôde impedir que a escancarassem, e foi como se tivesse aberto a porteira de um curral superlotado. A salvação de Aprígio foi ter ficado espremido entre a porta e a parede, por isso apenas sofreu um galo na testa. Percebendo o estouro, ou já esperando o pior, Belizária meteu-se debaixo da mesa, que era de madeira maciça, e esperou a onda passar.

Ela estava examinando o galo da testa de Aprígio na claridade da janela quando ouviram o tropel voltando e se abrigaram na cozinha: foi como se dois vendavais tivessem passado pela casa numa questão de minutos, um disparado pela curiosidade, outro pelo medo.

Aquela noite os companheiros de jogo não apareceram. Compreendendo que teriam de passar a noite sozinhos, Belizária sentou-se à mesa com o rosário nas mãos, Aprígio sentou-se na rede fumando e emendando cigarro; a qualquer barulho lá fora eles se consultavam com o olhar e apuravam os ouvidos; o barulho morria, eles ficavam mais assustados ainda, o silêncio amedrontava muito mais.

De vez em quando Aprígio levantava-se, respirava fundo, andava pela sala, irritava-se com o relógio, que parecia fazer mais barulho do que andar, e voltava para a rede. Até a iniciativa de abrir a janela e olhar para fora parecia perigosa demais, a noite estava entregue ao arbítrio daquela coisa lá fora, cujas intenções era impossível conhecer.

Mas era preciso fazer alguma coisa, afinal eles ainda estavam respirando e não podiam se entregar sem uma reação. Alarmado com o silêncio cada vez mais fundo Aprígio levantou-se e abriu a janela devagarinho para não provocar o desconhecido, olhou pela fresta, Belizária ofegante atrás dele, recomendando cautela.

A noite estava escura e fresca, mas ele não precisou forçar a vista para ver o que receava. Lá, no lado direito do quintal, perto do muro do vizinho, pousava o vulto enorme do melão emitindo uma claridade verde-azulada, como se o cerne dele fosse feito de matéria fosforescente, ou ele fosse um veículo acabado de chegar de longe e que ainda não teve tempo de desligar as luzes. Aprígio fechou a janela depressa, respirou fundo e ficou andando de um lado para outro na sala.

— Ele ainda está lá? — perguntou Belizária apenas para indicar que estava presente.

— Claro que está. Para onde você queria que tivesse ido?

Ela não retrucou porque sabia que a pergunta não tinha mesmo cabimento, e que a resposta era de um homem nervoso. Ele procurou novamente o envelope das sementes, como se esperasse encontrar nele algum remédio para aquela situação inédita, mas o envelope não se envolveu; desanimado, Aprígio amassou-o e jogou-o para um canto.

Os dois ficaram calados, ele por não ter o que dizer, ela por medo de irritá-lo ainda mais com alguma observação infeliz, aquela situação era nova, em tantos anos de casados ela nunca o vira acuado daquela maneira, Aprígio sempre tinha uma saída para tudo, quando não tinha dava de ombros e dizia que o que não tem remédio remediado está.

De repente ele parou perto dela com as mãos nas cadeiras e anunciou:

— Sabe o quê? Amanhã cedo eu vou lá e esbandalho aquilo a machado. Outra noite como esta eu não passo.

No dia seguinte eles acordaram cedo com o barulho de carroças e animais na rua, gritos de crianças, ralhos de mães. Aprígio entreabriu a janela e viu o movimento de gente deixando a cidade, levando o que podia numa saída precipitada, os que passavam pela janela olhavam com ódio e nem cumprimentavam, um conhecido que caminhou para ele em atitude cordial foi puxado brutalmente pela mulher, que ainda gritou:

— Vamos, homem! Você não tem vergonha na cara?

Aprígio olhou triste para a multidão em êxodo, pobre gente condenada a viver em acampamento no mato, expondo as crianças a picadas de cobra, teve vontade de chamá-los, pedir desculpas, propor uma união para enfrentar a crise, mas faltou-lhe ânimo, não sabia que solução propor, a emenda podia sair pior do que o soneto, vamos que acontecesse algum desastre, aí o remorso seria muito maior. Ele tinha de enfrentar aquilo sozinho, ele tinha feito a burrada, ele que a consertasse.

— Eu vou agora — ele disse à mulher.

Ele esperava que ela tentasse demovê-lo, mas estava disposto a não ouvir ponderações. Em vez disso, ela nada disse, nem num sentido nem noutro. Ela decidira ficar neutra.

Ele vestiu a calça velha, explicou a Belizária onde estavam os papéis importantes, as contas a receber, os compromissos a pagar; fez um rápido nome-do-pai diante do oratório, apanhou o machado atrás da porta da cozinha e desceu para a horta.

A uns dez metros do melão ele parou: não convinha atirar-se às cegas contra o desconhecido. Olhou para trás e viu Belizária na janela da cozinha, de onde se avistava melhor a horta. Ele fez um gesto que tanto podia ser de saudação como de adeus. Ela respondeu discretamente, apenas levantando a mão na altura do peito.

Aprígio empunhou o machado, deu uns passos firmes, parou. Não estaria sendo precipitado? Não seria melhor sondar aquilo de longe antes de atacar? Com uma pedra, por exemplo? Procurou perto, não achou pedra que servisse, as que havia ou eram muito pequenas ou muito grandes. Optou por um osso de munheca de porco, já completamente limpo de tanto andar em bico de galinha, apontou e atirou.

O osso bateu no bojo do melão com um baque surdo de vareta em couro esticado, saltou e veio cair perto de Aprígio.

De imediato nada aconteceu; e Aprígio já ia partir par o ataque quando ouviu um barulho esquisito, mistura de ronco com crepitar de água fervendo, depois um estalo forte, seguido de outros mais fracos, tronco de árvore rachando ao meio, a ridícula abóbora se abrindo, pedaços enormes desabando, as entranhas se decompondo num godó fedorento, o godó escorrendo grosso pelo terreno, afogando plantas, enchendo buracos, cobrindo tudo, umas coisas compridas cheias de rabos saindo dele guinchando e se espalhando por todos os lados, coriscando por cima das árvores, dos muros e se perdendo no cinzento do céu.

Aprígio largou o machado e disparou no rumo da casa, a lama imunda lambendo-lhe os calcanhares. Em casa ele trancou a porta, jogou os sapatos contaminados pela janela e atirou-se na rede.

Belizária fez um café bem quente e forte para reanimar mas não puderam bebê-lo, o mau cheiro já intervinha em tudo. Eles fecharam as janelas, calafetaram as fendas, não adiantava: o odor maligno parecia entrar pelos vãos do telhado, pelas gretas do assoalho, talvez até pelas fibras da madeira. Lá pelo meio da manhã a situação era tão crítica que eles também tiveram de arrumar uma trouxa às pressas e fugir.

Passaram vários dias em casa de uns parentes de Belizária no alto do cemitério, onde o mau cheiro chegava muito atenuado. No sétimo ou oitavo dia, quando o bafo repugnante não era mais sentido nem quando o vento soprava naquela direção, eles voltaram.

Belizária quase chorou ao ver o estado do quintal. Todo o terreno, até quase aos degraus da varanda, estava coberto com uma crosta preta, lembrando o couro de um animal gigantesco estendido a secar pelo avesso. Em toda a extensão da crosta havia corpos de pássaros grudados, alguns só com o bico de fora, mas o volume do corpo moldado sob a pasta. Com o calor do sol a crosta ia se enrolando nas beiradas, rachando no centro, as margens das rachaduras também se enrolando.

Enquanto Belizária lastimava os estragos Aprígio vestiu uma calça velha, pegou a enxada e um carrinho de mão e enfrentou o trabalho escadeirante de quebrar o cascão e transportar os pedaços para bem longe e fazer com eles uma montanha que ficasse para sempre, ou por muito tempo, como advertência às gerações.

Cai Umahla, sobe Umahla

Ouvi um Couraca dizer uma vez que não há nada garantido neste mundo. Uma ponte está aí, de sempre, vinda do tempo antigo; pai, filho, neto, bisneto, tetraneto, passam por ela, parece que ela nasceu naquele lugar quando o mundo foi feito, e vai continuar lá por toda a vida. De repente, uma noite, vem uma enchente e carrega ponte, contrafortes, tudo. As pessoas acordam, dão por falta. Onde a ponte? Acabou-se.

Assim um jatobazeiro de vinte braças, que um raio racha e derruba num piscar de olhos. Ou um boi que puxa toras pesadíssimas e parece ser o dono de toda a força do mundo, um dia amanhece estrebuchando e babando e não consegue levantar mais, só porque uma cobra o picou no beiço quando ele pastava.

Se isso acontece com coisas sabidamente resistentes, que dizer de pessoas, por mais poderosas?

No Dia da Carimbagem dos Potes, cerimônia que só interessa a mulheres, eu e Rudêncio aproveitamos a folga para pescar peixe-balão. Levamos uma carroça emprestada pelos Obelardos porque a nossa intenção era passar o dia inteiro no rio e pegar pelo menos uma meia dúzia de peixes, que não poderíamos carregar nas costas.

Conversamos bastante durante a pescaria, mas só futilidades, Rudêncio não aguenta assunto sério. Posso garantir que ele não estava preocupado, percebo de longe quando ele quer esconder alguma coisa. O que aconteceu em seguida foi surpresa para ele também.

Logo que chegamos, tomamos uma rodada de canilha para ganhar coragem, entramos na água e pegamos dois peixes-balão de bom tamanho. Depois que os adormecemos com leite de taioba e os deitamos na carroça, de barriga para cima para não vomitarem, Rudêncio tomou mais uns goles de canilha e começou a imitar pessoas conhecidas, o que ele faz muito bem desde criança, e nos desinteressamos da pescaria. Eu ria de doer os músculos da boca enquanto ele encarnava o sogro, a sogra, vários Couracas, o Cônsul com sua mania de decifrar inscrições em marcos antigos, a Consulesa, o velho Obelardo, a mamãe e até eu mesmo. Depois disso seria inútil continuar com a pescaria, o balão é um peixe que foge de algazarra.

Lá pelas quatro da tarde começou a soprar um vento frio com cheiro de mato molhado e resolvemos dar a pescaria por encerrada. Em quantidade de peixes apanhados, não fora um sucesso, mas passamos horas divertidas, o que é raro acontecer hoje em dia. A divisão do produto não foi problema: Rudêncio abriu mão da parte dele e sugeriu que eu ficasse com um peixe e desse o outro aos Obelardos pelo empréstimo da carroça.

Primeiro fui levar Rudêncio em casa, ele tinha bebido bem mais do que eu e caminhava meio desorientado. Na estrada da Fundição de Lanças notamos que havia alguma coisa fora do comum no ar. Bandos de turunxas armados em guerra paravam as pessoas as revistavam. Sempre que posso, evito contato com turunxas, mas a companhia de Rudêncio, genro de Caincara, me animou a continuar.

Quando viram a carroça, os turunxas se alinharam na estrada formando barreira, com os pés das lanças apoiados no chão, as pontas voltadas para a frente.

— Epa! Lá vem besteira — disse Rudêncio sentando ereto.

— Daqui por diante é com você — eu disse, e passei a rédea para as mãos dele.

— Uuuuaaaa! — fez o chefe dos turunxas que se adiantara, mandando-nos parar.

— Desaforo. Te segura aí que eu vou meter a carroça em cima deles — disse Rudêncio.

— Calma — eu disse, e segurei a rédea para qualquer eventualidade. Rudêncio obedeceu. Paramos e esperamos.

— Vêm de onde? — perguntou o turunxa.

— Pescaria.

— Pescaria. Vão para onde?

— Para casa.

— Para casa. Mostrem os discos.

— Ehhh! Será que ele tem de repetir tudo o que a gente diz? — perguntou Rudêncio enfezado. Acalmei-o de novo.

— Mostrem os discos — repetiu o turunxa.

Desabotoamos as bolsinhas que todos somos obrigados a levar penduradas no pescoço, tiramos os discos e mostramos. Rudêncio muito vagarosamente para deixar clara a má vontade. O meu, o turunxa devolveu logo, mas o de Rudêncio foi examinado demoradamente.

— Algum erro aí? — perguntou Rudêncio.

— Não. Mas o senhor já pode trocar pelo disco roxo. Convém tratar disso logo.

O turunxa devolveu o disco a Rudêncio com um sorriso de amigo. Depois olhou para seus comandados, como se desejasse que eles não estivessem ali. Finalmente criou coragem e disse baixinho a Rudêncio:

— Eu queria merecer uma palavrinha do senhor, mas não aqui. Posso subir na carroça?

— Não tem lugar — disse Rudêncio.

— Atrás, com a carga.

— Só pedindo a meu irmão. Ele é quem manda.

Concordei, o turunxa subiu, escondendo a lança no piso da carroça e sentando-se na barriga de um dos peixes. Rudêncio sacudiu a rédea, atiçou o cavalo, partimos. Quando passamos pelos outros turunxas, que olhavam sem entender, o chefe avisou que ia em diligência e voltaria logo. E recomendou:

— Olho vivo aí. Muito rigor.

O que o chefe queria era que Rudêncio intercedesse por ele numa promoção a turunxasca, que estava demorando a sair.

— O senhor compreende — explicou — tenho família, já fui preterido por falta de uma pessoa que se interessasse. Uma palavrinha do senhor com o seu sogro pesa muito, principalmente agora que ele está com as ordens.

— Que ordens?

— Ora! Então o senhor não sabe que ele é o novo Umahla!

— Como é isso?

— Ele é o novo Umahla desde mais ou menos o meio-dia.

— E o outro?

— Evaporado.

— Não brinque, homem.

— Evaporado. Todo mundo já sabe. Por isso é que estamos mantendo vigilância nos pontos estratégicos até a situação esfriar. Agora é melhor eu descer aqui. A situação ainda é confusa. Posso contar com o senhor? Sou o turunxusca Eudóxio, da Brigada Curiango, às suas ordens.

O turunxa desceu, fez continência com a lança e saiu correndo para se juntar aos companheiros.

— Você acredita nisso? — perguntou Rudêncio quando ficamos sozinhos.

— Sei não. Há qualquer coisa no ar. E ele não ia se expor espalhando boatos.

— Se for verdade, muda tudo.

À medida que nos aproximávamos do centro, a confusão aumentava. As ruas estavam cheias de gente agitando bandeiras, cantando, gritando, estourando botijas nos muros, rindo e imitando o espoco da evaporação. Alguns tentaram deter a carroça. Rudêncio os chicoteou forte.

Quando encontrávamos uma clareira na multidão, disparávamos com a carroça, mas logo tínhamos de reduzir a marcha diante de outra massa de gente. Na praça dos Sacrifícios paramos de vez. Trepada no alto da prensa, uma mulher muito magra, de queixo pontudo e olhos vidrados descompunha o Umahla evaporado e atirava pedaços de vestes dele à multidão, que os estraçalhava furiosamente com os dentes ou os pisoteava como quem esmaga bichos peçonhentos.

— Vamos escapulir daqui — disse Rudêncio.

Largamos a carroça encostada no pedestal de uma pira e seguimos a pé sem pensar mais nos peixes. Não havia muito o que falar, ainda estávamos atônitos.

Em todos os nichos de esquina os bustos do Umahla derrubado estavam sendo quebrados a marreta, e em alguns já havia bustos do novo Umahla, uns bustos muito grotescos porque feitos às pressas.

Na esquina do Colégio dos Capadores nos separamos.

— Que pescaria hein? — disse Rudêncio.

Coruja é bicho bom?

Mário e Zeno estavam de novo na luta para pegar o caburé. Aquele bicho os provocava. Mal se deitavam para dormir, ele começava a piar na jabuticabeira em frente à janela do quarto. Eles se sentavam na cama, olhavam, e com um pouco de esforço logo viam os dois olhinhos brilhando no escuro, refletindo a luz de alguma estrela ou então das casas do morro ao lado. Aqueles olhos brilhando só para eles, e o pio continuado, pareciam uma afronta; mas pensando bem, podiam ser também uma proposta de amizade. Quem deu a ideia foi Mário, o mais ingênio dos irmãos.

— Sabe o que eu acho, Zeno? Eu acho que ele quer ser nosso amigo. Se a gente pusesse comida pra ele na janela, será que ele vinha comer?

— Que vinha, seu! Caburé é lá amigo de ninguém!

— Ele fica olhando e piando. Parece que quer falar.

— Caburé fala? Ele quer é chatear. Eu vou é dar uma pitombada nele com o meu estilingue.

— Não, Zeno! Que maldade!

— Se ele ficar chateando eu dou. Por que ele não vai lá pro fundo do quintal?

— Por isso é que eu digo que ele quer ser amigo.

— Quero lá amizade de caburé? Caburé e parente de coruja. Coruja agoura a gente. Não se lembra quando Timotão morreu? Dona Bela não achou uma coruja em cima do armário do quarto?

— Sei disso não.

— Eu sei. Quero graça com coruja não.

O argumento impressionava. Mário pensou um pouco, achou a saída.

— A coruja pode ter entrado lá por engano. Dizem que coruja não enxerga no claro. E como já tinha amanhecido ela não achou a saída

— É nada. Ela foi agourar. Sabia que Timotão estava muito doente.

Mário pensou mais, tornou a sair.

— Então. Se ele estava muito doente podia estar pra morrer mesmo.

— É, mas coruja é bicho agourento mesmo.

— Mas caburé não é coruja. Repare que é menor e pia diferente.

— Está bem. Vamos deitar que eu quero dormir.

Mário, por ser menor, obedeceu. Mas primeiro, por segurança, levantou-se e entrefechou a janela para evitar que Zeno apanhasse o estilingue que geralmente ficava debaixo do travesseiro e desse uma pitombada no caburé; sabia que Zeno era preguiçoso e não ia se levantar para abrir a janela. O caburé continuou piando, mas sentindo-se sozinho no escuro logo parou, ou então voou para longe, ou então foram os meninos que se afastaram no sono.

Mas aconteceu que no dia seguinte, quando Mário estava ainda apreensivo com a possibilidade de um encontro entre o caburé e o estilingue certeiro de Zeno, eles pararam no casebre de Cyrana, uma preta velha que morava perto do portão da casa deles. Vinham de uma pescaria com alguns lambaris na fieira, e como em casa ninguém tinha tempo para fritá-los, e tendo ela insinuado que bem tostadinhos eles deviam ficar uma delícia, Zeno perguntou se ela não podia fritá-los para os três. Cyrana gostava dos meninos, e gostava também de companhia. Eles podiam entrar que num instante ela preparava os peixes. Não reparassem a pequenez da casa, era casa de pobre. Mas se Mário sentasse no banquinho perto da porta, e Zeno sentasse na banqueta perto do fogo, chegando ela um pouco para o lado para evitar espirros de gordura, eles ficavam mais à vontade. Aí surgiu um pequeno problema porque Zeno achou que ele ficaria melhor na banqueta. Mário relutou, mas vendo Cyrana aflita, sem saber o que fazer, para não atrasar o preparo dos peixes ele cedeu e passou-se para o banquinho.

Enquanto limpava os lambaris, Cyrana foi puxando conversa, e num instante estava contando casos de assombração. Aí Zeno pediu que não contasse porque Mário era medroso e ia dar trabalho a ele de noite.

— Ele tem medo, é? Bobagem. A gente reza um credo e eles ficam bonzinhos.

— E ele. Ele tem medo até de caburé — disse Mário se vingando.

Cyrana riu e disse:

— Caburé não faz mal a ninguém.

— Mas coruja faz — disse Zeno, entendido.

— Também não. É um bicho inteligente e bondoso.

E contou que quando ela morava no norte um vizinho dela pegou uma coruja, criou ela como periquito, como periquito não, mais como galinha, porque ele amansou ela e ela vivia solta pela casa e ficou tão amiga do dono que fazia tudo o que ele queria, o que ela não podia fazer arranjava para ele. Depois que pegou essa coruja ele nunca mais teve dificuldade na vida. Todo mundo ficou com inveja dele, muitos tentaram furtar a coruja, mas não adiantava porque ela sempre voltava para o dono. Até ensaio de morte fizeram contra ele, tinha lá um homem muito ruim chamado Osório Capador, esse fez uma tocaia para o Galdino Bonsolhos, que era o dono da coruja, esperou ele atrás de um toco na estrada, despejou a carga inteira de uma carabina em cima dele, as balas derretiam no cano e pingavam como água no chão. Osório jogou a carabina para um lado e saiu correndo pelo mato e nunca mais recuperou o juízo, passou o resto da vida rezando e pedindo perdão a Deus. Apanhou a mania de fazer oratórios, fazia e dava de graça aos conhecidos, queria ver todo mundo rezando. Enquanto isso Galdino Bonsolhos foi enriquecendo cada vez mais, dizem que ficou o homem mais rico do norte, dono de fazendas, invernadas, miles e miles de cabeças de gado, casas na cidade, negócios muitos. Tudo por causa dessa coruja que ele pegou e amansou.

— Por que a senhora não pegou uma também? — perguntou Mário.

— Bem que eu quis. Mas as corujas de lá ficaram muito ariscas, todo mundo andava atrás delas. E quando vim embora para cá eu já estava ficando ruim da vista, aí não adiantava mais.

— E uma coruja amiga não podia curar a sua vista?

Cyrana não respondeu logo, estava virando os lambaris na frigideira para não se queimarem; ou então estava aproveitando o tempo para pensar. Finalmente falou:

— Poder, podia. Mas acho que perdi o interesse. Já estava acostumada com a pobreza. Não tinha mais tempo para aprender a ser rica.

Enquanto comiam os lambaris, cada um com um pratinho de barro no colo, Mário notava que a conversa de Cyrana estava mudando a atitude de Zeno com as corujas. E teve a certeza quando Zeno perguntou:

— E como foi que esse Galdino pegou a coruja?

— Sei não. Acho que armou um laço no galho onde ela ficava de noite. Sei não. Faz tanto tempo.

— Será que não foi com uma pedradinha na asa?

— Acho não. Pedrada machuca, e coruja machucada não fica amiga.

Os últimos lambaris foram comidos às pressas, e se não fosse Mário eles teriam saído sem agradecer, Zeno não tinha dessas lembranças.

Passado o portão, na subida para casa Mário ficou esperando que Zeno falasse. Mas Zeno ia calado, não queria ser apressado na conversão. Finalmente Mário arriscou:

— Como é que vai ser o laço? Se for de barbante fica muito leve, jogado da janela ele não vence o vento. Se for de corda grossa não corre direito na hora de puxar, e o caburé foge.

— Não é nada disso, bobo. A gente tem que armar uma laçada lá no galho e puxar da janela quando ele pisar.

— Ah.

Zeno sabia de tudo, por isso é que Mário confiava nele. A dúvida era se caburé também dava sorte, como disse Cyrana da coruja. Talvez desse uma sorte menor; mas sendo eles pequenos, não precisavam mesmo de sorte muito grande.

Antes de escurecer eles já tinham preparado tudo, a laçada presa com pelotinhas de cera no lugar do galho onde calcularam que o caburé pousava, a ponta do barbante descansando escondida num prego atrás da janela. Trazer a ponta do barbante para o quarto exigiu muita meditação, porque se ele ficasse esticado entre a jabuticabeira e a janela podia passar alguém lá, e esbarrar ou puxar, e derrubar a laçada; se ficasse frouxo descansando no chão, uma galinha podia ciscar e desmanchar também. Por fim decidiram que era mais seguro arriscar em galinha do que em gente, galinha só desmancha as coisas por acaso, gente desmancha por curiosidade, ou por maldade.

Essa noite eles deitaram cedo e ficaram esperando o caburé. Quando finalmente ouviram ele piar no galho, e Zeno achou que estava na hora de puxar o barbante, e ele mesmo puxou por ser mais experiente, o barbante veio vindo leve e o caburé continuou piando sem saber de nada. Eles ficaram desapontados mas não muito, Cyrana tinha dito que era difícil, e seria muita sorte demais conseguirem bom resultado logo na primeira vez. O caburezinho não perdia por esperar. No dia seguinte fizeram nova visita à Cyrana, queriam ouvir mais a respeito da coruja milagrosa de Galdino Bonsolhos.

Por azar encontraram Cyrana muito enfezada, andando de um lado para o outro resmungando e rogando pragas contra alguém ou alguma coisa que tinha entrado na casa durante a noite e tentado roubar os ossos dela, quase chegou a roubar, mas o-que-está-lá-em-cima interveio a tempo e acordou-a. Parecia que essa tal coisa ainda estava lá e levando a maior descompostura da vida, porque Cyrana falava, falava e de vez em quando parava voltada para um canto, punha as mãos na cintura e verificava o resultado de suas palavras. Quando ela perguntou numa dessas paradas se a tal coisa ia criar vergonha ou ia querer que ela lhe costurasse a boca com tripa de sapo, o próprio Zeno cotucou Mário e os dois saíram correndo sem olhar para trás, dando graças a Deus por Cyrana não os ter visto enquanto estiveram parados na porta.

Cyrana passou dois ou três dias naquele estado, xingando todo mundo que passava, ameaçando matar o povo todo pelo envenenamento do ar com fumaça de baba de sapo misturada com o fumo do cachimbo. Nesses dias, se tinham de passar pela porta de Cyrana, Mário e Zeno passavam depressa e sem olhar. Uma tarde ela os chamou da janela quando eles já iam um pouco adiante.

— Venham cá, meus-olhos. Coisa que vocês estão brigados comigo?

Mário olhou para Zeno, Zeno olhou para Mário, nenhum deles sabia o que dizer. Apenas viam que Cyrana tinha voltado ao normal; estava de vestido limpo, cabelo penteado. Mas fumava o cachimbinho de barro.

— Zanguem com Cyrana não. Ela gosta muito de vocês. Entrem pra comer um pé-de-moleque que estou fazendo. Está quase no ponto.

Eles hesitaram, mas não tiveram coragem de não entrar. E uma vez lá dentro o cheiro bom de melado e amendoim fervendo no fogo afastou qualquer escrúpulo. Comeram o doce ainda quentinho, enquanto Cyrana contava que tinha passado os últimos dias com uma dor de cabeça que quase a levara à loucura. Mário quis saber se ela tinha tomado algum remédio.

— Tomei chá de quina. É o único remédio que resolve. Mas dessa vez quase que não resolvia.

Zeno aproveitou a oportunidade para entrar no assunto:

— Se a senhora tivesse uma coruja amiga a senhora não sofria doença nenhuma.

— É, mas eu estou muito velha. Não tenho mais paciência pra andar negaciando coruja.

— Se a senhora quiser, nós pegamos uma pra senhora.

— Ah, pegada por outro não serve. Tem que ser pela própria pessoa. Peguem pra vocês.

Mário expôs a sua dúvida:

— Será que caburé também serve?

— Está aí uma coisa que eu não sei. Mas deve servir. Caburé sendo coruja pequena, deve servir pra gente pequena.

Exatamente o que Mário tinha pensado. Mas a alegria dele durou pouco porque Cyrana logo disse uma coisa que o desanimou: disse que o dono de uma coruja amiga, para continuar recebendo favores dela, precisava ir à festa das corujas uma vez por ano, à meia-noite, numa mata escura. Essa história de festa no mato à meia-noite não estava cheirando bem.

— Não podia ser de dia, e perto da casa da gente? — perguntou Mário.

— Olhe o bobo — disse Zeno. — Ele quer tudo fácil.

— Pode não — disse Cyrana. — Coruja gosta muito de de-noite e de mata. É de noite que ela enxerga os malefícios que andam pelo mundo. Ela enxerga e avisa, e como as pessoas não entendem a língua dela pensam que ela é que é culpada.

Bom, se era assim não tinha tanto perigo. Mas ele ainda ia pensar se valia a pena pegar o caburé.

Na subida para casa ele perdeu todo receio porque Zeno ia falando com grande entusiasmo na tal festa, nas coisas que iam levar, como iam se comportar, falava esfogueado, como se já tivessem o caburé preso na gaiola e estivessem avisados do dia da festa. Se Zeno estava disposto a ir, ele Mário iria também, mesmo porque não ia querer ficar sozinho no quarto a meia-noite em noite de festa de coruja.

Discutindo muito, discordando, quase brigando, conseguiram armar o laço de novo e ficaram esperando a noite. De vez em quando um ia lá escondido do outro e mu dava o lugar do laço, ou a maneira de prendê-lo no galho. Cedo para a cama de novo, e enquanto esperavam nova discussão surgiu. Um achava que só deviam puxar o laço bem tarde, depois que o caburé tivesse parado de piar, assim podiam surpreendê-lo dormindo. O outro achava que se esperassem muito o caburé podia descobrir a laçada debaixo dele, desconfiar de alguma coisa e mudar de posição. A discussão esquentou tanto que o pai deles teve de dar um grito lá da sala, intimando-os a se calarem. Ou por causa disso, ou porque estavam mesmo sem sorte, quando afinal chegaram a um acordo e puxaram o laço, não havia caburé nenhum na laçada.

Zeno, que era muito impaciente, comunicou que não ia perder mais tempo e que na noite seguinte resolvia o assunto derrubando o caburé com uma pedrada, depois pegava ele, tratava do machucado e ele ficava amigo. Mas Mário, que gostava de fazer tudo direito, declarou que nesse caso Zeno fizesse tudo sozinho porque ele não queria correr o risco de ter todas as corujas e caburés do mundo trabalhando contra ele. Zeno embolou o cordão do laço, jogou-o num canto, bocejou e disse que Mário era bobo mesmo, acreditava em tudo quanto a ignorante da Cyrana dizia. Bocejou outra vez, virou-se para o canto e fingiu que já estava dormindo. Mas na tarde seguinte ele estava novamente preparando o cordão para armar o laço.

E nem foi preciso o laço: quando menos esperavam, o caburé estava pousado na janela, olhando para eles com os dois olhinhos de luz. Mário pensou que só ele estava vendo, mas quando virou a cabeça devagarinho viu que Zeno também estava olhando paralisado. Ficaram ali parados, com medo de se mexerem e espantarem o bicho; mas quando o caburé voou foi para a quina do oratório na cabeceira da cama, acharam que era bom sinal, se ele pousava no oratório era porque não tinha rixa com santo. Do oratório ele voou para a guarda da cama do lado onde Mário dormia. Mário teve medo de olhar.

— Para onde ele foi? — perguntou, como se a dúvida pudesse mandar o bicho para outro lugar.

— Está aí do seu lado. Pertinho da sua cabeça — informou Zeno.

— Espanta ele, Zeno.

— Não adianta. Ele quer ser seu.

E essa agora. Pegar o bicho a laço era uma coisa. Ele vir voluntário pousar na cabeça da gente é outra.

— Pega ele, bobo. Ele está pedindo — disse Zeno.

Antes que Mário estendesse a mão, o caburé já estava brincando com o cabelo dele, passando o bico de leve, como afiando.

— Espanta ele, Zeno.

Como se tivesse entendido, o caburé pulou leve para o peito de Mário e ficou olhando para ele com a cabeça torta, os olhos bem abertos. Mário olhou-o e não sentiu medo nenhum, estendeu a mão e o caburé escondeu o rosto nela, empurrando, dando testada.

— Ele é amigo! — gritou Mário. — Veja, ele é amigo!

Para provar o que o menino dizia o caburé executou uma dança brejeira no peito dele, indo e vindo, abaixando e erguendo a cabeça, abrindo e fechando as asas. Depois pulou para o peito de Zeno, repetiu a dança, e para não desagradar a Mário voltou a ele, dançou, voltou a Zeno, piando alegre. Os meninos riam, cada um chamava quando ele ia para o peito do outro, ele se desdobrava para lá e para cá. Depois, cansado, voou para o oratório e ficou lá descansando.

— Agora vamos deixar ele dormir — disse Zeno. — Ele está cansado, coitadinho.

— Acha que convém cobrir ele com um pano para ele não sentir frio? — perguntou Mário.

— Que pano, rapaz. Caburé não sente frio.

É mesmo. Se sentisse, como é que ele dormia lá fora nos galhos das árvores? Zeno tinha razão de chamá-lo de bobo às vezes. Mas agora, com aquele caburé, ele ia aprender muita coisa, e ninguém mais ia ter motivo para chamá-lo de bobo.

Foi um tempo bom aquele, o caburé acompanhando-os por toda parte, levando-os a lugares desconhecidos mas de muita claridade, indicando lugares onde havia tesouros enterrados, salvando-os de perigos e levantando contra eles a inveja dos outros meninos, que no entanto nada podiam contra eles por causa do caburé, tudo o que os outros tramavam era desmanchado pelo caburé. A amizade com o caburé deu também carta branca aos meninos diante dos pais, agora tudo o que eles fizessem estava bem-feito, por mais arriscado ou errado que fosse; ninguém falava mais em bater, em pôr de castigo, em negar pedidos. Também quem ia querer bater nos donos de um caburé que não deixava faltar nada em casa?

Isso durou até que o grande cachorro Dongo, um policial de má cara arranjado dias antes para vigiar a casa contra ladrões que tinham andado rondando o quintal, sem saber o que fazia deu uma bocada no caburé quando ele voava do oratório para a cama dos meninos. Além da bocada Dongo ainda deu um safanão, que jogou o caburé longe na parede. O caburé caiu esparramado, com uma asa esticada, tentou recolhê-la, não conseguiu, tentou levantar, caiu de lado. Dongo foi lá, farejou-o, os meninos olhando tranquilos, certos de que um caburé mágico sabia muito bem se defender contra um simples cachorro. Mas quando viram Dongo pegá-lo novamente na boca e jogá-lo para cima com um movimento vigoroso do pescoço, e ele subir inerme como um boneco esfarrapado, os dois pararam a respiração e arregalaram os olhos. Então o caburé não ia mesmo reagir? Por garantia os dois gritaram ao mesmo tempo com Dongo, que plantado firmemente no chão, com o nariz para cima, esperava a vítima para apará-la na boca. Apenas um balançar rápido do rabo indicou que ele tinha ouvido os gritos, e que atenderia logo que pudesse.

Nem os meninos nem o cachorro entenderam o que aconteceu. Os meninos com a respiração suspensa, o cachorro esperando, o caburé no ar, o quarto muito claro — mas o caburé não caiu. É certo que ele não saiu pela janela porque a vidraça tinha sido fechada pouco antes contra a fumaça do monturo que estavam queimando no quintal. Meninos e cachorro procuraram o quarto todo, em todos os cantos, depois a sala, depois o resto da casa por desencargo de consciência. Inconformados, voltaram ao quarto, procuraram de novo, sentaram-se na cama para reconstituir a cena, enquanto Dongo farejava em todos os cantos, atrás da porta, debaixo da cama, ele talvez mais intrigado por se julgar o único ludibriado.

Nada mais restando a fazer, e não encontrando nenhuma explicação para o ocorrido, os meninos se limitaram a observar Dongo no seu farejar incessante, no seu choro miúdo de caçador enganado à luz do dia. De vez em quando ele parava, escutava, farejava o ar, priscava as orelhas e soltava um longo ganido. Estaria vendo alguma coisa que não podia alcançar? Os meninos olhavam na direção apontada pelas orelhas de Dongo e só viam o teto de cal, com uma ou outra mancha de goteira. Depois de muito sofrerem o mistério, cachorro e meninos desistiram. O cachorro deitou-se num canto e fechou os olhos, como quem vira uma nova página, e os meninos logo acordaram para a realidade de um novo dia.

E como se tivessem combinado um pacto lá entre eles, na hora habitual de armarem o laço cada um parecia muito entretido com outra coisa. Dia após dia o rolinho de barbante foi ficando esquecido no prego atrás da janela, até que desapareceu. Há certas perguntas que a gente não deve fazer nem ao irmão mais velho, porque a resposta pode ser mais insuportável do que a dúvida.

Dói mais do que quebrar a perna

Entramos de férias já sabendo que na volta não encontraríamos mestre Evaristo na escola. Ele estava velho e muito sem paciência, e ia ser substituído por uma professora de fora. Pensávamos que essa seria a única mudança, e que o resto continuaria igual. Mesmo se a tal professora fosse enérgica, como andavam dizendo na cidade, nós a amansaríamos em pouco tempo. Era só nos darem duas semanas, e ela ficaria inofensiva como mestre Evaristo. Ali estavam o Napu, o Engole-Garfo, o Micuim e outros para cuidar dela. E se ela fosse mesmo osso duro a gente apelava para o Boca-Negra, que não estava mais indo à escola por causa do muito trabalho na oficina de seleiro do padrasto, mas não deixava de nos dar uma ajudazinha de vez em quando, o Boca tinha ideias geniais para azucrinar professor, e as aplicava com o maior caradurismo, mas sem deixar pé para punição. A nova professora não perdia por esperar, se viesse com rompantes de exigir muita disciplina.

Muitos meninos já tinham visto a professora na cidade, sempre apressada, carregada de embrulhos e acompanhada de um pretinho muito serelepe, também atrapalhado com braçadas de compras. Viram e não fizeram fé. Era magra e plana como uma tábua, usava coque no cabelo repartido ao meio e puxado para trás, tinha nariz grande, queixo fino e usava óculos de lentes grossas esverdeadas. Uma figurinha insignificante.

Eu a vi bem de perto na loja de Joaquim Branco comprando pano para toalha de mesa, e a impressão primeira se confirmou, exceto pela voz, que não condizia com o resto: era uma voz clara e até agradável, voz de quem canta em coro de igreja. No mais, não dava mesmo para sair. Não íamos precisar do Boca-Negra.

Enquanto isso ela ia e vinha acompanhada do pretinho esperto, e logo vimos que o motivo do corre-corre era a mudança da escola, que antes funcionava num simples puxado da casa de mestre Evaristo, para um prédio velho na rua principal. Uns trabalhadores andavam raspando e pintando o prédio por dentro e por fora, remendando portas e janelas e trocando tábuas do assoalho. A professora ia lá várias vezes por dia fiscalizar o trabalho, e ouvi dizer que brigava muito com os homens. Isso era bom, porque quando começassem as aulas ela já estaria cansada de discutir, e o nosso trabalho ficava mais fácil.

Mas o boato das brigas não se confirmou. A gente passava lá, olhava, escutava e não ouvia bate-boca. Ela reclamava sim, mas naquela voz afinada de quem fala por música, e os homens não retrucavam. Meu pai, que a ouviu regateando com Joaquim Branco, disse que ela tinha voz de amansar touro. Não soubemos de nenhum trabalhador que tivesse largado a obra por desentendimento com a professora. E no dia que a escola ficou pronta e limpa do entulho, ela deu uma festinha para as famílias dos homens, com refrescos, pé-de-moleque, biscoitos e presentinhos para todos. É, mas eram gente simplória, fácil de agradar. Se ela pensava que ia nos conquistar com presentinhos bobos e palavras macias, estava muito enganada.

Chegou o grande dia, uma segunda-feira. A professora tinha pedido ao padre para avisar na missa de domingo que as aulas começariam às sete da manhã. Isso já era uma novidade, porque a escola de mestre Evaristo começava às oito ou mais tarde, dependendo da disposição dele e um pouco também da nossa. Em todo caso, com a falha de uns dois colegas que alegaram depois não terem recebido o aviso, fomos cedo para a escola. Estávamos aflitos pela declaração de guerra.

Não sei explicar por quê, saiu tudo errado desde o começo. Na hora de entrar, baixou uma bobeira geral na turma, e nos comportamos como guris obedientes. Até Engole-Garfo, que entrava com o maior espalhafato na escola antiga, chegou manso, pisando leve e olhando para os lados, como roceiro em igreja. Acho que essa nossa inibição foi causada pelas meninas, a escola agora era mista, meninos de um lado meninas de outro, e até o mais barulhento de nós ficava apatetado na presença de menina.

Então fomos entrando em ordem, e sem que ninguém tivesse ensinado, as meninas pendiam para um lado, os meninos para o outro. Em vez dos bancos da escola de mestre Evaristo, agora eram carteiras separadas, uma para cada aluno. Alguns, meninos e meninas, ficavam em pé ao lado das carteiras, parece que com medo de sentar. A professora estava numa mesa sobre estrado lá no fundo; fingia escrever, mas era fácil notar que nos observava, porque a caneta ficava parada no mesmo lugar.

Eu, Napu, Engole-Garfo e Micuim sentamos perto, formando um grupo para o que desse e viesse, nem muito na frente nem muito atrás, ainda tínhamos esperança de fazer alguma coisa, se não fizéssemos no primeiro dia, depois ia ficar mais difícil. Entortei o pescoço procurando o Zé-Bumba, que também era bom, e antes de descobri-lo o Napu me cutucou e eu olhei para a frente.

A professora tinha se levantado e ia dando a volta para ficar na frente da mesa. Passou os olhos lentamente pela sala, parece que contando os alunos. Depois pediu a um menino lá atrás que fizesse o favor de fechar a porta. Olhei para ver quem ia obedecer, e não tive surpresa: foi um magricelinha de gogó saliente e voz esganiçada chamado Sílvio e apelidado de Nenen. Fosse um de nosso bando, a porta continuaria aberta. Quando a professora disse muito obrigado Sílvio, vimos logo que eles já tinham andado de confabulação. O Sílvio era muito paparicado por tudo quanto era mulher da cidade.

A professora ficou de braços cruzados olhando por cima de nossas cabeças, tomando o nosso pulso. Nós também ficamos olhando para ela, esperando. A turma estava muito quieta, e era bom sinal. Se a professora, vendo o nosso comportamento disciplinado, achasse que as coisas iam acabar bem no primeiro dia, quando viesse o estouro o efeito seria maior. Olhei disfarçado para Engole-Garfo à minha esquerda, ele estava fazendo aquele olhar de vesgo que usava para enganar gente chegada de novo na cidade, só não ri porque todos estavam em silêncio e eu não queria ser o primeiro a começar o barulho.

Finalmente a professora falou. Disse que naquele primeiro dia não ia haver aula, o tempo seria aproveitado para uma conversa franca entre ela e nós. Depois que ela explicasse o seu sistema, qualquer aluno que quisesse podia falar, ela estava ali para ouvir, etecetera e tal.

A sorte dela foi a nossa hesitação inicial, cada um esperando que outro começasse, ninguém querendo ser o primeiro. Porque falando a professora nem parecia a mesma pessoa. Calada ela não era ninguém, era só uma coisinha feia, com aquela magreza, o queixo pontudo, os óculos de fundo de garrafa fazendo os olhos parecerem rodelas de palmito com uma sementinha de mamão no meio. Mas quando abria a boca a fala não condizia com a figura. Para não vê-la, fechei os olhos e tive a impressão de estar ouvindo uma atriz muito linda; uma fada, uma deusa, uma coisa fora do mundo, uma sereia que encanta pela voz. Ela estava aplicando um truque para nos amansar.

— Você aí, de olhos fechados. Está prestando atenção?

Napu me cutucou. Abri os olhos, era comigo.

— Ouviu o que eu disse?

— Ouvi, sim senhora. — O que era mais que eu podia dizer, apanhado de surpresa?

— Que foi que eu disse por último?

Foi fácil. A frase ainda ressoava em minha cabeça, e repeti:

— A senhora disse que professor e aluno não são adversários, mas aliados.

— Bravos, rapaz! Como é o seu nome?

Eu disse Joaquim, e o Engole-Garfo, muito presepeiro, se intrometeu, pensando que ia fazer sucesso.

— Não é só Joaquim não, professora. É Joaquim Maria. Ele não gosta de dizer porque tem vergonha.

— Vergonha? Pois não devia. É um nome famoso. Machado de Assis também se chamava Joaquim Maria. Sabem quem foi Joaquim Maria Machado de Assis? Alguém sabe?

Quando parecia que ninguém ia responder, uma menininha empalamada levantou o dedo e disse:

— Um escritor.

— Muito bem. Um escritor. E o seu nome como é?

— Alice Maria Guerreiro Lopes.

— Muito prazer em conhecê-la, Alice Maria.

Para surpresa nossa, e acho que também da professora, a menina respondeu com toda naturalidade que o prazer tinha sido dela. A professora olhou de novo para ela, sorriu e repetiu que tinha tido muito prazer mesmo. Depois fez perguntas salteadas para sondar os nossos conhecimentos e acho que não ficou sabendo muito, isto é, ficou sabendo que éramos em geral uns perfeitos ignorantes. Mesmo assim ela não se alterou, disse que no primeiro contato com uma professora nova os alunos costumam ficar acanhados ou desconfiados e não mostram o que sabem. Aí ela olhou para o relógio na parede do fundo e disse que se qualquer de nós tivesse alguma coisa a dizer, ela estava pronta a ouvir.

Nós só fizemos nos mexer nas carteiras, mas falar mesmo ninguém falou.

— Ninguém quer falar? Ninguém quer perguntar nada? Os meninos? As meninas?

Só se ouvia o barulho de carteira estalando. Então ela agradeceu a nossa atenção, desejou bom-dia a todos e disse que nos veríamos novamente no dia seguinte às sete. Pediu que ninguém faltasse porque ela ia falar sobre os livros.

Aí aconteceu outra coisa inexplicável. Quando ela disse que podíamos sair, todo mundo saiu comportadinho, sem gritos nem correrias. Que diferença do estouro que era a saída da escola de mestre Evaristo.

Mal pisamos na rua, fomos à forra. Fizemos a maior algazarra do mundo, a ponto de as pessoas que passavam se encolherem, e as que estavam em casa virem correndo para as janelas. Muitos entraram na primeira porta que encontraram, com medo de serem atropelados, mas nenhum de nós estava a fim de desacatar ninguém, só queríamos fazer barulho para a professora ficar sabendo que não éramos um bando de carneiros, pelo menos foi isso que me fez gritar e correr como um possesso.

Em frente à farmácia de Dr. Dominguinho tinha um cavalo arreado esperando o dono que devia estar fazendo compras. Engole-Garfo largou um tapa na anca do cavalo e se deu mal. O cavalo murchou as orelhas, encolheu-se todo, e quando se esticou foi para desfechar um coice de pés juntos, que pegou Engole-Garfo na caixa do peito e o jogou longe.

Levantamos Engole-Garfo, ele não parava em pé, estava molengo e sem fala. Levamos ele para a farmácia, Dr. Dominguinho abriu a camisa dele, estavam lá as marcas dos cascos no peito, dois círculos já arroxeados. Dr. Dominguinho pediu a Dona Olívia que trouxesse depressa um vidro não sei de quê, deram para Engole-Garfo cheirar, ele abriu os olhos mas não conseguia falar, puxava a respiração com dificuldade, gemia e parece que às vezes roncava. Juntou gente, Dona Olívia e Dr. Dominguinho abanavam Engole-Garfo, pediam às pessoas que se afastassem. Finalmente o pai de Engole-Garfo chegou com aquela cara amarrada dele, perguntou o que foi, quem fez, nós fomos saindo de fininho.

Com isso as coisas começaram a mudar em benefício da professora. Engole-Garfo passou muito tempo sem ir à escola, andou escarrando sangue, o pai levou-o para se tratar fora, quando voltou estava magríssimo e foi convalescer na fazenda de uns parentes. Ele nos fez muita falta na escola porque o Zé-Bumba, outro que também era bom, já não estava indo, precisava ajudar o pai na olaria, e sem esses dois, eu, Napu e Micuim perdemos o entusiasmo. De repente Napu tomou gosto pelo estudo, principalmente de gramática, e contagiou Micuim, a professora emprestava livros fora do programa para eles, agora os dois só abriam a boca para discutir regras, corrigir quem falasse errado, o que não deixava de ter o seu lado bom porque nos exames eles sopravam as respostas para mim e outros.

Um dia a professora organizou um passeio no campo, saímos cedo levando comida, máquina de retrato e violão, que ela tocava bem. Depois do almoço debaixo de uma paineira ela pegou o violão e começou a cantar. Eu e Micuim tínhamos nos afastado para procurar gravatá, de longe ouvimos a voz. Paramos e ficamos escutando. Era bonito demais. Eu queria elogiar, mas fiquei na moita. Quando notei que Micuim também estava gostando, arrisquei:

— Bonita voz, hein?

— Linda — disse Micuim.

Desistimos dos gravatás e fomos nos chegando para a paineira. O ar limpo, o cheiro de campo, os passarinhos, a meninada sentada no chão em volta da professora, tudo isso me pegou de um jeito difícil de explicar, só sei que me senti muito feliz e com uma vontade forte de ficar perto da professora. Como quem não quer nada, fui me imiscuindo, carambolando, forçando, até conseguir um lugar ao lado dela.

Vendo-a de perfil, notei que os olhos dela não eram feios, como pareciam atrás das lentes grossas dos óculos. Eram de uma cor entre cinza e azul, o que confirmei uma hora que ela tirou os óculos para enxugar os olhos. Quando repôs os óculos, olhou para mim e me reconheceu.

— Joaquim Maria! Que bom você estar aqui pertinho. Você tem um nome famoso. Não pode deixar esse nome cair.

Devo ter ficado corado porque senti um calor nas orelhas. Isso acontecia sempre que uma mulher falava comigo. E as risadas dos colegas que estavam perto confirmaram que eu não estava normal. Ela pôs o braço em meu ombro e disse:

— Confio muito em você, Joaquim Maria.

Com o movimento de erguer o braço ela espalhou para o meu lado um cheiro que eu nunca tinha sentido igual, cheiro de suor de mulher limpa. Nem sei o que respondi, acho que não respondi nada, fiquei só farejando aquele cheiro.

Mas o encantamento durou pouco. Ela pegou novamente o violão, que tinha ficado descansando no colo, e perguntou se alguém queria cantar. Umas meninas ensaiaram, não ficou a mesma coisa, fizeram uma cantoria sem graça, que parecia não ter fim. Uma hora lá o Micuim, que tinha conseguido chegar perto também, e que era mais despachado do que eu, disse que era melhor a professora cantar. Ela cantou mais umas duas músicas, uma que meu pai cantava às vezes, falava em luares brancos de prata, e enquanto ela cantava eu a olhei novamente de lado e decidi que era muito mais bonita do que a moça que saltava do trapézio no circo e que tinha deixado saudades na meninada toda, chamava-se Solange Rosário, vendia retratos autografados nos intervalos do espetáculo, eu e meu irmão mais velho compramos um de sociedade, mas meu pai acabou tomando e escondendo ou rasgando porque vivíamos brigando por causa dele.

Correu tudo muito bem até o começo do caminho de volta, o sol muito amarelo encompridando nossas sombras no campo, eu sempre perto da professora para aproveitar o cheiro que ela soltava, e muito feliz por estar carregando o violão para ela. Foi um erro eu ter me oferecido para carregar o violão, porque quando ela parou para admirar uma trepadeira de flor amarela com laivos vermelhos que estava grudada num pequizeiro, não pude agir depressa. Enquanto eu pensava a quem passar o violão, já o Micuim subia como macaco pelo pequizeiro, a professora ralhando com medo que ele caísse, ele se enganchando no galho, apanhando a flor com todo o ninho de raízes, pulando para o chão abraçado com ela e correndo para entregar à professora. Ela recebeu o presente, disse que ele não devia ter feito aquilo, mas mesmo assim beijou o safado do Micuim na testa. E eu ali olhando feito uma besta, e ainda atrapalhado com o violão.

A professora não se cansava de admirar a trepadeira, tocava a flor com o dedo, elogiava o colorido, disse que ia arranjar um lugar para ela no quintal, um lugar de onde ela pudesse vê-la da janela, parecia uma boboca que nunca tivesse visto uma trepadeira.

Daí por diante a minha vida e a do Micuim era disputar a atenção da professora. Um dia eu ganhava e ficava nas alturas, e o Micuim emburrava. Outro dia, sem que eu soubesse por quê, o contemplado era ele, e quem sofria era eu. Eu levava grande desvantagem porque a professora e a mãe do Micuim ficaram amigas e se visitavam, com isso ele podia vê-la mais do que eu.

Essa nossa esgrima durou até meados do segundo ano, quando apareceu na cidade um camarada estouvadão chamado Inocêncio Cabral. O Inocêncio falava alto, dava gargalhadas de assustar, fumava charuto e tinha a mania de conversar dando tapas nas costas da outra pessoa, tapas que chegavam a desequilibrar quem estivesse desprevenido. Tinha cara larga, um bigode maior do que a boca, corpo grande e cheio da cintura para cima, curto e fino para baixo, como se fosse feito de partes de duas pessoas. Apresentou-se como comprador de cereais para uma casa comissária não sei de onde.

Apesar de tudo isso, as moças da cidade ficaram assanhadíssimas com o tal Inocêncio só porque ele gostava de recitar. Depois que se instalou e fez relações, tinha festa lá estava o Inocêncio bem-vestido, bem penteado, os sapatos bem engraxados recitando "Parei. Chegado havia ao cimo da montanha aspérrima e tamanha", ou "Oh tu que vens de longe, oh tu que vens cansada", ou "Que me quereis, perpétuas saudades? Com que esperanças ainda me enganais?". O mais curioso é que os rapazes, em vez de se unirem contra ele, só queriam andar atrás do Inocêncio, e o imitavam em tudo, alguns até deram para decorar poesia.

Festa vai, festa vem, um dia eu passo na porta da professora, e olhe ela me chamando da janela e me pedindo para levar um livro na pensão do Inocêncio, e só entregar a ele. A minha intenção era passar na porta da pensão e voltar com o livro e inventar que o Inocêncio não estava. Mas justamente quando eu ia passando ele vinha saindo, ainda rindo de alguma conversa encerrada lá dentro. Esbarrou em mim e ainda teve o topete de apertar minha bochecha com dois dedos dobrados formando alicate. Apanhado de surpresa, entreguei o livro.

— Da parte da professora? Então espere que pode ter resposta — disse ele abrindo o embrulho.

Dentro do livro tinha um bilhete, que ele leu satisfeito, guardou no bolso e disse que não tinha resposta.

E agora? Seria que estavam de namoro? E eu fazendo papel de quê? Saí dali chutando pedrinhas e tramando vingança. A professora! E logo com quem! É incrível a queda que as mulheres têm para cafajeste. Valia a pena ver a cara do Micuim quando ele soubesse, pensei. Mas não fiquei consolado. Com o Micuim eu já estava acostumado, se perdia hoje ganhava amanhã. O perigo agora era o Inocêncio.

Quando Inocêncio passou a frequentar a casa da professora toda santa noite, aí eu vi que estava tudo perdido.

Um dia não aguentei e perguntei ao Micuim se ele sabia que a professora e o Inocêncio estavam de namoro.

— Sei. Vão se casar no fim do ano.

— Quem disse?

— Ela. Lá em casa.

Assim, sem mais nem menos. Me deu uma raiva do Inocêncio, da professora, do Micuim que sabia de tudo e não estava ligando, da cidade, de um cachorro que passava e veio cheirar meu pé.

Felizmente nesse mesmo dia eu caí do abacateiro do nosso quintal, quebrei a perna e fiquei três meses sem sair de casa. A professora foi me visitar várias vezes, mas sempre que ouvia a voz dela eu fingia que estava dormindo. Ela conversava um pouco com minha mãe, me desejava melhoras e deixava um beijo. Um beijo. Por que não ia beijar o Inocêncio?

Quando pude voltar à escola, ainda escorado numa bengala, eles já tinham se casado e eu já estava curado. Meu pai e Inocêncio ficaram amigos, montaram juntos uma firma de transporte e iam ser compadres. No meu aniversário, eu já livre da bengala, Inocêncio e a professora me deram uma bicicleta de presente. Ao fazer a entrega, ela disse para a sala inteira:

— Sou muito grata ao Joaquim Maria. Ele foi meu primeiro namorado aqui.

Ocupei-me em admirar a bicicleta para não corar. E acho que consegui.

Entre gambá e gavião

De dia, com o sol batendo aí nas pedras e na parede, segurando as coisas no lugar e dando a todos nós uma certa noção de espaço e distância, nos sentimos relativamente tranquilos. E com alguma boa vontade podemos até dizer que somos uma família feliz. É claro que existem umas certas arestasinhas no temperamento de cada, mas isso a gente vai contornando hoje, rebatendo amanhã.

Esse gato, por exemplo, que vocês estão vendo aí doido para entrar na brincadeira dos cachorros: esse quando era mais novo me deu algum trabalho. Hoje ele já está suficientemente sabido para distinguir entre o que pode fazer e o que não pode. Sendo da grande família dos vira-latas, ele é muito mais esperto do que o gatão cinzento que vive lá dentro da casa e se diz persa.

Aquele lá de dentro é um bobo. Passa a vida em cima de tapetes e poltronas e recebe a comida a bem dizer na boca. Ele não participa da vida cá fora. O máximo que apanha de sol é o que entra pelas janelas e pela fresta da porta quando alguém a deixa aberta. De vez em quando ele arrisca sair, e é engraçado vê-lo apalpando o chão, pela falta de costume de pisar em terreno áspero; mas logo dão por falta dele e vêm buscá-lo. Não deixam que se misture com os bichos do terreiro, deve ser para não estragar o pelo, que a menina dona dele vive escovando. O coitado não sabe de nada, nem sabe miar!

Já o vira-lata, esse curte a vida. Dá pulos e cambalhotas sensacionais quando apanha um inseto, principalmente um grilo, ou mesmo brincando com o vento. Ele está zarro para se enturmar com os cachorros, mas sabe que não será bem recebido, e não se arrisca. Quem pode criticá-lo?

Mas se acontecer de o cordão da botina se soltar, o que não é difícil com esses safanões que ela está levando, e o gato conseguir fisgá-lo com uma pata, aí vocês vão ver o que ele é capaz de fazer. O cordão passa a ser uma cobrinha, ele finge que está com medo dela, negaceia, se arrepia, corcoveia em volta do cordão-cobra, arma o bote, com a bundinha colada no chão; não vai, finge desinteresse. De repente dá-lhe um tapa certeiro com as unhas armadas e, num movimento só, joga a cobrinha para cima e pula para um lado, como se resguardando do bote de uma cobra de verdade. Esse brinca a sério. Num circo seria muito aplaudido.

Gosto dele, apesar de um atrito que tivemos há tempos, quando ele bufou para um de meus filhos pequenos. Levei um arranhão na barbela — aquelas unhas! Mas perguntem como ficou o ombro dele com uma bicada minha, só uma. Ele quis mais? Pois sim. Sabe que unha de gato não ofende galinha porque as penas protegem como escudo. Desde então ele aprendeu a respeitar minha família. Se estou aqui em cima com os meus dois filhos não é por causa dele. É que brinquedo de cachorro com gato perto cheira a tumulto.

Esses dois cachorros também merecem um comentário. São irmãos, estão sempre juntos e é claro que são gêmeos, pois são da mesma ninhada. Aliás, a ninhada era de quadrigêmeos, os outros foram dados a vizinhos. Mas esses são mais gêmeos do que os outros. São muito parecidos — o mesmo tamanho, as mesmas manchas, o mesmo cinismo. É cara de um, focinho de outro.

Mesmo sendo tão parecidos e tão amigos, de vez em quando se desentendem. Se eu os conheço bem, parece que não tarda a haver briga. O que está em pé, de frente para vocês, começa a ficar impaciente, reparem. A atitude e o olhar dele parecem estar dizendo, "qual é, bicho! Eu também quero brincar. Daqui a pouco o dono do pisante dá por falta e vem buscar".

Mas o outro não vai largar tão cedo, parece. Veio não sei de onde com essa botina na boca e parou aí, vai ver que de propósito para fazer inveja ao irmão. Agora está se debatendo com ela como se fosse um bicho vivo, e só vai largar quando enjoar, ou quando o dono vier tomá-la, ou então se aparecer alguma outra coisa mais interessante, um sapo, por exemplo, se bem que sapo aqui ande escasso ultimamente.

O irmão vai ficar esperando conformado? Nunca se sabe. Por isso é que eu trouxe a minha família aqui para cima. A pobre franguinha que está aqui no chão à minha esquerda, e que não tem nenhum parentesco comigo, essa na certa vai levar as sobras no caso de haver conflito. É uma infeliz. Toda vez que há bate-fundo no terreiro, pode jurar que ela vai aparecer capengando quando a poeira assentar. Reparem que lhe faltam penas no rabo e nas asas, por isso não pode pular para lugares altos. E fica nesse círculo vicioso: perde penas porque não pode voar, não voa porque perdeu penas. Vejam como ela está com inveja de mim e de meus filhos, mas não posso fazer nada, aqui não cabe mais ninguém. Em caso de ameaça, vou precisar de espaço para meus movimentos de defesa. O destino dessa aí é acabar na boca de um gambá ou nas garras de um gavião. Neste mundo animal aparentemente tão lindo, quem não se segura não dura.

Mesmo se estourar um conflito por causa da botina, eu só terei que me garantir por uns poucos minutos. O barulho atrairá gente, a correia canta no lombo dos brigões, a botina da discórdia será recolhida, os cachorros vão cada um para seu canto lamber os vergões e o sossego voltará ao pátio. Quanto ao gato, já se sabe que estará longe quando a polícia chegar. Até o anoitecer estaremos em paz.

Porque é de noite que os perigos realmente começam. Dormir cedo é uma característica de minha espécie. Dormir com as galinhas, vocês dizem. Mal escurece, vamos sentindo aquela moleza, aquela vontade de fechar os olhos, e procuramos nossos poleiros. Trancamos os dedos em volta da vara roliça para não cairmos durante o sono, e nos apagamos.

Apagamos? Não de todo. Quem já esteve em um galinheiro de noite, ou em um quintal onde haja galinhas empoleiradas em galhos baixos, ou em cima de muros, sabe que o nosso sono não é tranquilo. Mesmo quando há silêncio em volta, dormimos soltando gemidos, bufos, grasnados, regougos, causados talvez por lembranças atávicas de um tempo em que a nossa vida de bichos silvestres era mais dura do que hoje. Qualquer barulhinho nos acorda assustadas.

É que os perigos são muitos. Tem os gambás, uma raça infeliz que faz da noite o seu dia e não nos dá sossego. Eles andam atrás de nossos pintos e de nossos ovos, e de nós também, se bobearmos. É um bicho sinuoso e escorregadio, se estica e se afina para entrar em qualquer lugar. A nossa defesa contra eles é fazer algazarra quando pressentimos a sua presença matreira, e nisso somos boas. Quando uma dá o alarme, tudo quanto é bicho de pena acompanha, os cachorros latem, e se a algazarra se prolonga sempre aparece alguém lá de dentro com aquele canudo que dá estouros, e aí quem tem de se cuidar é o gambá.

Precisamos estar atentas também a uma infinidade de bichinhos pequenos mas tinhosos — aranhas, lacraias, lagartas e mesmo cobras. De dia até gostamos de encontrá-los, alguns são bem gostosos; mas de noite eles se vingam nos ferrando ou picando.

E tem ainda os ladrões de galinha, se bem que esses estão rareando ultimamente, depois que os donos instalaram essas luzes fortes que acendem quando algum intruso toca ou pisa no contato. Isso é muito bom para espantar ladrão, mas enquanto o perigo não passa e não desligam as luzes ninguém dorme aqui no terreiro. Dizem que fizeram essa instalação elétrica em nosso benefício... Será? Haverá alguma diferença entre ser comida por ladrões e ser comida por nossos donos? Talvez haja — no molho e no acompanhamento.

Ia me esquecendo das festas. Várias vezes por ano a casa e o terreiro se iluminam e se enchem de gente. Quando não participamos compulsoriamente dessas reuniões sob a forma de tortas, de ensopado, de assados servidos em travessas enfeitadas, temos de aguentar a zoeira até tarde. Os cachorros também ficam assanhados, não sei se por gostarem do barulho ou se para agradarem os donos, parece que agradar o dono é muito importante para um cachorro.

Nesse ponto rendo homenagem ao gato. Ele está se lixando para os donos. Tem comida na vasilha? Ótimo. Se não tem, ele apanha onde encontrar, ou então vai caçar passarinhos ou outros bichos pequenos. Ninguém o compra com agrados.

É como eu disse. De dia somos uma família relativamente feliz. Mais tarde, antes de escurecer, alguém vem trazer o nosso milho. Os cachorros e o gato também recebem suas rações. Eu me recolho com meus filhos. Os cachorros ficam por aí vigiando. O gato desaparece, vai a outra espécie de caçada. Às vezes escutamos os miados, é um namoro sofrido e gritado aos quatro ventos. Ainda bem que é só alguns dias por mês, se fosse sempre ninguém aguentava. No dia seguinte ele aparece todo lanhado mas feliz. Dois meses depois haverá em algum lugar da vizinhança uma gata com ninhada nova.

Por essas e outras é que nunca vai faltar gato no mundo. Nem cachorro. Nem galinha. Amém.

Nada como um bom banho

Num dia sem sino nem hino, sem salva nem malva, sem jaça nem pirraça, chegou Domingão. Chegou também manso como o dia, pedindo muitas licenças, sorrindo espigas perfeitas. Domingos Japes de Melo, seu criado, não se avexem de mandar as ordens, sei cumprir, desafasta neném que a mula estranha, pega nisso não que é perigoso, gomita doze pitombas.

De onde vinha? Ô, de muitos lugares, de perto, de longe, de baixo. Pra onde ia? Por ora não ia mais, ficava. Sem binga nem seringa nem mandinga, mas só se dessem licença, bem entendido. Tinha visto a cidade de longe, gostara; veio olhar de perto, aprovou. Lugar manso sossegado, água fria no mormaço. Lugar dengoso, de povo formoso. Se não incomodasse, ficava.

Domingos Japes de Melo. O povo gostou, do nome e da figura. E sendo ele alto, e cheio de corpo, e preto, e de dentes muito brancos e certos, que não se acanhava de mostrar, cortaram os sobrenomes e espicharam o nome para Domingão. Quando soube, Domingos Japes de Melo sorriu agradado. Rima com azulão, passarinho muito do bonito. E não só:

— Vejam os senhores. Esse era justamente o meu nome lá fora. Quero dizer, meu apelido.

Lá fora onde? Olhe esse aí especulando. Domingão sorria e fazia um gesto largo, abrangendo a roda do mundo.

Adotaram Domingão, fechando os olhos para uma falha que uns poucos julgavam importante, a maioria não: faltava saber que apito ele tocava. Alguém perguntou, Domingão divagou:

— Ó, faço de tudo. O que Deus mandar.

Parece que Deus não tinha pressa de aproveitar Domingão, e ele foi ficando na pensão de Da. Acácia, onde chegara com a mula de sela e um burrico cargueiro com duas canastras de couro curtido com o pelo e enfeitadas de tachas, tendo na frente e na tampa as iniciais D.J.M., com uns desenhos toscos em volta e uma estrela em cada canto. Os cascos arrebitados do burrinho denunciavam marcha demorada em terreno empedrado. Teria vindo do norte? Já a mula, ferrada de novo, não permitia nenhuma dedução. Vendo a bagagem, a mula, os arreios, pessoas finórias sentenciaram que o recém-chegado não era nenhum pé-rapado, era alguém que tinha onde pisar vivo.

Realmente, Domingão não padecia falta de dinheiro, comprava tudo do bom e do melhor e pagava na bucha — camisas de tricoline de seda listrada, botinas de bom cabedal, gravatas de seda com lenço combinando para o bolsinho do peito, caixas de sabonete cheiroso. Quando ele entrava numa loja, o dono afastava o empregado e vinha servi-lo em pessoa; e se falasse em preço para prevenir algum susto na hora do acerto, Domingão cortava:

— Isso a gente vê no fim, meu amo. Vá somando.

Estava ali um preto de alma branca, diziam com intenção de elogiar. Da primeira vez que ouviu isso na cara, Domingão sorriu paciente, mas ponderou:

— Com licença, meu amo. Pra ter a alma formosa não é preciso que seja branca. A minha é preta mesmo, com muita honra. Sem ofensa, sem ofensa.

Pensaram no reparo, entenderam. É. Quem foi que decretou que brancura é documento? Não tem tanto branco safado? Mas o velho Nestorges, proprietário de casinhas de aluguel, com a mania de desconfiar de tudo, levantou dúvidas:

— Sei não. Tanto dinheiro. Tanta finura. Trabalho nenhum. Queira Deus — disse, estufando os lábios.

Não deram ouvidos porque Nestorges era desconfiado mesmo e ainda por cima não amarrava a égua com pretos. Mas ele não se rendia, e sempre que tinha oportunidade pesquisava:

— O senhor é filho de onde, seu Domingos?

— Do mundo, meu amo, do mundo. E de onde gosto. — E vendo que Nestorges não ficara satisfeito, e certamente ia insistir, deu mais um passo: — Mas se o senhor quer saber onde nasci, lhe digo que na Bahia. Posso dizer que sou baiano só por isso? Creio que não, porque zanzei muito, desde menino. Pará, Pernambuco, Maranhão, Minas Gerais, esse mundão onde dizem que o Cabral perdeu as botas. O senhor vê? Não posso dizer de onde sou porque sou de toda parte. Onde achar bom pasto, aí me abanco.

E a profissão? O ganhame?

— O senhor mexe com gado, se mal pergunto?

— Já mexi. Pra tomar o cheiro, o senhor entende. Estou espirrando até hoje.

Nestorges não desiste. Chupa o cigarro, olha a brasa enquanto devolve a fumaça pelo nariz.

— O senhor que é homem viajado, me esclareça. Qual a profissão mais rendosa hoje em dia? Uma que possa enriquecer a pessoa em pouco tempo?

Domingão pensa, sério, como quem quer informar certo.

— Profissão rendosa... Muito dinheiro em pouco tempo... Tá custoso. Cada um tem seu lado macio e seu lado cascudo... Tá custoso.

— Ora, seu Domingos, com a sua experiência...

— Bom. Vamos ver. Pra ficar rico em pouco tempo, só mesmo casar com moça rica. Ou achar uma panela de ouro.

Todos na roda riram, menos Nestorges. Totó do Carmo, sargento aposentado da polícia, com muitos anos de serviço no norte, zona de jagunços e matadores, deu sua opinião:

— Um ofício cascudo, como diz Domingão, mas que enriquece ligeiro, é matar pra roubar. Lá no norte.

Domingão fechou a cara e travou o assunto:

— Moço, o senhor encaroçou o angu. E quando o angu encaroça, Domingos Japes de Melo vira as costas ao caldeirão. Angu de caroço não dá bom almoço. Com vossa licença, abro mão da formosa presença — e saiu sereno, deixando Totó desapontado e os outros desconfiados.

Outro dia, outra conversa, Nestorges sempre cotucando.

— O senhor que já está aqui há algum tempo, seu Domingos... Já acertou a mão em algum bom negócio?

— Negócio? Não, não. Não estou atento. Gosto daqui pra descansar. Aqui não quero fazer negócios, só quero fazer amigos. Meus negócios estão lá fora.

— Não tem medo que desandem? O senhor aqui e eles lá. O que engorda o boi é o olhar do dono.

— Tem perigo não. Meu olhar abarca longe.

Nestorges não deixava de ter razão em desconfiar. Domingão gastando dinheiro sem ter negócios na cidade, não era aposentado de nada... Então as notas nasciam na carteira? Uma carteira de couro macio, que ele sacava sem nenhum acanhamento, sempre roliça de notas, parece que recarregada todos os dias... Um mistério.

Nestorges sondando incansável, Da Acacia informando:

— Muito bom pagador o sr. Domingos. E ainda me adianta, quando preciso. Muito distinto o sr. Domingos. Se todos os meus hospedes fossem como ele...

Mas estava escrito que a alegria de Da Acacia não ia durar. Domingão enjoou de morar em pensão e resolveu alugar uma casa. Alguém sabia de alguma que estivesse vaga e preenchesse tais e tais requisitos?

Choveram indicações. Domingão ia olhar, punha reparo. Um dia ele parou diante de uma casa grande de esquina que há tempos andava fechada. Informaram que era do dr. Rodolfo Monzoures, juiz aposentado, agora vivendo numa chácara entre bichos e plantas e muitos livros. Um emissário solicito foi conversar o dr. Rodolfo.

— Não é para o bico dele — disse o juiz quando soube quem era o pretendente. — Minha casa é papa fina. Não alugo por qualquer quirera. Prefiro que fique fechada.

— O senhor dê o preço.

Dr. Rodolfo fixou um preço alto para se livrar do pretendente. Imagine alugar minha casa para um tição.

Domingão topou sem piscar. Dr. Rodolfo redigiu um contrato cheio de ganchos, não pode isso, não pode aquilo. Domingão perguntou onde é que devia assinar, assinou. Dr. Rodolfo levou dias para entregar as chaves.

Antes da mudança alguns simpatizantes de Domingão ainda ponderaram que talvez conviesse desistir, pagar a multa e procurar outra casa. O preço era puxado, e aquelas exigências todas...

— Ele não é juiz? E todo juiz não é homem de bem? Com homem de bem, faço negócio aqui e no além.

Domingão contratou empregados, encheu a despensa, instalou-se e deu uma festa com muita fartura, caixotes de cerveja, guaraná, gasosa, conhaque, frango e leitão assado, bandejas e mais bandejas de doces encomendados a Da Acacia. Outros cidadãos acordaram, mandaram pintar as casas, houve uma temporada de festas sem motivo, diziam que era para espantar a morrinha.

A verdade pura e simples era que Domingão estava puxando guia. Quando ele comprou uma geladeira que tinha chegado para a loja de Castor de Abreu, uma só para testar o mercado, outros quiseram também e Castor teve que encomendar mais cinco. Quando ele comprou uma bengala de cana-da-índia que viu por acaso numa loja, empoeirada e salpicada de cocô de mosquito, as outras lojas se livraram desse alcaide. Mas quando ele adotou o costume de sair à rua com um estridente cravo vermelho na lapela, isso o pessoal refugou.

Um dia Domingão viajou, e como era a primeira vez, e meio de repente, as opiniões se dividiram. Aí tem mistério. Não me admiro se não voltar. Como não volta, se a casa ficou montada? Volta. Não volta. Voltou e tapou a boca dos descrentes com os presentes que trouxe, um punhal traquejado pra um, uma garrafa de conhaque pra outro, um anel de caveira pra esse, uma lapiseira dourada para aquele, canivete de cabo trabalhado, licores, biscoitos, uma gaita de mais de palmo para Lulu Gonzaga, que tirava qualquer música numa gaitinha ínfima. Os poucos que não ganharam presente se consolaram com a esperança de serem lembrados na próxima viagem.

As voltas dessas viagens eram uma festa, a casa se enchia, ele ia distribuindo os presentes e pedindo que não reparassem, era só uma lembrancinha subalterna. Finalmente, os presentes elogiados e agradecidos, todos sentados soprando o café, já se podia conversar.

— Boa viagem, sr. Domingos?

— Graças a Deus.

— Resolveu tudo.

— Mais mole.

— Muita novidade por lá?

Ele falava de estradas em construção, pontes, mata-burros novos, a represagem do Tamanduá Grande para uma usina elétrica, a linha de jardineira entre Bem-Me-Quer e Caruru do Frade, a máquina de descascar arroz dos irmãos Pedatela em Goiabeiras do Monte.

— E descasca mesmo, seu Domingos?

— Descasca, peneira e ensaca. E não empaca nem pipoca.

As viagens de Domingão mexiam com o pessoal.

— Quando é que o senhor vai dar outro bordejo? Quem sabe eu posso ir também? Sair um pouco dessa morrinha, limpar a vista — falou Totó do Carmo.

— Tem dúvida não, seu Totó.

Mas sempre que Domingão saía era de repente, não dava tempo para ninguém se preparar. Era só ele receber um telegrama, ou uma carta, de Paracatu, de Catalão, de Rio Verde, de Araguari, arreava a mula, calçava as botas, pegava o chapelão de palha, engrossava a cintura com o 38 de carga dupla, enfiava a carabina na sela e chispava sem muitas despedidas. Chegou carta ou telegrama, Domingão viajava.

Um dia o agente dos correios, que não era do grupo dos mais curiosos, ao entregar-lhe uma carta brincou, mais por cordialidade:

— Então vamos ter viagem por esses dias, seu Domingos?

Domingos parou com o envelope na mão, pensando. Depois falou:

— Moque o amigo é adivinho?

— Palpitei, seu Domingos. O senhor sempre viaja depois que recebe carta. Por isso palpitei.

— Ah. Conheci um cabra que também palpitava. E sabe o que aconteceu? Morreu de palpitação.

O agente sorriu amarelo, arrumou a pilha de jornais, arrumou a de cartas, que já estavam muito bem arrumadas, jurando nunca mais buscar intimidades com paus-rodados. Raspão menor, porque Domingão já pertencia, já participava, já era falado para imperador do Divino; era só vencer a resistência de Nestorges, que já tinha parado de cheretar mas achava que pôr o nome de Domingão no sorteiro para imperador era demais.

De repente Domingão hospedou um visitante de fora, um rapazinho mirrado preto claro, mais para mulato, pezinhos pequenos, mãos de menino, olhinhos ora de gavião, ora de coelho assustado. Esse num demorou nada, chegou num dia sumiu no outro. Aos poucos que o viram, Domingão o apresentou como sobrinho. Do motivo da visita tão rápida, nenhuma explicação.

Mal o mulatinho partiu, Domingo mandou ferrar a mula de novo, examinou os arreios, trocou a barrigueira, limpou a carabina e o revólver por dentro e por fora. Foi à loja de Castor de Abreu, pediu um particular com ele e o encarregou de entregar a casa desocupada ao Dr. Rodolfo, caso ele Domingão ainda não tivesse voltado depois de um certo prazo. Todos os pertences da casa ficavam para Castor para pagamento dos empregados e do trabalho.

— Vamos estipular tudo por escrito, que eu assino — disse Domingão no fim da conversa.

— O que é isso, sr. Domingos! Algum transtorno grande? — Castor quis saber.

— Não, não. Mania minha de prevenimento. Dessa vez eu posso dilatar a volta, não quero ser criticado pelas costas. Por trás nem ananás nem água-raz. É só pra prevenir. Sei lá se vou sofrer uma cólica na estrada. Quem muito viaja, precaução haja.

— Ora essa, sr. Domingos. Queremos que o senhor vá e volte, como das outras vezes.

— Eu também. Mas vamos fazer como eu pedi. É pedido de amigo.

Domingão foi e voltou. Quando ele apeou na porta de casa, já tinha gente esperando, a notícia tinha chegado primeiro. Domingão desembaraçou o embornal e a carabina, abraçou um abraçou outro, foi entrando alegre e sadio.

— Um banho morno, Zita. Mas primeiro um café para todos.

Domingão na rede coçando os pés, o pessoal. em volta indagando, mais gente chegando.

— Tarde, seu Domingos. Boa viagem?

— Graças ao Santíssimo.

— Moque foi mais longe dessa vez, hein seu Domingos?

— Fui longe mas não virei monge.

— Andou muito, seu Domingos?

— Muito andei e bastante lucrei.

— Bons negócios?

— Dá pro fumo.

Assim ia Domingão esclarecendo a seu modo, até que Zita passou com a bacia e o balde, depois com a chaleira de água quente. Enquanto tomavam o café, Domingão quis saber se havia acontecido alguma coisa importante na sua ausência.

— Que nada, seu Domingos. O paradeiro de sempre.

— Assim é que é bom. Cidade serena, vida amena.

Zita passa com mais um balde de água fria, e logo vem avisar que o banho está no ponto. Domingão caça os chinelos com o pé debaixo da rede, levanta-se, pede licença.

— Limpar o corpo. Tirar o godó. — Espreguiça, caminha para o quarto. — Trabalho desobrigado, corpo lavado.

As visitas vão saindo com presteza, não querem estorvar o descanso de Domingão.

Nisso o cabide onde Domingão tinha pendurado a carabina provisoriamente se volta, ou se descola, e ela cai com estrondo no soalho da varanda. A pessoa que a apanhou notou que na coronha havia uma carreira de piques pequeninos partindo da soleira de metal. Olhou bem de perto e viu que os três últimos eram frescos.

Reversão

Agora que ele era a única criança no morro, a vida lá em cima estava difícil de aguentar. Quando tinha a irmã o tempo passava depressa, ela era boa para inventar brinquedo, e na hora de ajudar a mãe, sendo dois ajudando, o trabalho não pesava tanto. Má ideia ela teve de dançar na laje grande da beira do barranco. Ainda bem que ele não quis acompanhar quando ela chamou. Ou devia ter ido? Morrer é horrível, mas ficar sozinho também não tem graça nenhuma.

Desde que ficou sozinho ele vinha pedindo ao pai para levá-lo nas caçadas lá embaixo, e o pai sempre negando.

— Pode não. Você é muito pequeno e só ia atrapalhar.

Como consolo o pai deixava ele limpar a lança e as flechas e afiar as pontas de osso quando iam ficando rombudas, trabalho que o menino muito gostava de fazer. No arco ele nem pensava em pegar, sabia que se fosse visto perto do arco aí é que ficava provada a sua pequeninice.

O tio, mais amigo, fez uma lança pequena e um arco para ele ir treinando o manejo em frutas e árvores enquanto não crescia. Mas o pai não gostava de ver o menino muito apegado com o tio, e vivia se intrometendo, separando.

Quando conseguia ficar sozinho com o tio, sem o pai perto para fiscalizar a conversa, o menino perguntava como era o mundo lá embaixo; mas nisso o tio também não colaborava muito, e o menino sentiu que vivia no meio de um mistério. E para esclarecer esse mistério, o jeito era crescer depressa.

Mas enquanto o tamanho não aumentava ele só podia olhar de longe o mundo plano lá de baixo e imaginar como seria ele de perto — ajudado pelo pouco que o tio contava e pelos objetos que de vez em quando trazia escondido. Quando o pai descobriu que estava havendo essa espécie de contrabando ficou furioso, brigou com o tio, chamou o menino e mandou que ele reunisse todos os objetos dados pelo tio. Com pena e com medo o menino obedeceu. Ainda resmungando, o pai embrulhou tudo numa folha grande de Barbatimão, amarrou o embrulho com cipó, deixando uma laçada para segurar, subiu com o embrulho na laje da beira do barranco, boleou e jogou longe. Então tudo que lembrava o mundo lá de baixo era proibido no morro? Até parecia que os pais tinham sido expulsos de lá, e por vingança repeliam tudo o que vinha de lá, menos os bichos de comer.

Perdidos os brinquedos trazidos pelo tio, o menino passou a dar mais valor a eles, e de noite quando se deitava gostava de se lembrar deles. Felizmente ele tivera tempo de examiná-los um a um, tentando adivinhar para que serviam, porque o tio também não sabia, ou não queria dizer. Uma vez, quando ele insistiu muito perguntando, o tio suspirou e disse:

— Que adianta saber? Não servem para mais nada.

Deitado no escuro, o menino ia lembrando. Havia objetos redondos e chatos como semente de umbeleira, com desenhos em volta e no meio, e mais duros do que pedra, pedra a gente quebra batendo em outra, e aquilo ele não conseguia quebrar.

Outros eram redondos e chatos também, mas com uma ponta comprida, a parte redonda furada no meio, como para pendurar. Outros pareciam espinho de tucum, só que a ponta não era tão fina e a cabeça era achatada (um desses o menino fincou no tronco de uma árvore batendo com uma pedra). Outros eram parecidos com espinho também, mas o corpo em vez de ser liso era enroscado, como acontece quando a gente torce uma embira para fazer uma corda mais forte; e a cabeça em vez de ser lisa como a dos outros tinha um reguinho no meio.

O brinquedo que ele mais gostou foi uma espécie de cabaça compridinha e cintada um pouco abaixo do meio, o fundo tão chato que a gente pondo ela em pé ela ficava, e toda ela feita como de gomos, menos numa parte lisa acima da cintura, onde fizeram uns desenhos brancos; a boca era estreita e acabava em anel.

Essa cabacinha era engraçada porque olhando de fora a gente via o lado de dentro, como a gente vê a mão quando mergulhada na água; aliás a cabacinha parecia feita de água endurecida.

Agora todos esses brinquedos estavam perdidos, jogados com raiva do alto do barranco.

Outro assunto que o menino não compreendia era ver os pais não gostarem do morro, viverem o tempo todo de cara amarrada, e não quererem sair de lá. Um dia ele perguntou:

— Mãe, a gente nunca vai sair daqui? Por que não vamos viver lá embaixo?

A mãe olhou com medo para o lado onde o pai devia estar, suspirou e disse baixo:

— Não temos nada que fazer lá. Nosso lugar é aqui.

— A gente de lá é ruim?

— Lá não tem gente.

Seria possível? Só mesmo quando crescesse é que ele ia ficar sabendo certo.

O dia de descer o morro chegou mais depressa do que o menino esperava. Aconteceu que o pai caiu doente, nem podia se levantar da cama de folhas, e quem ia ajudar o tio a caçar?

— Sozinho não vou — disse o tio com estranha independência.

A comida estava acabando, a mãe se conformou.

A descida foi difícil, em muitos lugares era preciso escorregar por cipós, o tio descia primeiro para apará-lo embaixo; mas com vontade e paciência ele conseguiu chegar ao pé do morro sem dar muito trabalho. E logo que entraram em terreno plano ele começou a fazer descobertas.

Primeiro aqueles troncos enfileirados, subindo e descendo serra, uns em pé, outros caídos, mas diferentes das árvores que ele conhecia porque em vez de serem feitas de um pau só eram de vigas trançadas, com vãos largos no meio, não pareciam nascidos do chão mas fincados lá por alguém; e todos os troncos ligados por fios de cipó sempre da mesma grossura e sem nós.

Depois aquela picada larga na mata, como se ali fosse passagem de rio e a água do rio tivesse endurecido e com o tempo nascido capim por cima. Curioso de ver o que havia por baixo do capim o menino ajoelhou e escarafunchou o chão com a lança. Na altura mais ou menos de um palmo de menino acabava a terra que sustentava o capim e começava uma laje preta. O menino foi tirando a casca de capim com a lança e encontrando sempre a mesma laje.

— O que é isso, tio?

— Um caminho — disse o tio desinteressado.

— Vai pra onde?

— Lugar nenhum.

— Quem fez?

— Os antigos.

Não era a primeira vez que ele ouvia falar nesse povo, que aparentemente sumira da terra, deixando apenas essas benfeitorias que não serviam para nada.

Enquanto descascava a laje o menino foi encontrando mais brinquedos — uma cordinha feita de argolas miudinhas engatadas uma na outra; um bichinho seco do tamanho de um beija-flor, sem bico nem rabo mas barrigudinho, a barriga ocada porque afundava quando era apertada entre os dedos, e com um nariz tão comprido que batia quase nos pés, e um bonezinho engraçado na cabeça; e um pauzinho roliço do tamanho de um gomo grande de bambu mas muito mais fino, metade preto metade claro, a parte preta terminando em ponta, as duas partes muito bem emendadas, ele experimentou separá-las, não conseguiu: se pusesse muita força era capaz de quebrar o brinquedo.

O menino levou o brinquedo para o morro, lavou, limpou esfregando com bucha seca e guardou muito bem guardado num esconderijo secreto. E quando os pais estavam ocupados ou descansando dentro da toca ele apanhava o brinquedinho e ficava esquecido de tudo, olhando, admirando. Quando se deitava à noite, ele punha o brinquedinho quase debaixo do corpo, sendo pequeno e liso não machucava, e dormia sentindo o contato dele. Quem teria inventado aquela coisinha tão bonita? Quem teria brincado com ela? O dono antigo teria chorado quando a perdeu?

De tanto pelejar, um dia ele conseguiu separar as duas partes, não puxando mas torcendo, e de dentro saiu uma tripinha escura molinha e vergável, fechada numa ponta e aberta na outra. Ele olhou a tripinha minuciosamente, como fazia com tudo o que vinha lá de baixo, cheirou, mordeu, e sentiu um gosto meio amargo na boca. Seria veneno? Passou um dedo na língua, e quando tirou-o viu que estava manchado de azul. Espetou a palma da mão com a ponta da tripinha e notou que onde ela tocava deixava um pontinho azul. Experimentou fazer desenhos com ela em pedras e troncos, não fazia; mas no cabo da lança de brinquedo fazia.

Descobrindo uma finalidade para o brinquedo o menino ficou mais satisfeito ainda com ele, e de tanto pegar, e olhar, e gostar dele, acabou conhecendo-o de cor, e de noite no escuro, como quem está rezando, ele repetiu com o dedo na palma da mão o desenho miudinho que apareceu na parte branca depois que ele a limpou muito, um desenho mais ou menos assim, PILOT MAD IN J PAN.

Se ele parasse com isso...

O pai deu uma olhada no jornal antes do almoço e afastou-o para um lado. A mulher perguntou se ele já havia se decidido. Ele disse que não; achava as coisas ainda muito emboladas. Sem tirar os olhos da revistinha, Verônica (dez anos, filha única do casal), quis ajudar.

— Se eu votasse, cravava o Eneas. Acho ele uma graça.

Os pais se entreolharam, e sorriram do critério da menina para escolher presidente.

Jandira começou a servir o almoço. A mulher disse que estava inclinada a votar em Lula.

— Não desgosto dele como pessoa — disse marido. — Ele tem o *glamour* daquelas histórias de sucesso que eu lia na infância. De lenhador a presidente (Abrahão Lincoln). De escravo a poeta (Luis Gama). De servente de cozinha a prefeito de Londres por três vezes (Dick Whittington).

— Então? Qual a restrição? A barba?

— Não. Barba pode até ser vantagem. Pode ser posta de molho em momentos de crise, o que não acontece com bigode.

— Depois — insistiu a mulher — repare numa coincidência curiosa. O nome dele tem quatro elementos: Inacio Luiz da Silva Lula.

— E o que tem isso?

— Tem que os bons presidentes todos tinham nome de quatro elementos: Prudente José de Morais Barros, Manuel Ferraz de Campos Sales, Afonso Augusto Moreira Pena, Washington Luis Pereira de Souza.

— Pois o nome é justamente uma de minhas implicâncias. O nome dele é Luiz Inacio da Silva, só. Lula é apelido. Ora, o costume aqui é o apelido vir depois do nome, não no meio. Antonio Carlos Jobim, Tom. Alfredo da Rocha Viana, Pixinguinha. Antonio Francisco Lisboa, o Aleijadinho. Isso de pôr o apelido no meio do nome é imitação de americano.

— Puxa! Riscar um candidato só por isso?

— Não é só por isso. É também pelo semblante aflito dele. Parece que ele está esperando uma catástrofe para qualquer momento. Cara de catástrofe atrai catástrofe.

— Peraí, pai. O que é catástrofe? — perguntou Verônica.

O pai explicou, e continuou: — Outra coisa que me faz correr dele é a voz. Parece que ele faz gargarejo com areia antes de ir para os comícios. Já imaginou a gente ter de ouvir aquela voz rascante durante cinco anos?

— Ora essa — disse a mulher. — Voz é veículo, o que importa é o que ela carrega. Churchill não era meio gago? Nero não tinha voz aflautada, segundo dizem?

— Isso mesmo, mãe. A Clementina e Louis Armstrong também tinham voz areenta, e fizeram sucesso cantando. Areia na voz não atrapalha — disse a menina.

— Sei não. Se ele me prometesse parar com os gargarejos, eu relevava a cara de aflito. Aflição na cara e areia na voz é dose — disse o pai.

Posfácio
O jogo dos dez encantos

Socorro Acioli

A obra de José J. Veiga é uma enciclopédia de espantos. Pequenos e grandes mistérios são apresentados por serenos narradores, quase sem susto, com o compromisso de quem expõe uma nova consciência sobre as coisas e pessoas. Contam como se estivessem sentados em uma cadeira, falando em prosa mansa diante de nós, leitores, no desejo de relatar o que aconteceu com a mais absoluta franqueza. Não há motivos para desconfiar, eles só querem nos dizer que a vida corria em paz até que, em um determinado dia, a tranquilidade foi suspensa. A partir disso, tudo muda. Crianças, mulheres e homens, suas relações umas com as outras, suas ideias presumidas de futuro.

Não há enganos, a conversa é extremamente honesta e clara. Às vezes é divertido, mas também dói. Pode doer muito, e é preciso estar preparado para saber a verdade por trás dos fatos. Há sustos de toda qualidade. Pode ser uma máquina abandonada no meio da rua, que não funciona, não faz absolutamente nada e modifica uma cidade inteira. Pode ser a chegada de uma dupla de forasteiros trazendo uma categoria particular de armagedon. Um objeto mágico encontrado pelo indígena, que faz barulho de música, alegra a alma e o que vem depois destruir sua ideia de paraíso. Pode ser a lembrança de um passado distante, quando a terra era redonda, junto com a análise dos indícios que podem provar essa realidade.

Nós, leitores, abrimos a boca, fortemente atingidos. O narrador segue impávido. Todas as perguntas do mundo podem nascer depois da leitura de um conto ou de uma novela de José J. Veiga e isso é proposital, efeito programado. "Escrevo para conhecer melhor o mundo e as pessoas", disse Veiga. "Quem prestar atenção verá que os meus livros são indagativos, não explicativos. Isso faz deles um jogo ou um brinquedo entre autor e leitor; ambos indagando, juntos ou não, e descobrindo — ou não. Os meus textos são um exercício, ou uma aventura, ou um passeio intelectual. Eles não 'acabam' no sentido tradicional, e nesse não acabar é que entra a colaboração do leitor. Mais tarde encontrei esta frase num livro de Julien Gracq: 'Escrevo para saber o que vou encontrar'. Fiquei feliz."*

Então nos perguntamos: como um escritor alcança esse efeito? De que cabeça saiu essa obra sem pares? De onde vem esse poder de tomar o nosso próprio tempo e suspendê-lo assim, enquanto lemos filas de palavras ordinárias, que estão no dicionário como todas as outras?

Talvez a melhor função possível para um posfácio seja usar os instrumentos e métodos da investigação literária para apontar algumas possibilidades de respostas para essas perguntas lisonjeiras. O elogio esvaziado costuma ser deselegante. Segundo o es-

* José J. Veiga, em "Por que escrevo?" em *O escritor por ele mesmo*. São Paulo: Instituto Moreira Salles, 1996, f. 2.

critor José Castello, o próprio Veiga detestava prefácios e outras coisas do tipo. Achava até que poderia estragar a obra, como mencionou em uma de suas conversas com Guimarães Rosa. Talvez um posfácio ele tolerasse. Ainda mais se fosse um texto para sugerir, induzir, iluminar, apontar possibilidades para os leitores. Diante da literatura não há certezas, só pistas.

Pois a primeira pista que pode explicar a genialidade de José J. Veiga está na decisão sobre o narrador que conta cada história, sempre em primeira pessoa. O personagem que conta viveu, ou viu muito de perto, o caso que será descrito com uma clareza de linguagem muito difícil de alcançar. O que Veiga fez foi uma literatura sofisticada usando os recursos da simplicidade. Há uma frase da poeta portuguesa Adília Lopes que faz eco a esse dom: "há milagres, não há só truques". Quando um autor alcança a qualidade literária que Veiga alcançou, é possível acreditar no milagre dos gênios, os Magos, os prestidigitadores das palavras. Mas há truques, é claro. Piscadelas de olho para os leitores experientes.

A segunda pista é o seu talento para escolher boas primeiras frases ou, em alguns casos, bons primeiros parágrafos. O narrador puxa o leitor muito rapidamente para dentro do universo ficcional, a fisgada é súbita e indolor.

Em alguns casos, quando o narrador é personagem, a atração para o texto está na firmeza dos passos, na posição contundente diante de algo. Alguns começam com uma frase só: "Lembro-me quando eles chegaram." "Já sei o que vou fazer." "Eu era ainda muito criança, mas sabia uma infinidade de coisas que os adultos ignoravam." "O frio que eu sentia no peito e nos pés deixava-me confuso e apreensivo." Os personagens narradores das frases acima estão em situação limítrofe, decisiva, lembrando ou vivendo algo delicado e muito importante no curso de suas vidas. Queremos saber o que foi, do que se trata, o que virá a seguir.

No caso de Veiga, todo começo de conto é uma promessa, um pacto: escute um bocadinho, tenho algo impressionante a dizer. Em alguns casos a narrativa chega completa. Em outros, é preciso supor, deduzir, adivinhar, pressupor e é nisso que está o jogo mencionado por Veiga no trecho citado sobre seu processo criativo.

Há ainda o recurso de começar com uma descrição irresistível, que nos diz muito sobre o personagem com o foco nos pequenos gestos: "O soldado tem pernas tortas, gasta as botinas pela banda de fora, dispensando o solado; tem mãos de dedos cabeludos, como se andasse sempre brincando com água que lavou coador de café; e tem uma brecha grande na testa, acento agudo gravado a pedrada, paulada ou golpe de facão; mas Geny gosta dele".

Mas Geny gosta dele. É tudo isso, esses defeitinhos, mas ela gosta assim e queremos saber o motivo, quem é Geny, se ele também gosta dela, se é uma história de amor, como as coisas vão acontecer entre os dois, se ele é violento e metido em brigas, se ela não estaria, por um acaso, se metendo com um tipo errado. Sem perceber, já fomos seduzidos. A boa literatura tem muito de sedução. Veiga é, claramente, um sedutor experiente.

A terceira pista é aplicada à escolha do gênero literário, o conto. A definição de Julio Cortázar é clara como água: o conto está para a fotografia assim como o romance está para o cinema. Reducionista, talvez, mas dá conta de abrir a conversa para dizer o quanto Veiga soube usar os recursos que a narrativa breve oferece. A economia é uma de suas qualidades, inclusive. Nunca há um detalhamento exagerado, uma coisa fora do lugar, algo que poderia ser cortado sem prejuízos.

É importante notar o quanto José J. Veiga demorava escrevendo, com espaços de anos entre um livro e outro. Nisso era parecido com seu contemporâneo, Murilo Rubião, que publicou pouco, mas nunca parava de escrever e reescrever. Entre *Os cavalinhos de Platiplanto* e *A hora dos ruminantes* foram sete anos, por exemplo. Talvez por já ter começado a publicar maduro, aos quarenta e quatro anos, sem pressa ou ambições. Talvez por ter encontrado o prazer do trabalho com a palavra. Não é todo autor que encontra. Não são raros os depoimentos de escritores com a ideia do escrever sofrido, lastimoso, custoso, dolorido.

É importante abrir dois parênteses antes de prosseguir. O primeiro é sobre o encontro dos dois, Murilo e Veiga, em Belo Horizonte. O jornalista e escritor Afonso Borges conta que participou de vários momentos da vida literária de José J. Veiga e em um deles o autor pediu para conhecer o autor de *O ex-mágico da taberna Minhota*.

Depois de alguns desencontros, tentativas de organizar hora e local, Rubião decidiu combinar um lanche na sua casa, três da tarde em ponto. Afonso foi com Veiga e por isso pôde relatar com detalhes a situação. Havia café, biscoitos e bolo. Os dois, um diante do outro, comiam. Mastigavam, mudos. Estavam nervosos, tão emocionados com o encontro, que não falaram nada. Sobre literatura, palavras, livros, criação, nada foi dito.

Veiga despediu-se, pediu a Afonso para voltar ao hotel caminhando, sozinho, visivelmente emocionado. Pode ser sublime ou decepcionante imaginar o dia em que os dois estiveram frente a frente. Mas isso também puxa outro fio: a classificação de ambos no rótulo do realismo mágico, do fantástico brasileiro.

A utilidade das categorias serve a algum fim muito específico. Estudos acadêmicos, editoras, livrarias, professores, precisam nomear e classificar as obras, às vezes. E assim, por uma aproximação de tempo e estilo, Veiga tem sido tratado como um expoente do realismo mágico no Brasil, junto com Alejo Carpentier, Gabriel García Márquez, Julio Cortázar, Jorge Luis Borges e tantos outros.

Ele negava. Não gostava do rótulo, não o aceitava, não o recebia de bom grado. E tinha suas razões, porque há quilômetros de diferenças. Teóricos como Tzvetan Todorov e Irlemar Chiampi já expuseram essas categorias, com detalhes, e há um esforço por parte dos pesquisadores na tentativa de encaixar ou não os brasileiros nessa leva.

Segundo José Castello, José J. Veiga dizia que essa classificação era uma necessidade da crítica e do mercado editorial francês, que organiza racionalmente o que às vezes não pode ser encaixotado assim de forma tão reducionista. Eis o risco: reduzir, resumir, deixar de olhar as qualidades de um texto pela pressa de associar a outros. Veiga iria gostar de saber que a agente literária Carmem Balcells disse, alguns anos antes de morrer, que o tal boom do realismo mágico latinoamericano foi também uma manobra para vender livros dos hispano hablantes na Europa.

A quarta pista que ilumina a literatura de Veiga está nos espaços ficcionais. Eles não são diferentes entre si, é quase sempre uma cidade pequena, com ou sem identidade, mas sempre um lugar onde as pessoas conseguem enxergar umas às outras. Conhecem tanto sua natureza a ponto de apontar o dedo para as mudanças, estranhar, identificar que algo não é mais como era antes. Os personagens evoluem no relacionamento com os outros. As questões são em geral coletivas, de pares, capazes de estremecer os espelhos nas paredes.

A quinta pista é a liberdade. Veiga dizia que um autor precisa agradar a si mesmo e ponto. O que viesse depois — a crítica, a opinião dos leitores, os números de venda — não poderia importar mais que o desejo de criar. A palavra desejo nos conduz à possibilidade de uma leitura psicanalítica do discurso ficcional de José J. Veiga, como sempre nos lembra o crítico Silviano Santiago. Há desejo no narrador, nos personagens, há sempre algo que conduz o leitor para a vontade de. E sobretudo, há o claro ímpeto do autor de nos falar das coisas que lhe são caras, sem prestar contas a ninguém.

A sexta pista que apaixona os leitores é o senso de humor, comedido, elegante, sarcástico. Sobre A *máquina extraviada*, por exemplo, o narrador comenta que ela "mordeu a perna do caixeiro da loja do Adudes, mas não aconteceu nada com a máquina, graças a Deus".

Antes uma pessoa perder a perna a qualquer avaria a um elefante branco que não serve para nada e, ao mesmo tempo, é a fonte de alegria para as pessoas ao seu redor.

Uma das maneiras de apreciar e compreender a obra de um autor é localizar seu trabalho no tempo e no espaço, ao lado dos seus pares, prestando atenção às suas questões contemporâneas, apontando o que ele modificou, antecipou, previu. Questionando a atualidade de seu texto quando lido tantos anos depois da escrita, como acontece conosco agora.

A sétima pista, ou o sétimo encanto da obra de Veiga, é o lugar que ele dá às crianças como narradores e personagens. Alguns dos seus contos poderiam ser classificados como infantojuvenis, sim, mas seria preferível dizer de outra forma: eles deveriam ser lidos por crianças e jovens, levados para a escola, discutidos em grupos. Como ele mesmo disse, "as crianças não são de respeitar mistério". Elas observam, buscam, perguntam, mergulham, vivenciam, são leitores especiais e que compreenderiam a qualidade da obra de Veiga sem a necessidade de intermediários classificando ou compartimentando nada.

O oitavo encanto, agora sim, é a maneira como o autor relata a infância, o olhar infantil descortinando a realidade. Usemos como exemplo o caso de Cedil, o personagem ausente, de "A Ilha dos Gatos Pingados". Este conto é sobre um grande amor, uma grande saudade, não interessa muito de que tipo, se era na carne também, se era um amor nas ideias, pela piedade. O bonito é acompanhar o narrador menino seguindo pelo chão, pelas plantas, pelas palavras que nomeiam as armas e os lugares, os olhos das pessoas, as dores na pele, tudo para dizer o quanto tentou salvar o seu amado Cedil, o quanto ele fazia falta, o que construíram juntos. Ele queria contar sua tentativa de anunciar o canto da felicidade, a fonte das coisas boas.

Quando o narrador é uma criança, há uma velocidade especial, a graça de canto de boca, um falar ligeiro, inocente, sem a presunção do rebuscado, do excesso de literariedade, da maquiagem da realidade. É duro perceber o sofrimento de Cedil, um personagem mudo e ausente que conhecemos pelo olhar amoroso e sofrido do seu amigo.

A inocência pode ser considerada um personagem frequente dos contos de José J. Veiga. Está nas crianças, mas também nos gatos.

O encanto de número nove já foi dito, diluído nos anteriores, mas está na linguagem, na aproximação com a oralidade sem perder o máximo da sofisticação narrativa, do controle, da consciência do vocabulário. Tudo parece escolhido e colocado no texto como um ourives posiciona pedras preciosas em uma joia, olhando a pinça com um monóculo preciso.

Por fim, o encanto, a pista, a beleza de número dez está nos detalhes. Há o carinho com os gatos, onipresentes, importantes como elemento de ligação entre personagens e recurso para explicar a profundidade de alguns aspectos da narrativa. Eles surgem, em geral, nas brechas de ternura das cenas. As motocicletas vermelhas, as armas, os animais imaginários. Os cavalinhos de platiplanto, por exemplo, são da mesma categoria afetiva dos gatos na obra. Aparecem no sonho, elemento do onírico e do alívio da dor.

Apesar da ternura, Veiga não comete o erro de tratar a infância como tempo de felicidade e pureza esquecendo da carga de sofrimento possível que uma criança carrega pelas situações familiares – violência, doença, morte. Crianças não são de temer os mistérios, ele disse. E elas sofrem, sim, do seu jeito. E têm os seus recursos de escape e compreensão. Às vezes por fuga, às vezes para a cura.

Antonio Candido usou uma expressão muito precisa para falar do mundo de José J. Veiga: uma "tranquilidade catastrófica". Tudo está sempre por um fio e ninguém está livre dos riscos. Não é assim a vida? E não é da experiência humana que é feita a melhor literatura?

Ler José J. Veiga hoje atualiza o amor e o orgulho pela literatura brasileira, principalmente porque potencializa a sua genialidade. Um de seus narradores disse que "nenhum homem pode viver por muito tempo contente apenas com as ofertas do presente; o futuro é tão tentador que acaba sempre metendo a cabeça, aqui e ali".

Pois mesmo se o futuro tivesse metido a cabeça nos tempos de Veiga, ainda vivo, será que ele acreditaria que alguns anos depois da sua morte as pessoas estariam mesmo acreditando na possibilidade de uma terra plana? Ler o seu conto/novela "Quando a Terra era redonda" nos deixa sem graça, com um pouco de vergonha pelos tempos que vivemos. O que Veiga poderia achar de ter antecipado um imenso absurdo? Freud disse isso mesmo, que os artistas antecipam as questões importantes da humanidade. Para o bem e para o mal.

José J. Veiga não gostava de prefácios, posfácios, nada que atravancasse a relação do leitor com a obra pura. Por outro lado, gostava de conversar. E talvez também gostasse de ver seus leitores conversando satisfeitos sobre sua obra, discutindo as possibilidades, brincando com o jogo que ele deixou para nós.

Propus este jogo dos dez encantos só para dizer que José J. Veiga precisa ser lido no lugar justo de um de nossos melhores prosadores. Um contista exemplar. E também para lembrar que a Literatura pode ser uma gostosa brincadeira que se leva a sério, feita com calma, com tempo, sem a pressa da vaidade, sem a necessidade de rótulos, sem a expectativa do elogio. Veiga tem muito a ensinar ao nosso tempo. Sobre absurdos e inocência, beleza e encanto, sobre a necessidade de pensar o narrador literário como alguém que tem uma história para contar. Ler Veiga é perder o medo dos mistérios da alma humana.

Fontes

Os contos esparsos foram publicados originalmente nos seguintes veículos:

As plumas: *O Tico-Tico*, Rio de Janeiro, ano XXXVI, n. 1848, 5 mar. 1941, p. 27.
Chegada e partida: *Jornal do Brasil*, Suplemento Dominical, Rio de Janeiro, 29 ago. 1959, p. 5.
Era dos frifros: *Jornal do Brasil*, Suplemento Dominical, Rio de Janeiro, 30 jul. 1960, p. 1.
Uma simples formalidade: *Cadernos Brasileiros*, Rio de Janeiro, n. 28, mar. 1965. pp. 49-53.
In memoriam de Emanuel Valpinges: *Os melhores contos brasileiros de 1973*. Porto Alegre: Globo, 1973. pp. 87-90.
Uma joia de canhão: *Status*, suplemento *Vinte contos latino/americanos*, São Paulo, n. 12, jul. 1975, pp. 35-7.
Memórias de um espião: *Contos*. Rio de Janeiro: Francisco Alves, 1975. pp. 61-73.
Os melões crescem de noite: *Gente boa*. Rio de Janeiro: Brasília, 1975. pp. 27-34.
Cai Umahla, sobe Umahla: *Status*, suplemento *25 contos brasileiros*, São Paulo, n. 23, jun. 1976, pp. 14-6.
Coruja é bicho bom?: *Ficção*, Rio de Janeiro, n. 12, dez. 1976, pp. 27-34.
Dói mais do que quebrar a perna: *Mulheres & mulheres*. Rio de Janeiro: Nova Fronteira, 1978. pp. 47-58.

Entre gambá e gavião: *Lições de casa: exercícios de imaginação*. São Paulo: Livraria Cultura Editora, 1978. pp. 65-71.

Nada como um bom banho: *Quer que eu te conte um conto?*. Rio de Janeiro: Edições Achiamé, 1984. pp. 9-16.

Reversão: *Suplemento Literário Minas Gerais*, Belo Horizonte, v. 4, n. 156, 23 ago. 1969; Antonio Arnoni Prado (Org.). *Atrás do mágico relance: uma conversa com J. J. Veiga*. Campinas: Editora da Unicamp, 1989. pp. 53-8.

Se ele parasse com isso...: *Jornal do Brasil*, Ideias/Ensaios, Rio de Janeiro, 12 nov. 1989, p. 6.

Cronologia

1915

José Jacinto Pereira da Veiga nasce no dia 2 de fevereiro na fazenda Morro Grande, divisa dos municípios de Pirenópolis e Corumbá, na região central do atual estado de Goiás. É o segundo filho de Luís Pereira da Veiga, de Pirenópolis, e Maria Marciana Jacinto Veiga, de Corumbá.

1921

Muda-se com a família para Corumbá, "um lugarzinho muito miúdo". Corumbá e Pirenópolis inspirarão a criação de Manarairema e outros vilarejos de suas ficções. Aprende a ler com a mãe. Mais tarde, ingressa no curso primário, onde conhece as histórias de *O tesouro do menino* e os livros de Júlio Verne.

1925

Morte da mãe. Luís Veiga não tem condições de cuidar dos cinco filhos. "Meus tios eram pequenos fazendeiros, e cada um levou um de nós." Até os doze anos, vive num sítio da região natal, onde encontra antologias de poesia e começa a gostar de ler.

1927

Muda-se para a Cidade de Goiás (atual Goiás Velho) para completar os estudos. Reside na chácara de primos, que se impressionam com sua inteligência e paixão pelos livros.

1931

Ingressa no curso secundário de humanidades do Liceu de Goiás, onde participa do grêmio literário dos alunos e começa a escrever textos ficcionais.

1934

Trabalha como caixeiro nas Lojas Pernambucanas. Seu amigo Oscar Breitbart o aconselha a se mudar para o Rio de Janeiro ou São Paulo: "você está fazendo bobagem aqui".

1935

Muda-se para o Rio de Janeiro. Tem 400 mil réis no bolso, ofertados por Breitbart. Inicialmente, mora numa pensão na Lapa. Emprega-se como propagandista dos medicamentos do Instituto Científico São Jorge, um laboratório carioca.

1938

É revisor do jornal do grêmio literário do Liceu de Goiás.

1939

Ingressa em março no curso noturno da Faculdade Nacional de Direito, recém-aberto.

Assume o programa matutino *Rádio Binóculo*, da Rádio Guanabara como locutor. Adota o nome artístico José Veiga.

É aprovado no concurso de técnico de administração (escriturário) do Departamento Administrativo do Serviço Público (DASP). Atua como auxiliar de redação da *Revista do Serviço Público*.

1941

Como José Veiga, assina "As plumas", na seção "A lenda da semana", da revista infantil *O Tico-Tico* (RJ), no dia 5 de março. É sua provável estreia como ficcionista.

Deixa a Rádio Guanabara em setembro.

1943

Cerimônia de colação de grau em direito, no Theatro Municipal do Rio, em dezembro. Entre os formandos, a escritora Clarice Lispector e o crítico Vasco Mariz.

1945

Seguindo um anúncio de jornal, consegue emprego como redator e locutor no Serviço Brasileiro da rádio BBC de Londres.

1946

Estreia em março como locutor da BBC em *O Cinema na Grã-Bretanha*, programa semanal sobre filmes britânicos e europeus. Nos meses seguintes, assume diversos quadros e programas do Serviço Brasileiro da BBC, entre os quais *Pensadores Britânicos*, *Notas Russas* e *Rádio Panorama*, além do programa sobre cinema. É colega de microfone de Antônio Callado, de quem se torna amigo. "Parece que caí no lugar que queria. [...] Li demais, teatro, cinema, a guerra não parou a vida cultural inglesa."

1949

Retorna ao Rio de Janeiro no início do ano. Trabalha durante alguns meses como redator em *O Globo*.

Em dezembro, estreia como redator de política no primeiro número da *Tribuna da Imprensa*, com o artigo de capa "Vinte anos de campanha política". Nos textos da *Tribuna*, assina J. J. Pereira da Veiga.

1950

Casa-se com a carioca Clérida Geada, pintora e desenhista formada pela Escola Nacional de Belas Artes. O casal passa a residir no décimo andar de um edifício na rua da Glória, e vive lá até o fim da vida.

1951

Ganha em março um prêmio da Loteria Federal equivalente a 150 mil reais.

Deixa a *Tribuna*, onde é redator-chefe. Substitui Antônio Callado na chefia da redação brasileira de *Seleções do Reader's Digest*.

Seleções publica a crônica "O lago do Itamaraty", de João Guimarães Rosa, em agosto. A publicação assinala a amizade entre os dois escritores, iniciada com uma consulta de Aracy Guimarães Rosa a Clérida sobre a saúde de seus gatos persas. Rosa lê em primeira mão trechos de *Corpo de baile* e *Grande sertão: veredas* e estimula o amigo a escrever.

1952

Começa a produzir contos regionais. "Não tinha maior conteúdo."

1954

Entrega os originais de três contos longos, com o título geral *Três histórias do planalto*, a José Simeão Leal, editor dos Cadernos de Cultura do MEC. Arrepende-se e pega os textos de volta, que destrói em seguida.

1956

Começa a escrever os contos de *Os cavalinhos de Platiplanto*.

1957

Inscreve em julho *Os cavalinhos de Platiplanto* no Prêmio Monteiro Lobato de contos, promovido pela Companhia Editora Nacional. O júri é composto por Edgar Cavaleiro, José Aderaldo Castelo e Paulo Mendes de Almeida.

1958

Em março, "O Largo do Mestrevinte" sai no Suplemento Dominical do *Jornal do Brasil* (SDJB), com a assinatura J. Pereira da Veiga.

No mesmo mês, é divulgado o resultado do Prêmio Monteiro Lobato. *Os cavalinhos de Platipanto* recebe menção honrosa e é indicado para publicação, mas a Nacional não edita o volume.

O SDJB publica em junho "Os engenheiros", primeira versão de "O galo impertinente" (então intitulado "Enigma para amanhã"). O conto seria incluído em *A estranha máquina extraviada*.

"Os cascamorros" sai no SDJB em julho. É a primeira ocasião em que adota seu nome literário definitivo, José J. Veiga. "Guimarães Rosa era muito versado em numerologia. [...] Disse: 'Põe José J. Veiga, vai ser bom para você'."

1959

"O cachorro canibal" sai no SDJB em fevereiro.

Coquetel de lançamento de *Os cavalinhos de Platiplanto*, primeiro título da Editora Nítida, indicado por Guimarães Rosa. O texto não tem acentuação gráfica, "em homenagem a Monteiro Lobato", como explica na nota introdutória. Na capa, uma pintura abstrata de Clérida. Nos meses seguintes, a editora fecha e a pequena tiragem do livro se esgota.

"Chegada e partida" aparece no SDJB em agosto.

O Suplemento Literário do *Diario de Noticias* (RJ) publica "A Ilha dos Gatos Pingados".

No Suplemento Literário do *Diario*, concede entrevista à colunista Eneida de Morais em dezembro. Diz sobre *Os cavalinhos de Platiplanto*: "O título, que tem intrigado muita gente, veio-me uma noite como caído do espaço, e eu o aceitei sem discutir".

1960

O SDJB publica em julho "Era dos frifros".

Recebe o prêmio Fábio Prado de contos, da seção paulista da União Brasileira de Escritores, por *Os cavalinhos de Platiplanto*, em outubro, em São Paulo.

1964

"A Invernada do Sossego" participa da antologia *Panorama do novo conto brasileiro*, lançada pela editora Júpiter de São Paulo, em junho.

O *Correio da Manhã* (RJ) publica "Fronteira" em setembro, com ilustração de Farnese de Andrade.

1965

"Uma simples formalidade" aparece em março em *Cadernos Brasileiros* (RJ).

1966

Lançamento de *A hora dos ruminantes* pela Civilização Brasileira, em dezembro. O romance tem apresentação de Edison Carneiro e desenho de capa de Marius Lauritzen Bern.

1967

O diretor Luís Sérgio Person adquire os direitos de *A hora dos ruminantes* para adaptá-lo ao cinema, mas a produção não é realizada.

"Acidente em Sumaúma" sai na revista *Comentário*, do Instituto Brasileiro Judaico de Cultura e Divulgação (RJ), em junho.

1968

Lançamento de *A máquina extraviada* pela editora Prelo, do Rio, em março. A partir da quarta edição, de 1981, o livro passa a se intitular *A estranha máquina extraviada*. Com catorze contos, o volume marca a estreia da editora.

Vende os direitos para a tradução em inglês de *A hora dos ruminantes* e *A máquina extraviada* à editora Knopf, de Nova York, em julho.

1969

A venezuelana Monte Avila publica a antologia *Nuevos cuentistas brasileños*, com "Los caballitos de Platiplanto", tradução de Rosa Moreno Roger, em junho.

"Reversão" aparece no *Suplemento Literário de Minas Gerais* em agosto. O conto será recolhido em *Atrás do mágico relance*, de 1989.

Segunda edição de *Os cavalinhos de Platiplanto*, pela JCM Editores (RJ), em outubro. Participa da antologia *Moderne brasilianischer Erzähler* [Contistas brasileiros modernos], da Walter-Verlag (Otten), com "Auf der Traumweide" ("Os cavalinhos de Platiplanto"), traduzido por Carl Heupel.

1970

Torna-se diretor de *Seleções de Reader's Digest* em janeiro.

A Knopf, de Nova York, publica simultaneamente *The Three Trials of Manarairema* e *The Misplaced Machine and Other Stories*, ambos com tradução de Pamela G. Bird, em agosto.

A *Revista do Livro* (RJ) publica em outubro um depoimento a Remy Gorga Filho: "Não me considero um escritor regionalista".

1971

Deixa *Seleções*, cuja redação se muda para Portugal.

Retorna em maio a Corumbá pela primeira vez depois de quatro décadas. Passa a visitar anualmente a cidade natal.

Em entrevista ao *Correio da Manhã*, em dezembro, descarta a influência de Guimarães Rosa, assume a de Franz Kafka e declara admiração por J. D. Salinger.

1972

Começa a trabalhar na Editora da Fundação Getulio Vargas, onde ocupa cargos de chefia até se aposentar, em 1985.

Publicação em maio do romance *Sombras de reis barbudos*, pela Civilização Brasileira, na coleção Vera Cruz. O romance tem capa de Dounê.

Los caballitos de Platiplanto sai no México pela Novaro, com tradução de Agustín Contin.

1973

É entrevistado em fevereiro por Léa Aarão Reis no Caderno B do *JB*: "Absurdo é o mundo *real* em que vivemos. Se aceitamos esse absurdo, o sofrimento de Joseph K. não é absurdo; absurdo é que o achemos absurdo".

Em maio, *Sombras de reis barbudos* recebe menção honrosa no Prêmio Nacional do Livro, do MEC, vencido pelo *Romance d'A Pedra do Reino*, de Ariano Suassuna.

1974

Os melhores contos brasileiros de 1973, antologia da Editora Globo (Porto Alegre) com seleção de Emanuel de Moraes, sai em setembro.

1975

A revista *Status* publica a antologia *Vinte contos latino/americanos*, em julho, com "Uma joia de canhão", ilustrado por Aldemir Martins.

"A máquina extraviada" aparece em *Os melhores contos brasileiros de 1974*, da Globo, em outubro, com seleção e apresentação de Regina Zilberman.

Em dezembro, colabora na antologia *Gente boa*, da editora Brasília (RJ), com "Os melões crescem de noite".

1976

"Cai Umahla, sobe Umahla" sai no encarte *25 contos brasileiros* da revista *Status*, em junho.

Publicação da edição portuguesa de *Sombras de reis barbudos*, pela Bertrand (Lisboa), em junho.

Lançamento do romance *Os pecados da tribo* pela Civilização Brasileira, com capa de Dounê, em agosto.

Publica "Coruja é bicho bom?" na revista *Ficção* (RJ), em dezembro.

1977

Integra o júri do Prêmio Remington de Prosa em julho.

Os pecados da tribo vence o prêmio Luisa Cláudio de Souza de melhor livro de ficção de 1976, oferecido pelo PEN Club do Brasil.

1978

Sombras de reyes barbudos é lançado em março pela editora Bruguera (Barcelona), com tradução de Basilio Losada. "Entre hermanos" aparece na antologia *Quince cuentistas brasileños de hoy*, da editora Sudamericana (Buenos Aires), com tradução de Santiago Kovadloff.

A editora Comunicação, de Belo Horizonte, lança em agosto o infantojuvenil *O professor Burrim e as quatro calamidades*, com capa e ilustrações de Son Salvador, pela Coleção do Pinto.

Publica em dezembro "Entre gambá e gavião" em *Lições de casa: exercícios de imaginação*, edição de luxo da Livraria Cultura Editora (SP), que homenageia Osman Lins. "Dói mais que quebrar a perna" aparece na antologia *Mulheres & mulheres*, organizada por Rachel Jardim para a Nova Fronteira (RJ).

1979

"Umahla que scende, Umahla que sale" sai em *L'occhio dall'altra parte: ventiquattro racconti brasiliani d'oggi*, publicada em Milão em fevereiro pela Schweiler, com tradução e organização de Giuliano Macchi.

Drøvtyggertimen (*A hora dos ruminantes*) sai na Dinamarca pela Samlerens Bogklub, (Copenhague) em tradução de Peter Poulsen. O romance também é publicado na Suécia (*Idisslarnas timme*) pela Alba (Estocolmo), traduzido por Margareta Ahlberg, e na Noruega (*Drøvtyggernes time*) pela Gyldendal (Oslo), em tradução de Kjell Risvik.

José de Anchieta filma *A hora dos ruminantes*. O longa não é concluído devido a problemas financeiros e jurídicos.

1980

De jogos e festas, com três novelas, é publicado em dezembro pela Civilização Brasileira.

1981

De jogos e festas vence o prêmio Jabuti de melhor romance de 1980, da Câmara Brasileira do Livro. O romance também ganha o prêmio São Paulo de Ficção, oferecido pelo Centro Cultural Francisco Matarazzo Sobrinho (São Paulo).

1982

A tradução tcheca de *Os pecados da tribo* é lançada em Praga pela editora Odeon, na antologia *Pět brazilských novel* [Cinco contos brasileiros], em junho. Tradução de Marie Havlíková.

Publica o romance *Aquele mundo de Vasabarros* pela Difel (SP), com capa de Ápex, em agosto.

É entrevistado por Francisco Vargas nas páginas amarelas de *Veja*, em setembro: "Sempre que acabo um livro, acho que o próximo terá outro tom. Mas até hoje não foi possível mudar".

1983

Aquele mundo de Vasabarros vence o prêmio Jabuti de melhor romance de 1982.

1985

Lançamento de *Quer que eu te conte um conto?*, antologia das Edições Achiamé (RJ) selecionada por Vicente de Percia, em julho, com "Nada como um bom banho".

A Difel publica em setembro o romance *Torvelinho dia e noite*, com desenho de capa de Roberta Masciarelli.

"A espingarda do rei da Síria" aparece em *Os buracos da máscara*, antologia de contos fantásticos selecionada por José Paulo Paes, da Brasiliense (SP), publicada em dezembro.

Aposenta-se da Editora da FGV.

1986

A editora Salamandra (RJ) lança em maio o infantojuvenil *Tajá e sua gente*, ilustrado por Jimmy Scott.

Colabora no *Dicionário de ciências sociais*, lançado pela Editora da FGV em junho em convênio com a Unesco, sob a coordenação de Benedicto Silva.

É homenageado em julho pelo conjunto da obra na III Bienal do Livro de São Paulo.

1988

O *Almanach de Piumhy*, ano CLIX, n. 2, "restaurado por José J. Veiga", sai em abril pela Record, com projeto gráfico de Heimar Marques. Apresenta a conferência "O realismo mágico americano" no Simpósio sobre o Papel Dinâmico das Literaturas da América Latina e do Caribe na Criação Literária Universal, promovido pela Unesco e pelo governo brasileiro, no Palácio Itamaraty, em Brasília.

O *JB* publica em junho a crônica "Pirenópolis", na qual o autor revisita a cidade da infância.

Integra em julho o júri de romances da IV Bienal do Livro de São Paulo.

1989

O *Almanach de Piumhy*, ano CLX, n. 3 sai em março pela Record, com projeto gráfico de Heimar Marques.

O romance *A casca da serpente* é publicado pela Bertrand Brasil (RJ), com capa de Felipe Taborda, em maio.

Entrevistado por Humberto Werneck em maio no caderno Ideias do *JB*: "Tudo o que escrevo diz respeito à política. Minha questão é sempre imaginar o que será o Brasil".

Assina no *JB* um conto-perfil de Luiz Inácio Lula da Silva, candidato à Presidência, intitulado "Se ele parasse com isso...", em novembro.

A Editora da Unicamp publica *Atrás do mágico relance: uma conversa com J. J. Veiga*, com organização de Antonio Arnoni Prado, que inclui o conto "Reversão".

1992

A Bertrand Brasil lança o romance *O risonho cavalo do príncipe*, com capa de Felipe Taborda, em setembro.

1993

Vence o prêmio Jabuti com *O risonho cavalo do príncipe*, dividido com Moacyr Scliar, Silviano Santiago, Rachel de Queiroz e João Silvério Trevisan.

1994

Recebe em dezembro o prêmio de romance da Biblioteca Nacional, no Rio de Janeiro, pelo conjunto de sua obra.

La hora de los rumiantes é lançado em Barcelona pela editora Ronsel, com tradução de Basilio Losada.

1995

Publica o romance *O relógio Belisário* pela Bertrand Brasil, com capa de Leonardo Carvalho, em agosto.

"Diálogo da relativa grandeza" aparece como volume infantojuvenil pela Bertrand Brasil, com capa e ilustrações de Gerson Conforti.

1996

"Zbloudilý stroj" ("A máquina extraviada") e "Parádní dělo" ("Uma joia de canhão") são publicados na antologia *Třetí břeh řeky: Fantastické a magické v brazilských povídkách* [A terceira margem do rio: o fantástico e o mágico nos contos brasileiros], da Dauphin (Praga), com tradução de Pavla Lidmilová.

1997

Publica *Objetos turbulentos: contos para ler à luz do dia* pela Bertrand Brasil, com onze estórias, capa de Rachel Braga e ilustrações de Flávia Barreto, em agosto.

Recebe o prêmio Machado de Assis da Academia Brasileira de Letras, pelo conjunto de sua obra.

Objetos turbulentos recebe o Prêmio Artur Azevedo de contos, da Biblioteca Nacional.

1999

Palestra no Instituto Moreira Salles, em São Paulo, com o tema "Por que escrevo?", em junho: "Escrevo para conhecer melhor o mundo e as pessoas. Quem prestar atenção verá que os meus livros são indagativos, não explicativos".

Morre no dia 19 de setembro no hospital Rio-Mar, no Rio de Janeiro, de câncer no pâncreas. É sepultado no cemitério Jardim da Saudade, em Sulacap, no Rio.

2007

O Sesc Goiás inaugura o Espaço José J. Veiga em Goiânia, reunindo seu acervo pessoal de livros, documentos, obras de arte e objetos.

ESTA OBRA FOI COMPOSTA EM ELECTRA PELO ACQUA ESTÚDIO E IMPRESSA
PELA GEOGRÁFICA EM OFSETE SOBRE PAPEL PÓLEN SOFT DA SUZANO S.A.
PARA A EDITORA SCHWARCZ EM JUNHO DE 2021

A marca FSC® é a garantia de que a madeira utilizada na fabricação do papel deste livro provém de florestas que foram gerenciadas de maneira ambientalmente correta, socialmente justa e economicamente viável, além de outras fontes de origem controlada.